Droemer
Knaur®

Johannes Mario Simmel

Bitte, laßt die Blumen leben

Roman

Droemer Knaur

CIP-Kurztitelaufnahme der Deutschen Bibliothek
Simmel, Johannes Mario:
Bitte, laßt die Blumen leben : Roman /
Johannes Mario Simmel. – 1.–200. Tsd. – München :
Droemer Knaur, 1983.
ISBN 3-426-19066-4

1. bis 200. Tausend

Droemersche Verlagsanstalt
Th. Knaur Nachf., München
© Verlag Schoeller & Co., Ascona, 1983
Die auszugsweise Verwendung des Textes aus
»The Man I love«
Musik: George Gershwin, Text: Ira Gershwin
© 1924, 1945, by NEW WORLD MUSIC CORP.,
alle Rechte für Deutschland, Österreich, Schweiz
bei NEUE WELT MUSIK VERLAG GMBH, München,
mit freundlicher Genehmigung des Verlages
Umschlaggestaltung: Fritz Blankenhorn
Satz: Bauer & Bökeler Filmsatz GmbH, Denkendorf
Druck und Einband: May + Co., Darmstadt
Printed in Germany
ISBN 3-426-19066-4

Die Welt zerbricht jeden, und nachher sind viele an den gebrochenen Stellen stark. Aber die, die nicht zerbrechen wollen, die tötet sie. Sie tötet die sehr Guten und die sehr Feinen und die sehr Mutigen; ohne Unterschied. Wenn du nicht zu diesen gehörst, kannst du sicher sein, daß sie dich auch töten wird, aber sie wird keine besondere Eile haben.

Aus »In einem andern Land«
von ERNEST HEMINGWAY

Dieser Roman beruht auf einer wahren Begebenheit. Um Unschuldige zu schützen, wurden die Ereignisse – ausgenommen solche der Zeitgeschichte – leicht abgewandelt sowie Personen und Orte der Handlung verschlüsselt.
Das Geschehen trug sich 1981 und 1982 zu, in einer Zeit, in der die Menschen so viel von Krieg und Frieden redeten wie seit Jahrzehnten nicht mehr. Angst zu bekennen wurde Ehrensache, »Friedenshetzer« ein Ehrentitel und die politische Weltlage gefährlicher mit jedem neuen Tag.
Es war in jener Atmosphäre von Furcht, Unsicherheit und Auflehnung, daß ein totaler »Aussteiger« und eine junge Frau zueinander fanden – zur Liebe ihres Lebens.

J. M. S.

Erstes Buch

I

»Du mußt sofort nach Wien kommen«, sagte Daniel.
»Was ist geschehen?« fragte ich.
»Nicht am Telefon«, sagte er. »Ich muß dich unter allen Umständen sprechen. So schnell wie möglich. Ich habe mich schon erkundigt. Es geht noch eine Maschine von Paris nach Wien heute abend. EURO-AIR. Um Viertel vor elf. Jetzt ist es halb acht. Du hast Zeit genug. Sobald du in Wien gelandet bist, komm in meine Kanzlei. Ich arbeite die Nacht durch.«
»Und wenn die Maschine ausgebucht ist?« fragte ich. »Wenn ich keinen Platz mehr kriege?«
»Dann nimm ein kleines Charterflugzeug! So eines gibt es immer. Ich sage dir, es ist unbedingt nötig, daß ich dich so schnell wie möglich spreche, unbedingt, verstehst du, Charles?«
»Ja, ich verstehe«, sagte ich und öffnete schon die Knöpfe meines Smokinghemdes. Durch die hohen, offenen Fenster des Arbeitszimmers drang süß und schwer der Duft blühender Sträucher aus dem Jardin du Ranelagh, dem Park gegenüber. Wir wohnten in einem kleinen Palais an der Allee Pilatre de Rozier im 16. Arrondissement. Mein Arbeitszimmer lag im ersten Stock. Die Sonne stand tief im Westen und tauchte alles in gleißendes, goldenes Licht. Der Tag war sehr heiß gewesen. Aus dem Park kam frische Luft.
Daniel, das war der Wiener Rechtsanwalt Dr. Daniel Mann. Nach so vielen Jahren der Zusammenarbeit vertraute ich ihm blind – wie er mir. Etwas sehr Schwerwiegendes war geschehen, wenn er so sprach. Es mußte einen gemeinsamen Klienten betreffen. Wir hatten einige sehr wichtige.
»Ich würde ja zum Flughafen fahren und dich abholen«, sagte er. »Aber ich kann hier nicht weg. Zuviel Arbeit. Und dann muß ich auf zwei Anrufe warten.«
»Schon gut«, sagte ich. »Ich komme. Mit Linie oder Charter. Ich rufe dich aus Orly noch an.«

»Danke«, sagte er. »Nimm ein Taxi zu mir in die Stadt.« Er hatte seine Kanzlei in einem alten Haus am Graben im I. Bezirk. Ich war zweimal dort gewesen. »Das Tor wird verschlossen sein. Läute dreimal lang – kurz – lang.«
»Ja, Daniel«, sagte ich.
»Kommt dir sehr ungelegen, was?«
»Na ja, wir waren eingeladen. Beim englischen Botschafter.«
»Das tut mir leid, Charles, aber du mußt nach Wien.«
»Alles klar«, sagte ich. »Du hörst bald von mir. Ciao, Daniel.«
Ich legte den Hörer auf. Schräg fielen die Strahlen der sinkenden Sonne in den Raum. Fern brandete lärmend der Verkehr. In unserer Straße war es still. Dann rief ich den EURO-AIR-Schalter in Orly an. Sie hatten noch Platz in der Maschine, die um 22 Uhr 45 flog.
»Aber es ist ein Platz in der zweiten Klasse. Die erste ist ausgebucht, Maître«, sagte eine Mädchenstimme. Notare und Anwälte werden in Frankreich Maître genannt.
»Das macht nichts, Mademoiselle.«
»Und seien Sie bitte eine Stunde vor Abflug hier, Maître.«
»Ich bin pünktlich«, sagte ich und hängte wieder ein. Dann nahm ich mein weißes Smokingjackett, das über einem Stuhl hing, und ging in das Ankleidezimmer. Es lag am anderen Ende der Etage bei den Schlaf- und Badezimmern. Spiegel verdeckten alle Wände des fensterlosen achteckigen Raums. Hinter den Spiegeln befanden sich große Schränke und die Türen zu zwei Badezimmern sowie zum Flur. Neben dem Badezimmer meiner Frau gab es noch einen Schminkraum. Die Tür stand offen. Yvonne saß vor dem mit Lichtröhren gesäumten Spiegel. Ihr Schminktisch quoll über vor Tuben, Tiegeln, Dosen, Fläschchen und Kämmen wie die vielen Wandregale aus Glas.
Yvonne trug einen dünnen Kittel. Sie bereitete sich seit Stunden auf die Einladung vor. Zuerst war zusammen mit einer Maniküre ein Friseur dagewesen. Die beiden kamen immer ins Haus. Yvonne haßte es, zum Friseur zu gehen. Auch ein Masseur kam jeden zweiten Tag.
Meine Frau klebte gerade lange künstliche Wimpern ans rechte Augenlid, was ihre ganze Aufmerksamkeit erforderte. Sie sah und hörte mich kommen, aber sie konnte nicht sprechen. Ich sagte: »Tut mir leid, ich muß sofort nach Wien. Daniel hat angerufen. Es ist äußerst dringend.«
Fünf Sekunden Stille.

Dann hatte sie sich gefaßt. Ihre Stimme klang schrill: »Das ist doch nicht dein Ernst!«
»Doch«, sagte ich. »Tut mir leid. Ich muß nach Wien. Sofort.«
Am rechten Lid klebten jetzt die langen künstlichen Wimpern, das linke wirkte dagegen nackt. Es sah komisch aus.
»Und unsere Einladung?«
Ich zog das Smokinghemd aus und öffnete die Hose.
»Ich werde anrufen und dem Botschafter alles erklären. Du mußt allein hingehen, Yvonne.«
»Ich gehe nicht allein hin, und das weißt du!«
»Du kennst doch alle Leute, die dort sein werden.«
»Aber du wirst nicht dort sein!«
»Herrgott, ich muß nach Wien. Yvonne, bitte! Es ist sehr wichtig, sonst hätte Daniel nicht angerufen.«
»Ich gehe nicht allein. Wie sieht das aus? Alle Weiber kommen mit ihren Männern, und ich komme allein. Du glaubst doch selbst nicht, daß ich allein hingehe.«
Nein, das glaubte ich selbst nicht. Trotz aller zur Schau getragenen Souveränität war Yvonne in Gesellschaft immer unsicher geblieben. Sie liebte Parties, Galas und offizielle Einladungen zu Cocktails oder Abendessen über alles, große Gesellschaften, das war ihr Leben – aber nur an meiner Seite. Nur wenn ich bei ihr war. Nicht unbedingt in ihrer unmittelbaren Nähe. Bloß anwesend. Dann brillierte sie. Dann war sie in ihrem Element. Aber *ich* mußte dabei sein. Sie hatte Angst, wenn ich sie nicht begleitete, das wußte ich. Wie seltsam war das doch für eine Frau, der die Society (und sie konnte nicht versnobt genug sein), der die Öffentlichkeit, der Kameras und Blitzlichter, Klatschspalten und Berühmtheiten alles bedeuteten. So sehr sie mich mit den Jahren auch verabscheute – dafür, für ihr *wirkliches* Leben, brauchte sie mich noch immer und mehr denn je.
Ich stand nun in Unterhose und Socken da, wählte neue Wäsche und einen leichten, blauen Anzug. Ich wußte, was jetzt kommen würde. Bei aller Abneigung tat sie mir leid.
»Du Lump«, sagte meine Frau Yvonne.
Ich machte, daß ich in meinen blauen Anzug kam.
»Du mußt gar nicht nach Wien. Du willst nur zu irgendeiner Hure. Zu einer von deinen Huren. Hast du dir schon lange überlegt. Weil ich mich so auf heute abend gefreut habe. Mußtest du mir natürlich kaputtmachen, die Freude. Machst mir jede Freude kaputt, Lump, mieser!«

Ich antwortete nicht.
Gerade noch rechtzeitig sah ich, wie sie einen schweren Cremetiegel vom Schminktisch hob und nach mir schleuderte. Ich bückte mich blitzschnell. Das Cremegeschoß traf den großen Wandspiegel hinter mir und zertrümmerte ihn in Kopfhöhe. Hätte ich mich nicht gebückt, der Tiegel wäre gegen meine Schläfe geprallt. Yvonne warf oft Gegenstände nach mir, wenn sie sehr wütend war. Ich mußte achtgeben. Ich gab acht, obwohl ich nach all diesen Jahren dem Ende sehr nahe war. Hätte sie mich getroffen, wäre das Elend vielleicht vorbei gewesen.
»Sag etwas!« schrie sie. Die künstlichen Wimpern auf dem rechten Lid waren verrutscht, zum Teil hingen sie frei in der Luft. Yvonne weinte. Tusche, Lidschatten und Schminke flossen in das dicke Make-up auf den Wangen, die Farben mischten sich, Yvonne sah aus wie ein Clown. Ich war zehn Jahre älter als sie, aber sie wirkte nach einem gelungenen Lifting um vieles jünger. Und sie war eine Schönheit – allerdings nicht im Augenblick. Sie hatte immer noch den schlanken Körper, der mich einst so erregt hatte, die langen Beine, die festen Brüste, die weiße Haut. Ihr Haar war bläulichschwarz und glänzte wie ihre bläulichschwarzen Augen, große schräggeschnittene Augen. Ebenmäßig war das Gesicht mit den hohen Backenknochen. Gar mancher Mann drehte sich nach ihr um auf der Straße, gar mancher Mann betrachtete sie gierig, o ja. Nur ich nicht mehr, nein, nicht mehr ich.
»Den halben Tag bereite ich mich vor auf diesen Abend – und dann kommst du und sagst, du mußt nach Wien! Absichtlich, absichtlich tust du das!« Jetzt weinte sie heftig. Die Farben auf ihrem Gesicht vermischten sich immer mehr. Sie sah tragisch und lächerlich aus.
Ich öffnete eine andere Spiegeltür, nahm einen Koffer heraus und suchte ein paar Sachen zusammen, die ich nach Wien mitnehmen wollte.
»Hast die Sprache verloren?« schrie Yvonne. »Kannst nicht mehr reden mit mir, wie?« Ihr Kittel rutschte von den Schultern. Nackt, nur mit einem kleinen lachsfarbenen Höschen und hochhackigen Pantoffeln bekleidet, stand sie im Ankleideraum. Keuchend ging ihr Atem. Die Brüste hoben und senkten sich hastig.
»Antworte mir!«
»Was soll ich antworten?«

»Daß du es absichtlich getan hast! Wieder einmal! Um mich zu quälen. Um mich zum Weinen zu bringen.«
Ich antwortete nicht. Ich legte Hemden in den Koffer, Socken, Unterwäsche, einen Anzug. Wie gut kannte ich das alles, wie lange schon. Sollte sie doch weinen, schreien, mich verfluchen. Sollte sie doch.
Außer sich ging sie zu ihrem Schminktisch.
»Du . . . du . . .! Wie ich dich hasse! Wie ich dich hasse! Nun hast du es wieder einmal erreicht! Aber Gott ist gerecht! Gott ist gerecht! Er läßt so etwas nicht zu! Nicht immer weiter!« Sie knickte auf einem Pantoffel um, schleuderte ihn vom Fuß und schrie: »Das alles wird sich an dir rächen! Rächen, ja! Verreck doch schon, du Hund! Verreck! Verreck! Und bald! Es wird mich freuen, wenn du bald verreckst!« Sie schleuderte auch den zweiten Pantoffel fort und rannte aus dem Schminkraum durch das Bad ins Schlafzimmer. Die Tür fiel hinter ihr zu.
Ich bin meiner Frau Yvonne nie wieder begegnet.

2

»Soll ich Sie zum Flughafen fahren, Maître?« fragte Emile.
Wir standen auf dem Kiesweg des Gartens vor unserem weißen Palais. Mein Wagen parkte da. Emile Rachet, der Concierge, hatte den Koffer heruntergetragen. Der Hausmeister war ein fleißiger und geschickter Mann, der einfach alles konnte. Er war Elektriker, Klempner, Maler, Maurer und Gärtner. Die Arbeit, die er nicht schaffte, gab es nicht. Seit achtzehn Jahren lebte er in der Mansardenwohnung über dem Garagenhaus hinten im Garten – seit ich in der Allee Pilatre de Rozier lebte.
»Nein«, sagte ich müde, denn der Streit mit meiner Frau war mir nähergegangen, als ich wahrhaben wollte. »Ich habe doch ein Taxi gerufen, Emile. Vielen Dank.«
Ich hatte mich auch telefonisch beim britischen Botschafter entschuldigt: Ich müsse dringend nach Wien, Yvonne fühle sich nicht wohl, die Hitze. Er war von besonderer Liebenswürdigkeit gewesen und hatte meiner Frau schnelle Besserung und mir einen guten Flug gewünscht.
»Dauert immer eine Weile um die Zeit, bis ein Taxi hierher durchkommt«, sagte Emile. Er war so groß wie ich und etwa

gleich alt. Zum weißen Hemd, einer weißen Hose und einer blauen Schürze trug er einen breitkrempigen Strohhut.

»Ja, viel Abendverkehr«, sagte ich und sah hinüber zu dem Park mit seinen vielen Sträuchern und Blumen. Rot, blau, gelb und lila leuchteten sie auf im Licht der untergehenden Sonne. Das grüne Laub der Bäume glänzte. Es war noch immer sehr warm.

Emile sah mich an. »Es tut mir so leid.«

»Was?«

»Ach, Monsieur.« Er seufzte. »Madame hat eine laute Stimme. Die Köchin hat sie gehört. Und das Mädchen und der Diener auch. Sie haben es mir erzählt.«

»Schon gut«, sagte ich. »Schon gut, Emile.«

»Nichts ist gut«, sagte er leise.

Ein einfacher Mensch war Emile Rachet. Er liebte den großen Garten und seine kleine Freiheit, so zu arbeiten, wie er es für richtig hielt – eine Freiheit, die ich ihm gern einräumte. Wenn Yvonne ihn anschrie, war seine Antwort stets: »Ich bin ein Angestellter Ihres Mannes, Madame, ich bin nicht Ihr Angestellter.« Sie ließ ihn deshalb auch meistens in Ruhe.

Von mir hatte er die Erlaubnis bekommen, ein kleines Stück Land in einer entlegenen Ecke des Gartens zu bebauen. Emile, der den Rasen, die Hecken, die Bäume und Blumen pflegte, pflanzte auf seinem Flecken Land Bohnen, Tomaten, Salate und anderes Gemüse für unsere Küche und seinen eigenen Bedarf. Von allem, was er liebte, liebte er dieses Stückchen Erde am meisten. Er war ledig und hatte etwas von einem Sonderling an sich, von einem liebenswerten Sonderling.

Emile schien zu leiden, weil ich so blaß und schweigsam war, und angestrengt nachzudenken, wie er mich fröhlicher machen konnte. Nun räusperte er sich aufgeregt. Offensichtlich war ihm eine Idee gekommen.

»Wie lange bleiben Sie in Wien, Monsieur?«

»Ich weiß nicht. Wahrscheinlich bin ich morgen abend wieder da. Warum?« Ich mußte an einen Satz denken, den der Philosoph Ernst Bloch geschrieben hat: ›Wenigstens einen *kleinen* Ausblick auf etwas Beruhigendes, Erfreuliches braucht der Mensch.‹ Das muß er einfach haben, sonst kann er nicht leben.

»Ich habe schon herrliche Tomaten und ganz besonders schönen Salat, Monsieur«, verkündete Emile, »Auch Radieschen und Gurken. Wenn Monsieur zurückkommt, gibt es Salat Nicoise. In Ordnung?«

14

»Fein«, sagte ich. Ausblick durch eine ›mindestens halb geöffnete Tür‹, schrieb Bloch, aber um mich waren alle Türen geschlossen seit langer, langer Zeit.
»Ich rede mit der Köchin. Sie hat, was man noch dazu braucht«, sagte Emile. »Thunfisch, Eier, Sardellen, Oliven.« Er lachte in der Hoffnung, mir eine Freude bereiten zu können. »Monsieur bekommt einen feinen, schönen Salat Nicoise!«
Ich tat ihm den Gefallen und lachte auch.
»Vergeßt den Knoblauch nicht!« sagte ich. An Blochs ›Prinzip Hoffnung‹ kam niemand vorbei. Und ich hatte keine, hatte keine Hoffnung mehr. Schon lange nicht mehr.
Emile lachte wieder, er schien jetzt glücklich.
»Knoblauch, ja«, sagte Emile. »Und Senf und frische Kräuter.«
»Und die Eier in Viertel geschnitten«, sagte ich. ›Hoffnungslosigkeit‹, schrieb Bloch, ›ist das Unhaltbarste, das ganz und gar den menschlichen Bedürfnissen Unerträgliche.‹
»Wie immer in Viertel«, sagte Emile lachend. Dann erschrak er. »Sie weinen, Monsieur!«
»Unsinn«, sagte ich. »Mir ist nur eine Mücke ins Auge gekommen.« Ich wischte beide Augen mit einem Taschentuch trocken. »Verflucht nochmal, diese Scheißmücken.«
»Diese Mücken, ja«, sagte Emile verloren.
Vor dem Parktor hielt ein Taxi, der Fahrer stieg aus. Emile nahm den Koffer und trug ihn zum Wagen. Ich gab ihm die Hand. Er schüttelte sie fest, während er seinen Strohhut abnahm.
»Sie sind sehr unglücklich, Monsieur«, sagte Emile, als ich in den heißen Fond stieg, leise.
»Hören Sie auf!« sagte ich. »Viele Radieschen in den Salat, fein geschnitten.«
»Fein geschnitten. Ach, Monsieur«, sagte er gramvoll und schloß den Schlag.
Hoffnungslosigkeit war das Unhaltbarste, das ganz und gar den menschlichen Bedürfnissen Unerträgliche . . .
Der Fahrer kroch hinter das Steuer. »Wohin, 'sieur?«
»Orly«, sagte ich. »Flughafen.«
Er fuhr an. Ich wurde in den Sitz zurückgedrückt und blickte mich um. Emile stand auf der Straße, den Strohhut an die Brust gepreßt. Der Duft der blühenden Sträucher und Blumen drang in den Wagen, schwer und süß.
Ich habe Emile nie wiedergesehen.

3

Also brachte die blonde Stewardeß den Whisky, den ich bestellt hatte, und ich nahm das Glas und sagte: »Danke, Monique.« Ich flog oft in EURO-AIR-Maschinen und kannte die Vornamen vieler Stewardessen. Mit einigen hatte ich etwas gehabt, mit der hübschen Monique zum Beispiel, die nicht ahnte, daß sie in einer knappen Stunde sterben mußte.

»Gern geschehen, Maître«, sagte Monique und lächelte mir zu. Damals, in jener Nacht, hieß ich noch Charles Duhamel. Herzkrank, Angina pectoris, unter Langzeitbehandlung mit Nitropräparaten. Vor dem Abflug hatte ich zur Sicherheit die Kapsel eines schnell wirkenden Nitromittels geschluckt, denn ich wollte keinesfalls in zehntausend Metern Höhe einen Anfall bekommen. Vor jedem Start nahm ich solch eine Kapsel. Noch nie hatte ich beim Fliegen einen Anfall bekommen.

Ich bin ein häßlicher Mensch.

Meine Nase ist viel zu groß und zudem schief, der Mund zu fleischig, das Kinn tritt zurück, die Stirn ist zu hoch. Ich bin sehr groß und stand, ging und saß darum stets leicht gebückt, so daß leicht der Eindruck entstehen konnte, ich hätte einen Buckel. Gleich Shakespeares König Richard III. war ich ›zu Possenspielen nicht gemacht, noch um zu buhlen vor verliebten Spiegeln‹. Ich wußte, wie ich aussah – häßlich eben, wie verwachsen, mit einem kurzgestutzten Vollbart und langem, nach hinten gekämmtem braunem Haar, das meine Ohren, die leicht abstanden, verdecken sollte. ›Entstellt‹ kam ich mir vor wie König Richard, ›verwahrlost, vor der Zeit gesandt in diese Welt des Atmens‹. Tatsächlich war ich eine Frühgeburt, ein Siebenmonatskind, und dennoch so hochaufgeschossen.

Allerdings hatte ich niemals die geringste Schwierigkeit gehabt, Frauen zu bekommen, die ich gerade haben wollte. Ich war ein Mann, auf den sie alle, alle flogen. Sie mußten etwas spüren, die Frauen. Mit Monique war es einmal in einer Kabine der Herrentoilette des Flughafens Orly geschehen. Ich hatte zuvor am EURO-AIR-Schalter nur leise zu ihr gesagt: »Ich will dich haben.« Das hatte genügt. Hinterher war zuerst sie, dann ich aus der Kabine getreten. Wir hatten bis dahin kein Wort miteinander gesprochen. Wenn Monique mich seither sah, schien sie erfreut und blieb vollkommen natürlich.

Ähnliches geschah häufig. Diese Art, eine Frau zu nehmen, regte mich sehr auf. Sie regte auch die Frauen sehr auf. Unglaublich, aber wahr: Niemals hatte ich eine Ohrfeige bekommen, nur zweimal war die Frau stumm fortgegangen. Aber all die anderen . . . Ich hatte es getan mit ihnen nachts in den Korridoren von Eisenbahnwaggons, während der Zug durch die Dunkelheit donnerte, in Hausfluren, in Autos, in Wäschekammern und Badezimmern fremder Wohnungen, wo ich zu Gast geladen war, im Kino, auf dem Vorderdeck einer Jacht, einmal sogar in einem mit Menschen vollgestopften Wagen der Metro. Besonders erregte es mich – und die Frauen –, wenn jemand kommen konnte, und entdecken, was wir taten. Ich gestehe, daß mir diese Abenteuer seit Jahren die angenehmsten waren.
Während ich die letzten Zeilen noch einmal lese, erschrecke ich, denn es ist die reine Wahrheit, die ich da niedergeschrieben habe. So stand es damals um mich. Das war alles, was ich an Beziehungen zu Frauen, was ich an Liebe hatte. Und dabei fühlte ich mich noch wohl. Nein, das stimmt nicht. Ich fühlte mich nicht wohl dabei. Ich fühlte mich nie wohl. Oft dachte ich an Selbstmord. Aber dazu war ich zu feige.

4

Du hast gewiß schon von dem Mann gehört, mein Herz, der nur schnell mal um die Ecke ging, weil er Zigaretten kaufen wollte. Er ging – und kam niemals wieder.
Solche Männer – und Frauen – gibt es in Amerika jährlich zu Zehntausenden, und auch in Europa sind es viele Tausende. Diese Menschen steigen aus. Sie haben ihr altes Leben satt. Sie sehnen sich nach einem neuen, das sie augenblicklich beginnen können, in der nächsten Minute, sobald sie um die Ecke sind. Es gibt Statistiken über diese Aussteiger. Einer Auskunft des Bundeskriminalamtes in Wiesbaden zufolge verschwanden in der Bundesrepublik 1980 genau 3509 Männer und 1735 Frauen. Das sind 14 Menschen pro Tag. 51 Prozent wurden innerhalb von drei Tagen wiederentdeckt. Die restlichen jedoch – immerhin 2570 Männer und Frauen – tauchten nie wieder auf, und so muß man annehmen, daß es ihnen wirklich gelungen ist, ein neues Leben zu beginnen.

Für mich war dieses Aussteigen aus meiner herkömmlichen Existenz zur fixen Idee geworden. Ich konnte nicht anders, ich mußte ständig an sie denken, an die Um-die-Ecke-Geher, an die Zigarettenholer. Auch in jener schönen Sommernacht, auf dem Flug von Paris nach Wien in einer Boeing 727 der EURO-AIR, dachte ich an sie, das Whiskyglas in der Hand, hinter dem Fenster zu meiner Linken einen Himmel voller Sterne. Mein Leben war mir ebenso unerträglich geworden wie mein Beruf.
Mein Beruf!
Welch hohe Ideale hatte ich in meiner Jugend! Wie anständig, wie klug, wie gebildet träumte ich da zu sein als Anwalt des Rechts und aller um ihr Recht Kämpfenden. Mit meiner ganzen Intelligenz, mit meiner ganzen Kraft wollte ich der Gerechtigkeit dienen. Ich erinnerte mich noch gut an diesen Traum eines jungen Mannes, leider, denn eben das machte alles so unerträglich.
Was war geschehen?
In Armut, unvorstellbarer Armut hatte ich studiert, hatte in Hotelküchen Geschirr, hatte verdreckte Monteuranzüge, hatte sogar Leichen gewaschen, war Taxi gefahren, auf den Bau gegangen, hatte in den gigantischen ›Hallen‹, dem Bauch von Paris, geschuftet nach Mitternacht. In einem winzigen Zimmer hatte ich gelebt, niemals genug zu essen gehabt.
Ganz erfüllt von meinen Idealen, war ich dann endlich als Verteidiger vor Gericht gestanden. Gute Leute, kleine Leute hatte ich verteidigt. Leute, die zu Unrecht angeklagt waren. Ergebnis? Elend war meine Kanzlei, elend war es mir selbst gegangen. Und dann, mehr durch einen Zufall, ein Versehen, einen Irrtum fast, hatte ein ganz großer Lump, ein Betrüger, der Schuld am Zusammenbruch vieler Existenzen trug, meine Rechtshilfe in Anspruch genommen.
Ja, und?
Freibekommen hatte ich den Kerl. Es war *die* Sensation von Paris. Von einem Tag zum andern hatte ich einen vollkommen neuen Mandantenkreis. Und war glücklich darüber, sehr glücklich.
Und aus diesem Grund hatte ich von da an mit meiner ganzen Kraft, meiner ganzen Intelligenz dem Geld, dem Ruhm nachgejagt, skrupellos, in meinen Sensationsprozessen vor keinem Bluff, vor keinem Trick, keinem gerissenen Manöver zurückschreckend, wenn es da – und wieder König Richard – ›um

Meineid, Meineid in allerhöchstem Grad, um Mord, um grausen Mord in fürchterlichstem Grad, jedwede Sünd' in jedem Grad geübt‹ gegangen war. In mir fanden sie ihren großen Beschützer, all die Übeltäter, auch die ärgsten. Glücklich pries sich jeglicher Mörder, wenn ich ihn vertrat. Ja, so wurde man Staranwalt, bewundert und verachtet, ganz egal, *begehrt!* Man verdiente ein Vermögen, hatte ein kleines Palais im vornehmsten Bezirk von Paris, einen Rolls-Royce, ein Chalet auf dem Land, ein Boot unten im Süden, hatte Bekannte zu Dutzenden: reiche, schöne, berühmte.
Hatte man Freunde?
Nein.
Man hatte einmal viele gehabt und gute, aber das war lange her.
Eifersüchtig war meine Frau Yvonne gewesen auf meine Freunde, und gefürchtet hatte sie alle, zu Recht und mit richtigem Instinkt. Denn meine Freunde fragten mich damals vor vielen Jahren, wie um des Himmels willen ich denn dazu gekommen sei, eine solche Frau zu heiraten: schön, böse, dumm. Und meine Freunde erboten sich dann später auch, mir behilflich zu sein bei dem Versuch, Yvonne zu verlassen. Das ging aber nicht. Das konnte ich nicht. Und während die Zeit verstrich, ekelte meine Frau die Freunde aus dem Haus, und ich schwieg dazu aus Angst vor ihren Szenen – antike Tragödien waren das. Und ich war voller Angst und Feigheit, Feigheit, Angst.
Einen einzigen gab es, der trotzte Yvonnes Beleidigungen, all ihren Gemeinheiten: Studienkollege, Patentanwalt und damit Berufskollege, der gute Jean Balmoral. Auf der Universität hatten wir einander kennengelernt, danach waren wir zusammen am Institut d'études judiciaires gewesen, ein ganzes Jahr lang. Damals bereits hing er an mir, verließ mich nie, war mir ergeben. Nun ja, er konnte auch ergeben sein und dankbar, hatte ich ihm doch fast seine ganze Doktorarbeit geschrieben. Der gute Jean Balmoral. Mein so inniger Freund. Mein einziger.
Und ich? Warum verließ ich sie nicht, meine schöne, böse, dumme Frau?
Ich sagte schon: Das ging nicht. Das konnte ich nicht. Als ich Yvonne vor nunmehr einundzwanzig Jahren zur Frau nahm, da war ich unbekannt und arm, ihr Vater aber reich, und sie brachte Geld, viel Geld mit in die Ehe. Also Gütergemeinschaft. Gütergemeinschaft nach dem vor der Heirat geschlossenen Ehekontrakt.

Wenn ich mich von Yvonne scheiden lassen wollte, hätte mir das finanziell den Ruin gebracht. Natürlich stimmte das nicht. Aber ich redete es mir ein, denn ich liebte den Wohlstand. Und feige war ich, sehr feige.
Gewiß, alle Männer sind feige, wenn es um Aussprache, Trennung, Scheidung geht. Wie anders sind da stets Frauen, was wagen sie! Alles. Was wagen Männer? Nichts.
Du wirst fragen, mein Herz, warum ich eine solche Frau heiratete?
Nun, ich war verliebt, nicht wahr. Ich bemerkte nicht, daß sie böse war und dumm, ich sah nur, daß sie schön war, so schön. Und jung waren wir, ich achtundzwanzig, sie erst achtzehn Jahre alt. Meine Freunde bemerkten es wohl. Hörte ich auf einen einzigen von allen, die mich warnten? Auf keinen hörte ich. Völlig vergeblich blieb jedwede Warnung. Denn da war noch etwas: Wir hatten uns – so heißt das wohl – unter der Haut. Wild aufeinander waren wir wie Tiere – sieben Jahre lang. Dann war dieser Rausch zu Ende. Dann bemerkte ich, daß Yvonne dumm war, dumm und böse. Nun war es zu spät. Denn da hatte meine Karriere längst begonnen, und ich war längst bekannt.
Ich trank einen großen Schluck Whisky und sah mir in der spiegelnden Fensterscheibe dabei zu. Einen Geliebten hatte meine Frau. Paul Perrier hieß der junge, schöne Mann mit der Pfirsichhaut und den langen seidigen Wimpern über den dunklen Augen. Ganz offiziell war er Yvonnes Geliebter. In Paris kannst Du so etwas machen, mein Herz, und ich war ja auch mehr als fleißig mit meinen Damen. Um das Leben überhaupt noch aushalten zu können, redete ich mir ein, daß ich ein Karma zu tragen hätte. Die Lehre vom Karma, diesem wichtigen religiösen Begriff im Hinduismus und Buddhismus, besagt, daß das Schicksal eines jeden Menschen nach dem Tode davon abhängt, wie er gelebt hat. Seinen Taten gemäß wird der Tote im Himmel, in der Hölle oder auf der Erde in Gestalt eines Menschen, eines Tiers oder einer Pflanze wiedergeboren. Das Karma ist sozusagen die Vergeltung für gute oder böse Taten. Ich mußte demnach in einem früheren Leben etwas sehr Böses getan haben, und das Karma, die Vergeltung dafür, war Yvonne. Sie blieb meine Lebensschuld, von der ich niemals frei sein würde.
Wer von uns allen hat noch nie gedacht: Jetzt gehe ich um die Ecke Zigaretten holen, jetzt steige ich aus aus all dem Dreck, aus all der Lüge, Feigheit und Gemeinheit und fange ein neues, ein

ganz anderes Leben an? Wer hat dergleichen noch nie gedacht? Ach, es war das Spiel, das alle spielten in Gedanken, nur sprach keiner davon. Ich leerte mein Glas und überlegte: Wie lange habe ich mit neunundvierzig noch zu leben? Ein Jahr? Zehn Jahre? Zwanzig? Oder nur eine Minute? Wenn ich, so dachte ich, jetzt und hier sterben würde – was wäre dann wohl über mein Leben zu sagen? Nur dies: Ganz ohne Wert war es, ganz ohne Sinn.

5

»Noch einen Whisky, Monique, bitte.«
»Sofort, Maître.« Sie eilte davon.
Diesmal saß ich also in der zweiten Klasse, obwohl ich sonst stets erster flog. Die Maschine war aus London gekommen und in Paris nur zwischengelandet. Die erste Klasse war voll besetzt mit den Mitgliedern einer israelischen Regierungskommission. Londoner Beratungen über das Palästinenserproblem sollten in Wien mit Bundeskanzler Kreisky fortgesetzt werden. Er hatte sich erbötig gemacht, als Verbindungsmann zu Yassir Arafat zu fungieren. Monique hatte es mir erzählt, nach dem Start. Zuvor hatte ich noch mit Daniel Mann in Wien telefoniert.
»Alles okay, mein Alter. Ich fliege mit der EURO-AIR. Wir werden um null Uhr fünfunddreißig in Wien landen.«
»Großartig, dann bist du gegen halb zwei Uhr bei mir.«
»Ja«, hatte ich gesagt. »Also dann bis halb zwei, Daniel.«
Eng war es in der zweiten Klasse. Meine langen Beine, die ich nicht ausstrecken konnte, schmerzten. Der Mann neben mir hatte mich schon lange Zeit beobachtet. Jetzt faßte er sich ein Herz.
»Excusez-moi, Monsieur, leider je parle français très mal . . .«
»Sprechen Sie Deutsch?« sagte ich.
»Sie verstehen auch Deutsch?«
»Ja.«
»Phantastisch . . .« Er schnüffelte ergriffen. Sehr erkältet war er.
»Sie sind doch der berühmte Anwalt Duhamel, nicht wahr?«
»Na, berühmt . . .«
»Doch, doch. Ich habe Ihr Gesicht gesehen – in deutschen Zeitungen, vor drei Wochen, als Sie diesen Mann freibekamen . . . Kro . . . Kur . . .«

»Krupinski.«
»Krupinski, ja! Phantastisch!« Er strahlte mich an wie ein Kind den Weihnachtsbaum. »Wenn Sie seinen Fall nicht übernommen hätten, wäre er zur Höchststrafe verurteilt worden, wie?«
»Es ist sehr wahrscheinlich.«
»Die Guillotine, nicht wahr?« Er nieste.
»Nein, das nicht. Jetzt, mit Mitterrand und den Sozialisten am Ruder, wird man die Todesstrafe abschaffen, Herr . . .«
»Bosnick, Herr Doktor. Harald Bosnick. Mit ck. Hoch- und Tiefbau.«
»Sehr angenehm.«
»Also, dann nicht Guillotine, aber zweimal lebenslänglich, was?« fragte Herr Bosnick mit ck und benützte heftig schniefend ein Taschentuch. »Lebenslang unschuldig hinter Gittern – furchtbar, auch nur daran zu denken!«
»Ja«, sagte ich, »nicht wahr?«
Oh, war mir elend. Wie hatte ich von alledem genug. Stanislav Krupinski, Metallarbeiter. Natürlich war er schuldig, dieses stumpfe Tier von einem Menschen. Hatte die beiden alten Leutchen bestialisch abgeschlachtet mit dem Beil. Fünfzig Franc waren seine Beute gewesen. Ja, aber es kam zu einem reinen Indizienprozeß. Nicht ein einziger Zeuge. Und ich hatte ein Indiz nach dem anderen zerlegt, wertlos gemacht. Beklagenswerter Staatsanwalt: meinen grandiosen Posen, meiner geschickten psychologischen Behandlung der Geschworenen war er nicht gewachsen gewesen. Zwei von ihnen weinten, als der Richter den Freispruch verkündete – »wegen erwiesener Unschuld«.
Nicht wegen Mangels an Beweisen, nein wegen erwiesener Unschuld. Das sollte mir erst einer nachmachen. Früher, lang war's her, empfand ich in solchen Augenblicken Gefühle des Glücks, der Freude, des Triumphs. Lang war's vorbei. Nicht einmal Genugtuung hatte ich empfunden. Routine, reine Routine, sonst nichts.
»Würden Sie . . . könnten Sie . . . dürfte ich Sie wohl um ein Autogramm bitten, Herr Doktor?« Er hielt mir einen Block und einen goldenen Kugelschreiber hin. Ich schrieb meinen Namen quer über die aufgeschlagene Seite. Es war das letzte Mal für sehr lange Zeit, daß ich meinen Namen schrieb.
Herr Bosnick schnaubte donnernd in das Taschentuch.
»Danke! Wenn ich das meiner Frau erzähle . . . Phantastisch!«
»Ihr Whisky, Maître.«

»Danke, Monique.« Ich sah sie an. Sie schloß kurz die Augen, und das hieß: Wenn du willst, ich bin bereit. Ich nahm mir vor, im Wiener Flughafen die erstbeste Gelegenheit wahrzunehmen. Vielleicht vertrieb das vorübergehend meine Trübsal.
Ich trank einen großen Schluck, dann konnte ich mich nicht länger dem hingerissenen Herrn Bosnick entziehen.
»Sie sprechen phantastisch Deutsch, Herr Doktor. Also wirklich, ohne jeden Akzent.«
»Meine Eltern stammen aus dem Elsaß. Ich wurde in Straßburg geboren und verbrachte dort meine Jugend.«
»Ich verstehe«, sagte er.
Er verstand natürlich nichts. Er konnte nichts verstehen. Er wußte nichts von mir. Mein Vater starb, als ich drei Jahre alt war. Ich habe keine Erinnerung an ihn. Meine Mutter war eine sehr schöne Frau. Das Haus, in dem wir lebten, gehörte ihr. Sie führte darin eine Papierwarenhandlung. Der Krieg kam, das Jahr 1940, die deutsche Besatzung. Ich war acht Jahre alt. Die Nazis hatten ihre schlimmsten Fanatiker nach Elsaß-Lothringen geschickt, um dieses Land, das im Lauf der Geschichte immer wieder die Nationalität wechselte, so gründlich wie möglich zu »germanisieren«. Ein Land unter Terror also. Ein Land in Angst. Es mußte Deutsch gesprochen werden. Alle französischen Vornamen wurden eingedeutscht. Ich hieß nun Karl. In der Schule mußten wir jeden Morgen für Adolf Hitler beten.
Ein Deutscher wurde bei uns einquartiert. Mutter war zuerst starr vor Schreck. Jeder wußte, was für Deutsche nach Elsaß-Lothringen kamen. Aber der Deutsche, der nun bei uns wohnte, war ein guter Mensch. Es war gefährlich für ihn, gut zu sein. Mutter ertappte ihn einmal, als er Radio London hörte. Dieser Deutsche – ich nannte ihn nur bei seinem Vornamen: Heinz – hatte zunächst große Angst, Mutter könne ihn verraten. Aus der Angst wurde Vertrauen, aus Vertrauen Liebe. Die verbotene Liebe zwischen einer Französin und einem Deutschen.
Ich hatte plötzlich wieder einen Vater. Ja, Heinz war wie ein richtiger Vater zu mir. Auch wir liebten einander. Ich bewunderte ihn über alle Maßen. Er war so gescheit. Er hatte so viel Humor. Und er schenkte mir ein wunderbares Buch: die Märchen der Gebrüder Grimm, voll herrlich bunter Abbildungen. Mit heißem Kopf las ich darin. Schon bald hatte ich ein Lieblingsmärchen. Ich kann es noch heute, nach so vielen Jahren, fast auswendig . . .

›In den alten Zeiten, wo das Wünschen noch geholfen hat, lebte ein König, dessen Töchter waren alle schön, aber die jüngste war so schön, daß die Sonne selber, die doch so vieles gesehen hat, sich verwunderte, sooft sie ihr ins Gesicht schien . . .‹
So begann das Märchen »Der Froschkönig oder der eiserne Heinrich«.
Heinz schenkte mir noch viele andere Bücher. Er war es, der meine Liebe zu Büchern weckte, der einen Büchernarren aus mir machte. Er war es auch, der dafür sorgte, daß ich ohne jeden Akzent Deutsch sprach. Durch ihn lernte ich: In Deutschland gab es gute und schlechte Menschen – wie in jedem anderen Land der Welt auch.
Sobald der Krieg zu Ende sei, sagten Mutter und Heinz, wollten sie heiraten und nach Bremen übersiedeln. Da stammte Heinz her. Ich freute mich schon sehr auf dieses geheimnisvolle Land Deutschland. Aber 1943 verließ uns Heinz, er kam an die Ostfront. Ich habe nie wieder etwas von ihm gehört. Ein Jahr später wurde unser Haus bei einem amerikanischen Luftangriff zerstört und meine Mutter getötet. Mich steckten sie in ein Heim.
»Meine Damen und Herren, hier spricht Ihr Flugkapitän. Wir überfliegen soeben den Rhein . . .«

6

Damit Du, mein Herz, Dir auch wirklich eine Vorstellung davon machen kannst, wie weit es schon mit mir gekommen war, muß ich noch von meiner monströsen Müdigkeit erzählen. In den ersten Jahren unserer Ehe kam ich fast überhaupt nicht zum Schlafen. Yvonne und ich lagen im gleichen Bett und hatten die Nacht durch miteinander zu tun. Sehr oft ging das bis zum Morgengrauen. Damals schienen mir drei, vier Stunden Schlaf mehr als genug zu sein, ich war danach durchaus in der Lage, jede geistige Belastung spielend zu bewältigen. Es folgte eine lange Periode, in der ich abends wegen der Ereignisse und Erlebnisse in Kanzlei und Gerichtsaal so überdreht heimkam, daß ich nur mit schwersten Mitteln – und auch dann schlecht – schlafen konnte. Im dritten Abschnitt befand ich mich, als ich nach Wien flog, seit einem Jahr.
Ich schlief und schlief und schlief. Sonn- und feiertags kam ich

überhaupt nicht aus dem Bett. Da schlief ich ohne jedes Mittel vierzehn, sechzehn, achtzehn Stunden durch: tief, fest und mit schönen Träumen. Ich hatte seit langem ein eigenes Schlafzimmer. Yvonne, die meinem Beruf Desinteresse und tiefe Verachtung entgegenbrachte, wurde erst nervös, als ich die letzte Phase dieses Stadiums erreichte – Schlafsucht. Ich glaube, hier das rechte Wort gefunden zu haben. Ich war süchtig nach Schlaf wie der Alkoholiker nach der Flasche, der Morphinist nach der Spritze. Ich war stets ein Nachtmensch gewesen. Nun legte ich mich schon um neun Uhr zu Bett, wenn es sich irgendwie machen ließ. Die wichtigsten Akten für den nächsten Tag waren dann nur schlampig gelesen, und ich hatte mich nur ungenügend für das Gericht vorbereitet. Ich schlief sofort ein und – das war das Unangenehme – fand am Morgen nicht aus den Federn. Ich wußte, daß ich aufstehen mußte, ich wußte, daß ich Termine und Verabredungen hatte, allein ich blieb im Bett und schlief – manchmal bis in den hohen Mittag hinein. Damals ließ ich wichtige Verhandlungen bei Gericht platzen, und ich zog mir den Zorn der sonst wohlgesinnten Richter zu. So ging das nicht weiter. Ich beauftragte schließlich einen jungen Mann, der bei mir seine Assessorenzeit absolvierte, an jedem Arbeitstag um sieben Uhr früh zu erscheinen, um mich, und wenn es dazu Prügel brauchte, aus dem Bett zu holen. Unser Personal war bis auf den Concierge von Yvonne ausgesucht und mir deshalb viel zu suspekt.
Also erschien an jedem Arbeitstag der junge Assessor – er hatte von mir Hausschlüssel erhalten – in meinem Schlafzimmer, und es bedurfte aller Überredungskünste und danach oft all seiner physischen Kraft, mich aus dem Bett zu zerren und dafür zu sorgen, daß ich nicht in die Kissen zurück flüchtete. Mit bleiernen Gliedern und einem Brummschädel, als hätte ich die Nacht durchgelumpt, ging ich dann ins Badezimmer, duschte eiskalt, bis ich halbwegs bei mir war, trank Unmengen starken schwarzen Kaffee und brachte mich so in eine Verfassung, in der ich klar denken und arbeiten konnte. Ich tat, was ich nie getan hatte: Ich schlief nachmittags im Büro – und mußte von dem gleichen jungen Mann, dem das alles entsetzlich peinlich war, wiederum mit Gewalt vom Sofa geholt und an den Schreibtisch geschleppt werden, weil bereits Klienten warteten. In meinen wachen Stunden indessen, wenn ich Plädoyers hielt, wenn ich schwierige Schriftsätze verfaßte, hatte ich nur eine Sehnsucht: zu schlafen.

Zu schlafen und nie mehr aufzuwachen. Ich magerte stark ab in jener Zeit und sah elend aus. Ich ging zu einem bekannten Arzt. Der untersuchte mich, warf einen Blick auf meine ständig leicht zitternden Hände und sagte:»Körperlich sind Sie völlig gesund. Psychisch . . . hm.«
»Was heißt ›hm‹?«
»Psychisch sieht es bei Ihnen so aus: Sie schlafen endlos, weil Sie sich mit allen Kräften gegen das Wachsein und das ordentliche, pünktliche Arbeiten wehren. Sie arbeiten ja nicht für sich allein. Sie arbeiten auch für Ihre Frau. Sie hat einen Freund, nicht wahr?«
»Ja«, sagte ich.
»Nun, dann arbeiten Sie auch für ihn. Für Ihre Frau und ihn. Eben das aber wollen Sie nicht mehr tun. Man nennt das eine Flucht ins Bett. Der Zustand wird sich verschlimmern. Sie werden von den verschiedensten harmlosen Krankheiten heimgesucht werden, die Sie zumindest ans Bett fesseln . . . Dann werden Sie in die Krankheit flüchten. Die psychosomatischen Beschwerden, die Sie empfinden, können oder werden sich bald zu richtigen schweren Krankheiten auswachsen. Wenn es so weit kommt, wird Ihnen kein Arzt und auch der beste Psychiater nicht mehr helfen können. Sie müssen sich sofort von Ihrer Frau trennen.«
»Das kann ich nicht.«
»Dann«, sagte er,»werden Sie elend zugrunde gehen.«
An diesen Ausspruch dachte ich, als ich fühlte, wie die Maschine zu sinken begann, und Monique reden hörte. Sie sprach über ein Mikrophon, ihre Stimme ertönte aus den Bordlautsprechern.
»Meine Damen und Herren, in wenigen Minuten werden wir in Wien-Schwechat landen. Wir bitten Sie, die Sicherheitsgurte anzulegen und das Rauchen einzustellen.« Sie wiederholte die Sätze noch in Deutsch und Englisch, und vor mir, an der Kabinendecke, flammte eine Leuchtschrift auf, die zweisprachig um das gleiche bat.
Ich nahm den Gurt und legte ihn mir über den Bauch. Es sah so aus, als wäre ich angegurtet. In Wahrheit gurtete ich mich nie an, im Flugzeug nicht und nicht im Auto. Ich konnte es einfach nicht. Ich hatte eine panische Furcht vor dem Gefühl des Angeschnalltseins. Als wir das nächtliche Wien überflogen, sah ich viele funkelnde Lichter. Die Maschine ging in eine gewaltige Kurve. Bald waren wir schon so weit gesunken, daß ich die

Landebahnbefeuerung des Flughafens erkennen konnte. Noch tiefer sank die Maschine. Ich bemerkte einen sanften Ruck, als die ausgefahrenen Räder erste Bodenberührung hatten. Danach ging alles ungeheuer schnell. Ich erinnere mich noch deutlich daran, direkt vor mir einen Blitz durch die Maschine zucken gesehen zu haben, einen Blitz von nie erlebter, blindmachender Helligkeit. Dann gab es einen furchtbaren, in den Ohren schmerzenden Knall. Eine Druckwelle riß mich hoch. Und damit war Schluß. Ich verlor das Bewußtsein.

7

Ich war in einem andern Land. Da floß ein großer Strom, an dessen Ufer ich saß. Die Luft war mild, der Himmel unendlich weit und hoch. Das Wasser unter mir rauschte leise, und aus diesem Rauschen entstand eine wunderbare Melodie, die schönste, die ich jemals gehört hatte, weich und wehmütig und doch voller Hoffnung. Und alles war Wohlklang und Harmonie, und alle meine Sorgen waren verschwunden wie meine Ängste und meine Schmerzen. Nun flog ich über eine große Stadt hinweg auf gewaltige Weinberge zu, und über diesen sah ich das schöne, lächelnde Gesicht einer jungen Frau mit braunem Haar und riesigen braunen Augen, und das Gesicht kam näher und näher, und zuletzt war es, als ginge ich ein in dieses Gesicht, umgeben von lauter Sicherheit.
Und da waren Wälder mit uralten und sehr hohen Bäumen, und ich ging durch einen lichterfüllten Dom, den sie bildeten, und an meiner Seite ging jene Frau, und ich fühlte mit großer Rührung, daß wir zusammengehörten, so sehr, wie Mann und Frau nur zusammengehören können. Und plötzlich war da ein endlos weiter, weißer Strand, Palmen neigten sich im Sommerwind, blau war das Meer, und seine Wellen glänzten schaumgekrönt. Das Licht war anders in diesem Land, wie niemand es beschreiben könnte, ein unirdisches Licht war es, von sehr großer Kraft. Und ich sah einen Totenschädel und eine abgelaufene Sanduhr, eine niedergebrannte Kerze und ein zerfallenes Buch und andere Zeichen der Vergänglichkeit, und plötzlich ahnte ich, dies war das Land der Toten. Und ich sah viele Kinder miteinander spielen

und einen alten Mann, dessen Gesicht war von der Sonne gegerbt. Er saß an einem kleinen Tisch und spielte auf einer Zither und sang dazu ein altes, schönes Lied.

Und ich sah ein sehr kleines Dorf inmitten endloser Wiesen, und überall auf diesen Wiesen sprangen Quellen wie Springbrunnen aus der Erde, und jene Frau und ich schwebten über die Wiesen und Quellen dahin, als wären wir verzaubert und vereint für alle Zeit. Und immer weiter erklang die wunderbare Melodie, deren Echo wieder und wieder erschallte, denn dieses Land der Toten war so groß wie das Weltall, unendlich groß.

Und weiter flog ich mit jener Frau über Täler und Wälder, über Ströme und Berge. Und da war ein kleines Mädchen, es hinkte und lachte und winkte uns zu, und an seiner Seite sah ich einen alten Mann mit weißem Haar, und ich war so glücklich, wie ich es niemals im Leben gewesen war.

Dann plötzlich sah ich einen Bach, und in ihm schwamm ein Toter, und ich wußte, daß ich ihn getötet hatte, aber es machte mir nichts aus, und eine Madonna blickte mich lächelnd an, mich, den Mörder, und jene junge Frau an meiner Seite.

Wir flogen nun in den strahlenden Himmel empor, höher und höher, fliegend drehten wir uns im Tanz, bis dann jäh aus schimmernder Helligkeit Dunkelheit wurde und ich zu stürzen begann, zu stürzen, hinabzustürzen, hinab, und aus der herrlichen Melodie wurde ein grauenvolles Heulen, und zuletzt lag ich in großer Finsternis und Einsamkeit, und es dauerte lange Zeit, bis ich erkannte, daß dies das Heulen von Sirenen war.

Jenes wunderbare Land der Toten hatte mich ausgespien, und ich war wieder in dem jämmerlichen Land der Lebenden mit all seiner Kälte und all seinem Jammer. Das Heulen der Sirenen wurde leiser, zuletzt war da nur noch eine einzige Sirene – und ich, irgendwo, nirgendwo, weiß nicht wo. Und ich dachte, daß es nicht der Tod war, der alles beschloß. Nein, das Leben war es, das allem ein Ende bereitete, dem größten Glück und der größten Liebe. Und ich war sehr traurig.

Eine Sirene heulte noch immer.

8

Eine Sirene heulte.
Dann waren es zwei.
Dann waren es drei.
Dann konnte ich sie nicht mehr zählen. In meinen Ohren knackte und rauschte es.
Vorsichtig bewegte ich einen Arm, ein Bein, den Kopf. Ich lag, fand ich, auf etwas Knorrigem, Stacheligem. Ich rollte zur Seite und fiel in nachtfeuchtes Gras, mit dem Gesicht nach unten. Jetzt hörte ich neben dem Sirenengeheul auch gellende Schreie, wie sie Menschen in größtem Schmerz, in größter Qual ausstoßen. Danach vernahm ich viele Stimmen durcheinander und Motorenlärm. Und schließlich drang das prasselnde Geräusch von Flammen an mein Ohr. Ganz langsam wälzte ich mich auf den Rücken.
Über mir wölbte sich der Sommernachthimmel mit seinen unendlich fernen, unendlich gleichgültigen Sternen. Behutsam setzte ich mich auf. Ich war, so schien es, unverletzt. Nur Kopfschmerz quälte mich. Ich sah, worauf ich gelegen hatte: auf einer niedrig gestutzten Hecke, wie sie neben den Startbahnen angelegt waren. Zögernd zwang ich den Blick auf etwas Helles, orangefarben Flammendes und sah in einiger Entfernung das lodernd brennende Wrack der auseinandergebrochenen Maschine, in der ich gesessen hatte. Sie war offensichtlich an der Sollbruchstelle geborsten, und ich mußte an dieser Sollbruchstelle gesessen haben. Und so bist du herausgeschleudert worden, weil du dich nicht angegurtet hast, dachte ich. Über diesen Gedanken grübelte ich lange. Ich vermochte nur mit größter Mühe zu denken. Trottel, dachte ich schließlich, weil du dich *nicht* angegurtet hast, konntest du überhaupt aus der Maschine herausgeschleudert werden. Deine Angst vor dem Angeschnalltsein hat dir das Leben gerettet.
Die Schreie waren entsetzlich.
Das mußten verletzte Passagiere sein, überlegte ich. Männer in weißen Kitteln liefen hin und her, knieten vor zuckenden Leibern. Von der vorderen Hälfte der Maschine war nur noch das glühende Oberteil erhalten, alles andere fehlte. Trümmer lagen weit verstreut umher, brennende Trümmer. Immer wieder gellten die Schreie. Ambulanzen rollten heran, Wagen der Flugha-

fenfeuerwehr. Auf eine Hand gestützt, stand ich auf. Ich fühlte mich sehr schwindlig. Und mein Kopf schmerzte weiter. Was war geschehen? Waren wir abgestürzt? Ich hatte doch schon die Landebahnbefeuerung gesehen, den ersten Bodenkontakt der Räder verspürt. Was war geschehen? Ich wollte auf das brennende Wrack zugehen und merkte, daß ich nur stolpern konnte. Die Beine versagten mir. Ich blieb stehen. Nein, nicht dorthin, dachte ich. Was, wenn das Wrack explodiert? Ich wankte in die Gegenrichtung. Dann fiel ich um und fluchte. Im nächsten Moment zuckte ein stechender Schmerz durch meine linke Brusthälfte. Ich hörte vor Schreck auf zu atmen. Wenn ich jetzt einen Anfall bekam . . . jetzt einen Anfall . . .
Reglos lag ich auf der Erde und wartete. Der Anfall kam nicht. Ich stand auf und taumelte weiter.
Eine Straße in der Ferne.
Mit aufgeblendeten Scheinwerfern und heulenden Sirenen kamen Mannschaftswagen der Polizei, Feuerwehr und neue Sanitätsfahrzeuge heran. Blaulichter kreisten. Immer wieder schrien Menschen wie Tiere, die geschlachtet werden. Das Flughafengebäude war von einem hohen Stacheldrahtzaun umgeben, Ich sah, daß er an mehreren Stellen geöffnet worden war, damit die Rettungsfahrzeuge direkt auf das Flugfeld gelangen konnten.
Schon fuhr der erste Mannschaftswagen an mir vorbei. Ich stolperte erschrocken zurück. Viele andere Wagen folgten, rote, weiße. Sie schlingerten über die Landebahn. Wie in ihrem Sog drehte ich mich um. Im Schein des Feuers war alles nur als Silhouette wahrzunehmen: die Wagen, die Menschen, das Flugzeugwrack. Ich näherte mich langsam. Grell hupend überholte mich ein neuer Konvoi. Das waren Privatautos und ein großer Kastenwagen. Ich sah ein Signet und las ÖSTERREICHISCHES FERNSEHEN.
Die Wagen hielten. Männer mit Kameras sprangen heraus, rannten nach vorne, fotografierten, filmten. Starke Scheinwerfer auf dem Dach des Kastenwagens flammten auf, irrten über das Gelände. Ich sah zwei Männer neben den Scheinwerfern, Handkameras an die Schulter gepreßt. Der Kastenwagen fuhr an. Die Männer filmten weiter. Von den Mannschaftswagen waren inzwischen Scharen von Polizisten gesprungen, die auseinanderschwirrten und den Platz um die Unglücksstelle in einem weiten Kreis absperrten. Ich hörte Kommandorufe und immer wieder die Schreie. Zehn mühsame Schritte hatte ich

vielleicht gemacht, da ereigneten sich zwei Explosionen von ungeheurer Wucht. Ich warf mich hin und zog den schmerzenden Kopf ein. Die Erde bebte wie bei Bombeneinschlägen. Um mich her regnete es Erdklumpen, einige trafen meinen Rücken. Vorsichtig hob ich den Kopf. Die Treibstofftanks der Maschine waren explodiert. Riesige Flammen schossen in den Nachthimmel empor. Ich sah die Umrisse von ein paar Männern mit Kameras vor dem Flammenmeer. Sie wagten sich ganz dicht heran. Auch der Wagen des Fernsehens fuhr direkt auf die Feuerwand zu. Ich torkelte weiter. Grell beleuchtet war die Unglücksstätte jetzt. Ich sah weißglühende Metallteile, ich sah Ärzte in weißen Kitteln und Sanitäter in grauen Uniformen vor Verwundeten knien, und ich sah zerfetzte Teile von Menschenleibern brennen, in weitem Umkreis verstreut. Noch nie hatte ich etwas so Grauenhaftes gesehen. Nun, da ich näher kam, erblickte ich die Gesichter der Polizisten, die sich an den Händen hielten und ein Riesenstück des Flughafengeländes absperrten, innerhalb dessen das Inferno tobte. Menschen drängten sie zurück. Die Polizistenreihe wogte hin und her. Das müssen Angehörige sein, dachte ich benommen, Leute, die auf uns gewartet haben. Hinter der Absperrung standen Ambulanzen. Männer kamen mit einer Bahre angerannt. Ein blutiges Stück Fleisch, ein Mensch einmal, lag darauf. Zwei Sanitäter trugen die Bahre, ein dritter lief nebenher. Er hielt eine Infusionsflasche in die Höhe. Ein Kunststoffschlauch verband den Tropf und eine Vene des Schwerverletzten. Die Flasche leuchtete rot. Schnell in die Ambulanz mit der Bahre. Die Männer sprangen nach. Türen flogen zu. Das Blaulicht begann sich zuckend zu drehen, der Wagen fuhr los durch eine Gasse, welche die Polizisten freiprügeln mußten. Da rannten schon Männer mit einer Bahre zum nächsten Fahrzeug. Die Polizisten trugen Helme. Ich taumelte weiter auf die Menschen vor der Absperrung zu. Diese Menschen – Männer und Frauen – versuchten immer wieder, den Polizeikordon zu durchbrechen und zu den Verwundeten zu kommen. Es gelang ihnen nicht. Eine Megaphonstimme dröhnte: »Hier ist die Polizei! Bitte, gehen Sie zurück! Behindern Sie nicht die Rettungsarbeiten! Wer hier noch lebt, ist schwer verletzt und muß sofort operiert werden! Zurück! Gehen Sie zurück!«
Das wirkte. Langsam wichen die Menschen. Jetzt hatte ich sie erreicht. Viele weinten fassungslos.

»Mein Mann war in der Maschine . . .«
»Mein Mann auch . . .«
»Und meine Mutter . . .«
»Was ist passiert, Herr Inspektor? Was ist passiert?«
Ein hochgewachsener Polizist antwortete keuchend: »Terroranschlag. Zeitbombe an Bord. Hat bei Bodenkontakt gezündet.«
»Wie viele Überlebende?«
»Etwa ein Dutzend. Schwer verletzt. Alle anderen sind tot.«
»*Tot!*« kreischte eine Frau auf.
Ich entfernte mich von der Unglücksstelle, zog mich zurück ins Dunkel. In meinem schmerzenden Schädel dröhnte es weiter: *Tot! Tot! Tot!*
Ich sollte auch tot sein oder schwer verletzt. Aber ich lebte und war unverletzt, weil ich mich nicht angeschnallt hatte. Das mußte doch einen Sinn haben. Mit aller Kraft zwang ich mich zu denken.
Weg!
Ich wollte hier weg, nur weg von hier.
Weg? Weg wohin?
Hinausgeschleudert worden bist du aus deinem alten Leben, dachte ich mühsam, höchst mühsam. Mein Kopf schmerzte jetzt stärker. Hinausgeschleudert aus deinem alten Leben. Ein neues Leben kannst du beginnen. Ohne Yvonne. Ohne Lumperei. Ein ganz neues Leben. Kannst du das? Geht das?
Da formte sich eine Idee, nahm langsam, schwerfällig Gestalt an, mein Gehirn funktionierte noch nicht ordentlich. Übermächtig war nur der Wunsch, hier wegzukommen, weg, weg, weg. Vorsichtig schlurfte ich zu einem der geöffneten Tore im hohen Stacheldrahtzaun. Weg! Nur weg! Meine Knie zitterten. Ich schwankte. Rechter Fuß. Linker Fuß. Rechter Fuß. Weg! Nicht umschauen. Nur weg hier, weg.
Eisenbeiß.
Um diesen Namen schloß sich jählings mein umnebeltes Bewußtsein.
Mein alter Bekannter Eisenbeiß.
Nur er konnte mir jetzt helfen.
Helfen wobei?
Ich stolperte dahin, den Anzug verdreckt. Blut im Gesicht, warm und klebrig.
Wobei helfen?
Bei meinem Weg in ein neues Leben?

9

Beinahe menschenleer war die riesige Flughafenhalle. Wer hier gewartet hatte, stand jetzt draußen an der Landebahn. Meine Schritte schienen zu dröhnen. Ich hatte Angst, jemanden aufzufallen. Niemand durfte mich sehen jetzt, wenn ich doch untertauchen, ein neues Leben beginnen wollte. Wahnsinn von mir, in die Halle zu gehen. Aber ich mußte es tun. Ich war unendlich benommen. Eine Idee hielt mich gefangen, eine Idee . . .
In der Halle gab es Telefonautomaten und Telefonbücher. Urplötzlich, von einem Augenblick zum anderen, war dieser Mann mir eingefallen. Ich brauchte ihn jetzt. Ob er noch lebte? Was, wenn er tot war? Tot – es genügte schon, wenn er nicht im Telefonbuch stand oder in eine andere Stadt verzogen war.
Meine Hände zitterten wie die eines alten Süffels, als ich die Seiten eines Telefonbuchs auf der Suche nach seinem Namen durchblätterte.
Eisenaber . . . Eisenach . . . Eisenau . . . Eisenbeiß!
Emanuel Eisenbeiß.
Ich griff in die Jackentasche, um Münzen für den Apparat zu suchen. Es waren nur Francstücke darin. Ein Franc. Zwei Franc. Fünf Franc. Zehn Franc. Schnell griff ich in die anderen Taschen. Sinnlos, warum sollte ich auch österreichisches Geld bei mir haben. Ich fluchte, warf die französischen Münzen in den Apparat. Sie fielen alle wieder heraus.
Aber ich mußte doch telefonieren!
Und hier, wo das Unglück geschehen war, durfte ich niemanden darum bitten, mir französisches Geld zu wechseln, wenn ich verschwinden, wenn ich hinüber wollte in das neue Leben.
Wütend riß ich die Seite aus dem Buch und steckte sie ein. Als ich mich umdrehte, um die Zelle zu verlassen, stand ein Polizist vor ihr. Ich mußte die Türe öffnen. Ich mußte an ihm vorbei. Er trat nicht zur Seite.
»Na!« sagte er.
»Bitte?« Aus. Aus. Alles schon aus. Ein kurzer Traum.
»Na, was ist?«
Ich starrte ihn an.
»Geht der Apparat? Nach der Explosion sind alle Leitungen ausgefallen. Herrgott! Reden Sie schon!« brüllte er. »Geht der Apparat?«

»Nein.«
»Wen wollten Sie denn anrufen?«
»Meine Frau. Unser Sohn war in der Maschine.« Wer sprach da? Ich. Ich sprach da? Ich?
»Haben Sie einen Ausweis?«
Schluß. Aus. Alles aus.
»Ja . . . ja, natürlich.«
Schade um die schöne Idee.
»Den werden Sie brauchen, wenn Sie in die Stadt zurückfahren.«
»Wieso?«
Sein Sprechfunkgerät begann zu quaken. Er hob es ans Ohr. Ich hörte: »Sonne . . . Hier ist Sonne . . . Alle Mann wieder zum Einsatz. Wir haben eine Leitung gefunden. Ende!«
Er rannte weg. Über die Schulter rief er zurück: »Die Ausgänge zur Stadt werden kontrolliert! Straßensperren! Es läuft doch schon die Fahndung wegen einer neuen Bombendrohung.«
Ich klopfte meinen Anzug sauber, tupfte vorsichtig mein Gesicht ab und machte, daß ich aus der totenstillen Halle kam. Weg. Weg von hier! Den Stacheldrahtzaun entlang stolperte ich bis zu einem offenen Tor. Mit aufgeblendeten Scheinwerfern und jaulender Sirene kam eine Ambulanz auf mich zu. Ich breitete die Arme weit aus und blieb mitten in der Durchfahrt stehen. Der Wagen bremste. Ich rannte zur rechten Tür und riß sie auf. Der junge Sanitäter am Steuer sah mich entgeistert an.
»Was ist los mit Ihnen? Sind Sie verrückt geworden?« Er versuchte die Tür zuzuziehen. Ich klammerte mich an den Griff. Ich sah zwei Ärzte in weißen Kitteln im hinteren Teil des Wagens, der durch eine halbgeöffnete Milchglasscheibe von den Vordersitzen getrennt war. Da lag ein Mann, über und über mit Blut besudelt, den rechten Fuß hochgelagert. Alles ging sehr schnell. Ich sah, daß man dem Mann die Hosen ausgezogen hatte. Das rechte Bein war am Oberschenkel mit einem Gummischlauch abgebunden und zuckte hin und her. Es war nur noch eine blutige Masse aus Sehnen und Muskeln, aber es zuckte wild. Das Gesicht des Mannes war bläulichweiß. Er hing an einer Blutkonserve. Der eine Arzt hielt ein Mikrophon vor den Mund.
» . . . Walter Sessler, Rechte Wienzeile fünfzehn . . . Jahrgang vierundfünfzig . . .« Er brach ab und sah mich wütend an.
»Machen Sie die Tür zu!«
»Lassen Sie mich mitfahren!«
»Ausgeschlossen. Raus. Fahr weiter, Hans!«

Der Sanitäter trat aufs Gaspedal. Der Wagen schob sich durch das Tor. Er mußte auf die gegenüberliegende Fahrbahn. Das war mein Glück. Der Fahrer konnte noch nicht richtig Gas geben, er mußte erst sehen, ob die Straße frei war.
»Ich flehe Sie an . . . der Arzt hat doch gesagt, ich darf mit Ihnen fahren.«
»Wer sind Sie überhaupt?«
»Der Bruder.«
»Wie heißen Sie?«
Ein neues Leben . . .
»Sessler!« schrie ich. »Das ist mein Bruder.«
»Rein mit Ihnen«, schrie der Arzt.
»Danke«, stammelte ich, »danke . . .« Ich ließ mich auf den Beifahrersitz fallen und schlug die Tür zu. Die Ambulanz fuhr auf einer breiten Straße stadteinwärts. Sehr schnell kletterte die Nadel des Tachometers hinauf. Achtzig . . . hundert . . . hundertzwanzig . . . Die Sirene heulte.
Der Arzt sprach weiter ins Mikrophon: »Rechter Oberschenkel . . . Amputation nötig . . . wohin, Zentrale . . . wohin, Zentrale?«
Ein neues Leben . . .
»O Gott, amputieren«, stöhnte ich. »Gütiger Vater im Himmel, Heilige Mutter Maria . . . amputieren . . . Lieber Gott, bitte hilf . . .« Ich mußte verzweifelt sein, sonst schöpften sie Verdacht und warfen mich hinaus. Es war schließlich mein Bruder.
Aus dem Lautsprecher des Funkgeräts ertönte eine Männerstimme: »Zentrale hier . . . Wagen zweiundzwanzig . . . Wagen zweiundzwanzig . . . Allgemeines Krankenhaus ist voll . . . Franz Joseph auch . . . Fahren Sie Rudolfspital . . . wiederhole . . . Fahren Sie Rudolfspital . . . Haben Sie verstanden, over?«
»Verstanden, Zentrale. Wir fahren Rudolfspital. Ende.«
Ich starrte noch immer nach hinten.
»Mein Bruder«, sagte ich, »mein Bruder . . .«
Der Arzt schob das Milchglasfenster zu.
Ein neues Leben . . .
Ich sah nach vorne. Der gelbe Mittelstreifen der Straße flog uns entgegen. Hundertdreißig Stundenkilometer fuhren wir jetzt. Nach ein paar Minuten tauchten rote Lichter auf. Der Fahrer nahm den Fuß vom Gas und bremste. Da war schon die erste Sperre. Am Straßenrand brannten Kerosinfackeln. Ich sah ein halbes Dutzend Polizisten, alle mit Maschinenpistolen im An-

schlag. Hinter ihnen standen rechts und links Einsatzfahrzeuge. Sie waren so geparkt, daß man nur ganz langsam in einer Schlangenlinie durchfahren konnte.
»In Ordnung!« rief einer der Polizisten, die auch hier Helme trugen. »Weiter!«
Der Fahrer passierte die Slalomstrecke und trat danach sofort wieder das Gaspedal durch. Beim Zentralfriedhof stießen wir auf die zweite Sperre. Auch hier wurden wir weitergewinkt. Der Fahrer sprach kein Wort. Er starrte auf die Straße. Das Fenster an seiner Seite war hinuntergekurbelt. Warmer Wind drang bis zu mir. Der Tag ist nicht nur in Paris irrsinnig heiß gewesen, dachte ich. Nie wärst du durch die Absperrungen gekommen, ohne deinen Paß vorzuzeigen, nie.
Die Ambulanz bog mit kreischenden Reifen rechts in eine Seitenstraße ein. Nun verlor ich jede Orientierung. Rechts. Links. Links. Rechts. Da tauchte ein gewaltiges Gebäude auf. Neben dem Haupteingang las ich auf einem großen Emailschild:

KRANKENANSTALT RUDOLFSTIFTUNG
DER STADT WIEN

Wir kurvten in einen seitlichen Hof. Vor einem erleuchteten Eingang erblickte ich wartende Männer in Weiß. Die Ambulanz hielt. Die hintere Tür flog auf. Die Bahre mit dem Verletzten wurde auf ein Gestell mit Gummirädern gehoben. Sofort war sie verschwunden und die zwei Ärzte mit ihr.
Der Sanitäter stellte den Motor ab und sagte: »Ihr Bruder ist schon im OP. Die Zentrale hat die Chirurgen hier über Funk verständigt.« Er stieg aus. Auch ich verließ den Wagen und folgte ihm in einen hell beleuchteten Gang.
»Sie können da nicht mit«, sagte er, vor einem Lift. »Sie müssen warten.«
»Warten . . . Was heißt warten? Wie lange?«
»Kann Stunden dauern.«
Wie kam ich nur an ein paar Schillinge? Ich konnte doch auch hier niemanden bitten, mir französisches Geld zu wechseln. Und ich mußte Eisenbeiß anrufen!
»Wo soll ich warten?«
»Auf der Bank da hinten in dem Gang zur Kapelle.«
Der Lift kam, er stieg ein und nickte mir zum Abschied zu. Ich ging den Flur hinunter, und plötzlich roch ich Weihrauch. Im

gleichen Moment hatte ich die Idee. Da war eine kleine Kapelle. Ein Mann kam gerade heraus und ging an mir vorbei. Ich dachte, daß man in diesem Krankenhaus auch nachts zur Kirche gehen konnte, um für das Leben eines Menschen zu beten oder vielleicht für das eigene.
Ich betrat die Kapelle, in der als einzige Beleuchtung neben dem Altar ein Ewiges Licht brannte. Daneben standen ein paar Blumen in Marmeladegläsern. Auf die Dornen eines vielarmigen Eisenständers waren Kerzen gesteckt, große und kleine. Sie brannten nicht. Nur vom Gang her fiel etwas Licht in den Raum. Meine Augen benötigten Zeit, um sich an die Dämmerung zu gewöhnen. Dann sah ich, was ich suchte. Unter einer Madonna mit dem Kind war an einer Säule ein Holzkasten von der Größe einer Zigarrenkiste befestigt. Durch einen Schlitz konnte man Geld einwerfen. Ich hob das Kästchen von seinem Haken und legte es auf den Steinboden. Vorsichtig lauschte ich. Keine Schritte waren zu hören. Mit Wucht trat ich auf das primitive Türchen an der Vorderseite, das knirschend aus den Angeln brach. Als hätte ich selbst einen Tritt vor die Brust erhalten, durchzuckte mich jäher Schmerz. Ein Anfall? Jetzt? Nein, nein, nein . . . Keinen Anfall, bitte. Ich hielt mich ganz still und wartete. Schweiß rann mir von der Stirn. Es kam kein Anfall. Ich kniete nieder. Auf dem Boden konnte man nichts erkennen. Ich schob das herausgebrochene Türchen weg und tastete mit den Händen über Scheine und Münzen. Die Scheine ließ ich in Ruhe, an Münzen nahm ich alles, was ich fand, und steckte es in die Tasche. Dann hängte ich das Kästchen wieder an die Säule und schob zwei Fünfzig-Franc-Scheine in den Schlitz.
Sirenengeheul drang bis hierher. Sicher traf eben ein neuer Krankentransport ein.
Ich eilte aus der Kapelle und stieß beinahe mit zwei Frauen zusammen, die den Raum gerade betreten wollten.
»Man kann auch mit einem Bein leben«, sagte die eine. »Es hätte noch schlimmer kommen können, Mathilde.«
»Warum muß das dem Buben passieren?« fragte die andere weinend. »Ich bin so alt und warte auf den Tod, und der Tod kommt nicht. Hätte er mich doch sterben lassen und dem armen Walter dieses Unglück erspart.«
»In Gottes Hand, Mathilde«, sagte die erste. »Wir sind alle in Gottes Hand.«
Kaum war ich an den beiden vorbei, begann ich zu laufen.

Aus dem Sanitätswagen wurde eben ein anderer Schwerverletzter samt Bahre auf das Gestell mit Gummirädern gehoben. Ich sah an den Wänden des Hofes hoch. Alle Fenster waren hell erleuchtet und mit Menschen in Nachthemden und Pyjamas besetzt. Das mußten Kranke sein, dachte ich. Aufgeregt und lüstern blickten sie herab. Dicht gedrängt standen sie an den Fenstern, Männer auf der einen Seite des Hofes, Frauen auf der anderen.
Ich konnte nur die Gesichter jener in den beiden unteren Stockwerken sehen und mußte an die bösen Karikaturen Honoré Daumiers denken. Neben mir hielt ein BMW. Ein Mann in Hose und Unterhemd sprang heraus.
»Doktor Demel!« rief eine Stimme.
»Komme schon!«
»Endlich!«
»Ich habe eine Achtundvierzig-Stunden-Schicht hinter mir, verflucht!«
»Ich auch!« schrie die Stimme. »Schnell!«
Der Arzt hetzte über den Hof und verschwand in dem hellen Eingang. Ich trat an den BMW, dessen Vorderfenster herabgelassen war. Ich sah, daß der Schlüssel im Zündschloß steckte, öffnete schnell den Schlag, kroch hinter das Steuer und startete. Der Hof war groß, so daß man leicht wenden konnte. Als ich auf die Straße hinausfuhr, hörte ich hinter mir die Männer und Frauen an den Fenstern durcheinanderschreien. Ich trat das Gaspedal voll durch. Weg! Ich mußte weg, auch hier! Damit ich ganz weg kam von meinem alten Leben – und vielleicht, wenn ich Glück hatte, hinein in ein neues, besseres.
Auf der Uhr am Armaturenbrett war es fünf Minuten nach zwei. Plötzlich fiel mir Daniel Mann ein, der Anwalt, dessentwegen ich ja hier war. In seiner Kanzlei am Graben wartete er sicher längst auf mich – umsonst, denn ich würde nicht zu ihm kommen, in meinem alten Leben nicht und ganz gewiß nicht in meinem neuen. Und darum würde ich auch nie erfahren, was so ungeheuer wichtig für uns beide war, so über alle Maßen von Bedeutung, daß er mich heute nacht noch sehen mußte. Nein, niemals würde ich das erfahren. Ein seltsam unwirkliches, unheimliches Gefühl beschlich mich, den Jonglierenden zwischen zwei Leben.
Ich irrte mit dem BMW kreuz und quer durch enge Seitenstraßen und fluchte mich halb tot. Ich fand die Hauptstraße nicht

mehr. Und kein Mensch war zu sehen. Meine Hände wurden feucht. Ich schwitzte. Ich war drauf und dran, zu bremsen und auszusteigen, als ich endlich eine Telefonzelle erblickte. Ich hielt neben ihr, kramte in meiner rechten Jackentasche, die schwer von gestohlenem Geld aus der Kapelle war, fand ein Ein-Schilling-Stück und warf es in den Schlitz des Apparats. Dann holte ich aus der linken Tasche die Seite, die ich in Schwechat aus dem Telefonbuch gerissen hatte.
Eisenbeiß . . . da war er.
Ich wählte hastig.
Das Rufzeichen erklang. Niemand meldete sich. Nicht zu Hause, dachte ich in Panik. Verreist. Oder tot? Nein, dann würde er nicht mehr im Telefonbuch stehen. Oder doch, das Telefonbuch kam jedes Jahr nur einmal neu heraus. Er konnte sehr wohl tot . . .
»Gottverfluchtnochmal, wer ist das?« Seine Stimme.
Ich lehnte mich an die Glaswand der Zelle und fühlte große Erleichterung.
»Hallo! Hallo! Sie Schweinekerl, melden Sie sich!«
Ich hatte vergessen, auf den Sprechknopf zu drücken.
»Emanuel«, sagte ich, »hier ist Charles.«
»Charles! Von wo sprechen Sie? Aus Paris?«
»Nein, aus Wien.«
»Wieso aus Wien?«
»Erkläre ich später. Kann ich gleich zu Ihnen kommen?«
»Ja, natürlich, selbstverständlich . . . Wo sind Sie?«
»Dapontegasse vierzehn«, sagte ich. Es stand auf einem Emailschild über dem Apparat.
»Mit einem Wagen?«
»Ja.«
»In Richtung zu einem Park?«
»Ja.«
»Sie müssen mit dem Wagen umdrehen. Fahren Sie zurück bis zur ersten Quergasse. Das ist die Ungargasse. Die Ungargasse links vor. Sie stoßen direkt auf den Rennweg. Den Rennweg runter bis zum Schwarzenbergplatz. Sie kennen doch das RITZ?«
»Ja.« Im Hotel RITZ stieg ich stets ab, wenn ich in Wien zu tun hatte. Auch heute war eine Suite reserviert. Aber nun wollte ich selbstverständlich nicht mehr hin. Nun war alles anders.
»Fahren Sie den Ring rauf bis zur Oper, die kennen Sie doch auch, was?«

»Kenne ich auch, ja.«
»Gut. Parken Sie nicht direkt vor dem Hotel BRISTOL, besser in der Nähe. Warten Sie vorm BRISTOL. Ich hole Sie ab. Dauert keine fünf Minuten. Okay?«
»Okay.« Ich hängte ein, lief zum Wagen und wendete. Dann fuhr ich so, wie Eisenbeiß es mir erklärt hatte. Nach ein paar Minuten erreichte ich den Ring. Am RITZ vorbei glitt ich ihn hinauf. Nahe dem BRISTOL bog ich in eine Seitenstraße, fand einen Parkplatz, stieg aus und ließ den Wagen einfach stehen, nachdem ich – der Zündschlüssel lag auf dem Vordersitz – alle Türen verriegelt hatte. Ich mußte doch dafür sorgen, daß er nicht tatsächlich gestohlen wurde. Danach ging ich weiter bis zum BRISTOL und wartete auf Emanuel Eisenbeiß. Ich kannte ihn seit Jahren, und ich wußte viel von ihm, sehr viel ...

10

An einem schönen Tag im Mai 1956 saß ein eleganter, gutaussehender Herr von etwa vierzig Jahren im Café de la Paix in Paris und las aufmerksam den Lokalteil des FIGARO. Dieser Herr war bislang unter sechsundzwanzig Namen und mit sechsundzwanzig Gesichtern in den Metropolen Europas und Amerikas tätig gewesen. Noch kein einziges Mal war es der Polizei gelungen, ihn wegen Hochstapelei, Betrugs oder der Fälschung von Banknoten festzunehmen, obwohl der vornehme Herr mit dem charmanten Wesen sich sozusagen am laufenden Band all dieser und vieler anderer Delikte schuldig machte. Im Augenblick nannte er sich gerade Jacques Delorme, und auf diesen Namen lauteten alle seine vorzüglich und von eigener Hand hergestellten Papiere. Sein richtiger Name war Emanuel Eisenbeiß.
An der anderen Seite des kleinen Tischchens saß ein junger Mann, der es bisher lediglich auf drei verschiedene Namen und Identitäten gebracht hatte. Eisenbeiß war überzeugt, hier ein Talent entdeckt zu haben, das zu den schönsten Hoffnungen berechtigte. Der junge Mann nannte sich gerade Pierre Fontaine. Eisenbeiß reichte ihm die Zeitung und tippte auf einen Einspalter. Fontaine las, der Eiffelturm befinde sich in einem beklagenswerten Zustand und müsse unverzüglich total renoviert werden, eine Arbeit, die den Staat derartig viel koste, daß Stimmen laut

würden, die fragten, ob es nicht besser sei – und vor allem billiger –, den Turm abzureißen.
»Hast du gelesen, Pierre?« fragte der elegante Eisenbeiß.
»Ja«, sagte sein Schüler Fontaine.
»Dann wollen wir uns an die Arbeit machen.«
»Was für eine Arbeit?«
»Den Eiffelturm zu verkaufen«, antwortete Emanuel Eisenbeiß alias Jacques Delorme.
»Aber das ist unmöglich!«
»Ein bißchen wird es schon gehen«, sagte Eisenbeiß. »Wir brauchen nur Regierungsausweise und Briefbogen des Amts für die Verwaltung der öffentlichen Parks und Gebäude. Vorlagen sind in meinem Besitz. Der Rest ist eine Kleinigkeit.« Eisenbeiß unterhielt in Marseille eine hervorragend ausgestattete Fälscherwerkstatt, die er schon während des Zweiten Weltkriegs eingerichtet hatte. Ohne Zahl waren die von ihm eigenhändig gefälschten Pässe, Soldbücher und Entlassungsscheine der Deutschen Wehrmacht.
Mit seinem Schüler flog er noch am gleichen Tag nach Marseille und verbrachte dort zwei arbeitsreiche Tage. Vier Tage später erhielten die fünf größten Schrotthändler von Paris Schreiben des Amts für die Verwaltung der öffentlichen Parks und Gebäude. In diesen ›streng vertraulichen‹ Briefen wurden die Herren gebeten, sich am kommenden Freitag, fünfzehn Uhr, im Appartement 312 des Hotels GEORGE V. einzufinden. Es handle sich um die Vergabe eines Regierungsauftrags. Unterschrift: Paul Rebout, Direktor.
Direktor Paul Rebout empfing die fünf Herren. Er machte sie auch mit seinem Mitarbeiter René Noilly bekannt. Die beiden hatten genau das Aussehen des echten Direktors Rebout und dessen Assistenten Noilly – Eisenbeiß war berühmt für seine Maskenbildnerkünste. Er nahm die Arbeit sehr ernst. »Niemals schlampen« lautete seine Devise. Dieser schon legendäre Gentlemanverbrecher, Vorbild vieler Zunftgenossen, war aber auch ein Mann von hervorragenden psychologischen Gaben. Die schwächste Stelle seines Coups machte er sogleich zu dessen besonderem Vorzug.
»Meine Herren«, sagte er, gemessenen Schrittes auf und ab gehend, »Sie werden sich gewiß wundern, weshalb ich Sie hier empfange und nicht in meinem Büro. Nun, natürlich hat das seinen Grund, und ich will ganz ehrlich zu Ihnen sein. Sehen Sie,

wir Beamten, auch die der hohen und höchsten Ränge, haben es schwer. Wir sollen stets hervorragend gekleidet sein, wir sollen repräsentieren – und wir fragen uns immer wieder: *wovon?* Unsere Gehälter, meine Herren, sind so bescheiden, daß meine Freunde und ich einfach keine andere Lösung unseres Problems sehen als die, einer ... hrm ... freundlichen Zuwendung nicht abgeneigt gegenüberzustehen.«

»Sie meinen: Sie lassen sich schmieren«, sagte einer der Schrotthändler aggressiv.

»In Ihrem Beruf ist man an eine ... sagen wir etwas krasse Sprache gewöhnt, mein Herr«, erwiderte Direktor Rebout und zupfte an seinem (angeklebten) Schnurrbart. »Aber ich möchte die Formulierung gelten lassen. Aus Gründen der Diskretion also empfange ich Sie hier und nicht offiziell, Sie verstehen.«

»Wir sind ja keine Idioten«, sagte der zweite Schrotthändler, und es gelang Rebout, seine Erheiterung über diesen Ausspruch zu unterdrücken. »So geht es doch auf allen Ämtern zu. Kommen Sie also zur Sache!«

»Sache«, sagte Rebout, »ist, meine Herren, daß ich Sie nun in ein Geheimnis einweihen werde, von dem bisher außer uns beiden nur der Herr Staatspräsident und der Herr Ministerpräsident wissen. Ich muß Sie also um Ihr Ehrenwort bitten, über die Affäre mit niemandem – ich wiederhole: mit niemandem – zu sprechen.« Folgte eine Kunstpause, dann: »Die Regierung wird den Eiffelturm verschrotten lassen.«

Die fünf setzten feierliche Mienen auf. Das war freilich ein Happen.

»Gewiß«, fuhr Rebout fort, »haben die Herren von den hohen Reparaturkosten gelesen, die jetzt für den Turm anfallen würden. Eigentlich war der Turm des Herrn Eiffel ja auch nur als Sensation der Weltausstellung von 1889 gedacht gewesen, und eigentlich sollte er danach wieder verschwinden. Sehr viele Menschen betrachteten ihn stets als abscheuliche Verunstaltung unseres Stadtbildes. Sie werden nun zufrieden sein.«

Im Laufe des Nachmittags besichtigte Rebout mit den Herren dann den Turm, erklärte ihnen fachmännisch die Konstruktionsdetails und das Gewicht der einzelnen Teile und wies darauf hin, daß die Errichtung des Turms seinerzeit über sieben Millionen Franc gekostet habe: »Und 1889 waren sieben Millionen Franc noch sieben Millionen Franc – eine ungeheure Summe.« Auf Befragen gab er an, daß es sich um siebentausend Tonnen hochwertiges Eisen handle, das da verschrottet werden sollte. Anschließend bat er die Herren, Angebote in versiegeltem Umschlag bis Montag, zwölf Uhr mittag, in seinem Appartement im GEORGE V. abzugeben, wobei er ihnen noch einmal einschärfte, daß es hier um ein Staatsgeheimnis gehe, das sie unbedingt vertraulich zu behandeln hätten.

Allein mit seinem Schüler, erklärte Eisenbeiß dem von Ehrfurcht und Bewunderung sprachlosen Fontaine, daß er sich über jeden einzelnen der fünf Schrotthändler genau informiert habe, bevor er sie eingeladen hatte.

»Ich weiß darum auch schon«, sagte er, »wem wir den Eiffelturm verkaufen werden.«

»Aber wieso . . .?«

»Psychologie, mein junger Freund, Psychologie ist alles. Vier der Herren haben das Geschäft vom Vater übernommen. Sie sind wohlhabende Bürger. Einer indessen ist neu in dieser Branche, er kommt vom Lande und hat das Geschäft gekauft. Monsieur Tessier ist sein Name.«

»Und warum ausgerechnet ihm?«

»Ah«, sagte Emanuel Eisenbeiß, der sich im Augenblick gerade Paul Rebout nannte, »warum wohl? Weil unser Freund Tessier von dem Ehrgeiz zerfressen ist, in die gute Pariser Gesellschaft zu kommen, was ihm bislang noch nicht gelungen ist. Der Kauf des Eiffelturms würde ihn aber geradezu hineinkatapultieren in diese gute Pariser Gesellschaft, nicht wahr?«

Die Angebote trafen ein. Das des Bauernsohns Tessier war das höchste. Paul Rebout ließ seinen Schüler bei Tessier anrufen und diesem mitteilen, daß er der glückliche Besitzer des Eiffelturms sein werde, sobald der Vertrag unterschrieben sei und ein Scheck über die von ihm gebotene Summe vorliege. Direktor Rebout erwarte ihn im GEORGE V.

»Aber ist ein Scheck nicht viel zu gefährlich?« fragte der junge Fontaine. »Warum lassen wir ihn nicht Bargeld mitbringen?«

»Bargeld, mein jugendlicher Freund, der noch viel zu lernen hat, ist ordinär. Bargeld nimmt man nicht. Man nimmt Schecks. Anders ist es bei Bestechungsgeldern. Da wäre wiederum ein Scheck verfehlt. Bestechungsgelder immer in bar.«

»Und wenn Tessier sofort herumerzählt, daß er den Eiffelturm gekauft hat, dann haben wir den Scheck vielleicht gerade erst bei unserer Bank eingereicht, und er kann ihn in aller Ruhe sperren lassen.«

»Das wird er nie tun.«

»Und warum nicht?«

»Weil ich ihn um sein Ehrenwort als Franzose ersuchen werde, noch so lange über den Kauf zu schweigen, wie die Regierung es für tunlich hält. Man sollte nicht glauben, mein Freund, was es für brave Bürger bedeutet, ihr Ehrenwort als Franzose geben zu dürfen.«

Anderntags erschien Monsieur Tessier, gab sein Ehrenwort als Franzose, unterzeichnete einen Vertrag, erhielt das von Rebout gegengezeichnete Original, überreichte den Scheck und ließ, wobei er sich vor Verlegenheit hin und her wand, durchblicken, daß er auch eine kleine Zuwendung für die notleidenden Beamten mitgebracht habe – diese in bar.

»Sie müssen sich nicht genieren, mein Bester«, sagte Rebout herzlich. »Genieren wir uns etwa?« Und er nahm, sich über den (angeklebten) Schnurrbart streichend, das dicke Bündel Banknoten entgegen, das ihm der glückliche Käufer des Eiffelturms überreichte. Vier Tage später war einem Konto Emanuel Eisenbeiß' der riesenhafte Betrag von Tessiers Scheck gutgeschrieben. Nun fuhr er mit seinem Mitarbeiter nach Italien, um Ferien zu machen. Täglich las er Pariser Zeitungen. Nach sechs Wochen sagte er zu Fontaine: »Tessier hat nicht Anzeige gegen uns erstattet. Zweifellos fürchtet er, von der guten Pariser Gesellschaft ausgelacht zu werden. Da können wir den Turm ja ruhig ein zweites Mal verkaufen.«

II

Ich war eben zum drittenmal am Hotel BRISTOL vorbeigewandert und drehte mich auf dem Absatz um, da stand Emanuel Eisenbeiß vor mir, die Arme ausgebreitet. Er war mit seinen fünfundsechzig Jahren ein schlanker, großer Mann, von dem gleichen unversiegbaren Charme, den er stets besessen hatte und der mindestens fünfzig Prozent seines ›Handwerkszeugs‹ gewesen war. Jedermann hätte ihn für fünfzig gehalten. Seine Augen blitzten, sein Haar war immer noch dicht und schwarz, er hatte die Gelenkigkeit einer Katze und konnte sich wie eine solche lautlos bewegen. Der ganze Mann schien aus Güte zu bestehen. Gütig waren seine Augen, die Züge seines Munds, seine Gebär-

den. Gütig war seine Stimme. Nun lagen wir einander in den Armen und klopften uns auf den Rücken. Danach mußte Eisenbeiß sich schneuzen, so gerührt war er, und auch ich wurde sentimental. Ich hatte die besondere Ehre und Freude, diesen Mann, einen der letzten großen Nobelgangster, nicht nur zu kennen, sondern ihn auch das einzige Mal, da er vor Gericht gestanden hatte, verteidigt und freibekommen zu haben. 1973 war das gewesen, vor acht Jahren, in Paris. Es war um einen Millionenschwindel mit gefälschten Aktien gegangen. Was ihn so lange beschützt hatte – seine vielen Namen, seine fast unbegrenzte Fähigkeit, in immer neuen Masken und Verkleidungen aufzutauchen –, das hatte dann auch mir geholfen. Die Schwindeleien erstreckten sich über mehrere europäische Länder, überall kannte man Eisenbeiß unter einem anderen Namen und mit einem anderen Äußeren. Die Polizei wußte zwar: Sie hatte den Richtigen gefaßt. Aber das zu beweisen war ihr fast unmöglich – und um eben dieses ›fast‹ brachte ich sie auch noch. Ich kenne selber eine Menge guter Tricks. Von der Stunde seines Freispruchs an war Eisenbeiß darauf versessen, mir einen Gefallen zu erweisen. Immer wieder besuchte er mich in Paris, immer wieder versicherte er mir, daß ich mich nur an ihn zu wenden brauchte, wenn ich einmal in der Klemme säße. Es gab nichts, was Eisenbeiß nicht für mich getan hätte. Nun, jetzt hatte er die Gelegenheit dazu.
»Ich habe mich gerade an Ihre Eiffelturmaktion erinnert«, sagte ich.
Er lachte.
»Das war ja nun wirklich nichts Besonderes«, sagte er.
Ich weiß nicht, mein Herz, warum ich damals gerade an die Eiffelturmgeschichte dachte. Sicher, weil sie in ihrer charmanten Frechheit typisch war für Eisenbeiß, und vielleicht gibt Dir das, was ich hier aufschrieb, eine schwache Vorstellung von diesem genialen Mann.
Wir hatten einander im Schatten neben dem Hoteleingang begrüßt. Nun fiel zum erstenmal das Licht einer Straßenlampe auf mich.
»Um Gottes willen, Charles, was ist passiert?« Eisenbeiß starrte mich entsetzt an. »Sie sind bleich wie der Tod. Sie haben Blutspuren im Gesicht, das Hemd ist zerrissen.«
»Nur eine Schramme«, sagte ich. »Ich hatte Glück. Unfaßbares Glück.«

»Aber was ist geschehen?«
»Nicht hier«, sagte ich, plötzlich nervös und fahrig. »Schnell weg hier. Ich erzähle Ihnen alles, wenn wir bei Ihnen sind.«
»Gut, Charles, gut.«
Wir gingen eilig an der Oper vorüber, durch die Philharmonikerstraße am Hotel SACHER vorbei, überquerten den Albertinaplatz, erreichten die Augustinerstraße, passierten am Rande den Josefsplatz und kamen auf den kreisrunden Michaelerplatz mit der Hinterseite der Hofburg, ihren Brunnen und gewaltigen steinernen Gestalten. Kein Mensch begegnete uns.
In der Wiener Innenstadt gibt es zahllose »Durchhäuser«, die eine Gasse mit der anderen sozusagen durch das Haus verbinden. Neben der Michaelerkirche führte ein solches Durchhaus vom Kohlmarkt zur Habsburgergasse. Zwischen Ladengeschäften und Hauseingängen blieb Eisenbeiß etwa in der Mitte dieser Passage stehen und sperrte ein schweres Tor auf. In dem weißgetünchten Stiegenhaus sah ich den Drahtkäfig eines alten Holzlifts. Er knarrte und wackelte, als wir in den fünften Stock fuhren. Hier wohnte Eisenbeiß. Sooft er mich auch in Paris besucht hatte, bei ihm war ich noch nie gewesen, und die Schönheit seiner barock eingerichteten Wohnung beeindruckte mich jetzt sehr.
»Die Marie schläft«, sagte Eisenbeiß. »Eine gute Frau, sie redet mit niemandem über mich oder meine Gäste.« Ich wußte, daß die Marie seit vielen Jahren seine Haushälterin war. »Gehen wir in die Bibliothek.«
Hier waren alle Wände bis hoch zur Decke von Büchern verdeckt, deren Rücken magisch rot, blau, braun und golden aufleuchteten, als Eisenbeiß eine Stehlampe anknipste.
»Setzen Sie sich, Charles. Was trinken Sie? Cognac? Whisky?«
»Cognac, bitte.«
Er nahm zwei große Schwenkgläser aus einem Schränkchen, entzündete die Flamme eines kleinen Spiritusbrenners, wärmte die Gläser behutsam an und goß dann erst den Cognac ein.
Ein Glas reichte er mir. »Salut, Charles!«
»Salut, Emanuel!« sagte ich.
Er setzte sich. »Also«, fragte er, »was ist geschehen?«
Ich erzählte es ihm. Kein Muskel bewegte sich in seinem Gesicht. Nicht um eine Spur verändert klang seine Stimme, als ich endlich schwieg und er aufstand. »Wir wollen mal Radio hören. Das Fernsehen wird nicht mehr senden.« Die Apparate waren in eine Bücherwand eingebaut.

Aus dem Radio hörte man die Stimme eines Sprechers: »... eine Großfahndung nach den Terroristen in London, Paris und Wien eingeleitet ...« Und nach einer Pause: »Hier ist der Österreichische Rundfunk mit seinem dritten Programm. Wir wiederholen eine Meldung: Auf die planmäßige Linienmaschine London – Paris – Wien der EURO-AIR, Flug sieben-fünf-drei, ist ein brutaler Terroranschlag verübt worden. Die Maschine startete in Paris um zweiundzwanzig Uhr fünfundvierzig. Genau um null Uhr dreiunddreißig berührten die Räder des Fahrgestells die Landebahn in Schwechat. In der nächsten Sekunde explodierte eine an Bord verborgene Zeitbombe. Ein grauenhaftes Blutbad war die Folge. Die Maschine zerbrach in zwei Teile und brannte aus. Nach letzten Meldungen wurden einundachtzig Passagiere, darunter die gesamte Besatzung, getötet. Von den fünfzehn Schwerverletzten, die sofort in verschiedene Krankenhäuser gebracht und operiert wurden, schweben neun in Lebensgefahr. An Bord der Maschine befanden sich in der ersten Klasse sechzehn Mitglieder einer israelischen Regierungskommission, die zu Gesprächen mit Bundeskanzler Kreisky nach Wien unterwegs waren. Alle sechzehn Israelis sind unter den Todesopfern. Die Bombe war unterhalb der Kabine erster Klasse im Laderaum angebracht. Ein Sprecher der palästinensischen Geheimorganisation ›Schwarzer Sand‹ hat gegenüber der Austria-Presse-Agentur in einem Telefonanruf erklärt, daß diese sich zu der Tat bekennt ...«

»Menschen«, sagte Eisenbeiß, »der Menschen Wölfe.«

»... Auf eine neuerliche Bombendrohung von ›Schwarzer Sand‹ hin wurde sofort eine Großfahndung nach den Terroristen in London, Paris und Wien eingeleitet ...« Wieder Pause, dann: »Hier ist der Österreichische Rundfunk mit seinem dritten Programm. Wir bringen laufend neue Meldungen über den Terroranschlag auf eine Maschine der EURO-AIR, die heute, in der ersten Morgenstunde ...«

Eisenbeiß drehte den Apparat ab. Er sagte: »Trinken Sie aus.«

Ich trank.

Er nahm mein Glas, wärmte es wie das seine noch einmal an und goß wieder Cognac ein.

»Emanuel«, sagte ich heiser, »ich bin der einzige, der die Katastrophe unverletzt überlebt hat. Und außer uns beiden weiß das niemand.«

»Darauf wollen wir trinken«, sagte er.

»Sie kennen mich. Sie kennen meine Frau...«
»Diese Bestie«, sagte er, »dieses Aas.«
»Emanuel«, stammelte ich, »bei so vielen Opfern... Wenn ich nicht mehr auftauche... Wenn ich verschwinde, meine ganze Existenz auslösche... Dann wird man doch glauben, daß ich auch unter den Opfern bin. Ich habe sie gesehen! Zerstückelt, verbrannt, man wird viele nicht identifizieren können...« Nun war ein Damm gebrochen. Nun sprach ich immer schneller. Nun, in der Stille und dem Frieden dieser Bibliothek, bei meinem guten alten Bekannten Eisenbeiß, nach der Flucht aus dem Inferno, nach meinem abenteuerlichen Weg hierher, rückte meine fixe Idee endlich in den Bereich des Möglichen. Hastig stammelnd sagte ich: »Ich bin tot, Emanuel... Für die Welt bin ich tot... Aber ich lebe, Emanuel, ich lebe doch!... Verstehen Sie mich?... Verstehen Sie mich?«
»Ja, Charles, ja doch!«
»Ich kann es nicht mehr aushalten, mein altes Leben! Nicht nur wegen Yvonne... Nein, nicht nur wegen ihr... Auch wegen all dem, was ich tue vor Gericht,... als *Star*anwalt... als *Star*anwalt!... Absolut unerträglich ist es geworden, dieses Leben!... Aber nun kann ich ein *zweites* beginnen. Ein zweites Leben! Ein ganz neues! Ein ganz anderes... Ein schönes, freies... Emanuel!«
»Ja«, beruhigte er mich, »ja, Charles, ja.«
»Wollen Sie mir helfen, mit diesem neuen Leben anzufangen?«
»Natürlich«, sagte er. »Und ich bin glücklich, daß die Stunde gekommen ist, meine Dankbarkeit zu zeigen.«
»Wie lange werden Sie brauchen?«
»Drei Tage. Sie benötigen ja mehr als nur einen neuen Paß.«
»Drei Tage«, sagte ich, »drei Tage...« Ich konnte nicht weitersprechen. Ein nie gekanntes Gefühl durchflutete mich. Ich rang nach Atem, als mir klar wurde, was für ein Gefühl das war. Seligkeit war es. Seligkeit. Das ›Prinzip Hoffnung‹, nun sollte es auch für mich gelten. Nun hatte ich Hoffnung, viel, sehr viel Hoffnung.
Und du gehst hinunter und sagst, du willst nur um die Ecke, Zigaretten kaufen.
Zigaretten kaufen...
Ich war schon um die Ecke. Ich begann zu lachen, leise zuerst, dann immer lauter, dröhnend schließlich.
Emanuel lachte mit mir.

»Danke!« rief ich. »Danke, Emanuel! Danke, danke!«
O schöne Welt! O schönes neues Leben!
Der Schock kam mit Verspätung. Ich verstummte jäh.
Ich ließ das kostbare Glas fallen. Es zerbrach. Cognac sickerte in den Teppich. Ich zitterte am ganzen Körper. Meine Zähne schlugen aufeinander.
»Charles!« rief Eisenbeiß.
»Ich müßte tot sein . . .« stammelte ich. »Ich müßte tot sein. Wieso lebe ich noch? Lebe ich überhaupt? Ist das nicht alles nur ein Traum, und ich bin längst verreckt? . . . Das Feuer, Emanuel, das Feuer und der Blitz, der furchtbare Blitz . . . Ich will nicht tot sein . . . Ich will nicht . . . Ich will nicht . . .« Tränen strömten über mein Gesicht. Die Hände flogen, so sehr zitterten sie. Eisenbeiß eilte fort und kam mit einem Glas zurück, in dem sich eine gelbe Flüssigkeit befand.
»Trinken Sie das!«
»Ich kann nicht . . . Ich kann nicht . . .«
»Los, trinken Sie!«
»Nein, Emanuel, ich habe Angst . . . Die Arme . . . die Beine . . . Blut . . . Blut überall . . .«
Er hielt mir die Nase zu. Um Luft zu bekommen, riß ich den Mund auf, und er goß den Inhalt des Glases in meinen Rachen. Ich schluckte und hustete heftig. Dann fühlte ich, wie sich Wärme und Ruhe in mir ausbreiteten. Die Angst wich. Eisenbeiß hob meine Beine auf das Sofa und streifte mir die Schuhe ab. Unter den Kopf schob er ein Kissen.
»Sie werden jetzt schlafen«, sagte er. »Ich hole nur eine Decke, damit Sie nicht frieren.« Er lockerte meinen Krawattenknoten und öffnete den Hemdkragen. »Alles ist gut, Charles, alles ist gut . . .« Er strich über mein Haar. Dann ging er fort, um die Decke zu holen. Ich schlief schon tief, als er zurückkam. Er mußte mir ein sehr starkes Mittel gegeben haben.
Ich hatte viele Träume, und alle waren schlimm. Der schlimmste ist mir noch in Erinnerung. Ich lag im Rinnstein einer Straße, den Kopf mit dem Gesicht nach unten über einem Kanalgitter, und auf meinen Rücken saß ein schwerer Käfer, halb so groß wie ich. Er trug einen altmodischen Gehrock, einen steifen runden Hut und einen Kneifer, und er sagte immer dasselbe: »Sie werden dich kriegen. Sie werden dich kriegen.« Ich hatte furchtbare Angst während all dieser Träume.
Als ich erwachte, war es hoher Mittag. Die Jalousien waren

geschlossen. Leises Stimmengewirr und Verkehrslärm kamen aus der Tiefe. Ich stand auf und ging zu einem Fenster. Draußen, das sah ich durch einen Jalousienspalt, brannte glühend heiß die Sonne. In der Bibliothek war es dämmrig und kühl. Als ich mich vom Fenster abwandte, sah ich Eisenbeiß. Er saß in einem Fauteuil nahe dem Sofa, auf dem ich gelegen hatte.
»Emanuel, was tun Sie hier?«
»Ich mußte auf Sie achtgeben«, sagte er. »Sie haben sehr unruhig geschlafen. Einmal sind Sie vom Sofa gerollt, und ich mußte Sie wieder hinaufheben und zudecken.«
»Aber Sie brauchen doch auch Schlaf!«
»Ich bin gestern früh zu Bett gegangen und hatte schon ein paar Stunden geschlafen, als Sie anriefen. Mehr als ein paar Stunden brauche ich nicht. Ich bin ein alter Mann.« Er winkte ab, als ich ihn unterbrechen wollte. »Ein alter Mann, so ist es. Die Wohnung hat zwei Badezimmer. Kommen Sie, machen wir uns frisch! Leider kann ich Ihnen keine andere Wäsche und keinen anderen Anzug anbieten – Sie sind ja größer als ich.«
Ich badete lange. Ich wusch mir den Staub vom Leib und die eingetrockneten Blutspuren aus dem Gesicht. Das warme Wasser war angenehm. Mir wurde immer wohler zumute. Mein neues Leben, wie sollte es sein? Ich dachte an viele Möglichkeiten, dieses mein neues Leben einzurichten, und dann wieder dachte ich, daß keine dieser Möglichkeiten realistisch war. Ich lag still in der Wanne und dachte zuletzt an gar nichts mehr. Großer Frieden erfüllte mich.
Mit Widerwillen zog ich mich dann an. Ich hatte all diese Sachen schon seit dem Vorabend auf dem Leib getragen, und sie erinnerten mich an mein altes Leben. Der Hemdkragen war wirklich zerrissen, und als ich nach der Jacke griff, fielen aus der Tasche ein paar von den Münzen, die ich in der Kapelle des Rudolfspitals gestohlen hatte. Ich holte alle aus der Tasche und trug sie in der hohlen Hand ins Wohnzimmer, wo Eisenbeiß wartete. Er hatte einen leichten, hellen Sommeranzug gewählt. Der Tisch, an dem er saß, war für ein üppiges Frühstück gedeckt.
»Was haben Sie denn da?«
Ich sagte ihm, was ich da hatte und woher es stammte. Dabei schüttete ich die Münzen auf den Tisch vor ihn.
»Das bekommt alles die Marie«, sagte er. »Sie wird es nach und nach ausgeben. Unklug von Ihnen, zwei Fünfzig-Franc-Scheine in das Kästchen zu stecken.«

»Sie meinen doch nicht im Ernst, daß man mich deshalb finden kann?«
»Sie haben eine Spur hinterlassen. Man darf keine Spuren hinterlassen.« Er lächelte beruhigend. »Wird schon schiefgehen. Vergessen Sie es! Das ist bei mir eine Berufskrankheit. Sie müssen einen Bärenhunger haben, Charles. Setzen Sie sich!« Er goß mir Kaffee ein. »Nehmen Sie ordentlich von dem Aufschnitt, er ist erstklassig. Die Marie war einkaufen.«
»Wo ist sie?«
»In der Küche. Sie werden sie nicht zu sehen bekommen.«
»Warum nicht?«
»Sie will nicht indiskret sein.«
»Aber ich bitte Sie, Emanuel . . .«
»Nein, es ist besser so.« Er schob mir eine Zeitung hin. »Vor einer Stunde herausgekommen. Extraausgabe des KURIER.«
Ich ergriff die sechs Seiten starke Zeitung und entfaltete sie. Die Hälfte des Blattes nahmen technisch hervorragende und deshalb besonders grauenvolle Bilder von der Unglücksstätte ein. In einem großen Kasten standen die Namen der Toten, in einem viel kleineren die der Schwerverletzten, von denen in der Nacht einer gestorben war.
Ich überflog die Zeilen. Da war Monique Monet. Ich starrte den Namen an. Was waren Tod und Leben? Nebensächlichkeiten. Man starb . . . man lebte weiter. Ich suchte nach dem Mann, der sich mit mir unterhalten hatte, dem so erkälteten Herrn Harald Bosnick mit ck. Da stand sein Name. Tot. Neben mir hatte er gesessen. Angegurtet. Hätte er sich nicht angegurtet, er würde vielleicht leben wie ich. Oder nicht? Gab es keinen Zufall? War alles vorherbestimmt? Lief in unserer Welt das Kleinste und das Größte nach einem unverrückbaren Plan ab?
Gleich darauf sah ich Moniques Bild auf einer Seite voller Fotos der Todesopfer. Da waren Aufnahmen von jedem Mitglied der Besatzung, Aufnahmen von den sechzehn Israelis, von einem Tenor der Deutschen Oper am Rhein – und dann sah ich mich: PARISER STARANWALT CHARLES DUHAMEL. Das mußte ein Archivfoto sein. Ja, da stand es, in kleinem Schriftgrad: FUNKBILD FRANCE-SOIR. Die Körper vieler Passagiere, las ich, seien auf so furchtbare Weise zerstückelt gewesen, daß eine Identifizierung ausgeschlossen sein würde. Man habe sich an die Passagierliste halten müssen, die in Paris lag, um festzustellen, wer an Bord gewesen sei.

Ich legte die Extraausgabe fort.
»Glauben Sie an Zufall, Emanuel?« fragte ich.
»Nein«, antwortete er, »es gibt keinen Zufall. Das ist mein naturwissenschaftlich absolut unhaltbarer Privatglaube. Alles, was in dieser Schöpfung geschieht, ist determiniert. Sie leben, weil Sie noch weiterleben sollen – zum Guten oder Schlechten hin, auch das ist schon festgelegt. Denken Sie an Goethe.« Er zitierte: »Gottes ist der Orient! Gottes ist der Okzident! Nord- und südliches Gelände ruht im Frieden seiner Hände!« Er lächelte wieder. »Als alter Mann bin ich noch gläubig geworden. Der Camembert ist auch hervorragend«, sagte er dann. »Nehmen Sie doch!«
Also nahm ich Käse und dachte: Wie wunderbar, wenn Eisenbeiß recht hat, dann war auch immer schon vorherbestimmt, daß Daniel Mann mich gerade am gestrigen Abend anrief und dringend nach Wien bat und ich danach gerade mit jener Unglücksmaschine fliegen mußte. Vorherbestimmt war somit auch der gemeinsame Tod von so vielen einander fremden Menschen, und vorherbestimmt war ein neues Leben – ausgerechnet für mich? Ja, wenn Eisenbeiß recht hatte! Ich glaubte nicht an Gott. Aber so etwas glaubte ich natürlich gerne. Der Camembert war wirklich ausgezeichnet.

12

Eine halbe Stunde später sagte mein alter Bekannter: »Wollen wir gehen?«
»Wohin?«
»Ich arbeite doch nicht hier.«
»Ach so. Ihr Museum. Das habe ich ganz vergessen.«
Er nickte. »Ich will nur noch der Marie sagen, daß ich jetzt ein paar Tage dort bin – entschuldigen Sie!« Er eilte hinaus, und ich stand auf. Da entdeckte ich in einem kleinen Rahmen einen schon gelblich verfärbten Zeitungsausschnitt hinter Glas, ein Foto, auf dem wir beide zu sehen waren: Eisenbeiß und ich, glücklich lachend nach der Verkündung des Freispruchs. Unter dem Bild stand auf einer Konsole eine schmale Kristallvase mit einer frischen roten Rose.
Eisenbeiß kam zurück. »Entschuldigen Sie, Charles. Ich habe

noch mit meinem Schneider und meinem Hemdengeschäft telefoniert. Sie müssen ja etwas anzuziehen haben. Mein Schneider ist schnell.« Er lachte leise. »In einer Stunde nimmt er Ihnen Maß.«
Wir verließen die Wohnung. In dem Durchhaus war es unerträglich heiß.
»Ach, ganz vergessen!« Eisenbeiß drückte mir ein Bündel Banknoten in die Hand.
»Was ist das?«
»Österreichisches Geld. Für die nächsten Tage. Sie dürfen kein französisches wechseln.«
»Wirklich, Emanuel . . .«
»Ruhe«, sagte er. »Einstecken!«
Ich folgte, und wir eilten weiter zur Habsburgergasse. Dort parkte ein blauer Cadillac Seville. Eisenbeiß schaltete sofort die Klimaanlage ein. Es wurde angenehm kühl, als wir in nordwestlicher Richtung dahinfuhren. Ich kannte mich gut aus in Wien. Bei dem Eisenbahnviadukt in Gersthof bog Eisenbeiß links ab. Nun verlor ich die Orientierung, weil er den Wagen durch immer neue Villenstraßen rollen ließ, bis er eine breite Straße erreichte, die sanft, aber beständig anstieg. Die Häuser blieben hinter uns, Ich erblickte blühende Wiesen und Felder und in der Ferne dunklen Wald. Ein Freibad glitt vorbei. Ich sah das große Bassin und die vielen fast nackten Menschen. Die Straße wurde schmaler. Ich las ein Schild: UTOPIAWEG. Vor einer schönen Jugendstilvilla hielt der Wagen.
»So. Wir sind auf dem Schafberg«, sagte Eisenbeiß. »Steigen Sie aus, mein Bester!«
Ich trat auf die sandige Straße. Das Haus hatte einen niederen Betonanbau. Eisenbeiß fuhr auf ihn zu, steckte einen Schlüssel in das Schloß an einem Betonpfosten, und ein Garagentor öffnete sich geräuschlos. Der Cadillac verschwand. Ich hörte das dumpfe Plop, als Eisenbeiß die Wagentür zuwarf. Er kam zurück. Hinter ihm senkte sich das Tor und rastete ein. Die Stadt lag zu unseren Füßen. Tausende, Hunderttausende Fensterscheiben blitzten im Schein der Nachmittagssonne. Da waren Fabriken, Kirchen, da war das Häusermeer von Wien. Ich konnte den Stephansdom und das Riesenrad im Prater erkennen. Breit war das Bett der Donau. Ihr Wasser sah aus wie flüssiges Blei. Weit in der Ferne sah ich im blauen Dunst Berge. Das mußten die Karpaten sein.

Eisenbeiß öffnete die Pforte zu einem großen, verwilderten Garten mit Blumen in allen Farben. Dann waren wir in dem kühlen Haus. Es war auch im Jugendstil eingerichtet. Als Eisenbeiß ein paar Fensterläden geöffnet hatte, sah ich beige- und lilafarben bezogene Möbel auf zartbunten Teppichen.
»Oft«, sagte er, »komme ich hier heraus und bleibe tagelang.«
»Um zu arbeiten?«
»Ich arbeite kaum noch, Charles. Wirklich höchst selten.«
»Was tun Sie dann?«
»Nachdenken.«
»Worüber?«
»Über uns Menschen. Ich bin einfach gern allein. Kommen Sie!«
Er ging in den Keller hinunter und knipste überall Licht an.
»Das Museum?« sagte ich.
»Ja, das Museum.« Er öffnete eine Tür und drückte auch hier auf einen Schalter. Wir standen in einem sehr großen Raum, in dem alles weiß glänzte: der Fliesenboden, der Apparat, der die Luftfeuchtigkeit konstant hielt, die vielen Regale und Rollschränke. Eisenbeiß ging umher, öffnete einige der Rollschränke, wies auf Tausende von Papieren, die in ihnen aufbewahrt wurden, verweilte vor einem Regal, auf dessen Brettern verschiedenste Dokumente in hohen Stößen lagen. »Das hier«, sagte er leise, »dürfte die größte Sammlung von Formularen und Falsifikaten in Europa, vielleicht in der ganzen Welt sein. Es sind eigene Arbeiten und fremde. Ich habe sie jahrzehntelang gesammelt; dazu jungfräuliche Vordrucke für jede Sache, die Sie sich denken können – gestohlen in allen Ländern der Erde einschließlich Rotchina und der Sowjetunion und von mir aufgekauft. Was der Mensch zum Leben und Sterben braucht, hier liegt es vor Ihnen, Charles.« Er blieb vor einem Schrank stehen. »Richtig sentimental werde ich, wenn ich das hier sehe.«
»Was ist das?«
»Arbeiten aus der Zeit des Zweiten Weltkriegs. Sie kennen ja meinen Lebenslauf. Hier! Soldbücher, Entlassungspapiere – die dankbaren Besitzer schickten sie mir später zurück.«
»Sie haben vielen das Leben gerettet.«
»O ja.« Er nahm ein paar Pässe in die Hand, an die Briefe geklammert waren. »Die Überlebenden schrieben aus Israel, Nordamerika, Südamerika und Kanada. Ich habe geholfen, wo ich konnte. Von den Reichen nahm ich viel zuviel Geld, für die Armen arbeitete ich dafür umsonst.«

»Sie sind ein guter Mensch.«
»Ja, ich weiß. Beste Qualität. Hier, schauen Sie, Lebensmittelmarken! Hunderte von Bögen! Waren ganz leicht zu fälschen. Ach«, sagte er sehnsuchtsvoll, »wie schön war doch mein Schwarzmarkt! Das gab's nur einmal, das kommt nie wieder.« Er trat an eine Wand und schob eine Tür zur Seite. In einem zweiten, ebenso großen Raum ging das Licht an. »Und hier befindet sich die Fortsetzung.«
»Allmächtiger«, sagte ich. »Und die Polizei? Hat die sich noch nie für diese Sammlung interessiert?«
»Ich habe sie dazu in aller Form aufgefordert.« Eisenbeiß lächelte sein berühmtes Lächeln.
»Aufgefordert?«
»Sich meine Sammlung anzusehen – zu Lernzwecken. Nach meinem Tod gehört das alles hier der Wiener Polizei. Mindestens zweimal im Monat kommen Beamte herauf. Oft bringen sie Kollegen aus dem Ausland mit. Dann erläutere ich ihnen die Finessen der Fälschungen – nicht nur meiner eigenen, auch der fremden. Oh, die Behörden respektieren mich, Charles. Auch bitten sie mich um ein Gutachten, wenn sie selbst nicht weiterkommen. Und mit welcher Hochachtung man mich behandelt! Sie machen sich keine Vorstellung. Die Herren sind fest davon überzeugt, daß ich mich schon längst zur Ruhe gesetzt habe. Ich bin im Rentenalter. Ich besitze genügend Geld. Und jedes Blatt hier ist zudem registriert. Ich habe mich wirklich zurückgezogen vom Geschäft. Nur manchmal werde ich noch tätig – wie in Ihrem Fall.«
»Aber Sie sagen, jedes Blatt hier ist registriert . . .«
»Ist es auch. Es fehlt trotzdem nie ein Stück. Ich habe nämlich noch eine zweite Sammlung. Von der weiß die Polizei allerdings nichts. So kann ich immer den registrierten Stand halten. Das hier hat noch nie ein Kriminalbeamter gesehen.« Er verschob die versteckte Leiste an einem Brett, woraufhin ein ganzer Regalteil zurückschwang und eine Maueröffnung freigab. »Kommen Sie herein, und seien Sie herzlich willkommen«, fuhr Eisenbeiß fort. Hinter dem Durchlaß befand sich ein dritter, kleinerer Raum, ebenso makellos weiß, ebenso hell erleuchtet. Ich sah einen großen Tisch voller Tinten- und Tuschegläser, Stempel und Stempelkissen, daneben einen anderen voller Pinsel, Federn, Stifte jeder Art und Schachteln, in denen Ösen, Klammern und viele kleine Gegenstände lagen, die ich nicht kannte. Ich sah,

übereinandergestapelt, gewiß fünfzig verschiedene Kofferschreibmaschinen. Da waren Lupen, Mikroskope, ein Elektroherd, Heiß- und Kaltwasseranschlüsse, die Tür zu einer Dunkelkammer, ein auf einem Stativ befestigter großer, hölzerner Fotoapparat für Portraitaufnahmen ...
»Donnerwetter«, sagte ich und sank überwältigt auf einen Sessel.
»Nun ja«, sagte Eisenbeiß. »Sie sehen, Sie haben jedenfalls keinen Unwürdigen verteidigt. Doch nun an die Arbeit, an die Arbeit! Wenn ich bitten dürfte, Krawatte, Hemd und Jacke abzulegen.«
»Wozu?«
»Ich muß doch Ihr Gesicht verändern, bevor ich Fotos mache für Paß und Führerschein und Personalausweis.«
»Gesicht verändern?«
»Aber natürlich, Charles, in einem neuen Leben braucht man ein neues Gesicht.«

13

Ich stand vor einem Spiegel und starrte mein Gesicht an.
Eine halbe Stunde war vergangen. Ich hatte keinen Bart mehr, nicht einmal einen Schnurrbart, und auch das lange Haar, das meine leicht abstehenden Ohren verdecken sollte, war verschwunden. Ich hatte nun eine Messerschnittfrisur und trug eine modisch geschwungene Hornbrille mit dunkler, schwerer Fassung und normalem Fensterglas.
Unendlich behutsam hatte Eisenbeiß meinen Bart abgeschnitten und mich danach mit größter Umsicht eingeseift und zweimal rasiert. Ebenso vorsichtig war er mit meinem Kopfhaar umgegangen. Den Kratzer auf der Stirn hatte er überschminkt. Nebenan – ich war ihm gefolgt – hatte er dann unter einer Unzahl von Brillen genau jene ausgesucht, die mich am meisten veränderte. Nun blickte mich aus dem Spiegel ein fremder Mensch an. Unheimlich war das. Nichts mehr in meinem Gesicht erinnerte an Charles Duhamel. Die abstehenden Ohren sah man nun deutlich, das fliehende Kinn, die blassen, eben noch von Barthaaren verdeckten Wangen. Schöner war ich nicht geworden – aber ein anderer.
Rotlicht flammte auf.
»Ziehen Sie Ihr Hemd an, Charles«, sagte Eisenbeiß. »Der Schnei-

der kommt zur Anprobe.« Er eilte nach oben. Ich schlüpfte wieder in mein Hemd. Da hörte ich schon Schritte, und gleich darauf standen Eisenbeiß und ein Mann vor mir, der aussah wie ein sehr kleiner britischer Staatsmann.

»Das, lieber Charles, ist mein alter Freund Josef Kratochwil«, sagte Eisenbeiß. »Ich kenne ein paar Menschen, zu denen ich absolutes Vertrauen haben kann. Kratochwil gehört zu ihnen. Wir können völlig offen vor ihm sprechen. Er ist der beste Schneider Europas. Und der schnellste.« Kratochwil wollte protestieren, aber Eisenbeiß ließ ihn nicht zu Wort kommen. »Keine falsche Bescheidenheit!« Zu mir gewendet fuhr er fort: »Herr Kratochwil und ich kennen einander schon sehr lange. Er ist mir in zahllosen Fällen, in denen es auf Geschwindigkeit und Qualität ankam, eine wertvolle Hilfe gewesen. Er hat gleich Stoffe zur Auswahl mitgebracht.« Herr Kratochwil legte ein schweres Buch mit Mustern auf den Tisch. »Natürlich nur absolut erstklassige Ware.«

»No, to se rozumny, selbstverständlich«, sagte Herr Kratochwil. »Is sich Sommer, is sich heiß. Hab ich prima faine dinne Stoffe gebracht, wo nicht machen Falty, oder kennte milostpan am End noch schwitzen.« Er zeigte ein Stoffmuster, in einem hellen Grauton. »Also, Herren tragen sehr gerne das, zum Beispiel . . .« Er zerdrückte den Stoff in zwei Fäusten, die er gegeneinander rieb. Dann ließ er das Muster los. »No, prosim, gnä' Herr, sehn S' Falty oder was Verknautschtes? Nix da, milostpane, sehn S'! Ich hab's ja gesagt.« Er griff nach einem anderen Muster. Ein helles Blau. »Nebo is gefällig lieber das, prosim, auch sehr gefragt . . .«

»Sie brauchen ja vorerst nur zwei, drei Anzüge«, sagte Eisenbeiß. »Später lassen Sie sich so viele machen, wie Sie wollen.« Ich wählte drei Stoffe aus, einen grauen, einen beigefarbenen und einen blauen. Der tschechische Schneider, zwar klein, aber von größter Behendigkeit, hatte schon begonnen, Maß zu nehmen. Er brauchte einen Stuhl dazu, ich war zu groß für ihn. Während er also immer wieder zu seinem Notizbuch eilte, um murmelnd Zahlen einzutragen, sagte Eisenbeiß, der vor uns beiden auf und ab schritt: »Soviel ich weiß, sprechen Sie Spanisch, Deutsch und Englisch einwandfrei. Schon heute nacht habe ich für Sie den neuen Menschen komponiert, der Sie nun sein werden.«

»Sto deset, osmdesat, devadesat dva«, murmelte Herr Kratochwil, während er Zahlen in sein Notizbuch kritzelte, und machte sich wieder über mich her.

»Da haben sie einem kürzlich verstorbenen argentinischen Herrn, der etwa in Ihrem Alter war, alle Papiere gestohlen und mir zum Kauf angeboten. Ich kaufe immer, das wissen die Diebe. Ich zahle auch anständig, natürlich keine Phantasiepreise. Ich erzähle Ihnen jetzt, wer Sie sind, mein Lieber. Bei Einwänden oder wenn Sie Fragen haben, unterbrechen Sie mich bitte. Herr Kratochwil kann ruhig zuhören. Er ist verschwiegen. Was hat der hier schon für Geschichten gehört – wie, Herr Kratochwil?«
»No, Jeschismaria, warn das vielleich gleich ganze Romany! Wenn ich den Herrn noch bitten darf, jetzt stehen ganz gerade, mit strammen Knien. Dekuji, danke scheen . . .«
»Also, Charles. Sie sind neunundvierzig. Sie wurden 1932 in Leipzig geboren als Sohn eines Konservenfabrikanten.«
»Warum Konservenfabrikanten?«
». . . osmdesat pet, devadesat pet . . . milostpan winscht natierlich keine Aufschläge an Hosen. Soll ich was drinlassen zu Rauslassen? Mechtn Ihnen finf Zentimettr geniegen? Danke scheen, sehr fraindlich . . . tak pet . . .«
»Werden Sie gleich verstehen. 1945 wurde alles zerstört. Übersiedlung in den Westen, Frankfurt.«
»Warum Frankfurt?«
»Weil ich für Frankfurt Meldezettel habe.«
»Und warum Leipzig?«
»Weil das in der DDR liegt und die DDR-Behörden keine Auskunft erteilen. Währungsreform im Westen also. Aufstieg aus dem Nichts. Da stirbt 1950 Ihr Herr Vater plötzlich. Herzinfarkt.«
»Weil Sie da auch ein Dokument haben.«
»So ist es. Sie haben gerade das Abitur gemacht. Der Bruder Ihrer Frau Mutter hat großen Grundbesitz nahe Buenos Aires. Und Rinderherden, enorme. Bietet Ihrer Frau Mutter an rüberzukommen. Sie lösen den Haushalt auf, verkaufen den Betrieb, übersiedeln nach Argentinien. Von der Überfahrt auf der COREOS SANTOS habe ich noch die Schiffskarten. In Argentinien arbeiten Sie hart bei den Herden Ihres Onkels. Das Rindfleisch geht an Konservenfabriken. Verstehen Sie jetzt? 1954 stirbt Ihr Onkel, 1956 Ihre Frau Mutter. Nun führen Sie den Betrieb ganz allein.«
»Tak milostpane, wir hettns.«
»Sehr schön, Herr Kratochwil. Und Sie machen die drei Anzüge in drei Tagen?«

58

»Is sich viel zu knapp, Herr Eisenbeiß.«
»Herr Kratochwil!«
»Hab ja nur gesagt . . . In drei Tag, natierlich . . . missmer aber noch mindestens zwei- nebo dreimal anprobieren . . .«
»Können Sie haben, Kratochwil. Anproben soviel Sie wollen. Der Herr logiert wie gewohnt, Sie wissen Bescheid.«
»Weiß ich Bescheid. Werd ich halt immer Stunde voraus anrufen, ob es is gefällig, und dann komme ich. Habe die Ehre, kiß die Hand, milostpane, na shledanou . . .« Er steckte sein Büchlein ein und nahm das Musterbuch unter den Arm. Eisenbeiß brachte ihn zur Tür. Als er zurückkam, hörte ich oben einen Motor anspringen.
»Prächtiger Mensch«, sagte Eisenbeiß. »Ach, jetzt habe ich sie doch glatt vergessen!«
»Was?«
»Die Etiketten des argentinischen Schneiders.« Er ging in den Nebenraum und kehrte gleich darauf mit kleinen verschiedenfarbigen Stoffstreifen zurück, aus deren rot-goldenen Stickereien auf spanisch hervorging, daß Herr Martinez de Irala, Buenos Aires, der Schöpfer der Anzüge sei, die Herr Kratochwil in Wien nun eilends anfertigen würde. »Die geben Sie ihm bei der ersten Anprobe, ja?«
Ich steckte die Etiketten in die Hosentasche.
»Tja, jetzt standen Sie ganz allein da – mit treuen Arbeitern, versteht sich. Sie schufteten von früh bis spät, die Arbeit war schwer, sehr schwer. Sie verdienten gut, aber immer größer wurde Ihre Sehnsucht nach Deutschland!« Er lachte. »Das paßt doch zu Ihrer Jugend! Sie mit Ihrem deutschen Ersatzvater! Und was er Ihnen alles über seine Heimat erzählt hat.« Eisenbeiß kannte meine Vergangenheit, ich hatte ihm von Straßburg, der Nazibesatzung und dem guten, armen Heinz berichtet. »Sie sprechen doch Deutsch ohne jeden Akzent! Das haben Sie Ihrem zweiten Vater zu verdanken. Schweineglück! Geschenk des Himmels, daß ich ausgerechnet den Paß und alle anderen Papiere eines Deutschen für Sie habe!« Er lachte wieder. »Nun ja, und weil Ihre Sehnsucht nach Deutschland eben immer größer wurde, verkauften Sie eines Tages alles, verpackten Ihre Habe in Seekisten, die aufs Schiff verladen wurden, während Sie mit dem Flugzeug kamen. Die Seekisten werden verlorengehen. Sie werden zwar Krach schlagen, aber es wird nichts nützen. Die Kisten werden nie wieder auftauchen. Leider haben Sie sie auch gänz-

lich ungenügend versichert. Ihr Geld ... Verzeihen Sie, haben Sie Geld?«
»Ja.«
»Viel?«
»Ziemlich viel.«
»Ich meine solches, an das Sie als Toter noch herankommen?«
»Ich habe Sie schon verstanden. Die Antwort ist ja.«
»Wunderbar. Ihr Geld holen Sie, wenn Sie wissen, wo Sie sich endgültig niederlassen. Mit den neuen Papieren können Sie natürlich gehen, wohin Sie wollen. Es muß nicht nach Deutschland sein. Vielleicht haben Sie auch Sehnsucht nach Amerika, was weiß ich? Ich habe hier nur einen wunderschönen bundesdeutschen Paß, an dem ich bloß ganz wenig zu ändern bräuchte.«
»Ich verstehe schon. Woher kommt eigentlich diese massenhafte Auswahl an Papieren?«
Er lächelte sein sanftes Lächeln. »Früher war das ein königliches Handwerk, Charles. Die Meister unter den Hochstaplern und Fälschern – ich darf mich in aller Bescheidenheit einen solchen Meister nennen – tauschten miteinander Papiere aus. Es waren verlorengegangene Dokumente, solche von Verstorbenen, in der Hauptsache aber gestohlene. Das meiste wurde natürlich bei Behörden entwendet, und die größten Diebe waren kleine Beamte – sind es noch immer. Ich bekomme laufend Material aus der ganzen Welt. Verstehen Sie? Die letzte Liebe eines alten Mannes ...«. Er hob die Hände und ließ sie wieder sinken. »Das wäre Ihr Paß«, sagte er dann und hielt ein grünes Exemplar hoch. »Gehörte einem gewissen Peter Raut. Er ist tot. Wie ich schon sagte: Die gestohlenen Papiere werden nicht vermißt. Ich habe ein Abiturzeugnis, einen Führerschein sowie einen Geburts- und Taufschein auf diesen Namen. Dazu noch Papiere der lieben Eltern. Ich bräuchte kaum etwas zu ändern. Ein guter Spezialist fälscht so wenig wie möglich. Aus dem R in Raut könnte ich ein K machen, aus dem a ein e ...«
»*Kent*«, sagte ich. »Aus dem u ein n – und das ist schon alles.«
»Kent also. Ich freue mich, daß Sie so schnell begriffen haben, Charles.«
Das Rotlicht flammte wieder auf.
»Hemden und Unterwäsche«, sagte Eisenbeiß. Er verschwand und ich dachte, wie logisch und vernünftig es doch war, daß ich in meinem zweiten Leben die Papiere eines Toten haben sollte. Ich hatte ja auch zuerst sterben müssen, um auferstehen zu

können. Eisenbeiß kehrte mit einem jungen, offensichtlich stark erhitzten Mann zurück. Der junge Mann, der ebenfalls zum Kreis der Vertrauten gehörte, schleppte fünf große Schachteln an.
Die meisten Hemden und die Unterwäsche waren zu klein.
»Ich habe doch am Telefon gesagt, daß der Herr sehr groß ist. Größe vierundfünfzig oder sechsundfünfzig braucht er«, sagte Eisenbeiß.
»Lassen Sie ein Hemd, das paßt, hier«, bat ich. »Ich will aus diesem alten raus.«
»Bitte, der Herr.«
Ich zog das neue Hemd an und warf das andere in einen Papierkorb.
»Größere Hemden und Wäsche also«, ermahnte Eisenbeiß den jungen Mann. »Tut mir leid, Sie müssen noch mal kommen, Herr Franz. Aber nicht hierher, sondern . . .«
»Nach Hietzing, wie immer, ich weiß schon«, sagte Herr Franz.
»Wie sieht es mit Krawatten und Schuhen aus?«
»Braucht der Herr auch. Schuhgröße?« Eisenbeiß blickte mich an.
»Vierundvierzig«, antwortete ich.
»Zur Sicherheit anprobieren«, sagte Eisenbeiß. »Wann geht das?«
»Morgen vormittag?«
»Okay, also morgen vormittag. Die Rechnungen an mich.« Ich protestierte, aber Eisenbeiß winkte ab. »An mich. Kommen Sie, Herr Franz, ich bringe Sie zur Tür.« Auf der Treppe hörte ich ihn sagen: »Nicht vergessen, bei allen Hemden die Nadeln rausnehmen, die Plastikklammern, die Schaumgummipolster und den Kartonstreifen im Kragen. Hier, das sind die Etiketten von einem Herrenausstatter in Buenos Aires. Trennt eure raus, und näht diese ein . . .« Als er zurückkam, sagte er: »Drei Tage und Nächte werde ich brauchen, bis alles soweit ist. Ich muß durcharbeiten, denn bei dieser Arbeit finde ich keinen Schlaf. Sie ist zu anstrengend und erfordert äußerste Konzentration. Und da ich für Sie arbeite, Charles . . .«
»Wo werde ich denn wohnen, Emanuel?«
»Ich habe eine sehr gute und ergebene Freundin. Mein Gott, wie lange ich sie schon kenne! Sie hilft mir, ich helfe ihr. Sie hat eine wunderschöne Villa in Hietzing – Sie kennen doch Hietzing? In der Maxingstraße, gleich beim Eingang zum Schloßpark Schönbrunn. Frau Klosters heißt sie. Anna Klosters. Sie bietet gele-

gentlich Herren, die ich ihr schicke, Kost und Logis. Maxingstraße fünfzehn a. Es wird Ihnen gefallen. Alles sehr gepflegt und sauber. Und sie haben nette Gesellschaft, wenn Sie wollen. Anna steht sich auch sehr gut mit der Polizei, was ja in unserem Fall nicht unwichtig ist. Würde Ihnen das zusagen?«
»Natürlich.«
»Dann werde ich nachher anrufen und Sie ankündigen. Jetzt können wir, wenn es Ihnen recht ist, die Aufnahmen machen.«

14

Er machte ziemlich viele Aufnahmen, denn er wollte eine gute Auswahl haben. Eisenbeiß war ein Profi. Um Millimeter rückte er jedesmal meinen Kopf zurecht, bevor er hinter der alten, schönen Holzkamera unter einem schwarzen Tuch verschwand. Er verstellte wiederholt die Scheinwerfer und summte vor sich hin. Diesen Tick von ihm kannte ich. Bei seinem Prozeß hatte er, hinter mir sitzend, während der Verhandlung oft so gesummt. Mächtig auf die Nerven gegangen war er mir damals.
Ich sprach ihn darauf an.
»Ja«, sagte er, »das ist immer so, wenn ich ganz konzentriert bin. Ich merke es gar nicht. Man könnte sagen, mein Körper macht sich selbständig in diesen Phasen, meine Finger haben dann bald mehr Intelligenz als ich.«
Endlich war er zufrieden, und er trug die belichteten Glasplatten in ihren Holzkassetten zur Dunkelkammer. Er sah nun anders aus, verschlossen, unnahbar. Ich dachte, daß es das beste sei, ihn allein zu lassen, und sagte ihm das auch.
»Ja, bitte, Charles. Ich würde Sie selbst darum gebeten haben. Jetzt beginnt nämlich die anstrengendste Zeit für mich. Ich bin dabei ganz in mich gekehrt, muß es sein, Sie legen es mir nicht als Unhöflichkeit aus? Passen Sie auf: Ich rufe Frau Tiller an. Sie und ihr Mann haben ein Mietwagenunternehmen. Auf die beiden ist immer Verlaß.« Er ging mit mir nach oben und wählte eine Telefonnummer.
Frau Tiller war am Apparat. Eisenbeiß sagte, er sei in seinem Haus auf dem Schafberg, und bat sie, einen Besucher abzuholen und nach Hietzing zu bringen.
»Wie lange werden Sie brauchen hier herauf, mein liebes Kind?

... Zwanzig Minuten? Sehr gut. Der Herr wird vorn an der Ecke der Buchleitengasse auf Sie warten. Er ist sehr groß und heißt Kent. Peter Kent. Er wird seinen Namen nennen. Und Ihr Wagen? ... Der weiße Mercedes, ja natürlich kenne ich den. Danke, liebe Renate.« Er legte auf. »Sie haben gehört: ein weißer Mercedes. Frau Tillers Haar ist braun, die Augen sind es auch. Sie hat schöne Zähne und ist auch sonst sehr hübsch – von sanftem, stillem Wesen. Wird Ihnen gefallen. Hier haben Sie meine Telefonnummer. Es ist eine Geheimnummer. Ich schalte jetzt sofort in den Keller hinunter. Beim geringsten Anlaß zur Beunruhigung rufen Sie mich an.« Er gab mir einen Zettel. »Die nächsten Tage werde ich unten verbringen. Ich darf die Räumlichkeiten nicht wechseln, wenn ich arbeite, wissen Sie. Konzentration, alles Konzentration ... Und mit dem Alter wird es schwerer. Wir haben noch etwas Zeit, bis Frau Tiller kommt. Was sagen Sie übrigens zum Nachrüstungsbeschluß? Der Wahnsinn geht weiter, Charles, immer weiter. Wenn man die Fläche zugrunde legt, dann lagern in keinem Land der Welt auch nur annähernd so viele Atomsprengsätze wie in der kleinen Bundesrepublik. Das war leichtsinnig von mir vorhin, Sie an Ihre große Sehnsucht nach Deutschland zu erinnern. Jetzt sitzen Sie ja auf einem Pulverfaß.«
»Glauben Sie denn, daß es losgeht?«
»Wo Waffen liegen, gebraucht man sie auch. Wirklich, Charles, ich muß verrückt gewesen sein, als ich zu Ihnen von Deutschland sprach. Gehen Sie nach Kanada, nach Nordamerika, vergessen Sie Europa! Obwohl ...«
»Obwohl?«
»Sie kennen doch die Geschichte vom Tod in Samarra?«
»Nein.«
»Orientalisches Märchen, sehr weise. Ein unermeßlich reicher Kaufmann in Bagdad wird von seiner Wahrsagerin gewarnt: Der Tod ist unterwegs, er wird den reichen Mann holen, diesen Abend noch. In Bagdad. Der reiche Mann nimmt sein bestes Pferd und flieht – nach Samarra. Als er völlig erschöpft ankommt, sieht er den Tod. ›Ich habe schon auf dich gewartet‹, sagt der Tod. ›Du hast dich verspätet. Komm mit mir ...‹ Man kann nicht fliehen. Niemand. Nirgendwohin. Wenn dir die Stunde schlägt, wirst du sterben, wie es bestimmt ist. Wirklich, Sie müssen selbst entscheiden, wo Sie leben wollen, lieber Charles.«

Wir unterhielten uns noch eine Viertelstunde über die schlimme Weltlage, und Eisenbeiß war sehr pessimistisch.
»Man sagt es von den Lemmingen und auch von den großen Walrudeln, die sich scheinbar einfach an Land spülen lassen, um gemeinsam zu sterben. Grober Unfug, den Tieren das zu unterstellen.«
»Was zu unterstellen?«
»Daß sie willentlich und wissentlich in den Tod gehen.« Er zuckte mit den Schultern. »Für uns Menschen trifft es zu. *Wir* wollen den Untergang. Nicht die einen den Untergang der anderen. Nein, zu einem militärisch genau berechneten und geplanten Kollektivselbstmord haben wir uns entschlossen.«
»Aber warum?«
»Weil wir Menschen – unbewußt – allesamt keine Hoffnung mehr für die Zukunft haben. Die Zukunft, die haben wir zerstört, das wissen wir. Also soll uns wenigstens ein gemeinsamer Selbstmord perfekt gelingen.« Er sah aus einem Fenster hinaus in den Garten. »So schön ist die Welt – aber wir werden sie zerstören und alle zugrunde gehen.«
Ich verließ meinen Helfer und wanderte den Utopiaweg zwischen blühenden Feldern und bunten Gärten hinauf bis zur Buchleitengasse. Auch von dort sah man hinab auf ganz Wien. Ein leichter Wind wehte, und trotz der Hitze in der Stadt war es hier oben wunderbar kühl. Ich wandte mein Gesicht dem Wind zu und dachte, daß Frau Renate Tiller der erste fremde Mensch sein würde, für den ich Peter Kent war. Eine ganze Weile stand ich so da. In den Gärten der Villen und in den Schrebergärten spielten Kinder. Ihre Rufe erfüllten die klare Sommerluft. Stimmen eines Juninachmittags . . .
Ein weißer Mercedes kam die Buchleitengasse empor. Ich ging auf die andere Straßenseite. Die Frau am Steuer streckte eine Hand aus dem Fenster und winkte. Der Wagen hielt neben mir. Die Frau trug eine weiße Bluse und einen blauen Rock. Sie hatte braunes Haar, braune Augen und sehr schöne Zähne. Auch machte sie den Eindruck, als sei sie sanft und still. Ich öffnete die rechte Vordertür, nahm auf dem Sitz neben ihr Platz und sagte: »Guten Tag, Frau Tiller. Ich bin Peter Kent.«
»Was soll das?« fragte die junge Frau.
»Was soll was?« fragte ich. »Herr Eisenbeiß hat doch mit Ihnen telefoniert und Ihnen gesagt, daß ich hier stehen werde, Frau Tiller.«

»Ich bin nicht Frau Tiller«, sagte die junge Frau mit einem norddeutschen Akzent. »Und ich kenne keinen Peter Kent.«

15

»Aber Sie haben mir doch zugewinkt.«
»Ja, das habe ich.«
»Warum?«
»Ich habe mich verfahren. Ich bin nicht von hier und wollte Sie nach dem Weg fragen.«
»Weg wohin?«
»Zur Höhenstraße.«
»Ich bin auch nicht von hier.«
Sie begann zu lachen. »Woher sind Sie denn?«
»Aus Buenos Aires«, sagte ich.
Nun lachten wir beide. Wir sahen einander an, und plötzlich hörten wir auf zu lachen, aber wir sahen einander weiter an. Ihre braunen Augen waren sehr groß geworden und schimmerten feucht. Meine brannten, und ich fühlte mein Herz klopfen. Ich dachte: Das gibt es nicht. Nicht im Leben. Nicht einmal in Romanen. Aber ich empfand es ganz stark. Noch nie hatte ich dieses Gefühl gehabt. Nein, noch nie.
Wir schwiegen beide, und unsere Blicke wichen nicht voneinander. Ihre Augen waren nun sehr dunkel geworden, der Mund hatte sich leicht geöffnet. Ich war wie erstarrt, unfähig zu der geringsten Bewegung, und ich weiß nicht, wie das weitergegangen wäre, wenn nicht eine Stimme gefragt hätte: »Kann ich Ihnen helfen?«
Sie drehte sich zum Seitenfenster. Draußen stand ein junger, freundlicher Mann, dem man ansah, daß er gerade aus dem Bad kam. Er hielt ein Fahrrad an der Lenkstange.
»Ja«, sagte die junge Frau. Sie mußte zweimal ansetzen, denn ihre Stimme war sehr belegt. »Ich möchte zur Höhenstraße.«
»Eiweh«, sagte der junge Mann und lachte. »Da haben Sie sich aber ganz schön verfahren! Wie sind Sie denn hier heraufgekommen?«
»Von der Pötzleinsdorfer Straße«, sagte sie, und ihre Stimme klang immer noch heiser. »Da bin ich in die Schafberggasse abgebogen.«

»Ja, und gerade das war verkehrt«, sagte der junge Mann. Er hatte blondes Haar und trug eine Brille. »Sie müssen zurück. Finden Sie wieder hinunter?«
»Es waren so viele Straßen«, sagte die junge Frau, »aber ich glaube schon.«
»Wenn nicht, fragen Sie nach der Pötzleinsdorfer Straße. Dorthin müssen Sie wieder. Dorthin, wo Sie abgebogen sind. Sie müssen die Pötzleinsdorfer Straße noch ein kleines Stück weiter vorfahren, dann rechts die Khevenhüllerstraße hinauf zu einer Straße, die heißt Neustift am Walde, die fahren Sie immer geradeaus. Sie heißt dann Hameaustraße. Am Ende der Hameaustraße beginnt die Höhenstraße. Sie werden ja die Schilder sehen, und Ihr Mann hat auch alles gehört, nicht wahr?«
Ich nickte.
»Also dann«, sagte er und schwang sich in den Sattel. »Und einen schönen Tag noch.« Er radelte davon.
Wir sahen einander wieder an, und ich hatte das Gefühl, diese fremde Frau seit Jahren zu kennen.
»Ich will nicht unverschämt sein«, sagte ich, »wirklich nicht. Aber dürfte ich Sie wohl begleiten?«
Daraufhin nickte sie stumm. Ich sah, daß ihre Hand am Steuer zitterte. Sie sagte: »Würden . . . würden Sie bitte fahren?«
»Gerne«, sagte ich. »Warum?«
»Meine Knie zittern so. Ich kann den Fuß nicht ruhig auf dem Gaspedal halten.«
Also auch sie, dachte ich. Also sie auch.
Ich stieg aus und ging um die Motorhaube herum, und sie rutschte auf meinen Sitz. Ich stieg auf ihrer Seite ein und dachte wieder, daß es das alles in der Wirklichkeit nicht gab und daß ich es nur träumte. Ich hatte fast eine Herzattacke und starke Kopfschmerzen, wenn nicht gar eine Gehirnerschütterung gehabt, nachdem ich aus der Maschine herausgeschleudert worden war. Aber nun fühlte ich schon lange keine Schmerzen mehr. Trotzdem – ich verstand mich selber nicht. Da war eine schöne Frau, eine aufregende Frau. Sie ließ mich in ihren Wagen. Sie schien so verwirrt und erregt wie ich. Warum griff ich ihr nicht an die Brust? Warum griff ich ihr nicht unter den Rock? Warum benahm ich mich nicht, wie ich mich sonst immer benahm? Eine große Beklommenheit hielt mich gefangen. Diese Frau war kaum geschminkt, sie hatte eine wunderbare Haut, und das braune Haar schmiegte sich an den Kopf wie ein Helm.

»Also dann zurück zur Pötzleinsdorfer Straße«, sagte ich. »Sie weisen mir den Weg. Wenn Sie nicht weiterwissen, fragen wir wieder.«
»Ja«, sagte sie, und ihre Stimme war kaum hörbar.
Der Wagen hatte eine Automatik, und ich wollte den Schalthebel auf D stellen, stellte ihn aber auf R. Als ich Gas gab, schoß der Mercedes ein Stück nach hinten, ich konnte gerade noch rechtzeitig bremsen.
Sie hatte aufgeschrien.
»Pardon«, sagte ich. »Peinlich so etwas.«
»Ich habe gedacht, Sie können fahren!«
»Kann ich auch«, sagte ich. »Ich bin nur durcheinander. Völlig durcheinander, entschuldigen Sie!« Aus Versehen hatte ich den Motor abgeschaltet. Jetzt versuchte ich, neu zu starten. Der Motor sprang nicht an.
»O Gott«, sagte die junge Frau. »Auf P müssen Sie den Hebel stellen, wenn Sie starten wollen, Herr Kent!«
»Tatsächlich. Danke für den Hinweis, liebe Dame.« Ich stellte den Hebel auf P und sah sie an, und sie erwiderte meinen Blick, und mir wurde wieder so unwirklich und seltsam zumute wie zuvor, und ich sah, daß ihre Hände, die auf den Knien lagen, bebten. Einen Moment lang hatte ich den überwältigenden Wunsch, ihr Gesicht zu mir zu ziehen und sie auf den Mund zu küssen, lange. Ich tat es nicht. Warum nicht? Zumindest das hatte ich in solchen Situationen sonst immer getan. Nein, dachte ich, in einer solchen Situation war ich noch nie gewesen. Ihre vollen Lippen standen noch immer leicht geöffnet. Das machte mich fast wahnsinnig.
»Also, was ist, Herr Kent?« fragte sie ernst. »Glauben Sie, Sie können jetzt fahren, ohne uns oder Unschuldige umzubringen?«
»Ich glaube schon«, sagte ich.
»Wollen Sie dann vielleicht starten? Rosner. Ich heiße Andrea Rosner.«
»Ja, Fräulein Rosner.«
Ich fuhr los. Die Sonne blendete mich, als ich auf einem freien Stück Feld wendete, und der Duft der blühenden Wiese drang in den Wagen. Es war Sommer, heißer Sommer, und ich dachte, daß ich noch nie im Leben wirklich glücklich gewesen war, und jetzt war ich es – so sehr, so sehr.

16

Wir fanden die Höhenstraße und fuhren auf ihr. Lange Zeit sprachen wir kein Wort. Wir blickten einander nur immer wieder stumm an. Die Höhenstraße verläuft an den Hängen des Wienerwaldes, und wir sahen die Stadt zu unseren Füßen.
»Gurten Sie sich doch an«, sagte sie.
»Ich gurte mich nie an. Ich habe Angst vor dem Angeschnalltsein.«
»Was für ein Unsinn. Wenn Sie einen Unfall haben, kommen Sie angegurtet viel eher heil davon. Warum lachen Sie?«
Ich sagte: »Weil ich glücklich bin.« Aber ich gurtete mich nicht an. Wir fuhren vom Cobenzl zum Kahlenberg, und sie schaltete das Autoradio ein.
»Ein bißchen Musik«, meinte sie, doch das erste, was wir hörten, waren Nachrichten über das Unglück auf dem Flughafen. Mittlerweile war noch einer der Schwerverletzten gestorben, und trotz aller Bemühungen der Ärzte im Gerichtsmedizinischen Institut fiel es sehr schwer, anhand der verschmorten Leichenteile einzelne Tote zu identifizieren.
»Grauenhaft«, sagte sie und suchte einen Sender, der Musik brachte. Jemand spielte Beethovens ›An Elise‹, vermutlich Richard Clayderman. »Seit wann sind Sie in Wien?«
»Seit heute nacht«, sagte ich, ohne nachzudenken.
»Sie kamen direkt aus Buenos Aires?«
»Ja«, sagte ich, und da ich es sagte, war es wahr für mich.
»Diese Überseelinien enden aber alle in Paris. Oder in Zürich, London oder Frankfurt«, sagte sie. »Von wo aus sind Sie weiter nach Wien geflogen? Von Paris aus?«
»Ja«, sagte ich.
»Mein Gott, wie leicht hätten Sie in dieser Maschine sein können. Dann wären Sie jetzt tot. Reiner Zufall.« Sie schauderte.
»Nein«, sagte ich und dachte an Eisenbeiß. »Ich darf noch nicht tot sein. Ich mußte ja Ihnen begegnen. Es gibt keinen Zufall. Alles ist vorbestimmt. Auch, daß ich einen Freund auf dem Schafberg besuchte, auch, daß Sie sich verfuhren, damit wir uns treffen mußten – alles vorherbestimmt.«
»Das meinen Sie ernst?«
»Ganz ernst«, sagte ich und sah, wie sie sich auf die Lippen biß.
Vom Kahlenberg fuhr ich zurück zum Cobenzl, denn dort hatte

ich am Waldrand eine große, blühende Wiese gesehen. Als ich sie fragte, ob wir uns nicht etwas ausruhen wollten, war sie einverstanden. Also parkte ich den Wagen auf dem Platz neben der kreisrunden Bar aus Glas. Andrea Rosner trug Schuhe mit hohen Absätzen, und so hielt ich ihre Hand, während wir durch das Gras gingen. Bienen summten, und ich sah viele bunte Schmetterlinge.

Ich zog meine Jacke aus, und sie legte sich darauf. Bald lag ich neben ihr, und es war so still, daß wir weit weg im Wald einen Specht klopfen hörten. Weit in der Ferne lag die riesige Stadt mit dem Strom und den blauen Bergen am Horizont.

Lange Zeit sprach keiner von uns.

Dann sagte ich: »Andrea . . .«

»Ja?«

»Darf ich Andrea sagen?«

»Ja«, sagte sie leise, dann noch leiser: »Ja, Peter.«

»Ich habe ein so starkes Gefühl, Andrea. Seit wir uns gesehen haben. Sofort. Ein so sehr starkes Gefühl.«

»Ich auch«, sagte sie. »Ich habe auch ein so sehr starkes Gefühl. Und auch ich habe es gleich gehabt, als wir uns getroffen, als Sie die ersten Worte gesagt haben.« Sie blickte mich aus riesigen Augen an. »Ich kenne Sie nicht. Wir haben uns nie zuvor gesehen. Das gibt es doch nicht! Kino!« sagte sie heiser. »Das ist Kino, nicht wahr?«

»Ja«, sagte ich. »Nein . . .«, sagte ich. »Nein, das ist nicht Kino.«

»Dann ist es Wahnsinn.«

»Dann ist es eben Wahnsinn. Lassen Sie es ruhig Wahnsinn sein, solange es so wundervoll ist für uns beide.«

»Stimmt«, sagte sie, »lassen wir es ruhig Wahnsinn sein, zum Teufel! Sie sind klug, Peter.«

»O ja, enorm klug«, sagte ich und setzte mich auf. Ich sah die leuchtende Stadt in der Tiefe.

»Erzählen Sie von sich«, bat sie und verschränkte die Arme hinter dem Kopf.

Ich erzählte die Geschichte, die Eisenbeiß für mich erfunden hatte, und es kam mir vor, als wäre alles wahr. Dann schwieg ich, denn ein Eichhörnchen war plötzlich von einem Baum gesprungen und saß nun aufrecht schnuppernd ganz nahe vor uns. Wir bewegten uns nicht. Da kam ein zweites Eichhörnchen angehoppelt, und beide sahen uns ernst an. Sie hatten glänzende Augen und bewegten witternd die kleinen Mäuler. Auf einmal sprangen sie davon. Das erste raste einen Baumstamm hinauf, und das zweite sauste astauf, astab hinter ihm her.

»Dieser Kater«, sagte Andrea, »wie er das arme Mädchen jagt! Schauen Sie sich nur einmal an, was er aufführt!« Die beiden Tiere flitzten durch das Geäst des alten Baumes. »Ich verstehe die Eichhörnchensprache«, sagte Andrea. »Ich weiß, was das Hörnchen zum Kater gesagt hat.«

»Na?«

»›Manchmal‹, hat das Hörnchen zum Kater gesagt, ›wenn ich mir die Menschen ansehe, glaube ich fast, daß sie so sprechen können wie wir.‹«

»N-n«, machte ich. »Ich verstehe auch Eichhörnisch. Aber richtig. Das Hörnchen hat zum Kater gesagt: ›Schau die dir beiden an, Kater. Wie lieb sie sich haben, so lieb wie wir uns.‹ Und«, sagte ich, »es ist allgemein bekannt, daß unter den Tieren die Eichhörnchenliebe die größte Liebe ist, die es gibt.«

»Das ist allgemein bekannt?«

»Das weiß jedes Kind.«

»Peter?«

»Ja?«

»Nichts«, sagte sie.

»Die Höhenstraße ist sehr imposant«, sagte ich.

»Peter, bitte.«

»Nein, wirklich, Ich bin tief beeindruckt. Warum wollten Sie denn unbedingt hier herauffahren?«

»Hab's meinen Freunden versprochen«, sagte sie.

»Welchen Freunden?«

»Denen der Mercedes gehört. Arbeiten beide bei einer Zeitung. Sie macht Mode, er politische Karikaturen. Sie haben mir den Wagen geliehen, ich hab' doch keinen Mercedes. Könnte ich mir nie leisten. Ich bin eine arme, kleine Kirchenmaus.«

»Und warum gerade die Höhenstraße, Kirchenmaus?«

»Muß man gesehen haben«, sagte sie. »Cobenzl und Kahlenberg. Die Weingärten. Und zum Schluß geht's zum Heurigen.«

»Zu wem geht's zum Schluß?«

»Geheimnis. Sage ich Ihnen erst, wenn es soweit ist.«

»Wo kommen Sie eigentlich her?« fragte ich.

»Aus Hamburg.«

»Und was machen Sie in Hamburg?«

»Ich bin Bibliothekarin.«

»*Nein!*« Ich schrak richtig zusammen.

»Doch, bin ich. Was ist da so ungewöhnlich daran?«
›Ungewöhnlich‹ ist nicht das richtige Wort, dachte ich überwältigt. ›Unheimlich‹ wäre ein besseres. Mit Büchern hatte Andrea zu tun! Mit Büchern – und ein Büchernarr war ich mein Leben lang, seit mir Heinz, mein zweiter Vater, damals in Straßburg das wunderbare Märchenbuch der Brüder Grimm geschenkt hatte. Der Krieg. Die Besatzung. Meine Mutter. Heinz. Meine eigenartige Beziehung zu Deutschland. Es war, als habe sich das ganze Leben in einem riesengroßen Kreis gedreht. Zufall? Nein, es gab keinen Zufall.
Ich hörte Andreas Stimme, sie kam wie von weit her.
». . . ich habe gefragt: Was ist da so ungewöhnlich daran, daß ich Bibliothekarin bin?«
»Ich weiß nicht«, sagte ich benommen. »Ich . . . ich kann mir Sie als Bibliothekarin nicht vorstellen. Ich habe gedacht, Sie sind Kinderärztin oder so etwas.«
»Ich habe wirklich sehr viel mit Kindern zu tun«, sagte Andrea. »Zuerst habe ich allerdings im Sortiment gelernt . . .«
Ich stützte mich auf einen Ellbogen und sah sie an. Unsere Gesichter waren einander sehr nah. Im Wald klopfte noch immer der Specht. Über der Stadt zog ein Flugzeug seine Bahn, lautlos.
»Was ist das, ›Sortiment‹?« fragte ich.
»Eine Buchhandlung. Im Gegensatz zum Großbuchhandel. Und nach zwei Jahren in der Buchhandlung habe ich eine Ausbildung als Bibliothekarin gemacht. Jetzt bin ich in einer Öffentlichen Bücherhalle angestellt, in der Kinderabteilung. Das habe ich mir gewünscht.«
»Sie haben Kinder gern?«
»Sehr gern. Und ich komme gut aus mit ihnen. Ich bin schon neunundzwanzig, aber sie behandeln mich, als wäre ich so alt wie sie. Außerdem sind Kinder noch freundlich und gut. Sie sind so, wie wir alle einmal waren.«
Und ich bin schon neunundvierzig, dachte ich und sagte: »Na, so gut sind sie nun auch wieder nicht. Sie prügeln sich und machen Krach, sie lügen und zerstören alles.«
»Bei uns ist das nicht so schlimm«, sagte sie. »Natürlich sind Kinder auch Menschen. Aber noch immer die besseren.«
Mein Körper fühlte sich wohl, so durchwärmt von der Sonne. Wenn ich den Kopf hob, sah ich die ersten Bäume des großen Waldes, und ich überlegte, wann ich zum letztenmal auf einer

blühenden Wiese gelegen und einen Wald gesehen hatte, aber es fiel mir nicht ein, so lange war das schon her. Und ich dachte an Eisenbeiß, der im Alter wieder angefangen hatte, an Gott zu glauben und an den ›Frieden seiner Hände‹, in dem ›nord- und südliches Gelände‹ ruhten, und dabei hörte ich Andrea zu, die erzählte, daß ihr Chef zu einem Kongreß nach Wien eingeladen worden war, die Einladung aber an sie weitergegeben hatte . . .
». . .weil er mir eine Freude machen wollte, wissen Sie, Peter. Natürlich war ich sehr glücklich. Die Reisekosten werden ersetzt. Unterkunft und Verpflegung nicht, darum wohne ich bei meinen Freunden. Ich bin schon seit fünf Tagen hier, heute mittag ist der Kongreß zu Ende gegangen, und meine Freunde haben mir ihren Wagen gegeben, damit ich noch etwas von Wien sehen kann – und nun sind wir uns begegnet und . . .« Sie schwieg plötzlich. Die beiden Eichhörnchen waren wiedergekommen. Sie saßen im Gras und betrachteten uns kritisch.
»Na«, fragte ich, »seid ihr einverstanden mit uns beiden?«
Eines der Tiere legte beide Vorderpfoten auf den Bauch.
»Sehen Sie doch«, sagte Andrea leise, »das Hörnchen klatscht Beifall.«
»Das ist nicht das Hörnchen, das ist der Kater.«
»Woher wollen Sie das wissen?«
»Der Schwanz«, sagte ich. »Man erkennt es am Schwanz. Der Kater hat den schöneren, buschigeren Schwanz.«
»In der Tat?«
»In der Tat«, sagte ich.
»Sie sind großartig«, sagte sie. »Sie wissen alles. Ich weiß gar nichts.«
»Ja, und wie bedauerlich das doch ist«, sagte ich. »Die armen Kinder da in Hamburg. Sie können ihnen bestimmt nicht einmal erklären, wie das Reh mit Vornamen heißt.«
»Ach, hören Sie schon auf«, sagte sie.
»Sage ich ja, Sie wissen es nicht.«
»Also schön: Ich weiß es nicht. Wie heißt das Reh mit Vornamen?«
»Kartoffelpü.«
Ihr Lachen erschreckte die beiden kleinen Tiere, die den Baum hinaufsausten.
Ich sah Andreas strahlendes Gesicht, den offenen Mund, die schönen Zähne und ihre leuchtenden Augen mit den vielen feinen Fältchen an den äußeren Winkeln, die vom Lachen

kamen, und ich neigte mich vor und küßte sie. Ich küßte sie heftig und drückte sie eng an mich. Sie hatte ihre Lippen schnell geschlossen, und ich versuchte, sie zu öffnen. Ich konnte ihr Herz schlagen hören. Plötzlich öffneten sich ihre Lippen, und ihr Kopf sank zurück in das Gras. Der Kuß dauerte lange.
»O Liebling, Liebling«, sagte sie zuletzt, »wie süß du küssen kannst!«
»Nein«, sagte ich, »das bist du, die süß küssen kann.«
»Kater«, sagte sie. »Du bist mein Kater, ja?«
»Ja«, sagte ich, »ja, Hörnchen.«
Wir küßten uns wieder, und ihr Atem war frisch und rein wie der Geruch von frischer Milch, und plötzlich mußte ich an die vergangene Nacht denken. Jetzt war es halb sechs Uhr abends, vor siebzehn Stunden war die Maschine explodiert da draußen in Schwechat, und alles war voll Blut, voll Verwundeter und brennender Körperteile gewesen. Nur siebzehn Stunden war das her. Siebzehn Stunden zwischen Grauen und Liebe. Nein, es gab keinen Zufall.
»Der Heurige!« rief Andrea plötzlich.
»Ach ja, dieser Heurige«, sagte ich. »Zu dem mußt du ja auch noch! Wer ist das, der Heurige, Hörnchen? Tu mir die Liebe und verrate es mir gleich, ich halte diese Ungewißheit nicht mehr aus.«
»Meine Freunde haben gesagt, dort, wo die Höhenstraße in Grinzing anfängt, gibt es viele kleine Lokale und Gärten, in denen wird Wein ausgeschenkt. Der heißt Heuriger, und ich soll unbedingt ein Viertel trinken, mehr nicht, weil ich ja Auto fahren muß. Es hat ihnen leid getan, daß sie abends so lange arbeiten müssen und nicht mitkommen konnten. Die Lokale, die offen sind, haben über dem Eingang einen schönen, buschigen . . .«
»O Gott, nein!«
»Willst du ruhig sein! Einen schönen, buschigen Zweig von einer Tanne oder einer Kiefer, einem Nadelbaum jedenfalls, ausgesteckt, und darum sagen sie auch: ›Ausgsteckt is‹.«
»Wer sagt das?«
»Die Leute, Kater, die Leute hier sagen es. Die Leute, die den Heurigen trinken.«
»Aber es kann kein heuriger Wein sein. Den gibt es doch noch gar nicht.«
»Das habe ich auch gesagt, und meine Freunde haben gemeint, dann ist es eben der Heurige vom vorigen Jahr. Den richtigen

Heurigen gibt es erst im Spätherbst und im Winter. Sie machen ihn aus den Trauben, die da vorne an den Hängen wachsen. Komm, das müssen wir auch noch sehen, das wäre ja eine Bildungslücke.«
Also standen wir auf, und ich zog meine Jacke an, und wir gingen durch die große Wiese zur Straße hinunter. Als wir sie überquert hatten, sahen wir an den abfallenden Hängen des halben Kessels, in dem Wien lag, die Reben: Hunderttausende. Sie trugen Trauben, grün und klein noch, aber es waren schon richtige Trauben. Entlang unserer Seite des Kessels sah man viele Kilometer lang die Reihen der Stöcke, an denen die Reben festgebunden waren. Und immer noch leuchtete die Stadt, jetzt golden und rot, wie Feuer glühten sie und der große Strom.
Ich stand hinter Andrea, sie lehnte sich an mich. Lange Zeit schwiegen wir. Dann sagte sie: »Wiederum führte ihn der Teufel mit sich auf einen sehr hohen Berg und zeigte ihm alle Reiche der Welt und ihre Herrlichkeit und sprach zu ihm: Das alles will ich dir geben, so du niederfällst und mich anbetest.«
Ich umschlang sie mit meinen Armen und sagte: »Ich habe nicht alle Reiche der Welt und nicht ihre Herrlichkeit. Aber wenn ich der Teufel wäre – du müßtest nicht niederknien vor mir, um alle Herrlichkeit zu erhalten. *Ich* würde niederknien vor dir und dich anbeten und dir alles schenken.«

17

Zwischen den letzten Worten und diesen liegen fünf Tage. Ich hatte einen Zusammenbruch. Du weißt, mein Herz, wie krank ich bin. Unmittelbar, nachdem ich den letzten Absatz geschrieben hatte, bekam ich einen Anfall. Zum Glück erschien sofort der Arzt. Es war sehr arg, viel ärger als sonst. Dann lag ich im Bett und sollte schlafen, konnte aber nicht schlafen, denn immerzu mußte ich denken: mein Bericht für Dich, mein Bericht für Dich, damit Du weißt, wie alles kam. Du mußt es wissen, mein Herz, ich muß die Wahrheit aufschreiben, die ganze wunderbare, schauderhafte Wahrheit. Noch bist Du zu jung, Du würdest mich nicht verstehen. Ich habe Anweisung gegeben, daß Dir dieses Manuskript erst ausgehändigt wird, wenn Du achtzehn Jahre alt bist. Dann wirst du erwachsen und erfahren

genug sein, um alles zu begreifen. Darum erlaube ich mir auch, ganz frei zu berichten.
Nun, in den fünf Tagen, die hinter mir liegen, zweifelte ich immer wieder daran, mein Vorhaben ausführen zu können. Es regt mich sehr auf, an die Geschichte dieses letzten Jahres zu denken, und es wird mich natürlich immer mehr aufregen, je weiter ich komme, je tiefer ich in all die Verstrickungen gerate, in all die schlimmen Situationen, die bis zum Mord, ja: bis zum Mord geführt haben.
Wenn ich Dich sehen könnte, mein Herz! Wenn ich Dich sehen könnte, eine Minute nur. Aber sobald ich davon anfange, winken sie ab: Kommt nicht in Frage. Viel zu früh. Würde Sie zu sehr aufregen, später, ja, später gewiß. Sie müssen warten, Sie müssen geduldig sein. Schreiben Sie, seien Sie fleißig. Sie müssen aufschreiben, was geschehen ist.
Siehst Du, mein Herz, sie sagen auch, daß ich es tun muß.
Und so schreibe ich denn weiter, langsam, stetig, Satz für Satz, es wird noch lange dauern, aber nicht ewig. Nichts dauert auch nur einigermaßen lange, das habe ich erfahren.

18

»Willst du dein Herz mir schenken, dann fang es heimlich an, daß unser beider Denken niemand erraten kann«, sang der alte Mann. Er saß allein an einem kleinen Tisch in dem großen Garten, in dem viele schmale, lange Tische mit langen Sitzbänken zu beiden Seiten standen. Der alte Mann hatte eine Zither vor sich, deren Saiten er zum Klingen brachte. Seine Stimme war wohltönend und dunkel.
Wir saßen in einiger Entfernung an einem der langen Tische, nebeneinander, und vor uns standen eine Karaffe und zwei Gläser. Die Sonne schien nun schon schräg, und ihre Strahlen vergoldeten alles. Es war noch sehr warm nach dem heißen Sommertag.
Glorreicher Sommer.
Wieder mußte ich an Shakespeares König Richard III. denken, jenen häßlichen Schurken, mit dem ich mich jahrelang so stark verbunden gefühlt hatte.
›Nun ward der Winter unsers Mißvergnügens glorreicher Som-

mer durch die Sonne Yorks; die Wolken all, die unser Haus bedräut, sind in des Weltmeers tiefem Schoß begraben.‹

Ja, in einem glorreichen Sommer lebte ich plötzlich, und meine ganze schmutzige Vergangenheit war in des Weltmeers tiefem Schoß begraben. Nein, dachte ich, nichts verbindet dich noch mit König Richard, sein Bruder im Geist bist du nicht länger, nicht in deinem neuen Leben, nicht, seit du Andrea begegnet bist. Ich hielt Andreas Hand, und sie hatte ihre andere Hand über unsere beiden gelegt und ihren Kopf an den meinen gelehnt. Noch nie im Leben war ich so ruhig gewesen. Ich roch Andreas Haut und das Haar, das wundervoll duftete, immer noch nach Erde und Wiese.

»Die Liebe muß bei beiden allzeit verschwiegen sein. Drum schließ die großen Freuden in deinem Herzen ein«, sang der alte Mann, und eine Frau mit Kopftuch kam an unseren Tisch und fragte, ob wir noch etwas trinken wollten. Andrea sagte ja, und der alte Mann solle auch ein Glas bekommen, und die Frau mit dem Kopftuch ging wieder fort.

Andrea legte einen Arm um meine Schultern und drückte sich fest an mich.

»Mein Lieber«, sagte sie, »mein Liebster. O Gott, hab' ich dich lieb.«

»Und ich dich«, sagte ich. »So sehr. Wir haben es doch gefühlt, du und ich, da oben auf dem Schafberg, als wir uns zum erstenmal sahen, als wir die ersten Worte miteinander sprachen. Nicht wahr, du hast es auch gefühlt?«

»Ja«, sagte sie. »Unheimlich, so etwas, nicht? Es ist unheimlich.«

»Es ist wunderbar.«

»Ich habe nie gedacht, daß es so etwas gibt.«

»Wahrscheinlich gibt es das auch nur ganz selten«, sagte ich. »Wir zwei haben es erlebt.«

»Ja«, sagte sie. »Küß mich, Kater!«

Ich küßte sie, und der alte Mann spielte Zither und sang. Als ich beide Arme um Andrea legte, wußte ich plötzlich, jäh, wo ich sie schon einmal gesehen hatte, warum sie mir vom ersten Moment an so vertraut vorgekommen war. In der Nacht zuvor war es gewesen, draußen auf dem Flughafen, nachdem ich aus der explodierenden Maschine geschleudert worden war und auf der niederen Hecke neben den Landebahnen gelegen hatte, kaum bei Bewußtsein, ja da, als ich das Land der Toten gesehen, als ich mich zwischen ihm und dem Land der Lebenden befunden hatte.

Da war jene Frau mit dem braunen Haar und den großen braunen Augen gewesen, mit der ich über Berge und Wälder, über blühende Wiesen und tiefe Abgründe flog, mit der ich tanzte, in den Himmel hinein, in diesem Traum, in dem ich mich so unendlich glücklich gefühlt hatte mit jener Frau, die niemand andere als Andrea war. O Gott, dachte ich, und da war ja auch jener Zitherspieler gewesen, und er hatte gesungen und gespielt, auch ihn hatte ich also schon einmal gesehen in diesem Traum von dem wunderbaren Land der Toten.
»Was hast du, Liebster?« Andreas Stimme drang an mein Ohr.
Ich sah sie vor mir, dicht vor mir. Sie blickte mich ernst an, so wie sie mich schon im Traum angeblickt hatte.
»Liebster, was ist mit dir?«
Von weit, weit her kam ich zu ihr zurück.
»Nichts«, sagte ich. »Nichts, mein süßer Schatz. Ich mußte nur daran denken, wie unfaßbar das alles ist.«
»Unfaßbar, ja«, sagte sie. »Ach, du bist so sehr geliebt.«
»Und du«, sagte ich, »bist die erste Liebe meines Lebens. Ich habe noch nie eine andere Frau geliebt.« Und ich mußte wieder daran denken, wie ich sie des Nachts zum erstenmal gesehen hatte: ihr schönes Gesicht übergroß, riesenhaft am unendlichen Himmel im Land der Toten.
»Noch nie eine andere Frau geliebt?« sagte sie. »Ach, Kater, das ist doch nicht wahr!«
»Doch.«
»Lügner«, sagte sie, »geliebter Lügner.«
»Es ist die Wahrheit«, sagte ich und nahm ihr Gesicht in beide Hände. »Du mußt es mir glauben. Glaubst du mir?«
Sie sah mich ernst an und schwieg, und der alte Mann spielte jetzt leiser und sang nicht mehr.
»Bitte«, sagte ich, »bitte, glaube mir!« Und ich dachte, daß ich in meinem ganzen Leben noch nie so zu einer Frau gesprochen hatte. Aber das, dachte ich, war ja auch mein neues Leben. Das alte war tot. Und in meinem alten Leben hatte ich wirklich niemals eine Frau geliebt, auch nicht Yvonne in unserer ersten Zeit, das war etwas anderes gewesen, etwas ganz anderes.
»Ich glaube dir«, sagte sie. »Du bist gut.«
»Nein«, sagte ich, »aber ich möchte es gerne sein.«
Sie nahm meine Hand und küßte die Innenseite.
»Mein Liebster«, sagte sie. »Ich bin so froh, daß wir uns begegnet sind.«

»Nicht so froh wie ich«, sagte ich. »Ich habe ein ziemlich scheußliches Leben geführt bisher. Auch mit Frauen, besonders mit Frauen. Und Liebe niemals, nicht ein einziges Mal. Nur . . . du weißt schon.«
»Ja«, sagte sie, »ich weiß.«
Sie hob ihr Glas, und wir tranken beide und sahen einander unentwegt in die Augen, und der alte Mann fing nun wieder an zu singen. Er sang vom Meer und einem Mädchen, aber wir waren so ineinander versunken, daß ich nur einzelne Worte hörte, jedoch den Text nicht verstand.
»Weißt du«, sagte Andrea, »da war ein Mann, den ich sehr lieb hatte. Drei Jahre lebten wir zusammen, und er sagte, daß er nur mich lieben würde. Dann ist er fortgegangen zu einer anderen. Bitte, tu das nicht! Hörst du? Das darfst du nicht tun. Noch einmal möchte ich so etwas nicht erleben. Es war schrecklich.«
Sie lächelte scheu. »Verzeih!«
»Was soll ich dir verzeihen?«
»Was ich eben gesagt habe. Ich bin ein bißchen verrückt, weißt du. Du hast es sicher schon bemerkt. Ein bißchen verrückt nur. Aber du mußt es immer berücksichtigen. Seitdem mich dieser Mann verlassen hat, habe ich drei Männer gehabt, doch das war nicht Liebe.«
»Ich weiß«, sagte ich.
»Du weißt es. Du bist wunderbar.«
»Nein«, sagte ich. »Du bist es, die wunderbar ist. Ich, ich war nichts wert wie mein ganzes Leben. Bis heute. Jetzt will ich versuchen, etwas wert zu sein.«
»Mein Kater«, sagte sie. »Nie mehr gebe ich dich her.«
»Mein Hörnchen«, sagte ich. »Komm, wir wollen noch etwas trinken.«
Wir tranken die Gläser leer.
»Du hast sehr viele Frauen gehabt, nicht wahr, Kater?«
»Ach wo . . .«
»Nicht lügen, bitte! Es waren sehr viele, wie?«
»Wenn einer so aussieht wie ich . . .«
»Gerade dann. Gerade darum. Also sehr viele, ja?«
»Ja«, sagte ich. »Aber niemals Liebe. Liebe niemals. Ich schwöre es.«
»Du bist großartig, einfach großartig, weißt du das?«
Ich legte eine Hand auf ihr Knie.
»Nein«, sagte sie.

»Doch, bitte!«
»Bitte nicht, Kater. Wir haben eine so sehr schöne Liebe, und wir haben alle Zeit der Welt. Es soll behutsam gehen und sanft und langsam.«
»Alle Zeit der Welt?« fragte ich. »Wann mußt du nach Hamburg zurück, Hörnchen?«
Sie sah mich an und schwieg.
»Hörnchen!«
»Ja«, sagte sie. »Morgen früh muß ich zurück. Morgen früh, Kater.«
Die Frau mit dem Kopftuch kam mit einer neuen Karaffe voll Wein und zwei neuen Gläsern, und wir dankten ihr.
»Haben Sie den alten Mann nicht vergessen?« fragte Andrea.
»Nein«, sagte die Frau mit dem Kopftuch.
Und als wir zu dem Zitherspieler hinübersahen, lachte er und hob sein volles Glas. Auch wir hoben die Gläser, die die Frau mit dem Kopftuch für uns neu gefüllt hatte, und prosteten ihm zu. Danach begann er wieder zu spielen und zu singen.
»Morgen früh«, sagte ich leise.
»Ja«, sagte sie. »Und?«
»Was und?«
»Du hast mir doch erzählt, daß du aus Argentinien zurückgekommen bist, weil du solche Sehnsucht nach Deutschland gehabt hast. Dann kommst du eben zu mir nach Hamburg.«
»Oh«, sagte ich, »dann komme ich eben zu dir nach Hamburg.«
Sie trank.
»Das ist herrlich für mich«, sagte sie, »aber verstehen kann ich es nicht.«
»Was kannst du nicht verstehen, Hörnchen?«
»Daß einer seine sichere Existenz in einem schönen Land auf einem andern Kontinent aufgibt und ausgerechnet jetzt nach Deutschland will.«
»So sicher und schön ist es in Argentinien nun auch wieder nicht«, sagte ich, »und was heißt ›ausgerechnet jetzt‹?«
»Weil wir in Deutschland jetzt immer mehr Angst vor einem neuen Krieg haben und vor Atombomben und Atomraketen. So viele davon sind da, daß man mit ihnen jeden Menschen sechsunddreißigmal töten kann. ›Overkill‹ nennen sie das. Was für ein Wort! Denke bloß, sechsunddreißigmal nacheinander töten kann man jeden Menschen. Und das genügt noch nicht! Weil die Sowjets immer neue Raketen aufstellen, will Reagan auch noch

mehr Raketen und die Neutronenbombe in Westdeutschland stationieren. Und so sehr die Amis und die Russen sich auch beschimpfen, in einer Sache sind sie sich einig: Wenn es losgeht, dann ist Deutschland der Kriegsschauplatz. Hast du das wirklich nicht gewußt, Kater?«
»Doch«, sagte ich. »Natürlich.«
»Und hast trotzdem Sehnsucht nach Deutschland gehabt?«
»Ja«, sagte ich und log nicht einmal.
»Und keine Angst?«
»Angst und Sehnsucht«, sagte ich. »Aber viel mehr Sehnsucht. Und jetzt weiß ich natürlich, warum so viel mehr Sehnsucht.«
Und ich dachte an Eisenbeiß, der mir zwar einen deutschen Paß besorgt, aber auch gesagt hatte, das mit seiner Idee von Sehnsucht nach Deutschland sei Unsinn gewesen, ich sollte woandershin gehen, nach Amerika oder Kanada. Aber jetzt wollte ich nach Deutschland, Andreas wegen.
»Und du meinst wirklich, daß Deutschland bei einem neuen Krieg draufgeht?«
»Großer Gott, was für eine Frage! Sehr wahrscheinlich ganz Europa! Aber Deutschland bestimmt. Meinst du, die Russen und die Amerikaner zerstören ihre eigenen Länder? Das übernächste Mal vielleicht. Das nächste Mal kommt Deutschland dran!«
»Dann sind wir wenigstens beisammen«, sagte ich.
»Ach, du bist so geliebt. Weißt du, daß das ein ganz großer Trost für mich ist? Ohne dich möchte ich nicht mehr leben.«
»Vielleicht gibt es keinen Krieg.«
»Es sieht sehr danach aus.«
»Vielleicht haben wir Glück.«
»Es gibt nur wenig Glück in der Welt heute.«
»Na, wir zwei, wir haben gerade sehr großes gehabt.«
»Ja«, sagte sie. »Sehr, sehr großes. Ich bin auch ein Idiotenweib, daß ich ausgerechnet jetzt davon anfange. Verzeih mir!«
»Da gibt's nichts zu verzeihen. Ich habe doch auch Angst.«
»Alle haben Angst«, sagte sie. »Das ist schlimm.«
»Aber wir haben jetzt uns«, sagte ich.
»Ja, das ist gut«, sagte sie. »Das ist fabelhaft. Ich habe auch schon keine Angst mehr, überhaupt keine Angst . . . Gott, ich wünschte, ich hätte keine Angst mehr.«
»Sterben kann man überall«, sagte ich und dachte an die letzte Nacht und den Flughafen. »Es ist einem vorherbestimmt; der Ort, der Tag, die Stunde . . .«

Ich bemerkte, daß der alte Mann an unseren Tisch getreten war. Er begrüßte uns lächelnd, und wir baten ihn, Platz zu nehmen, und füllten sein Glas und unsere Gläser neu, um mit ihm anzustoßen und zu trinken.
»Fremd hier in Wien?« fragte der alte Mann
»Ja«, sagte ich.
»Das waren so schöne Lieder«, sagte Andrea.
»Ich kenne viele schöne Lieder«, sagte der alte Mann, »aber diese hier habe ich gespielt, weil ich gewußt hab', da sitzen zwei, die sich lieb haben. Ich habe Sie immer anschauen müssen. Nachher, später am Abend, da kommen viele Leute. Da ist hier alles voll, und ich muß andere Lieder spielen, solche, die die Gäste hören wollen, und nicht die, die ich so gern hab' wie die eben jetzt.«
»Wir danken Ihnen sehr«, sagte Andrea.
»Und ich danke für den Wein«, sagte er. »Der liebe Gott soll Sie behüten.«
»Ja, das soll er«, sagte Andrea ernst, und ich dachte, wie gut die beiden es hatten, sie glaubten an ihn.
»Sie haben eine schöne Frau«, sagte der alte Mann zu mir. Sein graues Haar war noch sehr dicht, und obwohl er gewiß weit über siebzig war, sah er viel jünger aus. Wenn er lachte, zeigte er prächtige falsche Zähne.
»Ja, ich weiß«, sagte ich. »Wunderschön ist sie.«
»Soll ich Ihnen die Karten legen?« fragte unvermittelt der alte Mann, den ich schon, halb ohnmächtig, in meinem Traum vom Land der Toten gesehen hatte.
»Mir bitte nicht«, sagte ich. »Ich mag das nicht.«
»Aber mir«, sagte Andrea.
Wir saßen unter einem großen Kastanienbaum. Der alte Mann holte ein Spiel kleiner Patiencekarten hervor und legte sie verdeckt vor Andrea auf den Tisch.
»Mischen Sie, bitte«, sagte er.
Andrea mischte und legte die Karten wieder hin.
»Jetzt«, sagte der alte Mann, »heben Sie mit der linken Hand zwei kleinere Häufchen von dem großen ab. Mit der linken Hand und in Richtung zu Ihrem Herzen.«
Andrea tat es.
Der alte Mann legte die drei Päckchen in veränderter Reihenfolge aufeinander und bildete sehr schnell vier Reihen zu dreizehn Karten, indem er die Karten auf dem schmalen Tisch offen auflegte.

»Herzdame, das sind Sie«, sagte der alte Mann zu Andrea. »Und Sie wären der Herzkönig«, sagte er zu mir. »Jetzt lassen Sie mich einmal sehen.« Er strich sich mit einer Hand über das Kinn und betrachtete die Karten lange. »Also«, sagte er zuletzt, »Sie sind sehr glücklich, junge Frau, aber Sie werden noch viele Male glücklicher werden . . .«
»Mit einem Mann?«
»Mit einem Mann, ja.« Andrea gab mir einen Kuß auf die Wange. »Sie haben einen ganz großen Wunsch . . . der wird in Erfüllung gehen, bald . . . und heiraten werden Sie . . . Da sehe ich eine Krankheit, aber das müssen nicht Sie sein . . . Viele Kinder sehe ich um Sie herum, es werden noch mehr . . . viel Freude werden Sie erleben . . . später müssen Sie auf sich achtgeben . . .«
»Wann später?«
»Vielleicht in einem halben Jahr. Oder noch später . . . Achtgeben, bitte schön . . . auf der Straße . . . im Verkehr . . . Da ist ein Mann oder eine Frau, ein Mensch, der spielt eine ganz große Rolle in Ihrem Leben . . . Diese Person ist sehr fromm . . . und damit ist Gefahr verbunden . . .«
»Mit dem Frommsein? Wie ist das möglich?«
»Ich weiß es nicht. Die Karten sagen es . . . Es ist übrigens eine Gefahr, die nicht Sie betrifft, sondern diesen Herrn . . .«
So ging das weiter, und Andrea war sehr aufgeregt, denn fast alle Dinge, die der alte Mann prophezeite, waren gute Dinge. Als er fertig war, nahm er einen Schluck.
»Und Sie, wollen Sie wirklich nicht?« fragte er mich.
»Na, nun komm schon, Kater«, sagte Andrea.
»Meinetwegen«, sagte ich.
Er sammelte die Karten ein, und ich hob so ab, wie es Andrea getan hatte. Wieder breitete er vier mal dreizehn Karten aufgedeckt aus. Er betrachtete sie und wurde ernst dabei.
»Etwas Schlimmes?« fragte Andrea.
»Nichts Schlimmes . . . nur etwas Sonderbares . . . Waren Sie einmal schwer krank in letzter Zeit?«
»Nein, warum?«
»Die Karten sagen es. Nicht direkt . . . Es ist sehr seltsam. Ihr Leben, sehen Sie, da hört es ganz auf, und gleich darauf setzt es wieder ein und geht weiter. Sie sind herzkrank, nicht wahr?«
»Ein bißchen«, sagte ich, und zu Andrea: »Nichts Schlimmes. Ich hab' das schon jahrelang und ein sehr gutes Mittel dagegen. Mein Arzt sagt, damit kann ich hundert werden.«

»Dein Arzt in Buenos Aires?«
»Ich werde natürlich zu einem in Hamburg gehen.«
»Buenos Aires?« fragte der alte Mann. »Sie kommen von dort?«
»Ja«, antwortete Andrea für mich.
»Hm . . . ach ja, Sie haben gerade eine Reise gemacht . . . Aber eine so weite? Na ja, manchmal sieht das so aus . . . Auch Sie werden sehr glücklich werden, aber dann . . .« Er brach ab.
»Was ›aber dann‹?«
»Nein, nichts«, sagte er. »Meine Augen sind nicht mehr gut, ich muß mich verschaut haben.«
»Sie haben sich nicht verschaut«, sagte ich. »Was haben Sie gesehen?«
»Einen Mann«, sagte er. »Vor dem müssen Sie sich hüten . . . von dem droht Ihnen sehr große Gefahr . . . Da ist er wieder, der Fromme! . . . Da ist noch ein zweiter . . . aber der ist nicht so gefährlich . . . mit dem werden Sie leicht fertig . . . Waren Sie schon einmal verheiratet?«
»Nein«, sagte ich und ärgerte mich darüber, daß ich zugestimmt hatte, als er fragte, ob er mir die Karten legen solle.
»Wirklich nicht, Kater?«
»Ach, hör schon auf«, sagte ich.
»Da sehe ich aber eine Frau . . .« Er blickte Andrea an. »Sie können es nicht sein . . .« Er neigte sich vor, und ich bemerkte, daß nicht nur sein Gesicht, seine Arme und seine Hände, sondern auch sein Nacken von der Sonne wie zu Leder gegerbt waren. Gewiß hatte er viele Jahre schwer in den Weinbergen gearbeitet. Seine Fingernägel waren ganz kurz geschnitten und trotzdem brüchig. »Eine böse Frau ist das . . . Vor der müssen Sie sehr auf der Hut sein, denn sie verfolgt Sie . . . und eines Tages . . .«
Ich schob die Kartenreihen durcheinander. »Danke, das genügt jetzt schon.«
»Hab' ich Sie verärgert?« fragte er. »Das hab' ich nicht gewollt. Ist ohnedies so eine Sache mit dem Kartenlegen. Manchmal stimmen die Karten überhaupt nicht . . . das heißt, die guten stimmen immer.«
»Natürlich«, sagte ich.
»Nein, wirklich.«
»Bitte, Kater!« sagte Andrea, und ihr Blick sagte: Tu dem alten Mann nicht weh!
»Ich habe es nicht böse gemeint«, sagte ich. »Kommen Sie, wir trinken noch etwas.«

Also tranken wir alle drei, und der alte Mann spielte wieder alte Liebeslieder für uns auf der Zither. Ich fühlte, daß ich Andrea über alle Maßen lieben würde und sie mich auch, und dabei hatte ich Angst vor allem, was mir bevorstand und was ich nicht wußte, weil ich die Karten durcheinandergeschoben hatte. Aber dann dachte ich, daß der alte Mann ja nur die guten Dinge voraussagen wollte und daß das alles überhaupt Unsinn war.

19

Es war schon fast dunkel und längst neun Uhr vorbei, als wir in die Stadt zurückfuhren. Natürlich hatten wir mehr als nur ein Viertel getrunken, aber Andrea fuhr sicher und ruhig. Ihre Freunde wohnten in Döbling, in der Billrothstraße 29, und unterwegs fragte mich Andrea immer wieder nach meinem Herzleiden, und ich sagte immer wieder, es sei etwas ganz Harmloses, und sie sagte, ich solle bei unserer Liebe schwören, daß es wirklich ganz harmlos sei. Das war schlimm, denn ich durfte sie doch nicht beunruhigen, und also schwor ich, daß es harmlos sei, und dachte daran, daß ich sofort einen Spezialisten in Hamburg brauchte, der die Langzeitbehandlung mit Nitropräparaten fortsetzen und mich richtig einstellen würde. Ich hoffte, daß meine Lüge keine bösen Folgen haben würde, aber es gibt einfach Notlügen, um einem anderen Menschen Kummer zu ersparen, und die ziehen nichts Böses nach sich, hoffte ich.
Von der Billrothstraße zweigte in einem spitzen Winkel eine breite Straße nach rechts ab, und Andrea lenkte den Wagen in diese Straße, wo sie neben einer schon geschlossenen Tankstelle unter alten Bäumen anhielt.
»Das ist die Gymnasiumstraße«, sagte sie. »Man muß immer hier parken. Vorne in der Billrothstraße fährt die Straßenbahn, da ist es verboten, weißt du.«
»Aha«, sagte ich.
»Du darfst dich nicht lustig machen über mich!«
»Ich mach' mich doch nicht lustig«, sagte ich. »Aber Hörnchen, wie kannst du so etwas denken!«
Sie seufzte, und dann küßte sie mich, und die Süße dieses Kusses vertrieb alle meine schwarzen Gedanken. Andrea hielt mein Gesicht in ihren Händen und sagte: »Ich werde dir auch immer

die Wahrheit sagen und dich nie belügen und dir nie weh tun, Liebster, aber du mußt gut zu mir sein und mir vieles verzeihen, weil ich doch ein bißchen verrückt bin, nicht wahr?«

»Nicht verrückter als ich«, sagte ich.

»Darum verstehen wir uns auch so gut«, sagte sie. »Nun sind wir beide traurig, weil es ans Abschiednehmen geht. Aber du kommst doch bald nach Hamburg, ja?«

»Ja«, sagte ich und war plötzlich wirklich traurig. »Ich habe noch einiges in Wien zu erledigen, aber in drei, vier Tagen bin ich bei dir.«

»Schön, ach das ist schön, Liebster.« Sie öffnete ihre Handtasche und entnahm ihr einen Block, einen Kugelschreiber und eine Hornbrille mit großen, runden Gläsern. Die setzte sie auf, und sie sah sehr aufregend damit aus und sagte: »Nur – weißt du, ich hasse es, der *loser* zu sein.«

»Der was?«

»Der *loser*, der Verlierer eben. Ich bin es schon einmal gewesen, und ich möchte es nun nicht bei dir sein. Nicht ausgerechnet bei dir. Darum überlege dir genau, ob du auch wirklich nach Hamburg kommen willst. Wenn du jetzt nein sagst, tut es noch nicht so weh.«

»Verflucht«, sagte ich, »ich will aber nach Hamburg kommen.«

»Ach, bin ich froh«, sagte sie und drückte meine Hand ganz fest. Ich überlegte, ob ich ihr die Wahrheit über mich sagen sollte, verwarf den Gedanken jedoch wieder, denn es war nicht vorhersehbar, wie sie reagieren würde, wenn ich ihr etwa erzählte, daß ich verheiratet war.

Sie stützte den Block auf das Steuerrad, knipste die Innenbeleuchtung an und schrieb mit großen Buchstaben ihren Namen auf und ihre Adresse in Hamburg und die Adresse der öffentlichen Bücherhalle, in der sie arbeitete, und dann noch die Anschrift ihrer Wiener Freunde und dazu alle Telefonnummern.

»Bist du weitsichtig?«

»Ja«, sagte sie. »Beim Lesen und Schreiben und wenn ich Dinge in der Nähe sehen will, brauche ich die Brille. Magst du sie nicht?«

»Mag ich sie nicht? Ich liebe sie! Ich liebe alles an dir, Hörnchen.«

»Ich habe noch eine schönere«, sagte sie. »Mit einer goldenen Fassung. Ich meine, es sieht aus, als wäre es Gold. Die erste Nummer hier ist meine private.« Sie unterstrich sie. »Wirst du mich anrufen?«

»Jeden Tag«, sagte ich. »Abends, wenn du zu Hause bist.«

»Ich werde abends immer zu Hause sein und auf deinen Anruf warten.«
Ich dachte, wie doch Verliebte so sind. Sie nehmen sich zum Beispiel vor, zu einer bestimmten Zeit aneinander zu denken. Keiner tut es. Aber jeder ist glücklich darüber, daß der andere so verliebt ist. Bei uns war das alles natürlich ganz anders.
»Und wo wohnst du?« fragte sie.
»Bei Freunden«, sagte ich. »In Hietzing. Die Telefonnummer weiß ich nicht auswendig. Aber ich rufe dich heute abend noch an bei deinen Freunden und sage sie dir. Und morgen abend rufe ich dich in Hamburg an, und dann jeden Abend, den ich noch nicht bei dir bin.«
»O ja, bitte, danke«, sagte sie.
»Gute Nacht, geliebtes Horn.«
»Gute Nacht, mein Kater. Du bist so sehr geliebt, weißt du das?«
Wir küßten uns lange.
Dann stiegen wir aus. Sie sperrte den Wagen ab, und wir gingen Hand in Hand über die Fahrbahn zur Billrothstraße. Vor dem zweiten Haus blieb sie stehen. Es trug die Nummer 29. Andrea holte einen Schlüssel aus ihrer Tasche und öffnete das verglaste schmiedeeiserne Eingangstor. Im Flur flammte Licht auf, und ich sah Andrea eine Treppe emporsteigen. Ich wartete, bis sie verschwunden war. Im Keller dieses Hauses befand sich eine Kohlenhandlung, deren Firmenschild ganz schwarz war. Ich nahm etwas von dem Ruß und rieb ihn mir hinter das Ohr. Dann klopfte ich laut gegen das Haustor. Andrea kam zurück, und ich bedeutete ihr, zu öffnen. Als sie verständnislos vor mir stand, tupfte ich ihr Ruß auf die Nasenspitze, auf beide Wangen und auf die Stirn. Ich zeigte ihr das Schild der Kohlenhandlung, und sie lachte, und dann wurde sie ernst, zog mich in den Hausflur und küßte mich noch einmal. Ich konnte fühlen, wie unter dem Stoff unsere beiden Körper glühten, als würde das starke Sonnenlicht, in dem wir gelegen hatten, nachstrahlen.
»Gute Nacht, Hörnchen«, sagte ich. »Schöne Träume wünsche ich dir.«
»Und ich dir, Kater«, sagte sie. »Ruf noch an!«
Ich wartete, bis sie die Tür wieder verschlossen hatte und verschwunden war. Dann ging ich über die Straße und ein paar Häuser zurück zu einer Bankfiliale, vor der Taxis standen, setzte mich in eines und sagte: »Maxingstraße fünfzehn a.« Der Chauffeur dreht sich um, sah mich an und feixte.

»Was ist so komisch?« fragte ich.
»Nichts. Wieso?«
»Weil Sie gegrinst haben.«
»Pardon, gnä' Herr«, sagte er, »ich hab' nicht gegrinst.«
Er fuhr zu schnell, aber ich sagte nichts, und während das Taxi über den Gürtel raste, mußte ich wieder an den alten Kartenleger denken. Was immer auf dich zukommen mag, dachte ich, damit, daß du die Karten durcheinandergeschoben hast, ist es nicht aus der Welt geschafft.
Das Haus in der Maxingstraße war eine sehr schöne Villa, die in einem großen Garten stand. Ich bezahlte den Chauffeur und wartete, bis er fortgefahren war. Dann klingelte ich an der Gartenpforte, und ein Mädchen mit weißer Schürze und Spitzenhäubchen kam heraus und sagte: »Guten Abend.«
»Ich werde erwartet.«
»Gewiß, mein Herr.« Sie öffnete die Pforte, und wir gingen über in den Wiesenboden eingelassene weiße Platten zur Villa. Das Mädchen sagte, Madame werde gleich kommen, und verschwand. Die große Halle war ganz in Rot, Weiß und Gold gehalten. Ich dachte gerade, daß ich nicht einmal eine Zahnbürste bei mir hatte, geschweige denn ein Pyjama, da hörte ich eine laut jubelnde Stimme, und gleich darauf kam ein rothaariges Mädchen die geschwungene Treppe heruntermarschiert.
»Wir sind vom k. und k. Infanterieregiment...«, sang das Mädchen, das Stiefel und einen bunten Tschako mit Federn trug, sonst nichts. Eine Hand hielt sie flach gegen den Tschako, sie schmiß die Beine und sang weiter: »... Hoch- und Deutschmeister Numero vier...« Sie erblickte mich und verstummte. Dieses Mädchen war außerordentlich schön, und sie war eine echte Rothaarige, was ich nun sehr deutlich sah, da sie knapp vor mir stand.
»Mein Gott«, sagte die rothaarige Schönheit, nahm den Tschako ab und hielt ihn davor. »Ach du lieber Himmel, ist das peinlich!« Sie war höchstens zwanzig Jahre alt. Da ging eine Tür auf, und eine zierliche alte Dame in einem schwarzen Abendkleid, eine vielreihige Perlenkette um den Hals, trat ein.
»Simone«, sagte sie tadelnd, »was soll das?«
»Ich bitte um Entschuldigung, Madame«, stotterte Simone, »ich habe gedacht, es ist der Herr Generalmajor. Der will doch immer so begrüßt werden.« Sie sah mich an. »Entschuldigen bitte auch Sie, mein Herr.«

»Gehen Sie auf Ihr Zimmer, Simone«, sagte die alte Dame streng.
»Zu Befehl, Madame.« Simone setzte den Tschako wieder auf und salutierte. Danach schritt sie die Treppe hinauf und wackelte dabei heftig mit dem Hintern.
Bei einer Säule verschwand sie in einer Tür.
Erst als diese krachend ins Schloß fiel, fragte die alte Dame: »Herr Peter Kent?«
»Ja.«
»Guten Abend, Herr Kent. Ich bin Frau Klosters, Anne Klosters. Wir haben uns schon die größten Sorgen um Sie gemacht. Wo haben Sie denn so lange gesteckt?«
»Das ist eine komplizierte Geschichte, Frau Klosters. Ich . . .«
»Sie möchten doch bitte sofort Herrn Eisenbeiß anrufen«, unterbrach sie mich. »Wenn Sie mir folgen wollen . . .« Frau Klosters war sehr klein, und ihr silbriges Haar hatte einen Stich ins Bläuliche. Sie ging voran in ein Zimmer, das mit Biedermeiermöbeln eingerichtet war. Die Wände bedeckten Streifentapeten voll kleiner Blumen, von der Decke hing ein großer Kristallüster. Auf einem fragilen Tischchen stand ein rosafarbenes Telefon. Ich zog den Zettel aus der Tasche, den Eisenbeiß mir gegeben hatte, und wählte seine Geheimnummer, dann setzte ich mich auf einen zerbrechlichen Stuhl.
Er meldete sich.
»Emanuel, hier ist . . .«
»Na endlich!« Seine Stimme klang erleichtert. »Warum haben Sie nicht auf Frau Tiller gewartet?«
»Emanuel«, sagte ich, »ich habe mich verliebt.«
Ich hörte ihn stöhnen.
»Stöhnen Sie nicht, es ist eine wunderbare Frau. Sie wird Ihnen . . .«
»Daß wir hier eine Großfahndung nach Terroristen haben, ist Ihnen wohl entfallen«, unterbrach er mich. »Wenn ein Polizist Sie nach Ihrem Ausweis gefragt hätte . . .«
»Es tut mir leid, Emanuel. Ich entschuldige mich. Das war unverantwortlich von mir. Aber wenn Sie die junge Frau erst gesehen haben . . .«
»Hören Sie endlich auf damit!« sagte er wütend.
»Emanuel, wissen Sie, was Liebe ist?«
»Nein«, sagte er, »nie gehört, das Wort.«
»Sie lebt in Hamburg. Ich werde nach Hamburg gehen, Emanuel.«

»Das können Sie halten, wie Sie wollen. Laufen Sie nur in Ihr Unglück! Aber solange Sie keine Papiere haben, verlassen Sie das Haus nicht mehr, verstanden? Sonst höre ich auf zu arbeiten. Ich muß schließlich auch an mich denken.«
Ich versprach, folgsam zu sein, und er beruhigte sich langsam. Dann wollte er mit seiner Freundin sprechen. Ich gab Frau Klosters den Hörer. Sie sagte hauptsächlich »Ja« und »Ist gut, Emanuel«. Endlich legte sie auf.
»Kommen Sie, ich zeige Ihnen Ihr Appartement.« Sie ging vor mir die breite, geschwungene Treppe in den ersten Stock hinauf. Wir kamen an einer Reihe von Türen vorüber, die tiefrot gepolstert waren, so daß sie nur von einem geschwungenen weißlackierten Rahmen umgeben wurden. Die Klinken waren vergoldet. Hinter einigen Türen hörte ich Gelächter, Männer- und Mädchenstimmen.
Ich sagte: »Jetzt verstehe ich, warum mein Taxichauffeur so komisch gegrinst hat, als ich ihm die Adresse nannte.«
Frau Klosters, die ganz gewiß wußte, wer ich wirklich war – Eisenbeiß mußte es ihr gesagt haben, aber sie ließ sich das nicht anmerken, für sie war ich Peter Kent –, spielte mit ihren Perlen. »In Wien sind Bordelle verboten. Eine wahrhaft idiotische Maßnahme. Aber was des einen Leid, ist des andern Freud.«
»Ihre Freude, Madame.«
»Was glauben Sie, wie der Laden blüht! Dabei gibt es noch an die zwanzig andere solche Villen. Unser Service ist hervorragend. Sie kommen zum erstenmal her. Ich zeige Ihnen Fotoalben. Sie entschließen sich. Ich rufe das Mädchen an. Spätestens in einer halben Stunde ist es hier. Das Haus wurde gerade renoviert, wie Sie sehen. Wir haben modern und antik eingerichtete Appartements. Sie speisen natürlich stets auf dem Zimmer.«
»Natürlich.«
»Ausgesuchtes Personal. Nur weibliches. Bis auf den Koch. Ich habe schlechte Erfahrungen mit männlichen Angestellten gemacht. Die glauben, sie können sich bei einer alleinstehenden Frau alles herausnehmen.« Während dieser Unterhaltung hatte sie mich in ein ganz in Meergrün gehaltenes Appartement geführt, das aus Schlafzimmer, Salon und Badezimmer bestand. Es war modern eingerichtet. Im RITZ sah es auch nicht eleganter aus. Ich machte Madame ein Kompliment. Sie neigte erfreut den Kopf. »Dieses Haus könnte Ihnen einen Roman erzählen, mein Herr. Gebaut wurde es 1910 – vom Notar des Kaisers. Der arme

Herr starb bei der ... hrm ... Einweihung, die er auf seiner Freundin vornahm. Der Sohn war Berufsoffizier, und so wurde die Villa zur intimen Erholungsstätte für österreichisch-ungarische Offiziere mit ihren Gästen aus den Ländern der alten Donaumonarchie. Stellen Sie sich vor, was da an Nationalitäten zusammenkam! Von Krakau bis Triest! Während des Krieges war das Haus dann ganz offiziell das größte und beliebteste Palais für Herren vom Hauptmann aufwärts. Nach dem Krieg führten es drei Kriegsgewinnler weiter: zuerst ein Österreicher, dann ein Italiener, endlich ein Deutscher. Gott, soll es damals hier zugegangen sein! Vulgär. Parvenus eben. Als die Zeiten solider geworden waren, kaufte ein Franzose das Haus und brachte internationale Klientel. Nach dem großen Börsenkrach 1929, am Schwarzen Freitag, verlor er sein ganzes Vermögen und erschoß sich. Übrigens hier, in diesem Zimmer.«
»Charmant.«
»So etwas bringt Glück, mein Herr. Es folgte Fürst Starhemberg. Der brauchte einen Spielplatz für sich und seine Freunde – das war vor seiner Zeit mit Nora Gregor. Dann übernahmen die Bonzen der Vaterländischen Front das Haus, und seien Sie sicher, es ging da keineswegs sehr katholisch zu. Den Kruckenkreuzlern folgten 1938 die Nazibonzen, die auch sehr fleißig gewesen sein sollen, soviel ich gehört habe. 1945 kamen die Russen und requirierten das Haus für ihre Offiziere. Es folgten sehr bald die Engländer, und nach den Engländern folgte ein Schwarzmarktschieber. Ich übernahm die Villa erst, nachdem wir den Staatsvertrag hatten. Vorher war es mir zu unsicher. Da führte ich das bestrenommierte Etablissement ›Zum goldenen Löchl‹ am Judenplatz. Ich hatte ein ungutes Gefühl damals, und wahrhaftig, ein paar Jahre später wurden Bordelle in Wien verboten. Ich hatte mich gerade noch hinübergerettet. Man kann sagen, die Villa ist seit Inbetriebnahme nicht einen Tag ungenützt geblieben. Denken Sie einmal an all die Völkerscharen, die hier tätig gewesen sind.«
»Ja«, sagte ich, »wirklich beeindruckend.«
»Und was ersieht man daraus, mein Herr? Gevögelt wird immer. Wollen Sie noch zu Abend essen?«
»Nein, danke, Madame.«
»Dann darf das Haus sich vielleicht erlauben, Ihnen weibliche Unterhaltung zur Verfügung zu stellen?«
Ich sagte, daß mich diese herzliche Gastfreundschaft tief berüh-

re, ich sie indessen nicht in Anspruch nehmen wolle, und fragte, ob es wohl ein Pyjama sowie Toilettezeug gebe.
»Selbstverständlich. Dergleichen haben wir immer auf Vorrat«, sagte die Dame. »Was glauben Sie, was wir sonst noch alles auf Vorrat haben! Wir müssen für alle Fälle und die ausgefallensten Wünsche gerüstet sein. Dafür sind wir auch nicht billig.«
»Natürlich nicht«, sagte ich. Zum Abschied hielt sie mir eine Hand hin. Ich küßte folgsam die Fingerspitzen. Dann kam ein junges Mädchen, das eine Art Playboy-Häschen-Dreß trug, und gab mir einen Schlafanzug und Waschsachen. Sie ging, kehrte aber zurück und brachte einen Eiskübel mit einer Flasche Champagner darin und Gläser.
»Mit Komplimenten von Madame«, sagte sie. »Madame läßt fragen, ob Sie nicht doch noch etwas wünschen.«
»Ich wüßte nicht, was . . .«
»Mich, zum Beispiel.« Sie sah mich mit hochgezogenen Brauen forschend an.
»Vielen Dank. Ein andermal vielleicht. Ich bin ein wenig müde.«
»Wie schade.« Diesmal knickste sie besonders ausführlich, und sie brachte alles, was sie vorne und hinten hatte, äußerst vorteilhaft zur Geltung, während sie die Flasche öffnete.
»Wirklich schade«, sagte ich.
Trällernd ging sie hinaus.
Ich trank ein Glas Champagner, goß es wieder voll und drehte den Fernsehapparat an, der im Salon stand. Unvermittelt füllte den Bildschirm das Gesicht meiner Frau Yvonne.

20

»Mein Mann ist nicht tot«, sagte Yvonne auf französisch, eine weibliche deutsche Synchronstimme lag über der ihren. »Ich habe nicht die Spur eines Beweises. Aber ich fühle mit absoluter Sicherheit: Mein Mann ist nicht tot. Mein Mann *lebt*!«
Ganz langsam stellte ich das Champagnerglas weg und neigte mich vor. Yvonnes schwarzblau schimmerndes Haar war tadellos frisiert. Ihre dunklen Augen waren wegen des tränenverhangenen Blicks kaum zu sehen (sie konnte jederzeit nach Bedarf weinen), die vollen Lippen zitterten. Wieder einmal war ihre große Stunde gekommen: Sie saß vor einer Kamera! Im Laufe der

Jahre hatte sie bereits ein paarmal vor Kameras gesessen, etwa in der französischen Fernsehreihe ›Die Frau an seiner Seite‹. Außerdem gab sie allen Reportern, die in ihre Reichweite kamen, Interviews. Sie ließ nie locker. Man *mußte* sie einfach interviewen. Ich bekam feuchte Hände, wenn ich nur davon hörte, denn die Journalisten legten Yvonne natürlich mit Freude herein. In ihrer bescheidenen Geistesverfassung merkte sie es nie, sie fand die Artikel, die dann erschienen, hervorragend, und wenn sie noch so süffisant und zynisch waren. Für Yvonne waren sie herrlich. Sie empfand es als immer neue Auszeichnung, ihren Namen gedruckt zu sehen.

Zu ihrer Sammlung von Zeitungsausschnitten, die sie ständig wieder las, war im Lauf der Jahre eine kleine Videobibliothek mit den aufgezeichneten Interviews gekommen. Stundenlang konnte sie allein und traumverloren vor dem Fernsehapparat sitzen und sich betrachten. Zweifellos wurde auch dieses Interview für sie mitgeschnitten.

Nun fragte eine deutsche Frauenstimme (Yvonne hatte einen weißen Knopf im Ohr und konnte auf diese Weise die Synchronübersetzung mithören, sie sprach kein Wort Deutsch): »Verzeihung, aber wie können Sie das annehmen, Madame Duhamel? Die Namen aller Verletzten sind bekannt. Ihr Mann ist nicht darunter.«

»Weil er nicht einmal verletzt ist«, sagte Yvonne. Es gab niemanden, der affektierter sprach als meine Frau. Sie unterstrich dies noch mit ihren schmalen, weißen Händen, die wie Vögel flatterten. Tiefe Schatten lagen unter den Augen. Gewiß war sie auf ihren Wunsch hin so geschminkt worden: Die Verzweifelte. Ich konnte mir vorstellen, wie sie der Maskenbildnerin Anweisungen gegeben hatte, was diese zu tun habe, denn die verstand natürlich nichts vom Schminken, der Trampel, da mußte Yvonne schon selbst ihre Fachkenntnisse anbringen.

»Ich weiß«, sagte sie jetzt, und wieder lag die Synchronstimme über der ihren, »es klingt absurd, was ich sage. Ich habe keinen Beweis. Nur mein Gefühl. Wenn man so lange mit einem Menschen gelebt hat, wenn man ihn so liebt, wie ich meinen Mann liebe, dann entwickelt man einen sechsten Sinn für derlei, dann weiß man das eben.« Sie tupfte sich mit einem Seidentuch die Augen trocken.

Yvonne hatte ein schwarzes, sehr schickes Kostüm aus glänzendem Satin an und die Beine übereinandergeschlagen, damit man

dank des Schlitzes in ihrem Rock auch gewiß den halben Oberschenkel bewundern konnte. Und sie trug viel zuviel Schmuck, wie immer. Mit den Fingern einer Hand stützte sie geziert das Kinn. Die Brillantringe funkelten. Die Pose hatte Yvonne einer Filmdiva abgeschaut, seitdem war dies ihre Lieblingshaltung bei Gesprächen vor der Kamera. Dazu glitt ihre Zungenspitze über die Zahnreihen wie bei jenem Star.
Die Kamera fuhr jetzt zurück.
Yvonne saß auf einer Couch, und neben ihr saß, gleichfalls schwarz gekleidet, Paul Perrier, der hübsche Junge mit der Pfirsichhaut und den langen, seidigen Wimpern über den Schlafzimmeraugen. Yvonne hatte also die ungeheure Geschmacklosigkeit gehabt, ihn mit nach Wien zu bringen, denn diese Aufnahme wurde in Wien gemacht, ich sah es jetzt. Das war meine Suite im RITZ. Die Suite, die ich immer bekam. Yvonne war in *Wien*! Ich trank rasch mein Glas leer.
»Aber Madame, wo ist er, wenn er noch lebt und unverletzt ist?«
»Das weiß ich nicht, mein Gott.« Jetzt wurde sie sicher gleich hysterisch, ihre Stimme klang schon schrill. »Vielleicht hat er einen Grund, sich zu verstecken. Ich wüßte nicht, welchen, aber vielleicht hat er einen. Er ist immer ein sehr eigenartiger Mensch gewesen.«
Paul, der Beauty-Boy, murmelte etwas, das klang wie: Sie solle sich nicht aufregen.
Sie wurde statt dessen noch lauter. »Sei still! Ich muß mich aufregen.« Dieser Dialog wurde nicht übersetzt. Dafür das folgende: »Monsieur Perrier ist unser bester Freund. Er gehört zur Familie.«
»Wie stehen Sie zu der Überzeugung von Madame, Monsieur Perrier?«
Der Goldjunge wand sich. »Was soll ich sagen . . . Madame und Monsieur verband wirklich eine ganz große Liebe . . . eine einmalige Liebe . . .« Yvonne führte wieder das Tuch an die Augen und schluchzte unterdrückt. Vor so viel Theater wurde mir ganz feierlich zumute. »Madame kann sich nicht mit dem Gedanken abfinden, daß Monsieur tot ist . . . Deshalb vielleicht – entschuldige, Yvonne –, deshalb vielleicht sagt sie, daß Monsieur noch lebt . . . weil sie es so sehr wünscht, daß er noch lebt . . . Arme, arme Yvonne . . .« Handkuß. Diesem seidenweichen Bubi verdankte ich, daß der Dialog wieder harmlos, daß Yvonnes Ausbruch nicht ernst genommen wurde.

»Sie glauben es nicht, Monsieur Perrier?«
»Natürlich nicht. Verzeih, Yvonne! Aber wie könnte ich, wie kannst du glauben, daß der arme Charles noch lebt? Er ist tot, wir müssen uns damit abfinden, liebe Yvonne.«
»Ich werde mich nie damit abfinden, nie!« Die große Szene! Da hatte sie nun wieder einmal Gelegenheit dazu. »Ich habe einen Nervenzusammenbruch erlitten . . . Zwei Ärzte kümmern sich um mich, der Hoteldirektor hat darauf bestanden. Ich halte mich nur durch Spritzen und Tabletten aufrecht . . . Niemals, niemals werde ich glauben, daß mein geliebter Charles tot ist . . . Er lebt . . . er lebt!« Und nun brach sie vor der Kamera tatsächlich zusammen, bedeckte das Gesicht mit den Händen, wandte den Kopf zur Seite und zitterte am ganzen Körper. Das Bild blendete aus.
Ein Sprecher erschien vor neutralem Hintergrund. »Das war Madame Yvonne Duhamel, die Frau des bekannten Strafverteidigers, der auch mit der Unglücksmaschine flog. Sie war in Begleitung seines vertrauten Freundes, Paul Perrier.« Meines ›vertrauten Freundes‹, Allmächtiger! »Meine Damen und Herren, wir haben mit einem weiteren Freund des Anwalts gesprochen. Er ist selber Anwalt und heißt Jean Balmoral.«
Das Bild wechselte.
Da war Jean, der einzige Freund, der mir geblieben war. Alle anderen hatte Yvonne vertrieben. Er als einziger hatte ihren Unverschämtheiten getrotzt. Da saß er in dem zum RITZ gehörenden Café vor einer Fensterscheibe, hinter der man Menschen vorübergehen sah. Ein junger Reporter hielt ein Kugelmikrophon in der Hand.
»Monsieur Balmoral, der Staranwalt Charles Duhamel war Ihr Freund . . .«
»Seit unserer Studienzeit.« Balmoral sah elend aus, nicht auf elend geschminkt wie Yvonne. Er war bleich, sein Mund zuckte, die Augen lagen in tiefen Höhlen. »Darum bin ich auch sofort nach Wien geflogen, als ich von dem Attentat hörte. Ich hoffte, ihn noch einmal zu sehen – tot, gewiß, aber immerhin. Leider sind so viele Unglücksopfer nicht zu identifizieren. Ich habe es selbst versucht . . . unmöglich . . .« Er fuhr sich mit der Hand über die Stirn. »Armer Charles. Es ist sehr schlimm für mich. Ich habe meinen besten Freund verloren . . .«
Seinen besten Freund, dachte ich. Nun ja, das war ich wohl. Sein bester Freund. Nicht nur Jeans Doktorarbeit hatte ich verfaßt,

auch sonst war er oft zu mir gekommen mit der Bitte, ihm zu helfen, wenn er gerade wieder in einem Schlamassel steckte. Er steckte häufig im Schlamassel. Er war kein strahlender Held. Wer war das schon? Es brauchte eben alle möglichen Menschen, um eine Welt zu bevölkern. Der gute Jean.
»Er war der großmütigste, fairste und anständigste Mann, den ich kannte«, sagte er gerade auf der Mattscheibe.
»Madame Duhamel hat in ihrem Unglück die verzweifelte Vermutung geäußert, ihr Mann sei gar nicht tot, er lebe noch, unverletzt, versteckt . . .«
»Das ist . . .« Jean fing sich im letzten Moment, man sah, er hatte ein starkes Wort auf der Zunge gehabt, » . . . natürlich purer Unsinn, leider. Man kann es erklären mit der . . . hrm . . . äußerst großen Sensibilität von Madame . . .«
»Monsieur Balmoral, wir danken Ihnen.« Das Bild verschwand. Wieder war der Sprecher zu sehen.
»Es sind bereits zahlreiche Angehörige der Toten und Schwerverletzten aus anderen Ländern in Wien eingetroffen, um bei den Identifizierungsversuchen zu helfen und an der morgigen Aussegnung teilzunehmen. Daneben trauern auch viele Wiener um ihre Angehörigen. Wir sprachen mit Frau Anni Pichler . . .«
Ich schaltete ab, ging zum Telefon und wählte die Neun. Madame hatte gesagt, neun sei die Zentrale. Eine Mädchenstimme meldete sich, und ich bat, Madame möchte zu mir kommen. Sie erschien sofort. In der Villa ging es jetzt ziemlich laut zu.
»Das Geschäft blüht«, sagte ich.
»Unberufen, Herr Kent. In diesen schweren Zeiten der weltweiten Rezession ist man immer besonders froh, einen der Basisberufe zu haben.«
»Basisberufe?«
»Nun ja, Bäcker, Friseure, Sargtischler und wir. Brot wird gegessen, solange Brot da ist, zum Friseur muß man auch gehen, geliebt wird immer, und einen Sarg braucht jeder einmal. Ich frage mich nur, wie lange wir den Standard unserer Dienstleistungen noch halten können. Schlimmstenfalls muß hier in einer billigen Volksausgabe gearbeitet werden, wie die Verlage das mit ihren Büchern machen. Die Mädchen sind dann natürlich bei weitem nicht so engagiert bei der Sache. Was kann ich für Sie tun?«
»Haben Sie eben ferngesehen? Die Interviews mit den Angehörigen . . .«

»... der Opfer des Flugzeugunglücks? Ja. Herzbewegend.«
»Frau Klosters, könnten Sie wohl morgen zum RITZ fahren – Sie nehmen natürlich ein Taxi.«
»Wieso Taxi? Ich habe meinen Porsche.«
»Also nehmen Sie bitte Ihren Porsche und fahren Sie zum RITZ. Die Aussegnung ist am Nachmittag. Sehen Sie zu, daß Sie den Herrn finden, der sich als bester Freund des Monsieur Duhamel bezeichnet hat, diesen Monsieur Balmoral, den Herrn aus dem Café.«
»O ja, natürlich.« Sie bewegte keine Miene.
»Veranlassen Sie ihn unter allen Umständen, hierherzukommen. Nicht mit Ihnen zusammen. Man könnte Sie verfolgen. Sie geben ihm nur die Adresse und sagen, er werde dringend erwartet. So etwas muß eine wirkliche *Dame* tun. Wollen Sie mir helfen?«
»Mit Freude, Herr Kent. Wann soll er kommen?«
»So bald wie möglich. Wenn es geht, noch vor der Aussegnung.«
»Ich bin um halb zehn im Hotel.«
»Ich danke Ihnen.«
»Keine Ursache. Gute Nacht.«
»Gute Nacht.«
Sie ging, und ich nahm den Zettel mit den Telefonnummern Andreas aus der Tasche und wählte die Nummer ihrer Freunde.
»Hier bei Angerer!«
»Guten Abend, Hörnchen. Immer noch allein?«
»Du weißt doch, die beiden arbeiten lang.«
Ich bat sie, sich die Telefonnummer, die auf der Wählscheibe meines Apparates stand, zu notieren.
»Ich mußte mich gerade so aufregen, Kater!«
»Warum?«
»Ich habe ferngesehen. Da kommen jetzt Interviews mit den Angehörigen der Menschen, die bei dem Flugzeugunglück umgekommen sind, weißt du.«
»Und?«
»Na ja, und da haben sie mit der Witwe von einem Pariser Anwalt gesprochen ... Duhamel heißt sie, glaube ich ... und die Arme hat so geweint. Richtig zusammengebrochen ist sie ... weil sie ihren Mann so sehr geliebt hat ... Sie hat gesagt, ihr Mann lebt! Natürlich unmöglich, aber sie hat es gesagt in ihrem Schmerz ... Und plötzlich habe ich mir vorgestellt, du wärst dieser Duhamel und du wärst abgestürzt und ...«

»Hörnchen!«
»Ich weiß, es ist verrückt. Aber was soll ich machen, Kater?«
»Nun ist aber alles wieder gut, ja?«
»Ja-a-a.«
»Mein braves Hörnchen.«
»Ach, du bist so geliebt, so sehr geliebt, Kater.«
»Ich umarme dich, ganz stark.«
»Und du gehst in Hamburg gleich zum Arzt wegen deinem Herzen?«
»Gleich.«
»Und es ist nichts Schlimmes?«
»Es ist nichts Schlimmes.«
»Bestimmt nicht?«
»Bestimmt nicht.«
»Nein«, sagte sie, »das genügt mir nicht. Nicht jetzt, nachdem ich diese Frau gesehen habe. Du würdest es mir nie sagen, wenn es etwas Schlimmes wäre, das weiß ich.«
»Doch!«
»Nein, Kater. Ich kenne dich jetzt schon! Du hättest Angst, mir Angst zu machen. Aber ich muß es wissen. Wenn ich es weiß, ist es nicht so unheimlich. Du siehst doch ein, daß ich es wissen muß, nicht wahr?«
»Ja, Hörnchen. Aber es ist wirklich nichts Schlimmes.«
»Sag: ›Ich bin Peter Kent. Ich komme aus Buenos Aires. Mein Arzt dort hat mir erklärt, daß das mit meinem Herzen nichts Gefährliches ist!‹«
»Ich bin Peter Kent. Ich komme aus Buenos Aires. Mein Arzt dort hat mir erklärt, daß das mit meinem Herzen nichts Gefährliches ist.«
»Und das alles schwörst du.«
»Das alles schwöre ich.«
»Bei meinem Leben.«
Das war nun sehr arg. Ich hatte das Gefühl gehabt, daß so etwas auf mich zukam, die ganze Zeit schon. Nun war es da. Was sollte ich tun? Andrea die ganze Wahrheit über mich erzählen? Ihr gestehen, daß ich sie angelogen, nur angelogen hatte bisher – mit allem? Ausgeschlossen!
Ich sagte: »Bei deinem Leben.«
»Sag es richtig! Sag: ›Ich schwöre es bei deinem Leben‹!«
Ich sagte: »Ich schwöre es bei deinem Leben.«
Mir war auf einmal todübel. Geschworen hatte ich. Bei ihrem

Leben! Verflucht, was hätte ich denn tun sollen? Aber wenn nun etwas Schreckliches geschah? Wenn ihr nun etwas zustieß? Bei ihrem Leben! Ich hätte ihr vielleicht sagen können, daß ich Angina pectoris habe. Das wäre zwar nicht angenehm gewesen, aber das hätte ich noch sagen können. Sie hätte sich abfinden müssen damit. Sie hätte sich damit abgefunden. Aber all das andere! Wie hätte ich ihr jetzt noch sagen können, daß ich nicht Peter Kent, sondern ein anderer Mann war, eben jener Charles Duhamel, dessen Witwe sie gerade gesehen hatte? Wie hätte ich ihr sagen können, daß ich niemals in Buenos Aires gewesen war? Wie hätte ich ihr sagen können, daß ich ein Mann war, der mit falschem Namen und falschen Papieren ein neues Leben beginnen wollte? Das konnte ich nicht. Das war zuviel. Das war zuviel. Ich dachte: Aber du hast falsch geschworen. Etwas wird geschehen. Denn du hast bei ihrem Leben geschworen. Sie wird sterben . . .
»Jetzt bin ich beruhigt, Kater, endlich beruhigt. Jetzt weiß ich, daß das mit deinem Herzen nichts Gefährliches ist. Verzeih, daß ich dich habe schwören lassen. Gott, bin ich froh!«
Ich brachte es fertig, mich ganz normal zu verabschieden, und als sie auflegte, hatte ich den Eindruck, sie sei ganz ruhig und getröstet.
Also trank ich die Flasche Champagner leer und bestellte eine zweite und trank weiter. Aber das half nichts, ich wurde immer verzweifelter. Schließlich war ich betrunken, und ich zog mich aus und nahm ein heißes Bad und mußte immer weiter daran denken, daß Andrea sterben würde. Dann lag ich im Bett und dachte dasselbe. Ich hielt es nicht aus, stand auf und ging zum Telefon, um Andrea anzurufen und ihr die Wahrheit zu sagen. Nicht nur über mein Herz. Die *ganze* Wahrheit: daß ich tatsächlich Charles Duhamel war, wie sie es sich in ihrer Verwirrung vorgestellt hatte, daß meine Frau im RITZ schlief, daß ich bei dem Attentat wie durch ein Wunder mit dem Leben davongekommen war, daß gerade neue Papiere für mich gefälscht wurden, daß ich entschlossen war, Charles Duhamel tot sein zu lassen. Alles, alles, um diesen Schwur rückgängig zu machen.
Ich saß vor dem Apparat und wagte nicht, den Hörer abzunehmen. Endlich nahm ich ihn in die Hand und wählte, aber als Andrea sich meldete, verlor ich jeden Mut und legte wieder auf. Es war unmöglich, unmöglich. Sie durfte nicht wissen, daß ich verheiratet war. Sie durfte nicht wissen, daß ich untertauchen

wollte. Ich würde sie verlieren, wenn sie all das wußte. Ich würde sie ganz bestimmt verlieren.
Also trank ich wieder und dachte, daß Andrea mich schon auf der Rückfahrt zur Billrothstraße gebeten hatte, bei unserer Liebe zu schwören, die Erkrankung meines Herzens sei harmlos, und daß ich das bei unserer Liebe geschworen hatte. Und darum würde auch unsere Liebe schlimm enden, dachte ich nun schon sehr betrunken, und ich wollte Andrea wieder anrufen und ihr alles gestehen, um Unheil abzuwenden – selbst wenn dann alles zu Ende war.
Aber der Hörer fiel mir aus der Hand, und ich konnte die Nummer nicht mehr wählen, und dann schlief ich im Fauteuil ein. Die Armbanduhr zeigte zwanzig Minuten nach drei, als ich fröstelnd aufwachte. Meine Glieder schmerzten. Zunächst wußte ich nicht, wo ich mich befand. Endlich fiel es mir wieder ein, und plötzlich dachte ich, wie oft ich in meinem Berufsleben schon falsch geschworen hatte, Meineide waren das gewesen, und es war immer alles gutgegangen. Ich hatte sogar eine Flugzeugexplosion überlebt, bei der so viele Menschen getötet worden waren. Diese Explosion wäre eine herrliche Gelegenheit für das Schicksal gewesen, mich endlich alle Meineide und falschen Schwüre entgelten zu lassen. Aber ich war nicht gestorben als Vergeltung. Und wenn ich bei anderer Menschen Leben schwor, dann hatte auch das keine Folgen, nein, gar keine, solange es aus Liebe und Notwendigkeit geschah. Und es war notwendig gewesen, bei Andreas Leben falsch zu schwören – unserer Liebe wegen. Ich ging zurück ins Bett und schlief sofort weiter.

21

Zum erstenmal seit mehr als einem Jahr erwachte ich früh und frisch und stand sogleich auf. Ich sagte mir, dies sei das sicherste Zeichen dafür, daß ich ein anderer Mensch geworden war. Was den falschen Schwur bei Andreas Leben anging, so entsann ich mich noch deutlich meiner letzten Überlegungen und war ganz ruhig. Nichts würde geschehen. Nichts.
Als ich beim Frühstück am Fenster saß, sah ich, wie Frau Klosters in einem silbergrauen Porsche losbrauste. Da war es gerade neun

Uhr vorbei. Das Telefon läutete. Herr Kratochwil, der Schneider, fragte, ob mir eine Anprobe um zehn Uhr recht sei, und ich sagte ja. Er kam pünktlich und kündigte eine weitere Anprobe für denselben Tag an, und ich gab ihm Eisenbeiß' argentinische Etiketten zum Einnähen. Die entstehenden Anzüge transportierte er in einem großen, schwarzen Diplomatenkoffer. Beim Fortgehen gab er sozusagen einem anderen Herrn mit zwei großen, schwarzen Diplomatenkoffern die Klinke in die Hand. Herr Franz brachte größere Hemden, Wäsche, Krawatten, Socken und Schuhe. Ich suchte Wäsche und Hemden aus, die Socken und Schuhe paßten nicht, aber Herr Franz versicherte mir, das mache gar nichts, er komme wieder vorbei.
Ich hatte gerade neue Wäsche und ein neues Hemd angezogen, da klopfte es, Frau Klosters erschien und sagte: »Monsieur Balmoral ist da.«
»Lassen Sie ihn eintreten!«
Im nächsten Moment stand mein alter Freund schreckensbleich vor mir. Balmoral war kleiner als ich, schlank, hatte ein ebenmäßiges Gesicht mit schönen schwarzen Augen und kurzgeschnittenes schwarzes Haar.
»*Charles!*« Er konnte sich nicht bewegen.
»Mein guter Alter! Nun faß dich endlich! Ich bin es, ja, ich lebe. Du siehst, meine liebe Frau hat recht gehabt.«
»Dieses Aas! Aber wieso . . .«
Ich erzählte ihm, wieso ich lebte und was ich tun wollte.
Er hatte sich beruhigt. »Ich kann dich begreifen«, sagte er. »Nur zu gut kann ich dich begreifen. Gott, bin ich froh, daß du dieses Luder los bist. Du hast keine Ahnung, wie schlecht sie sich im RITZ benimmt.«
»Sie benimmt sich doch überall schlecht.«
»Diesmal besonders. Weinkrämpfe in der Halle. Schikaniert die Stubenmädchen, die Portiers und die Kellner.«
»Ja«, sagte ich, »wie immer, nicht?«
»Und wie sie sich erst im Gerichtsmedizinischen Institut aufgeführt hat!«
»Wie?«
»Na: Geschrei, Tobsuchtsanfälle, Nervenzusammenbruch.«
»Ach ja?«
»Da sympathisiere ich noch am ehesten mit ihr. Diese Identifizierungsversuche mit Hilfe der Angehörigen – dazu gehört schon ein Magen!«

»Wieso?«
»Die Polizei hat alles, was von den Toten übrig war, vom Flughafen ins Institut bringen lassen. Dort liegt es jetzt auf Eis. Ich kann dir sagen, die Keller sind vielleicht überfüllt! Mehr als achtzig Menschen, besser die Teile von über achtzig Menschen. Alles in wahnsinniger Eile. Diese Hitze. Das muß jetzt schnellstens eingesargt werden. Die Angehörigen fragen sie nach Merkmalen, nach Narben beispielsweise. Oder wie die Zahnärzte der Toten heißen. So etwas geht natürlich nur bei Opfern aus Wien. Da kommen dann die Zahnärzte und schauen in einem Haufen Schädel nach, ob sie vielleicht das Gebiß kennen. Oder die Daktyloskopen suchen in den Wohnungen Fingerabdrücke und vergleichen sie mit den Fingerabdrücken der Toten, falls die Fingerkuppen nicht verbrannt sind. Als ich dort war, um dich zu suchen, zeigten sie ein paar Angehörigen sogar Torsos und Glieder von Toten, damit sie bei den Ausländern weiterkamen. Ich finde, das geht zu weit.«
»Und Yvonne?«
»Hat nur herumgeschrien. Ist gar nicht in den Keller gegangen. Das mußte ihr Gigolo tun. Der kam grün und weiß im Gesicht zurück. Sie hatten ihm eine Menge gezeigt. Ich sage dir ja, es ist barbarisch. In halbverbrannten Jacken haben sie auch ein paar Pässe gefunden, aber viel wird da nicht mehr zu machen sein. Ich habe mit einem Arzt gesprochen. Er war sehr pessimistisch. Wenn es sechs oder neun Tote wären – aber über achtzig! Der Arzt sagte mir, sie hätten nicht einmal die genaue Zahl der Toten erfahren, wenn sie nicht die Bordliste der Maschine hätten. Bei über achtzig Toten, da kann es leicht sein, daß man einen oder zwei überhaupt nicht mehr findet.«
»Das höre ich gern«, sagte ich.
»Und daraus, daß Perrier niemanden identifizieren konnte, hat Yvonne in ihrer Blödheit nun geschlossen, daß du noch lebst.«
»Nicht doch. Denke daran, daß wir es hier mit einer echten Hysterikerin zu tun haben, einer *echten!* Überlege, was sie nun alles erbt: das Palais, die Kanzlei, die Bankkonten, einfach alles. Jetzt kann sie auch mit Perrier zusammenleben, wenn sie will.«
»Aber die Tränen, der Zusammenbruch . . .«
»Ja«, sagte ich, »da kommt allerdings noch etwas Schwerwiegendes hinzu. Das im Fernsehen war nicht Theater! Knapp vor meinem Abflug nach Wien machte sie mir eine große Szene. Zuletzt verfluchte sie mich und wünschte mir den Tod. ›Verreck!‹

schrie sie. ›Verreck! Verreck doch schon!‹ Du weißt, wie das bei Menschen geht, die sich zu so etwas hinreißen lassen. Kommt dann der Tod, brechen sie fast zusammen vor Angst und schlechtem Gewissen. Yvonne auch. Eine echte Hysterikerin noch dazu. Und außerdem dumm. Ganz groß ist ihre Angst. Hätte sie mir bloß nicht den Tod gewünscht! Alles, bloß das nicht. Ihre Verfluchungen dürfen nicht Wahrheit geworden sein, ich darf nicht verreckt sein. Also muß ich *leben*. Verstehst du? Also hat sie Angst, daß ich mich an ihr rächen werde für ihre Gemeinheit – das kommt auch noch, paß auf, das kommt auch noch! So funktioniert das: Dummheit, Aberglauben, schlechtes Gewissen, Angst. Und noch etwas: Auf einem Sektor fehle ich ihr nun natürlich. Auf dem öffentlichen. Du weißt, wie verloren sie immer in Gesellschaft war ohne mich. Mit ihrem ganzen Geld wird sie nun, unsicher wie sie ist, aggressiv werden, sich übel benehmen. Angst und schlechtes Gewissen quälen sie bestimmt sehr. Sie hat sich auch wirklich schlimm benommen zuletzt. So unecht waren die Tränen vor der Kamera nicht. Die Angst! Die Angst!«

»Soll sie doch Angst haben«, sagte Balmoral. »Soll sie doch zittern und beben vor Angst, dieses Miststück.«

Ein Flugzeug zog seine Bahn hoch über der Villa, und ich dachte, ob das vielleicht die Maschine war, in der Andrea zurückflog.

»Hör mal, Jean«, sagte ich, »wie ich dir erzählt habe, will ich nun nach Hamburg, sobald meine Papiere fertig sind.«

»Ja, und? Gott, Charles, du lebst, du lebst, was bin ich froh!«

»Und ich erst, mein Alter. Aber ich brauche nun Geld. Alles, was da ist. Alles, was ich erspart habe im Lauf der Jahre. Was auf dem Nummernkonto in Zürich liegt.«

Auf diesem Nummernkonto bei einer Schweizer Bank lagen etwas mehr als zweieinhalb Millionen Schweizer Franken. Ich konnte sie nicht mehr abheben, denn ich war tot. Aber Jean Balmoral konnte sie abheben. Auch er hatte ein solches Konto, und für den Notfall hatten wir uns gegenseitig Vollmacht für diese Konten gegeben. Trotzdem: Es blieb ein Problem, mein Geld *legal* in der Bundesrepublik auftauchen zu lassen.

»Das geht ganz einfach«, sagte er. »Du kommst aus Buenos Aires, nicht wahr?«

»Ja.«

»Sehr schön. Ich habe einen Korrespondenzanwalt in Buenos Aires. Er heißt Miguel Martinez. Arbeite seit zwanzig Jahren mit

ihm. Absolut anständiger Mensch. Also, Charles – eh, du heißt ja jetzt Peter, Peter Kent, paß auf, Peter: Sobald du in Hamburg ein Konto eröffnet hast, rufst du mich in Paris an und teilst mir die Bank und die Nummer mit. Dann flieg' ich nach Zürich und gebe Order, daß alles, was auf deinem Konto liegt, auf das argentinische Konto von Herrn Miguel Martinez überwiesen wird. Das geht dann mit Fernschreiben und verschlüsselten Bankanweisungen. Sobald die Gutschrift bei Martinez eingetroffen ist – ich rufe ihn vorher an –, überweist er den Betrag auf dein neues Konto in Hamburg. Für die Steuer alles bildschön. Du kommst aus Argentinien und dein Vermögen hast du dir von Bank zu Bank nachschicken lassen. Okay?«
»Okay«, sagte ich zufrieden. »Was willst du trinken?«
»Einen doppelten Scotch auf deine Aussegnung heute nachmittag«, sagte mein Freund Jean Balmoral.

22

Es wurde wieder sehr heiß an diesem Tag, aber in der großen Villa blieb es kühl, weil sie von alten Bäumen umgeben war, die Schatten spendeten. Ich ging im Garten spazieren, und alles kam mir jählings vollkommen unwirklich vor. Ich mußte mich auf eine Bank setzen. Ich konnte es einfach nicht fassen, daß ein Mann, der schon so nahe am Ende gewesen war, noch einmal eine solche Chance erhielt. Mir erschien alles, was vorher geschehen war, wie ein Traum. Seit gestern gab es Andrea, die mich liebte.
Herr Franz kam gegen Mittag mit neuen Schuhen und neuen Socken. Er war bleich und sein Gesicht feucht von Schweiß. Diesmal paßte alles, und ich wählte drei Paar Schuhe und zehn Paar Socken aus. Herr Franz sagte mir, er habe von Eisenbeiß den Auftrag, das alles in Eisenbeiß' Wohnung zu bringen und auch noch zwei große Koffer zu kaufen.
Später kam Herr Kratochwil zu einer weiteren Anprobe der drei Anzüge, die schon sehr weit gediehen waren. Er kam gerade um vier Uhr, als das Fernsehen aus einem großen Hangar des Flughafens Schwechat die Aussegnungsfeierlichkeiten übertrug.
»Sie müssen bitte warten, Herr Kratochwil. Ich will diese Sendung sehen.«

»Unmeglich«, sagte er. »Kann nich warten. Ich sonst nicht werde fertig. Geht um jede halbe Stunde jetzt. Wegen mir, schauen S' ins Fernsehen – aber Sie missen stehen dabei, daß ich kann arbeiten.«

»Gut«, sagte ich und stellte mich vor den Apparat.

Sie hatten noch elf Tote identifizieren können, sagte ein Sprecher, und nun standen da sechsundvierzig Särge in mehreren Reihen. Es sah unheimlich aus. Vor den Särgen lagen Blumen und Kränze ohne Schleifen. Mindestens hundert Menschen in Trauerkleidung drängten sich in dem großen Hangar. Das Fernsehen arbeitete mit mehreren Kameras, oft sah man in Nahaufnahmen die blassen, erschöpften Gesichter der Angehörigen. Viele weinten.

Neben Bundeskanzler Kreisky war als Vertreter der Stadt, die für diese Aussegnung verantwortlich war, der Bürgermeister von Wien gekommen. Sie gingen von einem Trauernden zum anderen, schüttelten allen die Hände und sprachen ein paar Worte zu jedem. Dem Bürgermeister und dem Bundeskanzler stand der Schweiß auf der Stirn.

Der Sprecher sagte, diese sechsundvierzig Särge mit den sterblichen Überresten jener Toten, die man nicht hatte identifizieren können, würden in einem Gemeinschaftsgrab auf dem Wiener Zentralfriedhof beigesetzt.

Obwohl er sehr in Eile war, blickte auch Herr Kratochwil immer wieder zum Apparat, während er mit den Nadeln im Mund Jacken und Hosen, die ich alle der Reihe nach anziehen mußte, noch einmal neu und präzise so absteckte, daß sie danach perfekt saßen. Ich stand in Hemd und Unterhose da.

»Is das ein Elend«, sagte Herr Kratochwil. »Was glauben S', was da für eine Hitz ist in der Halle. Darum machen sie das so schnell mit der Aussegnung und dem Begräbnis. Weils so furchtbar heiß ist, missen sie schnell machen, sonst mechten ihnen . . . Ganz stramm stehen, milostpane . . . Is diese Hose immer noch ein bissel zu lang, aber schaun Sie prosim, wie der Stoff scheen fällt, prima, nicht wahr?«

Ein katholischer Geistlicher, prächtig gekleidet, hatte mit der Aussegnung begonnen.

»Das is der Kardinal König, Erzbischof von Wien, prosim«, sagte Herr Kratochwil. »Ein hoher Herr! Die Evangelen ham auch einen hohen Herrn, und die Juden einen hohen jüdischen Herrn, hab ich im Radio gehert, wie ich bin gefahren nach Hietzing . . .«

»Herr, gib ihnen die ewige Ruhe, und das ewige Licht leuchte ihnen. In ewigem Gedenken lebt der Gerechte fort, vor Unglücksbotschaft braucht er nicht zu bangen«, sagte der Kardinal, und Herr Kratochwil sagte gleichzeitig, aber etwas undeutlich, weil er so viele Nadeln zwischen den Lippen hatte: »Die Schulter, die linke, is bissel heher, missen wir die andere hochziehn und polstern, prosim . . .«
»Wir bitten Dich, o Herr, sei gnädig der Seele Deiner Diener«, betete der Kardinal.
»Nein, die Revers machen wir nich gresser, das is die neie Mode jetz, ganz schmale Revers auf die Jacken«, sprach Herr Kratochwil.
»Wir bitten Dich, allmächtiger Gott: Laß die Seele Deiner Diener, die aus dieser Welt geschieden sind, von Sünden befreit, Verzeihung und ewige Ruhe erlangen durch unseren Herrn, Amen.«
»Is sich entsetzlich das alles«, sagte Herr Kratochwil. »Da beim Kragen, da seh ich noch ein Falty, werdn wir gleich ham . . .«
Nach dem Kardinal sprach ein protestantischer Pfarrer, dann ein Rabbiner.
»So viele Werter für dieselbe Sach«, sagte Herr Kratochwil. »Die Seiten lassen wir bequem, daß milostpan auch ruhig bissel zunehmen kennen. Aber sonst muß ich mich schon selber loben, wie der Ricken sitzt, eine wahre Freid is das. Fällt ganz glatt, schaun Sie in Spiegel, gnä' Herr, prosim, kein einziger Falty.«
Wir standen im Salon. Im Schlafzimmer hatte Herr Kratochwil einen Schrank geöffnet, dessen Tür auf der Innenseite einen hohen Spiegel trug. Ich schaute kurz hin und lobte Herrn Kratochwil.
Da war Yvonne! Ganz groß sah ich sie im Bild. Drei Männer standen um sie herum – die beiden Ärzte wohl und Paul Perrier. Yvonne trug ein schickes, auf Figur geschnittenes, schwarzes Kleid, schwarze Schuhe, schwarze Strümpfe, ein kokettes Hütchen und eine schwarze Riesenbrille. Ihr Gesicht zuckte.
»No«, sagte Herr Kratochwil, »no?«
Selbstverständlich hatte Eisenbeiß auch ihm Bescheid gesagt, wer ich wirklich war. Kratochwil gehörte zu jenen Menschen, auf die er sich hundertprozentig verlassen konnte. Yvonne stieß plötzlich einen Schrei aus, der den klagenden Gesang des Rabbiners übertönte. Dieser verstummte erschrocken. Der Regisseur der Übertragung vor seiner Monitorenwand reagierte blitzschnell. Er brachte das Bild mit der schreienden Yvonne auf

Sendung. Yvonne sah, daß nun eine Kamera vor ihr mit blinkendem rotem Lämpchen arbeitete. Sie wurde gefilmt, das wußte sie.
»Nein, nein, nein!«, schrie sie auf französisch. »Ich will fort hier! Was mache ich überhaupt hier? Mein Mann ist doch nicht in einem von diesen Särgen! Mein Mann lebt, lebt, lebt!«
Wahrhaftig: eine echte Hysterikerin! Und dazu noch das schlechte Gewissen und die Angst, die durch ihre Dummheit übermächtig wurde. Und dann natürlich die Kamera ...
Der Sprecher brauchte ein paar Sekunden, um sich zu fassen, dann übersetzte er schnell Yvonnes Worte. Währenddessen war Yvonne in Ohnmacht gefallen. Die drei Männer trugen sie vorsichtig von den Särgen fort und aus der Halle.
»Ich erfahre soeben«, sagte der Sprecher, »daß diese Dame die Witwe des Pariser Anwalts Charles Duhamel ist. Sie steht seit gestern unter ärztlicher Aufsicht, weil der Tod ihres Mannes sie bis zum Nervenzusammenbruch erschüttert hat.«
Die Kamera folgte den drei Männern, die Yvonne zum Ausgang schleppten und mit ihr verschwanden.
»No, is das ein Schmerz«, sagte Herr Kratochwil, während der Rabbiner seinen Klagegesang wieder aufnahm. »Die arme Dame. Is zuviel fir sie, prosim. Ohnmächtig is sie wordn. Kommt sie jetz in Rettungsstation. Wird man sie lassen Ammoniak riechen und ihr geben ein Glasl Schnaps. Hoffentlich is das kein Kreislaufkollaps. Also, damit is nich zu spaßn, milostpane. Wie ich noch war kleiner Bub in Prag, da hat auf der Kleinseite eine Dame gewohnt, verheiratet mit einem Redaktor, den hat sie, her ich, noch und noch betrigt, viele Jahre lang, und er hat nix gemerkt, der Ochse, sondern is ihr eines scheenen Tages weggestorben. No, und dann beim Gottesdienst, der hat viel länger gedauert als so eine Aussegnung, gnä' Herr, ein echter Gottesdienst mit Messe und so – also beim Gottesdienst von ihrem Mann, den was sie immer betrigt hat, da hat die arme Dame sich so missen aufregen, daß sie sich, prosim, über den Sarg gestirzt hat, her ich, und gleich darauf hat sie einen Kreislaufkollaps gekriegt, dagelegen is sie wie tot. Sie ham ihr auch gegeben einen Schnaps, aber leider, es ist ein Elend, prosim, hat drei Tage später der Kreislaufkollaps einen tetlichen Verlauf genommen, denn warum, es war Winter, und bei der Liegerei auf dem Sarg, die arme Dame, hat sie bekommen eine Lungenentzündung. Hoffentlich passiert dasselbe nich dieser franzesischen Dame ... Warten S', gnä'

Herr, jetz muß ich nur noch die Ärmel wiedr einheftn, prosim, und dann hammers.«

23

»Geliebtes Hörnchen!«
»Über alles geliebter Kater! Danke für die Rosen. Das ist das erste Mal, daß ich Blumen über Fleurop kriege.«
»Nein!«
»Doch! Ich meine: mitgebrachte habe ich schon oft bekommen. Aber über Fleurop noch nie. Du bist ja verrückt. Einundzwanzig rote Rosen – was das kostet! Du darfst nicht so mit dem Geld herumschmeißen!«
»Nein, liebe Tante. Ich will es auch ganz gewiß nicht wieder tun. War der Flug gut?«
»Er war sehr interessant. Neben mir hat ein polnischer Journalist gesessen. Wir haben uns natürlich über die ›Solidarität‹ unterhalten, und ich habe ihm gesagt, daß wir alle die Polen und ihren Arbeiterführer Lech Walesa und den großen Mut bewundern, mit dem sie gegen den Willen der Partei eine freie Gewerkschaft gegründet haben.«
»Ja«, sagte ich, »So großen Mut. Und ich habe so große Sehnsucht nach dir, Hörnchen.«
»Ich denke nur an dich, Kater, nur an dich! Und der Journalist hat sich gefreut, aber ich habe ihm auch gesagt, daß wir Angst haben, in Polen könnte dasselbe passieren wie in Budapest und Prag, weil die Russen einfach eingreifen müssen, wenn die ›Solidarität‹ immer neue Freiheiten erkämpft, denn das würde auf die anderen Ostblockstaaten übergreifen, und dann gäbe es keinen Ostblock mehr.«
»Und was hat er geantwortet?«
»Daß die Russen es sich einfach nicht leisten können, einzugreifen, weil sie doch keinen Atomkrieg auslösen wollen und Reagan ihnen dauernd damit droht. Ich liebe dich, Kater, ich liebe dich, das ist das Wichtigste, daß wir einander lieben. Aber wie sollen wir uns lieben, wenn wirklich Bomben fallen? Gott, lieber Gott, laß uns Zeit für unsere Liebe, bitte! Reagan ist gefährlicher als Nixon und Carter zusammen, hat dieser Journalist gesagt. Und bei einem Atomkrieg geht doch einfach die Welt kaputt. Nicht

unbedingt, habe ich gesagt, Reagan hält es für möglich, einen Atomkrieg zu führen, bei dem nur Deutschland und Polen und vielleicht ganz Europa kaputtgehen, aber nicht die ganze Welt. Ach, Kater, ist das schlimm. Nur von Liebe habe ich reden wollen, nur von Liebe, und jetzt rede ich dauernd von Atombomben und Krieg. Weil es mich so bewegt. Du verstehst das, nicht wahr?«

»Natürlich«, sagte ich.

»Ach, du bist großartig, Kater, einfach großartig! Ich danke dir. Ich kann schon nicht mehr erwarten, daß du bei mir bist. Und dann hat dieser Journalist wiederholt, was der russische Außenminister Gromyko eben erklärt hat: Ein Einsatz sowjetischer Streitkräfte in Polen kommt nur, Anführungsstriche unten, unter den allerungünstigsten Umständen in Frage, Anführungsstriche oben.«

Jetzt hatte *ich* vergessen, daß das ein Gespräch zwischen Liebenden war. Ich rief: »Das hat Gromyko nie gesagt!«

»Eben!« sagte Andrea. »Eben, Kater! Siehst du, dieser Journalist wollte mich reinlegen – nein, nicht reinlegen, er wollte mir etwas klarmachen. Nicht der sowjetische Außenminister Gromyko hat diesen Satz gesagt, sondern der amerikanische Außenminister Haig hat das im Hinblick auf Lateinamerika gesagt. Dort gibt es doch die schlimmsten Militärdiktaturen, aber amerikanische Truppen greifen nicht ein, um sie zu stürzen. Und ›allerungünstigste Umstände‹ wird es nicht geben, hat der Journalist gesagt. Glaubst du das auch?«

»Ich glaube, wenn ich das schnell einfügen darf, daß noch nie ein Hörnchen von einem Kater so geliebt worden ist wie ein gewisses Hörnchen von einem gewissen Kater. Und das mit den ›Umständen‹ glaube ich auch«, sagte ich, und da log ich.

»Es war ein sehr junger Journalist und ein sehr patriotischer, weißt du. Zum Beispiel war er davon überzeugt, daß Polen niemals auf Polen schießen werden. Ich bin gar nicht so sehr davon überzeugt, aber das habe ich natürlich nicht gesagt. Ach, Liebling, Liebling, es ist so süß, was du da vorhin gesagt hast! Du mußt mir wirklich verzeihen, du weißt doch, ich bin ein bißchen verrückt.«

»Die Welt, in der wir leben, ist verrückt. Und alle ihre großen Führer. Was für ein Dialog, Hörnchen. Was für ein Dialog!«

»Ach, Liebster, wir müssen aber leben in dieser Welt! Wir dürfen doch nicht einfach Augen und Ohren verschließen.«

»Nein, das dürfen wir nicht. Glaubst du, daß sich Verliebte einmal einfach nur so lieben durften, ohne Angst vor Krieg und Tod?«
»Ich weiß es nicht. Es ist eine schlechte Zeit für Liebende.«
»Ach«, sagte ich, »was heißt denn das: schlechte Zeit? Die Zeit, das sind doch wir alle! Die Menschen sind es, die die Zeit machen. Und wir machen eine schlechte.«
»Was sollen die Menschen gegen die Mächtigen tun?«
»Schon gut, Hörnchen«, sagte ich, »schon gut. Ich meine es nicht so. Ich fühle mich nur so erbittert.«
»Wenn du erst bei mir bist, wird alles gut sein«, sagte sie.
»Alles«, sagte ich. »Dann werden wir nur über Liebe reden.«
»Kater, mein Kater. Ach, mir ist noch etwas eingefallen!«
»Was?«
»Du hast doch erzählt, daß du auf dem Schafberg bei einem Freund gewesen bist und daß der dir dann ein Taxi gerufen hat.«
»Stimmt«, sagte ich. »Aber du bist früher gekommen, und wir haben sofort festgestellt, daß wir uns lieben, und da bin ich dann mit dir gefahren.«
»Und der arme Chauffeur?«
»Den hat mein alter Bekannter bezahlt, mach dir keine Sorgen, Hörnchen.«
»Ich habe mir schon große Sorgen gemacht, weißt du. Ich bin sehr froh, daß dein alter Bekannter den Chauffeur bezahlt hat. Ich wäre mir sonst ganz schauderhaft vorgekommen. Jetzt machen wir aber Schluß, das wird viel zu teuer, dieses Gespräch. Bis morgen abend, Kater!«
Eine Pause entstand.
Ich sagte: »Was ist denn, Hörnchen?«
»Ich warte darauf, daß du den Hörer auflegst. Du mußt ihn zuerst auflegen und die Verbindung unterbrechen. Ich kann das nicht.«
»Hörnchen, du bist meschugge.«
»Ich hab' dich gewarnt!«
»Aber süß meschugge«, sagte ich und legte den Hörer auf. Ich hatte während des Telefonierens durch die geöffneten Fenster hinaus in den dunklen Garten gesehen und einmal das Gefühl gehabt, Zugluft zu verspüren. Als ich mich nun umdrehte, stand Paul Perrier vor mir, der schöne Junge mit der Pfirsichhaut und den langen, seidigen Wimpern.
Er trug einen schwarzen Koffer, wie ihn Herr Franz und Herr

Kratochwil benützt hatten, und er sah aus, als wolle er weinen. Aber dann hielt er plötzlich eine Pistole in der freien Hand. Er hatte zu viele Belmondo-Filme gesehen. Mit einer Kopfbewegung sagte er: »Da rüber in den Fauteuil, Hände auf die Knie! Wenn Sie eine falsche Bewegung machen, knallt's.«
Ich wollte auf ihn zuspringen, um ihm die Pistole wegzunehmen, aber dann sah ich, daß der Knabe sie entsichert hatte. Es war viel zu gefährlich, ihm die Waffe wegzunehmen. Ich setzte mich also in den Fauteuil und legte, wie befohlen, die Hände auf die Knie. Er ließ den großen schwarzen Diplomatenkoffer fallen und spähte ins Schlafzimmer und ins Badezimmer, ob dort jemand versteckt war. Dann kam er zurück, stellte sich vor mich und zielte mit diesem Ding auf meinen Kopf.
»Wer sind Sie?«
»Ich heiße ...«, begann ich und brach im letzten Moment ab. Fast hätte ich Peter Kent gesagt. Mein Fehler war, daß ich schon die ganze Zeit richtig reagiert hatte, obwohl er französisch sprach.
»Na!«
»Na, nix.«
»Sie wollen mir nicht sagen, wie Sie heißen?« Er fuchtelte mit der Pistole, und ich dachte verzweifelt daran, daß dieser Schwachkopf den Sicherungshebel heruntergedrückt hatte, gewiß versehentlich, da er doch keine Ahnung von Waffen hatte.
»Nein. Wer sind denn Sie?«
»Ich heiße Paul Perrier«, sagte er, »und Sie sind Charles Duhamel. Ich habe Sie erst wiedererkannt, als Sie redeten. Ihre Sprache haben Sie nicht verändert, Maître Duhamel. Habe ich recht?«
Was blieb mir übrig, wenn ich nicht wollte, daß er die Waffe dauernd auf meinen Kopf richtete?
»Ja, du hast recht, Paul«, sagte ich. »Und jetzt drück um Himmels willen den Sicherungshebel wieder hoch an deiner Kanone.«
Er sah sich die Bescherung an und knipste den Hebel nach oben. Dann wurde er ganz grau im Gesicht und sagte: »Großer Gott, also hat Yvonne ja vollkommen recht!« Es war zuviel für ihn. Er mußte sich ebenfalls setzen. Seine Hände zitterten so, daß er die Pistole kaum halten konnte. »Dann sind Sie also wirklich noch am Leben, ohne jede Verletzung.«
»Paul«, sagte ich, »wie kommst du hierher?«
Er antwortete bereitwillig: »Gestern vormittag kam eine Dame ins Ritz und sprach mit Ihrem Freund Balmoral.«

»Und das hast du gesehen?«
»Das habe ich gesehen. Und als Balmoral ein Taxi nahm und losfuhr, nahm ich auch ein Taxi und fuhr ihm nach.«
»Warum?«
Weinerlich sagte er: »Wissen Sie, wie das an die Nerven geht, was Ihre Yvonne aufführt?«
»Deine Yvonne«, sagte ich.
»Unsere Yvonne«, sagte er ernst. Humor hatte er nie besessen. »Die führt das Theater, daß Sie noch leben, ja nicht nur vor der Kamera oder vor den Särgen auf, die führt es vor mir, vor mir ununterbrochen weiter auf, wenn wir allein sind. Und ich muß sie beruhigen und mich bei allen Leuten dauernd für ihre Beleidigungen entschuldigen. Ich war zufällig im Café, als Balmoral mit der alten Dame sprach und dann fortging. Ich dachte, vielleicht kriegst du etwas heraus. Darum fuhr ich ihm nach. Da hatte ich noch keine Ahnung davon, daß Sie leben.«
»Und weiter?«
»Weiter«, sagte er. »Ich sah Balmoral hier reingehen, ich sah ihn hier rausgehen – er sah mich nicht. Danach sah ich zwei Männer, die kamen mit solchen Koffern wie dem da. Und ich sagte mir, wenn die mit solch großen Diplomatenkoffern da hineinkommen, schaffst du das auch. Also kaufte ich mir so einen Koffer und die Pistole.«
»Wo hast du die Pistole gekauft?«
»Warum haben Sie nach Balmoral geschickt?«
»Wo du die Pistole gekauft hast!«
»Nein, antworten Sie mir. Was wollten Sie von Balmoral?«
»Ihn sehen und ihm sagen, daß ich noch lebe. Er ist mein einziger Freund.«
»Weiß es sonst noch jemand?«
»Niemand. Nur du und Balmoral. Wo hast du die Pistole gekauft?«
»Am Westbahnhof. War ganz einfach. Da kriegen Sie Waffen noch und noch. Ist doch das gleiche auf jedem Bahnhof heute.«
»Und dann?«
»Und dann klappte Yvonne heute zusammen, draußen auf dem Flughafen, und die Ärzte haben ihr was zum Schlafen gegeben, damit sie endlich ruhig ist. Etwas Starkes. Bis morgen früh pennt die durch. Da bin ich dann hier herausgefahren und habe geläutet. Dem Mädchen, das öffnete, habe ich nur den Koffer gezeigt, ich kann doch nicht Deutsch, aber es hat genügt. Sie hat

mich gleich bis vor Ihre Zimmertür geführt. Ich habe geklopft, das haben Sie nicht gehört, und da bin ich einfach reingekommen.«

Danach schwieg er und fuhr sich mit zwei Fingern in den Kragen, der ihm plötzlich zu eng war, denn er öffnete den obersten Knopf und lockerte den Krawattenknoten. Er sah immer noch grau und sterbenskrank aus.

Ich sagte langsam: »Es ist dir doch hoffentlich klar, daß du hier nicht mehr lebend rauskommst.« Danach rief ich, über seine Schulter blickend: »Los jetzt!«

Es war ein uralter Trick, aber Paul fuhr herum. Ich sprang vom Fauteuil auf und hatte ihm in der nächsten Sekunde die Waffe weggenommen. Er keuchte. Ich gab ihm einen Stoß, und er plumpste in einen Sessel und sah wieder aus, als wolle er weinen. Das reinste Boulevardtheater – wenn es mir nicht um so verflucht viel gegangen wäre.

»Also, was jetzt?« fragte ich den hübschen Jungen, der ein Verhältnis mit meiner lieben Frau Yvonne hatte.

»Das war gemein«, stammelte er. »Sie haben mich reingelegt...«

Wie im Kindergarten.

»Und du mich etwa nicht?« fragte ich, trat neben ihn und drückte ihm die Mündung der Pistole gegen die Brust. »Du kleiner Scheißkerl, du angepißtes Milchbaby, du bekacktes Hurenkind, und du hast mich wohl nicht reinlegen wollen, wie?«

»Geben Sie die Pistole weg!« sagte er.

»Warum sollte ich?«

Er sagte: »Sie können mich nicht umbringen. Ich habe im Hotel gesagt, daß ich in die Maxingstraße fünfzehn a fahre.«

»Ach, Scheiße.«

»Das ist die Wahrheit! Ich habe es gesagt!«

»Einen Dreck hast du gesagt. Du hast ja auch alles andere heimlich gemacht. Kein Mensch weiß, wo du hingegangen bist. Kein Mensch wird wissen, wo man dich suchen soll, du Dreckskerl, du mieser!« Aber ich fühlte mich bei all dem sehr flau, denn es war reine Angeberei. Ich konnte ihn nicht weggehen lassen, jetzt, da er wußte, daß ich lebte. Und umbringen konnte ich ihn auch schlecht.

»Sie haben zwar jetzt die Pistole, aber ich habe Sie noch immer in der Hand«, sagte er.

Ich lachte. »Hast mich in der Hand, ja? Wirst allen Leuten erzählen, daß ich noch lebe, was?«

»Das — und etwas anderes«, sagte er trotzig.
»Was heißt ›etwas anderes‹? Warum bist du überhaupt hergekommen?«
»Wegen Ihrem Nummernkonto«, sagte er, und ich hatte wieder das Gefühl, daß es zog.
»Weswegen?«
»Nicht dämlich stellen! Ihr Nummernkonto in Zürich. Wo Sie Ihr ganzes verschobenes Geld draufhaben. Wird sich die Steuer aber freuen.«
»Ich weiß nicht, wovon du sprichst.«
»Wissen nicht, wovon ich spreche«, sagte er höhnisch. »Aber ich weiß es. Und Ihre Frau weiß es. Die hat es mir nämlich erzählt, schon vor langer Zeit hat sie es mir erzählt. Sie weiß von dem Konto.«
Es war schlimmer, als ich gedacht hatte. Vor Jahren hatte ich Yvonne etwas von dem Konto gesagt, nachdem sie beim Durchkramen meiner Anzugtaschen auf einen Brief der Bank gestoßen war. Ich hatte es einfach nicht abstreiten können. Und nun hatte sie das also dem Kleinen erzählt. Fein, fein. Und was jetzt?
»Ich sag' dir doch, ich hab' kein Konto in der Schweiz.«
»Na, dann werde ich mal zur Polizei gehen und sagen, daß Sie noch leben, Maître.« Aus dem Sitz hechtete er hinüber zur Tür und riß sie auf. Ich sprang vor und konnte ihn im letzten Moment zurückreißen und in seinen Sessel schleudern. Ich steckte die Pistole ein und ohrfeigte ihn mit beiden Händen, so fest ich konnte. Er versuchte, sein Gesicht mit den Fäusten zu schützen, und so trafen eine Menge Schläge ihr Ziel nicht.
Das hatte alles keinen Sinn, dachte ich und ging zu meinem Fauteuil.
»Hör zu, Arschloch«, sagte ich. »Also gut, ich habe ein Nummernkonto in der Schweiz. Ist auch Geld drauf. Eine ganze Menge. Meine Frau sagt immer die Wahrheit. Und du bist ein heller Kopf. Sag mir also, wie ich an das Konto herankomme, wenn ich tot bin. Kapierst du denn nicht? Ein toter Mann kann nicht zur Bank gehen.«
»Und wenn ich sage, daß Sie leben?«
»Dann werde ich dir natürlich sofort den Gefallen tun und mit der Steuerfahndung nach Zürich fliegen und dir das ganze Geld geben.«
Danach trat wieder Stille ein. Er dachte nach. Im Kopf hatte er nicht viel. Seine Qualitäten lagen anderswo. Yvonne hatte auch

nicht viel im Kopf. Ein ideales Paar, dachte ich, und dann überlegte ich: Versuch es doch einmal!
»Bist du denn so blöde«, sagte ich, »daß ich dir erklären muß, was für ein Geschenk des Himmels das für dich ist, wenn ich tot bin und tot bleibe?«
»Wieso?« fragte er. »Und warum wollen Sie überhaupt tot sein?«
»Das geht dich einen Scheißdreck an«, sagte ich. »Aber was das Geschenk des Himmels betrifft: Hast du vergessen, daß Yvonne meine Universalerbin ist? Hast du vergessen, was die jetzt alles erbt? Du bist plötzlich der Ficker von einer der reichsten Witwen in Paris, du Trottel. Das Nummernkonto kann ich dir nicht überlassen, selbst wenn ich wollte. Das müssen wir beide abschreiben. Aber bei unserer lieben Yvonne kannst du jetzt absahnen, wie du noch nie bei einer Frau abgesahnt hast.«
Er sah mich verklärt an. So mußte Moses ausgesehen haben beim Anblick des Gelobten Landes. Ehrfürchtig sagte Paul: »Merde alors, und wenn Sie da nicht recht haben, Maître.«
»Du bist ein Idiot. Sag: ›Ich bin ein Idiot‹!«
»Ich bin ein Idiot. Großer Gott, bin ich ein Idiot. Maître Duhamel, ich muß mich bei Ihnen entschuldigen. Das war infam von mir, was ich da getan habe.«
»Ach, scheiß drauf.« Er hatte angebissen, Gott sei Dank! »Du wolltest es eben mal versuchen, nicht wahr? Hättest unserer Yvonne bestimmt nichts gesagt, wenn ich dir das Geld vom Schweizer Konto geben könnte, wie?«
»Maître, Sie wissen ja nicht, wie Ihre Frau wirklich ist. Es ist nicht einfach für mich, glauben Sie mir. Ich muß Yvonne schon sehr lieben, um das alles auszuhalten, besonders jetzt.«
»Na ja, dann lieb sie eben sehr«, sagte ich. »Immer daran denken, daß sie Universalerbin ist. Das wird es dir sehr erleichtern, sie noch viel mehr zu lieben, paß nur auf! Und von dem Geld vom Nummernkonto hättest du ihr nichts gesagt, wenn ich es dir hätte geben können. Hab' ich recht?«
Er schluckte. »Eine Frau braucht nicht alles zu wissen, nicht wahr?«
»Richtig.«
»Ich meine: Ich liebe Yvonne wirklich – verzeihen Sie, Maître.«
»Nichts zu verzeihen.«
»Und ich habe da vorhin zu harte Worte gesagt über Yvonne. Sie ist eine gute Frau. Nur die Nerven sind schlecht. Aber das weiß ich, das toleriere ich, das stört mich nicht im geringsten.«

»Besonders jetzt, wo sie Universalerbin ist.«
»Maître, die Umstände verhindern es . . . aber ansonsten . . . Ich glaube, wir hätten echte Freunde werden können.«
»Siehst du, Arschloch. Ich meine es doch nur gut mit dir. Absahnen, richtig absahnen jetzt, das ist das einzig Senkrechte. Aber das kannst du nur, wenn du die Fresse darüber hältst, was du von mir weißt. In dem Moment, in dem du sagst, ich lebe, ist der Traum vorbei. Ich kann mich dann immer noch auf die Verwirrung nach einer Gehirnerschütterung hinausreden, mir passiert nichts, aber bei dir ist es Essig, wenn ich wieder lebe.«
»Das haben Sie doch nicht etwa, vor, Maître? Maître, ich bitte Sie, Sie haben doch nicht vor, wieder aufzutauchen? Bitte, schauen Sie mich nicht so an! Ich bin ein Schwein, ich weiß es, aber schauen Sie mich nicht so an, bitte!«
»Was hast du denn?« sagte ich. »Ich schaue dich liebevoll an. Wie meinen Sohn. Und ich wünsche dir alles Gute.«
»Ich Ihnen auch, Maître. Alles Glück der Welt wünsche ich Ihnen.«
»Du wirst also das Maul halten?«
»Eisern. Und wenn sie mit glühenden Zangen kommen – ich sage nicht, daß Sie noch leben. Solange Sie nur tot bleiben. Ich meine: Es wäre schrecklich, wenn Ihnen plötzlich einfiele, wieder lebendig zu werden.«
»Das habe ich nicht vor«, sagte ich. »Du bist schon ein Masselmolch. So viel Glück kann der Mensch eigentlich überhaupt nicht haben.«
Er lachte wie ein Kind.
»Ein Masselmolch, ein Masselmolch bin ich!« Er stand auf und streckte mir einen Arm entgegen. »Ihre Hand, darf ich Ihre Hand schütteln, Maître?«
Er schüttelte sie markig. Dabei legte er den Kopf zurück und sah mir fest in die Augen.
»Dein Koffer«, sagte ich. »Und deine Pistole. Schmeiß sie weg, sonst richtest du noch Unheil an mit ihr.« Ich ließ eine Patrone aus dem Schloß springen, zog das Magazin heraus und gab ihm alles. »Am besten wirfst du das in ein Kanalgitter.«
»Mach ich, mach ich sofort, Maître. Und toi, toi, toi für Ihr neues Leben.«
»Toi, toi, toi für deines«, sagte ich und brachte ihn noch bis zur Tür. Er winkte. Ich winkte zurück und schloß die Tür. Dann packte es mich.

24

Der erste stechende Schmerz drang vom Rücken her blitzschnell in die Brust. Ich kippte um und fiel in einen Sessel. Da war der zweite Stich, noch schlimmer als der erste. Er kam vom Herzen und strahlte in den linken Arm aus. Ich drehte mich mühsam zur Seite und holte das Röhrchen mit dem Nitropräparat aus der Tasche. Meine Hände bebten so, daß ich den Plastikdeckel kaum aufmachen konnte. Ich keuchte. Endlich war das Röhrchen offen. Ich steckte eine Kapsel zwischen die Zähne und zerbiß sie. Bitterer Geschmack erfüllte meinen Mund. Ich schluckte die zerkaute Kapsel. Hoffentlich wirkt sie, dachte ich. Schweiß brach mir aus, auf der Stirn, auf dem ganzen Körper. Ich stöhnte vor Schmerz.
Jetzt war der Schraubstock da und mein Oberkörper in ihm. Langsam wurde der Schraubstock zugedreht, unerbittlich, immer enger, er preßte mir die Brust zusammen, mehr und mehr. Angst schoß in mir hoch. Ich habe lange nachgedacht, wie man diese Angst beschreiben soll. Vernichtung. Es war die Angst, vernichtet zu werden. Gnadenlos. Vernichtet, ja, vernichtet. Wieder schoß der Schmerz durch meine Brust. Es war so schlimm, daß ich laut aufschrie. Die Kapsel wirkte nicht. In größter Hast schob ich eine zweite zwischen die Lippen und zerbiß sie, gleich darauf tat ich das mit einer dritten. Widerlich war der Geschmack des Medikaments. Ich würgte. Der Schmerz war jetzt stetig geworden, keine Stiche mehr, ein beständiger Schmerz. Und Todesangst, nackte Todesangst. Es war aus. Ich mußte sterben.
Ich starb nicht.
Der Schmerz wurde noch größer.
Wieder schrie ich.
O Gott! O Gott im Himmel! Laß es vorübergehen! Laß mich leben!
Ja, jetzt betete ich zu Gott, an den ich nicht glaubte. Wer weiß schon, wie das ist? Leute mit meiner Krankheit, die wissen Bescheid. Bei einem Angina-pectoris-Anfall glaubt man an Gott. Ich will auch allen Menschen sagen, daß es Dich gibt und daß sie an Dich glauben müssen. Nur hilf mir jetzt, Gott im Himmel. Bitte, bitte, bitte! Ich ertrage das nicht. Hilf mir, Gott! Tu etwas! Laß mich nicht so verrecken! Tu etwas, mach, daß das aufhört!

O Gott, warum tust Du nichts? Ich halte das nicht aus. Wenn Du schon nichts tust, dann laß mich wenigstens sterben. Aber nicht diese Vernichtung. Nicht diese Vernichtung. Hör mich, o Gott, lieber Gott, bitte hilf mir, hilf mir!
Der Schraubstock wurde weiter angezogen. Ich glitt aus dem Sessel auf den Teppich. Ich schrie zum dritten Mal.
Die Tür flog auf.
Frau Klosters stand im Rahmen, hinter ihr drängten sich Mädchen.
»Um Himmels willen, was ist, Herr Kent?«
»Herz . . . Herz . . .« Ich konnte nur lallen. Danach kam vom Rücken her ein neuer Stich. Ich schrie wieder.
Madame rannte fort, einige Mädchen folgten ihr, einige blieben stehen und starrten mich an. Und ich lag da auf dem Teppich und wand mich schmerzgekrümmt. Nun bekam ich immer weniger Luft. Ich begann zu keuchen. Ich konnte nicht mehr durchatmen.
Ich will nicht sterben. Nicht jetzt, wo ich Andrea . . .
Die Eisenstange!
Jemand hatte eine schwere Eisenstange in meine Brust gestoßen und bewegte sie hin und her. Das war unerträglich. Das hielt ich nicht aus. Das hielt kein Mensch aus.
Ein Mädchen sagte etwas zu den anderen, und alle verschwanden. Die Tür war zu. Zu! Ich lag da, eingeschlossen. Immer weniger Luft. Das Mittel half nicht . . . aber es hatte doch noch immer geholfen, noch immer . . . Ich fand drei Kapseln auf dem Teppich, zerbiß alle drei. Die Eisenstange, da war sie wieder. Jemand rührte mit ihr in meiner Brust herum. Das ertrug ich nicht. Das war zu schlimm. Zu schlimm? Noch enger drehte sich der Schraubstock zu. Wann brach er mir die Rippen? Wann umklammerte er das Herz?
Vor meinen Augen verschwamm der Raum. Schlieren und bunte Schleier drehten sich, langsam, schnell, wie Vögel, die mich umflatterten . . . Bunte Vögel . . . nein, jetzt waren alle schwarz . . . Es werden die schwarzen Vögel kommen . . . Dann sollen sie mich doch holen . . .
Vernichten, das war das Wort. Grauenvolle Vernichtungsangst hielt mich in den Klauen.
»*Sie!* Hören Sie mich?« Ich kniff die Augen zusammen. Ich sah einen Mann, über mich geneigt. Einen älteren Mann mit Brille. Einen Mann im grauen Anzug. Kleiner Mund, kleine Augen.

»Angina pectoris, haben Sie die?«
»Ja . . .«
Was macht er jetzt? Jetzt öffnet er eine schwarze Tasche, die neben ihm auf dem Teppich steht. Jetzt nimmt er eine Injektionsspritze heraus, jetzt eine Ampulle mit dunkler Flüssigkeit.
In Panik dachte ich: Er gibt dir eine Spritze, und du verlierst das Bewußtsein, und er schafft dich mit einer Ambulanz in die nächste Klinik! Du hast doch noch keine neuen Papiere! Du hast noch deinen alten Paß! Du bist noch immer Charles Duhamel . . . Aus, aus, alles ist aus, wenn du diesen Kerl an dich heranläßt.
»Nein . . .«
»Ich bin Arzt. Ich will Ihnen doch helfen!«
Er zerrte an meiner Jacke, versuchte, sie mir auszuziehen. Hinter ihm erkannte ich Frau Klosters.
»Nein . . .« Plötzlich konnte ich reden. »Sie rühren mich nicht an . . . unter keinen Umständen . . . Ich verbiete es Ihnen . . . Sie wissen, daß Sie mich nicht anrühren dürfen, wenn ich es Ihnen verbiete . . .«
Da waren wieder Schraubstock und Eisenstange, so schlimm wie noch nie. Ich wälzte mich auf dem Teppich hin und her. Ich schrie. Der Arzt versuchte immer noch, mir die Jacke auszuziehen. Ich trat wild nach ihm, trat ins Leere, trat ihn in den Bauch.
»Seien Sie doch vernünftig! Ich gebe Ihnen ein Spritze, danach ist alles vorbei. So glauben Sie mir doch!«
»Keine Spritze!« stammelte ich, Speichel floß aus meinem Mund. »Sie rühren mich nicht an!« Ich sah plötzlich die beiden Eichhörnchen, da oben auf dem Cobenzl am Waldrand. Andrea lag neben mir und lachte. Ich lallte: »Lach nicht . . . Du weißt ja nicht einmal . . . Das Reh . . . Will ich vor dir niederknien . . . o . . . o . . . o nein . . .« Der Schmerz war grauenhaft. Ich brüllte zusammenhanglose Laute und trat wieder nach dem Arzt. Der sagte zu Frau Klosters, ich konnte es hören: »So geht das nicht. Darf ich mal telefonieren?«
»Da steht ein Apparat, Herr Doktor.«
Jetzt geht er zum Telefon. Jetzt hebt er ab. Jetzt wählt er. Jetzt spricht er. Der Schmerz zerbricht mich, zerreißt mich. Ich höre nur Wortfetzen von dem, was der Arzt spricht: » . . . weigert sich . . . sehr bedenklich . . . nicht nur der Anfall . . . verwirrt . . . völlig verwirrt . . . Maxingstraße fünfzehn a . . . Ich danke Ihnen . . .« Er legt den Hörer auf und sagt etwas zu Frau

Klosters. Ich nehme alle Kräfte zusammen, ich muß hören, was er sagt. »Ich habe mit der Polizei telefoniert, Frau Klosters. Der Zustand des Herrn ist außerordentlich kritisch . . . Ich darf ihn wirklich nicht anrühren in so einem Zustand . . . Aber warten Sie, Frau Klosters, da kommt jetzt gleich ein Polizeiarzt, der darf es . . . Erschrecken Sie nicht, es werden auch zwei Kriminalbeamte dabei sein. Das ist immer so. Der Polizeiarzt kommt mit zwei Kriminalbeamten . . .« Er geht aus dem Zimmer, Frau Klosters mit ihm.
Plötzlich lockert sich der Schraubstock ein wenig. Nur ein wenig, aber er lockert sich. Und die Eisenstange wird nicht mehr hin und her bewegt. Ich versuche, mich aufzusetzen. Es geht. Ich versuche aufzustehen. Es geht, auch wenn meine Knie so zittern, daß ich mich festhalten muß, um nicht zu stürzen. Da ist der heftige Kopfschmerz, endlich ist er da! So lange habe ich auf ihn gewartet. Der Kopfschmerz bedeutet: Das Nitromittel wirkt.
Auf fliegt die Tür.
Frau Klosters, bleich, steht da.
»Ich muß hier fort«, sage ich. »Bevor der Polizeiarzt mit den Beamten kommt.«
Dann sacke ich in einen Fauteuil. Meine Beine tragen mich nicht mehr.

25

Der Polizeiarzt kommt mit zwei Kriminalbeamten.
Der Gedanke an diesen Satz gab mir die Kraft, wieder aufzustehen. Mein Kopf schmerzte. Ich fühlte mich müde, zerschlagen, und meine Glieder waren schwer. Eisenbeiß! Ich mußte Eisenbeiß sprechen! Wo war der Zettel? Hier! Ich wählte mit bebenden Fingern seine Geheimnummer und sagte ihm, was geschehen war.
»Weg mit Ihnen, Charles! Haben Sie sich soweit erholt, daß Sie gehen und reden können, ohne Beschwerden?«
»Ohne Beschwerden nicht. Ich bin sehr schwach und habe große Angst und noch starke Schmerzen. Aber es muß gehen.«
»Gut. Hatten Sie schon einmal zwei Anfälle nacheinander?«
»Ja. Einige Male.«
»Haben Sie Angst vor einem zweiten Anfall?«

»Grausige. So einen starken hatte ich noch nie. Ich habe grausige Angst, daß da noch einer kommt.«
»Fahren Sie mit einem Taxi zum Westbahnhof. Dann wechseln Sie das Taxi und fahren zum Schottentor. Da stehen Telefonzellen. Von dort rufen Sie mich wieder an. Bis dahin habe ich sicher eine Lösung gefunden. Aber jetzt weg, so schnell wie möglich.«
Während ich telefonierte, hatte die zierliche alte Dame schon mein Pyjama und die Waschsachen zusammengerafft.
»Das muß verschwinden. Kommen Sie mit mir . . . Können Sie gehen?«
Ich folgte ihr. Um mich drehte sich alles.
Die Halle war leer. Ich stolperte die Stiege hinunter. Lachen und Stimmen waren zu hören.
»Finni!«
Das Stubenmädchen, das mir gestern das Gartentor geöffnet hatte, kam aus einem Zimmer zur ebenen Erde.
»Madame?«
»Der Herr muß zum Taxistand, vorn bei der Kirche. Ihm ist nicht gut. Begleiten Sie ihn, und kommen Sie sofort zurück.«
»Ja, Madame.« Finni legte Häubchen und Schürze ab. Danach ging alles sehr schnell – zu schnell für mich. Ich stand mit Finni im Garten. Ich stand auf der Straße. Ich mußte mich am Gartenzaun festhalten, so schwindlig war mir plötzlich. Weiter! Jeden Moment konnte der Polizeiarzt eintreffen. Wenn ich dann noch hier stand . . .
»Ist Ihnen zu schlecht? Sollen wir umkehren?«
»Auf keinen Fall!« Ich legte einen Arm um ihre Schulter, um mich zu stützen. »Sie machen zu große Schritte für mich. Nein, gehen Sie ruhig so weiter wie bisher.«
Ich fiel in eine Art Dauertaumeln. Das kurze Stück Weg bis zur Kirche und dem Eingang zum Park Schönbrunn kam mir kilometerlang vor.
»Gleich«, sagte Finni, »gleich sind wir da.«
Wir erreichten den Platz vor der schönen alten Kirche Mariä Geburt. Da war auch der Taxistand. Ein einziges Taxi wartete. Ich fiel in schnelleres Taumeln. Dieses Taxi mußte ich erreichen. Ein junger Mann rannte vom PARKHOTEL HÜBNER über die Straße. Er rannte zu dem Taxi, riß eine Tür auf und sprang in den Fond. Das Taxi fuhr los. Ich stöhnte.
Kein Taxi da.
Kein Taxi da.

26

Im Windschatten der Kirche stand eine Bank.
Ich sank auf sie.
»Was machen wir jetzt?« Finni war ratlos.
»Sie gehen zurück«, sagte ich, während ich das Gefühl hatte, die Bank schwanke wie ein Boot im Sturm. »Sie haben mich nie gesehen.«
»Nein, gnä' Herr. Nie gesehen habe ich Sie. Und alles Gute!«
Schon lief sie zur Maxingstraße. Ich saß auf der Bank und wartete. Kastanienbäume standen um den Platz. Durch ihre Blätter fiel das Licht der Straßenlaternen. Eine Klingel ertönte schrill. Ich fuhr auf. An einem der Bäume war ein Metallkasten angebracht. Es dauerte lange, bis ich begriff, daß dies das Telefon des Standplatzes war. Jemand brauchte ein Taxi. Das Läuten verstummte wieder.
Ich hörte die Sirene einer Funkstreife. Sie wurde lauter. Den Wagen konnte ich nicht sehen, er fuhr durch eine andere Straße. Das war der Polizeiarzt samt Begleitung, dachte ich. Wenn sie mich nicht im Haus fanden, würden sie die Umgebung absuchen. Weit konnte ich nicht gekommen sein. Beim Taxistand würden sie mich zuerst vermuten. Und wenn sie mich hier fanden, würden sie mich bitten, ihnen einen Ausweis zu zeigen. Und dann lief auch noch die Terroristenfahndung. Und wenn . . .
Ein Taxi kam, bog zur Kirche ab, blieb stehen. Das laute Telefon klingelte wieder. Der Chauffeur, ein junger Mann in Hemd und Jeans, stieg aus und wollte den Ruf entgegennehmen.
»Nein!« rief ich und raffte mich hoch. »Ich warte hier schon lange! Bitte, kommen Sie!«
Er zögerte.
Ich riß den Schlag seines Wagens auf und fiel auf den Rücksitz.
Er kam zurück und kroch hinter das Steuer.
»Westbahnhof, Anfahrt, bitte«, sagte ich.
»Sie haben's aber eilig, Herr, Sie haben's aber eilig.«
Ich antwortete nicht. Jetzt taten mir sogar die Zähne weh.
Er fuhr die Stadtbahn entlang bis zum Schloß Schönbrunn, dann links und wieder rechts zur Mariahilfer Straße. Über Funk gab eine Frauenstimme aus der Zentrale ununterbrochen Adressen und Zahlen durch, und Männerstimmen antworteten.

»Gumpendorfer!«
»Zwölf vierzehn.«
»Zwölf vierzehn: Gumpendorfer Straße einundvierzig, Viskotschek.«
»Gumpendorfer einundvierzig, Viskotschek.«
»Richtig.«
»Peter Jordan! Peter Jordan!«
»Vierunddreißig null fünf.«
»Vierunddreißig null fünf: Peter-Jordan-Straße vierundzwanzig. Bei Kindler läuten.«
»Peter Jordan vierundzwanzig. Bei Kindler läuten.«
»Richtig.«
Meine Glieder fühlten sich jetzt so schwer an wie bei einer ganz starken Grippe. Die Luft war schwül und drückend nach dem heißen Tag. Ich konnte nur mit Mühe atmen.
»Hadik! Hadik!«
»Fünfundzwanzig vierzehn.«
»Fünfundzwanzig vierzehn: Hadikgasse sieben. Fahrgast steht auf Straße.«
»Hadik sieben. Fahrgast steht auf Straße.«
»Richtig.«
Mein Kopf schmerzte zum Zerspringen. In der Herzgegend verspürte ich dauernd kleine, scharfe Stiche.
Das Taxi hielt vor den großen gläsernen Toren des Westbahnhofs. Ich brauchte meine ganze Kraft, um auszusteigen. Die Knie waren wie aus Gelee. Ich zitterte beim Stehen.
»Was bekommen Sie?«
»Zweiundvierzig Schilling.«
Ich gab ihm einen Fünfzigschillingschein.
»Danke sehr, mein Herr.«
Plötzlich wurde mir so schwindlig, daß ich befürchtete zu stürzen. Ich hielt mich am Wagendach fest.
Der Chauffeur musterte mich. »Ham S' was?«
»Bißchen übel.«
Ich sah eine lange Reihe von Taxis auf der anderen Seite des großen Platzes.
»Ausschaun tun S' wie ausgschpiebn, Herr, wie ausgschpiebn! Soll ich an Arzt holen im Bahnhof? Is imma ana da.«
»Ach wo, danke«, sagte ich. »Obst gegessen und danach Wasser getrunken. Jetzt ist mir schlecht. Gute Nacht.«
»Gute Nacht, der Herr.« Er fuhr los zur Kreuzung Mariahilfer

Straße. Ich wartete, bis er verschwunden war, dann schwankte ich über den großen Platz zu den Taxis und hatte bei jedem Schritt Angst zusammenzubrechen. Dabei rang ich nach Luft. Ich bekam viel zu wenig.
In dieser heißen Nacht standen die Chauffeure im Freien und unterhielten sich. Ich hob eine Hand.
»Erster!« schrie eine Männerstimme.
Der Chauffeur kam, ein älterer Mann mit Glatze. Höflich öffnete er die Fondtür für mich. Ich fiel richtig in den Wagen. Nur weil ich mich an der offenen Tür festhielt, stürzte ich nicht auf den Boden, sondern gerade noch auf den Sitz.
»Hoppla. Bissel viel getrunken, was?«
»Ja, ein bißchen zuviel.« Mein Herz hämmerte.
Er kroch hinter das Steuer. »Wohin soll's gehen?«
»Schottentor. Die große Kreuzung. Da, wo die Telefonzellen stehen.«
»Is gut, der Herr.« Er fuhr los.
Auch in seinem Wagen waren die Stimmen von Kollegen und der Frau in der Zentrale zu hören.
»Praterstraße!«
»Zwounddreißig zwölf.«
»Zwounddreißig zwölf: Praterstraße. Café Astor. Nach Herrn Koller fragen.«
Der Chauffeur wiederholte die Durchsage.
»Spinnerin am Kreuz . . . Spinnerin am Kreuz . . . Spinnerin am Kreuz . . .«
Kein Fahrer meldete sich.
Kam ein neuer Anfall?
Bitte nicht.
»Zwoundvierzig fünfzehn.«
»Zwoundvierzig fünfzehn: Direkt beim Denkmal. Eine Frau.«
»Spinnerin am Kreuz. Direkt beim Denkmal. Eine Frau.«
»Richtig.«
Wir hatten die Mariahilfer Straße hinter uns und fuhren über den Ring, vorüber an Parlament und Burgtheater. Die Ampel beim Schottentor stand auf Rot. Ich bezahlte schnell und stieg aus. Wieder wäre ich fast zusammengebrochen, denn meine Beine gaben nach. Ich zog mich am Wagen in die Höhe. Die Ampel wechselte auf Grünlicht. Der Weg zu den Telefonzellen wurde ein Alptraum. Ich konnte mich nirgends festhalten. Jetzt stürze ich, dachte ich, jetzt, jetzt, jetzt . . .

Ich stürzte nicht. Ich erreichte die Telefonzellen und betrat eine. Als ich Kleingeld aus der Tasche holte, fielen etliche Münzen zu Boden. Bücken kam nicht in Frage. Der Schweiß rann nun in Strömen meinen Körper hinunter. Meine Knie knickten ein. Schwer lehnte ich mich gegen die Zellenwand und warf Geld ein, danach wählte ich Eisenbeiß' Nummer.
Er meldete sich sofort. »Sie sind am Schottentor?«
»Ja . . .« Es war stickig heiß in der Zelle. Ich drückte mit einem zitternden Arm die Tür auf.
»Frau Klosters hat dem ersten Arzt gesagt, Sie seien ein neuer Gast, gerade angekommen, da hätten Sie schon den Anfall gekriegt. Draußen in Hietzing halten alle dicht. Die Polizei kennt Ihren Namen nicht.« Ich stöhnte. »Geht Ihnen sehr schlecht, was?«
»Leider, Emanuel, leider. Was soll jetzt werden?«
»Wir müssen es riskieren. Es gibt keinen anderen Weg.«
»Als welchen?« Ich versuchte immer wieder krampfhaft, einmal durchzuatmen. Es gelang mir nicht.
»Sie müssen ins RITZ«, sagte Emanuel Eisenbeiß.

27

»Hallo, Charles! Charles, hören Sie mich?«
Ich empfand jetzt ununterbrochen Stiche in der Herzgegend. Mein Schädel dröhnte.
»Ja, ich höre. Sie sind wahnsinnig geworden, Emanuel.«
»Es ist der einzige Weg. Sie sagen, Sie haben schon ein paarmal einen zweiten Anfall bekommen. Was geschieht, wenn das heute wieder passiert? Zu mir können Sie nicht. Sie können nirgends hin, wo man einen Arzt ruft, wenn Sie einen Anfall haben, stimmt's?«
Ich konnte nicht antworten. Die Stiche. Die Stiche . . .
»Ob das stimmt?«
»Ja . . .«
»Ich habe Ihren Paß fertig. Die anderen Papiere noch nicht. Aber der Paß ist fertig. Mit dem neuen Paß können Sie ins RITZ. Kein Mensch wird daraufkommen, daß Sie Charles Duhamel sind. Sie müssen ins RITZ, Charles. Ihre verfluchte Frau wird von zwei Ärzten betreut. Ich habe sie im Fernsehen gesehen, bei der

Aussegnung. Ich kenne beide. Der eine ist der Hausarzt des RITZ, Doktor Moser. Den kenne ich nur flüchtig. Aber mit dem anderen Arzt bin ich so gut vertraut wie mit Frau Klosters oder Herrn Kratochwil. Sie verstehen, was ich meine. Doktor Harald Schubert heißt er.«
»Machen Sie schnell, Emanuel. Ich kann nicht mehr lange stehen.«
»Doktor Harald Schubert ist jetzt ständig im Hotel, weil er dauernd bei Ihrer Frau sein muß. Das heißt, er hat das Appartement neben dem ihren. Die Verbindungstür ist offen. Ihre Frau hat darauf bestanden. Ich habe schon mit Doktor Schubert telefoniert und ihm alles erklärt. Wir können auf ihn zählen. Das ist der einzige Arzt von Wien, mit dem wir rechnen können, wenn es noch einmal losgeht, Charles. Der einzige Arzt, den Sie an sich heranlassen dürfen, denn wenn es ganz schlimm werden sollte und Sie in eine Klinik müssen – Doktor Schubert hat ein paar Betten in einer Privatklinik.«
»Wahnsinn.«
»Wissen Sie was Besseres?«
Ich schwieg und rang nach Luft und bekam zu wenig. Mein ganzer Körper war naß von Schweiß.
»Sie nehmen jetzt am Schottentor ein Taxi und fahren in die Bräuhausgasse zwanzig. Merken Sie sich das: Bräuhausgasse zwanzig. Wiederholen!«
»Bräuhausgasse zwanzig. Was soll ich dort?«
»Dort wohnt Kratochwil. Er wartet auf Sie beim Haustor, es ist jetzt schon abgesperrt. Einen Anzug hat er fertig. Die Marie hat Wäsche, Schuhe und Hemden zu ihm gebracht, einen Koffer voll. Frau Tiller war bei mir, um Ihren Paß zu holen. Sie kommt zu Kratochwil. Sie ziehen sich um, lassen die alten Sachen bei Kratochwil und fahren mit Frau Tiller und dem Koffer ins RITZ. Ich habe dort schon angerufen und mich als Ihr Wiener Sekretär vorgestellt. Ihre Maschine aus Madrid via Zürich kommt in einer halben Stunde an. Ich habe der Reception im RITZ gesagt, daß Sie ganz plötzlich geschäftlich nach Wien mußten. Sie haben eine schwere Krankheit hinter sich, das sagte ich auch – für alle Fälle.«
Ich rutschte an der Zellenwand so weit hinunter, daß ich fast den Boden berührte. Mit letzter Kraft stemmte ich mich wieder hoch.
»Das geht doch alles nicht«, stöhnte ich.

»Das ist der einzige Weg«, sagte er. »Courage, mein Lieber! Gehen Sie jetzt zu den Taxis, und fahren Sie in die Bräuhausgasse zwanzig! Bitte, Charles! Denken Sie daran, welche verrückten Situationen ich schon überstanden habe in meinem Leben. Also, ja?«

»Ja«, sagte ich und ließ den Hörer fallen, statt ihn einzuhängen. Es waren knapp hundert Schritte zum Taxistand. Als ich den ersten Wagen erreichte, mußte ich mich zuerst in den Fond hangeln und dann die Beine nachziehen. Ich konnte die Füße nicht mehr heben.

»Abend, der Herr.«

»Guten Abend. Bräuhausgasse zwanzig, bitte.«

»Wird gemacht.« Diesmal hatte ich einen sehr alten Fahrer mit einem kleinen Kopf und einem so kleinen Körper, daß er gerade noch über das Lenkrad sah. Gewiß saß er auf einem Kissen. Und auch in diesem Wagen lief der Taxifunk.

»Währinger!«

»Sieben achtzehn.«

»Sieben achtzehn: Währingerstraße fünfunddreißig. Bei Braun.«

»Währinger fünfunddreißig. Bei Braun.«

»Richtig.«

So ging das pausenlos. Es machte mich rasend. Die ganze Zeit preßte ich die schmerzenden Zähne aufeinander. Du mußt Dir das einmal vorstellen, mein Herz: Ein Mensch glaubt fast eine Stunde lang, daß er jede Sekunde sterben wird.

Der kleine Chauffeur fuhr durch eine Gegend der Stadt, in der ich noch nie gewesen war. Er schnitt die Kurven, er war ein draufgängerischer Fahrer, dieser kleine alte Herr. Bei jeder Biegung warf mich die Fliehkraft zur Seite. Wir passierten eben eine Kirche, da kam es.

»Achtung, Kollegen, herhören! Die Polizei bittet im Rahmen der Terroristenfahndung um unsere Mitarbeit. Dringend gesucht wird ein etwa fünfzigjähriger Mann . . .« Schnell nahm ich meine Brille ab. » . . . der Name ist unbekannt . . .« Meine Lippen verzerrten sich zu einem Grinsen. »Dieser Mann hat aller Wahrscheinlichkeit nach vor etwa vierzig Minuten in Hietzing, Am Platz, vor der Kirche Mariä Geburt ein Taxi bestiegen. Er ist sehr groß, hat eine große Nase, eine hohe Stirn und sehr kurz geschnittenes Haar. Der Mann trägt eine dunkle Brille, einen leichten blauen Anzug, eine blaue Krawatte und ein weißes Hemd. Er sieht krank aus und dürfte noch sehr geschwächt sein.

Hat einen Herzanfall hinter sich. Bitte melden, wer einen solchen Mann im Wagen hat oder hatte. Der Mann wird nur schwache Gegenwehr leisten können nach seinem Anfall. Wenn Sie den Mann noch im Wagen haben, stoppen Sie, und geben Sie genau Ihren Standort bekannt. Funkstreife kommt sofort. Ende. Ich wiederhole, Kollegen: Die Polizei bittet um Mitarbeit! Gesucht wird ein etwa fünfzigjähriger Mann, der Name ist unbekannt . . .«
Ich sah den Blick des kleinen Chauffeurs im Rückspiegel. Er lachte. »Wenn Sie nicht am Schottentor eingestiegen wären, und wenn Sie eine Brille hätten, ich möcht' schwören, Sie sans!« Wir lachten beide, ich mit großer Mühe. Der zweimalige Wagenwechsel hatte mich gerettet. Eisenbeiß dachte eben an alles. Auch im Hotel RITZ würde mir nichts geschehen, das glaubte ich nun fest. Der erste Fahrer konnte nur sagen, daß ich am Westbahnhof ausgestiegen war.
Prompt kam seine Stimme: »Zwoundvierzig null vier! Zentrale, hier Pummerer. Ich hab so einen Mann gefahren!«
»Zwoundvierzig null vier! Die Beschreibung paßt bestimmt auf Ihren Mann?«
»Des kann i schwören! Er is beim Einsteigen sehr aufgeregt gewesen und es hat ihm nicht schnell genug gehen können. Krank hat er auch ausgschaut. Kein Wort gesprochen.«
»Danke, zwoundvierzig null vier. Die Polizei hat mitgehört . . . Tuchlauben . . . Tuchlauben . . .«
»Zwölf fünfundachtzig.«
Die Litanei ging weiter.
Ich hatte mich in den Sitz zurückfallen lassen und war zutiefst erleichtert. Es ging mir auf einmal viel besser. Ich unterhielt mich mit dem kleinen Chauffeur, weil ich doch mit den ersten beiden kein Wort gesprochen‹ hatte. Und langsam schwand meine Schwäche fast ganz.
Wir fuhren durch häßliche Gassen. Einmal sah ich, wie sich zwei Katzen jagten, und einmal kamen wir an einem armseligen Strich vorüber, auf dem ein paar alternde Huren zaghaft winkten und die Röcke hoben. Dann hielt der Kleine.
»Bitte, der Herr, Bräuhausgasse zwanzig. Werden schon erwartet.« Ich sah einen tadellos gekleideten Herrn Kratochwil im Haustor stehen.
»Was bin ich Ihnen schuldig?«
»Sechzig.«

Ich gab ihm achtzig Schilling, und er bedankte sich überschwenglich und half mir sogar beim Aussteigen. Jetzt fiel mir das Gehen leichter. Ich war zwar immer noch sehr wackelig auf den Beinen, aber es ging mir viel besser als eine Viertelstunde zuvor. Das Taxi fuhr ab.
Kratochwil schüttelte mir die Hand. »Warn gnä' Herr sehr marod?«
»Ziemlich, Herr Kratochwil.«
»Frau Tiller ist schon da.«
Jetzt erst sah ich einen parkenden weißen Mercedes.
»Kommen S' mit mir, ich wohn Mezzanin.« Das war also das erste Zwischengeschoß, und ich brauchte nur ein paar Stufen zu gehen. Die schaffte ich. Es gab kein Schild an seiner Tür. Auch an der Hauswand hatte ich keines gesehen. Ich fragte ihn, warum da kein Schild war.
»Hab ich geniegend Kundschaft, die weiß, wo ich wohn. Andere solln lieber erst gar nicht wissen. Erlauben, milostpane.« Er öffnete die Wohnungstür, und ich trat in einen altdeutsch eingerichteten Vorraum, in dem ein Monstrum von Buffet stand.
Kratochwil, der vor mir ging, schrie auf. »Was hast du gemacht, Idiot?«
Jetzt sah ich eine offene Klosettür am Ende des Vorraumes. Ein junger Mann in Hemdsärmeln stand hilflos über eine Frau gebeugt, die auf der Erde lag und schluchzte. Ich erschrak. Die Frau sah aus wie ein Gespenst. Ihr Nachthemd war hochgerutscht. Die Beine schienen fast bis auf die Knochen abgemagert. In dem bleichen Gesicht lebten nur die Augen, aus denen Tränen rannen. Sie hatte dünnes, graues Haar, dessen Strähnen in die Stirn hingen. Neben ihr stand ein Rollstuhl.
Kratochwil hatte mich vergessen. Er eilte zu der Frau. Der junge Mann verteidigte sich: »Ich kann nichts dafür. Sie hat geläutet, wie Sie weg waren. Also hab ich sie hergebracht und aufs Klo gesetzt. Dann, beim Aufstehen, hat sie einen Schritt allein gemacht – und dabei ist sie hingefallen. Wirklich, ich kann nichts dafür!«
Kratochwil redete auf die Frau ein: »Nich weinen, Marenka, nich weinen, is ja alles wieder gut. Hast dich angehaut, na ja. Schau, ich bin wieder da und bring dich zurück in dein schönes Bett. Willst bissel Schokolade, Marenka, mein Liebling? Bekommst ein großes, faines Stickl, mein Gutes, Braves. No, jetzt tut's nich

mehr weh, no?« Während er sprach, hatte er die Frau auf den Rollstuhl gehoben. Er strich über ihr dünnes Haar. Alle Liebe der Welt stand in seinem Gesicht. «No komm, mein Engerl, fahren wir.« Er drehte sich um. Er mußte mich völlig vergessen haben, jetzt erinnerte er sich an mich.»Entschuldigen, milostpane. Gehn S' schon voraus, prosim. Bin ich gleich bei Ihnen.« Und wieder zu der Frau im Stuhl: »Nich weinen, Marenka, nich weinen. Is doch jetz da, dein Josef. Schau mich an, Marenka, schau mich doch an!« Gramvoll sagte er zu sich selber: »Kennt mich nimmer . . . kennt mich nimmer . . .« Er schob den Rollstuhl um eine Ecke.

Der junge Mann kam zu mir und sagte:»Was glauben Sie, wie oft so was schon passiert ist, wenn der Herr Kratochwil nicht zu Haus war. Wir haben dann immer eine heilige Angst. Es ist schrecklich.«

»Wer ist die Frau?« fragte ich, während er schon eine andere Tür öffnete.

»Na, seine«, sagte der junge Mann. Er führte mich durch einen großen Raum, der als Schneiderwerkstatt eingerichtet war. Hier saßen noch zwei Männer in Hemdsärmeln und arbeiteten. Sie grüßten höflich, aber sie sahen mich demonstrativ nicht an. Ich bemerkte, daß Bindfäden mit kleinen Glöckchen daran vom Flur her hoch oben durch diesen Raum in den nächsten führten, in den der junge Mann mich brachte. Hier herrschte ein heilloses Durcheinander. »Warten Sie bitte einen Moment, mein Herr«, sagte der junge Mann und verschwand.

Hinter einem Stapel von Stoffballen trat eine hübsche, junge Frau mit braunem Haar und braunen Augen hervor, die Andrea etwas ähnlich sah.

»Frau Tiller?« fragte ich.

»Ja, Herr Kent. Guten Abend.«

»Ich muß mich tausendmal bei Ihnen entschuldigen. Das war unverschämt von mir.«

Sie lachte. »Schon verziehen! Herr Eisenbeiß hat mir den Grund verraten. Meinen herzlichen Glückwunsch. Ich habe Ihnen etwas mitgebracht.« Sie überreichte mir einen leicht abgegriffenen Paß der Bundesrepublik Deutschland. Ich öffnete ihn. Da war mein Foto. Mir wurde heiß.

»Großartig, nicht?« sagte Frau Tiller.

»Ja, wirklich«, sagte ich.

Sie erzählte, wie lange sie Eisenbeiß schon kannte, und dann

erzählte sie, wie glücklich sie mit ihrem Beruf war, obwohl Herr Tiller eigentlich nicht wollte, daß sie arbeitete.
»Aber wenn ich doch so gerne fahre! Es ist mein Schönstes. Und man lernt so interessante Menschen kennen dabei.«
Sie erzählte mir, wen sie schon alles gefahren hatte, berühmte Leute, von denen viele sehr freundlich und ganz natürlich gewesen waren, das imponierte Frau Tiller besonders. Dann kam Kratochwil in den vollgestopften Raum. Beim Eintreten war sein Gesicht noch traurig, aber sobald er die Tür geschlossen hatte, lachte er.
»Ach, Sie kennen sich schon.« Er wurde verlegen. »Hier tu ich arbeiten, prosim.«
»Warum sagen Sie das so verlegen?«
»No, hab ich Ihnen doch gleich angesehen. Muß halt so sein, wo ich arbeit. Find ich sonst meinen Kram nich. Jetzt erst einmal was trinken, milostpane, dann fiehlen sich gleich besser.« Er suchte in einem Schränkchen.
»Herr Kratochwil«, sagte ich, »was fehlt Ihrer Frau?«
»Gelähmt is sie bis zu die Hüften. Autounfall. So ein Schwein, ein dreimal verfluchtes, is in uns reingefahren. Besoffen. Auf ihrer Seite. Mich hat's auch erwischt, aber lang nich so schlimm. War ich vier Wochen in Spital. Meine Marenka, die Arme, drei Jahr. Dann ham sie gesagt, sie kennen nix mehr machen. Der Arzt kommt jetzt hierher, und eine Schwester. Injektionen und Massagen. Was soll ich Ihnen sagen? Es wird besser und besser in die letzte Zeit!« Er bemerkte nicht, auf welche Weise Frau Tiller mich ansah. Gewiß wurde nicht das geringste besser, dachte ich. Aber er konnte wohl nur leben und alles ertragen, wenn er sich etwas vormachte. Er glaubte daran. Glaubte er daran? »Bloß mit die Augen is was. Manchmal tut sie mich nich kennen. Hab's dem Doktor gesagt, hab ich Angst, daß was is mit dem Kopf. Nein, sagt er, ein großer Arzt, eine Korifee, nehm ich ja nur den besten, soll kosten, was will. ›Nein‹, sagt er, ›das sind bloß Sehsterrungen, Herr Kratochwil, die werden sich geben.‹ Dieser verfluchte besoffene Schweinehund! Hat er ein Jahr bekommen, aber was is das, ein Jahr, prosim? Frag ich Sie, milostpane, wo is die Gerechtigkeit?«
»Wann ist das passiert?« fragte ich.
»Vor acht Jahren.«
»Seit acht Jahren ist Ihre Frau . . .«
»Ja, schrecklich, nich? Meine arme, gute Marenka. Ich sag

immer Marenka zu ihr. Heißt sie in Wirklichkeit Mitzi, is eine Wienerin. War sie das scheenste Medel aus dem ganzen Bezirk, wie wir uns haben geheiratet, to je pravda. Und dann muß so was kommen! Ham Sie mich gefragt, milostpane, warum ich hier arbeit, ohne Schild und alles. No, wie das passiert is, hab ich noch gehabt mein Geschäft in der Altstadt, Tuchlauben. Scheener, großer Laden. Is alles draufgegangen mit Spital und die Herren Professoren, prosim. Hab ich missn Laden verkaufen und hierher übersiedeln und hier arbeiten. Die meisten von meine alten Kunden sind treu geblieben, Gott sei Dank, milostpane. Schaun Sie sich den Herrn Eisenbeiß an! Obwohl ich nich billig bin – kann ich auch nich sein mit dem Doktor, der wo jetz herkommt, und mit die Injektionen und die Massagen. Ich arbeit bis zum Umfallen. Und jetz geht es ihr endlich besser, meiner Marenka. Wissen S', milostpane – Sie wissen es auch noch nich, Frau Tiller –, die große Freud: Heuer im September, da fahrn meine Marenka und ich auf Urlaub nach Altaussee. Ja! Der Herr Doktor sagt, es geht. Mit Auto. Heb ich sie hinein. Rollstuhl hab ich hinten drinnen. Was glauben S', wie sich die Marenka darauf freut! Einmal raus aus die Wohnung! Muß doch immer nur liegen oder sitzen, nich? Muß ich mich um sie kümmern, Tag und Nacht. Die Burschen helfen, wenn ich weg bin. Ham S' ja gesehen, wie! Muß ich schon alles selber machen. Marenka baden und waschen, ihr Essen kochen und sie wieder aufsetzen, wegen Kreislauf und daß sie keine Lungenentzündung kriegt vom ewigen Liegen, oder Trombos. Der Herr Doktor gibt ihr jeden Tag Injektion dagegen. Und sie darf sich auch nich aufliegen. Macht sie natierlich manchmal unter sich, wenn ich nich schnell genug bin mit dem Klo. Is mir egal, ganz egal. Meine Marenka! Immer hat sie Schmerzen, immer. Aber wie ein Engerl, so lieb ist sie, gnä' Herr, wie ein Engerl, weiß Gott.« Er hatte die Flasche gefunden. Nun nahm er ein Glas aus einem Fach und füllte es. »So, das trinken gnä' Herr jetzt, is echter Slibowitz, slowakischer. Werden sehen, wie Sie sich befinden gleich besser. Na zdravi!«
Ich trank das Glas in einem Zug leer und schüttelte mich. Der Slibowitz brannte in meinem Magen, aber ich fühlte, daß sich eine beruhigende Wärme auszubreiten begann.
»Noch ein Glasl«, sagte Kratochwil. »Kleine Schlucke jetz.«
»Herr Kratochwil, wäre Ihre Frau in einem Sanatorium nicht besser aufgehoben?«

»Nach die lange Zeit im Spital? Nie, gnä' Herr, nie! Ich hab doch so viel zu tun! Ich könnt sie ja nur ganz wenig besuchen, nebo? Immer wär sie allein. Nein, nein, hier bei mir hat sie alles, und ich bin da, in der Nacht, immer. Ich sorg für sie. Hab ich Klingelschnur gelegt, überall, schaun milostpane, nur ziehen braucht sie am Schnürl. Fehlt ihr nix. In der Nacht, wenn sie nich kann schlafen, setz ich mich zu ihr, und wir reden von ihre große Besserung... Dann sie is glicklich, meine Marenka... Und das mit die Augen, das sind wirklich bloß Sehsterrungen, der Herr Doktor hat es mir erklärt... No und jetz, was denken Sie, milostpane, was für eine große Vorfreude sie schon hat auf unsere Reise, die erste seit dem Unglick... Scheen wern mirs ham... fain wern mirs ham... Ich red und red, Sie solln doch den Herrn Eisenbeiß anrufen!« Er förderte ein Telefon zutage. »Mir gehn inzwischen nebenan«, sagte er und verschwand mit Frau Tiller in einem anderen Zimmer. Ich blieb allein zurück und wählte.
Eisenbeiß meldete sich.
»Also, Sie haben es bis zum Kratochwil geschafft!«
»Ja.«
»Dann werden Sie es auch bis ins RITZ schaffen.«
»Emanuel, der Paß ist wunderbar... Ich weiß nicht, wie ich Ihnen danken soll... Sie sind ein wahrer Retter in der Not, wirklich...«
»Schluß, sofort aufhören mit dem Quatsch«, kam laut seine Stimme. »Ich habe noch einmal mit Doktor Harald Schubert telefoniert. Ihre alte Hexe schläft, die gibt jetzt eine Weile Ruhe. Aber *Sie* brauchen den Arzt. Ich habe ihm Ihren Zustand geschildert, und er hat gesagt, er wird Ihnen sofort helfen. Sie sollen keine Angst haben. Angst fördert einen neuen Anfall. Er erwartet Sie in der Halle. Sie sind alte Bekannte. Er kommt gleich mit Ihnen aufs Zimmer.«
»Danke, Emanuel, danke.«
»Ach, Scheiße. Noch etwas Wichtiges, damit Sie nicht erschrekken. In den meisten Hotels müssen Sie den ganzen Meldezettel ausfüllen. Im RITZ brauchen Sie nur Ihre Adresse anzugeben und zu unterschreiben. Den Rest besorgt die Reception. Aber Sie müssen den Paß dort lassen. Morgen früh liegt er dann beim Portier in Ihrem Fach.«
»Was für eine Adresse soll ich angeben?«
»Schreiben Sie es sich auf. Ich habe mir einen Plan von Buenos

Aires angesehen. Ich buchstabiere.« Er buchstabierte: Avenida Martin Garcia 34. »Liegt im Westen. Gute Adresse. Geht niemanden etwas an, was Sie in Wien machen.«
»Nein.«
»Jetzt schnell umziehen und ins Hotel! Rufen Sie mich an, wenn Doktor Schubert bei Ihnen war. Ciao.« Er legte auf.
Ich rief nach Herrn Kratochwil. Er kam ohne Frau Tiller.
»Hier hammer das Prachtstickl, prosim«, sagte er und hielt mir den hellblauen Anzug entgegen. »Ein Glick, daß wenigstens einer schon fertig is. Hat mir die Frau Marie Koffer gebracht voll Zeug. Ziehn milostpan sich um, ausgesucht hab ich Hemd und Krawatte, bitte scheen.«
Ich zog meine alten Sachen aus und die neuen an. Alles paßte herrlich zusammen, die Etiketten des argentinischen Schneiders und des Herrenausstatters waren eingenäht. Ich sah mich im Spiegel an. Herr Kratochwil stand neben mir und strahlte. »No, is sich das ein Anzug?«
»Herr Kratochwil«, sagte ich, »ich hatte bestimmt einen der besten Schneider von Paris – aber so gut arbeitete der nicht. Sie sind ein Meister!«
»No, darum tut auch der Herr Eisenbeiß bei mir nähen lassen seit eine Ewigkeit.«
Ich nahm aus dem alten Anzug alles aus den Taschen und verstaute es im neuen.
»Morgen kommt noch anderer Koffer mit Wäsche und Schuhe und die anderen zwei Anzüge, prosim. Im Hotel sagen Sie, der Koffer is wegen Irrtum in Zürich ausgeladen worden und zuerst nach Teneriffa geflogen, jetz is er da.«
»Was habe ich zu bezahlen?«
»Nix. Bezahlt alles der Herr Eisenbeiß.«
»Aber das ist doch nicht möglich.«
»Is sich sehr gut meeglich. Machen sich bloß keine Sorgen. Sehen pletzlich so weiß aus. Frau Tiller!« rief er. Sie kam. Auch sie bewunderte den neuen Anzug. Ich fühlte wieder die Stiche in der Herzgegend.
»Jetzt möchte ich schnell ins R‍ITZ«, sagte ich.
Im nächsten Moment begannen alle kleinen Glöckchen zu bimmeln.
»Die Marenka!« Er war wie elektrisiert. »Muß ich gleich zu ihr. Wiedersehen, Frau Tiller, Wiedersehen, milostpane! Entschuldigen, prosim! Einer von die Burschen wird Sie runterführen!« Er

eilte fort, ein kleiner, tapferer Mann, der seine so kranke Frau so sehr liebte. Die Tür fiel hinter ihm ins Schloß. Gleich darauf wurde sie wieder aufgerissen, und er sah noch einmal herein. »Mit die naien Schuh bißl kratzen am Pflaster, daß sie nich so nai ausschaun!« rief er und verschwand.
Einer der Schneidergesellen brachte uns zum Haustor und schloß auf. Er trug den Koffer zu Frau Tillers Wagen. Ich scharrte mit den neuen Schuhen auf dem Pflaster. Der junge Schneider verabschiedete sich.
Frau Renate Tiller war eine hervorragende Fahrerin. Ich machte ihr ein Kompliment, und sie freute sich darüber. Bald waren wir am Ring, gleich darauf hielt sie auf einer Parkspur vor dem Eingang des Hotel RITZ. Ich ging aufrecht und rasch in die Halle. Die großen Eingangstüren aus Glas standen der Hitze wegen offen. Links war die Loge der Portiers, rechts die Reception. Freundliche Herren in dunklen Anzügen, weißen Hemden und silberfarbenen Krawatten begrüßten mich so herzlich, als würde ich seit Jahren im RITZ absteigen – was ich ja auch getan hatte, aber als ein anderer Mann.
Frau Tiller war hier bekannt, sie fuhr gewiß häufig Hotelgäste. Ihre Anwesenheit half, meine Ankunft zu dieser späten Stunde als etwas ganz Normales erscheinen zu lassen. Ich verabschiedete mich von ihr, gab meinen Paß ab, unterschrieb das Meldeformular und setzte auch noch meine angebliche Adresse in Buenos Aires ein. Dann trat einer der Herren hinter der Reception hervor und wollte mich zu meinem Appartement bringen. Im gleichen Moment rief jemand freudig: »*Peter!*« Und aus einem zweiten, viel größeren Raum, der an die Halle anschloß, kam mit ausgebreiteten Armen der schlanke, junge Mann, den ich schon im Fernsehen gesehen hatte, als Yvonne bei der Aussegnung im Hangar zusammengebrochen war.
»*Harald!*« Zum Glück hatte mir Eisenbeiß seinen Vornamen genannt. »Nein, ist das eine Überraschung! Wie geht es dir?«
»Gut. Und dir? Was führt dich nach Wien?« fragte Doktor Schubert. Wir redeten miteinander wie gute alte Bekannte.
Die Herren am Empfang sahen lächelnd zu. Er machte das großartig, dieser Doktor Schubert. Er sagte, er müsse mir unbedingt viel erzählen und er habe Zeit, also fuhr er als dritter in dem großen Lift mit nach oben. Das Appartement, das ich bekam, lag im vierten Stock. Der Mann von der Reception führte mich durch die Räume, drehte überall das Licht an und und

zeigte mir den Regler der Klimaanlage. Ich drückte ihm einen Schein in die Hand, und er wünschte einen angenehmen Aufenthalt und verschwand.

»Ziehen Sie die Jacke aus, und krempeln Sie einen Hemdsärmel hoch«, sagte Dr. Schubert.

»Moment«, sagte ich, denn ein Lohndiener brachte eben meinen Koffer.

Nachdem er mit einem Trinkgeld verschwunden war, versperrte ich die Tür und tat, worum Schubert gebeten hatte. Er holte einen Gummischlauch zum Abbinden des Arms, ein silberglänzendes Injektionsbesteck und eine Ampulle aus seinen Anzugtaschen, und ich legte mich auf das Bett. Er verabreichte mir schnell und geschickt eine intravenöse Injektion.

»Das ist ein sehr starkes Mittel«, sagte er dazu. »Ich spritze es Ihnen prophylaktisch. Ziehen Sie sich jetzt aus, und gehen Sie sofort zu Bett. Ich habe Ihnen auch Schlaftabletten mitgebracht. Wenn Sie etwas beunruhigt, wählen Sie zwo-zwo-zwo, mein Zimmertelefon. Aber es wird Sie nichts beunruhigen, nicht nach dieser Injektion. Jetzt können Sie ohne Sorge sein.«

Er schüttelte mir die Hand und ging.

Einige Minuten später lag ich im Bett. Ich sah auf die neue Armbanduhr, die Eisenbeiß mit in den Koffer gepackt hatte. Es war jetzt zehn Minuten nach elf. Ich rief ihn an.

»Na also«, sagte er. »Habe ich Ihnen nicht gesagt, daß es gutgehen wird? Ein bißchen Chuzpe gehört zum Leben. Denken Sie an den Eiffelturm – so, jetzt lachen Sie wieder. Schlafen Sie gut!«

Ich zögerte, dann aber war mein Wunsch stärker, und ich rief auch noch Andrea an. Das Klingelzeichen ertönte einige Male. Endlich meldete sich ihre verschlafene Stimme: »Rosner.«

»Hier ist dein Kater«, sagte ich.

Sofort wurde sie hellwach. »Kater! Ist etwas passiert?«

»Überhaupt nichts, Hörnchen.«

»Freilich ist was passiert! Du mußt es mir sagen, Kater. Deshalb rufst du doch an!«

»Nichts ist passiert. Ich habe es nur nicht mehr ausgehalten ohne dich. Wenigstens deine Stimme wollte ich hören.«

»Wenigstens meine Stimme...« Ich hörte sie seufzen. »Ach, Kater, ist das furchtbar, daß man heutzutage immer sofort glaubt, es ist was Schlimmes geschehen, wenn man angerufen wird vom Liebsten, den man hat.«

»Es gab schon immer Leute, die zu Tode erschrecken, wenn sie

ein Telegramm bekommen«, sagte ich. »Wir dürfen der Zeit nicht für alles die Schuld geben.«
»Nein, das dürfen wir nicht. Wie klug du bist. Was für einen gescheiten Kater ich habe. What a sophisticated cat! Möchte mal erleben, was mein Kater aufführt, wenn ich anrufe, ohne Vorwarnung, mitten in der Nacht, ha?«
»Na«, sagte ich, »du bist ja wieder ganz hübsch kregel.«
»Ach, Kater, übermorgen um diese Zeit habe ich dich schon einen ganzen Tag hier in Hamburg!«
»Und wie aufgeregt bin ich bei dem Gedanken.«
»Das ist eine ganz große Liebe, die wir beide haben, ja?«
»Ja.«
»Da müssen wir besonders achtgeben. Bei den ganz großen Lieben passiert immer so leicht etwas.«
»Woher weißt du das?«
»Ich les' doch so viele Bücher. Ist dir schon aufgefallen, daß fast alle Liebesgeschichten ein trauriges Ende haben? Ich habe vor ein paar Tagen einen Roman gelesen.«
»Und?«
»Und der ging auch schlecht aus. Beide starben.«
»Na, das ist doch ein Happy-End! Einer am Leben, der andere tot, *das* wäre schlimm gewesen.«
»Daran habe ich noch nicht gedacht. Seit ich dich kenne, glaube ich, wir werden nie sterben!«
»Das ist schön«, sagte ich und fühlte, wie das Mittel zu wirken begann. »Ach, übrigens, wenn du mich sprechen willst, ich wohne jetzt im Hotel RITZ.« Ich nannte ihr die Telefonnummer, die auf dem Merkblatt neben dem Apparat stand. »Jetzt schlaf weiter! Ich werde auch schlafen, ich mußte dir nur sagen, wie lieb ich dich habe.«
»Ich dich noch viel mehr, Kater.«
Dann knipste ich das Licht aus, schloß die Augen und dachte an viele Dinge, und als ich dann einschlief, träumte ich von Elefanten. Sie kamen aus dem Wald über einen breiten Sandweg näher. Es kamen viele Elefanten, und wir lagen alle auf dem Sandweg in der Sonne. Es waren sehr freundliche Elefanten.

28

Ich schlief bis elf Uhr vormittags und erwachte frisch und ausgeruht. Draußen brannte die Sonne wieder unbarmherzig, aber die Klimaanlage hielt die Zimmer kühl. Ich badete und bestellte das Frühstück sowie alle Wiener Zeitungen. Ein alter Etagenkellner brachte den Frühstückswagen. Ich trank in großer Ruhe Tee und aß Brötchen. In den Zeitungen war noch immer der Terroranschlag das Hauptthema. Es schien, als habe die Polizei nicht eine einzige Spur. Doktor Schubert kam und untersuchte mich. Alles sei in Ordnung, versicherte er mir, ich solle mich diesen Tag über noch schonen. Ich erkundigte mich nach meiner Frau, und er sagte, sie sei eben am Abreisen. Sie wolle eine Maschine nach Paris nehmen...
»...Monsieur Perrier begleitet sie. In ein paar Minuten können Sie unbesorgt hinuntergehen. Machen Sie einen kleinen Spaziergang! Ich muß in meine Praxis.«
Also zog ich mich an und fuhr mit dem Lift in die Halle. Der Chefportier, der Tagdienst hatte – ich sah lauter neue Gesichter –, reichte mir, nachdem ich meinen Namen genannt hatte, meinen Paß. Ich trat auf die Straße hinaus, wo mich die Hitze umfing, und ging bis zum Schwarzenbergplatz. Mein Herz arbeitete normal, und ich war sehr froh. Während ich einmal um das Hotel ging, sprach mich ein Mann an. Er war blaß und mager und bat um ein wenig Geld. Er sei im Verlauf von Einsparungsmaßnahmen entlassen worden und finde keine Arbeit, sagte er. Ich gab ihm fünfzig Schilling, und er sagte, ich solle nicht schlecht von ihm denken, es sei der erste Tag, an dem er bettle, und er schäme sich furchtbar, aber er brauche einfach Geld, er habe eine Frau und zwei Kinder. Und ich glaubte alles. An der Ecke vom Schwarzenbergplatz zum Ring ging ich in ein Reisebüro und buchte einen Flug nach Hamburg, für Freitag, den 19. Juni 1981. Es war Donnerstag, und Eisenbeiß wollte noch am Abend mit allem fertig sein. Das Ticket besorgte ich lieber selber, damit im Hotel niemand wußte, wohin ich flog.
Dann ging ich wieder ins RITZ zurück, um Eisenbeiß auf dem Schafberg anzurufen und ihm zu sagen, daß es mir gutgehe. An einem kurzen Seitengang neben der Portiersloge standen vier Telefonzellen. In der Halle trat der Direktor zu mir und begrüßte mich herzlich. Er fragte, ob alles in Ordnung sei, und ich sagte

ja und war sehr erleichtert, denn das ganze Personal, die Portiers, die Kellner, die Receptionisten und der Direktor hatten mich schon oft gesehen und mit mir gesprochen, wenn ich nach Wien gekommen und im RITZ abgestiegen war. Aber keiner erkannte mich wieder. Ich hatte dank Eisenbeiß' Hilfe wirklich ein vollkommen anderes Gesicht. Am meisten veränderte mich die große Brille. Der Direktor sprach spanisch mit mir, sehr schlecht, aber ich machte ihm ein Kompliment, und er strahlte. Nach dem Mittagessen schlief ich zwei Stunden, und gegen Abend ging ich wieder hinunter in die große Halle mit dem Riesenlüster und trank ein wenig Whisky. Doktor Schubert war nicht mehr ins Hotel zurückgekehrt. Mir fiel ein, daß er kein Geld von mir genommen hatte, und ich war gerührt und beschämt zugleich. Ich trank noch ein bißchen Whisky und dachte über Whisky nach und darüber, was für einen angenehmen Geschmack er hatte. Ich aß eine Kleinigkeit zu Abend und fuhr hinauf in mein Appartement, um fernzusehen, nur die Nachrichten. Es sah schlimm aus in der Welt, sehr schlimm, und die Entwicklung in Polen ließ befürchten, daß die Rote Armee rasch eingreifen würde.

Dann rief Eisenbeiß an.

»Mein lieber Charles, ich bin fertig. Ich glaube, es ist mir wirklich alles sehr gut gelungen. Ich fahre jetzt in die Stadt. Ein Mann wird Ihnen in einer Stunde den zweiten Koffer bringen. Ich halte es nicht für gut, wenn wir uns noch einmal treffen. Nach allem, was geschehen ist, hat man zumindest damit zu rechnen, daß meine Freundin und ich überwacht werden.«

»Aber ich muß Sie treffen, Emanuel! Ich schulde Ihnen so viel. Sobald ich Geld habe . . .«

»Erwähnen Sie dieses Wort nie mehr«, sagte er. »Was Sie bekommen, ist das Geschenk eines alten Bekannten, der Ihnen immer zu Dank verpflichtet sein wird. Ich verabschiede mich, Peter – das Telefon ist mir auch suspekt. Ich wünsche Ihnen alles Glück der Welt, Ihnen und Ihrer Liebe. Wann geht Ihre Maschine?«

»Morgen, zehn Uhr zwanzig, via Frankfurt.«

»Dann wird Frau Tiller um neun Uhr vor dem Hotel warten und Sie zum Flughafen bringen.«

»Emanuel«, sagte ich, »Sie wissen, was Sie mir geschenkt haben. Ich muß mich immer wieder bedanken.«

»Danke für gar nichts«, sagte er. »Wo wollen Sie in Hamburg absteigen?«

»Im ATLANTIC.«
»Ich werde ein Appartement für Sie reservieren lassen.«
»Danke, Emanuel. Leben Sie wohl, wenn Sie können«, sagte ich.
»Halt!« rief er.
»Was ist?«
»Die Minute«, sagte er ernst. »Sie haben die Minute vergessen.«
»O ja, natürlich, die Minute«, sagte ich und setzte mich, den Hörer am Ohr.
Mit der Minute hatte es folgende Bewandtnis: Im alten Rußland (und vielleicht heute noch, was weiß ich schon?) war es vor allem auf dem Lande üblich, daß im Hause jedermann eine Minute still saß, wenn einer eine große Reise antrat. In dieser einen Minute dachten die andern an ihn und beteten darum, daß ihm nichts Schlimmes widerfahre, daß er nicht erkranke und daß seine Reise erfolgreich sei, und jene, die nicht beteten, wünschten es ihm auch.
Eisenbeiß hatte eine russische Mutter, und wann immer wir zusammengewesen waren und wieder auseinandergingen, erinnerte er an ›die Minute‹, so auch jetzt. Ich hörte Eisenbeiß atmen, und ich wußte, er betete für mich, und mir fiel Howard Hughes, dieser geheimnisvolle amerikanische Multimillionär ein. Neben sehr vielen anderen Dingen hatte er auch eine Menge Spielcasinos in Las Vegas besessen. Als er starb, wurde eine Schweigeminute für die Casinos angeordnet, und tatsächlich war es in den Spielsälen, die Hughes gehört hatten, sechzig Sekunden lang still. Alle standen reglos, und als die sechzig Sekunden um waren, rief ein Croupier: »Okay, werft die Würfel! Er hat seine Minute gehabt.«
Und ich dachte, daß diese Minute wirklich die letzte war, die mich noch in irgendeiner Weise mit meinem alten Leben verband, und als Eisenbeiß sagte: »Sie ist um«, da wußte ich, daß die erste Minute meines neuen Lebens begonnen hatte.
»Ciao, Emanuel«, sagte ich.
»Ciao, Peter«, sagte er, und ich hörte sein sanftes Lachen, und dann legte er auf.
Tatsächlich wurde eine halbe Stunde später der zweite Koffer beim Portier abgegeben und von einem Gepäckträger in mein Appartement heraufgebracht. Als ich wieder allein war, öffnete ich den Koffer. Die beiden anderen Anzüge und Wäsche lagen darin und obenauf ein großes Kuvert mit allen Papieren, die Eisenbeiß wirklich hervorragend gefälscht hatte. Wenn er starb,

ging einer der letzten großen Gentlemengangster dahin. Der Gedanke machte mich traurig, und ich dachte, wie kurz ein Menschenleben ist und wie bemessen eines Menschen Zeit. Wenn man jung ist, achtet man nicht darauf. In meinem Alter beginnt die Zeit schneller und schneller zu vergehen und endlich zu rasen. Ich dachte an den Prozeß, bei dem ich Eisenbeiß verteidigt hatte, und er schien mir erst einen Monat zurückzuliegen, in Wirklichkeit waren es aber acht Jahre. Acht Jahre, vorübergegangen wie ein Tag oder eine Nachtwache. Mir wurde immer trauriger zumute, und so rief ich Andrea an, und ihre Stimme machte mich wieder fröhlich. Ich sagte, daß ich am nächsten Tag um 13 Uhr 45 in Hamburg landen würde, in einer Maschine der LUFTHANSA.
»Und dann kommst du gleich zu mir?«
»Ich fahre nur schnell mit dem Gepäck ins ATLANTIC, Hörnchen.«
»Ach, Kater! Samstag und Sonntag muß ich nicht arbeiten!«
»Großartig«, sagte ich.
»Liebster, kann das Leben schön sein!«
»Ja«, sagte ich. »Wirklich wunderschön.« Nur eben so kurz, dachte ich wieder.
So sehr kurz.

29

»Weil Christus kein Killer war, haben die Apostel des Overkills nichts mit seinem Evangelium zu tun!« rief eine Frauenstimme im Autoradio, als ich in das Taxi stieg.
Ich war um 13 Uhr 45 in Hamburg-Fuhlsbüttel gelandet und hatte während des Fluges große Angst gehabt – in Erinnerung an den letzten Flug. Meine beiden Koffer waren von einem Gepäckträger im Kofferraum verstaut worden, ich saß im Fond.
»Wer ist denn das?« fragte ich den alten, weißhaarigen Chauffeur mit dem freundlichen Gesicht und der Nickelbrille.
»Das«, sagte er, »ist die Frau Professor Uta Ranke-Heinemann in ihrer Büttenpredigt. Da läuft jetzt so eine Sendung ›Rund um den Kirchentag‹, wissen Sie. Schon eine halbe Stunde. Wo soll's denn hingehen?«
»Hotel ATLANTIC«, sagte ich.

»Hotel ATLANTIC«, sagte mein Taxichauffeur, der dem Gepäckträger behilflich gewesen war. Er fuhr los, die Zeppelinstraße hinunter. Ich hatte mein französisches Geld und das österreichische Geld, das mir Eisenbeiß gegeben hatte, am Flughafen in rund fünftausend Mark gewechselt.
»Wir haben hier doch gerade den Evangelischen Kirchentag«, sagte der Taxichauffeur. Er war in einen Stau vor der Straßenspinne geraten, über welche die große, stets überlastete Alsterkrugchaussee nach Norden hinaufführte. Wache, helle Augen hatte der alte Mann, ich sah es im Rückspiegel.
»Niemand darf den Kreml mit dem Vatikan gleichsetzen!« rief eine Männerstimme im Radio.
Gellendes Pfeifen setzte ein. Tobende Buhrufe erklangen: »Apel raus! Apel raus!«
»Das ist unser Verteidigungsminister«, sagte der Taxichauffeur. »Den haben sie besonders auf dem Kieker.«
Er überquerte die Hauptstraße und fuhr geradeaus weiter durch die Sengelmannstraße. Rechts lagen alte Kasernen. Jetzt wohnten alte Herrschaften in ihnen, ›Senioren‹, wie das in Deutschland hieß. Ich hatte beruflich oft in Hamburg zu tun gehabt und kannte mich hier aus.
»Da geht es ja zu«, sagte ich. »Junge, Junge!«
»Das ist nicht live«, sagte der Chauffeur. »Live war schon. Ist ein Zusammenschnitt. Dreht sich alles um die Nachrüstung. Der ganze Kirchentag, wenn Sie mich fragen. Noch mehr Waffen rein in die Bundesrepublik.«
Natürlich! Ich war ja in der Bundesrepublik, und ich bekam es gleich mächtig zu spüren.
Ein Sprecher berichtete, daß auf den Verteidigungsminister Eier geworfen wurden. Jungen und Mädchen hatten ihre T-Shirts mit Tierblut übergossen, und in der großen Hamburger Messehalle war der Teufel los.
Plötzlich erschollen dröhnende Posaunenklänge. Die Posaunen schafften auch die wüstesten Schreier. Der Sprecher sagte, der Posauneneinsatz sei ein Einfall des Moderators dieser Monsterveranstaltung, eines Richters beim Bundesverfassungsgericht, gewesen. Jetzt waren auch singende Stimmen zu hören. Die evangelischen Christen stimmten zum Posaunenschall den Choral ›In Dir ist Freude‹ an.
Nun ging es durch die Engstelle der Brücke über den Alsterkanal. Gleich danach bogen wir in die Rathenaustraße ein, die nur

links bebaut war. Rechts, in den hübschen Uferanlagen des Kanals, sah ich an Hängen Trauerweiden und Büsche. Ich wischte mir den Schweiß von der Stirn. Hier war es noch heißer als in Wien.
Im Radio erschollen jetzt andere Sprechchöre: »Ausreden lassen! Ausreden lassen!«
»Sehen Sie«, sagte der Taxichauffeur. »Cleverer Bursche, dieser Richter. Wie der den Laden schmeißt!«
Schließlich ließen sie Apel reden, und als er rief: »Niemals wieder soll Krieg von deutschem Boden ausgehen!«, da rauschte sogar Beifall auf. Nein, die meisten seiner Zuhörer schienen nicht nur Radau machen zu wollen. Sie waren einfach gegen die Nachrüstung, von der mir Andrea erzählt hatte. Das waren viele.
Wir bogen nach links in die Hindenburgstraße ab und fuhren unter dem U-Bahn-Viadukt der Station Alsterdorf hindurch. Früher hatte es hier Schrebergärten gegeben. Jetzt ragten hinter den Wohnblocks die Büroriesen der ›City Nord‹ hoch – architektonisch teils kühne und phantasievolle Betonsilos, eine Zusammenballung von Bürokratie, nachts eine unheimliche Geisterstadt, denn hier gab es keine einzige Wohnung, hier schlief kein einziger Mensch.
»Nehmt den infantilen alten Männern im Kreml und im Weißen Haus das Kriegsspielzeug weg!« Die das rief, sei Petra Kelly vom Bundesvorstand der ›Grünen‹, sagte der Sprecher und berichtete von einer ›Halle des Schweigens‹, in der Hunderte von Menschen stumm auf dem Boden hockten, meditierten und, was sie sagen wollten, auf Zettel schrieben, die sie an die Wände pinnten. Der Sprecher las einige Texte vor: » . . . Kleine Tochter, wie lange geben sie dir noch Zeit zu leben? . . . Wir wollen uns diesen Selbstmord auf Raten nicht mehr bieten lassen . . . Nun, Gott, Du läßt Dir aber ganz schön Zeit mit dem Weltfrieden . . .«
Darunter, sagte der Sprecher, habe jemand anderer mit großen Buchstaben geschrieben: »Nein, *wir* lassen uns zu lange Zeit mit dem Weltfrieden. Wir Menschen!«
Ach Andrea, dachte ich, ach Tod in Samarra.
»Geht auf die Straße und schreit alle: Feuer, Feuer, unsere Erde wird verbrannt!« sang ein Chor.
»Mensch, wenn du nicht fahren kannst, nimm doch den Bus«, sagte mein Taxichauffeur. Ein Wagen vor uns bremste dauernd, der Mann am Steuer schien sehr unsicher.
Über den Jahnring hinweg fuhren wir durch den großen Stadt-

park. Rechts sah ich in der glühenden Sonne das Planetarium, überall standen große Bäume und Rhododendronhaine. In der Ausflugsgaststätte saßen im Schatten der alten Bäume viele Menschen und tranken Bier. Ich hätte auch gerne etwas getrunken.

»Wenn die Demonstranten die Parole FÜRCHTE DICH NICHT angegriffen haben, dann kann man sehen, wie im politischen Eifer christliche Theologie korrumpiert wird«, rief leidenschaftlich eine Männerstimme, die, wie der Sprecher sagte, dem Hamburger Bischof Hans-Otto Wölber gehörte. »Demnächst wird man uns wohl auch noch die Vergebung der Sünden ausreden, denn auch sie kann als Beschwichtigung mißverstanden werden.«

»Sie waren nicht hier«, sagte mein Taxichauffeur. »Sie können das nicht verstehen. FÜRCHTE DICH NICHT heißt das Motto des Kirchentages. Die haben da so ein Plakat mit einem Poller, wie sie im Hafen stehen und an denen man ein Schiff vertäut. Gibt aber ein Gegenplakat. Statt dem Poller ist da ein dickes Kreuz aus zwei Atombomben und darüber steht: FÜRCHTET EUCH! DER ATOMTOD BEDROHT UNS ALLE!«

Wir fuhren noch immer durch den Park. Alle Fenster im Taxi waren herabgekurbelt, und warmer Wind strich durch den Wagen. Dort, wo die Sonne auf die Sitze brannte, konnte man die Hand nicht hinlegen, so heiß war das Leder.

Eine Mädchenstimme ertönte aus dem Radio: »In euerm Kreis hier hab' ich ein wunderbar warmes Gefühl im Bauch. Es ist alles so theoretisch und schön. Doch wenn ich wieder draußen bin im Alltag, ist das alles vorbei. Ich habe Angst.«

Dann eine sehr helle Stimme: »Herr Schmidt, ich habe Angst vor Ihrer Politik!« Ein Siebzehnjähriger, erklärte der Sprecher, habe das dem Kanzler zugerufen.

»Tja, hundertdreißigtausend sind gekommen«, sagte der alte Mann am Steuer. »Wir haben da jetzt diese große Friedensbewegung im Land, nicht?« Er kam in Schwung. »Der westdeutsche Pazifismus, das ist ja so mancherlei: Da ist der DKP-Aktivist, der die Ami-Raketen verdammt und die Sowjet-Raketen rechtfertigt. Dann hätten wir den Alternativler, also den ›Grünen‹, der hält Amis und Russen alle beide für kriegslüsterne Verbrecher. Dann wäre da der Friedenspfarrer, der Mahatma Gandhi und Martin Luther King preist und singt: ›Frieden schaffen ohne Waffen!‹ Nicht zu vergessen den Politrocker, der Pflastersteine

auf Polizisten schmeißt. Dann hätten wir die Radikalverweigerer, die selbst noch im Ersatzdienst eine Art von Wehrdienst sehen. Dann ist da so mancher General, der eine konventionell ausgerüstete Bundeswehr haben will, aber jede atomare Aufrüstung ablehnt. Ganz zu schweigen von den moskautreuen Pseudopazifisten, die schreien, Westdeutschland soll abrüsten, ganz egal, was der Osten tut, und Afghanistan ist eine friedenssichernde Maßnahme gewesen. Und dann gibt es Millionen und Millionen, die wirklich entsetzliche Angst haben und um Frieden beten und ihn sich wünschen, und zu denen gehöre ich, und so, wie Sie ausschauen, gehören Sie auch dazu.«
»Nein«, sagte ich. »Ich bin *für* die Atombombe. Ich will, daß sie mir direkt auf den Kopf fällt.«
»Sehen Sie«, sagte er und lächelte mir im Rückspiegel zu, »ich habe Sie doch gleich richtig eingeschätzt.«
Kaum hörten die Bäume des Stadtparks auf, waren wir im dichtbesiedelten Winterhude, und nun, von Wohnblocks zur Rechten und Linken flankiert, ging es einen langen Straßenzug nach Uhlenhorst hinunter, bis ich vor mir den U-Bahnhof Mundsburg sah und links in der Hamburger Straße einen Gebäudekomplex, der einem Ozeanriesen glich, ein gewaltiges Einkaufszentrum mit Bürotürmen, die wie überdimensionale Schornsteine in den Himmel ragten.
»Und Sie«, sagte ich, »Sie sind auch nicht immer Taxichauffeur gewesen.«
»Nein«, sagte er.
»Was denn?«
»Universitätsassistent. Geschichte des Altertums.«
»Und was ist passiert?«
»Wissen Sie«, sagte er, »die ganz großen und ganz guten Pazifisten, die haben ja bei uns in Deutschland nie Glück gehabt. Denken Sie an den Ersten Weltkrieg. Karl Liebknecht. Was für ein Mann! Und? Ermordet haben sie ihn. Was war mit ›Im Westen nichts Neues‹ von Remarque? Was war mit Tucholsky?«
Ein gebildeter, um Gerechtigkeit bemühter alter Mann war mein Taxichauffeur. Und wie die meisten alten Männer sprach er zu viel. »Erich Kästner«, sagte er. »›Kennst du das Land, wo die Kanonen blühn?‹ Wer kennt dieses Gedicht nicht? Und wann und wem hat es je genützt bei uns? Nie und niemandem, müssen wir ehrlich sagen, leider. Wie viele Pazifisten sind in den KZs umgebracht oder später diffamiert worden! Kästner und Tu-

cholsky, Remarque und Liebknecht und so viele andere, was haben sie erreicht? Na?«
Mich interessierte dieser Mann. »Assistent für Geschichte des Altertums?« fragte ich.
»Ja.«
»Und was ist passiert?«
»Ach, lassen wir's«, sagte er.
Am Radio kündigte der Sprecher den Kabarettisten Hanns Dieter Hüsch mit einem Gedicht zur sogenannten öffentlichen Vereidigung der Wehrdienstverweigerer, geschrieben von Wolfgang Borchert, an.
»Der arme Borchert«, sagte mein seltsamer Taxichauffeur. »Auch einer von den Guten. Der Kanzler hat die Pazifisten ›infantil‹ genannt, und der Verteidigungsminister nennt sie ›Traumtänzer‹.«
»Du Mann an der Maschine«, erklang die Stimme von Hüsch, »und Mann in der Werkstatt: Wenn sie dir morgen befehlen, du sollst keine Wasserrohre und Kochtöpfe mehr machen, sondern Stahlhelme und Maschinengewehre, dann gibt es nur eines: Sag nein!«
»Was ist das für eine Geschichte mit Ihnen?« fragte ich den Taxichauffeur.
»Lassen Sie es, Herr, bitte«, sagte er leise.
Ein Junge sagte im Radio: »Frieden schaffen ohne Waffen, wie das hier überall zu lesen steht, also, ich finde, das geht an der Wirklichkeit vorbei!« Er bekam Beifall und Pfiffe, aber mehr Beifall.
»Das alles ist sehr schwer«, sagte mein Taxichauffeur. »Aber ich frage mich, Herr: Darf man deshalb nicht *für* den Frieden und *gegen* die Nachrüstung sein?« Er sprach jetzt schnell: »Nicht mißverstehen, bitte. Ich bin keiner, der sagt, Ami-Raketen böse, Russen-Raketen gut. Aber es kommt doch nicht von ungefähr, daß auf diesem Kirchentag Frieden und Rüstungswahnsinn dran sind. Was die Menschen aufschreckt – unsere genauso wie die drüben, nur daß die im Osten es nicht sagen dürfen, nur daß sie drüben auch noch das Maul halten müssen, die armen Schweine –, was die Menschen aufschreckt, das ist der Zustand einer Welt, die man bei völlig objektiver und nüchterner Betrachtung ja nur noch als nicht bei Troste bezeichnen kann. In diesem Jahr, habe ich gelesen, werden die Rüstungskosten weltweit tausend Milliarden Dollar betragen. *Tausend Milliarden Dollar!* Voriges

Jahr, im ›Jahr des Kindes‹, sind weltweit zwölf Millionen Kinder verhungert!«

Es war gräßlich heiß, ich rutschte auf dem Ledersitz hin und her, die Jacke hatte ich ausgezogen, und aus dem Radio ertönte wieder die Stimme des Sprechers, der erklärte, nun rede Bundespräsident Carstens, der die Sätze bereits in Bremen gesagt habe: »Die Bergpredigt mit ihrer Seligpreisung der Friedfertigen ist eine bewegende Mahnung, die ein jeder für seine Person beherzigen möge. Aber eine ganz andere Frage ist es, ob diese Predigt auch für diejenigen gilt, die für andere Verantwortung tragen.«

Die Stimme des Bundeskanzlers wurde eingeblendet: » . . . in der Bergpredigt steht zum Beispiel, daß man dem keinen Widerstand leisten soll, der einem Böses zufügt. Wenn das gelten soll für die Männer und Frauen, die am 20. Juli 1944 versucht haben, den menschenfeindlichen, menschenvernichtenden Diktator Hitler zu beseitigen, dann stellt sich hier die Frage, ob sie zwar gegen die Bergpredigt verstoßen haben, gleichwohl aber moralisch gerechtfertigt sind. Oder anders ausgedrückt: Die Völker der Sowjetunion, die bei aller Ablehnung Stalins, der weiß Gott Schlimmes auf dem Kerbholz hat . . . die sich unter Stalins Oberbefehl zusammenschlossen, um dem Angriff Hitlers zu widerstehen – sie leisteten Widerstand dem, der ihnen Böses zufügte. Zweifellos nicht im Sinne der Bergpredigt. Trotzdem waren sie gerechtfertigt in ihrem Widerstand gegen Hitlers Angriff.«

Über den Mundsburger Damm fuhren wir nun auf die Außen-Alster zu.

Von einer Kapelle begleitet, ertönte Gesang aus dem Radio: »Angst ist in der Luft! Große Angst – kleine Angst, meine Angst – deine Angst!«

»Sicherlich«, rief eine sehr helle Stimme, »haben die Russen auch Angst! Bis hinter Moskau haben wir ihr Land zerstört. Zwanzig Millionen Tote hatten sie.«

»Da ist was dran«, sagte der Taxichauffeur. »Angst! Angst! Die haben wir alle, wir Kleinen. Und von unserer Sorte gibt es ein paar Milliarden!« Am Armaturenbrett war in einem vergoldeten Rahmen unter einer Plastikfolie das Farbfoto eines kleinen Mädchens zu sehen, eines niedlichen, kleinen Mädchens mit langen, blonden Haaren und blauen Augen, das lachte. Zärtlich strich mein Taxichauffeur mit der rechten Hand über dieses Bild. Seine Hand war rauh, und über ihren Rücken liefen Adern.

»Ich grüble und grüble, mein Herr. Ich werde fünfundsechzig und muß an mein Enkelkind denken. Das ist sie, da auf dem Foto.« Mit einem Finger strich er über den Rahmen. »Ich bin alles, was sie hat. Und sie ist alles, was ich habe auf der Welt.« Voller Unschuld und Liebreiz war das Gesicht des kleinen Mädchens. Auf der Außen-Alster sah ich schon erste Segelschiffe.
»Wie heißt sie?« fragte ich
»Patricia«, sagte er, »aber alle nennen sie nur Patty. Ein gutes Kind! Acht wird sie jetzt. Ich bringe sie zur Schule, ich hole sie ab. Am Nachmittag ist sie bei Tante Andrea.«
»Wo?« fragte ich schnell.
»Bei Tante Andrea in einer Öffentlichen Bücherhalle.«
»Andrea Rosner?« fragte ich und neigte mich vor.
»Ja, wieso? Kennen Sie die?«
»Und ob ich die kenne!«
»Nicht möglich!«
»Wenn ich es Ihnen sage! Also, das gibt es doch nicht!«
Wir glitten an der schönen Bucht Schwanenwik vorbei und fuhren, die Außen-Alster immer zur Rechten, in Richtung des Hotels ATLANTIC weiter.
Er sagte: »Geht schon alles mit rechten Dingen zu. Fräulein Andrea hat mir von Ihnen erzählt, und daß Sie heute um dreizehn Uhr fünfundvierzig mit der LUFTHANSA landen würden. Sie ist so aufgeregt. Sie hat mich gefragt, ob ich nicht raus nach Fuhlsbüttel fahren und Sie abholen und dann gleich ins ATLANTIC bringen kann! ›Na klar‹, habe ich gesagt. In Fuhlsbüttel erkannte ich Sie dann nach der Beschreibung sofort, als Sie durch die Absperrung traten. Den Gepäckträger hatte ich Ihnen auf den Hals geschickt, damit er Sie zu meinem Taxi brachte. Ich warte also auf Sie vor dem ATLANTIC, wenn's Ihnen recht ist.«
»Und ob mir das recht ist!«
»Hernin ist mein Name. Walter Hernin.« Er hielt die rechte Hand nach hinten, und ich schüttelte sie.
»Und ich heiße . . .«
»Peter Kent«, sagte er. »Und Sie kommen aus Argentinien zurück, weil Sie solche Sehnsucht nach Deutschland hatten. Ich weiß, ich weiß. Sie haben sich die schönste Zeit dazu ausgesucht, Herr Kent.« Wieder streichelte er das Bild am Armaturenbrett. »Ja«, sagte er, »meine Patty ist auch bei Fräulein Andrea. Abends um sechs hole ich sie ab. Dann sind wir noch zusammen, bis sie zu

Bett muß. Das ist unsere schönste Zeit. Mein ganzes Glück, Herr Kent, das kleine Mädchen. Ich habe mehrere Taxis, wissen Sie. Sechs im ganzen. Das Unternehmen läuft prima – noch. Jetzt mit der Krise weiß man ja nicht, wie's weitergeht. Lange geschuftet habe ich, bis es soweit war.« Wieder strich er über das Foto. »Meine Patty, meine Brave, meine Schöne. Ihre Eltern sind umgekommen bei einem Autounfall.« Er räusperte sich, denn seine Stimme hatte sich belegt. »Darum grüble ich und grüble und habe solche Angst. Denn ich möchte doch Patty vor allem Unheil bewahren.« Ich wollte ihn fragen, wie er das anstellen wolle, wenn etwa die Raketen kamen, aber dann brachte ich es nicht übers Herz und sagte statt dessen: »Sechs Taxis, Donnerwetter! Da haben Sie ja einen Riesenladen. Sie sind ein wohlhabender Mann!«
»Es geht«, sagte er.
»Warum fahren Sie denn noch selber? Sie sind doch der Chef!«
»Ich muß fahren. Ich muß arbeiten«, sagte er. »Das erhält mich gesund. Wenn ich nicht mehr arbeite, werde ich krank – und was wird dann aus Patty? Nein, nein, ich muß weiter fahren, immer weiter. Die Angst«, sagte Walter Hernin, und dann schwieg er, und wir hörten wieder die Stimmen aus dem Radio, laute und leise, zornige und sanfte, und wir hörten Posaunen und Gesang. »Die große Angst«, sagte Walter Hernin. »Wohin soll ich meine Patty in Sicherheit bringen, wenn es losgeht? Sie wissen es auch nicht, wie?«
»Nein«, sagte ich. »Ich weiß es auch nicht.«

30

Im ATLANTIC war ich schon oft abgestiegen. Kein Mensch erkannte mich als Charles Duhamel oder sah mich irritiert an. Nun war ich endgültig beruhigt. In meinem Appartement fand ich neben den Blumen und der Flasche Champagner der Direktion einen Strauß Sommerblumen vor. An ihrer Vase lehnte ein Kuvert. Ich riß es auf und las:

HERZLICH WILLKOMMEN IM HÖRNCHENLAND,
GELIEBTER KATER!

Ich ging ins Badezimmer, duschte schnell und zog danach nur eine andere Hose und ein frisches weißes Hemd an. Es war grauenvoll heiß, und alle Männer liefen nur in Hemd und Hose herum, auch mein Taxichauffeur. Ich machte, daß ich wieder hinunterkam, weil er vor dem Hotel mit seinem Wagen wartete.
»Wir müssen nach Eimsbüttel, in die Waterloostraße«, sagte Hernin. »Dort ist die Bücherhalle.«
Er fuhr über die Kennedy-Brücke, auf deren parallel laufender älteren Schwester, der Lombardsbrücke, die schönen, historischen Kandelaber standen. Die Brücken trennten Binnen- und Außen-Alster. Wir fuhren nach Westen. Unterwegs erzählte mir Hernin, daß es große und kleinere Bücherhallen in Hamburg gebe. Nur die großen hätten auch eine Abteilung für Kinder.
Er fand einen Parkplatz vor dem Eingang. Im Erdgeschoß sah die Bücherhalle aus wie jede andere öffentliche Bibliothek. Mehrere Männer und Mädchen arbeiteten hier. Benützer brachten Bücher zurück und liehen neue aus. Andere saßen da und lasen. Hernin grüßte nach allen Seiten, ich auch. Er ging vor mir eine Wendeltreppe in das Kellergeschoß hinunter. Hier war es kühler. Ich sah Bücherwände und Kinder – gewiß ein Dutzend. Sie saßen auf Hockern oder auf dem Boden, spielten oder lasen, manche lasen anderen vor. Sehr kleine Kinder waren darunter, die ältesten vielleicht vierzehn Jahre alt, Jungen und Mädchen. Dann sah ich Andrea. Sie hatte gerade ein Buch verliehen, stand vor einer Kartei und machte eine Eintragung. Nun sah sie mich auch und kam mir lachend entgegen. Hernin war beiseite getreten.
»Kater!«
»Hörnchen!«
Sie trug zur Arbeit die große, runde Hornbrille, die ich schon kannte. Als ich sie küssen wollte, trat sie hastig zurück.
»M-m-m«, machte sie und zog mich hinter ein hohes Regal. »Was sollen denn die Kinder denken, Junge!« Wir küßten uns ausgiebig hinter der Bücherwand. »Ach, bin ich froh, daß du da bist, Kater! Ich kann es noch gar nicht glauben.« Sie hatte plötzlich Tränen in den Augen und nahm die Brille ab. Mit einem Taschentuch trocknete sie ihre Wangen. »Ich bin eine blöde Kuh«, sagte sie. »Aber wenn man sich so aufregen muß, nicht wahr, Kater?«
»Natürlich«, sagte ich und küßte sie noch einmal, und aller Schmerz, den ich jemals im Leben erlitten, aller Kummer, den ich jemals im Leben empfunden hatte, waren vergessen.

»Tante Andrea!« rief eine Kinderstimme. »Schnell! Der Hamster frißt endlich die Möhren!«
»Komm«, sagte Andrea, die lange weiße Hosen und eine unter der Brust zusammengeknotete ärmellose Bluse trug. Ich folgte ihr zu den Kindern in einen Raum mit Fenstern oben an der Decke. Hier gab es kleine Möbel und Spielzeug und Kisten mit vielen Büchern zum Anschauen und Lesen. Alles war sehr bunt und lustig, an den weißen Wänden hingen Kinderzeichnungen. Den Fußboden bedeckte ein großer, roter Teppich wie ein weiches Polster, denn die kleinen Kinder fielen vermutlich oft hin, wenn sie zu schnell rannten oder zu aufgeregt waren. Auf einer Stange sah ich einen Papagei sitzen, der zu mir »Schönen guten Tag wünsch' ich« sagte, und ich sah eine große Drahtkiste, in der hockte ein weißes Kaninchen, und daneben mußte der Hamster sein, denn die Kinder standen jetzt dort. Andrea drängte sich durch und kniete nieder. Ich sah über die Köpfe der Kinder hinweg einen anderen Drahtkäfig, und in ihm saß tatsächlich ein fetter Hamster mit runden Ohren und Backentaschen. Er hatte ein rötlich-gelbes Fell, einen gelben Schulterfleck, eine weiße Kehle und zwei vorspringende Nagezähne. Eine Menge Getreidekörner lag in seiner Behausung, und da saß er auf den Hinterbeinen und hielt eine Möhre in den kleinen Vorderpfoten und knabberte an ihr. Die Kinder verfolgten sein Tun voll atemloser Spannung. Und inmitten der Kinder kniete Andrea und sagte, als sich die erste Aufregung gelegt hatte, daß es auch ganz kleine Hamster gebe, Zwerg- und Goldhamster, dieser aber ein sogenannter Feldhamster sei. Die Kinder streichelten ihn ganz vorsichtig, und der Hamster fraß weiter, während der Papagei unentwegt schrie: »Schönen guten Tag wünsch' ich!«
Ich fragte: »Dürft ihr denn hier Tiere haben?«
Und Andrea antwortete über die Schulter: »Nein, natürlich nicht.«
»Aber wieso habt ihr dann welche?«
Andrea erhob sich und trat aus dem Kreis der Kinder zu mir. Sie sah erhitzt und wunderschön aus.
»Wegen dem guten Herrn Gerber«, sagte sie.
»Wer ist das?«
»Der gute Herr Gerber«, sagte sie, »ist ein reicher Mann. Er lebt an der Außen-Alster in Harvestehude, dort ist es viel vornehmer als hier. Der Herr Gerber hat sehr viele Geschäfte in Deutsch-

land, in denen Tiere verkauft werden, alle möglichen Tiere. Er exportiert und importiert sie Er hat Tiere und Kinder gern. Darum hat er uns auch die ganze schöne Einrichtung hier unten bezahlt. Alles, was du siehst, ist ein Geschenk von ihm. Auch der Papagei, der Hamster und das Kaninchen. Weil kleine Kinder doch so verrückt mit kleinen Tieren sind. Herr Gerber hat auch viel Geld gespendet, so daß wir dauernd die neuesten Kinderbücher kaufen können. Unser Etat ist sehr begrenzt, weißt du. Na ja, und nun kam natürlich das Gesundheitsamt und sagte: ›Die Tiere müssen raus!‹ Und der Herr Gerber sagte: ›Aber die Kinder lieben die Tiere. Es sind lauter harmlose Tiere. Keine Schlangen und Krokodile.‹ – ›Das ist egal‹, sagte das Gesundheitsamt. ›Nehmen Sie die Tiere raus, Herr Gerber!‹ – ›Gut‹, sagte Herr Gerber, ›ich nehme die Tiere raus. Aber dann nehme ich auch alles andere raus, was ich hier eingerichtet habe. Und das Geld, das ich gespendet habe, möchte ich auch wieder zurück, wenn die Kinder nicht ihre Tiere behalten dürfen.‹« Sie schwieg.
»Na und?«
»Nichts na und«, sagte Andrea. »Wir müssen uns nur immer sehr ordentlich die Hände waschen und die Tiere sehr sauber halten. Ist das nicht eine moralische Geschichte?«
»Ungemein moralisch«, sagte ich, und sie neigte sich zu mir, gab mir einen Kuß und drückte meine Hand.
»O Liebster«, sagte Andrea, »du bist bei mir. Du bist wirklich gekommen. Heute ist der wichtigste Tag meines Lebens.« Sie hängte sich bei mir ein und ging an meiner Seite im Keller auf und ab. »Someday he'll come along«, sagte sie. »Eines Tages wird er kommen, the man I love, der Mann, den ich liebe. Ich weiß schon, du kannst Englisch. Als ich noch gar nicht zur Schule ging und keine Ahnung von Englisch hatte, war das schon mein Lieblingslied. Meine Mutter hat es so oft gesungen. Sie kannte es aus der großen Ami-Zeit vom Soldatensender. Es ist ein ganz, ganz altes Lied von . . .«
»Gershwin«, sagte ich.
»Ja«, sagte sie. »*Du* kennst es natürlich.«
»Ich kenne alles von Gershwin«, sagte ich. »Ich liebe Gershwin.«
»Wie ich. Gershwin. Die ›Rhapsody in Blue‹. Das ›Concerto in F‹. So viele Lieder. Mein Gott, mit neununddreißig hat er sterben müssen an einem Gehirntumor. Was hätte er noch für schöne Musik schreiben können.«
»Ja«, sagte ich. »Liebst du Hemingway?«

»Wem die Stunde schlägt!« sagte sie.
»Mein Lieblingsbuch«, sagte ich.
»Meines auch.«
»Er war der Größte«, sagte ich. »Hemingway war der Größte von allen.«
»Und wir lieben ihn beide«, sagte sie. »So wie wir Gershwin lieben.«
»Wir lieben die gleichen Menschen und die gleichen Bücher und die gleiche Musik und die gleichen Dinge«, sagte ich, »und das ist es, warum wir uns lieben, Hörnchen.«
»Someday he'll come along, the man I love ...«, sang Andrea ganz leise. »Nun ist er da. Immer wieder in meinem Leben habe ich an dieses Lied denken müssen, Kater. Wenn ich einsam war, wenn ich Sehnsucht hatte.« Sie sang: » ... and he'll be big and strong, the man I love ...«
»Ich bin nicht groß und stark«, sagte ich.
»Doch, du bist sehr groß und sehr stark.«
»Ich bin groß, aber nicht stark, gar nicht stark. Ich habe Angst.«
»Angst habe ich auch. Auch dafür kann ich dich lieben, Kater.« Sie sang: »And when he comes my way, I'll do may best to make him stay ... Kater«, sagte sie, »du mein Kater.«
Wir standen in der Nähe eines größeren Jungen, der zwei kleinen Mädchen gerade diese Sätze vorlas: »Wie kann man da lustig sein, wenn's einem an den Kragen geht›, sagte die Katze. ›Weil ich nun zu Jahren komme, meine Zähne stumpf werden und ich lieber hinter dem Ofen sitze und spinne, als den ganzen Tag nach Mäusen herumzujagen, wollen sie mich ersäufen! Ich hab' mich zwar noch fortgemacht, aber nun ist guter Rat teuer.‹ – ›Komm mit uns!‹ sagte der Hahn. ›Etwas Besseres als den Tod finden wir überall‹ ...« Der Junge sah zu uns auf.
»Sehr schön machst du das, Ali«, sagte Andrea.
»Er liest viel schöner als die anderen Jungen«, sagte eines der Mädchen.
»Hast du das gehört, Ali?« sagte Hernin, der herangetreten war.
»Und besser Deutsch sprichst du auch als die meisten.«
»Danke schön, Herr Hernin«, sagte der kleine Junge, stand auf und verneigte sich vor dem alten Taxichauffeur.
»Wieso besser Deutsch?«, fragte ich Andrea leise.
»Weil er Türke ist«, sagte sie, als wir weitergingen. »Seine Eltern arbeiten seit vielen Jahren in Deutschland. Ali ist hier geboren.«
»In Eimsbüttel wohnen viele Gastarbeiter«, sagte Hernin.

»Großvater!« rief da ein Mädchen.
»Patty!« rief Hernin.
Ein hübsches kleines Mädchen, dessen Gesicht ich von der Fotografie im Taxi her kannte, kam auf uns zu. Es hinkte ziemlich stark. Hernin machte uns bekannt, und Patty schüttelte mir lachend die Hand. Dann umarmte und küßte sie Hernin, der sich zu ihr hinabgebeugt hatte. Sie war ein besonders freundliches Kind.
Ich hatte Andrea in Wien gesagt, Kinder machten Krach, würden lügen und alles kaputtmachen und sich dauernd prügeln, und sie hatte geantwortet: »Bei uns ist das nicht so schlimm.« Nun sah ich, daß sie die Wahrheit gesprochen hatte. Alles kam mir wieder völlig unwirklich vor, denn, um die Wahrheit zu sagen, ich hatte Kinder mein Leben lang nicht leiden können. Und nun gefielen sie mir so gut, und ich überlegte, woher das kam. Ich hatte Kinder bislang niemals richtig beobachtet, weil ich sie abgelehnt hatte. Nun war ich noch keine Stunde hier, hatte aber dem kleinen Ali aufmerksam zugehört, wie er las, und ihn dabei aufmerksam betrachtet. Und da waren soviel Ernst und soviel Verständnis für die Not eines Lebewesens, und wenn es eine alte Katze war, herauszuhören gewesen, soviel Mitgefühl und Mitleid. Und Ali hatte für seine kleinen Freundinnen mit größter Konzentration gelesen, es war nicht die Sprache seiner Eltern, in der er las. Und die kleinen Mädchen wiederum kannten nicht die Vorurteile der Erwachsenen Fremden gegenüber, sie fanden den Türkenjungen großartig. Sie waren genauso ernst und vertieft wie Ali, und auch sie bewegte das Schicksal dieses Tieres. Und dann dachte ich, daß alle anderen Kinder hier, die ich beobachten konnte, sich ganz ähnlich verhielten. Sie waren eben ›bessere Menschen‹, wie Andrea in Wien gesagt hatte. Und natürlich war es Andreas guter Geist und Andreas Liebe zu Kindern, die hier spürbar wurden – im Verhalten der Kinder. Und nun wußte ich auch, warum ich Kinder auf einmal mochte. Es war alles Andreas Werk.
Ich sah mich nach Patty um, und als sie mich bemerkte, lachte sie mich sofort an und hinkte zwei Schritte auf mich zu.
»Hör mal«, sagte ich, »ist dir auch so heiß?«
»Ja«, sagte sie.
»Sollte man da nicht Eis essen, wenn einem so heiß ist, wie?«
»Ja, das sollte man«, sagte sie und blinzelte.
Ich rief laut: »Wer möchte denn gerne Eis essen?«

Und alle Kinder schrien: »*Ich!*«
Ich sah Andrea an, die nickte, und zog einen Zwanzigmarkschein aus der Tasche. Andrea sagte: »Ich schlage vor, Ali und noch einer von euch gehen nach nebenan. Sie sollen die Pappbecher in den großen Karton da stellen« – sie hob einen leeren auf –, »zu zweit könnt ihr den leicht tragen. Wer will Ali begleiten?«
Wieder schrien alle Kinder: »*Ich!*«
»Alle können nicht gehen«, sagte Andrea, »sonst trifft die arme Dame in der Eisdiele der Schlag, wenn so ein Haufen Kinder hereinkommt. Wollt ihr, daß Patty mit Ali geht?«
Sie wollten es, und die beiden zogen ab.
»Siehst du«, sagte Andrea leise zu mir, »hier ist es sogar eine Ehre, mit einem Ausländer einkaufen gehen oder spielen zu dürfen. Wir haben noch drei andere Türkenkinder. Da drüben, das ist die kleine Ayfe, und der Junge dort, der mit dem Kaninchen spielt, das ist Osman. Der Junge, der auf dem Bauch liegt und liest, das ist Ahmet. Und wenn es auf der ganzen Welt Rassismus gibt, bei mir wird es ihn *nie* geben!«
Ein größerer Junge kam und brachte ›Die unendliche Geschichte‹ von Michael Ende zurück. Andrea fragte ihn, ob ihm das Buch gefallen habe.
»Toll«, sagte der Junge. »Einfach toll. Das Schönste, was ich im Leben gelesen habe. Dieser Schriftsteller, das ist ein ganz prima Mann.«
»Möchtest du dann vielleicht jetzt ›Momo‹ von ihm lesen?«
»Ich würde schon gerne«, sagte der Junge zögernd.
»Aber?«
»Na ja, aber ich habe Angst, wissen Sie.«
»Angst, wieso?«
»Na, so ein tolles Buch wie ›Die unendliche Geschichte‹. Ich habe Angst, daß ein Schriftsteller nicht zweimal ein gleich gutes Buch schreiben kann. Ich möchte ›Momo‹ natürlich sehr gerne lesen. Aber es kann doch einfach nicht so klasse sein wie das andere. Und da möchte ich es dann wieder lieber nicht lesen, damit ich nicht anfange zu vergleichen, verstehen Sie?«
»Ich verstehe«, sagte Andrea. »Nimm ruhig ›Momo‹ mit. Es ist so gut wie das andere.«
»Bestimmt?«
»Ehrenwort! Ich habe beide Bücher gelesen und sage dir, beide sind erste Klasse.«
»Ja, also dann bitte ›Momo‹«, sagte der Junge. »Und danke, daß

Sie mir das gesagt haben. Jetzt brauche ich keine Angst vor einer Enttäuschung zu haben, denn Ihnen glaube ich natürlich.«
»Komm, es steht da hinten«, sagte Andrea. Sie ging mit dem Jungen zum Regal, und ich fragte Hernin: »Was ist denn mit Patty los?«
Leise sagte er: »Sie hatte mal eine Knochenmarkvereiterung. War erkältet, wissen Sie, und da ist sie noch Schlittschuh gelaufen, und ein Junge ist in sie reingefahren, mit dem Schlittschuh in ihren Knochen. Der ganze Eiter runter in den Knöchel. Zuerst haben sie Patty falsch behandelt, dann mußte die Kleine operiert werden und danach acht Monate in Gips liegen, das arme Ding. Sie war so brav, nie hat sie geweint. Ich hab' sie überall hintragen müssen, einfach überall hin. Immer hat sie gelacht. Mich hat sie getröstet, als das Bein dann kürzer blieb und nicht nachwuchs und sie hinkte. ›Das wird ganz bestimmt weggehen‹, sagte sie immer. Sie sagt es auch heute noch. Was meinen Sie?«
»Wann ist es denn passiert?«
»Vor zwei Jahren.«
»Bestimmt wächst sich das noch aus«, sagte ich und konnte doch nicht daran glauben. Das wuchs sich nie mehr aus nach so langer Zeit. »Ganz bestimmt«, sagte ich.
»Die Ärzte behaupten, nein, ganz bestimmt nicht«, sagte er sorgenvoll. »Ich habe solche Angst, daß sie hinken wird, wenn sie erwachsen ist. Ein Mädchen noch dazu. Ein schönes Mädchen. Und hinkt.«
Wir gingen ein Stück zur Seite, um die Kinder nicht zu stören, und ich hörte einen der Größeren zu seinem Freund sagen: »So funktioniert die Neutronenbombe, verstehste? Schont das Häuschen, killt die Oma.«
Andrea und der Junge kamen mit dem Buch ›Momo‹ zurück. Er schüttelte ihr ernst die Hand und sagte: »Ich danke Ihnen.« Dann verschwand er.
Andrea trat zu uns.
»Das Eis ist da!« hörten wir Patty rufen, und dann kam sie auch schon mit Ali die Wendeltreppe herab, den großen Karton gefüllt vor sich. Beim Treppensteigen fiel das Hinken kaum auf. Aber sie kann ja nicht ihr Leben lang Treppen steigen, dachte ich. Tumult erhob sich, bis Andrea und ich die Pappbecher verteilt hatten, und als alle mit Eis versorgt waren, wurde es feierlich still wie in der Kirche, lange Zeit. Man hörte den Hamster brummen, und dann ertönte die Stimme eines kleinen Mädchens: »Könnt

ihr sagen, was ihr wollt – Himbeer-Schokolade ist doch das Beste!«

Und ich drückte Andreas Hand und sagte: »Sehr, sehr geliebt bist du, Hörnchen.«

»Und du erst, Kater«, sagte sie. »Ach, und du erst!«

31

Walter Hernin sagte, er müsse noch bis sechs Uhr fahren, er komme dann, Patty abholen. Bevor er ging, küßte er sie. Ich blieb bei Andrea und sah ihr zu, wie sie mit den Kindern spielte und Bücher auslieh oder zurückgebrachte entgegennahm. Ich saß auf einem blauen Hocker in einer Ecke und bewunderte Andreas schönen Gang und ihr Lächeln, wenn sie sprach, und ihre Art, den Kopf zurückzuwerfen, einfach alles an ihr. Du glücklicher Hund, sagte ich zu mir. Das bist du wahrhaftig, ein glücklicher Hund. Andrea setzte sich neben mich.

»Gefällt es dir bei uns?«

»Sehr, Hörnchen.«

»Kannst du verstehen, daß ich meinen Beruf liebe?«

»Ja.«

»Hernin ist ein feiner Kerl«, sagte sie.

»Ja«, sagte ich, »aber was ist denn los mit ihm? Er wollte nicht darüber sprechen.«

»Ich glaube, er hat es nur mir erzählt. Außer mir kennt niemand seine Geschichte. Aber du und ich, wir sind jetzt eins, da kann ich sie dir ruhig anvertrauen. Also hör zu: Ich war noch lange nicht auf der Welt, da war Hernin schon ein erstklassiger Assistent an der Universität. Er hielt bereits eigene Seminare in Alter Geschichte und die Professoren schätzten ihn sehr. Dann kamen die Nazis. Es gab Widerstand in Deutschland, das steht fest. Hernin ist ein Sozi, einer von den guten, alten. Er wurde von der Untergrund-SPD ausgewählt, um in der Waffen-SS als hohes Tier Menschenleben zu retten.«

»Wie war das möglich?« fragte ich, während ich die spielenden Kinder betrachtete und Andreas Hand hielt.

»Er hat sich freiwillig gemeldet, 1942. Und genau auf so einen Mann wie ihn hatten die Nazis gewartet. Ganz schnell wurde er Sturmbannführer, das war so etwas wie Major, hat er mir

gesagt. Es gab viele Männer, die nicht gern Soldat waren, bestimmt nicht, und viele haßten die Nazis und konnten den Mund einfach nicht halten in der Wehrmacht oder in der Fabrik. Sie kamen in Strafbataillone oder wurden zum Tode verurteilt. Nun, Hernin suchte sich einige zuverlässige Leute aus und brachte es fertig, ein Sonderkommando zu bekommen, das in Deutschland Jagd auf alle machen sollte, die gegen Hitler waren. Das tat er natürlich nur zum Schein und ohne Erfolg. Aber er war nun in einer Position – 1944, denk doch, als schon alles am Zusammenbrechen war –, wo er jene Männer und Frauen retten konnte, die ganz sicher mit einer Verurteilung zum Tode rechnen mußten. Moment mal, Kater, geliebter.«
Ein Mädchen war gekommen und verlangte ›Pu der Bär‹ für seinen kleinen Bruder, den es an der Hand führte, und für sich selbst verlangte es ›Die Jungen der Paulstraße‹ von Franz Molnar.
»Ja, nun weiter«, sagte Andrea, als die beiden gegangen waren. »Die Widerstandsbewegung seiner verbotenen Partei übermittelte Hernin immer neue Namen von Menschen, die zum Tode verurteilt werden sollten, und auch die Orte, wo die Gefängnisse waren. Er hatte einen Haufen gefälschte Papiere, und er trat äußerst forsch auf in den Zuchthäusern, wenn er da mit seinen Männern hinkam und sagte, er müsse zum Beispiel den Soldaten Meier, der hier saß und auf seine Verurteilung zum Tode wartete, in ein anderes Zuchthaus bringen. Dazu hatte er auch immer gefälschte Papiere, die das bestätigten. Und so holte er viele Männer und auch Frauen aus ihren Zellen heraus, und die Organisation sorgte dafür, daß diese Menschen gleich untertauchen konnten. Hernin hat vielen das Leben gerettet und dabei immer das eigene riskiert, denn natürlich waren seine Vorgesetzten keine Idioten, und die Gestapo war hinter dem geheimnisvollen SS-Führer her, der überall auftauchte und blitzschnell verschwand.«
Ein kleiner Junge kam vom Klo, seine Latzhose war offen, und er trat auf krummen Beinchen vor uns hin und sagte: »Bitte, Tante Andrea, mach mir doch die Hose zu!« Als sie sie zugemacht hatte, bedankte er sich ernst und ging zu dem Kaninchen.
»Einmal aber«, sagte Andrea, »passierte etwas Schreckliches. Hernin hat es mir ganz ausführlich erzählt, weil er sich noch immer so herumquält damit. Jedes Wort, das damals gesprochen wurde, ist eingebrannt in sein Gedächtnis. Da war ein

Eisenbahner, der sollte zum Tode verurteilt werden, denn er hatte nachts Flugblätter gegen Hitler an Zäune und Hauswände geklebt. Der Mann hieß Hans Taler, und er saß im Gefängnis von Kufstein, und so fuhr Hernin mit seinen Leuten hin. Sie verlangten die Herausgabe dieses Taler, und die verängstigten Beamten übergaben den Hans Taler auch sofort, und Hernin quittierte mit einer falschen Unterschrift die Überstellung. Dann fuhren sie in drei Autos fort, so schnell sie konnten, denn das war immer der gefährlichste Moment, weißt du. Hernin hat es mir ganz genau beschrieben. Sie fuhren bis nach Hallein, das liegt bei Salzburg. Es war tiefe Nacht, und es schneite heftig, und in Hallein, am Ortsausgang, ganz einsam, lebte ein Tischler mit seiner Frau, die gehörten auch zur Organisation, und da sollte dieser Taler bis zur nächsten Nacht versteckt werden. Dann wollten ihn die Männer hinauf in die Berge und in Sicherheit bringen. Na ja, sie erreichten Hallein und das Haus des Tischlers, und sie gingen alle mit Taler hinein, nur zwei blieben draußen als Wache. Dieser Taler war die ganze Zeit während der Fahrt still gewesen, er hatte kein Wort gesagt, alle dachten, er sei so erschüttert, selbst jetzt, in der warmen Stube des Tischlers ...

32

... sagte er kein einziges Wort.
Er war ein sehr gutgenährter Mann, achtunddreißig Jahre alt, so stand es jedenfalls in den Papieren, die Hernin hatte, und er trug einen zerdrückten Anzug. Während der Fahrt hatten sie ihm eine Decke gegeben, die hatte er sich um die Schultern geschlungen. Und nun standen sie alle in der großen Wohnstube des Tischlers, und dieser Hans Taler stand in ihrer Mitte und zitterte am ganzen Leib, und seine Zähne schlugen aufeinander, und er war sehr bleich.
»Was ist denn los mit dir?« fragte der Tischler. »Was hast du denn? Immer noch die Angst, daß du zum Tod verurteilt wirst?« Und seine Frau, die ein Kind bekam und schon einen großen Bauch hatte, fragte: »Ist dir schlecht, Taler? Willst du einen Schnaps?«
»Nein«, sagte der, »keinen Schnaps.«
»Aber was ist denn?«

»Das frage *ich*«, sagte Taler. »Wer seid ihr? Was geschieht jetzt mit mir, Herr Sturmbannführer? Was werden Sie mit mir tun? Das ist doch unmenschlich, Herr Sturmbannführer! Was heißt denn das, zum Tod verurteilt? Ich flehe Sie an! Ein paar Jahre, ja, die habe ich verdient, aber doch nicht zum Tode . . . Meine arme Frau, meine armen Kinder . . .« Und er brach auf einen Stuhl am großen Tisch zusammen und legte den Kopf auf die Arme und weinte.

Und die Männer und die Frau sahen einander verständnislos an, und Hernin hatte das grauenvolle Gefühl, daß da etwas schiefgelaufen war. Einer seiner Leute brüllte den weinenden Taler an, er solle sich zusammennehmen und mit dem Geheule aufhören und aufstehen, und der Mann in dem zerdrückten Anzug, die Hände noch in Handschellen, erhob sich gehorsam und stand zitternd da.

»Hast du denn den Kassiber nicht bekommen, daß wir dich herausholen werden?«

»Ich habe keinen Kassiber bekommen. Ich weiß überhaupt nicht, was das sein soll«, stammelte der Dicke verzweifelt. »Warum haben Sie mich rausgeholt aus dem Gefängnis? Warum wollen Sie mich umbringen?«

»Wir wollen dich nicht umbringen, die Nazis wollen dich umbringen, darum haben wir dich rausgeholt, du Idiot!«

Hernin, der in den Hintergrund getreten war, machte seinem Mann schnell ein Zeichen zu schweigen.

Jetzt sprach er.

»Sie heißen Hans Taler?«

»Jawohl, Herr Sturmbannführer.«

»Weswegen hat man Sie eingesperrt?«

»Wegen Schwarzhandel«, sagte Hans Taler, und Tränen rollten über seine Wangen. »Aber dafür kann man mich doch nicht umbringen, um der Liebe Christi willen, ich flehe Sie an, Herr Sturmbannführer!«

Er bekam keine Antwort.

Es war plötzlich totenstill in der großen Stube voller Menschen. Alle standen starr vor Entsetzen. Nun war es klar: Sie hatten den falschen Mann befreit.

33

Sie brachten ihn in die Werkstatt und fesselten ihn mit den Handschellen an ein Heizungsrohr. Schluchzend rief er: »Laßt mich doch laufen! Laßt mich doch laufen! Warum habt ihr das bloß getan? Jetzt, wenn sie mich jetzt erwischen, werde ich wirklich gehängt. Ich will zurück, ich will zurück, ich will zurück ins Gefängnis! Ich schwöre, ich sage kein Wort über euch. Ich verrate nichts. Laßt mich vor dem Gefängnis raus, und ich sage, ihr habt mich da aus dem Wagen geworfen.«
»Das ist doch Blödsinn, Mensch!« sagte einer der Männer.
Sie waren alle sehr aufgeregt.
»Dann denkt euch was anderes aus ... Irgendwas ... Ich will nur sagen, ich verrat' niemandem, wo ihr mich hingebracht habt und wie ihr ausschaut, wenn sie mich fragen ... Laßt mich zurück ins Gefängnis, bitte, bitte. Ich kann mir schon vorstellen, was ihr seid und was geschehen ist, aber ich verrate euch nie ...«
Er weinte. »Meine Frau und meine Kinder ...«
Dann knebelten sie ihn.
Sie gingen zurück in die Wohnstube und setzten sich und überlegten. Der Zentrale war ein Fehler unterlaufen. Hans Taler war kein seltener Name. Jener Taler, dem der Tod drohte, saß in einem anderen Gefängnis, aber durch die Namensgleichheit war es zu diesem schlimmen Irrtum gekommen. Die Männer schwiegen lange, und die schwangere Frau des Tischlers betete leise. Draußen heulte der Nachtwind, und es schneite in dichten Wirbeln.
»Was machen wir mit dem Kerl?« fragte einer der Männer endlich. «Verflucht, was machen wir mit ihm? Wir können ihn doch hier nicht laufen lassen.«
»Wir können ihn nirgends laufen lassen. Der rennt doch sofort zum nächsten Gendarmerieposten und erzählt alles.«
»Er hat gesagt, er schwört, er erzählt nichts.«
»Scheiße«, sagte der Tischler. »Was soll er denn tun? Er muß doch irgendwohin. Vielleicht will er nach Hause. Aber da kann er ja auch nicht hin. Wenn ihn da die Nachbarn sehen. Die wissen doch, daß er wegen Schwarzhandel sitzt. Die zeigen ihn doch sofort an.«
»Er will doch unbedingt ins Gefängnis zurück. Und er hat geschworen, er verrät uns nicht.«

»Verrät uns nicht, mein Arsch«, sagte ein Mann voll unterdrückter Wut. »Wie stellst du dir denn das vor, Mensch? Er klingelt und sagt: ›Guten Tag, da bin ich wieder, aber wer mich rausgeholt hat, das sage ich nicht.‹ Wenn dieser Unglücksmensch irgendwo auftaucht, ist doch sofort die Gestapo bei ihm. Die Gestapo ist hinter uns her. Hinter einem Sturmbannführer und einem Dutzend Leuten, mit denen er immer wieder auftaucht und verschwindet.«

»Uns alle hat er nun gesehen – und euch beide dazu«, sagte ein anderer Mann zu dem Tischler und seiner Frau.

»Und ihr glaubt, er wird das Maul halten vor der Gestapo?« fragte ein dritter höhnisch. »Vor der *Gestapo*? Wenn die ihn erst mal in ein richtiges Verhör nehmen? Der fängt doch schon an zu reden, wenn er nur die Instrumente sieht. Es gibt bloß eines.«

»Was?«

»Wir müssen ihn umlegen. Sofort«, sagte der Mann.

Die anderen waren seiner Meinung.

Nur Hernin widersprach.

»Vielleicht hält er bei der Gestapo wirklich das Maul.«

»Das glaubst du doch selber nicht!«

»Aber wir können ihn doch nicht gleich umbringen!« sagte Hernin halbherzig. Verflucht, dachte er, o verflucht!

»Wir müssen, Hernin! Wir müssen!« sagte einer der Männer. »Es bleibt uns nichts anderes übrig. Es geht ja nicht nur um uns und den Tischler und seine Frau. Wenn der quatscht – und der quatscht sofort, wenn sie ihn zu quälen beginnen –, dann sind zwar zuerst wir dran. Uns kriegen sie nach seiner Beschreibung. Dann haben sie ihren mysteriösen Sturmbannführer und seine Leute. Aber dann? Wenn sie dann uns verhören? Ich sage euch, es gibt keine solchen Helden, daß sie bei der Gestapo das Maul halten und nichts verraten. Das gibt es einfach nicht. Zuletzt redet jeder – und damit fliegt die ganze Organisation auf. Denkt doch einmal nach, wie viele Leute durch den Scheißkerl da in Todesgefahr sind! Hunderte! Tausende! Sie alle bringt die Gestapo um, sie alle! Nein, er muß sterben, sofort!« Der Mann schlug auf den Tisch. »Hernin, ich verlange, daß er sofort umgelegt wird. Wir müssen an all die anderen Menschen denken.«

Er bekam viel Zustimmung.

»Richtig!«

»Umlegen, sofort!«

»Was sollen wir denn anderes tun?«

»Sollen ihn die Kameraden morgen nacht vielleicht in die Berge raufschleppen und dort verstecken, damit er uns nicht verraten kann? Das ist doch Wahnsinn! Der brüllt ja vorher das ganze Salzburger Land zusammen! Und bewußtlos schlagen kann man ihn auch nicht! Der müßte klettern, da hinauf!«
»Wir müssen jetzt an uns und an die vielen denken, die in der Organisation sind.«
»So ist es.«
»Es geht darum, ob sie uns umbringen oder ob wir weiterarbeiten können.«
Hernin begann sich auszuziehen.
»Leihen Sie mir einen Anzug«, sagte er zu dem Tischler, der so groß war wie er, »und einen Mantel und einen Hut!«
»Was wollen Sie tun?«
»Ihm eine Chance geben.«
»Was für eine Chance?«
»Ich simuliere ein Gestapo-Verhör mit ihm«, sagte Hernin. »Ich ziehe mich um und setze einen Hut auf. Er hat mich kaum im Licht gesehen. Ich sage ihm, daß ich von einem Gestapo-Einsatzkommando bin, und daß er sagen soll, was er weiß.«
»Verlorene Zeit.«
»Er muß seine Chance haben!« sagte Hernin heftig. »Jeder Mensch muß seine Chance haben! Wir kennen ihn nicht. Die Ängstlichsten sind manchmal die Mutigsten.«
»Du kannst hier nicht einfach befehlen, Hernin. Hier haben alle das gleiche Recht zu reden. Hier geht es um unser aller Leben.«
»Dann stimmen wir ab. Der Tischler und seine Frau auch«, sagte Hernin. »Wer für meinen Vorschlag ist, hebt den Arm.«
Sie stimmten ab.
Hernins Vorschlag wurde mit einer Stimme Mehrheit angenommen. Die Frau des Tischlers hatte für ihn gestimmt.

34

In einem Zivilanzug, einen langen Mantel darüber, einen Hut tief ins Gesicht gedrückt und mit einer großen Armeepistole, Modell 08, Kaliber 9 Millimeter, in der Hand, ging Hernin in die Werkstatt. Als der Schwarzhändler ihn sah, ächzte er vor Schreck.

»Gestapo«, sagte Hernin grob mit verstellter Stimme. »Ja, wen haben wir denn da?« Er nahm dem falschen Taler den Knebel aus dem Mund und befreite ihn von seinen Fesseln. »Was ist denn mit dir los?« fragte er und gab sich Mühe, möglichst brutal zu sprechen. »Haben dich hier zurückgelassen, was? Keine Angst, wir kriegen sie. Alles abgeriegelt. Höchste Alarmstufe. Die entkommen nie.«

Bevor Hernin in die Werkstatt gegangen war, hatten seine Leute alles arrangiert. Sie waren laut fluchend zu den drei Autos gestürzt und mit quietschenden Reifen abgefahren. Eine halbe Stunde später waren sie zurückgekommen, hatten die Motoren aufheulen lassen, ehe sie sie abstellten, und waren dann wieder in das Haus des Tischlers gegangen.

»Wie heißt du?« fragte Hernin.
»Hans Taler . . .«
»Aufstehen!« schnauzte Hernin.
Zitternd stand Taler auf.
»Umdrehen! Gesicht zur Wand! Stirn an die Wand!«
Taler gehorchte.
Hernin trat hinter ihn. So sieht er mein Gesicht nicht, dachte er, lud vernehmlich die Waffe und drückte die Mündung gegen Talers Genick.
»Wer hat dich gefesselt?«
»Ich weiß nicht.« Schon hatte er zwei heftige Tritte in den Hintern erhalten.
»Ich weiß es wirklich nicht«, rief Taler verzweifelt. »Das waren ein paar fremde Männer, die haben mich hier angehängt.«
»Warum?«
»Das weiß ich nicht.« Taler stand der Schweiß auf der Stirn.
»Was waren das für Männer?«
»Keine Ahnung.«
»Wo kommst du her, du Schwein?«
»Aus Kufstein. Sie haben mich da aus dem Gefängnis geholt.«
»Du warst in Kufstein im Gefängnis?«
»Sage ich doch . . .«
»Weshalb?«
»Schwarzhandel.«
»Du wirst mir jetzt sagen, was ich wissen will. Die Wahrheit wirst du mir sagen. Wenn nicht, blase ich dir das Hirn aus dem Schädel, du Scheißer. Was waren das für Leute?«
»Ich weiß es wirklich nicht . . .«

»Wie haben sie ausgesehen?«
Keine Antwort.
Der Druck der Pistole gegen das Genick wurde stärker.
»Na, wird's bald? Wie sie ausgesehen haben!«
»Die Beleuchtung dort in Kufstein war schlecht. Und hier haben sie mich gleich in diese Werkstatt gesteckt.«
»Kerl, ich drück' ab, wenn du noch eine Sekunde so weitermachst!«
Der Mann in dem zerdrückten Anzug zitterte am ganzen Körper.
»Soldaten waren es . . .«
»Was für Uniformen?«
»Waffen-SS.«
»Wer war der Anführer?« fragte Hernin, immer mit gänzlich veränderter Stimme.
»Ich weiß nicht . . . Ich weiß es wirklich nicht . . .«
»Wieviel Mann waren es?«
»Sechs . . . nein, acht . . . nein, neun mit dem Anführer . . .«
»Gab es also doch einen, du Schwein!«
»Ja, ja . . . bitte, lassen Sie mich leben . . . Nicht schießen . . . Nicht schießen . . . Ich habe eine Frau und zwei kleine Kinder . . .«
»Du wirst so schnell verreckt sein, daß du es gar nicht merkst. Dein Hirn wird an der Mauer kleben, du Sau. Was war das für ein Anführer? Hörst du nicht?« Die Pistole drückte fest gegen das Genick.
»Die andern haben Sturmbannführer zu ihm gesagt . . .«
Nein, dachte Hernin. Nein, bitte.
»Wie hat dieser Sturmbannführer ausgesehen?«
»Groß . . . kräftig . . . schmales Gesicht . . . graue Augen . . .«
»Und die anderen?«
»Es waren so viele . . .«
»Erinnere dich!«
»Da war einer, der hat ein breites Gesicht gehabt, mit einer eingeschlagenen Nase . . . und ein dünner, langer . . . und ein dicker, sehr großer, der ist gefahren . . .«
»Wieviel Wagen waren es?«
»Drei . . . Bitte, bitte, lassen Sie mich leben! . . . Ich sage Ihnen alles.«
»Dann sag alles!«
»Die haben mich da rausgeholt, aber es war ein Irrtum. Sie haben es erst hier gemerkt. Sie haben einen Hans Taler rausholen

wollen, der zum Tode verurteilt werden sollte, und aus Versehen sind sie nach Kufstein gekommen und haben mich geholt. Ich war der falsche Mann...«
»Der falsche Mann? Die haben das schon öfter gemacht, was?«
»Ich glaube... Der Sturmbannführer hat mit dem Beamten herumgebrüllt... Alle haben Angst vor ihm gehabt... Und er hat Papiere vorgezeigt, daß er mich überstellen muß in ein anderes Gefängnis... Was blieb den Beamten anderes übrig... Sie haben mich übergeben... dem Sturmbannführer...«
»Erkennst du ihn wieder, wenn du ihn wiedersiehst?«
»Natürlich...«
»Und die anderen auch, wenn wir sie dir zeigen?«
»Die meisten, freilich... Ich kann mich an fast alle erinnern... In der Stube drüben war es hell... Da waren wir nämlich zuerst... An den Tischler auch und seine Frau... Schwanger ist die. Und wenn ihr die alle verhört...«
Hernins Hand zitterte.
»Ich sage alles. Ich erinnere mich jetzt an alles... ganz genau... Aber leben lassen, bitte leben lassen...«
Hernins Gesicht war kalkweiß.
Er schob den Sicherungshebel zurück.
Sein Finger krümmte sich um den Abzug der Waffe.
Dann krachte ein Schuß.

35

»Schönen guten Tag wünsch' ich!« schrie der Papagei.
»Das ist furchtbar«, sagte ich.
»Ja, furchtbar«, sagte Andrea, die mir all das, was ich eben aufgeschrieben habe, erzählt hatte. »Aber Hernin hatte doch wirklich keine andere Wahl, wenn er nicht alle seine Leute mitsamt dem Tischler und seiner Frau und die vielen Leute von der Organisation und sich selber der Gestapo ausliefern wollte, nicht wahr?«
»Nein«, sagte ich.
»Sie haben den falschen Taler noch in der Nacht vergraben. Zum Glück hat es stark geschneit. Und dann haben sie gemacht, daß sie weggekommen sind. Sie hatten Glück. Die Gestapo kam ihnen auch weiterhin nicht auf die Spur. Der Tischler und seine

Frau leben noch heute in Hallein. Sie und eine Menge Menschen, die Hernin gerettet hat, sagten dann, als der Krieg zu Ende war, vor einem amerikanischen Gericht für ihn aus, und natürlich wurde er freigesprochen, sofort. Die Verhandlung hätte überhaupt nicht stattgefunden, wenn Hernin nicht auf ihr bestanden hätte.«
»Warum hat er das?«
»Er wollte sich vor der Frau des Mannes rechtfertigen, den er töten mußte, vor dieser Frau Taler mit den beiden Kindern. Sie hat ihm verziehen.«
»Aber wenn alles so ausging, dann verstehe ich nicht . . .«
»Warte«, sagte Andrea. »Diese Geschichte ist noch nicht zu Ende. Die Amerikaner – Hernin lebte damals in Frankfurt – gaben ihm den Auftrag, sofort mit dem Aufbau eines neuen Hochschulwesens zu beginnen, mitten in den Trümmern, 1945, im Herbst noch. Es war einfach nichts da, erzählte mir Hernin, das Land lag in Schutt und Asche, die Menschen lebten in den Kellern von Ruinen, es gab nichts zu essen oder nur sehr wenig, und als der Winter kam, wurde es der schlimmste Winter, an den sich selbst die ältesten Leute erinnern konnten. Es gab auch nichts zu heizen, und sehr viele Menschen erfroren, und sehr viele wurden krank, aber es gab auch keine Medikamente, und die Krankenhäuser waren die reinsten Sterbehäuser – besonders die Kinderkrankenhäuser. Da war es am ärgsten, denn die Kleinen hätten dringend kräftiges Essen und Vitamine gebraucht, aber das alles gab es nicht. Hernin hatte einen Freund, der war Chef einer großen Kinderklinik, weißt du. Und deshalb sah er das schreckliche Elend immer wieder – die Kinder starben tatsächlich vor Hunger. Natürlich schickten viele Amerikaner CARE-Pakete, aber das alles kam oft gar nicht bis in jenes Krankenhaus, und es war zu wenig, viel zu wenig. Einige von den Männern, die mit Hernin im Krieg zusammengewesen waren, arbeiteten inzwischen als Civilian Guards, als ziviler Wachschutz bei amerikanischen Einrichtungen, und nachdem wieder ein kleines Mädchen in der Klinik seines Freundes an Hunger gestorben war, hatte Hernin einen Plan. Drei seiner Kriegskameraden gehörten zum Zivilschutz einer ehemaligen Montagehalle für Flugzeuge, in der stapelten die Amerikaner nun Lebensmittel für ihre Truppen . . .«

36

Es war eine dunkle Neumondnacht im eisigen Januar 1946. Riesengroß erhob sich die Montagehalle vor Hernin und seinen Freunden. Die vier lagen auf dem eisigen Boden und schnitten ein Loch in den Stacheldrahtzaun, der den Komplex umgab. Es war so groß, daß einer nach dem anderen durchkriechen konnte. Sie trugen helle Kleidung, damit man sie im Schnee nicht so gut sehen konnte.

Vor der Montagehalle standen auf einem großen Platz, dem sogenannten *truck pool*, schwere Armeelaster in dichten Reihen nebeneinander. Sie waren, das wußte Hernin von seinen Freunden, bereits mit Zucker, Mehl, Fleisch und anderen Lebensmitteln beladen. Am nächsten Morgen sollten die Laster zu verschiedenen amerikanischen Einheiten fahren und die Lebensmittel abliefern. Das wurde dreimal wöchentlich so gemacht, und die Civilian Guards halfen beim Aufladen.

Das ausgedehnte Gelände wurde von starken Scheinwerfern angestrahlt, aber zwischen den Lastern war es dunkel, und Hernin und seine drei Freunde huschten gebückt dort hin. Dann schwang sich ein jeder von ihnen auf den Führersitz eines Lasters, die schweren Motoren sprangen an und ohne Licht rasten die Wagen los, einer hinter dem andern, auf den von amerikanischen Soldaten schwer gesicherten Ausgang zu.

Alles ging sehr schnell.

Der erste Laster hatte das Wachthäuschen und die Sperre schon erreicht. Der Fahrer gab Vollgas. Holz und Metall splitterten, die Sperre brach, der Laster raste in die Nacht hinaus. Der zweite folgte. Aus dem Häuschen stürzten amerikanische Soldaten, Maschinenpistolen im Anschlag. Sie schossen zuerst hinter den zwei Lastern her, dann wandten sie sich den beiden anderen zu, die noch auf dem Gelände waren. Krachend brach vor Hernin die Windschutzscheibe zusammen. Glasstücke flogen ihm um die Ohren. Er bückte sich, so tief er konnte, um gerade noch etwas zu sehen, und trat auf das Gaspedal. Der Wagen vor ihm geriet ins Schleudern, fing sich und raste auf die Amerikaner zu, die entsetzt zurückwichen.

Da flammte auf einem Wachtturm vor dem Ausgang ein Scheinwerfer auf, so grell, daß er Hernin bis zur Benommenheit blendete. Keuchend holte Hernin die alte deutsche Armeepistole

des Modells 08 vom Kaliber 9 Millimeter aus der Windbluse. Er hatte sie nicht abgegeben, obwohl auf Waffenbesitz Todesstrafe stand. Jetzt riß er den Lauf hoch und feuerte in den gleißenden Scheinwerfer. Er schoß das ganze Magazin leer, während er mit dem Laster dahinraste und die Amerikaner auf den Wagen das Feuer eröffneten. Er hörte Kugeln an sich vorübersirren, andere in den Laster schlagen. Der Scheinwerfer, den er getroffen hatte, erlosch, Er mußte aber noch etwas getroffen haben, denn vom Wachtturm stürzte ein großer Schatten. Hernin bückte sich noch tiefer und brauste mit seinem Laster durch die geborstene Eingangssperre hinaus in Nacht und Finsternis.
Fünf Stunden später verhaftete ihn amerikanische Militärpolizei.

37

»Einer seiner Freunde war von amerikanischen Kugeln getroffen und schwer verletzt in ein Krankenhaus eingeliefert worden – in ein amerikanisches, denn die Sanitäter hatten den weißen Stern gesehen auf dem Laster, der da quer zur Straße in der Vorstadt stand, wo ihn Männer, die zur Frühschicht gingen, fanden. Über dem Steuer lehnte ein Mann. Er war ohne Besinnung und hatte sehr viel Blut verloren. Amerikanische Chirurgen operierten ihn sofort und retteten ihm das Leben. Er hatte keine Papiere bei sich, aber Agenten des CID, der Kriminalpolizei der Armee, stellten seine Identität fest. Nicht viel später wußten sie, wer der Mann war: ein Mitkämpfer des berühmten Walter Hernin, der in der Nazizeit so viele Menschenleben gerettet hatte. Diesen Mann und zwei andere Freunde Hernins fanden die CID-Agenten auch auf den Gehaltslisten der Civilian Guards des Lebensmitteldepots. Sie verhafteten die Männer. Diese gaben alles zu. Da verhafteten die Agenten auch Hernin, der gleichfalls alles zugab. Und diesmal erging es ihm schlecht, obwohl er wieder nur Gutes hatte tun wollen«, erzählte mir Andrea.
»Wieso?« fragte ich. »So ein Einbruch ist nicht schön, aber . . .«
»Es war nicht der Einbruch allein«, sagte Andrea. »Auf dem Wachtturm hatte ein Deutscher, ein anderer Civilian Guard, Dienst getan und den Scheinwerfer bedient. Und ihn hatte Hernin getroffen. Lungenschuß.«

»Lungenschuß?«
»Der Mann kam mit dem Leben davon, er starb nicht, Gott sei Dank. Aber jetzt mußte Hernin wieder vor ein Militärgericht. Er hatte einen sehr guten amerikanischen Verteidiger, darum verurteilten ihn die Amis auch nur zu dreißig Jahren.«
»Er kam ins Zuchthaus?« fragte ich entsetzt.
»Sage ich doch.«
»Ist die schwarze Köchin da?« sangen die Kinder. »Ja, ja, ja! Was habt ihr mit ihr gemacht . . .?«
»1956 ließen ihn die deutschen Behörden dann frei, nach zehn Jahren, und er lebte bei seinem Sohn. Als er mir seine Geschichte erzählte, da sagte er, es sei schon alles ganz richtig gewesen mit seiner hohen Strafe, denn er habe einen Menschen getötet. Und ich sagte, der Mensch ist doch gerettet worden. ›Zum Glück‹, sagte er, ›sonst wären es zwei gewesen.‹ Er meinte den andern, diesen falschen Hans Taler, den er mit seinen Freunden aus dem Gefängnis in Kufstein geholt und dann erschossen hatte. Ich sagte ihm, wenn er das nicht getan hätte, dann wären ein paar hundert, vielleicht tausend Menschen umgebracht worden, und da antwortete er: ›Das stimmt. Aber ich *habe* einen Menschen getötet. Und wer einen Menschen tötet, der zerstört eine ganze Welt.‹«
». . . einer hat sie umgebracht«, sangen die Kinder.
»Nun war er vorbestraft. Er hatte zehn Jahre verloren, und an eine Laufbahn an der Universität war nicht mehr zu denken«, sagte Andrea. »Es dauerte noch sehr lange, bis er endlich wenigstens eine Taxikonzession bekam. So sieht die Geschichte von Walter Hernin aus, der ein guter Mensch gewesen ist in einer bösen Zeit.«
». . . du bist schuld, und du bist schuld, und du am allermeisten!« sangen die Kinder.

38

An diesem Abend saßen wir in einem Lokal draußen in Blankenese. Das Lokal lag an einem Strom, und ich wußte, es war die Elbe, aber ich hatte das Gefühl, schon einmal an einem so großen, dunklen Strom gesessen zu haben, der nicht die Elbe war – irgendwo, nur fiel es mir nicht ein. Wir aßen Fisch und tranken

Weißwein, und immer wieder saßen wir still da und sahen einander nur an. Andrea hatte einen uralten Volkswagen, mit dem waren wir hier herausgefahren. Wir saßen im Freien, unter alten Bäumen, und es war noch immer sehr warm nach diesem so heißen Tag.
Als wir bestellten, hatte Andrea ihre runde Hornbrille aufgesetzt. Ich war immer wieder gerührt, sie mit der Riesenbrille zu sehen, und ich dachte dann, wie lieb ich sie hatte. Sobald sie die Brille nicht mehr brauchte, nahm Andrea sie sofort ab.
»Morgen ist Samstag«, sagte sie. »Da kann ich im Bett frühstükken und herumtrödeln und mir Zeit lassen. Ich freue mich immer auf die Wochenenden.«
Und ich dachte daran, wie sehr ich die Wochenenden gefürchtet und gehaßt hatte und wie ich im letzten Jahr mein Bett kaum noch verlassen und viele Stunden geschlafen hatte, die ganze Zeit, nur um nichts von Yvonne sehen und hören zu müssen. Yvonne, Paris, mein altes Leben – wie weit lag das nun schon zurück! Es schienen Jahre zu sein, und doch waren es nur Tage. Ein Schiff, hell erleuchtet, glitt auf dem dunklen Wasser des Stroms an uns vorüber, dem Meer entgegen, und ich dachte, daß ich mit Andrea auch verreisen wollte.
»Geht es uns nicht gut, Liebster?« fragte sie. Ihre Augen leuchteten.
»Herrlich geht es uns«, sagte ich. »Trink noch ein wenig Wein!« Ich füllte ihr Glas und sie trank. »Setz die Brille auf«, sagte ich.
»Ach nein, Kater, bitte nicht.«
»Bitte, ja«, sagte ich. »Du siehst so aufregend aus mit der Brille. So ungeheuer begehrenswert.«
»Dann muß ich sie natürlich wieder aufsetzen«, sagte sie und tat es. »Bin ich jetzt ungeheuer begehrenswert, Kater?«
»Über alle Maßen.«
»Dann ist es gut. Dann werde ich sie immer aufsetzen, wenn wir . . . O Gott«, sagte sie, »das wird ja heiter werden!«
»Gerade da mußt du sie aufsetzen, Hörnchen«, sagte ich.
»Du bist pervers.«
»Gott sei Dank. Du hoffentlich auch.«
»Ich bin ganz und gar verdorben«, sagte sie.
»Ja, das ist mir schon aufgefallen«, sagte ich. »Wollen wir noch ein wenig Wein zu uns nehmen, Frau Horn?«
»Es könnte uns wohl kaum schaden, Herr Kater«, sagte sie. Und wir tranken wieder.

»Woran denkst du?« fragte ich.
»Wieso?« Sie zuckte zusammen. »Woher weißt du, daß ich an etwas gedacht habe?«
»Du hast auf einmal einen so entrückten, seligen Blick gehabt.«
»Ich habe wirklich an etwas gedacht, Kater.«
»An mich?«
»Nein.«
»An wen denn?«
»An den Herrn Osterkamp.«
»Wer ist das, Frau Horn? Es mißfällt mir, daß Sie so viele Männer kennen.«
»Erstens, verehrter Herr Kater, sind es gar nicht so viele, und zweitens kenne ich den Herrn Osterkamp gar nicht.«
»Wieso kannst du dann an ihn denken?«
»Weil der Herr Osterkamp mir nicht aus dem Sinn geht.«
»Das ist ja ungeheuerlich.«
»Herr Osterkamp ist einundsiebzig Jahre alt, und vor einem Jahr hat er seine Frau verloren. Sie ist ganz friedlich gestorben. Im Schlaf, hat er Herrn Langenau gesagt.«
»Da ist ja schon wieder ein Mann in deinem Leben!«
»Ja, das muß ich wohl zugeben. Ich habe es dir bisher verschwiegen. Aber nun muß es heraus. Herr Langenau ist ein uralter Freund von mir. Cheerio, Herr Kent!«
Sie trank.
Ich trank auch.
»Ich sehe, daß Sie ungeduldig werden, Herr Kater, darum sei es Ihnen gleich mitgeteilt: Ich hatte zwei ganz große Wünsche im Leben. Der eine ist durch die Begegnung mit Ihnen in Erfüllung gegangen. Der zweite ganz große Wunsch, liebwerter Herr Kent, ist noch nicht in Erfüllung gegangen.«
»Und der wäre, hochverehrte Frau Horn?«
»Eine eigene Buchhandlung«, sagte sie, und sah mich durch die runden Brillengläser an. »Und dieser Herr Langenau ist erster Sortimenter bei Herrn Osterkamp, was, wie Sie inzwischen gewiß verstanden haben, bedeutet, daß Herr Osterkamp eine Buchhandlung besitzt. In der Tornquiststraße. Keine sehr große, eine mittlere, genau so eine, wie die Damen Hörnchen sich eine wünschen. Und sie haben auch schon fünfundzwanzigtausend Mark gespart, aber das ist natürlich viel zu wenig.« Sie legte erschrocken eine Hand auf den Mund.
»Was hast du denn?« fragte ich.

»Ach«, sagte sie, »ich bin wirklich grauenvoll! Kaum habe ich *dich,* rede ich auch schon *davon!* O Gott, ist das schlimm! Jetzt wirst du mich für ein habgieriges Weib halten, das dich ausnützen und hereinlegen will, o Gott, was habe ich da bloß getan!«
»Nun beruhige dich doch«, sagte ich, aber sie beruhigte sich lange nicht, und ich mußte aufstehen und mich neben sie setzen und den Arm um sie legen. Sie wollte nicht weitererzählen, und es vergingen gewiß zehn Minuten des Zuredens, bis sie es endlich doch tat.
»Aber du hast geschworen, daß du mich nicht für hinterlistig und gemein hältst, Kater, das hast du getan. Sag, daß du es getan hast – oder wir müssen auseinandergehen.«
»Ich habe es wohl getan«, sagte ich, »und jetzt erzähle endlich weiter!«
Es stellte sich heraus, daß Herr Osterkamp immer selbständiger Buchhändler gewesen war und folglich keine Angestelltenrente bekam. Darum mußte er so lange arbeiten, mit einundsiebzig noch. »Das ist kein Spaß«, sagte Andrea. »Seine Frau hatte auch mitgearbeitet und dann noch Herr Langenau, und eine zweite Sortimenterin und ein Azubi . . .«
»Ein was?«
»Ein Azubi. Das ist eine Abkürzung und heißt Auszubildender. Ein junger Mann, der als Buchhändler ausgebildet wird, verstehst du, Kater?«
»Ich verstehe.«
»Ja, aber nun, wo ihm auch noch die Frau gestorben ist, Erna hieß sie, nun wird dem Herrn Osterkamp in der Buchhandlung alles zuviel. Der alte Herr kann eigentlich seit langem den Laden nicht mehr richtig in Schwung halten, und sein Buchsortiment – also die Bücher, die er anzubieten hat – ist veraltet. Ganz schlimm . . . Er hat nur noch knapp fünfhunderttausend Mark Umsatz im Jahr gemacht, als ihm die Erna starb, Kater, und der Umsatz geht immer weiter zurück, und das bei steigenden Kosten. Wenn er die Rechnungen, die Gehälter und alles andere bezahlt hat, dann bleiben ihm noch sechzig- bis siebzigtausend Mark im Jahr, und die muß er versteuern. Kannst du dir ausrechnen, was ihm geblieben ist und seiner Erna. Zuviel zum Sterben, zuwenig zum Leben. Das heißt, bei seiner Erna war es ja nicht zuviel. Lach nicht, du brutaler Mensch!«
Plötzlich ertönte, vom Wind verweht, ganz schwach die ›Marseillaise‹.

»Schulauer Fährhaus«, sagte Andrea. »Liegt da vorne, weißt du?«
»Ja, aber wieso die ›Marseillaise‹?«
»Weil das ein französisches Schiff gewesen ist, das an uns vorbeigefahren ist. Das Schulauer Fährhaus ist ein Restaurant, zu dem eine Schiffsbegrüßungsanlage gehört. ›Willkommenhöft‹ heißt die. Alle Schiffe über fünfhundert Tonnen werden, wenn sie in dieser Fahrrinne passieren, mit ihrer Nationalhymne begrüßt oder verabschiedet . . . Wirklich ein tüchtiger Buchhändler, der Herr Osterkamp, nur die Zeit ist an ihm vorübergegangen . . . Ich kann ja Nationalhymnen nicht leiden, aber . . .«
»Ich auch nicht. Wenn ich etwas zu sagen hätte, würde ich sofort alle Nationalhymnen verbieten«, sagte ich.
»Die ›Marseillaise‹ nicht.«
»Doch, auch.«
»Bitte, die nicht, sie ist so schön.«
»Egal, ich würde alle Nationalhymnen verbieten und alle Generäle in Pension schicken, damit sie Rosen züchten und keinen Unfug anrichten. Mir scheint, wir sind vom Thema abgewichen. Das kommt, weil wir zu wenig trinken. Lassen Sie uns noch einen lüpfen, verehrte gnädige Frau.«
Also lüpften wir noch einen, und Andrea sagte: »Oh, wie klar mein Geist nun wieder ist, edler Herr. Na, Herr Osterkamp hat noch etwas Kapital aus einer Lebensversicherung, die er mit fünfundsechzig ausgezahlt bekam, aber er hat davon schon viel verbraucht. Sterben ist teuer, und er hat der Erna selig ein wunderschönes Begräbnis bereitet, weil er sie doch so lieb gehabt hat, so lieb . . .«
»Hörnchen!«
»Ja, ja. Schallplatte mit Sprung. Ein wunderschönes Begräbnis, und jetzt sieht er, er muß seinen Laden verkaufen. Dann reicht es vielleicht für seine letzten Jahre. Das Geld von der Lebensversicherung und das, was er nun für den Laden kriegt. Wenn du alles klar und deutlich verstanden hast, dann sage ja!«
»Ja«, sagte ich.
»Brav«, lobte sie mich, während ich dem Kellner ein Zeichen machte, daß er noch eine Karaffe Wein bringen solle. »Hat alles verstanden, mein Kater. Na ja, und der Rest? Der Rest ist, daß Herr Osterkamp die Buchhandlung zuerst seinem ersten Sortimenter, dem Herrn Conrad Langenau, angeboten hat. Ich habe schon erwähnt, daß Herr Langenau erster Sortimenter bei Herrn Osterkamp ist, ja?«

»Das haben gnädige Frau schon zu erwähnen geruht, ja.«
»Na, und Herr Langenau, der hat nicht genug Geld, und auf Kreditbasis will er es auch nicht machen, weil er Angst hat, daß er die hohen Zinsen für das geliehene Geld bei der schmalen Rendite nicht bezahlen kann . . .«
Der Kellner brachte eine neue Karaffe, goß unsere Gläser voll und sagte: »Wohl bekomm's!«
»Danke«, sagte ich.
»Rendite, weißt du, das ist das, was er tatsächlich verdienen würde in der Buchhandlung.«
»Aha«, sagte ich, »tatsächlich?« Und ich liebte sie ganz besonders, weil sie mir erklären wollte, was Rendite bedeutet. »Sollen wir noch einen lüpfen?«
»Wenn es denn sein muß, mein Herr.«
Wir tranken.
»Nun aber, geliebter Kater«, fuhr Andrea fort, »weiß die ganze Branche, wie gerne ich eine Buchhandlung haben würde, mit einer Kinderabteilung so wie jetzt, denn dann könnte ich doch alles so machen, wie *ich* es für richtig halte, nicht die Bücherhalle oder die Stadt, und da das also alle Kollegen im Sortiment wissen, weiß es auch mein alter Bekannter, der Herr Langenau, und der hat mir das alles vom Herrn Osterkamp erzählt, was ich Euch soeben dargelegt habe, Euer Hochwohlgeboren . . . Da kommt ein Ami!«
Die ferne Begrüßungsanlage spielte tatsächlich die amerikanische Hymne.
»Home of the Brave«, sagte Andrea. »Heimat der Tapferen, so heißt das im Text.«
»Du bist tapfer.«
»Nein«, sagte sie, »aber ich würde es gerne sein. Es ist eine einmalige Gelegenheit, Kater.«
»Na, dann prost«, sagte ich.
»Na, dann prost«, sagte sie. »Mach mich nur zur Säuferin, mach nur, mach nur, wirst schon sehen, wie schön das ist, wenn ich ins Delirium tremens verfalle . . . Einmalige Gelegenheit, weil Eimsbüttel ein dicht besiedelter Stadtteil ist, sehr viele Kinder, auch viele Gastarbeiterkinder, da gibt es noch Tante-Emma-Läden, es ist richtig gemütlich dort, Kater, weißt du. Drei große Schulen stehen in der Nähe, und nur ein paar Häuser weiter ist ein Heim für behinderte Kinder. Da könnte ich toll das Kinder- und Jugendbuch pflegen!«

»*Was* könntest du das Kinder- und Jugendbuch toll, Liebste?«
»Pflegen könnte ich es. Nimm mich nur auf den Arm! Langenau hat mir schon gesagt, daß er bei mir bleiben würde, wenn ich die Buchhandlung übernehme. Dieser Langenau stammt aus Innsbruck, das liegt in Tirol, weißt du, und Tirol liegt in Österreich, und Langenau ist sei fünfunddreißig Jahren Buchhändler und etwas, das er von dem Geschäft nicht weiß, gibt es nicht, und er ist sehr fromm.«
»Was ist er?«
»Schau, der Ami!« sagte Andrea und wies zur Elbe. Ein sehr großes Schiff kam langsam näher, es war ganz hell beleuchtet. »Fromm«, sagte Andrea.
»Was fromm?«
»Ist dieser Langenau. Warum?«
»Warum was?«
»Warum hast du so erschrocken gefragt, Kater?«
»Na, da kann man ja auch einen Schreck kriegen. Wer ist denn heutzutage noch fromm?«
»Hast du eine Ahnung! Du natürlich nicht, du gottloses Heidenkind, das habe ich schon lange gemerkt. Glaub bloß nicht, daß du dich vor mir verstecken kannst. Nein, du bist nicht fromm, du glaubst an nichts, aber steh du mal erst vor Gottes Thron, dann machst du dir in die Hosen.«
»Du bist vulgär.«
»Ja. Und pervers. Aber ich habe meinen lieben Gott. Ich glaub' nicht so innig an ihn wie der Herr Langenau, normal halt. Aber nicht nur, wenn ich ihn brauche. Der Herr Langenau, der ist so religiös und ein herzensguter Mensch, ein Mensch mit einem Glauben. Du hast doch nichts gegen Menschen mit einem Glauben?«
»Überhaupt nichts, Hörnchen. Ich glaube ja auch.«
»Woran?«
»An dich.«
»Ach, Kater.«
»Wissen Sie was, liebwerte Frau Horn«, sagte ich, »wir zwei beide, wir werden dem Herrn Osterkamp seine Buchhandlung kaufen.«
Sie sah mich durch die Riesengläser an, und ihre Unterlippe begann zu zittern, und ich reichte ihr mein Taschentuch und legte wieder einen Arm um sie, denn wir saßen immer noch nebeneinander. Sie hatte feuchte Augen und schluckte vor

Aufregung. Mit meinem Taschentuch trocknete sie ihre Tränen, und dazwischen sagte sie: »Aber nur vor Glück. Nur vor lauter Glücklichsein, Kater!«

Ein paar Gäste beobachteten uns. Vermutlich dachten sie, daß ich zu denen gehörte, die ihre Frau daheim prügelten, und daß ich jetzt eben ganz böse zu Andrea gewesen war. Darum sagte ich sehr laut und durchaus nicht mehr nüchtern: »Vor Glück, meine Herrschaften. Meine kleine Frau weint vor lauter Glück. Ist es nicht so, Frauchen?«

Und Andrea nickte und rief laut: »Ja, so ist es!« Und dann blies sie in das Taschentuch, daß es klang wie ferner Geschützdonner, und sagte: »Mein Herr, wofür halten Sie mich? Niemals nehme ich auch nur einen Pfennig von Ihnen. Ich bin eine anständige Frau.«

»Sie sollen ja auch nicht nur einen Pfennig von mir nehmen, sondern ein kleines Vermögen. Und das Geld kriegen Sie auch nicht einfach so, diese Buchhandlung vom Herrn Osterkamp kaufen wir beide. Ich will auch eine Buchhandlung haben.«

Sie umarmte mich und küßte mich fest auf den Mund, und danach gab sie mir viele kleine Küsse, und ich drehte mich zu den anderen Gästen um, breitete die Arme aus und sagte: »Was habe ich Ihnen gesagt? Nur vor Glück, meine Herrschaften. Nur vor Glück.« Ein paar Gäste lachten, andere wandten uns ostentativ den Rücken zu. »Was will er denn haben für seine Bruchbude, dieser Herr Osterkamp?« fragte ich Andrea, und sie sagte: »Ach, schrecklich viel«, und ich fragte: »Wieviel, gnädige Frau?« Und Andrea sagte: »Dreihunderttausend Mark.«

»Ajajajaj«, sagte ich.

»Als Verhandlungsgrundlage, Kater! Mehr als einhundertachtzig kriegt er nie im Leben, und das weiß er auch. Wo wir alles renovieren lassen müssen und umbauen, ganz zu schweigen von dem Raum für die Kinder. Natürlich habe ich nur fünfundzwanzigtausend Mark. Aber du sagst, du willst einsteigen. Als mein Partner?«

»Als dein Partner, ja«, sagte ich.

»Ach, bist du ein guter Kater.«

»Der beste«, sagte ich.

»Und ich habe dich in eine Falle gelockt. In eine zärtliche Falle. A tender trap. Jetzt sitzt du drin. Das glaubst du doch, wie?«

»Natürlich glaube ich das, du raffiniertes Weibsstück«, sagte ich und küßte sie wieder. Dabei verfingen sich ihre und meine Brille

ineinander, und es war ein großes Theater, bis wir sie wieder freibekamen. Danach sprang Andrea plötzlich auf und sagte: »Laß mich durch, Kater, schnell, ich hab's eilig!«
»Pipi?«
»Ach was, Pipi! Ich muß sofort Langenau anrufen und ihm sagen, daß wir die Buchhandlung kaufen und daß er das dem Herrn Osterkamp verkleckert, damit der seinen Laden um Gottes willen nicht jemand anderem verkauft.«
»Jetzt, mitten in der Nacht?«
»Es ist alles schon dagewesen«, sagte sie. »Gib mir eine Mark, Kater!« Sie bekam sie und eilte davon, und ich sah auf den dunklen Strom hinaus und dachte wieder an meinen Traum, in dem die vielen freundlichen Elefanten aus dem Wald zu mir auf den Sandweg gekommen waren, und ich dachte, daß ich auch zu allen Menschen freundlich sein wollte, und ich dachte, wie glücklich ich Andrea gemacht hatte und wie glücklich ich selber war, und dann fiel mir ein Satz ein, den ich einmal in einem Buch gelesen hatte: ›Wenn jeder Mensch auf der Welt nur einen einzigen anderen Menschen glücklich machen würde, wäre die ganze Welt glücklich.‹

39

In dieser Nacht waren wir beide sanft betrunken, Andrea mehr, ich weniger, darum saß ich am Steuer des Volkswagens. Ich dachte daran, daß ich einen wunderschönen gefälschten argentinischen Führerschein in der Tasche hatte, aber ich machte mir keine Sorgen und hatte keine Angst vor einer Polizeistreife oder einem Alkoholtest. Auf dem weiten Weg von Blankenese zurück las ich, als wir zum Hafen kamen, in weißen Riesenbuchstaben an eine Kaimauer geschrieben:

LASST UNS BITTE IN FRIEDEN LEBEN!

Wenige Sekunden später las ich, was jemand mit einer Spraydose auf eine andere Kaimauer geschmiert hatte:

SCHLAGT DIE TÜRKEN TOT!

Ich verfuhr mich, weil ich auf die Anweisungen Andreas hörte und links und rechts abbog, wann immer sie links oder rechts sagte. Ich verfuhr mich immer mehr, und dann fing ich an, das Gegenteil von dem zu tun, was sie sagte, und auf einmal bog ich in eine Straße ein, auf deren Schild TORNQUISTSTRASSE stand.
»Na, habe ich dich nicht gut hergelotst?« fragte Andrea zufrieden. »Nie verzagen, Hörnchen fragen.«
»Welche Nummer hat das Haus, in dem die Buchhandlung ist?«
»Einhundertsechsunddreißig. Du mußt die Straße hinunterfahren, ich kenne mich hier aus wie in meiner Wohnung.«
Also wendete ich schleunigst auf der verlassenen Straße, fuhr in die andere Richtung, und dann kam das Haus einhundertsechsunddreißig. Ich hielt, und Andrea sagte: »Na bitte, ohne mich wärst du vielleicht aufgeschmissen. Schau mal, Liebster, da ist unsere Buchhandlung! Komm, wir wollen sie uns ansehen.«
Wir stiegen aus, hielten uns an den Händen und gingen zu dem Laden, vor dem eine Straßenlampe leicht im Wind schaukelte. Die Buchhandlung sah wenig anziehend aus. In der einzigen Auslage lagen viele Bücher, und Andrea sagte mir, alle Bücher, die auf den Bestsellerlisten stünden, seien zwar da, aber in dem altmodischen Schaufenster konnte man sie nicht gut sehen. Der Holzrahmen der Auslage war morsch und unansehnlich geworden vor Alter, genauso wie der Rahmen der Eingangstür. Es brannte keine Schaufensterbeleuchtung, die Auslage wurde nur von der Straßenlampe erhellt. Über dem Geschäft erblickte ich eine einstmals wohl weiße große Tafel, auf der stand in schwarzen Buchstaben BUCHHANDLUNG OSTERKAMP. Der weiße Grund war schmutzig, und von den Buchstaben war viel Schwarz abgeblättert. Das Schild sah wirklich jämmerlich aus.
»Natürlich muß das alles geändert werden«, sagte Andrea, die sich bei mir eingehängt hatte. »Außen und innen. Ich weiß, wie es da drinnen aussieht. Frag mich nicht! Es sieht so trübsinnig aus wie draußen. Aber wir werden den Laden einfach umbauen.«
»Ganz einfach umbauen«, sagte ich.
»Nur der Name muß bleiben.«
»Was für ein Name?«
»Buchhandlung Osterkamp«, sagte Andrea. »Den Namen kennen die Leute hier in der Gegend, er ist ihnen ein Begriff aus der Zeit, als das hier noch eine gutgehende Buchhandlung war. Glaube mir, Kater, so ein Name ist sehr viel wert. Er muß bleiben.«

»Na schön«, sagte ich, »dann muß er eben bleiben.«
»Laß uns mal auf die andere Straßenseite gehen, Kater.«
»Warum?«
»Weil ich sehen will, wie unsere Buchhandlung von der anderen Straßenseite aus ausschaut.« Wir gingen über die Fahrbahn und sie sagte: »Noch mieser schaut sie aus.«
»Man kann zum Glück nur wenig sehen«, sagte ich.
»Da müssen kontrastreiche Farben hin«, sagte Andrea. »Und nachts muß die Auslage beleuchtet sein und das Schild da oben auch. Und in die Auslage gehören Stufen, damit man alle Bücher gut sieht. Ich habe schon alles im Kopf. Weißt du, aus mir wäre eine ausgezeichnete Architektin geworden.«
»Bestimmt«, sagte ich.
»Das Gute«, sagte sie, »ist, daß die Bücherhalle in der Waterloostraße nicht allzuweit weg liegt und daß dort keine Bücher verkauft werden, sondern nur ausgeliehen. Alle meine Kinder werden in unsere Buchhandlung kommen und dazu viele Kinder aus den drei großen Schulen hier in der Nähe, und da oben, drei Häuser weiter, ist das Heim für behinderte Kinder. Wir müssen beim Umbau dran denken, daß die mit den Rollstühlen herein können.«
»Du meinst wirklich, die behinderten Kinder werden kommen?«
»Wir werden sie einladen«, sagte Andrea. »Bei mir sollen alle Kinder froh und zufrieden sein, auch die behinderten. Komm, jetzt gehen wir vor unserem Laden ein wenig auf und ab.«
Also gingen wir eingehängt auf und ab und sahen uns die alte Buchhandlung an, die so heruntergekommen war, die wir uns aber beide schon renoviert und wunderschön vorstellten.
»Ich sehe alles ganz genau vor mir«, sagte Andrea. »Dieses Geschäft wird noch einmal eine Goldgrube sein.« Sie blickte mich an. »Und jetzt gehen wir an dem Laden noch einmal vorüber wie Leute, die überhaupt nichts mit ihm zu tun haben.«
Also marschierten wir zurück, und sie sagte: »Schau doch, Mann, die schicke Buchhandlung da drüben. Du, jetzt ist doch der neue Stefan Heym erschienen, und er soll der beste Heym sein, den es je gab, und ich habe Heym doch so gerne. Wir wollen den neuen Heym kaufen.«
»Ist gut, Frau«, sagte ich, »du kaufst dir den neuen Heym, und ich kaufe mir ein paar Taschenbücher.«
»Taschenbücher«, sagte Andrea und blieb stehen.
»Na ja doch«, sagte ich.

»Du bist Buchhändler und sagst es mir nur nicht, gestehe!«
»Aber warum denn?«
»Weil das den Nagel auf den Kopf trifft. Der olle Osterkamp hat natürlich auch Taschenbücher, die stehen versteckt ganz hinten im Laden, sagt Herr Langenau. Man muß aber die Ständer mit den Taschenbüchern ganz nach vorne rücken, damit die Leute geradezu über sie stolpern, wenn sie hereinkommen, Taschenbücher werden doch jetzt gekauft wie verrückt. Wir, wir werden eine mächtige Taschenbuchabteilung haben, Liebster, eine wunderschöne, mächtige Taschenbuchabteilung!«
»Aber an Taschenbüchern ist doch wenig zu verdienen«, sagte ich.
»Die Menge macht's, süßer Idiot«, sagte Andrea. »Und jetzt will ich nach Hause. Ich wohne in der Alsterdorfer Straße. Nun, wollen Sie mich nicht zum Wagen geleiten, Graf Öderland?«
Wir gingen über die Fahrbahn und machten dabei Tanzschritte wie die Leute im Rokoko. Ich hielt eine Hand auf dem Rücken und die andere über Andrea, die sich an ihr festhielt und beim Gehen immerzu um sich selbst drehte und knickste. Ich half ihr auf den Vordersitz des alten Volkswagen und machte eine tiefe Verbeugung, schloß die Tür und kroch hinter das Steuer. Dann fuhren wir wieder, und Andrea sagte: »Uns geruht, sehr wohl zumute zu sein, gräfliche Hoheit.«
»Das hört man gerne, Verehrteste«, sagte ich.
Sie schnurrte laut und sagte: »Hören Sie da gar nicht hin, das ist mein Kater, das unartige Tier. Er will mir ein Kind andrehen und mich in Schande stoßen. Jetzt rechts.«
Also fuhr ich links über eine breite Ausfallstraße in Richtung Norden, vielleicht zehn Minuten lang. Wir schwiegen beide, und Andrea streichelte meine Wange.
»Jetzt links«, sagte sie zuletzt.
Ich bog nach rechts ab und sagte: »Hörnchen, ich habe heute gesehen, wie du mit den Kindern umgehst. Ich habe Kinder nie leiden mögen. Seit heute nachmittag finde ich, daß es nichts Besseres gibt als Kinder. Rechts jetzt?«
»Links jetzt«, sagte sie.
Und ich bog in die Straße rechts ein. Es war die Alsterdorfer Straße, und ich mußte sie noch ein Stück hinauffahren. Vor einem stuckverzierten Haus blieb ich stehen. »Und deshalb«, sagte ich, den Motor abstellend, »habe ich einen großen Wunsch. Ich möchte, daß wir ein Kind haben.«

»O Liebling«, sagte sie atemlos. »O Liebling, Liebling, Liebling!«
»Was ist?«
»Bei mir ist einmal etwas schiefgegangen, und da hat der Mann sofort gesagt: ›Wegmachen!‹ Männer sagen doch immer sofort: ›Wegmachen!‹ O Gott, und da kommt einer und sagt, er will ein Kind! Ach, Liebster!« Und sie umarmte mich und küßte mich wild. »Ein eigenes Kind werden wir haben. Einen Jungen oder ein Mädchen?«
»Das spielt keine Rolle«, sagte ich, »solange es von dir ist.«
»Mir ist es auch egal«, sagte sie. »Ein Kind ist gut gegen die Angst. Das ist furchtbar eigensüchtig gedacht, nicht wahr? Ist es auch für das Kind gut? Darf man jetzt noch Kinder bekommen? In dieser Zeit? Kann man das verantworten?«
»Ich weiß nicht, ob man es verantworten kann«, sagte ich, »aber ich möchte so gerne eines haben. Dieses Kind hätte ein feines Leben, zumindest wir würden immer gut zu ihm sein.«
»Immer«, sagte Andrea. »Nein, nein, wir werden ein Kind haben. Ich wünsche mir doch selber auch so sehr eines – von dir, Liebster, von dir. Komm!«
Sie öffnete das Tor.
»Wohin?«
»Hinauf zu mir«, sagte sie, »wir müssen an unser Kind denken.«
Ich stieg auch aus und legte die Arme um sie.
»Ich komme nicht mit dir, Andrea«, sagte ich. »Nicht heute nacht. Wir haben beide getrunken. Und du weißt jetzt, daß ich die Buchhandlung kaufen werde. Ich will nicht, daß ein Mensch auch nur *denken* könnte, du würdest mich deshalb mit zu dir nehmen.«
»So hat noch kein Mann zu mir gesprochen«, sagte Andrea. »Ich möchte es so gerne, aber ich möchte auch gerne noch ein wenig darauf warten müssen. Du verstehst, nicht wahr? Nur noch ein wenig.«
»Ja«, sagte ich, schloß die Wagentüren und gab ihr die Autoschlüssel. »Geh jetzt schnell hinauf, sonst sind unsere ganzen edlen Gedanken beim Teufel. Ruf mir ein Taxi, bitte.«
»Gut«, sagte sie. »Aber ich schaue nicht aus dem Fenster, solange du da bist, sonst komme ich wieder herunter und hole dich.« Sie schloß das Haustor auf. »Und jetzt möchte ich dir noch etwas sagen: Wir werden uns nicht verabschieden.«
»Warum nicht?«
»Weil ich mich keinen einzigen Augenblick von dir trennen will«,

sagte sie, und das Haustor fiel hinter ihr zu. Ich hörte, wie sie es zusperrte. Ich trat auf die Straße hinaus, und nach einer Weile leuchtete hinter zwei Fenstern im zweiten Stock Licht auf. Die Häuser hier waren alle zweistöckig und etwa um die Jahrhundertwende gebaut. Man sah ihnen an, daß wohlhabende Bürger in ihnen gewohnt hatten. Gewiß wohnten auch jetzt wohlhabende Bürger in den vom Krieg verschonten Häusern. Ich blickte zum Himmel mit seinen vielen kalten, weißen Sternen und dachte, daß wir ein Kind haben würden. Ein paar Minuten später kam ein Taxi. Ich stieg ein und nannte dem Chauffeur den Namen meines Hotels.

40

Du kennst Pinneberg, das nordwestlich von Hamburg liegt, und Du kennst Friedrichsruh im Sachsenwald. Und zwischen Friedrichsruh und Pinneberg verkehrt die S 2, sie fährt durch die große Stadt Hamburg. Und südöstlich von Hamburg, einige Stationen vor Friedrichsruh, da liegt Reinbek, und von Reinbek will ich Dir erzählen, mein Herz.
Samstag vormittag rief mich Andrea gegen elf Uhr an und sagte, sie habe nun genug herumgetrödelt und Sehnsucht nach mir, sie wolle nach Reinbek fahren, das sei ihr Lieblingsausflugsort an den Wochenenden, und dies sei ein besonders schönes, besonders heißes Wochenende.
»Belieben Herr Kater hinauszufahren und ein bißchen herumzulaufen da draußen?«
»Gerne, Frau Horn«, sagte ich.
»Dann werde ich Herrn Kater in zehn Minuten vom Hotel abholen. Er möge sich ländlich-sittsam kleiden und ordentliche Schuhe anziehen, damit er nicht gleich jammert, die Füße täten ihm weh.«
Ich zog ein Paar Halbschuhe an, die aus Wien stammten – andere hatte ich noch nicht –, ließ vom blauen Anzug die Jacke weg und nahm ein blaues Hemd. Ich trat gerade aus dem ATLANTIC, als der Volkswagen vorfuhr. Überall hatte er Beulen und Rostflecken, und der Motor klingelte und klapperte, daß es zum Fürchten war. Da stand er also, der alte Volkswagen, und hinter dem Steuer saß, wunderschön und ungeschminkt, Andrea. Der be-

sonders hochgewachsene Türhüter öffnete mir den Schlag, steckte das Fünfmarkstück ein und war plötzlich sehr fröhlich. Ich fragte Andrea, die es auch bemerkt hatte, worüber der Mann plötzlich so fröhlich sei.
»Über uns beide«, sagte Andrea. »Wer uns beide anschaut, der muß einfach fröhlich werden.« Sie trat auf das Gaspedal, und wieder klingelte und klapperte der Volkswagen.
Ein kornblumenblaues Kleid mit weißem Kragen und weiße Sandalen trug Andrea an diesem Tag. Sie fuhr bloß bis zum Bahnhof Dammtor, dort parkten wir. Sie hatte mir erklärt, mit der S-Bahn ginge es viel bequemer und schneller, und da hatte sie recht. In einer knappen halben Stunde waren wir in Reinbek. Ich stand mit Andrea vor dem kleinen Bahnhof, blinzelte in der grellen Sonne und atmete tief. Wir ließen das Ortszentrum hinter uns und kamen zu einem Schloß, einem dreiflügeligen Backsteinbau der Renaissance, errichtet nach holländischer Art mit zweierlei Ziegeln, und Andrea erklärte mir, daß hier vor siebenhundert Jahren ein Kloster gestanden hätte, das zerstört worden sei, und an seiner Stelle hätte Herzog Adolf der Verstopfte später dieses Schloß erbauen lassen.
Wir gingen durch eine richtige Aulandschaft. Ein kleiner Fluß, »die muntere Bille« nannte ihn Andrea, sammelte sich vor einem Wehr und bildete einen beschatteten Mühlenteich, der sehr dunkel war und sehr tief zu sein schien. Die Sonne brannte, und die Getreidefelder waren voller Mohn wie auf dem Bild von Monet, nur kamen mir diese echten Mohnblumen viele Male künstlicher vor als jene auf Monets Gemälde. Wir gingen langsam weiter. Nur wenige Menschen begegneten uns. Der Boden auf dem Weg war locker und sandig. Wir kamen an behäbigen Katen mit dicken Strohdächern vorüber und wanderten einen Hang entlang durch ein Tal zwischen Wiesen, Wildnis und Moor. Wir sprachen kein Wort und standen oft lange Zeit still, wenn wir äsende Rehe und eilig hoppelnde Hasen sahen. Über dem Moor lärmten Wasservögel. Wir gingen weiter und kamen in einen mächtigen Wald. Schräg schnitten Sonnenbahnnen durch die hohen Stämme. Es war wie in einem Dom aus Bäumen und Licht, und ich dachte, daß ich schon einmal in einem solchen Dom gewesen war, aber ich konnte mich nicht an Ort und Zeit erinnern. So gelangten wir zu einer tiefen Kuhle, die halb von Gebüsch verborgen dalag wie eine sehr große Wanne. Hier wuchs weiches Gras. Andrea nahm mich bei der Hand, und

wir sprangen in die Senke hinab. Sie legte beide Arme um mich, und kaum hörbar sagte sie: »Komm jetzt, komm!«

41

Die nächste halbe Stunde war die Hölle.
Ich versuchte alles, aber alles war umsonst. Zuletzt ließ ich mich auf den Rücken rollen und sah zu den Baumkronen empor.
»Noch nie«, sagte ich, »noch nie im Leben ist mir das passiert.«
Wir waren beide nackt. Andrea hatte schöne, lange Beine, einen flachen Bauch und kleine, feste Brüste.
»Ich bin glücklich darüber, Liebster«, sagte sie.
»Glücklich?«
»Ja. Denn das zeigt mir, daß du mich wirklich sehr liebst. Wenn ein Mann eine Frau sehr liebt, dann passiert so etwas.«
»Aber ich will dir doch zeigen, wie ich dich liebe«, sagte ich. »Ich bin halb verrückt vor Sehnsucht danach, es dir zu zeigen.«
»Ja, eben deshalb«, sagte sie. »Du bist zu aufgeregt, du willst es zu sehr. Wenn du wüßtest, wie glücklich du mich damit machst. Und das ist dir noch nie passiert?«
»Noch nie, nein.«
»Wunderbar! Dann bin ich wirklich die erste Frau, die du liebst.«
»Ich halt' das nicht aus. Es ist zum Wahnsinnigwerden. Jetzt haben wir alles versucht, und es geht nicht.«
»Hör auf, davon zu reden«, sagte sie und streichelte mich. »Hör doch auf, Liebster. Ich sage dir doch, es ist alles wunderbar, ganz wunderbar für mich. Was du getan hast, das hat noch kein Mann so zärtlich getan, so liebevoll, so behutsam. Sie waren immer in Eile und dachten nur an sich, und ich habe ihnen vorgespielt, es wäre auch schön für mich, Kater, aber es war nicht schön für mich. Ich habe immer nur gewartet, bis sie fertig waren, damit ich gehen konnte, ins Badezimmer, und sagen, ich will mich waschen, und dann mußte ich es selber tun . . .«
»Das ist nicht wahr, du willst mich nur trösten.«
»Ich schwöre es dir. Bei unserer Liebe. Du bist der erste, der es mit Zärtlichkeit fertiggebracht hat, daß es funktionierte bei mir, nur mit Zärtlichkeit. So stark war es noch nie, nie im Leben, mein Liebster. Und nur mit Zärtlichkeit hast du es fertiggebracht.«

Und da, als sie mich immer wieder streichelte, war plötzlich alles so, wie es immer war bei mir und einer Frau. Ich lag über ihr und war wieder ein Mann, und sie stöhnte und sagte Liebesworte und biß mich in die Schulter, bis mir das Blut über die Brust rann und auf ihre tropfte. Immer schneller und immer heftiger bewegten sich unsere Körper. Sie schlang Arme und Beine um mich, und kurz vor dem Höhepunkt schrie sie auf, und gleich darauf war ich soweit, aber es ging so fort, ein zweites Mal und ein drittes Mal, noch nie hatte ich das erlebt, und immer wieder bäumten sich unsere Körper einander entgegen. Dann lag ich neben ihr, und wir hielten uns an der Hand und sprachen lange Zeit kein Wort.

Endlich sagte sie: »Habe ich alles so gemacht, wie du es dir wünschst?«

»Alles, Liebste, alles.«

»Du mußt es mir immer sagen, wenn ich etwas anders machen soll oder wenn du dir etwas anderes wünschst. Ich tue alles, was du willst. Darum wirst du nie eine andere Frau brauchen, nicht wahr?«

»Und du keinen anderen Mann.«

»Keinen anderen Mann, nein. Laß deine Hand da liegen!«

»Du bist wunderbar.«

»Es ist keine Kunst, wunderbar zu sein, wenn man einen Mann so sehr liebt«, sagte sie. »Und bitte, nimm die Hand da nicht weg!«

42

»Ich bin hungrig«, sagte sie später. »Ich bin immer hungrig nachher. Schrecklich hungrig.«

»Ich auch«, sagte ich.

»Ist das nicht großartig, wir sind füreinander gemacht«, sagte sie. »Was für ein Jammer, daß wir uns nicht schon früher getroffen haben.«

»Nein«, sagte ich, »das war gerade der richtige Moment, laß nur.«

»Ich kenne hier ein Restaurant, das ist billig und sehr gut«, sagte sie, während wir uns anzogen. »O Gott«, sagte sie und taumelte. Sie wäre gestürzt, wenn ich sie nicht festgehalten hätte. »O Gott, hast du mich geliebt. Meine Knie schlackern nur so.«

»Meine auch«, sagte ich. »Ist es weit bis zu diesem Restaurant?«

»Vielleicht eine Viertelstunde zu Fuß«, sagte sie.
»Ach, du herzliebstes Jesulein.«
»Wir werden einander stützen und langsam gehen wie zwei Krieger nach der Schlacht.«
»Deine Vergleiche sind aber seltsam.«
»Ja«, sagte sie. »Du mußt mir verzeihen. Denke bitte immer daran, daß ich ein bißchen verrückt bin. Ein bißchen sehr verrückt.« Und dann umarmte sie mich und küßte mich auf die Augen, auf die Stirn und lange auf den Mund, und ich dankte dem, woran ich glaubte, dankte dem Nichts, dem *nada,* dem *nul* und dem *nothing* für ein so großes Glück.
In dem Restaurant wurde auch im Garten serviert. Hier war es schattig und kühl, und wir aßen eine Spezialität der Gegend, die Labskaus hieß, eine Art Püree aus Fleisch, Fisch und Kartoffeln. Vorher aßen wir Hamburger Aalsuppe und zum Schluß rote Grütze. Und nach der Mahlzeit waren wir so müde, daß wir uns zwei Liegestühle holten, und ich schlief gleich ein. Als ich wieder aufwachte, war es halb sechs, und Andrea schlief noch immer. Sie hatte sich im Liegestuhl zusammengerollt wie eine Katze, und auf der Erde lag eine Zeitung, in der sie offenbar vor dem Einschlafen noch gelesen hatte, denn auf ihrer Nase saß ganz schief die große Brille. Ich nahm sie vorsichtig ab, damit sie nicht hinunterfiel und zerbrach. Andrea merkte nichts, und so legte ich mich zurück und wartete, bis sie aufwachte. Ich sah sie nicht an dabei, denn man soll schlafende Menschen nicht beobachten. Nach einer Weile dehnte und streckte sie sich, gähnte und sagte: »Gott, tun mir die Knochen weh! Und wer hat das getan? Das hat mit seinem Singen der liebe Kater getan.«
»Ich bin auch nicht gerade taufrisch«, sagte ich. »Denk doch, ein älterer Herr, der sich so verausgabt.«
»Und ich arme Jungfer zart«, sagte sie. »Jetzt habe ich Durst.«
»Ich auch, aber das bedeutet nichts. Ich habe immer Durst, nur manchmal besonders.«
Ich ging in das Restaurant und bat um zwei Flaschen Bier, und ein lächelnder Kellner in einer weißen Schürze brachte sie uns mit zwei Gläsern und einem Hocker zum Draufstellen in den Garten hinaus. Er strahlte Andrea an und ging ins Haus zurück.
»Netter Kerl«, sagte ich.
»Ja«, sagte sie. »Er hat uns auch das Essen serviert, erinnerst du dich? Wirklich, ein netter Kerl. Magst du ihn?«
»Nein«, sagte ich.

43

An diesem Abend übersiedelte ich vom ATLANTIC zu Andrea in die Alsterdorfer Straße. Die Treppe war schmal und sehr steil. Es gab keinen Lift, und ich kam außer Atem, als ich meine beiden Koffer in den zweiten Stock hochschleppte. Auf jeder Etage sah ich zwei Türen. Zu Andreas Wohnung gehörten vier große Zimmer und Nebenräume. Noch nie zuvor hatte ich in einem Heim so viele Bücher gesehen. Die meisten Wände waren von Regalen bedeckt. Dazwischen standen schöne alte Möbel. Nirgends erblickte ich eine Deckenbeleuchtung, nur Stehlampen und Tischlampen.
»Das muß ein Heidengeld an Miete kosten!« sagte ich.
»Es ist eine Eigentumswohnung«, sagte sie. »Ich habe dir doch von dem Mann erzählt, der mich für immer lieben wollte. Drei Jahre hat er es getan, dann ist er zu einer anderen gegangen. Diese Wohnung gehörte ihm. Er hat sie mir geschenkt – als Entschuldigung sozusagen. Das war sehr freundlich von ihm, nicht wahr? Er war überhaupt ein sehr freundlicher Mann.«
»Du redest kaum von ihm, und wenn, dann immer gut.«
»Warum sollte ich schlecht von ihm reden? Es war schön, solange es gedauert hat.« Sie umarmte mich plötzlich wild. »Aber du wirst mich nicht verlassen, Kater!«
»Das habe ich dir schon so oft gesagt.«
»Man kann nie wissen«, sagte sie. »Auch wenn man es wirklich ernst meint. Man kann nie wissen, in welche Situationen man gerät. Sag es mir halt immer wieder – von Zeit zu Zeit, meine ich, und natürlich nur, wenn dir danach ist.«
»Ich werde dich nie verlassen«, sagte ich.
»Das ist gut. Das ist schön zu hören, geliebter Kater.«
Die Fenster von drei Zimmern gingen auf einen großen, wilden Garten hinaus, in dem alte, hohe Bäume standen. Vor einem Fenster stand ein Schaukelstuhl.
»Sitzt du da oft?«
»O ja«, sagte Andrea, »sehr oft. Ich habe hier immer gesessen, wenn ich traurig und allein gewesen bin – und wenn ich nicht schlafen konnte, weißt du.«
»Das mußt du jetzt nicht mehr tun.«
»Laß uns zusammen hier sitzen, manchmal, und die Bäume anschauen! Ja, Kater? Bäume sind etwas Wunderbares. Sie sind

still und stark und haben tiefe Wurzeln. Das möchte ich auch, still sein und stark und tiefe Wurzeln haben. Wir sind laut und schwach und leben so kurz, und Wurzeln haben wir auch nicht. Es ist mit uns so, wie es in diesem Spiritual heißt: ›Stand still, Jordan!‹ Du kannst auch einen Strom nicht bitten stillzustehen. Und dann, denke doch, Kater, wie lang ein Baum lebt. Wenn wir beide Bäume wären und dicht nebeneinander wachsen würden, mit vierhundert Jahren wären wir noch gar nicht sehr alt.«
Dem Schaukelstuhl gegenüber hing ein dunkles Bild an der Wand. Es zeigte einen Totenschädel und eine abgelaufene Sanduhr, eine heruntergebrannte Kerze, ein zerfallenes Buch und andere Zeichen der Vergänglichkeit. Andrea bemerkte, daß ich das Bild ansah, und sagte: »Adriaen van Utrecht hat das gemalt. Im siebzehnten Jahrhundert. Eine Kopie natürlich.«
»Ich kenne diese Art von Bildern«, sagte ich. »Vanitas-Bilder heißen sie. Weil es doch in der Bibel heißt: ›O Eitelkeit der Eitelkeiten; alles ist eitel.‹«
»Auf dem Buch steht: MEMENTO MORI«, sagte sie. »Gedenke des Todes! Sie werden auch Memento-mori-Bilder genannt. Ich hab' es absichtlich dahin gehängt, Kater. Damit ich es immer sehen kann, wenn ich zu lange die Bäume angeschaut habe.« Sie umarmte mich wieder und sagte: »Weil wir Menschen doch nur so wenig Zeit haben, Liebster. Ich das nicht schrecklich?«
Wir gingen durch die anderen Räume, und ich brachte meine Sachen in einem großen Schrank unter und sagte, ein paar Seekisten hätte ich in Buenos Aires aufgegeben, die würden wohl noch eine Weile nach Bremerhaven unterwegs sein. Das war zwar eine Lüge, aber seit jener Nacht in Wien, in der ich so verzweifelt gewesen war, weil ich bei Andreas Leben geschworen hatte, daß mit meinem Herzen alles in Ordnung sei, dachte ich, wenn ich lügen müßte, immer an meine vielen Berufslügen und Berufsmeineide, die einfach notwendig gewesen waren und keine schlimmen Folgen hatten. So würde es nun auch bei Andrea sein, dachte ich. Es sind Notlügen. Und bei Notlügen passiert nichts. In Wien hatte ich mich noch betrunken vor Angst, daß Andrea sterben müsse, wegen meines falschen Schwurs. Damit war es vorbei.
Auch ihr Schlafzimmer quoll von Büchern über. Sogar die Wand, an der das Bett stand, war voller Regale, in denen man nur Platz für das Bett ausgespart hatte. Es war ein sehr breites Einzelbett, und Andrea sagte, nebenan gebe es auch ein Bett . . .

» . . . vielleicht willst du lieber allein schlafen.« Ich dachte: Fast fünfzehn Jahre lang habe ich allein geschlafen, aber nun ist alles anders.
»Ich will mit dir zusammen schlafen«, sagte ich. »Wir haben bestimmt genug Platz, oder glaubst du nicht?«
»Laß es uns mal versuchen«, sagte sie.
Ich zog meine Schuhe aus und legte mich neben sie. »Ausgezeichnet geht es«, sagte ich. »Und man kann ja auch auf der Seite schlafen, da liegen wir dann wie zwei Löffel in einer Schublade.«
»Ach«, sagte Andrea, »ich habe so sehr gehofft, daß du mit mir schlafen willst, Kater. Ein Drittel unseres Lebens wären wir sonst weniger zusammen.«
»Ja«, sagte ich und überlegte, daß ich bereits zwei Drittel meines Lebens hinter mir hatte, und ich mußte an die wunderbaren Bäume und das Memento-mori-Bild denken.
»Nur wenn einer krank ist, schläft er allein«, sagte Andrea. »Und der andere pflegt ihn. Nicht zu fassen, was für bürgerliche Ansichten ich auf einmal habe. Unheimlich, wie?«
»Ja«, sagte ich, »richtig unheimlich.«
»Heute gehen wir früh schlafen, denn morgen vormittag treffen wir Herrn Langenau und am Nachmittag dann Herrn Osterkamp.«
Wir badeten gemeinsam in einer großen Wanne und wuschen einander den Rücken. Danach waren wir natürlich wieder sehr aufgeregt, und wir liebten uns noch einmal, aber sehr behutsam. Andrea schlief sofort danach ein. Ich blieb wach. Ich mußte an mein großes Glück denken, und dann dachte ich darüber nach, was das eigentlich war: Glück. Es war so friedlich bei Andrea, so ruhig, so still jetzt, die Nerven entspannten sich, sobald man in ihrer Nähe war. Mir fiel eine Zeichnung von Zille ein, den ich sehr liebe. Da steht ein kleiner Junge mit Rotznase und kurzer Hose im Wald und sagt zu einer jungen Lehrerin: »Ach, Frollein, hier riecht et so scheen – nach jahnischt!« Das Glück, dachte ich, ist etwas Negatives. Was hatte ich in meinem alten Leben getan? Wie gemein hatte ich oft bei meinen Prozessen gehandelt. Welche Hölle war mein Zuhause gewesen. Wie zerprügelt war ich zum Schluß schon, als ich nur noch schlafen, schlafen, schlafen wollte. Wie ausgeschlossen von aller Welt war ich gewesen. Wie zerschlagen. Und wofür? Damit ich in den Schlagzeilen blieb und Yvonne und ihr Gigolo ein feines Leben hatten. Es war nicht schön zurückzublicken, das Vergessen fiel sehr

schwer. Da waren Dinge geschehen, von denen ich gehofft hatte, daß ich mich nie mehr an sie erinnern würde. Und nun erinnerte ich mich an sie. Und ich fühlte mein Glück so stark, weil ich so dankbar war für alles, was es *nicht mehr* gab. So gesehen, ist das Glück wirklich etwas Negatives.

Und ich dachte an die Chance, die ich in meinem zweiten Leben hatte, und daran, was ich alles tun wollte. Aber ich mußte auch daran denken, daß Andrea zwanzig Jahre jünger war als ich. In zehn Jahren war ich neunundfünfzig, und sie war dann erst neununddreißig. Und das würde schlimmer werden, je älter wir wurden. Nein, dachte ich, es wird nicht schlimmer werden, denn bei Andrea bleibe ich gewiß sehr lange viel jünger, als ich tatsächlich bin.

Sie atmete tief neben mir, und ich lag auf dem Rücken und dachte an meine Jugend und die hohen Ideale, die ich damals gehabt hatte. Nun, in meinem neuen Leben konnte ich sie verwirklichen! Ich wollte mit meiner ganzen Kraft, mit meiner ganzen Intelligenz fair und wahrhaftig sein, freundlich und voll guten Willens gegenüber allen Menschen, kein Unrecht tun und niemandem schaden, vielmehr jedermann nützen und für alle Menschen nur Gerechtigkeit haben.

Es war schon hell, und viele Vögel sangen im Garten hinter dem Haus, als ich endlich einschlief.

44

Etwa eine Viertelstunde, nachdem ich den Buchhändler Conrad Langenau kennengelernt hatte, verlor ich einen Backenzahn.

Langenau wohnte am Kaiser-Friedrich-Ufer neben dem Isebekkanal. Wir fuhren die Straße entlang, denn Andrea wollte mir Langenaus Haus zeigen. Er hatte vorgeschlagen, daß wir ihn von der Kirche abholten. Er ging jeden Sonntagvormittag zur Messe. Das Haus, sagte mir Andrea, sei ein vierstöckiger Neubau, in dem eigentlich nur Anwälte, Ärzte und ein Steuerberater ihre Kanzleien und Praxisräume hatten. Langenau war der einzige Mieter, der auch nachts im Haus blieb. Sonst war es nach der üblichen Bürozeit ganz leer, doch das machte Langenau nichts aus.

»Ich bin gern allein«, hatte er zu Andrea gesagt, »und außerdem

gibt es einen Mann vom Wach- und Sicherheitsdienst, der paßt auf mich auf.«
Ich sah, daß in großen Buchstaben zwei Wörter an die Mauer neben dem Eingang gesprayt waren. Beim Näherkommen las ich:

LANGENAU – TÜRKENSAU

»O Gott«, sagte Andrea. »Schon wieder.«
»Was bedeutet das?«
»Er setzt sich so für die türkischen Gastarbeiter ein«, sagte Andrea, die gehalten hatte und die Wörter anstarrte. »Er ist beim Verband der Sozialarbeiter für Türken in Hamburg, und er kümmert sich auch um die anderen Gastarbeiter. Da geschieht viel Unrecht, und Langenau kann Unrecht nicht ertragen. Deswegen steckt er dauernd in irgendeinem Schlamassel. Das da müssen diese Feiglinge heute nacht gemacht haben. Es stand schon einmal etwas Ähnliches dort, vor Monaten.«
»Und was passiert jetzt?«
»Langenau erstattet Anzeige bei der Polizei, und die nehmen ein Protokoll auf und helfen ihm, die Schmiererei zu entfernen. Eine Weile wird jetzt wieder eine Funkstreife nachts ein paarmal hier vorbeifahren, und dann schläft die Sache wieder ein.«
»Hat dieser Langenau denn keine Angst?«
»Angst?« fragte Andrea. »Der weiß ja gar nicht, was das ist, Angst.«
Und davon konnte ich mich bald überzeugen. Als wir zu der katholischen Kirche kamen, war die Messe gerade zu Ende, und die Gläubigen traten ins Freie. Ein junger Pfarrer gab allen die Hand. Es war eine kleine Kirchengemeinde.
»Da ist er«, sagte Andrea. Wir waren ausgestiegen, und ein Mann, noch größer als ich, kam uns über die Fahrbahn entgegen. Er lachte und winkte. Langenau sah aus wie ein Boxer: breite Schultern, schmale Hüften, und dazu hatte er einen sensiblen Mund, freundliche blaue Augen, braunes Haar und einen mächtigen, braunen Bart.
Andrea machte uns bekannt, und er schüttelte kräftig meine Hand. Obwohl er schon so lange in Deutschland war, sprach er noch immer mit dem kehligen, heiseren Akzent seiner Tiroler Heimat.
»Nach der Messe gehe ich in die Kneipe hier«, sagte er. »Frühschoppen mit ein paar Freunden. Kommen Sie doch mit!«
»Gerne«, sagte Andrea.

Die Kneipe war groß und voller hellgeschrubbter Holztische. Hinter dem vernickelten Tresen stand ein dicker Wirt mit violettem Gesicht und Riesenbauch. Wenn der keine Zirrhose im fortgeschrittenen Stadium hat, dachte ich, dann ist meine Frau Yvonne ein gütiger Engel der Unglücklichen und Beladenen. Das Lokal war voll.
Langenau steuerte auf einen Tisch zu, an dem drei Türken saßen. Er stellte uns vor, und die drei begrüßten uns höflich. Sie sprachen sehr gut Deutsch und hatten Gläser mit Apfelsaft vor sich stehen, denn ihre Religion verbot ihnen, Alkohol zu trinken. Die Luft war blau von Zigarettenrauch. Langenau begann sofort über das Fußballspiel Hamburger SV gegen Eintracht Frankfurt zu sprechen, das am Samstagnachmittag stattgefunden hatte, und er meinte, daß die Frankfurter sehr gute Leute hätten, die Hamburger aber leider ein paar Nieten. Die Türken gaben ihm recht, aber sie wirkten bedrückt und nervös. Langenau drehte sich um und sah zu einem großen, runden Tisch in einer Ecke, zu dem die Türken einige Male schüchtern geblickt hatten. An diesem Tisch saßen sechs Männer, denen ein siebenter etwas vorlas. Die sechs brüllten und schüttelten sich vor Lachen, doch es war ein böses Lachen, kein fröhliches.
Viele Gäste waren verlegen und schauten immer wieder zu unserem Tisch und den Türken. Ich hörte die Stimme des kleinen Mannes, der vorlas. Er war mager und hatte einen dünnen Schnurrbart und eine hohe Stimme.
».. . Suleika, meine liebe Frau, ich nix arbeit mehr am Bau. Auch viel Kollegen schon entlassen. Polier sagt: ›Nix mehr Geld in Kassen.‹ Doch du nix denken, das sei schlimm, ich trotzdem froh und munter bin, denn Allah hat mich nicht verdammt. War gestern schon beim Arbeitsamt . . .«
Der dicke Wirt erschien, begrüßte uns und fragte, was wir trinken wollten. Wir einigten uns auf Bier vom Faß und Steinhäger. Währenddessen hatte der kleine Magere weitergelesen: ». . . Weil ich noch ein Jahr Aufenthalt, komm nicht nach Hause ich so bald. Muß meiden noch Moschee und Tempel, zeig Arbeitsamt Papier – macht Stempel. Hier scheint mir alles wie verhext: Brauch nur noch schlafen, Konto wächst. Und ganz bestimmt für nächsten Winter zahlt Arbeitsamt mir Geld für Kinder . . .«
Gebrüll.
Langenau fragte den Wirt: »Was sind denn das für Leute?«

»Ich hab' sie noch nie gesehen«, sagte der Wirt besorgt. »Sie sind heute zum erstenmal hier.«
Am runden Tisch las der Kleine, als das Geröhre verstummt war, weiter: »Ich bin jetzt schon drei Jahre fort. Vielleicht hast du noch Kinder dort? Wo ich nix weiß, ist ganz egal. Du mußt mir melden nur die Zahl . . .«
»Für mich als Wirt ist es sehr schwer«, sagte der Dicke unglücklich. »Das sind auch Gäste. Sie trinken. Sie bezahlen. Was soll ich machen?«
Der Schnurrbärtige fuhr fort: » . . . und schleunigst schicken mir nach hier vom Amt beglaubigtes Papier. Du sollst mal sehen, wie dann munter Einkommen rauf und Steuer runter.«
Wieder Gebrüll. Die haßerfüllte Heiterkeit am runden Tisch steigerte sich. Alle sieben Männer schauten jetzt uns und die drei Türken an, die meisten Gäste ebenfalls.
»Bitte, machen Sie mir keine Unannehmlichkeiten, Herr Langenau«, sagte der Wirt. »Herr Langenau – bei unserer Freundschaft! Ich bitte Sie!«
Der Magere mit dem Schnurrbart las weiter: » . . . Heut Zahnarzt sagen, ganz gewiß, bis Montag hab ich neu Gebiß. Vielleicht, wenn es ist Allahs Wille, bis andern Mittwoch hab ich Brille . . .«
»Schweine!« sagte Langenau laut.
»Herr Langenau, bitte«, sagte ein Türke. »Lassen Sie uns gehen! Das hat doch keinen Sinn. Wir dürfen uns nicht schlagen. Sie wissen es doch.«
» . . . Das alles macht mir viel gut Spaß, weil alles zahlt die Krankenkass' . . .«
Neuerlicher Heiterkeitsausbruch am runden Tisch. Auch ein paar Gäste lachten mit, andere riefen: »Aufhören!« Und alle Menschen im Lokal sahen immer wieder zu unserem Tisch.
Langenau erhob sich, die Türken hielten ihn fest.
»Herr Langenau! Bitte nicht! Sie wissen doch, wie das ausgeht. Immer sind wir dann schuld. Bitte!«
Langenau setzte sich wieder.
» . . . Wenn Ostern Oma kommt, will sehn, daß sie auch kriegt so schöne Zähn . . .«
Langenaus Hände ballten sich zu Fäusten.
»Kommen Sie, gehen wir!« sagte Andrea zu ihm.
Er schüttelte den Kopf.
» . . . damit nix warten muß mit Essen, bis Opa fertig hat gegessen . . .«

Ein gehässiger Aufschrei.
»... weil es doch immer besser is, daß jeder hat sich selbst Gebiß...«
Jetzt lachten schon mehrere Gäste mit. Die Männer am runden Tisch hatten dunkelrote Gesichter, so sehr strengte sie das Lachen und das Hassen an. Ich mußte an chinesische Tuschzeichnungen von bösen Dämonen denken, die auch verzerrte Gesichter tragen, damit man sieht, wie anstrengend das Hassen ist.
»... wir sind hier kleine Kolonie und spielen Karten oft bis früh. In Deutschland, schönstes Land der Welt – nix Arbeit und viel Stempelgeld. Ich wohn' im Altbau noch ganz nett, mit Wasser, Strom und Plumpsklosett...«
Wieder stand Langenau auf.
»Bitte nicht!« sagte Andrea flehentlich.
»Tut mir leid, Fräulein Rosner«, sagte er. »Aber so geht das nicht.«
»... Ist Zimmerchen auch ziemlich klein«, las der Magere mit erhobener Stimme weiter, »fühl' ich mich wohl als wie daheim. Und Hausbesitzer läßt mich walten, kann mir sogar Kaninchen halten. War erst heut' morgen noch eins krank, hab's rausgeholt aus Kleiderschrank...«
»Aaaahhh, hahahahaha!«
»... Hab' ganzen Tag es noch bewacht und dann am Abend notgeschlacht'. Es gleich verkauft dann wieder weiter an einen Freund, auch Gastarbeiter...«
Langenau ging quer durch die Kneipe zum runden Tisch. Unterdessen fuhr der Kleine noch lauter fort: »... Und wenn Vertrag hier ist am Ende, komm' ich in Heimat noch mit Rente. Vorbei ist Armut, Hunger...«
Langenau hatte den Tisch erreicht. Ruhig sagte er zu dem Kleinen: »Hören Sie sofort auf damit!«
»Moment, Moment«, sagte ein anderer. »Was kümmert Sie das? Wer sind Sie überhaupt?«
»Conrad Langenau heiße ich. Hören Sie auf mit diesem Hetzgedicht!«
»Das geht Sie doch einen Scheißdreck an«, sagte ein dritter. »Wir sitzen hier friedlich beim Bier und haben unseren Spaß. Wir stören niemanden. Oder?« rief er laut und sah sich um. »Stören wir jemanden?«
Ein paar Gäste riefen »Ja!« Aber die Mehrheit blieb stumm. Es war überhaupt plötzlich sehr still in der großen Kneipe.

»Da, sehen Sie!« sagte der zweite. »Und nun lassen Sie uns in Ruhe. Was fällt Ihnen eigentlich ein? Sind *Sie* etwa für diese Scheißtürken und das ganze Gesocks?«
»Ja«, sagte Langenau.
»O Gott«, sagte Andrea.
»Was?« fragte der vom runden Tisch gespielt verblüfft, denn er hatte Langenau und uns ja bei den drei Türken sitzen sehen.
»Ja, habe ich gesagt«, Langenau sprach sehr ruhig.
»Dann sind Sie ein Arschloch«, sagte der Mann. Die anderen am Tisch schwiegen und hörten nur zu. Langenau ging um den Tisch herum, bis er vor dem Mann stand, der sehr stark war, und fragte: »Schon mal was vom Grundgesetz gehört?«
»Ach, lassen Sie uns in Frieden, Sie Klugscheißer!«
Langenau sagte: »Im Artikel drei des Grundgesetzes heißt es: ›Alle Menschen sind vor dem Gesetz gleich.‹«
»Sie sollen uns in Frieden lassen, verdammt nochmal!«
»Weiter heißt es: ›Männer und Frauen sind gleichberechtigt . . .‹«
»Hauen Sie ab, Mensch!« krähte der kleine Magere.
»›Niemand‹«, fuhr Langenau fort, »›darf wegen seines Geschlechtes, seiner Abstammung, seiner Rasse, seiner Sprache, seiner Heimat und Herkunft, seines Glaubens, seiner religiösen oder politischen Anschauungen benachteiligt oder bevorzugt werden.‹«
»Na dann, gelobt sei Jesus Christus«, sagte einer am Tisch.
»Mensch, Mann«, rief ein anderer, »Sie sind doch auch Deutscher wie wir! Viereinhalb Millionen haben wir von diesem Scheißgesindel! Und über einenviertel Millionen Deutsche sind arbeitslos. Da müssen die doch raus, die Schweine!«
»Es stimmt«, sagte Langenau, »die Regierung hat früher einen Fehler gemacht, als sie so viele Gastarbeiter ins Land rief. Aber da wurden sie eben gebraucht für das Wirtschaftswunder. Ohne die Gastarbeiter hätte es kein Wunder gegeben. Von der Wirtschaft sind sie als Wohlstandsmehrer gelobt worden. Den einmillionsten Gastarbeiter, einen Portugiesen, habe ich im Fernsehen gesehen. Dem sind Blumen und ein Moped geschenkt worden, und ein Generaldirektor hat ihm die Hand geschüttelt und auf die Schulter geklopft und ihm eine dicke Zigarre gegeben. Wenn wir jetzt zu viele Gastarbeiter haben, dann wendet euch mal an die Regierung, aber laßt die Gastarbeiter, die sie hergeholt hat, in Frieden!«
»Lassen sie *uns* denn in Frieden?« rief einer der Männer. »Unsere

Frauen trauen sich abends nicht mehr auf die Straße! Mann, wir werden doch übervölkert von diesem Verbrechergesindel!«
»Erstens rate ich Ihnen, mit Ihren Ausdrücken vorsichtiger umzugehen. Zweitens werden wir nicht übervölkert. Aber niemand hat den Versuch gemacht, die Gastarbeiter aus ihren Gettos rauszuholen und in unsere Gesellschaft aufzunehmen.«
»Na, das wäre ja noch schöner!« schrie einer. »Dieses ganze Rassengemisch, diese Untermenschen, die sollen in unsere deutsche Gesellschaft aufgenomen werden? Prima, Mann, prima. Dann sage ich gleich: Gute Nacht, Deutschland!«
»Denken Sie doch mal an die Situation der Gastarbeiter«, sagte Langenau. »Sie haben eine andere Sprache, eine andere Religion, sie schauen anders aus als wir. Das paßt vielen von uns nicht. Also werden die Gastarbeiter gehaßt, verachtet, schlecht behandelt, ausgenützt. Wenn es wo ein Scheißhaus zu putzen gibt, her mit ihnen! Sie kriegen die ganze dreckige Arbeit, für die wir uns zu fein sind. Sie müssen sie annehmen, sie müssen froh sein, wenn sie überhaupt noch Arbeit kriegen. Unter ihnen herrscht eine riesige Arbeitslosigkeit. Die Behörden wissen nicht, was sie tun sollen, sie haben Probleme genug mit den deutschen Arbeitslosen. Aber die Ausländer sind auch Menschen! Sie haben auch Kinder! Sie haben auch Schulden! Sie haben auch Sorgen! Dieselben wie unsere Leute! Aber das interessiert niemand. Merkt denn keiner von Ihnen, daß hier eine soziale Zeitbombe tickt?«
»Du Scheißkommunist«, sagte der Größte und Stärkste aus der Runde. »Geh doch in die DDR, wenn's dir hier nicht gefällt.«
»Ich bin kein Kommunist«, sagte Langenau. »Und ich sage Ihnen noch einmal: Hören Sie auf mit dieser Hetze. Lassen Sie die Türken in Frieden. Drei sitzen im Lokal, das sind meine Gäste. Ich lasse meine Gäste nicht beleidigen.«
»Scheiß mit Reis«, sagte der Mann. »Hauen Sie bloß ab, und lassen Sie uns in Ruhe!«
»In Deutschland, schönstes Land der Welt, wo man für Faulheit noch kriegt Geld!« krähte der kleine Magere, der neben dem Größten saß und lachte.
Langenau riß ihm das Blatt Papier, vom dem er abgelesen hatte, aus der Hand und betrachtete es.
»Das hat am Freitag bei uns im Werk an jedem Arbeitsplatz gelegen!« rief der Kleine.
Langenau drehte das Flugblatt um und las laut: »Gegen Ausbeutung und Klassenkampf, für Volksgemeinschaft! Volkssozialisti-

sche Bewegung Deutschlands.‹ Na also, sind die Nazis wieder da!« Er hielt das Blatt hoch. Zwei schneidige Männer waren darauf zu sehen, die schauten genauso aus, wie unter Hitler die strammen SA-Leute gezeichnet wurden, markige, heldenhafte Gestalten, und zwischen ihnen sah man einen Adler, der verfluchte Ähnlichkeit mit dem Naziadler hatte und ein Balkenkreuz in den Krallen hielt. Wer nicht ganz genau hinsah, dachte, es sei ein Hakenkreuz.
»Nun seien Sie mal gemütlich«, sagte der große Starke. » Erzähl' ich Ihnen auch noch einen Witz: Was ist der Unterschied zwischen Juden und Türken? – Die Juden haben es schon hinter sich.«
Brüllendes Gelächter.
Langenau stand reglos.
»Find'st du nicht komisch?« fragte der Kleine.
»Nein«, sagte Langenau, »gar nicht.«
»Na ja, wenn es denn also sein muß«, sagte der große Starke, stand auf und schlug Langenau die Faust ins Gesicht. Danach ging es los, aber mächtig. Langenau schien nichts gespürt zu haben. Er schlug zurück. Der Magere trat ihn in den Bauch, zwei Männer sprangen Langenau von hinten an. Er schlug sie mit mächtigen Schwingern zur Seite. Dann fiel der Tisch um. Gläser zerbrachen, Bier und Schnaps flossen über den Boden. Alle sieben Mann droschen nun auf Langenau ein. Sie waren dabei einander im Wege, aber er bekam furchtbare Schläge.
Frauen kreischten, und Männer brüllten, und der dicke Wirt hing schon am Telefon. Der rief die Polizei, wen sonst? Langenau war sehr stark, doch gegen eine solche Übermacht hatte er keine Chance. Jetzt trampelten sie auf ihm herum.
Ich rannte los, um ihm zu helfen.
»Kater!« schrie Andrea verzweifelt. Sie schrie noch immer, als ich die Kerle erreicht hatte. Ich riß einige an den Schultern von Langenau weg und schlug ihnen in die Fresse. Sie wichen zurück. Langenau kam wieder auf die Beine und begann, wie eine Maschine zuzuschlagen. Ich bekam einen Tritt in den Rücken und knallte gegen die Wand. Einer der Männer sprang mich an und schlug mir seine Fäuste in den Unterleib. Es tat wahnsinnig weh, und er hörte erst auf, als es mir gelungen war, ihn in die Garnitur zu treten. Da setzte er sich hin und hielt krampfhaft seine Sachen. Und ich dachte daran, wie fest ich mir vorgenommen hatte, zu allen Menschen freundlich zu sein.

Sofort waren zwei andere da, die auf mich einschlugen, Mordlust in den Augen. Es gelang Langenau, ebenfalls mit dem Rücken zur Wand zu stehen. Er hatte Riesenkräfte. Den mageren Kleinen hob er hoch und warf ihn durch das halbe Lokal. Ich versuchte, näher zu Langenau zu kommen, aber ein Stuhlbein traf mich über den Schädel, und ich ging zu Boden und kriegte eine Menge Tritte ab. Dann kam ich wieder in die Höhe und nahm mir den vor, der mich in den Unterleib geboxt hatte. Jetzt konnte ich mich revanchieren, aber ordentlich. Plötzlich traf mich seine Faust am Kiefer und etwas knackte. Ich wußte, das war ein Zahn, und ich spuckte ihn mit einer Menge Blut ins Gesicht meines Gegners. Ich hatte ziemliche Schmerzen, aber jetzt war ich so wütend wie Langenau, und ich schlug zu wie er. Wir standen nun Rücken an Rücken. Sieben Mann sind eine Menge gegen zwei, auch wenn die zwei noch so zuschlagen, und ich bekam Angst, daß das schlecht für uns enden würde, aber da hörte ich von fern eine Sirene. Daraufhin schmiß der zweite Mann dem Wirt Geldscheine auf den Tresen, und die sieben machten, daß sie so schnell wie möglich aus der Kneipe kamen. Ich sah auch die drei Türken verschwinden, sie durften nicht hier sein, wenn die Polizei kam, und die traf gleich darauf ein. Langenau stand keuchend gegen die Wand gelehnt, ich hatte mich auf einen Sessel fallen lassen. Die Polizisten kannten den Buchhändler bereits.
»Ach, unser Herr Langenau«, sagte der erste Polizist. »Unermüdlich im Einsatz für die Gastarbeiter, selbst am Sonntag.«
Langenau bückte sich und hob das verdreckte Flugblatt mit den strammen Kameraden, dem Adler und dem Hetzgedicht auf.
»Vielleicht gebt ihr das dem Staatsanwalt«, sagte er. »Er soll sich doch mal um die Volkssozialistische Bewegung kümmern, bevor sie zu groß ist.«
»Herr Langenau, Herr Langenau, hören Sie doch: Das ist eine ganz kleine Gruppe von Spinnern, das ist doch keine Bewegung! Da droht doch keine Gefahr!«
»Die Nazis waren auch mal eine ganz kleine Gruppe«, sagte Langenau. »Ihr kennt mich und wißt, ich bin ein schwarzes Pfaffenschwein, darum kann ich das auch sagen: Auf die Linksradikalen paßt ihr auf – auf dem rechten Auge seid ihr blind.«
»Stimmt doch nicht.«
»So, und was ist mit der Bombe auf dem Oktoberfest und der Wehrsportgruppe Hoffmann?«

Der dicke Wirt mit dem Zyklamengesicht kam und sagte, die sieben Männer, die da am Tisch gesessen hätten, seien das erste Mal hiergewesen, und Herr Langenau sei ein guter und lieber Stammgast, der schwer provoziert worden sei. Ein paar Leute riefen: »Sehr richtig!« und andere riefen: »Zahlen!« Der Wirt erklärte sich als nicht geschädigt, aber die Polizisten wollten doch ein Protokoll für das Revier haben, und da sie Langenaus Namen und Adresse kannten, baten sie nur mich um den Ausweis. Ich zeigte ihnen den gefälschten Paß, und der zweite Polizist fragte: »Wo wohnen Sie denn, Herr Kent?«
Ich nannte Andreas Adresse, und dabei verspürte ich einen Stich in der Brust. Ich lehnte mich an die Wand und hoffte, daß ich keinen Anfall bekommen würde. Es war eine wüste Schlägerei gewesen, die mich sehr angestrengt hatte.
»Schon lange?«
»Seit gestern.«
»Schon angemeldet?«
»Nein, noch nicht.«
Es kam kein zweiter Stich. Es kam kein Anfall.
»Der Paß ist vom Deutschen Generalkonsulat in Buenos Aires ausgestellt«, sagte der zweite Polizist erstaunt. »Da kommen Sie her?«
»Ja.«
»Seit wann sind Sie denn in Hamburg?«
»Seit vorgestern.«
»Wenn Sie so weitermachen, werden wir uns sehr freuen. Warum sind Sie überhaupt zurückgekommen?«
»Weil ich solche Sehnsucht hatte nach Deutschland«, sagte ich und errang damit einen großen Heiterkeitserfolg. Alle lachten, die Polizisten, der dicke Wirt, die Gäste, Andrea, ja sogar ich mußte lachen trotz meines schmerzenden Mundes, und ich versaute auch noch mein Hemd, denn während ich lachte, tropfte Blut darauf. Ich sagte: »Ich mußte Herrn Langenau helfen, das waren sieben gegen einen.«
»Und sind natürlich alle abgehauen, die Helden«, sagte Langenau. Er gab mir sein Taschentuch, damit ich das Blut vom Mund wischen konnte, und als er das Tuch aus der Tasche zog, fiel etwas zu Boden.
»Was ist das?« fragte ein Polizist.
»Das ist ein Rosenkranz«, sagte Langenau und hob ihn auf.
»Herr Langenau, Sie sind ein so guter Katholik! Aber kaum

haben Sie gesungen und gebetet und dem Pfarrer zugehört, kommen Sie hier rüber und fangen eine Schlägerei an.«
»*Ich* habe nicht angefangen. Das haben alle gesehen«, sagte Langenau. »*Ich* habe nicht angefangen.«
»Wir kennen Ihren Tiroler Dickschädel. Aus Beton ist der. Aber jetzt gibt's natürlich wieder mal eine Anzeige gegen Sie. Und gegen Sie auch«, sagte der zweite Polizist und sah mich an.
»Und bei mir haben sie wieder mal die Hausmauer angesprayt«, sagte Langenau. »Ich hatte noch keine Zeit, Anzeige zu erstatten. Ich mußte in die Kirche.« Es war ganz eigenartig, seine rauhe, kehlige Stimme als Kontrast zum halben Platt der Polizisten zu hören. »Also, hiermit erstatte ich Anzeige, und ich bitte, daß jemand kommt und mir hilft, das Geschmiere zu entfernen. Es macht einen so schlechten Eindruck auf Fremde, wissen Sie.«
»Herr Langenau, wir können Sie ja verstehen. Aber Sie müssen auch die vielen Deutschen verstehen, die gegen die Gastarbeiter sind. In Berlin soll es in mehreren Schulen bereits einen Ausländeranteil von siebzig Prozent geben, Herr Langenau!«
»Ich war in Berlin«, sagte Langenau. »›Kleen Istanbul‹ nennen die Leute den Bezirk Kreuzberg. Sehr komisch. Dadurch, daß die Deutschen überall abwandern, wo vermehrt Ausländer wohnen, wird die Gettobildung ja noch gefördert. So kommt es zur sozialen Isolierung, und die wieder macht jedes halbwegs normale Zusammenleben unmöglich. Die Deutschen müssen die Gastarbeiter ja nicht lieben, nur hassen sollen sie sie nicht. Daß es bei uns nie eine vernünftige Mitte geben kann!«
»Herr Langenau, Sie haben eine Leidenschaft: Sie scheißen ins eigene Nest, wo es nur geht, dabei sind Sie noch gar nicht so lange deutscher Staatsbürger.«
»Ja und? Ich finde, es ist immer noch feiner, ins eigene Nest zu scheißen als in fremde!« sagte Langenau. »Ich sage Ihnen, in diesen engen Ausländerquartieren entsteht mehr und mehr Zündstoff.«
»Klar«, sagte der erste Polizist. »Darum liegt der Knast auch näher beim Getto als beim Villenvorort. Wissen Sie, wie irrsinnig hoch die Ausländerkriminalität ist? Und sie steigt immer weiter.«
»So, wie die Dinge liegen«, sagte Langenau, »wäre es unbegreiflich, wenn die Ausländerkriminalität *nicht* steigen würde. Junge Ausländer, die oft schon lange in Deutschland leben, glauben nicht mehr an die Gerechtigkeit dieser Gesellschaft. Für sie ist Kriminalität eine Form der erfolgreichen Anpassung.«

»Herr Langenau, Ihr Gerechtigkeitsgefühl in Ehren«, sagte der zweite Polizist, »aber so wie eben dürfen Sie sich nicht benehmen. So geht das einfach nicht. Und das gilt auch für Sie«, sagte er zu mir.
Ich konnte den Mund kaum bewegen, als ich zum Wirt sagte: »Einen doppelten Cognac, bitte. Jetzt kann ich auch noch zum Zahnarzt gehen. Da hat mir doch einer einen Backenzahn ausgeschlagen.«
»Wenn die Wurzel heil ist«, sagte der erste Polizist, »kriegen Sie einen Stiftzahn.«

45

Andrea fuhr zuerst Herrn Langenau nach Hause, der zu Fuß zur Kirche gegangen und wie ich von der Prügelei ganz dreckig geworden war. Beide hatten wir eine Menge Schläge abbekommen, und unsere Gesichter waren bereits verschwollen. Die Beulen und Druckstellen, erklärte uns Andrea, würden sich bald in alle Regenbogenfarben verwandeln.
Herrn Langenaus Opel Rekord stand nahe dem Hauseingang, und als er aussteigen wollte, zeigte er uns den Mann vom Wach- und Sicherheitsdienst, von dem Andrea erzählt hatte und der gerade das Haus verließ. Wir verabredeten uns für fünf Minuten vor vier Uhr vor Osterkamps Buchhandlung in der Tornquiststraße, denn um vier Uhr erwartete uns der alte Herr. Wir sollten die Buchhandlung gleich einmal besichtigen, hatte er mit Langenau am Telefon verabredet.
Was ich am Leib trug – lauter neue Sachen aus Wien –, war total verschmutzt, und als ich in der Wanne saß, half Andrea mir, mich abzuseifen. Während sie später ein Pflaster über eine Wunde an meinem rechten Auge klebte, sagte sie: »Ich bin sehr stolz auf dich, Kater, weil du so tapfer mit Herrn Langenau gekämpft hast gegen diese niederträchtigen Kerle und gegen die Ungerechtigkeit. Tu das auch in Zukunft, aber wenn es möglich ist, bitte nicht zu oft.«
Es blieb so heiß wie in den vergangenen Tagen. Als wir mit dem alten Volkswagen in die menschenleere Tornquiststraße kamen, sahen wir vor der Buchhandlung einsam zwei Männer stehen – den mächtigen Langenau und den kleinen, schmächtigen Herrn

Osterkamp, dessen Augen sehr schlecht sein mußten, denn er hatte eine Spezialbrille. Mit ihr und seinem zerfurchten Gesicht sah er aus wie Jean-Paul Sartre.
Wir Männer waren in Hemdsärmeln, anders hielt man die Hitze nicht aus, und Andrea trug ein ganz leichtes, dünnes Kleid. Langenau stellte uns vor. Er hatte ein Pflaster über seinem linken Auge. Wir sahen arg zugerichtet aus. Langenau hatte Herrn Osterkamp schon erklärt, was geschehen war. Der alte Herr starrte Andrea in ihrem weißen Kleid an wie eine Himmelserscheinung und war sofort begeistert von ihr. Während er die Ladentür aufsperrte, flüsterte Andrea Langenau und mir zu: »Laßt mich machen. Mit dem kann ich prima. Der fliegt auf mich.«
Ich sagte leise: »Du bist vulgär.«
»Und pervers und schamlos«, flüsterte sie und lächelte dem alten Osterkamp zu, als dieser sich nach uns umsah. Das Lächeln hatte eine große Wirkung. Osterkamp, der gerade die Tür geöffnet hatte und vorausging, um uns einzulassen, stolperte in seiner Hingerissenheit und wäre um ein Haar auf die Nase gefallen.
»Seht ihr«, flüsterte Andrea. Es war wirklich schamlos, wie sie den alten Mann dann immer wieder anlächelte. Aber schließlich ging es ums Geschäft. Wir sahen uns die Regale mit den Büchern an, und Andrea sagte, die ganzen Bestände seien veraltet, und sehr viele neue Bücher, die man unbedingt führen müsse, gebe es nicht. Osterkamp nickte, als sage er zu allem ja und amen, und sah sie immer nur an. Vom Geschäft führte eine rostige Wendeltreppe in einen großen Keller, in dem Stapel von Büchern lagerten. Zum Keller gehörte noch ein etwas kleinerer Nebenraum. Andrea war begeistert. Vor Osterkamp nörgelte sie natürlich weiter, aber mir raunte sie zu: »Wenn wir die Wand da raushauen, dann ist das ja noch viel größer als unser Tiefgeschoß in der Bücherhalle, Junge!«
Oben gab es einen Waschraum samt Klo und eine Art Büro, in dem man sich ausruhen oder mit Besuchern sprechen konnte. Ich sah ein paar Stühle, ein altes Sofa, einen plüschigen Sessel und einen Tisch mit Kochplatte und Töpfen und Tassen darauf. An der Wand hing ein offenes Schränkchen, darin standen Tee- und Kaffeedosen. In diesen Raum verliebte ich mich sofort. Ich stellte mir alles frisch und sauber vor, und wie ich mit Andrea und Herrn Langenau (aber natürlich lieber nur mit Andrea) hier nach Geschäftsschluß oder wenn gerade nichts los war, einen

Whisky trinken würde. Andrea erriet sofort, woran ich dachte, und sagte: »Falls wir handelseinig werden, heißt dieser Raum Cat's Corner.« Und dann erklärte sie Langenau und Osterkamp, warum es hier eine Kater-Ecke geben müsse.
Der alte Herr zeigte uns auch den Hintereingang, der zum Hof führte. Im Büroraum stand ein Kühlschrank mit einer Menge Coca-Cola-Flaschen. Die braunrote Flüssigkeit war so kalt, daß einem beim Trinken die Zähne weh taten, und hinterher wurde uns natürlich noch heißer. Aber da wir sahen, wie eilig Osterkamp es mit dem Verkauf hatte, blieben wir, räumten den Tisch frei und zogen Stühle heran. Andrea setzte ihre Riesenbrille auf, die mich so verrückt machte, und der alte Herr holte aus einem Schrank massenweise Geschäftspapiere, und dann ging es los.
Als Rechtsanwalt war ich einiges gewohnt, was derartige Verhandlungen anging, aber eine Untersuchung, wie Andrea sie jetzt anstellte, hatte ich noch nie erlebt. Es war wie ein Verhör durch den Staatsanwalt. Sie fragte einfach nach allem, ließ nicht locker, rechnete nach und prüfte, was es zu prüfen gab: Jahresabschluß, Inventuren der letzten drei Jahre, Umsatzentwicklung in den letzten fünf Jahren, Anteil Rechnungsumsatz, Barumsatz, Großkunden, Schulbuchumsatz und dessen Rabattierung, neue Stadtentwicklungen, Einkaufszentren, Kaufhäuser, verkehrstechnische Verbindungen zur City (»wegen des Kaufkraftabflusses«, sagte sie), Ladeneinrichtung, Buchbestände, Zeitschriftenfortsetzungskartei und Kundenstruktur.
Na ja, sie redeten wahrhaftig viereinhalb Stunden, es mußte eben alles besprochen werden, und nach viereinhalb Stunden waren sie – noch nicht ernsthaft, nur ganz nebenbei – beim Kaufpreis angelangt. Als der alte Osterkamp sagte, also zweihundertfünfzigtausend wolle er schon für den Laden, die Einrichtung, die Bestände und den alten, gut eingeführten Namen OSTERKAMP, da setzte sich Andrea auf, schob ihre Brille hoch und sprach: »Nun hören Sie mal zu, Herr Osterkamp! Sie sind uns sehr sympathisch, aber bei Verhandlungen muß man offen sein, nicht wahr? Also ganz offen gesagt: Was Sie sich da vorstellen, von wegen zweihundertfünfzigtausend, das kriegen Sie nie und nimmer. Lassen Sie mich bitte ausreden, dann sind Sie wieder dran. Es ist ja wohl klar, daß wir Ihr Geschäft, *wenn* wir es kaufen, vollkommen umbauen müssen, denn in den letzten zehn Jahren, das sagen Sie selber, konnten Sie in diesen Laden keine müde Mark mehr investieren. Alles ist veraltet, die Einrichtung, die

Buchhaltung, der Lagerbestand. Müssen wir alles neu machen, wenn wir den Umsatz heben und die Rendite auf einen vernünftigen Stand bringen wollen.« Sie holte tief Atem und rückte die große Brille wieder auf der Nase zurecht, und ich war plötzlich sehr aufgeregt, denn ich sah sie vor mir, nackt, mit der Riesenbrille, und hörte sie sagen: »Ich denke da natürlich auch an eine angemessene Amortisation des investierten Kapitals . . .« Diese Worte schmissen mich einfach um. Hier redete eine ausgekochte, eiskalte Geschäftsfrau – und diese Frau hatte weich und zärtlich in meinen Armen gelegen, heute nacht noch, von gestern gar nicht zu reden! Ich bekam enormen Respekt vor Andrea, und der alte Osterkamp auch, Gott sei Dank! Langenau kannte Andrea von dieser Seite wohl schon. Er zuckte nur ein wenig zusammen, als sie schloß: » . . . und aus allen diesen Gründen haben wir Ihnen nicht mehr zu bieten als hunderttausend Mark, und das ist schon ein sehr gutes Angebot.«
Darauf erhob Osterkamp ein ungeheures Wehgeschrei und sagte, da könne man ja gleich auseinandergehen, und Andrea stand tatsächlich auf. Er aber blieb sitzen und sagte: »Na, na, Frauchen, man wird doch noch reden dürfen.«
Also redeten sie weitere zwei Stunden, und dann vertagten sie sich bis Montagnachmittag, wieder vier Uhr, in der Buchhandlung.
Auf der Heimfahrt sagte Andrea: »Wetten, daß ich ihn auf hundertfünfzigtausend herunterkriege?«
»Nie, Hörnchen, nie!«
»Wir werden noch zwei- oder dreimal verhandeln müssen, dann habe ich ihn weich, Kater, Also, um was wetten wir?«
»Ich weiß es nicht.«
»Aber ich. Der, der verliert, muß den andern zweimal nacheinander glücklich machen.«
»Fahren Sie schneller, Gräfin«, sagte ich, »ich hab' schon verloren.«

Zweites Buch

I

»Dieser Mann ist ein Ungeheuer, ein Dämon, ein Teufel! Sie kennen ihn nur als Charmeur, als geistreichen Unterhalter, aber ich sage Ihnen, er ist ein zu allem fähiger Satan, ein vor nichts zurückschreckender Seelensadist.« Yvonne rang nach Atem. Mit zitternden Fingern zerrte sie am Rock ihres Kostüms. Ganz in Dunkelgrün war sie gekleidet, der protzige Smaragdschmuck paßte dazu. Ihr Gesicht war weiß, unter den Augen lagen dunkle Schatten – diesmal nicht geschminkt, sondern Zeichen von Schlaflosigkeit, Nervosität und Angst. Ja, Angst hatte sie, meine schöne, böse, dumme Frau Yvonne, sehr große Angst. Ich kannte sie wahrhaftig gut und hatte meinem Freund Balmoral seinerzeit in Wien schon alles richtig erklärt.
»Verreck doch schon! Verreck! Verreck!« Das hatte sie mir haßerfüllt ins Gesicht geschrien, bevor ich nach Wien abflog. Dann war die Maschine explodiert. Dann hatte niemand meine Leiche identifizieren können. Da war in Yvonnes kleinem Hirn mit dem schlechten Gewissen die Angst hochgeschossen, die Angst. Dann hatte sie begonnen, daran zu glauben, daß ich noch lebe und mich nun rächen werde für all ihre Infamie, all ihre Gemeinheit. Ihre enorme Dummheit hatte diese Entwicklung noch unterstützt, und mit jedem neuen Tag wurde die Angst größer.
Paul Perrier, der neben Yvonne saß, war verlegen, fast ein Dauerzustand seit meinem Verschwinden. Er hatte auch jeden Grund dazu. Man konnte schon verlegen werden an ihrer Seite. Von der nahen Kirche Notre-Dame her erklangen elf Glockenschläge. Automatisch sah der Staatssekretär im Justizministerium, Philippe Nardonne, der Yvonne hinter einem großen Schreibtisch gegenübersaß, auf seine Armbanduhr. Nardonne war ein dezent gekleideter Mann von etwa fünfzig Jahren. Er hatte ein kluges Diplomatengesicht, in dem jetzt ein Ausdruck irritierter Ratlosigkeit stand. Er fühlte sich überrumpelt. Drei-

mal war er in unserem Palais zu Gast gewesen, eine rein berufliche Bekanntschaft verband ihn mit mir. Wir waren einander sympathisch, und damit hatte es sich. Als Yvonne ihn vor einigen Tagen angerufen und gesagt hatte, daß sie in einer Angelegenheit von höchster Dringlichkeit seine Hilfe benötige, da sprach sie mit ihm wie mit ihrem ältesten Freund. Höflichkeit hatte es Nardonne gewiß verboten, sie abzuwehren, und nur mit einem sehr unguten Gefühl mochte er ein Treffen verabredet haben. Das ungute Gefühl war, wie er jetzt feststellen konnte, völlig richtig gewesen. In was für Affären wurde er da hineingezogen? Yvonne und ihr Begleiter hatten sich um mehr als eine halbe Stunde verspätet. Der Grund dafür lag in einer Szene, die Yvonne dem Concierge gemacht hatte, dem gutmütigen, fleißigen und geschickten Emile Rachet.
Seit achtzehn Jahren lebte er in der Mansardenwohnung über dem Garagenhaus hinten in dem großen Garten. Durch einen Freund – damals hatte ich noch etliche – war Emile mir vermittelt worden, und wir hatten einander gleich gern gehabt. Aus eben diesem Grunde hatte meine Frau Yvonne ihn gleich von Anbeginn nicht leiden können. Von Anbeginn intrigierte sie gegen den gutmütigen Emile, der so groß war und dabei so wunderbar geschickte Hände hatte. Er hing deshalb sehr an mir, und die Kunde von meinem Tode mußte ihn schwer getroffen haben. Ich dachte oft an ihn.
An diesem Morgen hatte er gerade den Rolls-Royce gewaschen und mit weichem Leder trockengerieben, als Yvonne und Perrier erschienen. Zunächst stellte sie den armen Emile wegen des Wagens zur Rede.
»Das nennen Sie sauber? Sind Sie blind oder schon völlig verblödet? Sehen Sie nicht die Flecken auf der Stoßstange?«
»Madame, es ist nur *ein* Fleck, und der ist da, seit wir diesen Wagen haben. Man kriegt ihn nicht weg. Das wissen Sie.«
»Aber das Innere! Das Innere ist ein Schweinestall. Eh, ekelhaft dieser Dreck!«
»Madame, ich habe den Boden und alles andere mit dem Staubsauger gereinigt. Das Innere ist sauber. Bitte, behaupten Sie nicht Dinge, die nicht wahr sind.«
»Hören Sie, Emile, wenn Sie unverschämt werden, fliegen Sie, aber sofort! Sie hätten schon vor achtzehn Jahren rausfliegen sollen, gleich nach Ihrer Einstellung!«
»Ja.« Emile lächelte. »Das weiß ich, daß Sie mich gerne entlassen

hätten. Der arme Monsieur wußte es auch. Darum hat er mir einen Vertrag gegeben, den nur ich aufkündigen kann, wenn ich einmal zu alt oder zu krank bin, um meine Arbeit zu verrichten. Das wissen Sie genau.«

»Ich weiß auch, daß ich Ihnen befohlen habe, Sie sollen Ihre widerliche Gemüseecke einebnen und dort Grassamen streuen. Wie oft habe ich Ihnen das schon gesagt, Emile? Warum tun Sie es nicht? Jetzt ist mein Mann nicht mehr da. Jetzt bin *ich* Ihre Chefin. Alles hier gehört jetzt mir, auch der Garten. Ich befehle Ihnen, hören Sie, Emile, ich *befehle* Ihnen, daß Sie Ihren Gemüsegarten bis heute abend einebnen.«

»Madame, der gnädige Herr hat mir das kleine Stück Land geschenkt.«

»Aber darüber haben Sie keinen Vertrag, oder?«

»Ich habe nie gedacht, daß ich jemals einen brauchen würde. Der gnädige Herr in seiner Güte . . .«

»Hören Sie mir mit der Güte des gnädigen Herrn auf! Schlimm genug, daß ich Sie nicht entlassen kann, daß ich Tag für Tag Ihre miese Fresse sehen muß, schlimm genug – aber mit dem Stück Erde kommen Sie nirgends durch, vor keinem Gericht! Und ich zeige Sie an wegen Ungehorsam, wegen Diebstahl, wenn Sie nicht endlich dieses scheußliche Zeug da hinten wegräumen und Gras ansäen. Das ist das letzte Mal, daß ich Sie dazu auffordere. Wenn Sie bis heute abend nicht entsprechend gehandelt haben, übergebe ich die Sache meinem Anwalt. Wir werden dann schon sehen, ob ich Sie unter *allen* Umständen ertragen muß. Komm jetzt, Paul!« Sie stieg in den Wagen. Perrier setzte sich hinter das Steuer. Emile hob die Hände.

»Entschuldigen Sie, Madame, ich war vielleicht etwas vorlaut, es tut mir leid. Aber ich versehe doch meine Arbeit gewissenhaft. Sie können sich nicht über mich beklagen. Ich flehe Sie an, Madame, lassen Sie mir mein Stückchen Land! Bitte, Madame!«

»Gehen Sie weg! Aus dem Weg, hören Sie nicht?«

»Lassen Sie mir mein Stückchen Land, Madame . . .« Emile hatte jetzt Tränen in den Augen.

»Heute abend ist da hinten alles verschwunden!« rief meine Frau. Schrill und ordinär war ihre Stimme. »Nun fahr doch schon, Paul! Der alte Trottel stinkt ja zum Kotzen. Ganz übel ist mir, eh!«

Paul fuhr los.

Emile sah dem Wagen lang nach.

Jetzt weinte er nicht mehr.
Jetzt blickten seine Augen hart und starr, und seine Lippen bewegten sich lautlos.
Darum also waren Yvonne und Paul Perrier um eine halbe Stunde verspätet bei Nardonne eingetroffen. Nicht daß Yvonne etwa daran gedacht hätte, sich zu entschuldigen. Keine Rede davon! Mit der größten Selbstverständlichkeit hatte sie Platz genommen und Paul als besten Freund vorgestellt, der ihr in schwerer Zeit zur Seite stehe. So hatte sie es bislang überall gehalten. Daß der beste Freund meine Pyjamas trug und in meinem Bett schlief, ließ sie unerwähnt. Nardonne hatte ihr die Hand geküßt. Nun war wieder einer ihrer großen Auftritte gekommen. Leider war keine Kamera zur Stelle. Oder zum Glück. Yvonne sah wirklich sehr mitgenommen aus.
Kaum saß sie, da legte sie schon los, wobei ihre Hände aufgeregt flatternd das Gesagte unterstrichen.
»Lieber Monsieur Nardonne, ich komme zu Ihnen, weil wir einander schon so gut und so lange kennen.« Das war nun eine gewaltige Übertreibung, und Nardonne sah Yvonne mit unbeweglichem Gesicht an. Paul Perrier rutschte auf seinem Sessel hin und her, und Nardonne konnte sehen, daß auch Gigolos ein schweres Leben haben.
»Womit kann ich Ihnen dienen, Madame?« Nardonne räusperte sich.
»Sie können mir helfen, meinen Mann zu finden.« Yvonnes Zunge glitt über die Zahnreihen. Das ganze affektierte Getue wirkte diesmal gezwungen.
»Ihren Mann . . . Entschuldigen Sie, Madame, aber Ihr Gatte ist doch bei diesem furchtbaren Flugzeugunglück ums Leben gekommen.«
»Eben nicht!«
»Wie bitte?«
»Eben nicht!« Yvonnes Stimme wurde schrill. »Ich habe es damals in Wien schon gefühlt, und jetzt, nach all den Wochen, weiß ich es mit Bestimmtheit: *Mein Mann lebt.*«
»Madame, ich bitte Sie . . .«
»Nein, Monsieur Nardonne. Hören Sie mir zu. Glauben Sie mir, ich weiß, was ich sage. Sie haben keine Hysterikerin vor sich, keine dumme Gans, die Theater spielt und sich wichtig macht. Ich erkläre Ihnen mit aller Bestimmtheit und in großer Not: Mein Mann lebt.«

Nardonne sah hilflos zu Perrier. Der hob die Schultern, wie um anzudeuten, daß von ihm keine Hilfe zu erwarten war.
»Aber wie, Madame, wie kann er leben, wenn er doch bei dem Terroranschlag ums Leben gekommen ist?«
»Er ist nicht ums Leben gekommen.«
»Madame, bitte.«
»Ich sage: Er ist nicht ums Leben gekommen.« Yvonne skandierte jede einzelne Silbe.
Man sah dem Staatssekretär seine Abneigung an, als er sagte: »Er ist ... hrm ... offiziell für tot erklärt worden, Madame.«
»Was besagt das? Einen Dreck besagt das. Gib mir endlich Feuer, Paul! Vielleicht gelingt es dir *einmal*, dich höflich zu benehmen.« Perrier beeilte sich, ein goldenes Feuerzeug anzuknipsen und es unter die Zigarette zu halten, die Yvonne zwischen den Lippen hielt. Sie rauchte viel zuviel. Bevor sie ein Telefongespräch führte, bevor sie sich zu schminken begann, mußte sie eine Zigarette anzünden, das war schon immer so gewesen. Jetzt war es noch schlimmer geworden. Jetzt konnte sie keine Unterhaltung mehr führen, nicht mehr lesen, nicht mehr zuhören, ohne zu rauchen. Sie rauchte auch noch im Bett und hielt Perrier damit wach, denn er getraute sich erst einzuschlafen, wenn sie fest schlief und er sich vergewissert hatte, daß ihr keine glühende Zigarette aus dem Mund auf die Decke geglitten war.
Nardonne wurde ungeduldig.
»Madame, erlauben Sie eine Frage.«
»Bitte.« Sie blies Rauchringe in die Luft.
»Hatte Ihr Mann eine Lebensversicherung zu Ihren Gunsten abgeschlossen?«
»Ja, das hatte er.« Sie stippte die Asche auf den kostbaren Teppich. Perrier schob ihr einen Aschenbecher hin. Sie tat, als bemerke sie es gar nicht.
»Und hat die Versicherung die für den Fall seines Ablebens vereinbarte Summe ausbezahlt?«
»Ja.«
»Nun, Madame, dann haben Sie hier doch den schlagenden Beweis dafür, daß Ihr armer Mann tot ist und nicht mehr lebt, wie Sie behaupten – aus Gründen, die mir nicht begreiflich sind.«
»Wieso?«
»Weil ich nicht verstehe, weshalb Sie zu mir kommen ...«
»Das sage ich Ihnen gleich. Wieso habe ich da den schlagenden Beweis?«

»Weil die Versicherung gezahlt hat.« Man konnte sehen, daß Nardonne es sehr bereute, jemals die Einladungen in unser Palais akzeptiert zu haben. »Die Versicherung zahlte nur, weil Ihr Mann tot ist.«
»Er lebt! Er lebt!«
»Dann haben Sie sich strafbar gemacht, als Sie die Summe annahmen.«
»Wieso?«
»Wenn Sie davon überzeugt sind, daß er noch lebt . . .«
»Ah, nein! Er ist gerissen! Er gab die Summe zurück! Darum haben sie überhaupt gezahlt. Die stecken unter einer Decke. Deshalb habe ich das Geld natürlich angenommen.«
Nardonne sah wieder Perrier an, diesmal entsetzt. Perrier litt. Müde hob er die Schultern, als wolle er sagen: Warum schauen Sie *mich* an, Monsieur? Sie hören dieses Geschwätz zum erstenmal. Ich höre es seit Wochen, unentwegt. Er hätte noch hinzufügen können: Und was für mich dabei besonders schlimm ist, werter Monsieur Nardonne: Madame sagt die Wahrheit, ihr Mann lebt wirklich, ich weiß es, ich habe ihn in Wien gesehen.
Paul Perrier befand sich in keiner schönen Lage. Auch wenn er in seinen Smokinghemden meine Brillantmanschettenknöpfe trug – auch wenn er meinen Wagen fuhr und mein Geld großzügig ausgab.
»Aber um Himmels willen, liebe, verehrte Madame Duhamel, das geht nun doch wirklich zu weit! Ihr Mann bezahlt das ganze Geld an die Versicherung zurück?«
»So ist es«, sagte Yvonne und ließ die weißen Hände mit den überlangen, rotlackierten Nägeln flattern, indes sie klagend die eingangs erwähnten Worte hervorpreßte: »Dieser Mann ist ein Ungeheuer, ein Dämon, ein Teufel! Sie kennen ihn nur als Charmeur, als geistreichen Unterhalter, aber ich sage Ihnen, er ist ein zu allem fähiger Satan, ein vor nichts zurückschreckender Seelensadist.«
»Madame, ich bitte Sie! Wo befindet Ihr Mann sich denn dann?«
»In einem Versteck.«
»Was für einem Versteck?«
»Das weiß ich nicht. Er ist so schlau. Er war schon immer so schlau. Nicht klug, nein, das nicht. Nicht intelligent, das auch nicht. Intelligent bin ich und klug auch. Ich habe ein Gefühl, ein Gespür für das, was richtig ist. Aber ich bin nicht schlau. Das ist Charles, war er immer. Er wußte, wie man Menschen ängstigt,

Menschen quält, hilflose Menschen, Monsieur. Schauen Sie mich an! Ich bin wahrhaftig eine arme, hilflose Frau, die von diesem Teufel jetzt systematisch in den Wahnsinn getrieben wird. Das will er, nichts anderes, er will, daß ich wahnsinnig werde vor Angst, und das hat er schon fast erreicht. Ich zittere und bebe bei jedem Geräusch, bei jedem fremden Schritt, ich kann nicht mehr schlafen vor Angst.«
»Angst wovor?«
»Nun, davor, von ihm ermordet zu werden natürlich«, sagte meine Frau Yvonne.

2

Du wirst Dich, mein Herz, gefragt haben, woher ich all dies weiß, wie ich Dir eine Szene schildern kann, deren Zeuge ich nicht gewesen bin. Nun, ich werde dir noch mehrere solcher Szenen schildern. Die Erklärung, mußt Du wissen, ist einfach: Später, viel später, begegnete Paul Perrier mir noch einmal. Und bei dieser Gelegenheit erfuhr ich alles von ihm. Was ich nicht von ihm erfuhr, erzählte mir ein anderer Mann, den ich etwa zu der Zeit, da ich Paul Perrier wieder traf, kennenlernte. Er wußte von ganz anderen Dingen, über die ich Dir auch berichten werde. Nun verstehst du zunächst einmal, weshalb ich Dir das Verhalten meiner Frau so genau schildern kann, ohne sie jemals wiedergesehen zu haben bis zum heutigen Tag.
Und so fahre ich fort in meinem Bericht.

3

»Ihr Mann will Sie ermorden?« Staatssekretär Nardonne mußte sich energisch räuspern. Immer wieder sah er zu Paul Perrier, dessen Augen den Blick eines siechen Kalbes angenommen hatten.
»Das sage ich doch die ganze Zeit! Das ist doch der Grund für dieses teuflische Versteckspiel. Er lauert im Dunkeln und läßt mich zittern und beben, wer weiß, wie lange noch. Und dann ist er plötzlich da, unheimlich, von einem Moment zum andern, und

tötet mich.« Sie streifte von ihrer Zigarette die Asche ab. Sie fiel wieder auf den Teppich. Eine Hand drückte sie an ihre linke Brust. »Mein armes Herz, ich war beim Arzt, er sagt, mir fehlt nichts, aber der steckt natürlich auch mit meinem Mann unter einer Decke. Alle, alle stecken sie unter einer Decke mit ihm. Nein, du nicht, Paul. Du als einziger nicht.«
»Und warum Monsieur Perrier nicht?« fragte Nardonne ironisch.
»Weil mein Mann auch Monsieur Perrier töten will«, sagte Yvonne mit Würde. »Uns beide. Das ist sein Plan. Ich habe es klar erkannt.«
»Aber warum will er Sie ermorden, Sie beide?«
»Rache«, sagte Yvonne.
»Wie bitte?«
»Aus Rache will er uns töten. Sehen Sie, Monsieur Nardonne, Paul – Monsieur Perrier – und ich lieben einander. Sie sind der erste, der davon erfährt, niemand ahnt noch etwas davon. Nachdem mein Mann verschwunden war, kümmerte sich Paul in der rührendsten Weise um mich. Zum erstenmal sah ich, was für ein Mann er wirklich ist. Und er, er gestand mir, daß er mich schon immer geliebt hatte . . .«
Die Hände flatterten, die Zigarette fiel auf den Teppich, Perrier hob sie auf und drückte sie im Aschenbecher aus. Schon hatte Yvonne eine neue im Mund, und er beeilte sich, ihr Feuer zu geben. Ein armer, geschlagener Kerl, dieser Paul Perrier. Aber bei dem Geld, das Yvonne jetzt hatte!
»Weil ich in meiner Verlassenheit einem Mann begegnet bin, den ich lieben kann in seiner Reinheit, und der meine Liebe in so einmaliger Weise erwidert, darum eben will diese Bestie in Menschengestalt uns jetzt terrorisieren, quälen bis aufs Blut – und zuletzt töten. Er war schon immer so, Monsieur Nardonne. Ich bin ganz sicher, als Kind hat er den armen Fliegen die Flügel ausgerissen.« (Nein! konnte man auf Nardonnes Gesicht lesen, wenn ich nicht so gut erzogen wäre, würde ich diese Person hinausfeuern, daß sie bis zu unserer Lieben Frau von Paris fliegt.)
»Und deshalb bin ich bei Ihnen, Monsieur.«
Nardonne schluckte.
»Bei mir? Weshalb, Madame? Ich verstehe nicht. Was kann *ich* für Sie tun?«
»Sie können diesen Lumpen finden, bevor ein Unglück geschieht.«

»Ich?«
»Nicht Sie persönlich natürlich. Aber auf Ihre Anordnung hin die Polizei, die besten Kriminalbeamten. Wenn Sie nun eine Fahndung nach meinem Mann einleiten, wenn er gesucht und gejagt wird...«
»Madame!«
»...dann kann das Letzte, das Äußerste vielleicht noch vermieden werden...«
»Madame, ich bitte Sie!«
»...und ich werde Ihnen zu ewiger Dankbarkeit verpflichtet sein, ich, eine schwache Frau, hilflos ausgeliefert diesem Teufel und seinen teuflischen Machinationen.« Yvonne stach mit einem Finger nach Nardonne. »Sie haben da doch diesen großartigen Mann, der immer eingesetzt wird, wenn es um ganz schwere und gefährliche Fälle geht, diesen Kommissar Rolland. Jeder hat schon einmal von ihm gehört.«
»Sie meinen im Ernst, Kommissar Rolland soll sich um Ihre Angelegenheiten kümmern?«
»Natürlich Kommissar Rolland! Der beste Mann, den es hierfür gibt!« rief Yvonne.
Nardonne hatte genug.
»Madame«, sagte er sehr laut, »Kommissar Rolland können wir Ihnen nicht zur Verfügung stellen. Es tut mir leid. Auch ich vermag Ihnen überhaupt nicht zu helfen. Ich bin nicht der richtige Mann. Das fällt nicht in mein Ressort, wirklich nicht.«
»Natürlich fällt das in Ihr Ressort! Hören Sie, Monsieur Nardonne, sind Sie etwa auch mit dem Dämon im Bunde?«
»Madame, ich muß doch sehr bitten.«
»Wirklich, Yvonne«, mischte sich Perrier ein, »das ist unmöglich...«
»Du halt den Mund! Ich entschuldige mich bei Ihnen, Monsieur Nardonne, da sehen Sie, wie weit er mich schon getrieben hat. Ich weiß nicht mehr, was ich sage. Wenn Sie ahnen könnten, welche Angst mich gefangen hält, wenn Sie meine Nächte durchleiden müßten, nur eine einzige... Gut, Sie vermögen mir nicht zu helfen, aber einen Rat, einen Rat können Sie mir doch geben, Monsieur Nardonne! Ich flehe Sie an... in meiner Todesangst flehe ich Sie an...«
Mit der Stimme eines alten Hausarztes sagte Nardonne: »Wenden Sie sich doch an die Öffentlichkeit, Madame, an die Zeitungen, das Fernsehen, die Massenmedien...«

»Oh, das ist eine gute Idee! Die Massenmedien! Paul wird mir dabei helfen. Er ist viel geschickter als ich in diesen Dingen. Und es geht schließlich auch um seine Existenz...«
Perrier, der Nardonne für seinen guten Ratschlag hätte umbringen können, wußte, was auf ihn zukam. Jetzt durfte er also die Leute beim Fernsehen, beim Funk und bei den Zeitungen anrufen. Yvonne würde keine Ruhe geben. Sie gab nie Ruhe.
Perrier fühlte sich ganz außerordentlich elend.
An diesem Abend hatte Emile Rachet das Stückchen Land hinten im Garten eingeebnet und Grassamen gestreut.

4

»In den alten Zeiten, wo das Wünschen noch geholfen hat, lebte ein König, dessen Töchter waren alle schön, aber die jüngste war so schön, daß die Sonne selber, die doch so vieles gesehen hat, sich verwunderte, sooft sie ihr ins Gesicht schien«, las Marili, die auf einem mit Goldpapier geschmückten Stuhl saß, laut vor. An ihren Armen steckten Ledermanschetten, und diese trugen stählerne Greifer. Mit ihnen konnte man sehr viele Dinge tun, die man sonst mit den Händen tut, wenn man Hände hat. Marili hatte keine. Aber sie konnte das Märchenbuch mit den Greifern halten, und umblättern konnte sie auch mit ihnen. Marili hatte langes, blondes Haar und blaue Augen und sah aus wie eine Käthe-Kruse-Puppe. Vor Marili stand ein Mikrophon, ihre Stimme wurde auch nach oben ins Erdgeschoß übertragen. Einunddreißig Kinder und noch mehr Erwachsene hörten ihr zu. Das war am 8. August 1981, am Nachmittag, und mit dem Märchen »Der Froschkönig oder der eiserne Heinrich« eröffnete Marili die ganz und gar umgestaltete BUCHHANDLUNG OSTERKAMP, INHABERIN ANDREA ROSNER. Es war ein Samstag, und am Montag darauf begann wieder die Schule in Hamburg. Ich hatte darum gebeten, daß Marili das Lieblingsmärchen meiner Jugend las. Ach, Straßburg! Wo waren meine Mutter und der gute Heinz, mein zweiter Vater? Tot waren sie schon lange. Doch ich Büchernarr, stets so begierig, Deutschland kennenzulernen, wo war ich? Mitten in Hamburg und in einer Buchhandlung! Und die Frau, die ich liebte, war Buchhändlerin. Wie seltsam und wie wunderbar...

Wir hatten es geschafft mit dem Umbau, rechtzeitig geschafft! Die einunddreißig Kinder saßen im Tiefgeschoß: große und kleine, dicke und dünne, türkische, jugoslawische und spanische, katholische, evangelische und mohammedanische, behinderte Kinder aus dem nahen Heim. Kinder von armen und Kinder von wohlhabenden Eltern, von solchen, die SPD wählten oder CDU oder FDP, und auch ein hübscher Judenjunge war dabei.
Die meisten Erwachsenen saßen auf der mit einem roten Läufer bespannten, breiten Betontreppe, die jetzt die alte Wendeltreppe ersetzte. Diese bequeme Treppe hatte an der einen Seite eine Rampe, über die man Rollstühle transportieren konnte. Auf der anderen Seite war neben dem Geländer als abgestufte Rinne eine Art Trog in den Beton eingelassen. Hier standen Blumentöpfe mit gelben und leuchtend roten Zwergdahlien, weißen und rosa Astern, violetten Alpenveilchen und Begonien in den verschiedensten Farben. Die Idee zu dieser Blumentreppe hatte Andrea gehabt.
Alles im Tiefgeschoß war freundlich und bunt und brandneu: die Regale, die Bücher in ihnen, der mit einem weichen Teppich ausgelegte Boden, die Kramkisten mit Spielsachen und Büchern zum Ausmalen, und überall roch es noch stark nach Leim und frischem Holz, es war ein guter Geruch. Der Hamster, das Kaninchen und der Papagei aus der Öffentlichen Bücherhalle waren auch hierher gekommen, wie alle Kinder. Es gab dazu Neulinge, aber die meisten kannten einander schon. Jene Erwachsenen, die nicht auf der Treppe Platz gefunden hatten, saßen oder standen oben im Laden. Überall war es angenehm kühl. Wir hatten auch eine Klimaanlage einbauen lassen. Alle waren jetzt still, damit man Marili gut verstehen konnte.
». . . Und wenn sie Langeweile hatte, so nahm sie eine goldene Kugel, warf sie in die Höhe und fing sie wieder auf; das war ihr liebstes Spielwerk . . .«
Ich saß etwa in der Mitte der Treppe neben Herrn Rosen, der ein großes Teppichgeschäft ganz in der Nähe hatte, und seiner Frau. Der kleine Felix Rosen mit den schönen, traurigen Augen stand neben Marili und war aufgeregt wie Ali, der selber so gut lesen konnte und auf der anderen Seite Marilis stand. Zu ihren Füßen saßen ein deutsches und ein spanisches Mädchen. Völlig verschiedene Rassen, Nationalitäten und Religionen waren hier vereint. Es war Andreas Geist, der alle Kinder und Erwachsenen erfaßt hatte, und ich dachte, wenn die Großen dieser Erde auch

nur einen einzigen Tag lang von Andreas Geist beseelt wären, gäbe es überall Frieden und Freude. Vor mir saß Patty und neben ihr Walter Hernin. Der schien etwas Ähnliches zu denken wie ich, denn er stützte den Kopf in eine Hand, und manchmal fuhr er sich mit der anderen über die Augen, die doch so vieles gesehen hatten, sich aber noch immer aufs neue verwundern konnten.
Oben an der Treppe saß Andrea, und um sie herum saßen die Direktoren von drei nahegelegenen Schulen, die Leiterin des Heims für behinderte Kinder, eine Ärztin, und der Bezirksvorstand. Zwischen ihnen allen saß der alte Herr Osterkamp, der sich besonders feierlich angezogen hatte und dauernd sein Taschenbuch brauchte, um sich zu schneuzen.
»... Sie sah sich um, woher wohl die Stimme komme, da erblickte sie einen Frosch, der seinen dicken, häßlichen Kopf aus dem Wasser streckte. ›Ach, du bist's, alter Wasserpatscher!‹ sagte die Prinzessin...«
Alles war nach Plan verlaufen. Andrea gewann tatsächlich ihre Wette. Für einhundertfünfzigtausend Mark verkaufte Osterkamp seinen Laden. Vier Tage wogte der Kampf hin und her. In dieser Zeit ging ich zur Hansa-Hypotheken- und -Wechselbank und eröffnete ein Konto. Dann rief ich meinen Freund Jean Balmoral in Paris an und nannte ihm die Bank, die Kontonummer und die Adresse. Er sagte, er werde gleich nach Zürich fliegen. Fünfzehn Tage später trafen auf dem Hamburger Konto dann aus Buenos Aires etwas über zweieinhalb Millionen Schweizer Franken in D-Mark ein.
Ich ging zu einem Zahnarzt und ließ mir einen Stiftzahn machen, und ich ging zu einem Herzspezialisten, den Langenau empfohlen hatte. Er hieß Dr. Herbert Salzer. Ich nannte ihm das Medikament für die Langzeitbehandlung und das andere für akute Anfälle. Beide trugen zum Glück in Deutschland dieselben Namen wie in Frankreich. Dr. Salzer untersuchte mich sehr gründlich und sagte: »Sie hatten erst kürzlich einen schweren Anfall.«
»Ja«, sagte ich.
»Sie wissen, daß Sie das Langzeitmittel bis ans Ende Ihres Lebens nehmen müssen.«
Ich sagte, daß ich das natürlich wisse und immer eine Kapsel am Abend und eine Kapsel am Morgen nähme. Es war ein retardierendes Mittel, dessen Wirkung etwa zwölf Stunden anhielt. Dr. Salzer riet mir, Anstrengungen und Aufregungen zu meiden und

alle vier Wochen zur Kontrolle zu kommen, und ich sagte:»Bitte, sagen Sie meiner zukünftigen Frau nicht, wie es mit meinem Herzen aussieht.« Dann erzählte ich ihm von Andrea.
»Ich stehe unter Schweigepflicht«, sagte er. »Aber wollen Sie die junge Dame nicht doch lieber aufklären?«
»Nein, Herr Doktor.«
»Ich meine: Wenn Sie einen Anfall bekommen, dann erschrickt sie nicht so.«
»Sie wird auf jeden Fall erschrecken, aber ich will ihr nichts sagen, Herr Doktor, sonst erschrecke ich sie gleich jetzt ganz fürchterlich. Also bitte, reden Sie um die Sache herum, wenn sie Sie fragt.«
Er war besorgt, daß ich mich überanstrengen und zu jugendlich betragen könnte mit einer so viel jüngeren Partnerin, na ja, ich tat es wirklich, und weil die Zeit drängte, schuftete ich auch beim Umbau des Ladens mit, aber ich bekam keinen Anfall. Natürlich rief Andrea den Arzt an und fragte, was mit meinem Herzen los sei, und war danach endlich beruhigt.
». . . ›Ach ja‹, sagte sie, ›ich verspreche dir alles, was du willst, wenn du mir nur die Kugel wiederbringst.‹ Sie dachte aber: Was der einfältige Frosch schwätzt! Der sitzt im Wasser bei seinesgleichen und quakt und kann keines Menschen Geselle sein . . .« Alle hörten aufmerksam zu, während Marili weiterlas, nur der Hamster und das Kaninchen raschelten und rumorten in ihrem Käfig.
Der Umbau der Buchhandlung war nach einem genauen Zeitplan erfolgt, und die Männer hatten in Schichten arbeiten müssen, was nicht billig war, aber Andrea wollte unter keinen Umständen das Geschäft mit den Schulbüchern versäumen, und die Ferien endeten in Hamburg in diesem Jahr schon am 8. August. Für die neue Ladeneinrichtung lieferte eine Spezialfirma vorfabrizierte Einzelelemente, doch legte Andrea Wert darauf, daß möglichst viele von den Einrichtungsgegenständen aus Osterkamps Zeit wieder verwendet wurden. Repariert, abgelaugt und frisch gestrichen, trugen sie wesentlich zur anheimelnden Atmosphäre des Geschäfts bei.
Als im Laden noch gehämmert, gebohrt und gemauert wurde, kamen Langenau oder Andrea und ich immer wieder her, damit alles so gemacht wurde, wie wir es haben wollten. Eines Nachts, als wir im Staub und Dreck der Baustelle an der Treppe standen, seufzte Andrea, und ich fragte: »Was ist? Fühlst du dich nicht gut?«

»Maßlos, Liebster«, sagte sie.
»Maßlos schlecht?«
»Maßlos unglücklich.«
»Aber warum?«
»Eines Tages wirst du dich fragen: Wäre es eine so große Liebe geworden, wenn ich nicht so viel Geld gehabt und Andrea den Laden gekauft hätte.«
»Das frage ich mich ohnehin schon jeden Tag.«
»Ich meine es ernst«, sagte sie. »Und ich hätte dich doch ohne Geld genauso lieb gehabt! Ich meine: Ich wußte ja gar nichts von deinem Geld, als ich mich in dich verliebt habe, in Wien, auf dem Schafberg. Obwohl es natürlich wunderschön ist, daß du Geld hast. Und fünfundzwanzigtausend Mark von mir stecken auch hier drin, das darf ich nicht vergessen. Ich fühle mich nicht so maßlos, wenn ich es so betrachte.«
»Dann laß es uns immer so betrachten«, sagte ich.
»Ach, bist du wunderbar«, sagte sie. »Weißt du, wie wunderbar du bist?«
» . . . Am andern Tage, als sie mit dem König und allen Hofleuten sich zur Tafel gesetzt hatte und von ihrem goldenen Tellerchen aß, kam plitsch-platsch, etwas die Marmortreppe heraufgekrochen, und als es oben angelangt war, klopfte es an die Tür und rief: ›Königstochter, jüngste, mach mir auf!‹ . . .«
»Alle die kleinen Menschele«, sagte Herr Rosen leise zu mir und sah auf die vielen Kinder zu seinen Füßen. »Was steht ihnen noch bevor in dieser Welt!« Und seine Frau flüsterte: »Noch ein Glück, daß sich keiner trauen wird, anzufangen mit dem Krieg.« Und Herr Rosen sagte: »Gott soll schützen vor allem, was noch ein Glück ist!«
Die viele Schreiberei, die der Eröffnung vorausging, hatte ich Andrea weitgehend abgenommen, und sie diktierte mir die vielen Briefe in ihrer Wohnung. Dabei trug sie immer ihre große runde Brille, und wir waren beide sehr aufgeregt, und manchmal mußten wir unterbrechen. Aber diese Zeit holten wir wieder ein. Mit Anzeigen in den Stadtbeilagen des HAMBURGER ABENDBLATTES machten wir darauf aufmerksam, daß Andrea die Buchhandlung übernommen hatte. Da gab es zuletzt einen richtigen Countdown: Noch zehn Tage bis zur Wiedereröffnung, noch neun, noch acht . . .
Außer Langenau hatte Osterkamp diesen jungen Auszubildenden beschäftigt, kurz Azubi genannt, der Robert Stark hieß, und

eine zweite Sortimenterin, die jetzt aber aufhören wollte, weil sie eine gute Rente hatte. Schließlich gab es einen Buchhalter, der sollte aber in einem halben Jahr gehen, denn Andrea sagte: »Die ganze Buchhaltung kriegt der Steuerberater, der kann über DATEV – das ist ein Computerdienst, weißt du, Kater – viel schneller arbeiten.«

» . . . ›Königstochter, jüngste, mach mir auf! Weißt du nicht, was gestern du zu mir gesagt bei dem kühlen Brunnenwasser?‹ rief der arme Frosch . . .«

Wir hatten in der Umgebung auch Handzettel verteilt. ›Liebe Kinder, liebe Erwachsene!‹ stand auf ihnen, und darunter baten wir um einen Besuch, und wenn es nur zum Anschauen sei, nicht zum Kaufen, wir würden uns auf alle Fälle sehr freuen.

Die Riesenpakete mit neuen Büchern, die Andrea und Langenau bestellt hatten, trudelten auch bald ein und mußten zunächst in einer Lagerhalle untergebracht werden, denn in der Buchhandlung wurde noch gemauert und geschweißt. Auf dem Weg zu dieser Lagerhalle sagte Patty einmal abrupt: »Onkel Peter, weißt du, daß mein Großvater dich sehr gern hat?« Ich sagte, ich hätte ihn gleichfalls sehr gern, und Patty sagte: »Er macht sich solche Sorgen, daß ich immer weiter hinken werde, mein ganzes Leben, weißt du das auch?«

Ich sagte sehr verlegen, daß ich das auch wisse.

»Es stimmt ja, ich werde mein ganzes Leben lang hinken«, sagte Patty. »Aber könntest du bitte Großvater sagen, daß das mit meinem Bein ganz bestimmt gut wird? Dir wird er es glauben, und er wird sich nicht solche Sorgen machen. Schau, er ist doch schon so alt, ich werde sicher länger leben als er, dann wird er nicht mitkriegen, wie mein Leben weitergeht, verstehst du?«

»Ja, Patty«, sagte ich, »ich verstehe.« Und ich versprach, ihren Großvater zu trösten und ihm Mut zu machen, weil er ja doch früher sterben würde.

» . . . Als er aber herabfiel, da war er kein häßlicher Frosch mehr, sondern ein Königssohn mit schönen und freundlichen Augen . . .«

Andrea schaffte es, daß das Fernsehen einen kleinen Bericht für die Hamburger »Abendschau« über uns drehte, und die Zeitungen schrieben Geschichten über die originelle jüngste Buchhandlung der Stadt. Dadurch bekamen wir wirklich eine Menge Reklame. Viele Menschen waren gut und hilfreich zu uns, und das erstaunte mich sehr, denn so kannte ich die Menschen nicht, und Andrea sagte: »So sind sie aber, Kater! Man muß nur selber gut und hilfreich sein zu ihnen.« Auch die Kollegen aus der Branche, die ja Andreas Wunschtraum längst gekannt hatten, schickten Glückwünsche zur Wiedereröffnung der BUCHHANDLUNG OSTERKAMP. Manche mokierten sich zwar hinter vorgehaltener Hand über Andreas Kinderparadies im Tiefgeschoß und die nicht alltägliche, doch äußerst behagliche Verbindung von Altem und Neuem, aber das Wohlwollen der Hamburger Buchhändler war uns sicher.

Und so fand am Samstag, dem 8. August, die festliche Eröffnung der Buchhandlung statt, nachdem wir tags zuvor mit den Arbeitern gefeiert hatten. Herr Osterkamp hielt eine kleine Rede, Andrea antwortete, und dann sprach noch kurz ihr ehemaliger Direktor von der Bücherhalle, der es ihr ermöglicht hatte, dort vorzeitig aufzuhören. Es waren so viele Menschen gekommen, daß ein Teil sogar auf der Straße stehen mußte, aber alles wurde durch Lautsprecher nach draußen übertragen, auch »Der Froschkönig oder der eiserne Heinrich«.

» . . . Da drehte er sich um und rief: ›Heinrich, der Wagen bricht!‹ – ›Nein, Herr, der Wagen nicht, es ist ein Band von meinem Herzen, das da lag in großen Schmerzen, als ihr in dem Brunnen saßt und ein kleiner Frosch nur wast!‹ Noch einmal und noch einmal krachte es auf dem Weg, und der Königssohn meinte immer, der Wagen breche, und es waren doch nur die Bande, die vom Herzen des treuen Heinrich absprangen, weil sein Herr erlöst und glücklich war.«

Marili hatte das Märchen zu Ende gelesen, hob das Gesicht und strahlte, denn alle klatschten und riefen bravo, und Marili auf ihrem geschmückten Stuhl war gewiß so glücklich wie der getreue Heinrich.

Für die Kinder gab es nun Limonade und Kuchen, und jedes bekam ein Buch geschenkt. Die Erwachsenen tranken Bier, Wein oder Fruchtsäfte und aßen belegte Brötchen, die Andrea, der Azubi und ich vorbereitet hatten. Alle redeten durcheinander und wünschten uns Glück.

Nachdem die ersten Gäste gegangen waren, konnten jene, die draußen gewartet hatten, hereinkommen und alles besichtigen. Und dann begannen die Erwachsenen, Bücher zu kaufen, für sich und die Kinder. Und wir schlugen die Bücher in neues, eigens für uns gedrucktes Papier. Als die neue Registrierkasse summte, wurde uns Buchhändlern ganz feierlich zumute.

Dann gab Andrea das weitere Programm bekannt: »Alle Kinder können an dem großen Malwettbewerb teilnehmen. Er heißt: Kinder malen ihre Buchhandlung, und dabei ist es egal, ob ihr mit Buntstiften zeichnet oder mit Wasserfarben malt. Die Bilder müßt ihr bis nächsten Mittwoch bringen. Am Samstag ist Preisverteilung. Ein Bilderbuchautor, eine Kindergärtnerin und die Frau Doktor vom Heim werden die Bilder begutachten. Der erste Preis: Der Gewinner darf sich drei Bücher aussuchen. Der zweite Preis: Der Gewinner darf sich zwei Bücher aussuchen. Der dritte Preis: Der Gewinner darf sich ein Buch aussuchen. Die schönsten Bilder werden in der Buchhandlung aufgehängt.«
Da gab es vielleicht eine Aufregung! Viele Kinder wollten gleich zu malen beginnen, auf der Stelle. Aber sie sahen ein, daß das nicht ging. Und am kommenden Dienstag, sagte Andrea, würde eine Schauspielerin, die alle Kinder vom Fernsehen hier kannten, mit ihnen spielen, und am Mittwochabend würde ein bekannter Autor aus seinem neuen Buch vorlesen – für die Erwachsenen.
Es wurde schon dunkel, als die Kinder gingen, und Patty bat, die kleine Marili ins Heim begleiten zu dürfen. Sie flüsterte mir ins Ohr: »Sie tut mir so leid. Da seh' ich erst, wie gut ich es mit meinem Fuß habe!« Herr Rosen und ich blickten den beiden nach, und Herr Rosen sagte: »Fotografieren und an die großen Herren in der ganzen Welt schicken sollte man das, aber nebbich, gojim-naches, würden sie sagen, brauchen wir das? Was wir brauchen, das sind mehr Atomsprengköpfe.«
Marili rief zurück: »Das war der wunderbarste Tag von meinem ganzen Leben!«, und Walter Hernin, der ein wenig betrunken war, sagte immer wieder zu mir: »Wohin, Herr Kent, soll ich mit meiner Patty gehen, wenn die Raketen kommen?« Er konnte einfach an nichts anderes denken.
Endlich, sehr spät, waren alle verschwunden, und Langenau und ich schufen noch Ordnung und trugen eine Masse Abfall zur Tonne in den Hof. Inzwischen machte Andrea Kasse und jubelte: »Von wegen Krise! Wißt ihr, was? Wir haben an einem Nachmittag mehr Umsatz gemacht als der alte Osterkamp im letzten Monat. Und jetzt wird's erst richtig losgehen!«
Und darauf, daß es jetzt erst richtig losgehen möge, tranken wir drei noch einen Schluck in Cat's Corner, wo es so behaglich geworden war, daß wir trotz unserer Müdigkeit sitzen blieben, rauchten und Pläne für die Zukunft schmiedeten. Und ich klopfte auf Holz, damit sie auch in Erfüllung gingen.

»Gott wird uns helfen«, sagte Langenau, und ausgerechnet in diesem Moment, nach all den Wochen, fiel mir der alte Zitherspieler beim Heurigen in Wien ein, der in meiner Hand gelesen und gesagt hatte, er sehe einen Mann, der sei sehr fromm, und von dem drohe mir große Gefahr. Und ich dachte, welch großer Unfug doch diese Handleserei war.

Ich fühlte mich so wohl in Cat's Corner, daß ich gar nicht mehr nach Hause wollte, und ich überredete die beiden, noch einen Whisky mit mir zu trinken und dann noch einen, und ich lehnte mich, das Glas in der Hand, weit in meinem Sessel zurück und legte die Füße auf den Tisch, nachdem ich um Erlaubnis gebeten hatte. Ach, es war einfach großartig, und das sagte ich auch, und Andrea sagte: »Sag das noch mal, Kater!« Sie hatte einen Kleinen sitzen.

»Sag was noch mal?«

»Es ist einfach großartig.«

»Es ist einfach großartig.«

»Noch einmal! Bitte, Kater!«

»Aber warum, Hörnchen?«

»Du sagst so süß ›großartig‹. Nicht wahr, Herr Langenau, das finden Sie auch?«

Und Langenau, der eine große, im Mundwinkel hängende Pfeife rauchte, fand das auch, und so sagte ich noch einmal: »Es ist einfach großartig.« Andrea klatschte in die Hände, umarmte mich so heftig, daß beinahe der Stuhl umkippte, küßte mich fest auf den Mund und strich über mein Haar. Wir waren sehr glücklich in Cat's Corner.

Herr Langenau wurde plötzlich still, und als wir ihn fragten, was los sei, da sagte er, er würde uns gern zur Feier dieses Tages ein Geschenk machen.

»Ein Geschenk, fein!« rief Andrea.

Also öffnete er ein Kuvert, in dem zwei Karten steckten.

»Ich sammle Sprüche und schreibe sie auf«, sagte er. »Ich habe schon sehr viele gesammelt. Diese zwei Karten hier sind für Sie beide.« Und er gab Andrea eine und mir die andere. Es stand etwas in blauer Schrift darauf.

»Oh, ist das schön«, sagte Andrea. »Hör doch, Kater!« Sie hatte ihre Brille aufgesetzt und las: »Gott, gib mir die Gelassenheit, Dinge hinzunehmen, die ich nicht ändern kann; gib mir den Mut, Dinge zu ändern, die ich ändern kann; und gib mir die Weisheit, das eine vom anderen zu unterscheiden.« Sie küßte Langenau

und sagte: »Danke!« und Langenau wurde rot im Gesicht. Auf meiner Karte stand: ›Hilf dir selbst, dann hilft dir Gott‹, und ich war ein wenig enttäuscht, denn Andreas Satz gefiel mir viel besser. Langenau mußte das gemerkt haben, denn er sagte: »Das da ist mein Lieblingsspruch, Herr Kent. Den ersten Schritt muß man selber tun, alles andere fügt sich dann zusammen wie bei einem Mosaikbild.«
»Wir wollen uns immer helfen, einer dem anderen«, sagte Andrea, »dann hilft Gott uns allen.«
Und fünf Minuten später waren sie und Langenau bereits wieder in eine hitzige Debatte darüber verwickelt, ob man die Taschenbuchständer im Laden neben die Regale oder vor die Regale stellen sollte, und ich benützte die Gelegenheit, mir noch einen großen Whisky pur einzuschenken, nur mit Eis, und ich trank ihn und wünschte allen Menschen auf der Welt das Allerbeste. Diese Stunden in Cat's Corner wurden für mich die schönsten des ganzen langen schönen Tages.
Als Andrea und ich endlich im Bett lagen, war es halb drei Uhr und Gott sei Dank Sonntag. Andrea streichelte meinen Arm und sagte: »Es gibt noch etwas anzukündigen, Kater. Ich bin im zweiten Monat schwanger.«
Ich war zuerst sprachlos und sah sie nur an, und sie fuhr fort: »Ich war bei Doktor Kahler, meinem Frauenarzt, weißt du, und er hat gesagt: ›Kein Zweifel, zweiter Monat.‹
»Mein Hörnchen«, sagte ich. »Vielleicht gibt's doch keinen Krieg.«
»Oder nicht hier, wenigstens nicht hier«, sagte sie, preßte sich ganz fest an mich und legte einen Arm über meine Schulter.
»Das ist sehr eigensüchtig gedacht«, sagte ich.
»Ja, Kater, ich weiß. Tut mir leid, daß ich es gesagt habe.«
»Braucht dir nicht leid zu tun. Ich habe genau dasselbe gedacht.«
»Schau mal, andere Leute kriegen auch Babies. In Deutschland jetzt sogar mehr als seit langer Zeit.«
»Nein!«
»Doch, ich hab's gelesen.«
»Die Zeitungen lügen, das weißt du doch.«
»Ich habe es nicht in einer Zeitung gelesen, sondern im Wartezimmer bei Doktor Kahler. Im DEUTSCHEN ÄRZTEBLATT. Die Deutschen kriegen mehr Kinder als seit langer Zeit. Nimm dir ein Beispiel.«
»Ja, das muß ich unbedingt tun. Ich bin so feige.«

»Glaubst du denn, ich nicht?« fragte sie. »Ich nehme mich nur schrecklich zusammen. ›Feigling, nimm eines Feiglings Hand!‹«
»Wer hat das gesagt?«
»Ich weiß es nicht. Ein Feigling sicher.«
»Einer wie wir«, sagte ich.
»Es soll unbedingt ein Mädchen werden«, sagte sie. »Wenn es ein Mädchen wird, kann es nicht Soldat werden. Ach, was für ein Unsinn! Im nächsten Krieg wird es ganz gleich sein, ob man Soldat ist oder nicht. Mein Gott, Kater, sollen wir es lieber doch noch wegmachen lassen, solange es geht? Was meinst du?«
»Ich meine, wir sollten ein Kind haben, erst dann sind wir vollständig, zu dritt. Und wir werden Glück haben, und es wird keinen Krieg geben.«
»Das glaubst du doch selber nicht.«
»Ich wollte uns nur Mut machen«, sagte ich.
»Ach, du mein guter Kater!«
Ich nahm ihre Hand und küßte alle Finger und danach die Innenseite der Hand, und sie sagte: »Noch sieben Monate.«
»Ja«, sagte ich und dachte, was in sieben Monaten sein würde. Es konnte überall losgehen, man wußte es nicht vorher, das war das Schlimme. Vielleicht stimmte es, was in den Zeitungen stand, daß die Kriegsfurcht vor zehn oder zwanzig Jahren noch größer gewesen war als heute, aber damals war es *Furcht*, nicht Angst, *reale* Furcht vor einem heranwachsenden Konflikt, vor dem großen Vietnam-Krieg, vor den Folgen der Kuba-Krise. Diese konkrete Furcht gab es auch heute – angesichts von Afghanistan und Polen. Dazu jedoch kamen diesmal die ungreifbare Angst, das Gefühl der Hilflosigkeit und der Enge, und der Gedanke daran, daß in einer Welt voll Not Überfluß nur noch an Waffen bestand, die längst ausreichen, um diese Erde im Handumdrehen in einen toten Planeten zu verwandeln. Aber damit noch nicht genug: Es wurde weitergerüstet, das Gleichgewicht der Angst sollte den Frieden sichern, wachsende Angst sollte uns retten. Immer mehr Angst. Die Angst als Sicherheitsgarantie.
»Etwas dürfen wir nicht vergessen«, sagte ich.
»Was?«
»Zu heiraten. Leute, die ein Baby kriegen, heiraten – oder sie sind schon verheiratet«, sagte ich.
»Nicht alle. Sehr viele haben sich auch so lieb genug.«
»Na ja, aber jetzt, du als Geschäftsfrau, ich glaube, wir sollten es tun, Hörnchen.«

»Du meinst wirklich?«
»Ich meine wirklich.«
»Warst du schon mal verheiratet?«
»Nein«, log ich. Daran hatte ich gar nicht gedacht. Ich war ja daran, Bigamist zu werden. »Warum?« fragte ich.
»Weil du das ganze Gerenne und Getue nicht kennst. Ich habe es mit einer Freundin erlebt. Von einem Amt zum andern, bis die ganzen Dokumente und das Aufgebot beisammen sind. Und die Trauzeugen. Und die Kirche.«
»Hm.«
»Die Kirche, habe ich gesagt, Kater.«
»Ja, das habe ich gehört. Und?«
»Na ja, einer wie du – und dann die Kirche.«
»Ich habe nichts gegen Kirchen, überhaupt nichts. Es gibt viele sehr schöne.«
»Hör mal, du bist doch ein Heidenkind!«
»Du wirst dich krumm lachen, ich bin getauft.«
»Du bist . . .«
»Getauft.«
»Mach keine Witze! Damit macht man keine Witze. Armes Hörnchen auf den Arm nehmen.«
»Ich bin wirklich getauft.«
»Du bist . . . wie denn?«
»Und wenn du dich verschluckst – katholisch. Ich bin ein Katholik, technisch gesprochen.«
»Na so was«, sagte sie. »Dann hast du vielleicht wirklich nichts gegen eine katholische Hochzeit?«
»Überhaupt nichts«, sagte ich. Yvonne und ich hatten auch kirchlich geheiratet.
»Ach, das sagst du nur mir zuliebe. Du hast dich so komisch geräuspert, Kater. Mir zuliebe sagst du das. Nein, nein, Standesamt genügt auch.«
»Genügt nicht«, sagte ich. »Alter Kater kennt junge Frauen. Junge Frauen wollen alle in der Kirche getraut werden. Ihr Traum. Ganz in Weiß. Gestehe, Hörnchen, es ist auch dein Traum. Ich durchschaue dich wie Glas.«
»Na ja, also wenn es dir wirklich egal ist, süßer Kater . . . Natürlich ist so eine schöne Kirche etwas anderes als so ein olles, graues Standesamt . . . besonders beim erstenmal.«
»Was soll denn das heißen? Hast du etwa die Absicht . . .«
»Wo denkst du hin, geliebter Kater? Das ist mir nur so herausge-

rutscht. Ein Lapsus linguae. Was sagst du jetzt? Du kriegst eine universell halbgebildete Frau. Ein Lapsus linguae ist ein falscher Zungenschlag.«
»Ich hätte nichts dagegen«, sagte ich.
»Wirst du ruhig sein? Hier geht es um die feierlichste Stunde meines Lebens.«
»Ganz in Weiß.«
»Hör schon auf mit deinem dämlichen ›ganz in Weiß‹! Ich werde ein Kleid haben, daß dir die Augen aus dem Kopf fallen. Ich weiß genau, wie es aussehen wird. Ich habe so ein Kleid in der VOGUE gesehen. Die Nummer der VOGUE habe ich aufgehoben. Ich kenne eine Schneiderin, die wird das Kleid genau nachmachen.«
»Und was trage ich?«
»Deinen kleinen Dunkelblauen«, sagte Andrea. «Natürlich haben in so einer Kirche auch mehr Menschen Platz als auf einem Standesamt. Ich meine – auch unsere Kunden können zusehen, wenn sie wollen. Und Mutter wird selig sein.«
»Na, siehst du.«
»Und du mußt ja meine Eltern kennenlernen, Kater! Gott, zieht das Kreise. Ist dir das sehr unangenehm? Sehr freundliche Menschen, Kater! Du wirst dich gut mit ihnen verstehen, besonders mit Vater. Es ist ja nur zur Hochzeit. Nachher brauchst du nicht mehr . . .«
»Nun hör schon auf, Hörnchen. Ich freue mich, deine Eltern kennenzulernen.«
»Ach, du bist großartig, Kater. Ganz großartig. Weißt du, wenn wir es schon tun wollen wegen mir als Geschäftsfrau, dann sollten wir es aber möglichst bald tun. Denn wenn ich erst einen Bauch habe und wie ein Luftballon mit Beinen aussehe, dann habe ich Angst, daß ich zu lachen anfange vor dem Altar.«
»Wir werden sehr schnell heiraten«, sagte ich.
»Solange man es nicht merkt, ja? Ach, Liebster, Liebster, bist du auch so froh über das Baby?«
»Ja.«
»Fühle dich um Himmels willen nur jetzt nicht gefangen. Es wäre mir schrecklich, zu wissen, daß du dich jetzt gefangen fühlst. Bedenke: Wir können uns dann nicht mehr scheiden lassen, auch wenn du es wegen einer anderen Frau möchtest. Du könntest nur so mit ihr leben. Das tun viele. Und ich würde dir auch keinen Stein in den Weg legen. Nie. Obwohl es mir natürlich furchtbar weh tun würde, wenn du mich verläßt.«

»Hörnchen, was ist denn mit dir los? Rede keinen solchen Unsinn!«
»Ja, es ist wirklich Unsinn. Ob Kirche oder Standesamt oder gar nichts. Verlassen kannst du mich immer . . .«
»Hör sofort auf damit. Bist du verrückt geworden? Was ist, wenn *du* mich verläßt eines Tages?«
»Ich dich?«
»Wegen einem anderen Mann.«
»Ach, Liebling, ich werde dich nie verlassen! Nie im Leben. Ich habe eine Menge Fehler, aber treulos bin ich nicht. Und ich liebe dich so sehr, daß es für drei Leben reicht. Wenn nur du mich nicht überbekommst. Aber das wirst du nicht, wie?«
Ich umarmte Andrea sehr fest, und sie lachte und sagte: »Was hast du denn, Kater?«
»Ich weiß nicht, ich bin auf einmal so aufgeregt. Komm, laß uns spielen!«
»Warte einen Augenblick«, sagte sie, sprang aus dem Bett und lief davon. Gleich darauf kam sie wieder. »Da bin ich«, sagte sie. »Ist es Ihnen so genehm, Baron?«
»Ungemein genehm«, sagte ich und neigte mich über sie. Andrea hatte ihre große Brille aufgesetzt.

5

In dieser Nacht träumte ich von einer Fernsehsendung über polnische Kinder, die wir einige Tage zuvor gesehen hatten.
Eines sagte weinend zu seinen Eltern: »Keiner will mit mir spielen. Die anderen Kinder haben gefragt, wem seine Eltern in der ›Solidarität‹ sind. Ich habe gesagt, daß ihr nicht drin seid, weil ihr in der Partei seid. Und jetzt will keiner mit mir spielen.«
Ein anderes Kind weinte auch und sagte zu seiner Mutter: »Der Marek sagt, sein Vater erlaubt ihm nicht, daß er mit mir spielt, weil ihr doch zur ›Solidarität‹ gehört. Und solchen wie euch, denen wird man es noch zeigen. Mutti, wofür seid ihr in dieser ›Solidarität‹, wenn euch deswegen etwas Schlimmes passiert?«
Und ein achtjähriges Mädchen fragte einen Fernsehmann: »Ist es wahr, daß die Panzer kommen, wenn ein Krieg ausbricht? Ganz viele Panzer?«
»Es wird keinen Krieg geben«, sagte der Fernsehmann.

»Es wird einen geben. Die Kinder sagen, daß es bestimmt einen geben wird. Und dann muß man alle Schilder mit den Straßennamen abmontieren.«
»Warum das?«
»Weil, wenn man die Schilder abnimmt, dann werden sie keine Leute verhaften können, weil sie sie dann nicht finden.«
»Wen nicht finden?«
»Ich weiß nicht, wen, aber die Kinder sagen es«, antwortete das kleine Mädchen.
Während ich das träumte, hörte ich Andreas Stimme und wachte auf.
»Was hast du denn?« fragte sie besorgt.
»Wieso?«
»Du schläfst schrecklich unruhig und wirfst dich dauernd hin und her, aber ich verstehe nicht, was du sagst.«
»Hörnchen«, sagte ich, »Hörnchen, bist du wirklich da?«
»Ja, Kater. Spürst du mich nicht? Liebling? Hattest du einen bösen Traum?«
»Ja«, sagte ich. »Über die polnischen Kinder im Fernsehen.«
»Armer Kater.«
»Arme Kinder.«
»Und das ist auch so eine Gemeinheit«, sagte Andrea. »An Polen denken wir und haben Angst und Mitleid. An Chile und an El Salvador denkt kein Mensch, und keiner hat Angst, und keiner hat Mitleid, obwohl dort ganz furchtbare Dinge passieren in diesen Diktaturen.«
»Das kommt, weil Polen so nahe ist, und El Salvador und Chile sind so weit weg«, sagte ich. »Aber was ist das für eine Welt, in der man Mitleid und Angst nach der Geographie hat? Sag mir, Hörnchen, was ist das für eine gottverfluchte Welt?«
»Komm«, sagte sie, »nimm mich in den Arm. Ich drücke mich ganz fest an dich. Ich liebe dich so sehr, weißt du. Jetzt wirst du ganz ruhig schlafen.«
Ich schlief wirklich ruhig und sehr tief, und ich träumte nicht mehr von den Polenkindern.

6

In der ersten Woche war das Geschäft am Montag sehr schwach, aber Andrea, Langenau und Robert Stark, der Azubi, sagten mir, daß Montag immer der schwächste Tag sei, und sie hatten recht. Vom Dienstag an kamen wir mit dem Verkaufen kaum nach. Es war ein wirkliches Wunder. Jeden Tag stiegen die Umsätze. Ein Höhepunkt war der Tag, an dem die Schauspielerin mit den Kindern spielte.
Diese Schauspielerin war wundervoll. Alle Kinder liebten sie, und zuletzt wurde sie von den Kleinen umarmt und geküßt. Dann geschah es. Ali wollte der jungen Frau unbedingt ein Geschenk machen. Er saß auf der Treppe neben den Blumen, und da kam ihm der Einfall. Er riß eine große rosafarbene Aster ab und eine weiße Begonie und eine rote Zwergdahlie. Mit den Blumen lief er zu der Schauspielerin – sie hieß Kramer – und streckte ihr sein Geschenk mit leuchtenden Augen entgegen.
Fräulein Kramer nahm die Blumen und sagte: »Ich danke dir«, und strich Ali über die Wange. Schon im nächsten Moment stürzten alle anderen Kinder zu den Blumentöpfen entlang der Treppe und brachen Blüten, Zweige und Stengel ab, um sie der Schauspielerin zu bringen, die sich plötzlich von Kindern umringt sah. Alles ging so schnell, daß wir es nicht verhindern konnten. Die Reaktion folgte prompt: Hatten alle eben noch laut durcheinandergerufen, gelacht und gejubelt, so waren sie nun plötzlich sehr still und betreten, als sie sahen, was sie angerichtet hatten. Fräulein Kramer konnte die Blumen natürlich nicht alle halten. Viele fielen zur Erde, andere blieben in den Händen der Kinder. Ihre gerade noch so glücklichen Gesichter zeigten großen Schrecken, und ein paar kleinere Kinder begannen zu weinen. Die schöne Blumentreppe war zerstört, Töpfe lagen umgestürzt da, Erde war verschüttet, alles war schmutzig und verwüstet.
Andrea trat unter die Kinder und sagte:»Das hättet ihr nicht tun dürfen. Ich verstehe ja, daß ihr Fräulein Kramer eine Freude machen wolltet. Aber nun seht euch einmal die Bescherung an! Fräulein Kramer kann so viele Blumen gar nicht auf einmal tragen, und sie werden nun verwelken und sterben. Man darf sie nicht einfach brechen oder abreißen, es sind lebende Wesen – wie ihr.«

Die kleinen Kinder schluchzten, und die größeren standen mit hängenden Schultern da und sahen einander nicht an. Dieser wundervolle Nachmittag hatte nun ein so arges Ende genommen. Der Azubi und Herr Langenau reinigten die Treppe und den Kellerboden, und ich half ihnen dabei. Wir kehrten die Erde zusammen, warfen die Scherben zerbrochener Töpfe in einen großen Karton und die Reste der Blumen dazu, und zaghaft halfen uns auch ein paar Kinder.
Die Schauspielerin sagte: »Diesen Begonienzweig behalte ich zum Andenken. Ich weiß, ihr habt es gut gemeint, und ich danke euch sehr. Aber tut so etwas bitte nie wieder.«
Und so wanderten weitere Blüten und Stengel in den Karton, als Fräulein Kramer gehen mußte. Sie wurde von einem Fahrer abgeholt, denn sie hatte abends noch im Fernsehstudio zu tun. Wir trugen den Karton voller Erde, Scherben und Blüten in den Hof und leerten ihn in eine Mülltonne. Die verwüstete Blumentreppe sah scheußlich aus, und als die Eltern kamen, um ihre Kinder abzuholen, waren auch sie traurig. Patty sagte: »Bitte, seid nicht böse mit uns. Ja, wir haben die Blumen kaputtgemacht, aber nur, weil wir nicht nachgedacht haben, was wir tun.«
Und die Erwachsenen zogen schweigend mit ihren stillen Kindern ab. Vier Tage lang war die Betonrinne an der Treppe dann ohne eine einzige Pflanze, nur voll aufgewühlter Erde, und unsere kleinen Besucher vermieden es, sie anzusehen, und fühlten sich sehr bedrückt.
Am fünften Tag kam ein Junge – er hieß Eugen – und brachte eine Geranie in einem Blumentopf.
»Die hat mir meine Mutter gegeben«, sagte er. »Von unserem Balkon. Ich habe ihr dafür beim Wäscheaufhängen geholfen. Darf ich die Blume in die Rinne stellen?«
Natürlich durfte er.
Wir machten eine Treppe der Betonwanne frei von Erde und stellten den Topf darauf. Alle Kinder sahen ergriffen zu. Wenigstens eine Blume war wieder da. Dann brachten drei Kinder drei Töpfe mit anderen Blumen. Ein kleines Mädchen hatte eine Puppe gegen einen Kaktus getauscht, ein zweites hatte neben den Mülltonnen des Hauses, in dem es wohnte, ein noch tadelloses Alpenveilchen gefunden, und ein Junge brachte eine eingepflanzte Rose, von der er nicht sagen wollte, woher er sie hatte. Andrea redete mit ihm. »Du mußt es aber sagen, Willi, wirklich.«

Willi schwieg und trat von einem Fuß auf den anderen.
»Also los, nun sag schon!«
Willi schluckte schwer. »Na schön. Geklaut. Vom Friedhof. Aus einem Riesenbeet. Niemand hat's gesehen.«
»Du weißt doch, daß man nicht klauen darf«, sagte Andrea.
»Ja, schon, natürlich«, sagte Willi. »Aber ich habe doch kein Geld, und es müssen doch einfach wieder Blumen an der Treppe stehen, nicht?«
Danach berieten die Kinder lange mit Andrea darüber, ob wir die geklaute Rose behalten durften, und die Entscheidung war zuletzt positiv, erstens, weil Willi alles ehrlich zugegeben hatte, zweitens, weil es in dem Blumenbeet auf dem Friedhof so viele Rosen gab, daß das Fehlen der einen gar nicht auffiel, und drittens, weil Felix Rosen sagte, er würde zur Friedhofsverwaltung gehen und die Rose mit seinem Taschengeld bezahlen.
In den folgenden Tagen schleppten die Kinder immer neue Töpfe mit ganz verschiedenen Blumen an. Sie hatten in Geschäften und bei Nachbarn saubermachen geholfen und dafür Geld bekommen, oder sie hatten auf Babies achtgegeben, wenn deren Eltern nicht zu Hause waren, und andere hatten Autos gewaschen.
Nun war die Rinne wieder voller Blumen. Keine war auf die andere abgestimmt, aber das machte alles besonders bunt und fröhlich. Wir fanden das große Durcheinander schöner als das wohlüberlegte und farblich abgestufte Arrangement der Gärtnerei, welche die Betonwand zuerst bepflanzt hatte.
Andrea sagte leise zu mir: »Ich bin sehr froh, Kater.«
»Worüber, Hörnchen?«
»Daß die Blumen wieder da sind, vor allem aber, daß nicht wir sie gebracht haben, sondern die Kinder.«
Die Kinder hatten miteinander geflüstert. Nun baten sie um einen großen Pappendeckel, und damit zogen sie sich in eine Ecke des Tiefgeschosses zurück. Eine halbe Stunde später kamen sie dann die Treppe herauf, und Patty und Ali zeigten uns den viereckigen Pappendeckel. Mit Buntstiften stand nun in großen, dicken Buchstaben darauf geschrieben:

BITTE LASST DIE BLUMEN LEBEN!

»Das Schild stellen wir hierhin, wo die Treppe anfängt«, sagte Patty. »Und da soll es immer stehen bleiben.«
»Wir werden ganz bestimmt nie mehr etwas abreißen«, sagte ein Kind.

»Das Schild ist für andere Kinder und für Erwachsene. Und wegen dem, was Tante Andrea gesagt hat.«
»Was habe ich denn gesagt?«
»Daß die Blumen lebende Wesen sind – wie wir«, sagte Patty.

Am Donnerstag brachten zwei junge Männer ein Rollstuhlkind vom nahen Heim. Es war ein kleiner Spastiker, und in seinen bebenden Händen hielt er eine lange, getippte Liste. Er sollte für die anderen Kinder Bücher kaufen, sie hatten ihn gewählt. Das Geld brachten die Begleiter mit, zwei Kriegsdienstverweigerer, die in dem Heim ihren Ersatzdienst ableisteten. Die meisten Kinder hatten angegeben, welche Bücher sie haben wollten, andere baten, daß man etwas für sie aussuchen sollte, auf der Liste stand nur ihr Name. Es wurden zwei Riesenpakete, und Langenau und ich trugen sie zum Heim hinüber.
Der Anblick der behinderten Kinder machte uns zunächst verlegen, aber eine Ärztin sagte, man müsse sich überwinden und die Kleinen ganz natürlich ansehen. Die Kinder reagierten auch ganz natürlich, und als uns die Ärztin erklärte, daß alle diese Kinder ein ungeheuer großes Bedürfnis nach Zärtlichkeit hätten, streichelten wir die größeren und trugen die kleineren im Arm. Langenau und ich blieben fast eine Stunde im Heim und versprachen wiederzukommen.
An diesem Abend war Andrea todmüde, und als ich sie im Volkswagen heimfuhr, schlief sie schon an meiner Schulter ein. Sie wurde auch zu Hause gar nicht mehr richtig munter, und ich zog sie aus und legte sie ins Bett. Eine halbe Stunde später läutete das Telefon. Emanuel Eisenbeiß war am Apparat. Ich hatte ihn seinerzeit noch aus dem ATLANTIC angerufen, als ich zu Andrea gezogen war, und wir hatten verabredet, daß er mir nie schreiben, sondern mich immer nur anrufen würde, wenn es etwas Wichtiges mitzuteilen gab. Für den Fall, daß ich nicht frei sprechen konnte, sollte ich ihn dann später zurückrufen.
Eisenbeiß sagte: »Haben Sie heute schon Zeitung gelesen?«
»Nein, ich bin nicht dazu gekommen. Warum?«
»Können Sie sich Wiener und Pariser Zeitungen von heute besorgen?«
»Ja«, sagte ich, »am Bahnhof gibt es einen internationalen Zeitungskiosk.«
»Dann fahren Sie hin und kaufen Sie welche, überregionale deutsche auch. Sie werden beim Durchblättern etwas finden. Ich

weiß nicht, ob es von Bedeutung ist und ob da noch mehr nachkommt, aber sobald ich über Freunde in Paris mehr herausbekommen habe, rufe ich wieder an. Und . . . Peter?«
»Ja?«
»Kratochwil ist tot.«
»Wie ist das geschehen?« fragte ich erschrocken.
»Gehirnschlag. Auf der Straße. Er ist gar nicht mehr zu sich gekommen.«
Ich fühlte mich plötzlich sehr elend. »Der arme Kerl. Er machte einen so gesunden Eindruck.« Mir fiel etwas ein. »Im September wollte er doch mit seiner Frau in Urlaub fahren.«
»Mit seiner Marenka, ja.«
»Weil es ihr besser ging.«
»Das ist das Schlimme«, sagte Eisenbeiß. »Es geht ihr wirklich besser. Sie ist kaum noch verwirrt und begreift vollkommen, daß ihr Mann tot ist – und sie ganz allein.«
»Schrecklich.«
»Ja, es ist schlimm. Nun habe ich sie wieder ins Krankenhaus gebracht. Bringen müssen. Auf die Psychiatrie diesmal. Schwere Depressionen.«
»Und wie soll das weitergehen?«
»Zu Hause hat sie keine Pflege. Also ein Heim. Aber erst einmal eines finden, das sie nimmt! Die meisten Heime nehmen keine Pflegefälle. Die, die es tun, können Sie keinem Menschen zumuten, die sind einfach unbeschreiblich.« Ich hörte ihn seufzen. »Ich werde schon etwas finden. Kratochwil war mein Freund. Er hat so wenig Glück gehabt im Leben. Ich muß mich um seine Marenka kümmern, ich muß einfach. Ciao, Peter.«
»Ciao, Emanuel«, sagte ich und dachte, was für ein großartiger Mann er war, dieser Eisenbeiß. Und ich dachte an Kratochwil, der seine Frau so sehr geliebt und vor allem Unheil beschützt hatte, und den es jetzt nicht mehr gab.
Nach ein paar Minuten schaute ich zu Andrea in ihr Zimmer. Sie schlief tief. Also schrieb ich auf einen Umschlag: FREUND HAT VOM BAHNHOF ANGERUFEN. IST NUR EINE STUNDE IN HAMBURG. BIN ZU IHM GEFAHREN UND KOMME BALD ZURÜCK. IN LIEBE, KATER.
Das Kuvert stellte ich schräg gegen ihre Nachttischlampe, damit Andrea es gleich sehen konnte, wenn sie aufwachte. Dann verließ ich leise die Wohnung und fuhr mit dem rostigen Volkswagen los.

Der internationale Zeitungskiosk hatte noch geöffnet, und ich kaufte von den überregionalen deutschen und den großen Pariser und Wiener Zeitungen, was ich kriegen konnte, ging die breite Treppe zu den Geleisen hinunter, setzte mich auf eine Bank neben dem Bahnsteig 13 und fing an, die Zeitungen durchzublättern. Mit dem Rücken zu mir saßen zwei Frauen, die sich unterhielten. Bald fand ich dann das Inserat in den Zeitungen. Es war sehr auffallend und zeigte ein Bild von meinem Gesicht, wie es früher ausgesehen hatte: mit Bart und langem Haar und ohne Brille. Ich fand das erste Inserat im FIGARO, dann eines in LE MONDE, dann im FRANCE SOIR. Da stand in fetter Schrift:

DIES IST MAÎTRE CHARLES DUHAMEL

Und darunter, in kleineren Buchstaben:

Wer kennt diesen Mann? Wer hat ihn gesehen?
Wer weiß, wo er sich aufhält?
Wer kann einen Hinweis geben?
Jede Auskunft, die auf die Spur von Maître Duhamel
führt, wird reich belohnt. Zuschriften an . . .

In den deutschen und österreichischen Zeitungen stand dieser Text deutsch. Ich sah mir die Inserate genau an, dann saß ich lange Zeit reglos und mußte an Kratochwil denken, der gestorben war, und an seine arme Frau, die nur noch eine Last war für alle, und da hörte ich dann, was die beiden Frauen hinter mir redeten.
»Daß die Welt beschissen ist«, sagte die eine gerade, »das weiß ich mittlerweile. Ich will es nicht immer und immer wieder aufs Brot geschmiert kriegen jeden neuen Tag. Ich will auch mal lachen. Es gibt doch auch Schönes.«
»Das wirst du jetzt in Italien sehen«, sagte die andere. »Da wirst du begreifen, warum ich immer wieder hinfahre. Die Leute dort, die sind wahrhaftig nicht auf Rosen gebettet, aber du wirst sehen, wie die noch leben und fröhlich sein können, trotz allem. Da gibt es auch noch viele glückliche alte Menschen. Hier sind die meisten schon mit vierzig vergreist.«
»Wir sind noch gar nicht weg, und ich hab' schon Angst davor, daß wir in vier Wochen wieder zurück müssen«, sagte die erste. »Am liebsten möchte ich in einem Haus leben, das keine Türen

und keine Fenster hat. Aber innen einen schönen Garten mit Blumen und Bäumen, ganz für mich. Nur du dürftest hinein, Herta. Ich brauch' ein Stück Hoffnung.«
Ich stand auf und sah mir die beiden Frauen an. Sie waren gut gekleidet und etwa Mitte Dreißig.
»Das geht nicht mit dem Haus, ich weiß. Wir müssen arbeiten und mit den anderen leben«, sagte die erste wieder. »Aber wer lebt denn noch mit den anderen in diesem Land? Das ist hier ein Land von Arbeitskräften und nicht ein Land von Menschen.«
»Italien, Irene!« sagte die andere. »Wirst sehen, wie gut dir Italien gefällt. Wirst immer wieder hinfahren mit mir. Zum Glück können wir uns das noch leisten. Wenn du in Italien warst, hältst du es hier immer wieder eine Weile aus.«
Ich stopfte die Zeitungen in einen leeren Papierkorb, ging die breite Treppe hinauf und machte, daß ich nach Hause kam.
Andrea lag noch so da, wie ich sie verlassen hatte, und schlief. Ich nahm das Kuvert fort, badete und zog ein Pyjama an, aber nun war ich überwach. Nun lag ich neben Andrea und überlegte, daß Yvonne mich suchte, also davon überzeugt war, daß ich noch lebte, und was das für mich bedeutete. Aber ich kam zu keinem Schluß, denn woher sollte ich wissen, was Yvonne noch tat oder schon getan hatte.
Ich fand keinen Schlaf in dieser Nacht.

7

»Er lebt«, sagte Yvonne, »der verfluchte Hund lebt!«
»Aber wir haben doch keinen einzigen brauchbaren Hinweis, Chérie«, sagte Paul Perrier. »Die Briefe, die auf die Anzeige kamen, waren alle nur Unfug oder Spinnerei. Diese Privatdetektei hat das doch festgestellt.«
Sie saßen, etwa vierzehn Tage, nachdem die Anzeigen erschienen waren, am 28. August im berühmten Lokal Tour d'Argent und aßen die Spezialität des Hauses: Ente à l'Orange. Jede Ente, die serviert wurde, hatte eine Nummer. Es waren lauter Prachtenten. Man schaffte zu zweit natürlich nicht eine ganze, ein Teil ging zurück, aber Yvonne wollte Ente à l'Orange.
Vor dem Abendessen waren sie im Theater gewesen. Yvonne mußte sich wieder einmal ablenken, sie wurde sonst noch

wahnsinnig in ihrem Haus. Paul Perrier hatte seinen neuen Smoking angezogen und meine Brillantmanschettenknöpfe genommen. Yvonne war in einem hautengen, blauen Abendkleid, mit ihrem gesamten Saphirschmuck, bestehend aus Ohrringen, Collier, Armband und Ring, erschienen. Sie hatten eine Loge für sich, und die Vorstellung war ein großer Erfolg für Yvonne gewesen. Man spielte »Mutter Courage«, und als Yvonne im Programmheft las, daß das Stück von Bertolt Brecht war, begann sie sogleich zu pöbeln.
»Warum muß man in Paris ein Stück von diesem deutschen Kommunisten spielen?«
»Yvonne, ich bitte dich, das ist ein weltberühmtes Stück.«
»Von einem deutschen Kommunisten. Reine Propaganda natürlich.«
»Nein, Yvonne, es ist ein ganz großartiges Stück.«
In der Nebenloge machte man sich über sie lustig. Aus anderen Logen ertönte wütendes Zischen.
»Ruhe!« wurde leise gerufen. »Seien Sie still!«
Da kam Yvonne erst in Fahrt.
»Ruhe! Das könnte Ihnen so passen! Man wird doch wohl noch seine Meinung sagen dürfen. Alles Salonkommunisten hier, was?«
In ihrer Unsicherheit und Angst wurde Yvonne unverschämter und unverschämter.
»Seien Sie ruhig oder gehen Sie raus!« rief ihr jemand zu.
»Kümmern Sie sich um Ihren Dreck. Ich habe diese Loge bezahlt.«
Die Unruhe steigerte sich, bis die Schauspielerin, welche die Mutter Courage spielte, an die Rampe trat, zu der Loge emporsah und sehr laut sagte: »Meine Damen und Herren, wir werden erst weiterspielen, wenn diese Dame sich beruhigt hat.«
Das war sogar Yvonne peinlich, und sie wiederholte nur noch: »In einem freien Land wird man wohl seine Meinung äußern können. Bitte, spielen Sie weiter.«
Natürlich wurde weitergespielt, und in der Pause starrten alle Leute aus dem Parkett und aus den anderen Logen auf Yvonne, viele Frauen mit Operngläsern, und man redete über sie. Das konnte sie sehen, und sie genoß es sehr, während Paul Perrier wünschte, er wäre tot. Nur der Gedanke daran, daß es bei Yvonne noch viel abzusahnen gab, veranlaßte ihn, neben ihr sitzen zu bleiben. Hatte sie ihm nicht einen Lamborghini, den

teuersten, versprochen? Yvonne hielt auch nach der Pause den Mund, aber als der Vorhang fiel, sagte sie laut, bevor der Applaus losbrach: »Weltberühmt! Daß ich nicht lache!«
Dann waren sie ins Tour d'Argent gefahren. Da saßen sie nun, und Yvonne sagte: »Der Wein hat Kork.« Sie tranken Rotwein zur Ente, einen Saint-Emilion Chateau Belair. »Idiot«, sagte Yvonne zu Perrier, »du hast das natürlich nicht gemerkt, als du gekostet hast. Oder doch? Du läßt dir ja alles gefallen. Ruf den Sommelier!«
Paul Perrier hob unglücklich die Hand und machte dem Weinkellner ein Zeichen, damit er herankam.
»Monsieur?«
»Kosten Sie mal den Wein«, sagte Yvonne. »Der hat Kork.« Der Sommelier kostete und sagte höflich: »Dieser Wein hat keinen Kork, Madame. Dieser Wein ist ganz in Ordnung.«
»Sie wagen es, mir zu widersprechen!« Yvonne wurde laut. An anderen Tischen drehte man sich nach ihr um. »Das ist eine Unverschämtheit! Schicken Sie mir den Maître d'Hotel!«
Der Weinkellner holte den Oberkellner, und der mußte auch kosten, um festzustellen, daß der Wein ganz in Ordnung war.
»Glauben Sie, ich bezahle für schlechten Rotwein?« Yvonnes Stimme kippte.
»Wir werden selbstverständlich sofort eine neue Flasche bringen, Madame. Wenn Madame sagen, er hat Kork, dann hat er Kork.« Der Oberkellner verneigte sich.
»Und die Ente können Sie auch gleich mitnehmen«, sagte Yvonne. »Die ist zäh wie Leder. Ihr Lokal wird immer schlechter. Haben Sie nicht gehört? Nehmen Sie meinen Teller weg!«
»Sehr wohl, Madame.«
»Ich werde meinen Freunden erzählen, was man hier zu essen bekommt, und Sie wissen, ich habe viele Freunde.«
Der Oberkellner verneigte sich wieder. »Ich bedaure unendlich, daß Madame nicht zufrieden sind. Vielleicht darf das Haus sich erlauben, etwas anderes zu offerieren . . .« Er hielt ihr eine große Karte hin.
»Ich will gar nichts sehen«, sagte Yvonne. »Mir ist der Appetit vergangen. Ihre Horsd'œuvres waren auch nicht frisch. Ich hoffe, ich bekomme keine Lebensmittelvergiftung. Bringen Sie mir auf alle Fälle einen großen Wodka. Aber den echten Moskovskaya, unter keinen Umständen Kusnow, diesen in Frankreich nachgemachten Fusel, auf den man Kopfweh bekommt.«

»Sehr wohl, Madame. Noch einen Wunsch? Nachtisch? Kaffee?«
»Abends? Damit ich nicht schlafen kann? Sind Sie verrückt? Was ist mit diesem Lokal eigentlich los?«
»Mit diesem Lokal ist alles in Ordnung, Madame«, sagte der Maître d'Hotel.
»Zigaretten«, sagte Yvonne. »Haben Sie Lord Extra?«
»Leider nein, Madame. Das ist eine deutsche Marke, die nie verlangt wird.«
»Ich denke, Sie sind ein international renommiertes Lokal. International renommiert und keine Lord Extra!«
»Wir haben dreiunddreißig verschiedene Zigarettensorten hier. Wenn Madame ihre Wahl unter ihnen treffen wollen? Ich lasse sofort das Mädchen mit den Zigaretten kommen.«
»Ich sagte, ich will Lord Extra. Schicken Sie jemanden weg, der welche kauft. Er wird sie in jedem anderen Lokal bekommen.«
»Sehr wohl, Madame.«
Der Sommelier war inzwischen mit einer neuen Flasche Rotwein erschienen. Sie lag in einem Bastkörbchen. Er goß ein wenig zum Probieren in ein neues Glas. »Madame, bitte . . .«
»Sind Sie verrückt? Ich trinke doch nicht Rotwein vor dem Wodka!«
»Die Dame hat Wodka bestellt, während Sie fort waren. Sie können das nicht wissen. Einen großen Moskovskaya.«
»Unter keinen Umständen Kusnow!«
Die beiden Kellner verschwanden.
»Als Charles noch mit mir herkam, haben sie sich das nicht erlaubt, diese Lumpen. Aber eine alleinstehende Frau . . .«
»Du bist doch nicht allein«, sagte Paul Perrier, der immer wieder versuchte, einen Bissen von der Ente zu essen, die vorzüglich war. »Ich bin bei dir.«
»Dich nehmen sie doch nicht für voll! Du kriegst ja deinen Mund nicht auf, hast Angst, dich zu beschweren. Ich muß es tun, eine Frau! Fein wirkt das, sehr fein.«
»Nun hör doch auf . . .«
»*Einmal* wollte ich ausgehen, weil ich es zu Hause nicht mehr aushalte, und dann sieht das so aus! Danke schön! Den ganzen Abend hast du mir verdorben . . .«
»Wieso ich?«
»Ach, sei ruhig! Jetzt habe ich wieder Angst. Zwei Stunden lang hatte ich keine. Jetzt ist alles wie immer. Dieser eiskalte Satan, er will mich in den Wahnsinn treiben!« Das hatte sie wieder so laut

gesagt, daß verschiedene Gäste sich umdrehten. Ein paar sprachen über sie. Manche lächelten. Sie trug viel zuviel Schmuck. Und sie war stark überschminkt.

»Die Inserate brachten keinen Erfolg, weil er wirklich nicht mehr lebt, Chérie«, sagte Perrier. Er sprach mit vollem Mund, weil er eingesehen hatte, daß er sonst überhaupt nicht zum Essen kommen würde. Etwas von der Ente fiel auf seine Smokinghose. Yvonne bemerkte es.

»Essen kannst du auch nicht«, sagte sie. »Das muß sofort mit heißem Wasser weggerieben werden. Garçon!«

»Ach, laß das bitte, das sieht man doch überhaupt nicht!«

»Wer hat dir den Smoking denn gerade erst machen lassen? Wie du mit meinen Geschenken umgehst – danke schön! Garçon, bringen Sie heißes Wasser! Der Herr da hat einen Flecken auf der Hose . . . von der Ente.«

»Sehr wohl, Madame. Noch besser ist K 2 R, ein hervorragendes Mittel.«

»Heißes Wasser habe ich gesagt! Lassen Sie mich zufrieden mit Ihren Ratschlägen!« Der doppelte Wodka kam. »Ist das auch ganz bestimmt kein Kusnow?« Sie trank. »Könnte kälter sein. Nun holen Sie schon das heiße Wasser!« Und übergangslos: »Daß wir keine Hinweise bekamen, sagt gar nichts. Wer weiß, wie Charles jetzt aussieht. Vielleicht ganz anders. Vielleicht hat er sich das Haar schneiden und den Bart wegrasieren lassen. Der sitzt irgendwo und lauert. Angst soll sie haben, die Alte, Angst, Angst, Angst . . . bis sie nicht mehr weiß, was sie tut vor Angst . . . dieser Dämon, dieser Teufel! Schling das Essen nicht so hinunter, man muß sich ja schämen.« Ein Kellner kam mit heißem Wasser und einer Serviette. Er begann, an dem winzigen Fleck auf Paul Perriers Hose herumzureiben. Dazu mußte Perrier sich erheben, weil der Kellner, der vor ihm kniete, sonst nicht an den Fleck herankam. Jetzt amüsierte sich das ganze Lokal.

»Parvenus«, sagte Yvonne laut. »Eine Klientel hat dieses Lokal! Zum Abgewöhnen! Sommelier, was ist? Schlafen Sie? Sehen Sie nicht, daß ich mit dem Wodka fertig bin? Gießen Sie den Rotwein ein! Nicht so viel, Herrgott!« Sie kostete. »Na, bitte. Warum geht es denn jetzt?«

»Madame sind zufrieden?«

Yvonne bemerkte die schwere Ironie der Worte nicht. Sie nickte gnädig.

»Schenken Sie dem Herrn auch ein! Was ist denn? Na, geht der

Fleck weg? Sehen Sie, ich sage doch, heißes Wasser. Sie mit Ihrem K 2 R! Wo sind meine Zigaretten?«
»Wir haben eben einen Mann weggeschickt. Das wird noch ein bißchen dauern.«
»Dann rufen Sie ihn zurück. Wenn das dauert, will ich nicht mehr rauchen.«
»Wir können ihn nicht mehr zurückrufen, Madame.«
»Das ist Ihr Problem.« Leise sprach sie mit Perrier weiter: »Du wirst noch einmal zu den Redaktionen gehen und sagen, daß sie Interviews mit mir machen sollen. So ein Interview wirkt viel stärker als ein Inserat, und man kann es sensationeller aufmachen.«
»Pardon, Chérie, aber das hat keinen Sinn.«
»Woher willst du das wissen?«
»Sie haben mich das erste Mal buchstäblich hinausgeworfen – das weißt du. Sie haben gesagt, an einer solchen Geschichte sind sie nicht interessiert.«
Das war tatsächlich so gewesen, erzählte mir Paul Perrier dann viel später. Die Presseleute verabscheuten Yvonne. Sie hatte gleich nach ihrem Besuch bei Staatssekretär Philippe Nardonne FRANCE-SOIR ein Interview gegeben und das gesagt, was sie auch Nardonne gesagt hatte. Sie war dabei in ihrer beleidigenden Aggressivität so unverschämt geworden, daß die beiden Journalisten, die sie aufgesucht hatten, ohne sich zu verabschieden fortgegangen waren. Das Interview hatte man nicht veröffentlicht. Seitdem gab es einen regelrechten Boykott. Die Presse-, Fernseh- und Rundfunkleute standen hinter ihren Kollegen, die von Yvonne derart maßlos attakiert worden waren. Die bezahlten Suchanzeigen hatten die Zeitungen natürlich angenommen, aber Interviews mit Yvonne würde es, solange sie sich derart betrug, keine mehr geben – das stand fest. Perrier rechnete täglich mit einem Boykott der Kellner, und auch er bekam stets einiges von ihr zu hören und mußte dann energisch an all die teuren Geschenke denken, die für ihn abfielen, wenn Yvonne gut aufgelegt war.
Gut aufgelegt war sie, sobald er mit ihr geschlafen hatte. Als sie dem Geschäftsführer sagen konnte, er habe einen Sauladen, war sie auch wieder gut aufgelegt. Natürlich wartete sie das Eintreffen der Lord-Extra-Zigaretten nicht ab, sondern verlangte die Rechnung. Sie bezahlte, während sie Perrier laut erklärte, er solle sich nicht so idiotisch schämen, es wisse doch jeder, daß er von

ihr ausgehalten werde. Trinkgeld gab sie keines. Unerschütterlich höflich wurde sie von den Kellnern zum Ausgang begleitet und verabschiedet. Auf der Straße parkten die Autos schräg, mit dem vorderen Reifen auf dem Gehsteig. Es war wenig Platz, und Yvonne ging ein Stück hinter Perrier, der zum Wagen wollte. Die Beleuchtung war hier unter den großen Bäumen schlecht. Plötzlich fühlte Yvonne, wie ihr jemand auf die Schulter tippte. Sie drehte sich erschrocken um.
Hinter ihr stand ich.
Groß und leicht vorgeneigt, mit langem Haar und Vollbart, beugte ich mich zu ihr hinab und sagte mit verstellter, heiserer Stimme, die sie jedoch sofort als die meine erkannte: »Ich kriege dich schon, meine Liebe, ich kriege dich schon!«
Yvonne stieß einen gellenden Schrei aus, dann fiel sie zu Boden. Paul Perrier drehte sich entsetzt um und rannte zu ihr. Sie war ohnmächtig geworden. Er versuchte, sie wieder zu Bewußtsein zu bringen.
»Yvonne! Was ist denn los? Yvonne!«
Menschen eilten herbei und schauten neugierig auf die bewußtlose Frau.
Von mir war nicht die Spur zu sehen. Ich war im Dunkel untergetaucht.

8

Natürlich war es nicht ich gewesen, aber Yvonne war so aufgeregt, als sie aus ihrer Ohnmacht erwachte, daß Paul Perrier schleunigst ins Tour d'Argent zurücklief und bat, die Polizei zu rufen. Ein Wagen mit Blaulicht und Sirene brachte beide auf das nächste Kommissariat, und dort erhielt Yvonne, die so zitterte, daß sie nicht stehen und auch nicht sitzen konnte, ein Beruhigungsmittel.
Die Polizeibeamten wußten, daß ich in der Unglücksmaschine gewesen und für tot erklärt worden war, aber Yvonne verlangte, es müsse ein Protokoll aufgenommen und in ihrer Anzeige festgehalten werden, daß ich am Leben war und sie vor dem Restaurant Tour d'Argent am Abend dieses 28. August gegen 23 Uhr 30 auf die Schulter getippt und ihr gesagt hatte: »Ich kriege dich schon, meine Liebe, ich kriege dich schon!« Und sie gab eine

ganz genaue Beschreibung meines Äußeren und forderte die Niederschrift dieses Satzes in das Protokoll: ›Madame Duhamel bittet die Polizei, mit der Suche nach ihrem noch lebenden Mann Charles Duhamel unverzüglich und mit allen zur Verfügung stehenden Mitteln zu beginnen.‹
Der Beamte, der das tippte, zwinkerte Paul Perrier heimlich zu und machte eine Geste, die zeigen sollte, daß er Yvonne für verrückt hielt, aber Perrier war es unheimlich zumute, wie er mir später erzählte, denn er konnte sich nicht vorstellen, daß Yvonne bereits erste Wahnerscheinungen hatte, aber genausowenig konnte er sich vorstellen, daß ich mich verkleidete – er wußte doch, wie ich jetzt aussah – und mein früheres Aussehen wieder annahm, bloß um Yvonne zu erschrecken. Er war sehr verstört. Der Polizeiarzt gab Yvonne ein starkes Schlafmittel, und am nächsten Tag kamen ihr Hausarzt und ihr Psychiater. Sie berieten sich, und dann verbrachte Yvonne zwei Wochen in einer vornehmen, diskreten Klinik in Neuilly, um dort eine Schlafkur zu machen. Damit war indessen wenig erreicht, denn man konnte Yvonne nicht so lange schlafen lassen, daß sie ihre fixe Idee aufgab. Paul Perrier, dem die zwei Wochen Ruhe sehr gut getan hatten, mußte sich sofort wieder die alten Geschichten anhören.
Das alles hätte er noch ertragen, wenn dieser geheimnisvolle Mann, der genauso aussah wie ich, nicht wiedergekommen wäre.

9

»Ich glaube, wir müssen den Kindern in Polen helfen«, sagte Andrea. Das war an einem Nachmittag Ende August, und Andrea sagte es im großen, bunten Tiefgeschoß, in dem jetzt die drei schönsten Bilder des Malwettbewerbs ausgestellt waren. »Fragt eure Eltern«, fuhr Andrea fort, »was in Polen los ist. Es geht schlimm zu dort, und am schlimmsten ist es für die Kinder, denn die haben kaum noch etwas zu essen und keine warmen Sachen, wenn jetzt der Herbst und der Winter kommen, und die ganz kleinen Kinder haben nicht einmal mehr genug Milch zu trinken. Im Fernsehen war eine Sendung über die polnischen Kinder. Die haben auch Bilder gemalt wie ihr, aber ganz andere,

traurige. Auf einem, da hat ein Kind viele Menschen vor einem Geschäft gezeichnet, die haben alle ein Schild über dem Geschäft angeschaut, und auf dem Schild hat gestanden: Es GIBT KEIN BROT UND ES WIRD AUCH KEINES GEBEN.«
Inzwischen hörten nicht nur alle Kinder, sondern auch Langenau, der Azubi, ich und ein paar Kunden Andrea aufmerksam zu. Sie sagte: »Kein Brot haben sie! Ihr habt alles, Bonbons und Lutschfische, jeden Kuchen, den ihr wollt, und soviel Schokolade, bis euch schlecht wird. Ich finde, wir sollten den Kindern in Polen Sachen zum Essen schicken, auch Süßigkeiten, aber hauptsächlich Mehl und Reis, Bohnen und Erbsen und Sachen zum Anziehen, auch ein paar Spielsachen können dabei sein.« Andrea drehte sich um. »Was meinen Sie, Herr Langenau?«
»Ich meine«, sagte der, »daß das eine gute Idee ist. Wir alle bringen Lebensmittel und warme Sachen in die Buchhandlung, und dann können wir den Kindern in Polen Pakete schicken.«
»Medikamente haben sie auch keine«, sagte Andrea. »Ich werde mich erkundigen, ob wir Medikamente schicken dürfen. Ärzte könnten sie für uns aussuchen, kaufen tun wir sie dann.«
»Und Butter!« rief Felix Rosen.
»Und Fett!« rief sein Freund Ali.
»Und Schuhe!« rief die kleine Marili, die keine Hände hatte. »Ich sage es Tante Olga. Wir Kinder aus dem Heim werden auch sammeln.«
»Und Kaffee!«
»Und Kakao!«
»Und Tee!«
»Und Kekse!«
Alle riefen jetzt durcheinander und waren sehr aufgeregt, und Andrea tastete nach meiner Hand und setzte ihre Brille auf, obwohl sie gar nichts lesen mußte.
In den folgenden Tagen stapelten sich viele Lebensmittel und warme Kleidungsstücke in der Buchhandlung. Ich telefonierte mit dem Roten Kreuz, und man schickte uns ein paar Männer, die brachten Verpackungsmaterial und sagten, in ganz Deutschland würde jetzt für Polen gesammelt, die Pakete sollten mit großen Lastwagen befördert werden, und Vertreter des Roten Kreuzes und der Kirchen würden dafür sorgen, daß die Sachen auch wirklich in die richtigen Hände gerieten.
Ein kleiner Junge, der Tommy hieß, kam und sagte: »Mein Vater läßt schön grüßen und sagen, er wird den Polen erst etwas zu

essen schicken, wenn sie alles zurückgegeben haben, was sie seinen Eltern weggenommen haben.«
Wir waren verlegen, und die Kinder waren sehr aufgeregt und wollten wissen, was die Polen den Großeltern dieses Jungen weggenommen hatten, und Tommy antwortete: »Das weiß ich nicht. Ich habe meinen Vater auch gefragt, aber er hat gesagt, ich bin noch zu klein dazu. Jedenfalls kriegen die polnischen Kinder nichts von ihm, soll ich ausrichten.«
Die großzügigste Spende erhielten wir vom Vater des kleinen Felix Rosen. Er brachte die Sachen in seinem Wagen zu uns und sagte: »Meine Großeltern sind von den Polen bei einem Pogrom totgeschlagen worden. Aber was, nebbich, können die armen kleinen Menschele heute dafür?«
Zwei Wochen lang packten wir täglich, soviel kam zusammen, und abends holte immer ein Wagen des Roten Kreuzes die Pakete ab. Wir hätten sonst keinen Platz in der Buchhandlung mehr gehabt. Es war oft schwierig, sich zwischen den Regalen zu bewegen, denn viele Menschen, die Bücher kauften und erfuhren, was wir da vorhatten, kamen wieder und brachten Lebensmittel oder Strickwaren oder warme Decken. Und aus dem Heim kamen Kinder im Rollwagen, die sehen wollten, was ihre Eltern gespendet hatten.
Im Heim gab es ein Kind, das hieß Hermine. Sie wurde Hermi genannt und litt unter häufigen epileptischen Anfällen, weshalb sie stets einen Schutzhelm tragen mußte. Von allen Kindern hatte Hermi die schönste Schrift, und so durfte sie den Begleitbrief schreiben und wurde glühend beneidet dafür.
›Liebe polnische Kinder‹, schrieb Hermine, ›wir sind Kinder aus Hamburg, die Euch helfen wollen, weil wir gehört haben, wie es Euch geht. Wir wünschen Euch, daß es Euch bald wieder ganz gut geht. Ich heiße Hermi und unterschreibe zuerst, und dann unterschreiben alle anderen Kinder, die Euch Sachen geschickt haben. Lebt wohl! Hermi.‹ Und dreiunddreißig Kinder schrieben ihre Namen auf mehrere Bogen Papier. Die Unterschriftenreihe wurde viel länger als der ganze Brief. Auch Tommy durfte unterschreiben, das hatten die Kinder entschieden.
Der Brief ging mit unseren Paketen und vielen anderen auf die weite Reise, und damit die Kinder die großen Lastwagen auch sehen konnten, fuhren sie an dem Heim und an unserer Buchhandlung vorbei. Die Fahrer winkten, und die Kinder winkten zurück, bis die Lastwagen um eine Ecke verschwanden.

Patty stand an mich gelehnt, und Hernin stand neben ihr, als sie sagte: »Onkel Peter, uns geht es so gut, und den polnischen Kindern geht es so schlecht. Warum?«
Das konnte ich Patty nicht erklären, und Hernin konnte es auch nicht.
»Warum, Onkel Peter, fahren, wenn es in Polen so schlimm ist, nicht einfach alle ins Ausland?« fragte Patty.
Und wiederum erhielt sie keine Antwort.

10

Der Anruf kam am 16. September, einem stürmischen Tag. Ich war mit dem Azubi Robert Stark oben im Laden, und Herr Langenau war unten bei den Kindern. Das Telefon stand in Cat's Corner. Draußen pfiff und tobte der Wind. Nachdem Andrea aufgelegt hatte, rief sie mich in den Raum und sagte, daß sie mit ihrer Mutter gesprochen habe.
»Schlimme Nachrichten, Kater. Mein Vater. Sie haben ihn eben ins Krankenhaus gebracht. Dort liegt er jetzt auf der Intensivstation.«
»Intensivstation?«
»Ja. Sie wußten zuerst nicht, was mit ihm los war, aber dann haben sie ihn untersucht, und er hat dreihundertsiebzig Blutzukker, ich weiß nicht, was das heißt. Es muß irrsinnig hoch sein, und sie sagen, Vater hat einen bisher unbemerkten Diabetes.«
»Schrecklich.«
»Mutter ist völlig durcheinander, kannst du dir vorstellen. Ich muß nach Frankfurt fliegen. So schnell wie möglich. Bis feststeht, daß Vater über den Berg ist. Er wird doch nicht sterben?«
»Bestimmt nicht, Hörnchen«, sagte ich. Das war vielleicht eine Frage. »Langenau, Stark und ich, wir schmeißen den Laden schon.«
»Aber vielleicht muß ich länger in Frankfurt bleiben«, sagte Andrea. »Eine Woche? Zehn Tage? Wer weiß? Ich kann doch Mutter nicht allein lassen, solange noch irgendeine Gefahr besteht. Du hast keine Eltern mehr?«
»Nein«, sagte ich und log diesmal nicht.
»Das hast du mir ja gesagt. Ich bin so durcheinander.«
Mir wurde ganz elend bei dem Gedanken, ohne Andrea leben zu

müssen. Besonders die Nächte würden traurig sein, dachte ich, allein in unserem Bett. Ich fuhr mit ihr nach Hause, half ihr beim Packen und rief die LUFTHANSA an. Es ging noch eine Maschine um 19 Uhr 05, und in ihr gab es noch Platz. So brachte ich Andrea zum Flughafen, aber wir kamen viel zu früh und setzten uns an die Bar. Als der Mixer kam, fiel mir ein, daß Andrea jetzt, wo sie das Baby trug, keinen Alkohol trinken sollte, und ich bestellte zwei Gläser Orangensaft. Während wir dasaßen und warteten, weinte Andrea kurz. Sie hatte Angst um ihren Vater.

»Wir werden immer abends telefonieren, da bin ich zu Hause bei meiner Mutter. Tagsüber werde ich wohl im Krankenhaus sein«, sagte Andrea. »Wenn etwas Dringendes ist, rufe ich im Geschäft an.« Sie hatte mir die Telefonnummer ihrer Mutter in Frankfurt gegeben und auch die des Krankenhauses, in dem nun ihr Vater auf der Intensivstation lag. Er war sechsundsechzig Jahre alt, nur ein Jahr älter als Hernin.

»Schau bitte nicht so, Kater«, sagte Andrea, »du machst mir das Herz noch schwerer.«

»Ich schaue gar nicht so«, sagte ich. »Es ist nur ... du weißt schon.«

»Natürlich weiß ich es«, sagte sie. »Denkst du, mir geht es anders? Aber wenn mein Vater so krank ist ...«

»Ich hoffe, daß es ihm ganz schnell besser geht«, sagte ich.

»Ja, das hoffe ich auch. Lieber Gott, bitte beschütze ihn. Amen.«

Der Sturm war seit dem Nachmittag viel stärker geworden. Sein Ächzen und Stöhnen in Kaminen, sein Rütteln an Dachziegeln und Blechen, Schildern und Fensterläden war überall zu vernehmen. Bei der Fahrt zum Flughafen hatten wir gesehen, wie er die größten Bäume zwang, sich tief zu neigen, so daß viele Äste brachen. Hier in der stillen Bar hörten wir den Orkan laut toben.

»Mach dir keine Sorgen«, sagte Andrea. »Das sind nur die ersten und letzten Minuten, die übrige Zeit fliegen wir über dem Sturm und den Wolken.«

»Mein schönes, tapferes Hörnchen«, sagte ich.

»Langenau hat gesagt, er wird einen Rosenkranz für meinen Vater beten«, sagte Andrea. »Ist das nicht freundlich von ihm?«

»Sehr freundlich«, sagte ich. »Langenau und du, ihr glaubt an Gott. Ihr habt es leicht.«

Ich versuchte, sie davon abzubringen, dauernd an ihren kranken Vater zu denken, und es gelang mir.

»Weißt du«, sagte sie, »die großen Religionen sind bestimmt das

Beste, was die Menschen geschaffen haben, aber alle Religionen werden von den Menschen mißbraucht. Ich glaube an Gott wie Langenau, nur lasse ich es mir nicht so anmerken. Es geht keinen etwas an, finde ich. Dich natürlich schon. Dich geht alles etwas an, was mich angeht. Und warum glaubst du nicht an ihn?«
»Es geht nicht mehr seit dem Krieg und den Konzentrationslagern und den fünfzig Millionen, die im Krieg umkamen. Sie können mir sagen, was sie wollen. Ein Gott, der so etwas zuläßt, kann es entweder nicht verhindern oder er will es nicht verhindern. Im einen Fall ist er ein armer, hilfloser Idiot, im anderen ein Verbrecher.«
»Das ist sehr schlimm, was du da sagst.«
»Ich weiß. Aber so ist es nun einmal mit mir.«
»Glaub nicht an ihn, wenn du nicht kannst, aber beschimpfe ihn nicht, bitte«, sagte Andrea. »Wir können auch so vieles nicht verhindern, was böse ist, und deshalb sind wir doch keine Idioten oder Verbrecher.«
»Er schon«, sagte ich. »Er ist allmächtig, nicht wahr? Ich habe sehr viele Filme und Fotos gesehen von den Lagern, und ich war in Auschwitz und Buchenwald nach dem Krieg. Ich habe die Öfen gesehen. Ich kann einfach nicht mehr an ihn glauben, Hörnchen. Denk bloß nicht, daß ich es nicht gern tun würde. Aber es geht nicht. Die Öfen allein haben genügt.«
»Ich verstehe schon«, sagte sie.
»Reden wir nicht mehr von ihm«, sagte ich und dachte, wie sehr ich Andrea liebte und ihren Nacken und die weiche Linie, in der ihr Haar da herabfiel.
»Aber wenn wir nun kirchlich heiraten, Liebster, soll unser Kind doch katholisch getauft werden.«
»Aber ja«, sagte ich.
»Ich halte es auch für das Beste. Das ist die Religion mit den meisten Mitgliedern, ich meine, unter den christlichen Religionen. Wenn unser Kind die gleiche Religion wie so viele Menschen hat, wird ihm vielleicht nicht so etwas geschehen wie den armen Juden.«
»Wir wollen einen Schluck Orangensaft auf unseren katholischen Sohn trinken«, sagte ich.
»Nein«, sagte sie. »Ich möchte gern ein großes Glas Whisky auf ihn trinken, denn dir kann ich es ja sagen: Ich habe immer große Angst während der ersten paar Minuten nach dem Starten und in den letzten Minuten vor dem Landen.«

»Bei einem solchen Wetter zieht der Pilot die Maschine sofort ganz steil nach oben.«
»Bier«, sagte sie. »Doktor Kahler hat gesagt, ich soll viel Bier trinken, Kater. Bier macht Milch. Bier könnte ich trinken.«
»Aber nicht nach dem Orangensaft«, sagte ich.
Dann wurde Andreas Flug aufgerufen. Ich brachte sie noch bis zur Sperre und sah, wie draußen auf dem Feld der Sturm tobte. Ihrem Aberglauben gemäß verabschiedeten wir uns nicht voneinander, und sie war plötzlich verschwunden. Ich dachte, daß ich mich an diesem Abend besaufen wollte, und der Sturm riß mich fast um, als ich zu unserem alten Volkswagen ging. Sogar das Fahren war schwierig wegen des Orkans.
Es waren nur wenige Menschen auf den Straßen, und immer wieder sah ich heruntergefallene Dachziegel oder abgebrochene Äste, und ich hörte die Sirenen der Feuerwehr. Plötzlich hatte ich große Angst, daß er es nun an Andrea vergelten würde, weil ich so schlimme Sachen über ihn gesagt hatte. Und ich redete laut mit ihm, an den ich nicht glaubte, und ich sagte, bring mich um, tu, was du willst, mit mir, aber tu Andrea nichts an, laß sie nicht für mich büßen, bitte. Mach, daß nichts Böses geschieht, und wenn etwas Böses geschehen muß, dann bitte mir.
Ich erreichte unser Haus in der Alsterdorfer Straße und sah, daß sich jemand in eine Ecke des Eingangs drückte. Ich hielt den Wagen an, löschte die Lichter und stieg aus. Wieder warf mich der Sturm fast um. Dann sah ich, daß es mein alter Freund Jean Balmoral war, der dort wartete, und plötzlich wußte ich, daß mir etwas sehr Schlimmes bevorstand. Ich konnte nicht sagen, wieso. Ich wußte es einfach.

II

»Jean!« Ich mußte schreien wegen des Orkans.
»Bon soir, Charles!« schrie er und verbesserte sich: »Bon soir, Peter.« Da er nicht Deutsch verstand, sprachen wir französisch miteinander.
»Was ist los? Wartest du schon lange?«
»Etwa eine Stunde. Ich habe vom Hotel in eurer Buchhandlung anrufen lassen und erfahren, daß du deine Freundin zum Flughafen bringst. Du bist also allein.«

»Aber eine Stunde . . .«
»Ich habe die Abflugzeit nicht gewußt. Macht nichts. Jetzt bist du ja da.«
»Ist etwas passiert?« Wir mußten beide gegen den Sturm anschreien.
»Ja. Aber wollen wir nicht in die Wohnung gehen? Ich erzähle dir dann alles.«
Ich sperrte das Haustor auf, und wir stiegen die hohen Stufen in den zweiten Stock hinauf. Auch in der Wohnung winselte und donnerte, pfiff und heulte der Orkan. Die Vorhänge bewegten sich in der Zugluft. Balmoral ging durch das Zimmer.
»Schön hast du es hier.« Er setzte sich im Wohnzimmer in einen tiefen Fauteuil. Jean sah schlecht aus, bleich und krank. Ich erschrak, als ich ihn jetzt bei Licht betrachtete.
»Was willst du trinken?«
»Nichts. Später vielleicht. Setz dich!«
Ich setzte mich.
»Also«, sagte ich. »Was ist los?«
Er hielt die Spitzen der Finger aneinandergepreßt. Seine Stimme klang belegt. Die Augen waren unstet.
»Ich habe großes Pech gehabt, mein Alter. Hab' einem Freund helfen wollen, der ist verrückt mit Pferden. Verlor eine Menge. Hatte mit Geld gespielt, das der Bank gehörte, in der er arbeitete. Mußte es zurückgeben. Ich war gerade selber knapp. Aber ihm drohte Gefängnis. Also lieh ich ihm Geld – Klientengeld. Er schwor, ich würde es rechtzeitig zurückhaben. Scheiße. Er fuhr sofort wieder raus auf den Rennplatz. Verlor alles. Jetzt hat er sich umgebracht. Und mir fehlt das Geld. Mein Klient kommt in den nächsten Tagen aus Amerika zurück. Wenn ich bis dahin das Geld nicht habe, bin ich erledigt. Skandal, Lizenz entzogen, ich brauche nicht weiterzusprechen.«
»Nein«, sagte ich langsam, »das brauchst du nicht.«
Ich sah ihn an. Er wich meinem Blick aus. Und der Sturm pfiff und stöhnte. Irgendwo wurde ein Fensterflügel vom Wind auf- und zugeschlagen. Er machte einen Riesenlärm, und doch hätten wir beide die einzigen Menschen auf der Welt sein können.
»Du bist mein Freund, Charles.« Jetzt hatte er Tränen in den Augen, der Hurensohn. »Wie lange kennen wir uns? Was hast du schon alles für mich getan? Ich schäme mich, weiß Gott, ich schäme mich so . . . Aber du bist meine letzte Rettung, nach dir kommt nichts mehr.«

»Wieviel?« fragte ich, und meine Stimme klang ganz fremd.
»Vierhunderttausend Mark. Das sind weit über achthunderttausend Franc. Achthundertfünfzigtausend brauche ich. Sofort. Kannst du morgen, gleich wenn die Bank aufmacht, hingehen und das Geld holen? Bitte, Charles. Und verzeih mir!«
Ich sagte nichts.
»Du wirst mir doch helfen?«
»Was ist mit deinem Nummernkonto in der Schweiz?«
Er lachte hohl. »Sechstausend Franken sind da noch drauf. Ich habe so viel Pech gehabt in letzter Zeit, Charles. So entsetzlich viel Pech.«
»Warum hast du nicht aus Paris angerufen?«
»Ich wollte dich sehen, wenn ich es dir sagte, und das Geld dann gleich mitnehmen. Am Telefon hätte ich keine Chance gehabt. So bin ich hierher geflogen. Heute mittag landete ich. Ich habe vom Hotel aus in der Buchhandlung anrufen lassen, und man hat mir gesagt, du seist . . .«
»Das hast du schon erzählt. Was hättest du denn getan, wenn Andrea hier gewesen wäre?«
»Ich hätte gebeten, mit dir allein sprechen zu können. Ich hätte dich nicht verraten. Mein Gott, Charles, ich bin doch kein Erpresser!«
»Ach so. Dann freue ich mich, dich gesehen zu haben. Ich rufe dir ein Taxi. Du wirst das Geld schon auftreiben.«
»Nein!« Er war aufgesprungen. »So geht das nicht. Du mußt mir das Geld geben. Du bist der einzige, der es mir geben kann. Es geht um meine Existenz, Charles!«
»Tut mir leid.«
»Na schön«, sagte er, »also dann: Wenn du mir das Geld nicht morgen vormittag gibst, lasse ich dich auffliegen. Bei der Polizei hier. Dann ist *deine* Existenz ruiniert.«
»Aber du bist kein Erpresser«, sagte ich, doch er antwortete nicht, sondern fing wieder an zu weinen. Das war das Widerlichste an der Geschichte, verstehst Du, mein Herz. Er war kein berufsmäßiger Erpresser. Ein berufsmäßiger wäre mir lieber gewesen als dieser Mann. Ich kannte ihn lange genug, wirklich. Ich wußte, er sagte die Wahrheit. Und daß er kein verlogener Lump war, das kotzte mich am meisten an.
Ich stand auch auf. Sofort fuhr er zurück und sagte schnell: »Ich habe einen versiegelten Brief bei einem Kollegen deponiert. Wenn ich plötzlich verschwinde oder völlig unerwartet sterbe,

soll er den Brief öffnen. Es steht darin, daß du mein Mörder bist – mit deinem neuen Namen und deiner neuen Adresse und einer genauen Beschreibung, wie du jetzt aussiehst. Der Brief geht dann sofort zur Polizei. Also, rühr mich nicht an, Charles! Ich warne dich! Ich bin verzweifelt. Ich kann nicht für mich garantieren.«

Und der Orkan tobte weiter um das Haus, rüttelte an den Fensterflügeln und peitschte die Zweige der alten Bäume im Garten, und wir waren allein inmitten des Ächzens und Donnerns, des Flüsterns und Polterns.

»Also, einen solchen Brief hast du hinterlegt«, sagte ich.

»Ich mußte mich doch schützen. Ich weiß doch nicht, was du tust in deiner Wut.«

Zum Verrücktwerden: Der Dreckskerl war kein richtiger Erpresser, er dilettierte auf dem Gebiet. Allerdings mit sehr viel Geschick. Aber er litt auch wirklich darunter.

»Jetzt möchte ich gerne etwas trinken«, sagte er.

Ich goß Cognac in zwei Gläser, viel Cognac. Das eine gab ich ihm. Wir tranken. Der Cognac brannte, er wärmte mich. Ich dachte bitter, daß er auch Balmoral wärmte.

»Es ist mein Ernst«, sagte er. »Wenn ich das Geld morgen vormittag nicht bekomme – in Tausenderscheinen –, zeige ich dich an.« Dann kam das Irrsinnigste. »Du mußt mir verzeihen«, sagte er. »Verzeihst du mir, Charles?«

Ich sagte nichts.

»Charles, ich flehe dich an, sag, daß du mir verzeihst und mich verstehst!«

»Leck mich am Arsch«, sagte ich und ging in die Küche. Er folgte mir wie ein geprügelter Hund und sah stumm zu, als ich mir Eier mit Schinken machte.

»Willst du auch?« fragte ich.

»Wenn du mir etwas gibst, gerne. Mein Gott, Charles, daß ich dir das antun muß!« Wieder weinte er.

»Hör auf zu weinen!« sagte ich. »Sofort. Sonst kriegst du nichts zu essen, du verfluchter Scheißkerl.« Er wischte die Tränen mit dem Handrücken fort und schluchzte noch ein paarmal. Dann saßen wir beide am Küchentisch, aßen Ham and Eggs und tranken Pilsner Bier dazu. Er hatte mächtig Appetit, und ich mußte noch einmal an den Herd. Zum Glück waren genug Eier im Haus. Der Sturm wurde immer ärger. Ich aß und dachte, daß ich keine Wahl hatte. Zum Glück verlangte er nicht noch mehr.

Nur das, was er wirklich brauchte. Ja, dachte ich, und wenn er das nächste Mal eine Million braucht? Ich schob meinen halbvollen Teller weg.

»Was ist?« fragte er.

»Kein Appetit.«

»Dann erlaubst du, daß ich . . .« Er fraß tatsächlich auch noch auf, was ich stehengelassen hatte. Ein Schatz, mein Freund Jean Balmoral. Ich trank eine Flasche Bier und sah ihm beim Essen zu. Dann gingen wir ins Wohnzimmer, und er sagte, er würde die Nacht über hierbleiben, damit ich nicht ausrücken könne, und ich sagte ihm, ich sei stärker als er, und er sagte, ja, aber er habe diesen Brief bei einem Kollegen deponiert. Und der gottverfluchte Orkan tobte immer weiter, er machte mich schrecklich nervös, und darum wohl verdrosch ich Balmoral. Ich schlug ihn nicht tot, ich schlug ihn nur, bis er vor mir auf dem Boden lag, nicht mehr aufstehen konnte und aus Mund und Nase blutete. Im Badezimmer tauchte ich ein Handtuch ins Wasser, ging zurück und warf es ihm zu. Er wischte das Blut ab und stand mühsam auf. Mit dem Tuch humpelte er ins Bad. Als er wieder zurückkehrte, sagte er: »Ich kann dich ja so gut verstehen, Charles.« Da läutete das Telefon, und ich sagte zu ihm, er solle jetzt das Maul halten, und ging zum Apparat. Es war Andrea, die anrief. Sie war in Frankfurt gut gelandet und schon bei ihrer Mutter.

»War der Flug schlimm?« fragte ich.

»Nur am Anfang und am Schluß, sonst sind wir über den Wolken geflogen, und da war noch Licht, und der Himmel war grün und gelb und rot, es war wunderbar. Armer Kater. Bist du sehr allein?«

»Sehr«, sagte ich.

»Was machst du?«

»Ich habe gerade Ham and Eggs gegessen.«

»Kater, ich habe im Flugzeug gebetet. Ich bete immer im Flugzeug, weil ich Angst habe vor dem Fliegen. Heute habe ich aber für meinen Vater gebetet, daß er durchkommt und wieder ganz gesund wird, und dann habe ich für dich gebetet, daß dir kein Leid geschieht und daß du Glück hast und nur Freude und keinen Ärger. Du wirst sehen, es wirkt.«

»Ja«, sagte ich, »sicherlich.« Und ich sah Balmoral an, der reglos dasaß.

»Was ist das für ein Heulen in der Leitung?«

»Sturm. Wir haben hier immer noch Sturm.«
»Deine Stimme klingt so traurig. Ich bin auch traurig. Wegen Vater, und weil ich nicht bei dir sein kann. Geh aus, Kater! In ein Kino oder eine Bar. Unter Menschen.«
»Nein, ich will nicht.«
»Ach, Kater, ich habe dich so lieb. Schlaf gut!«
»Du auch«, sagte ich. »Viele Grüße an deine Mutter. Gute Nacht!« Ich legte auf und sagte zu Balmoral: »Ich gehe jetzt ins Bett. Du kannst dich hier auf die Couch legen.«
»Ich werde kein Auge schließen«, sagte er. »Ich muß doch aufpassen, daß du mir nicht abhaust.«
»Na, dann paß auf«, sagte ich.
»Ich habe Pervitin geschluckt«, sagte er. »Ich brauche keinen Schlaf.«
»Du elendes Stück Scheiße.«
»Und ich habe gedacht, du wirst dich wenigstens bemühen, mich zu verstehen«, sagte er.
Vor Wut und Hilflosigkeit war mir ganz schlecht. Ich badete und ging im Pyjama noch einmal durch das Wohnzimmer. Da saß er, bleich und unglücklich, und ich machte, daß ich ins Bett kam. Ich schlief auch sofort ein, aber nach zwei Stunden weckte mich der verfluchte Sturm, und von da an fand ich keine Ruhe mehr. Ich stand auf und ging in das Zimmer mit dem Schaukelstuhl. Nebenan, im Wohnzimmer, saß Balmoral und rauchte. Ich setzte mich in den Stuhl, schaukelte hin und her und sah zu, wie der Orkan die alten Bäume attackierte und ihre Kronen herunterdrückte und wie die Äste flogen. Und ich dachte daran, daß Andrea so gern ein Baum gewesen wäre, daß sie aber auch dann schwere Zeiten gehabt hätte, in denen sie viel hätte mitmachen und sich wehren müssen. An Leib und Seele wäre sie verwundet worden wie jener Baum, von dem mit einem schrecklich traurigen Geräusch nach Mitternacht noch ein sehr großer Ast brach. Der Sturm hatte die Wolken verjagt, der Himmel war jetzt klar, und im silbernen Licht des Mondes sah ich den Ast im Garten liegen und die helle Stelle am Stamm, wo er abgebrochen war. Ich drehte mich um und sah das Memento-mori-Bild an. Ich saß noch im Schaukelstuhl, als der Himmel zuerst grau und dann immer heller wurde, und ich war sehr beeindruckt von all den Farben, die er hatte, bevor er strahlend blau wurde und die Sonne aufging. Der Orkan tobte noch immer.

12

Ich ging ins Badezimmer, wusch und rasierte mich und zog mich an. Als ich ins Wohnzimmer kam, lag Balmoral auf der Couch und schnarchte. Von wegen Pervitin! Er lag auf dem Rücken, hatte die Hände über der Brust verschränkt, und sein Mund stand offen. Man hätte ihn ganz leicht töten können, aber was hätte das genützt mit dem Brief bei jenem Anwalt. Also gab ich ihm zwei Ohrfeigen, und er fuhr aus dem Schlaf auf und rief: »Nein! Nicht!« Dann sah er mich an und lachte dumm. »Da hat mich einer reingelegt«, sagte er. »Das war kein Pervitin, das er mir da verkauft hat. Hast du gut geschlafen?« Und das war mir einfach zuviel. Ich schlug ihm noch einmal ins Gesicht, aber diesmal mit der Faust, und er schlug nicht zurück, sondern sagte mit erstickter Stimme: »Schlag mich! Ich wehre mich nicht. Ich verdiene es nicht besser. So etwas meinem besten Freund anzutun! Ich bin ein Schwein.«
Ich ging in die Küche und machte Kaffee für uns beide. Später saßen wir einander gegenüber und sprachen kein Wort mehr, und ich wartete, bis es halb neun Uhr war, danach rief ich meine Bank an und bat darum, vierhunderttausend Mark für mich vorzubereiten – in Tausendern. In einer Stunde, hieß es, könne ich vorbeikommen und das Geld abholen.
Kurz nach neun Uhr rief ich in der Buchhandlung an, und Langenau meldete sich.
»Hier ist Kent. Ich habe Besuch von auswärts und werde heute vormittag nicht in den Laden kommen. Ich fahre zu ihm ins Hotel, bin also nicht zu Hause.«
»Ist gut, Herr Kent«, sagte Langenau. »Setzt Ihnen dieser elende Sturm auch so zu?«
»Ja, sehr.«
»Ich habe seit gestern rasende Kopfschmerzen und heute nacht nicht schlafen können.«
»Ich auch nicht. Nehmen Sie ein Mittel gegen die Kopfschmerzen.«
»Habe ich schon. Hilft nichts. Bis bald, Herr Kent. Gott mit Ihnen.«
Ich suchte einen kleinen Koffer aus, in dem ich das Geld transportieren wollte, und zog einen Mantel an, denn es war kalt geworden durch den Sturm. Dann rief ich ein Taxi.

Balmoral sagte: »Jetzt ist es neun Uhr fünfzehn. Wenn du spätestens um elf nicht wieder hier bist, gehe ich zur Polizei und verrate dich.« Und dazu weinte er wieder, so leid tat es ihm.
Das Taxi wartete schon, als ich aus dem Haus trat. Der Chauffeur redete während der ganzen Fahrt vor sich hin. Er schien Streit mit sich selbst zu haben, denn er redete sehr unwirsch. Dieser Sturm machte alle Menschen verrückt.
Als ich am Jungfernstieg vor der Bank ausstieg, sah ich sehr viele Möwen. Sie saßen unter den Landungsstegen der Weißen Flotte, um Schutz vor dem Orkan zu finden. Ein paar Schiffe schaukelten, am Ufer vertäut, hin und her. Auf der Alster war kein Schiff, das Wasser war stark aufgewühlt und mit weißen Schaumkronen – in Frankreich nennt man sie Schäfchen – übersät.
Ich bezahlte den Chauffeur und kämpfte mich mit dem Koffer, schräg gegen den Orkan gestemmt, zum Eingang der Bank vor. Hier herrschte reger Betrieb, aber mein Kontenführer erkannte mich sogleich. Er deutete auf eine Kabine, die man nur von innen öffnen konnte, und nachdem ich die große Schalterhalle durchquert hatte, öffnete er die Kabine von innen und begrüßte mich. Ich sah, daß auf einem Tisch das Geld für mich vorbereitet war. Zwei Quittungen mußte ich unterschreiben, dann half mir Herr Vormweg – so hieß mein Kontenführer –, das Geld im Koffer zu verstauen. Der Koffer hatte gerade die richtige Größe.
Herr Vormweg erkundigte sich nach meiner Gesundheit, und ich sagte, es gehe mir gut. Er erzählte mir, daß seine Tochter die Apothekerprüfung bestanden habe, und da gratulierte ich ihm. Er öffnete wieder die Tür, ließ mich in die Halle treten und winkte mir nach, als ich ging. Ich winkte zurück, und er schloß die Tür. In diesem Augenblick packte es mich.

13

Ich stürzte und mein Koffer flog auf den Boden. Ich suchte nach dem starken Nitromittel und fand das Röhrchen aus Kunststoff, knipste es auf und nahm eine Kapsel, die ich zwischen den Zähnen zerbiß. Der Schmerz war wie immer kaum zu ertragen. Der Schraubstock und die Eisenstange, mit der in meiner Brust herumgerührt wurde, da waren sie beide wieder. Ich keuchte und ächzte vor Schmerzen und bekam keine Luft.

Du erinnerst Dich an den Anfall in Wien, mein Herz. Dieser war ganz ähnlich, wenn auch nicht ganz so schlimm. Als ich stöhnend zu Boden sackte, hatten ein paar Frauen aufgeschrien, und jetzt herrschte in der Schalterhalle helle Panik. Herr Vormweg, mit dem ich eben noch gesprochen hatte, kniete neben mir, lockerte meinen Kragen und sprach auf mich ein, aber ich verstand nicht, was er sagte. Viele Menschen neigten sich über mich, und in meinen Ohren war ein großes Getöse von ihren Stimmen, zu dem das Donnern des Sturms kam. Ich zerbiß eine zweite Kapsel. Hände griffen nach mir, um mir zu helfen, aber mir konnte jetzt niemand helfen, darum stieß ich um mich, und ein paar Bankbeamte drängten die Menschen zurück. Der Boden der Schalterhalle bestand aus großen, quadratischen schwarzen und weißen Marmorplatten, und auf diesem Riesenschachbrett lag ich nun, auf einem schwarzen Feld, zusammengekrümmt, keuchend, stöhnend und schreiend, ich weiß nicht, wie lange. Auf einmal hörte ich fetzenweise durch den Sturm eine Sirene, die immer lauter wurde und dann verstummte. Gleich darauf kamen zwei Männer in Sanitäteruniformen und ein dritter Mann in weißem Kittel in die Halle. Der Mann im weißen Kittel trug eine Arzttasche mit sich, und mir wurde klar, daß jemand nach dem Notarzt telefoniert hatte.

Der Arzt, ein junger Mann, kniete neben mir nieder, und ehe er noch etwas sagen konnte, sprach ich schon mühsam: »Angina pectoris ... habe ich manchmal, diese Anfälle ... habe schon Kapseln genommen ... wird gleich ... vorüber sein ...« Und dann packte es mich wieder, und ich dachte, jetzt müsse ich sterben. Laut schrie ich vor Schmerz. Der Notarzt redete auf mich ein, und ich verstand nicht, was er sagte. Ich sah nur, daß er seine Tasche öffnete, und da hatte ich wieder genug Kraft zum Sprechen. »Nicht ... nicht ... nicht ...«

»Aber ich will Ihnen doch helfen.«

»Das ver ... biete ich Ihnen! Rühren Sie mich nicht an ... Sie wissen, Sie dür ... Sie dürfen mich nicht anrühren, wenn ich es Ihnen ver ... verbiete.« Vor meinen Augen verschwamm alles zu Farbflächen: grüner Punkt, blauer Fleck, graue Wolke, roter Balken, rot, rot, rot. Jetzt schwarz alles, alles schwarz, schwarzes Schneetreiben. Und die Eisenstange in meiner Brust.

Ich mußte nach Hause! Dort wartete Balmoral. Der konnte nichts von meinem Anfall wissen. Ich hätte ja diesmal, mit den neuen Papieren, auch den Arzt an mich heranlassen, ich hätte

mich von ihm behandeln und sogar in ein Krankenhaus einweisen lassen können, aber um elf Uhr ging Balmoral zur Polizei.
Ich sah, wie der Arzt mit Herrn Vormweg und dem Bankdirektor redete, einer wies auf den Koffer neben mir. Sie erklärten ihm vermutlich, daß ich gerade Geld abgeholt hatte, um etwas Privates, Persönliches zu erledigen, denn ich hatte um gebrauchte Scheine ersucht. Die Steuer, nicht wahr, weiß Gott, was sie dem Arzt erzählten. Zu meiner grenzenlosen Erleichterung fühlte ich, wie der Schmerz nachließ. Auch der Arzt merkte es sofort.
»Geht besser, was?«
Ich nickte.
»Sie haben auch schon wieder etwas Farbe im Gesicht. Als ich kam, war es aschfahl, und die Lippen waren lila. Warten Sie noch ein paar Minuten, dann können Sie aufstehen.«
Die Menschen sahen mich mit einem Ausdruck des Staunens, ja sogar des Abscheus an – wie ein ekelhaftes Insekt. Ich hatte sie sehr erschreckt. Nun versuchte ich mich aufzurichten. Es ging mühsam.
»Ich tue Ihnen nichts«, sagte der junge Notarzt. »Ich weiß, daß ich Sie nicht anrühren darf . . . was immer Ihre Gründe sind . . . Aber Sie können nicht allein losrennen mit dem Koffer . . . Sollen wir Sie wenigstens nach Hause bringen?«
»Ja«, sagte ich. »Ja, Herr Doktor. Das ist sehr nett von Ihnen.«
Die beiden Sanitäter eilten fort und kamen gleich darauf mit einer Bahre wieder, auf der sie mich wegtrugen. Der junge Notarzt nahm den Koffer. Herr Vormweg und der Bankdirektor schüttelten mir noch die Hand, und eine alte Frau schlug ein Kreuz über meine Stirn.
Dann lag ich in dem großen, roten Wagen, und wir fuhren in die Alsterdorfer Straße. Der Sturm heulte um das Fahrzeug. Als wir ankamen, war ich noch zu schwach zum Treppensteigen, und sie trugen mich in den zweiten Stock hinauf. Ich deutete auf die Wohnungstür, und der Arzt läutete.
Hinter der verschlossenen Tür fragte Balmoral auf französisch: »Wer ist da?«
»Ich«, sagte ich, »mach auf, Jean.« Er öffnete die Tür und erschrak, als er mich auf der Bahre und die drei Männer sah.
»Mein Gott, was ist geschehen?«
»Ich hatte einen Herzanfall.«
»Allmächtiger, wo?«
»In der Hansa-Bank«, sagte der junge Arzt. Er sprach gut

Französisch. »Monsieur hat mir verboten, ihm zu helfen. Nur nach Hause bringen durften wir ihn. Er sagt, er habe solche Anfälle öfter.«
»Ja, das stimmt«, sagte Balmoral, der sich gefaßt hatte. »Sie gehen Gott sei Dank immer bald vorüber. Kommen Sie, meine Herren!« Er schritt ins Wohnzimmer und deutete auf die Couch. »Legen Sie Monsieur hierher . . .«
Die Träger begriffen, was er meinte.
»Sie können unbesorgt sein, lieber Doktor«, sagte Balmoral. »Jetzt geht es ihm schon wieder besser. Und ich passe auf ihn auf. Ich bin zu Besuch und spreche nicht Deutsch. Mein Freund ist Deutscher, wissen Sie.«
»Ja, ich verstehe«, sagte der junge Arzt. Und zu mir sagte er: »Sind Sie in einer Krankenkasse?«
»Nein.«
»Wir werden Ihnen eine Rechnung für den Transport zuschicken. Auf welchen Namen?«
»Kent«, sagte ich. »Peter Kent.«
Dann fiel mir ein, daß die Rechnung Andrea in die Hände fallen könnte, und ich bezahlte gleich. Die Quittung ließ ich später in der Toilette verschwinden.
Der Arzt gab mir die Hand und wünschte mir alles Gute. Dann war er mit den beiden Sanitätern verschwunden.
Balmoral sah mich an und sagte: »Mein armer Freund«, und schon öffnete er den Koffer, den der Arzt hingestellt hatte, und blätterte in den Scheinen. »Ich danke dir, du hast mir das Leben gerettet. Ich werde ewig in deiner Schuld stehen. Ich werde nie gutmachen können, was ich dir angetan habe.«
»Jean.«
»Ja, Charles?«
»Verschwinde, du Sauhund! Ich kann deine Fresse nicht mehr sehen.« Da fing er wieder an zu weinen. Er nahm den Koffer und ging schluchzend davon.
Ich hörte die Wohnungstür hinter ihm ins Schloß fallen.
Er war weg.
Mit ihm vierhunderttausend Mark.

14

Der Sturm tobte weiter.
Als ich nach einer Stunde aufstand, bemerkte ich, daß ich noch sehr wackelig auf den Beinen war, und mein Kopf schmerzte. In der Küche öffnete ich eine Dose Schildkrötensuppe und machte sie heiß. Ich blieb weiterhin sehr benommen und schwach und hätte mich am liebsten ins Bett gelegt, aber ich bekam Angst, daß Langenau unruhig werden und nach mir sehen könnte, und dann würde wohl auch Andrea von meiner schlechten Verfassung erfahren haben. Ich nahm mich also sehr zusammen und ging nachmittags in die Buchhandlung, wo ich mit den Kindern spielte und auf jene achtete, die ihre Schulaufgaben machten.
Die Kinder fragten nach Tante Andrea. Langenau hatte ihnen gesagt, daß sie hatte verreisen müssen, weil ihr Vater krank war. Nun wollten sie natürlich wissen, was ihm fehlte und wie lange Andrea fortbleiben würde, und ich sagte, daß Andreas Vater im Krankenhaus liege und daß noch nicht klar sei, wann sie zurückkomme.
Ein kleiner Junge betrat das Tiefgeschoß und sagte zu mir: »Ich möchte das Buch ›Was Nostradamus wirklich sagte‹.«
»Hör mal«, sagte ich, »Wie alt bist du denn?«
»Neun. Aber im Dezember werde ich zehn.«
»Das ist kein Buch für Kinder«, sagte ich.
»Ich weiß«, sagte er. »Da stehen so Sachen drin, wann der nächste Krieg kommt und wer alles sterben wird und wann die Welt untergeht. Auch alles über große Katastrophen.«
»Woher weißt du denn das?«
»Alle Leute reden über Nostradamus. Meine Eltern auch. Dauernd. Sie haben das Buch, aber sie geben es mir nicht. Sie verstecken den Nostradamus so wie ihre Sexbücher. Ich habe genug Taschengeld gespart. Also bitte.«
»Warte einen Moment«, sagte ich, denn ich wollte Langenau um Rat fragen. Wie immer in Krisenzeiten war Okkultismus in Mode, Heilserwartungen brachen auf, und aus Angst erwuchs die Lust am Untergang. Das Buch, das der Kleine wollte, war von einem Franzosen, der die Prophezeiungen des Katastrophenhellsehers und Pestarztes Nostradamus neu aus dem Lateinischen übersetzt hatte. In der Rückschau stimmte alles, was dieser Pestarzt voraussah, verblüffend. Kunststück! In der *Rückschau!*

Die Zukunft verhieß nur Böses: Der Antichrist dräute aus Rußland, üble Sternkonstellationen würden die Erde zerreißen, wieder einmal nahte die letzte Stunde der Menschheit.
Langenau war dagegen, dem Steppke ein solches Buch zu verkaufen, und er begleitete mich und sagte zu dem Jungen: »Du bist noch zu klein für so was, verstehst du?«
»Nein«, sagte der Kleine. »Ich bin alt genug, um mit allen Erwachsenen draufzugehen, wenn die Atomraketen kommen. Da werde ich mich doch noch informieren dürfen, wann das sein wird.«
»Warum willst du es denn unbedingt wissen?« fragte ich.
»Hab' gewettet mit einem Freund«, sagte er. »Der sagt, Nostradamus schreibt, 1999 kommt der König des Terrors, und dann ist Schluß. Ich habe aber gehört, er schreibt, schon 1986. Wer die falsche Zahl hat, muß fünf erstklassige Autogramme geben, die sammeln wir nämlich. Fußballer und andere berühmte Persönlichkeiten. Jedem fehlen noch fünf von der Nationalmannschaft, die der andere hat. Ist schon mächtig was wert, so ein kompletter Satz. Besonders fürs Weitertauschen. Am wertvollsten sind Tote. Von denen kommt kein Nachschub. Was glauben Sie, was ich für meinen Humphrey Bogart kriegen würde! Aber den gebe ich nicht her, der hat mich zuviel gekostet. Zehn Björn Borgs. Jetzt wissen Sie, warum ich den Nostradamus brauche. Glauben Sie, ich würde sonst so viel bezahlen für ein Buch?«
»Ja, also von uns kriegst du es nicht«, sagte Langenau.
»Feinen Saftladen habt ihr hier«, sagte der Kleine. »Geh' ich eben zu Braun in die Osterstraße.« Er kletterte die Treppe hinauf, drehte sich oben um und sagte: »Und schlechte Geschäftsleute seid ihr auch. Ich werde überall rumerzählen, daß ihr die wichtigsten Bücher nicht hergebt, denn wahrscheinlich habt ihr sie gar nicht.«
»Schönen guten Tag wünsche ich«, sagte der Papagei.
Langenau blieb im Keller, und ich ging hinauf in den Laden, wo Robert Stark, der Azubi, bediente. Ich habe Dir noch gar nichts von diesem Auszubildenden erzählt, mein Herz. Er war ein ruhiger junger Mann, zweiundzwanzig Jahre alt, mit einer blonden Haarmähne und einem stets freundlichen, aber ernsten Gesicht. Er war außerordentlich tüchtig und sympathisch. Seinen Beruf liebte er. Er sah sehr gut aus, und man mußte denken, alle Mädchen würden ihm nachlaufen. Aber niemals holte ihn eines ab oder rief an, und abends fuhr er stets allein nach Hause.

Er gefiel mir so gut, daß ich mir seit langem vorgenommen hatte, ihn näher kennenzulernen, aber in meinem verliebten Zustand hatte ich bisher nur Zeit für Andrea gefunden.
An diesem Nachmittag war in der Buchhandlung viel zu tun. Ich hatte mich erstaunlich schnell eingearbeitet. Natürlich wußte ich von vielen Dingen nichts, von denen Andrea, Langenau und Robert Stark wußten, aber ich las eine Menge und konnte die Leute beraten, und ich war ein guter Verkäufer.
Da kamen Herr und Frau Reder. Ich kannte sie schon, weil sie ein großes, zweibändiges illustriertes Werk bestellt hatten, das schon vor zwanzig Jahren erschienen war und das wir beim Verlag aufgetrieben hatten – das letzte Exemplar. Die Bildbände hießen »Aufstieg aus dem Nichts«. Es war die Geschichte des deutschen Wiederaufbaus von der Stunde Null an.
»Ihre Bücher sind gekommen«, sagte ich, nachdem ich Herrn und Frau Reder begrüßt hatte, und ich hob die Bände von einem Regal. Die beiden blätterten in den großen Büchern und sprachen leise miteinander. Manchmal zeigten sie auf eine Fotografie, und dann nickten sie. Die beiden waren etwa Ende Sechzig, ruhige, friedfertige Menschen.
»Ich bin sehr froh, daß Sie die Bände noch auftreiben konnten«, sagte Herr Reder endlich und schob sie mir hin.
Die zwei Bücher waren nicht billig, und ich dachte, daß Herr Reder gewiß eine gute Pension bezog.
»Freunde haben uns von dieser Dokumentation erzählt«, sagte er, während ich anfing, die Bücher einzupacken. Er wies mit dem Finger auf die Bände. »Das da war unsere Zeit, das waren unsere Jahre, was, Mutti?«
»Ja, Emil«, sagte seine Frau.
»Und jetzt kaufen wir die Bücher aus Angst, daß das alles vergessen wird«, sagte Herr Reder.
Ich sah ihn erstaunt an.
»Unsere Generation«, sagte er, »die hat dieses Land doch wirklich wieder aufgebaut aus dem Nichts! Unser Leben ist vorübergegangen dabei. Was haben wir geschuftet, was haben wir uns Mühe gegeben, um aus dem Dreck herauszukommen. Und wir haben es geschafft! War das nicht noch vor zwanzig Jahren *das* Land auf der Welt, das alle mit Bewunderung angesehen haben?«
»Das stimmt«, sagte ich.
»Und für wen haben wir alles getan?« fragte Herr Reder. »Für uns und unsere Kinder, die Kinder, ja.« Die Stimme des sanften

Herrn Reder wurde lauter. »Die waren schon erwachsen und sind fortgegangen, als das Wunder schließlich da war. Geheiratet haben sie und schöne Wohnungen gehabt, immer neue Autos, Geld auf der Bank, keine Sorgen. Herumgereist sind sie, jedes Jahr weiter weg, nach Afrika, nach Asien, was weiß ich, wohin. Zeit für uns haben sie sehr wenig gehabt – damals, und auch jetzt, wo sie schon eigene Kinder haben, große. Das ist vielleicht eine Generation, Herr Kent!«
»Ja, was für eine Generation«, sagte Frau Reder.
Ich hatte die zwei Bände eingepackt, und Herr Reder bezahlte, während er weitersprach.
»Wehleidig sind sie und faul. Wenn sie nicht dealen und haschen, muß man schon froh sein. Wie die bloß ausschauen! Unsere Enkel, die reden kein Wort mit uns. Die haben nur Verachtung für uns und auch für ihre Eltern. Was die armen Eltern mitmachen, Herr Kent! Zwei Jungen sind das. Was tun die? Sich vor der Arbeit drücken, wo es nur geht, jammern Tag und Nacht. Man kann es schon nicht mehr hören. ›Kaputt‹ gehen sie, und ›frustriert‹ sind sie, und ›no future‹ sprayen sie an die Wände. Ja, junger Mann«, wandte er sich an Robert Stark, »sehen Sie mich nur an, so ist es! Natürlich gibt es auch andere, Sie zum Beispiel. Die haben die Haare ordentlich geschnitten und arbeiten, aber die sind in der Minderheit, glauben Sie mir. Ihre Eltern können froh und glücklich sein, daß sie so einen Sohn haben.«
»Weiß Gott«, sagte Frau Reder.
Herr Reder war kurzatmig geworden. Er rief: »Damals, als es endlich vorbei war mit dem verfluchten Krieg und der verfluchten Hitlerzeit, stellen Sie sich vor, wir hätten uns damals so benommen wie dieses Gesocks heute.«
»Dein Herz«, ermahnte ihn Frau Reder. »Denk an dein Herz, Emil!«
»Ach!« rief er. »Mein Herz! Was die in Bonn nicht zerstören von dem Wohlstand, den wir geschaffen haben, das besorgt diese Jugend! Ich sagte, wir kaufen die Bildbände aus Angst, daß das alles vergessen wird, aus Angst, daß alles ganz vor die Hunde geht. Die Russen werden uns nicht überfallen. Was die anrichten können, das richten die Jungen schon an, das richten die in Bonn schon an!«
»Emil«, sagte Frau Reder. »Bitte, Emil!«
»Schon gut, Mutti. Sie sind jünger, Herr Kent, und Sie sind überhaupt noch ein halber Junge, Herr . . .«

»Stark.«

». . . Herr Stark. Ich wollte nur sagen: Unsere Generation lebt noch! Jetzt sehen wir, wofür wir geschuftet haben. Die kalte Wut kann man kriegen, jawohl. Wir haben doch schon einmal erlebt, wohin das alles führt, und darum haben wir diese Angst. Die Bilder in der Dokumentation da, die wollen wir uns anschauen, damit wir uns erinnern, wie es gewesen ist, als wir noch keine Angst gehabt haben, als man uns noch nicht für alte, verkalkte Arbeitstrottel und Leistungsidioten gehalten hat. Entschuldigen Sie, ich habe zuviel geredet. Ich danke auch schön. Leben Sie wohl, meine Herren, alles Gute für Sie beide . . .« Und dann ging er mit seinem Muttchen. Kleine Schritte machten beide, ihre Rücken waren gebeugt.

Wir sahen ihnen nach.

»Und ich habe gedacht, die Menschen haben nur Angst vor einem Krieg«, sagte ich.

»Ach, Herr Kent«, sagte Robert Stark, »was glauben Sie, wovor die Menschen alles Angst haben bei uns. Es gibt heute so viele Arten von Angst . . .«

Neue Kunden kamen ins Geschäft. Ich sagte Robert Stark, daß wir uns unbedingt weiter unterhalten und besser kennenlernen müßten, und er stimmte mir zu.

Mein Schädel schmerzte von den Nitrokapseln, also rief ich Herrn Langenau herauf und sagte, mir wäre nicht ganz wohl, er möge mich vertreten. Ich setzte mich in Cat's Corner und dachte über Herrn und Frau Reder nach. Da ich einen widerwärtigen Geschmack im Mund hatte, machte ich mir einen Whisky pur, nur mit Eis, und trank ihn in kleinen Schlucken und dachte an meinen guten Freund Balmoral, und ich wußte, daß ich nun sehr genau über ihn nachdenken mußte, aber dazu war ich so kurz nach dem Anfall noch nicht in der Lage. Schließlich ging ich ins Tiefgeschoß hinunter.

Ich sah bei den Kindern nach, die Hausaufgaben machten, und Felix mit den traurigen Augen nahm mich beiseite und sagte leise: »Es geht schon sehr ordentlich, auch bei denen, die am schlechtesten waren. Noch einen Monat, und ich habe lauter Eins-a-Schüler aus ihnen gemacht, Onkel Peter.« Und ein Junge mit blondem Haar, der Harry hieß, hörte zu und sagte zu mir: »Felix hat gesagt, daß er Jude ist. Wir möchten auch alle Juden sein.«

»Warum?«

»Weil wir dann alle so gut Pingpong spielen könnten wie Felix. Der schlägt jeden!«
Felix sagte: »Ist ja gar nicht so. Ich habe einfach mehr Glück, das ist alles.«
Wir hatten jetzt zwei Kaninchen, und es war anzunehmen, daß wir bald sehr viele Kaninchen haben würden. Darum bauten ein paar Kinder einen neuen, großen Stall, und ein sehr kleiner Junge sagte zu mir: »Es wird ein katholisches Kaninchen geben, dem Onkel Conrad zuliebe. Der Hamster war schon immer katholisch – für die Tante Andrea. Wenn die Kaninchen jetzt mehrere Kinder kriegen, und meine Mutter hat gesagt, sie kriegen immer mehrere auf einmal, dann ist eines evangelisch für Patty, und eines ist mohammedanisch für Ali und seine Freunde und eines ist jüdisch für Felix. Was bist du, Onkel Peter?«
»Ich bin gar nichts«, sagte ich.
»Dann, wenn noch ein Kaninchen frei ist, wird es gar nichts sein für dich«, sagte der kleine Junge. »Und wenn es dieses Mal nicht mehr geht, dann beim nächsten. Ach ja, der Azubi ist auch evangelisch, für den wird auch eines getauft, und dann brauchen wir noch ein totoxes für Panos. Griechen sind doch totox, nicht?«
»Wer wird denn die Kaninchen taufen?« fragte ich.
»Wir alle zusammen«, sagte der kleine Junge. »Wir freuen uns schon darauf. Bei Kaninchen geht das Kinderkriegen schnell, sagt meine Mutter.«
Walter Hernin war an diesem Tag früher gekommen, denn er hatte seinen Wagen in eine Reparaturwerkstatt gebracht und die Geschichte von der Kaninchentauferei deshalb mitangehört. Nun saß er bei mir auf der breiten Treppe, neben sich Patty, deren Haar er unentwegt streichelte. Er sagte: »So was kann einen richtig umschmeißen, Herr Kent. Wenn man sieht, wie es sonst in der Welt zugeht – und dann hier!«
»Das macht Andrea«, sagte ich. »Bei ihr sind wirklich alle Menschen Brüder.«
»Das stimmt«, sagte der weißhaarige Hernin. »Erinnern Sie sich noch an unser Gespräch, damals im Taxi, als ich Sie vom Flughafen abholte? Da war der Kirchentag, und alle haben über die Angst gesprochen.«
»Ja«, sagte ich, »ich erinnere mich noch gut an die Radiosendung.«
»Ich denke immer wieder darüber nach, Herr Kent. In meinem

Beruf hat man viel Zeit zum Nachdenken. Hören Sie: Was wäre heute, wenn die erste Atombombe über Berlin oder Dresden abgeworfen worden wäre anstatt über Hiroshima und Nagasaki? Ich meine, die Atombombe war ja für Deutschland bestimmt, sie wurde nur nicht mehr rechtzeitig fertig, nicht?«

»Ja und?«

»Bei den Japanern, diesem stoischen und stolzen Volk, bricht noch heute eine Art nationale Panik aus, sobald sich herausstellt, daß die amerikanischen Raketen-U-Boote Kernwaffen an Bord haben, wenn sie einen japanischen Stützpunkt anlaufen, oder daß solche Waffen an diesem Stützpunkt sogar gelagert werden. In der Bundesrepublik lagern mehr als sechstausend nukleare Sprengköpfe. Sehen Sie, und da habe ich mich gefragt: Wie haben wir Deutschen es geschafft, einen Zustand für erträglich und sogar wünschenswert zu halten, der in Japan einen kollektiven Nervenzusammenbruch zur Folge hätte?«

»Wir haben eben noch nie eine Atomexplosion erlebt.«

»Es geht tiefer, Herr Kent«, sagte er. »Eine Erklärung ist, glaube ich, daß wir Deutschen den Wunderwaffenglauben aus der Nazizeit auf die Kernwaffen übertragen haben. Dieser Glauben ist zwar enttäuscht worden, aber andernfalls hätten wir ein todsicheres Mittel in der Hand gehabt, die sogenannten asiatischen Horden in Schach zu halten. Endlich eine Waffe, die den Frieden in Europa bewahrt, weil sie um so weniger losgeht, je mehr man davon hat – so sieht es aus im Unterbewußtsein von uns Deutschen.«

»Da ist was dran«, erwiderte ich und dachte an das, was Robert Stark gesagt hatte. Es gab wirklich viele Arten von Angst in diesem Land.

»Schon der Wunderglauben ist nicht so kindlich-naiv, wie er wirkt«, fuhr Hernin fort. »Er ist ein Produkt der Angst wie der Wunderwaffenglaube in Deutschland im letzten Kriegsjahr. Damals sollte er das Bewußtsein des nahen Untergangs betäuben. Aber auch in den letzten zwei Jahrzehnten ist das eine raffinierte Methode gewesen, mit der die Menschen – und besonders wir, die besonders gefährdeten Deutschen – versucht haben, die wirklichen Gefahren der Atomrüstung zu vergessen, zu verleugnen, zu verharmlosen, sie durch vielerlei Selbstbetrug aus ihren Gedanken zu verbannen.«

»Das ist eine gute Erklärung«, sagte ich und sah, daß Patty ihn anstieß.

Er war plötzlich sehr verlegen und rückte hin und her.
»Was ist denn?«
»Ach, gar nichts«, sagte Hernin. »Nur ... weil ... also sehen Sie, Sie sind mir so sympathisch, das werden Sie ja schon gemerkt haben, nicht wahr?«
»Ja«, sagte ich. »Sie sind mir auch sehr sympathisch.«
»Na also, Großvater!« sagte Patty.
»Na ja, also ... weil ich doch der Ältere bin ... ich meine ... Wollen wir nicht du zueinander sagen?«
»Aber natürlich«, sagte ich, und wir umarmten uns und schüttelten uns die Hände.
»Hallo, Peter«, sagte Hernin.
»Hallo, Walter«, sagte ich.
»Hurra!« rief Patty und sprang auf und küßte uns beide.

15

»Guten Abend, geliebtes Hörnchen«, sagte ich.
»Ach, Kater!«
»Wie geht es deinem Vater?«
»Unverändert. Ich habe heute schon den lieben Gott beschimpft, weil er nicht hilft«, erklang ihre Stimme aus dem Telefon.
»Aber er hilft doch«, sagte ich. »Der Zustand ist unverändert. Wie leicht könnte er schlechter sein.«
»Ja«, sagte sie, »das stimmt schon. Ich bin ganz mit den Nerven herunter, weißt du.«
»Morgen geht es deinem Vater sicher besser«, sagte ich. Ich wollte sie unbedingt trösten. »Schau doch, eine Nacht und ein Tag sind gut vorübergegangen. Ich werde beten.«
»Du? Du glaubst doch nicht an Gott.«
»Ich werde nicht zu *ihm* beten.«
»Sondern?«
»Zum Nichts«, sagte ich. »Ich glaube an das Nichts. Das Nichts hat sehr große Kraft. Ich habe schon oft zum Nichts gebetet, und es hat geholfen.«
»Ach, du mein Kater. Mutter läßt dich grüßen. Jetzt ist sie aus dem Zimmer gegangen. Mein Kater, ich liebe dich so sehr. Meinen Vater liebe ich auch sehr. Und meine Mutter. Aber anders natürlich.«

»Natürlich.«
»Und immer, wenn ich ganz verzweifelt bin, denke ich an dich und an das Baby und an unsere Liebe, und dann geht es wieder.«
»Dein Vater wird wieder gesund werden, ganz bestimmt«, sagte ich. Was hätte ich sonst sagen sollen?
»Du bist großartig, einfach großartig. Ich danke dir.«
»Paß auf unser Kind auf«, sagte ich. »Trink Bier!«
»Du willst nur selber was trinken.«
»Ja, das stimmt.«
»Whisky?«
»Ja«, sagte ich. »Whisky ist gut für werdende Väter.«
»Aber bleib zu Hause, wenn du trinkst. Geh nicht aus, um Katzen zu jagen.«
»Ich bleib' zu Hause«, sagte ich. »Kannst mich immer anrufen.«
»So etwas täte ich doch niemals, Kater!«
»Du wirst von so vielen geliebt, Hörnchen, das habe ich heute festgestellt«, sagte ich, »aber von mir am meisten.«
Ich aß eine Kleinigkeit, dann legte ich mich auf das Bett und streifte Jacke und Schuhe ab. Aus der Küche hatte ich Eiswürfel und Sodawasser geholt und aus dem Wohnzimmer eine Flasche Whisky und ein Glas. Und wieder trank ich den rauchigen Whisky in kleinen Schlucken und ließ mir Zeit, um nachzudenken. Es war sehr still, der Sturm hatte sich gelegt.
Ich dachte an Andrea und wie sehr ich sie liebte. Und dann dachte ich an das ungeborene Kind. Dieses Kind, das wir uns beide so gewünscht hatten. Alles war harmonisch und in Frieden verlaufen.
Bis gestern.
Bis Balmoral kam.
Einen Brief hatte er also hinterlegt. Einen Brief, in dem er erklärte, daß im Fall seines plötzlichen Verschwindens oder seines plötzlichen und unerwarteten Todes ich sein Mörder sei und daß ich jetzt Peter Kent hieß. Außerdem stand in dem Brief, wie ich jetzt aussah und wo ich wohnte. So hatte er es mir gesagt, und ich glaubte es. Natürlich ließ er den Brief bei diesem Kollegen liegen, das war ja sozusagen seine Lebensversicherung. Wenn ihm nun aber wirklich etwas passiert, dachte ich, wenn er unter ein Auto kommt, und der Kerl begeht Fahrerflucht, oder wenn er ganz plötzlich stirbt, was geschieht dann? Dann öffnet der Anwalt den Brief und gibt ihn der Polizei.
Ich machte mir einen neuen Drink und überlegte: So konnte ich

nicht weiterleben. Unmöglich. Jeden Tag konnte Balmoral etwas zustoßen. Jeden Tag konnte alles zu Ende sein, und das erfüllte mich mit Schrecken.
Shakespeares König Richard fiel mir wieder ein. Ich sollte wohl nie mehr von ihm loskommen. ›Es warfen Schatten zur Nacht mehr Schrecken in die Seele Richards, als wesenhaft zehntausend Krieger könnten in Stahl . . .‹
Nein, es mußte Schluß sein mit dem Schrecken. Endgültig Schluß.
Ich dachte sehr klar, obwohl ich dabei eine halbe Flasche Whisky trank, und zuletzt erkannte ich den einzigen Ausweg.
Ich mußte diesen Brief haben.
Und Jean Balmoral mußte sterben.

Ich habe den letzten Satz noch einmal gelesen, mein Herz, und bin sehr erschrocken. *Und Jean Balmoral mußte sterben.* Genau das dachte ich damals. Genau das versprach mir die Lösung. Ich kann diesen kaltblütigen Entschluß, einen Menschen zu töten, auch heute noch nicht erklären, so lange Zeit danach. Hatte die skrupellose Arbeit als Staranwalt mir jedes Gewissen genommen? Schien mir in der Gefahr ein Mord die einfachste, die perfekteste Methode zu sein, Sicherheit zu erlangen? Ich weiß es nicht. Ich hatte immer geglaubt, mich zu kennen, hundertprozentig zu kennen. Keiner kennt sich selber, auch nur fünf Prozent von seinem wahren Wesen. Es ist, als wäre ein Mensch des Tages und ein Mensch der Nacht in jedem von uns vereint. Ein Opfer Balmorals, war ich bedenkenlos bereit, sein Mörder zu sein. Wenn ich daran denke, was ich nun tat, graut mir vor mir. Der Mensch, hat ein großer Dichter geschrieben, ist ein Abgrund.

16

Es gab einen Zug mit Schlafwagen, der verließ Hamburg um 21 Uhr 40 und kam am andern Morgen um 7 Uhr 40 in Paris an. Damit war ich schon ein großes Stück weiter. Nach vier Tagen ging es Andreas Vater wieder so gut, daß man ihn in ein normales Krankenzimmer legen konnte. Er sollte noch eine Weile in der Klinik bleiben, denn er war sehr geschwächt, und die Ärzte

mußten den Blutzucker herunterbekommen und Andreas Vater als Diabetiker richtig einstellen, wie das wohl heißt. Sie war sehr glücklich, als sie mir sagte, am nächsten Tag könne sie heimreisen. Wieder war ich ein Stück weiter.
»Ich komme nach Frankfurt und hole dich ab«, sagte ich ins Telefon. »Ich will deine Eltern jetzt kennenlernen – und nicht erst in der Kirche.«
»Ach, ist das schön. Aber du mußt nicht herunterkommen, Kater, du mußt wirklich nicht!«
»Sei still, Hörnchen«, sagte ich. »Wenn wir nun in den heiligen Stand der Ehe treten, dann habe ich vorher deine Eltern zu kennen, das schickt sich einfach so.«
»Sie sind wirklich sehr nett.«
»Mit so einer Tochter müssen sie sehr nett sein.«
»Ach Kater! Wann kommst du?«
»Ich muß noch mit Langenau sprechen. Dann rufe ich wieder an.«
Ich hatte aus der Buchhandlung telefoniert, und so konnte ich Langenau gleich sagen, daß ich Andrea in Frankfurt abholen wolle.
Mit einer Vormittagsmaschine würde ich hinfliegen, mit der Nachmittagsmaschine kehrten wir zurück.
»Na, wunderbar, Herr Kent.«
»Aber ich bin dann nicht im Laden . . .«
»Den Laden schmeißen wir schon, was, Herr Stark?«
»Wirklich, Herr Kent, Sie können unbesorgt fliegen«, sagte der Azubi.
Ich rief Andrea wieder an und sagte ihr, daß ich morgen, am 22. September, nachmittags käme. Ich wüßte noch nicht, mit welcher Maschine ich fliegen würde.
»Dann komm ins Krankenhaus«, sagte sie. »Mutter und ich sind bei Vater. Ach, Kater, ich freu' mich so!«
»Ich umarme dich, Hörnchen«, sagte ich und dachte, daß ich mit ein bißchen Glück Jean Balmoral schon getötet haben würde, wenn ich Andrea wiedersah.
In der Alsterdorfer Straße, nur ein paar hundert Meter von dem Haus, in dem wir wohnten, entfernt, hatte ich in einem Reisebüro bereits tags zuvor bei einer jungen Angestellten ein Schlafwagenticket bestellt, weil ich auf alle Fälle schnellstens nach Paris wollte. Als ich nun das Ticket abholen kam, mußte ich warten, denn die junge Frau telefonierte gerade. Es wurde ein langes

Gespräch. Nachdem sie endlich aufgelegt hatte, entschuldigte sie sich.
»Ich heirate nächste Woche, wissen Sie, und da ist so viel zu erledigen.«
»Alle meine guten Wünsche«, sagte ich.
»Danke«, sagte sie. »Sehr freundlich. Auch hier habe ich noch eine Menge zu tun: Schreibtisch aufräumen, Unterlagen übergeben und so. Ich höre doch auf zu arbeiten.«
Das ist fast schon zuviel Glück, dachte ich.
Sie hatte die Bettkarte vorbereitet. Auf einem solchen Ticket steht nie der Name des Reisenden, auch nicht, wenn er ins Ausland fährt. Man gibt es am Abend zusammen mit dem Paß dem Schlafwagenschaffner, und am Morgen erhält man es mit dem Paß zurück. So wird der Reisende nicht vom Zoll oder der Grenzpolizei gestört. Die junge Frau, die heiraten und zu arbeiten aufhören wollte, interessierte mein Name nicht mehr, sobald ich in bar bezahlt hatte.
Natürlich blieb das Ganze trotzdem riskant. Das Nächstliegende war, daß Andrea oder Langenau anriefen und ich nicht mehr zu Hause war. Aber für diesen Fall gab es jede Menge Ausreden. Nachts hatte ich einfach geschlafen und das Läuten nicht gehört, und tags war ich eben schon unterwegs nach Frankfurt gewesen.
Am Abend des 21. September, einem Montag, fuhr ich mit einem Taxi von unserer Wohnung zum Hauptbahnhof. Es war 21 Uhr 15. Ich hatte nur eine Reisetasche bei mir. Auf dem Weg zum Bahnhof mußten wir einmal halten, weil eine angetrunkene Gesellschaft vor uns über die Fahrbahn zu verschiedenen Wagen schwankte. Alle waren sehr laut und sehr heiter.
»Schauen Sie die doch an mit ihren dicken Ärschen«, sagte mein weiblicher Chauffeur böse. »Wenn jetzt alles den Bach runtergeht, werden die sich wundern.«
Der Schlafwagenschaffner war nett und diskret. Er redete nicht viel. Ich schlief tief und traumlos, bis er mich um 6 Uhr 40 weckte. Als ich mich gewaschen und angezogen hatte, frühstückte ich noch im Abteil. In Paris schien die Sonne, aber die große Hitze dieses Sommers war schon gebrochen durch eine Reihe von starken Gewittern über ganz Europa.
In der Halle der Gare du Nord lungerte ein Haufen Typen herum, und ich fragte einen, ob er wohl jemanden kennen würde, der eine Pistole verkaufen wolle. Er sagte sofort sehr

höflich ja und fragte nach der gewünschten Marke und dem Kaliber. Es war wie in einem vornehmen Waffengeschäft. Er empfahl eine Walther 7.35. Dann wurde ich an zwei weitere Typen gereicht, und ein vierter ging schließlich mit mir hinunter zu den Toiletten. Wir riegelten uns in einer Kabine ein, und da gab er mir dann die Pistole, einen Schulterhalfter und drei volle Magazine. Ich war erstaunt darüber, wie preiswert ich das alles zusammen bekam: für fünftausend Franc, also etwas über zweitausend Mark.

Inzwischen war es 8 Uhr 20. Ich hoffte, daß Balmoral nicht mit lebenslangen Gewohnheiten gebrochen hatte. Er war ein Nachtmensch, der morgens nicht aus dem Bett fand. Immer war er erst gegen 11 Uhr in der Kanzlei erschienen, und seine Wohnung hatte er nie vor 10 Uhr verlassen. Maître Balmoral führte ein geruhsames Leben.

Ich ging zum Stadtbüro der AIR FRANCE nahe dem Bahnhof und buchte einen Platz in der Maschine, die um 14 Uhr 30 flog und um 15 Uhr 35 in Frankfurt landete.

Im Gegensatz zur Bettkarte muß auf einem Flugticket der Name des Reisenden stehen. Bei Inlandflügen kann man getrost irgendeinen Namen angeben, denn es gibt keine Kontrollen. Bei Flügen ins Ausland dagegen sieht sich ein Polizist an der Sperre den Paß und das Ticket an, und die Namen auf beiden müssen natürlich übereinstimmen. So *soll* es zumindest sein. Nur *ist* es sehr oft nicht so. Ich hatte Erfahrung, denn ich war aus beruflichen Gründen viel in Europa herumgeflogen. Während all der Jahre hatte ich kaum einmal gesehen, daß ein Polizist tatsächlich den Namen im Paß und den auf dem Flugschein kontrollierte. Die Uniformierten an den Sperren sahen stets nur in meinen Paß und verglichen das Foto darin mit meinem Gesicht, das Ticket klappten sie nicht einmal auf.

Ich mußte es einfach riskieren. Es ging nicht anders.

»Ihr Name, Monsieur?« fragte das hübsche Mädchen im Stadtbüro der AIR FRANCE.

»Eugen Leder«, sagte ich.

Ich durfte nicht als Peter Kent fliegen, mein Herz, denn – was die meisten Menschen nicht wissen – von den Flugtickets werden Unterlagen aufgehoben. Jede Gesellschaft sammelt in ihrem zentralen Verrechnungs-Pool einen Durchschlag von jedem Flugschein, den irgendwer irgendwo erworben hat. Man hält ihn auf Mikrofilm fest, jahrelang.

Ich wollte aber in absoluter Sicherheit leben, deshalb durfte die Polizei auch in der Theorie nie erfahren können, daß ein Peter Kent am 22. September 1981 mit einer AIR-FRANCE-Maschine von Paris nach Frankfurt geflogen war.
»Eugen Leder«, sagte ich also. Ich mußte es einfach riskieren.
Meine Reisetasche nahm der Chauffeur eines AIR-FRANCE-Busses mit zum Flughafen Charles de Gaulle und versprach, sie einer Stewardeß am AIR-FRANCE-Schalter III zu geben. Dorthin mußte ich, um mein Ticket abstempeln zu lassen. Erst dann würde die Tasche ins Flugzeug kommen. Wenn ich es nicht schaffte, blieb sie beim Schalter III, bis ich sie abholte. Ich brauchte die Tasche eigentlich gar nicht, aber ich befürchtete, ganz ohne Gepäck aufzufallen, und ich konnte, nachdem ich Balmoral getötet hatte, nicht noch einmal zur Gepäckaufbewahrung am Bahnhof zurück. Dazu war die Zeit zu kurz. Ich gab dem Chauffeur hundert Franc, und er war sehr zufrieden. Ich war es auch. Es erschien mir preiswert, für hundert Franc nicht wegen Mordes ins Gefängnis zu kommen.
Balmoral hatte zeit seines Lebens Geldschwierigkeiten gehabt. Das einzige, was ihm als Luxus in den Schoß gefallen war, war eine Wohnung in der Avenue Foch, einer der schönsten und vornehmsten Straßen der Stadt. Ein Onkel hatte sie ihm vererbt. Balmoral war nicht verheiratet, eine Wirtschafterin kam jeden Morgen und ging am Abend. Ich betrat ein Bistro, bestellte Kaffee und sah den Handwerkern zu, die hier Frühstückspause machten und ihren ›kleinen Weißen‹ tranken. Dabei wurde mir ganz seltsam zumute. Ich war wieder in meiner Stadt, in der ich so viele Jahre gelebt und gearbeitet hatte, und ich hörte wieder meine Muttersprache und das Argot mit seinen witzigen Worten und Wendungen, und ich sah die langen, hellen Stangenbrote, die viele Frauen und Männer unter dem Arm nach Hause trugen. Aber das hatte nichts mit Nostalgie oder Heimweh zu tun. Paris und seine Menschen erschienen mir jetzt unwirklich, und ich dachte, daß ich träumte.
Ich träumte nicht. Das wurde mir blendend klar, als ich in der Telefonzelle des Bistros ein volles Magazin in die Pistole schob. Ich steckte die Waffe in den Schulterhalfter. Sie war schwer, aber ich konnte gehen und sitzen, und es war nicht zu erkennen, daß ich eine Pistole trug. Mein Anzug warf keine Falten und war nirgends ausgebeult. Der gute Herr Kratochwil! Er verstand wirklich etwas von seinem Beruf. Dann fiel mir ein, daß Kra-

tochwil nicht mehr lebte und wie hilflos seine Frau war. Einen Moment wollte ich alles, was ich vorhatte, sein lassen, so elend fühlte ich mich. Dann sagte ich mir, daß ich mich nur so elend fühlte, weil ich nicht tun wollte, was ich tun mußte, und zwar aus dem einfachen Grund, weil ich Angst hatte. Das stimmte alles, und doch war ich ehrlich erschüttert über Kratochwils Tod.
Ich ging in das Lokal zurück und trank noch einen Kaffee, und danach fühlte ich mich besser, betrat wieder die Zelle und rief Balmoral an.
Ich nannte meinen Namen und hörte, wie er Atem holte.
»Charles! Wo bist du?«
»In Paris.«
»In Paris?«
»Ja. Ich habe hier zu tun. Und bei der Gelegenheit wollte ich dir ein Geschäft anbieten.«
»Was für ein Geschäft?«
»Viel Geld. Sehr viel Geld für dich.«
»Wieso viel Geld?«
»Du brauchst doch immer Geld, nicht?«
»Hör mal, wenn du eine krumme Tour vorhast – der Brief liegt bei meinem Kollegen.«
Na also, dachte ich und sagte: »Davon bin ich überzeugt. Ich werde doch nicht so hirnverbrannt sein und eine krumme Tour versuchen. Auch noch in Paris! Sei vernünftig, Jean. Es ist ein Geschäft, bei dem wir beide viel gewinnen können. Ich habe sehr gut verstanden, daß es um deine Existenz gegangen ist. Du bist kein schlechter Kerl. Ich trage dir nichts nach. Im Gegenteil, um dir zu zeigen, daß ich nicht nachtragend bin, biete ich dir dieses Geschäft an. Und es ist wirklich viel Geld, das da für dich herausschaut.«
»Wieviel?«
»Halb so viel wie beim erstenmal. Du kannst es sofort haben.«
»Ja, also . . . Komm in meine Kanzlei!«
Das hatte ich erwartet und die Antwort darauf bereit.
»Nein, Jean.«
»Warum nicht?«
»Blöde Frage. Was meinst du, wie ich mich hier fühle. Mitten in der Stadt, wo dauernd jemand . . . du verstehst.«
»Ja, aber was dann? Willst du zu mir kommen?«
»Da ist deine Haushälterin.«

»Also was?«
»Wir besprechen alles im Auto. In deinem Auto. Wir fahren dabei herum, ich würde vorschlagen, im Bois de Boulogne, dort ist es relativ ruhig, und ich kann dir alles erklären.«
Er suchte noch fünf Minuten lang nach Ausflüchten, aber ich redete immer wieder vom Geld, und das gab zuletzt den Ausschlag.
»Wo treffen wir uns?«
»Ich stehe Punkt zehn vor deinem Haus«, sage ich. »So, wie du bei mir gestanden hast. Komm runter! Wo ist dein Wagen?«
»Der parkt da.«
»Na, großartig.«
»Und denke daran: Der Brief ist beim Anwalt.«
»Nun hör schon endlich damit auf«, sagte ich und hängte ein.
Ich will Dir nicht verschweigen, mein Herz, daß dieses ganze Unternehmen an einem seidenen Faden hing, wie man so sagt, daß jeden Moment alles schiefgehen konnte und daß ich das wußte. Aber der Gedanke, nicht länger in Frieden leben zu können, wenn ich mich auf dieses Unternehmen nicht einließ, gab mir Kraft. Viel Kraft. Seit ich ›tot‹ war, hing ich sehr am Leben, viel mehr als zuvor.
Ich nahm ein Taxi zur Avenue Foch, die wirklich sehr schön aussah mit ihren prunkvollen Häusern, den ordentlichen Grünanlagen und alten Bäumen zu beiden Seiten, und ich stieg ein Stück vor Balmorals Haus aus. Als ich dann langsam die Avenue hinaufging, dachte ich wieder an das Risiko. Balmoral konnte natürlich einem Dutzend Menschen – oder nur seiner Haushälterin, das genügte schon – noch schnell sagen, mit wem er sich traf, und er konnte meinen neuen Namen, mein verändertes Aussehen und meine Hamburger Adresse nennen oder das alles aufschreiben und noch ein paar Kuverts deponieren. Andererseits hatte er ja bereits einen Brief deponiert und wußte nicht, was ich ihm vorschlagen würde. Er konnte schon mit diesem einen Brief beruhigt sein, auch wenn ich es an seiner Stelle nicht gewesen wäre. Mir war unheimlich zumute, mein Herz.
Ich ging ein paarmal vor dem Haus, in dem er wohnte, auf und ab, dann öffnete sich die schwere Eingangstür, und er trat heraus. Wir gaben einander die Hände und begrüßten uns. Er war verstört, aber auch neugierig, und ich dachte, so wie der aussieht, hat er keine weiteren Briefe hinterlassen.
Wir setzten uns in seinen Wagen, und er fuhr die Avenue Foch

hinauf zur Porte Dauphine. Wir redeten nicht miteinander, bis wir im Bois de Boulogne waren. Die Sonne schien, die Luft war herbstlich klar, viele Blumen blühten noch, und es war herrlich, über die breiten Straßen durch den großen Park zu fahren. Es wäre herrlich gewesen.
Er fuhr bis zum Rennplatz Auteuil, und dann blieb er stehen, drehte den Motor ab und sagte: »Also.«
»Also«, sagte ich, »ich habe mir etwas überlegt. Schau mal! Ich liebe eine Frau. Sie bekommt ein Kind von mir. Wir sind glücklich. Wir könnten das schönste Leben führen . . .«
»Was heißt könnten? Warum tut ihr es nicht?«
»Deinetwegen.«
»Meinetwegen?« Er war ehrlich überrascht.
»Ja«, sagte ich. Auf dem Rennplatz bei den Boxen standen ein paar Männer. Sie redeten mit einem sehr kleinen Jockey, und ein paar andere Jockeys trainierten ihre Pferde draußen auf der Bahn. Die Pferde sahen wunderbar aus, so majestätisch und frei, und ich überlegte, ob sie das eigentlich waren, und wenn nicht, warum sie dann so aussahen.
»Ach so«, sagte Balmoral. »Du hast Angst, ich komme wieder.«
Seine Augen waren unstet.
»Nein«, sagte ich. »Davor habe ich keine Angst.«
Jetzt wurden noch drei Pferde aus ihren Boxen geholt. Auch sie sahen wunderbar aus. Drei Jockeys führten sie bei den Männern im Kreis.
»Wovor dann?«
»Daß dir etwas zustößt«, sagte ich.
»Mir?« Er war verblüfft.
»Ja, dir.«
»Was soll mir zustoßen?«
»Jean, jedem von uns kann jeden Moment etwas zustoßen! Herzinfarkt, Autounfall, Ziegelstein auf den Kopf.«
»Na ja, und?«
»Herrgott!« sagte ich und dachte an Andrea und das Baby und die Maschine um 14 Uhr 30, die ich erreichen mußte. »Kapierst du denn nicht? Angenommen, dir fällt wirklich ein Ziegelstein auf den Kopf, und du bist tot. Was geschieht dann? Bei deinem plötzlichen und unerwarteten Tod?«
»Ach so«, sagte er. »Ach, das meinst du. Den Brief, wie?«
»Den Brief, ja. Dein Kollege öffnet ihn, liest, was drinsteht, gibt ihn der Polizei – und ich bin erledigt.«

Er gab keine Antwort, sondern startete den Wagen, und wir fuhren die Alleen entlang, am Rennplatz Longchamp vorbei, und er sagte noch immer kein Wort. Er mußte das erst verdauen. Auf der Route de Suresnes hielt er wieder an, und ich sah den großen See mit den beiden Inseln darin. Das Wasser glänzte in der Sonne, und alle Dinge hatten harte, klare Umrisse.
»Du willst, daß ich den Brief zurückziehe«, sagte Balmoral.
»Ja. So kann ich einfach nicht weiterleben, Jean. Das mußt du doch verstehen. Kein Mensch könnte so leben.«
»Aber der Brief ist mein ganzer Schutz.«
»Schutz vor mir?«
»Ja.«
»Mußt du keinen haben, Jean. Ich schwöre es dir. Ich habe dir längst vergeben. Ich denke nicht daran, mich zu rächen. Ich denke nur daran, wie ich dich davon abbringe, dich zu rächen.«
»*Ich* räche mich?«
»Ununterbrochen, Jean, ununterbrochen. Jeden Tag, jede Stunde. Und wenn etwas passiert, dann trifft es einen Unschuldigen, denn ich habe gewiß nichts damit zu tun, falls dir etwas zustößt. Das mußt du doch verstehen, Jean. Ich flehe dich an!«
Er fuhr wieder los zum Chemin de Ceinture du Lac Inférieur und um den See herum. Er sprach wieder nicht, und ich begann zu fühlen, daß ich das nicht mehr lange aushalten würde. Meine Hände zitterten bereits. Er summte ein wenig, und dann pfiff er und fragte, während er fuhr: »Und wenn ich den Brief zurückziehe und dir gebe, dann gibst du mir zweihunderttausend Mark. Ist das richtig?«
»Genau richtig«, sagte ich und sah große Vögel ganz nahe über der Wasserfläche fliegen, mit großen Flügelschlägen. Manchmal stach plötzlich einer ins Wasser und flog dann himmelwärts. Er hatte einen Fisch gefangen.
»Zweihunderttausend Mark«, sagte Jean Balmoral. »Weit über vierhunderttausend Franc. So viel Geld für einen Brief.«
»Mein Gott, verstehst du denn nicht, daß das ein ganz besonderer Brief ist, an dem meine Zukunft hängt? Was ist, wenn du in der Metro ausrutschst und dir das Genick brichst? Gib mir den Brief!« Er fuhr jetzt am Bagatelle-Park mit seinem schönen Schlößchen und dem leuchtenden Rosengarten vorbei, und eine Weile später hielt er wieder. Eine junge Frau kam an uns vorbeigeritten. Wir hatten schon viele Reiter im Bois gesehen, doch das war die erste Frau, die allein ritt. Diese Frau sah aus, als

verachte sie einfach alles. Sie war eine sehr gute Reiterin und sehr schön, aber sie verachtete einfach alles. Ich sah ihr lange nach.
»Wie willst du mir das Geld geben?« fragte Balmoral, und ich wäre ihm am liebsten um den Hals gefallen, doch dann hätte er die Pistole gespürt. Er hatte angebissen. Ich wußte ja, daß er anbeißen würde. Geld war seine schwache Seite, da kriegte man ihn immer.
»Mit einem Scheck«, sagte ich.
»Einen Scheck deiner Bank in Hamburg?«
»Natürlich.«
»Den kannst du ja sofort sperren lassen.«
»Kann ich eben nicht. In dem Moment könntest du doch sofort meine wahre Identität aufdecken. Der Scheck ist so sicher wie Bargeld.«
»Das stimmt.« Er blinzelte. »Und du hast ihn bei dir?«
»Ja.«
»Zeig ihn mir!«
Er war schwächer als ich, also zeigte ich ihm den Scheck, aber er durfte ihn nur ansehen, nicht anfassen.
»Hm«, machte Jean Balmoral. Er dachte angestrengt nach, und ich wußte mit absoluter Bestimmtheit, was er dachte, nämlich, daß er sich das Geschäft nicht entgehen lassen wollte, daß er aber, um weiterhin vor mir in Sicherheit zu sein, sofort, wenn wir auseinandergingen, einen neuen Brief hinterlegen würde – bei dem gleichen Anwalt oder einem anderen. Man sah es ihm an, daß er das dachte. Ich hätte an seiner Stelle auch so gedacht.
»Also gut«, sagte er. »Gib mir den Scheck!«
»Und wann kriege ich den Brief?«
»Nachher. Ich hole ihn bei meinem Kollegen und gebe ihn dir.«
»Nein«, sagte ich. »So geht das nicht. Ich habe dir gesagt, daß ich verstehe und verzeihe, was du getan hast. Aber dir den Scheck geben, ehe der Brief da ist – das hieße dich denn doch in Versuchung führen. Nicht böse gemeint, ich muß nur auch an mich denken. Zweihunderttausend sind eine Menge Geld. Und ich will auch nicht, daß wir uns überhaupt noch einmal trennen, bevor der Tausch perfekt ist. Ich habe wirklich wahnsinnige Angst, daß dir etwas zustößt – und ich dann dran bin.«
»Ja, aber wie willst du denn zu dem Brief kommen?«
Das war wieder ein schwieriger Punkt.
»Ich habe Angst, mich in der Stadt zu zeigen. Mit dir besonders. Allein lassen will ich dich auch nicht. Ruf deinen Kollegen an

und sage ihm, er soll den Brief von einem Angestellten hier heraus bringen lassen.«
»Was, hierher, in den Bois?«
»Das ist am sichersten. Wir setzen uns da drüben in das Restaurant und nehmen einen Aperitif, und du bestellst den Boten her. Mich muß er ja nicht sehen. Er soll zu deinem Wagen kommen – kennt er den?«
»Ja«, sagte er zögernd.
»Du wirst ja mit mir zusammen auch nicht unbedingt gesehen werden wollen«, sagte ich. »Dir muß doch ebenfalls daran liegen, daß dieses Geschäft unter uns bleibt und kein Gerede aufkommt. Vergiß nicht, daß du im österreichischen Fernsehen zu sehen gewesen bist, und in Hamburg hat dich dieser Notarzt mit mir zusammen gesehen, der den Geldkoffer trug. Du hast ihm gesagt, daß du ein alter Freund von mir bist. An deiner Stelle wäre ich so vorsichtig wie möglich.«
Diese Rede verfehlte nicht ihre Wirkung auf Balmoral.
Wir stiegen aus und gingen zu dem leuchtendgelb gestrichenen Restaurant. Es hieß La Rotonde. Viele Tische standen im Freien, es wurde gerade für Mittag gedeckt. Balmoral ging telefonieren, und ich ging mit und stand neben ihm, während er wählte, um sicher zu sein, daß er nicht zuletzt noch eine Sauerei machte.
Ich hörte jedes Wort des Gesprächs, das Balmoral dann mit einem Rechtsanwalt namens Leroy führte. Er forderte Leroy auf, ihm den bewußten Brief, den er hinterlegt hatte, sofort durch einen Boten in den Bois de Boulogne bringen zu lassen. Leroy war verwundert und versuchte, Erklärungen zu erhalten. Balmoral blieb fest. Er brauche den Brief jetzt eben, sagte er. Der Bote solle zum Restaurant La Rotonde kommen, da werde er ihn erwarten.
Schließlich gab Leroy nach. Er wollte noch die Telefonnummer des Anschlusses, von dem aus Balmoral sprach, und die stand auf der Wählscheibe. Balmoral nannte sie und legte auf. Gleich danach läutete es wieder. Als Maître Leroy Balmorals Stimme hörte, war er endgültig beruhigt. Der Bote werde sofort losfahren, sagte er.
Wir gingen zurück ins Freie, und ich fragte einen Kellner, ob wir einen Aperitif haben könnten, auch wenn es zum Essen noch zu früh sei.
»Natürlich, Monsieur. Eigentlich sind wir ja ein Abendlokal, wissen Sie. Aber jetzt, noch einen Monat vielleicht, kommen zu

Mittag Touristen. Über den Winter haben wir dann nur abends geöffnet.«
Balmoral wirkte erregt. Das war die Aussicht auf das Geld, ich kannte ihn seit so vielen Jahren. Auch ein Charakter! Gott sei Dank, daß er einen solchen Charakter hatte.
Wir bestellten zwei Ricards, und Balmoral sagte, nachdem der Kellner verschwunden war: »Wird bestimmt vierzig Minuten dauern, bis der Bote da ist.«
»Hast du es eilig?«
»Ja.«
»Ich auch«, sagte ich. »Aber es lohnt sich zu warten. Für uns beide. Nachher nimmst du mich mit – nur bis zum ersten Taxistand.« Das mußte ich möglichst früh und unauffällig loswerden.
»Also fährst du doch in die Stadt«, maulte er.
»Nein«, sagte ich, »sofort zum Flughafen Charles de Gaulle. Raus aus Paris. Zurück nach Hamburg.«
Das schien er zu glauben.
Eine Stunde verstrich, und kein Bote kam.
Ich hatte feuchte Hände.
Kein Bote.
Und es war zwölf Uhr.
Meine Maschine ging um 14 Uhr 30.
Und ich hatte den Brief immer noch nicht.

17

Wir aßen.
Ich weiß heute noch nicht, wie ich auch nur einen einzigen Bissen hinunterbrachte, aber zehn Minuten nach zwölf begannen wir zu essen.
»Du hast mich doch hoffentlich nicht reingelegt?« sagte ich.
»Wie sollte ich dich reinlegen?«
»Ohne dir selber zu schaden – das weiß ich allerdings nicht. Aber wo bleibt der Bote?«
»Das möchte ich auch wissen.« Ihm fiel ein Brocken von der Gabel, so zitterten seine Hände. Mir ging es nicht viel besser.
»Jean, ich weiß nicht, was du getan hast, ich kann es mir nicht vorstellen. Aber wenn du mich reingelegt hast, dann gnade dir

Gott! Dann ist es vielleicht mit mir zu Ende. Aber mit dir auch, verlaß dich drauf. Du bist dann auch am Ende.«
Ich redete absichtlich so, um ihn zu provozieren. Da konnte es noch am ehesten herauskommen, wenn er etwas angestellt hatte. Das Ergebnis war aber nur, daß er im Gesicht zu zucken und noch mehr zu zittern begann.
»Ich habe dich nicht reingelegt ... Ich weiß auch nicht, wo der Bote bleibt, Gott verdamm mich!« Er schneuzte sich, dann stand er auf, schob seinen Teller beiseite und ging noch einmal telefonieren, und ich begleitete ihn wieder. Das Ganze hätte ein herrliches Scenario für eine Filmklamotte abgegeben.
Wieder verfolgte ich die Unterhaltung, und Leroy sagte, der Bote habe die Kanzlei unmittelbar nach Balmorals erstem Anruf mit dem Brief verlassen, auch er finde keine Erklärung für die Verspätung, außer vielleicht der, daß der Angestellte aus Lille stamme und erst seit zwei Monaten in Paris sei. Als er das gesagt hatte, stöhnten wir beide, dann gingen wir an unseren Tisch zurück und aßen weiter. Wir aßen weiter! Ich kann es im Rückblick nicht fassen. Wir waren beim Kaffee angelangt, und auf meiner Uhr war es 12 Uhr 40, da tauchte ein kleiner Renault auf, der neben dem Wagen von Balmoral hielt. Ein junger Mann stieg aus und sah sich suchend um.
Balmoral ließ seine Serviette fallen und rannte zu ihm. Ich sah, wie er mit dem jungen Mann schimpfte und wie dieser ihm ein Kuvert übergab, und ich lehnte mich hinter einem Strauch zurück, damit der Bote mich nicht sehen konnte, als er wieder abfuhr und nahe an unserem Platz vorbeikam. Balmoral trat an den Tisch, ächzte vor Anstrengung und legte mir ein versiegeltes Kuvert hin. Auf der Vorderseite stand: IM FALLE MEINES PLÖTZ-LICHEN VERSCHWINDENS ODER MEINES PLÖTZLICHEN TODES ZU ÖFFNEN.
»Darf ich es aufmachen?« fragte ich.
»Wenn du mir den Scheck gibst«, sagte er.
Er bekam ihn, und ich riß den Umschlag auf, nahm den Briefbogen heraus, entfaltete ihn und las:

›Für den Fall, daß ich, der Unterzeichnete, Maître Jean Balmoral (es folgte die Adresse), plötzlich verschwinden oder unerwartet und plötzlich sterben sollte, erkläre ich hiermit, daß der ehemalige Pariser Anwalt Maître Charles Duhamel mein Mörder ist.

Duhamel hat den Terroranschlag auf die EURO-AIR-Maschine im Juni 1981 in Wien ohne Schaden überstanden und lebt zur Zeit in Hamburg, Alsterdorfer Straße 86, zusammen mit einer gewissen Andrea Rosner, die eine Buchhandlung in der Tornquiststraße 136 hat. Duhamel besitzt einen gefälschten Paß und andere gefälschte Papiere auf den Namen Peter Kent. Er hat sein Äußeres stark verändert. Er trägt keinen Bart mehr, sein Haar ist kurz geschnitten, und er benützt eine auffallende Hornbrille mit Fensterglas. Duhamel ist gefährlich und schreckt, wie man sieht, vor nichts zurück. Er hat mich ermordet, weil ich in großer Bedrängnis Geld von ihm erbeten habe und er sicher sein wollte, daß ich das nicht noch einmal tue. Zudem war es ein Racheakt.‹

Folgten die Unterschrift und das Datum, der 15. September 1981.

Genau so hatte ich mir das vorgestellt.

»Hübsch, hübsch«, sagte ich.

»Jetzt hast du den Brief ja.«

»Und du den Scheck. Wir sind quitt. Glaube mir, Jean, es war das Beste für uns beide. Jetzt muß ich schnell zum Charles-de-Gaulle-Flughafen.«

Ich bezahlte unser Essen, dann gingen wir zu seinem Wagen, und Jean fuhr eine Allee in Richtung Porte de la Muette entlang. Er fuhr schnell. Er wollte mich jetzt gerne los sein, das sah man ihm an. Ich hielt schon seit längerer Zeit mit einer Hand die Pistole fest, und als die Allee in einem Waldstück eine enge Kurve machte und Balmoral bremsen mußte, nahm ich rasch die Walther aus dem Halfter und schoß ihm eine Kugel durch die rechte Schläfe in den Schädel. Er sackte nach vorn und war sofort tot. Ich habe lange Beine, und schon während ich schoß, hatte ich das Bremspedal erwischt und durchgedrückt. Nun griff ich ins Lenkrad, und der Wagen beschrieb quietschend ein paar halbe Bogen, dann stand er auf der rechten Straßenseite. Jean Balmoral hing über dem Steuer. Wenig Blut kam aus der Wunde an der Schläfe.

Die nächsten Minuten waren die schlimmsten. Ich mußte aussteigen, um den Wagen herumlaufen und auf der Fahrerseite einsteigen. Ich packte Balmoral unter den Achseln. Man glaubt nicht, wie schwer eine Leiche ist. Endlich war er auf dem

Beifahrersitz. Noch hatte uns kein Auto überholt, noch war uns keines entgegengekommen. Gerade als ich den Motor wieder startete und anfuhr, sah ich einen Wagen im Rückspiegel. Neben mir klappte Balmorals Körper wie ein Taschenmesser zusammen. Der Wagen überholte uns hupend. Ich hoffte, daß man nichts von Balmoral gesehen hatte.
In dem anderen Wagen waren zwei junge Mädchen und zwei junge Männer gewesen. Sie hatten gelacht und mir zugewinkt, und ich winkte nun auch und lachte, während Balmorals Leiche gegen meine rechte Hand sank. Ich hatte gesehen, daß er den Scheck in seine Brieftasche steckte, und so hielt ich wieder und holte sie aus seiner Jacke. Ich nahm den Scheck heraus, wischte die Brieftasche, das Lenkrad und das Armaturenbrett sorgfältig ab und steckte Balmoral die Brieftasche in die Jacke zurück. Da, wo ich stehengeblieben war, fiel die Straße neben der Bankette an der rechten Seite steil ab zu einem kleinen Bach, auf dessen Grund ich weiße Kieselsteine sah.
Jetzt kam der gefährlichste Moment. Immer mit dem Taschentuch in der Hand, drehte ich den Zündschlüssel und stellte die Automatik auf D. Ich öffnete den Schlag und sprang im selben Moment aus dem Auto, in dem ich meinen Fuß vom Bremspedal genommen hatte. Der Wagen, dessen Steuer zum Bach hin eingeschlagen war, machte einen Satz vorwärts. Ich kam ins Taumeln, weil mich der Wagen fast mitriß, und sah, wie er von der Böschung stürzte. Er überschlug sich, dann blieb er im klaren Wasser des Baches liegen, die Räder nach oben. Die linke Vordertür hatte sich beim Sturz geöffnet, und Balmoral war herausgeschleudert worden. Da lag er neben dem Wagen, Arme und Beine ausgebreitet, die Augen geöffnet, den Mund ebenfalls, und das Wasser floß eilig in kleinen Wirbeln um ihn herum. Man mußte schon sehr nahe an den Straßenrand treten, um ihn von oben zu entdecken, ihn und den Wagen.
Ich starrte Balmoral an, und mir wurde schwindlig, aber nicht vor Angst, sondern weil ich plötzlich mit größter Sicherheit wußte, daß ich so etwas schon einmal gesehen hatte: einen toten Mann im Wasser eines Flusses. Ja, das hatte ich schon einmal gesehen, aber es fiel mir nicht ein, wo und wann und wie das überhaupt möglich gewesen sein konnte. Ein toter Mann im Wasser...
Ich mußte weg hier, weg! Rasch blickte ich mich um, doch ich sah niemanden. Es war nicht mehr weit bis zur Porte de la

Muette, also ging ich zu Fuß, und Gott sei Dank standen dort Taxis.
»Flughafen Charles de Gaulle«, sagte ich zu dem Chauffeur, einem jungen Burschen.
»D'accord«, sagte er, »wird gemacht.«
Er fuhr so heftig an, daß ich in die Polster des Fonds zurückgedrückt wurde. Dabei fiel mein Blick auf die Uhr am Armaturenbrett, und ein eisiger Finger strich über meinen Rücken. Die Uhr zeigte 13 Uhr 46. In Panik sah ich auf meine Armbanduhr. Deren Zeiger standen noch immer auf 12 Uhr 40. Ich hielt die Uhr ans Ohr und hörte nichts.
»Sagen Sie, hat Ihre Uhr die richtige Zeit?« fragte ich den Chauffeur.
»Auf die Minute«, sagte er. »Habe sie um zwölf Uhr bei den Nachrichten verglichen. Auf die Minute, M'sieur.«
Mir wurde übel, und ich öffnete ein Fenster. Die frische Luft des Spätsommertags kam herein.
Meine Uhr war um 12 Uhr 40 stehengeblieben.
Die Maschine um 14 Uhr 30 erreichte ich niemals mehr. Dazu war der Weg viel zu weit.

18

So also habe ich Jean Balmoral getötet, mein Herz.
Was ich tat, hat mir nicht eine Sekunde leid getan. Ich mußte es tun, das verstehst Du, es blieb mir keine Wahl.
Allmächtiger, schon wieder diese Worte, diese Eiseskälte! Ein Abgrund ist der Mensch, ja, das ist wahr. Kann jeder von uns so leicht zum Mörder werden? Ich weiß es nicht. Ich schreibe hier nur wahrheitsgemäß auf, was geschehen ist, mein Herz. Ein Mörder bin ich. Ein Mörder, über den gerichtet werden muß. Auch wenn ich mordete, um vor einem Schuft in Sicherheit zu sein mit meiner Liebe?
Auch dann?
Dann auch?
Ich weiß es nicht. Ich weiß es nicht, mein Herz.

Den Flughafen erreichte ich um 14 Uhr 44 in der festen Überzeugung, daß meine Maschine abgeflogen und mein Alibi damit

zerstört war. Ich hatte alles auf eine Karte gesetzt, und alles war gutgegangen – bis zum Schluß. Zum Schluß hatte ich verloren, denn es flog nur noch eine Maschine nach Frankfurt an diesem Tag, um 20 Uhr 40, also viel zu spät. Wenn ich einen Mietwagen nahm, brauchte ich viele Stunden, und wie sollte ich dann Andrea erklären, daß ich einen französischen Wagen hatte, der ein Pariser Nummernschild trug? Wie sollte ich das eventuell später der Polizei erklären? Wahrscheinlich hatte man Balmorals Leiche schon gefunden, wenn nicht, konnte es sich nur noch um eine kleine Weile handeln. Umsonst also, alles umsonst.
Ich ging langsam in die Halle hinein zum Schalter III der AIR FRANCE. Ich war vollkommen verstört. Einen Moment wollte ich mich freiwillig stellen, den nächsten wollte ich alles, alles tun, um doch nicht als Mörder überführt zu werden. Vielleicht konnte ich, wenn wenigstens bald eine Maschine nach Hamburg flog, noch ein Alibi zusammenlügen. Ich mußte raus aus Paris, das war das Wichtigste. Weiter konnte ich nicht denken. Es wird dir schon etwas einfallen, dachte ich ohne besondere Zuversicht. Meine Reisetasche, die der freundliche Chauffeur am Vormittag herausgebracht hatte, mußte hier natürlich verschwinden. Das war der Grund, warum ich überhaupt noch zum AIR-FRANCE-Schalter ging.
Eine rothaarige, hübsche Bodenstewardeß lächelte mich an.
»Herr Leder, Eugen Leder?« Sie sprach deutsch.
»Ja.«
»Es tut mir leid«, sagte die Stewardeß.
Mir auch, dachte ich.
»Eine halbe Stunde«, sagte sie, »eine halbe Stunde müssen Sie noch warten, dann startet Ihre Maschine.«
Ich hielt mich am Tresen fest, so schwindlig war ich plötzlich.
»Eine halbe Stunde«, wiederholte ich blödsinnig.
»Ja. Andererseits ist es für Sie auch ein großes Glück, Herr Leder. Sie hätten die Maschine sonst nicht mehr erreicht.«
»Ein Glück . . .«
»Ja«, sagte sie. »Eine Kleinigkeit ist nicht in Ordnung, ein Lämpchen leuchtet nicht auf. Der Defekt wird bald behoben sein.«
»Behoben sein«, sprach ich idiotisch nach, während ich der rothaarigen Stewardeß mein Flugticket gab, das sie abstempelte. Also war die Maschine nach Frankfurt noch da. Also war ich gerettet. Also war alles gut.

Ich schluckte schwer.
»Hier sind das Ticket und Ihre Bordkarte, Herr Leder. Gehen Sie gleich zur Paß- und Zollkontrolle.« Sie hob meine Reisetasche auf und gab sie einem Neger im Overall. »Ihr Gepäck. Wurde schon vormittag gebracht.«
»Ja«, sagte ich und kam mir total betrunken vor. »Ich weiß. Ich danke Ihnen, Mademoiselle.«
»Nichts zu danken, Herr Leder. Guten Flug!«
Sie sprach schon mit einem anderen Mann.
Ich lehnte mich an eine Mauer, während mein Herz rasend klopfte, und wartete eine oder zwei Minuten, bis meine Beine mich wieder trugen. Dann ging ich ins Freie und warf Pistole, Halfter und Magazine durch verschiedene Kanalgitter. Ich tat dabei stets so, als müsse ich einen Schnürsenkel knüpfen, es achtete aber kein Mensch auf mich. Mit dem Scheck, dem Brief und dem Kuvert tat ich dasselbe, nachdem ich alle Papiere in kleine Stücke zerrissen hatte. Dann erst ging ich zur Paß- und Zollkontrolle. Ich war ganz ruhig, als ich an der Sperre einem jungen Polizisten meinen Paß hinstreckte. Das Ticket hielt ich in der anderen Hand bereit. Der Beamte schlug den Paß auf, sah das Foto darin an, sah mich an, sagte »merci« und reichte den Paß zurück. Das Ticket interessierte ihn überhaupt nicht. Alles geschah wie schon so oft. Nur hatte ich mir diesmal ein wasserdichtes Alibi für einen Mord verschafft.
Ich ging in den Warteraum für die Passagiere nach Frankfurt. Eine knappe halbe Stunde später wurde unser Flug aufgerufen. Eine weitere Viertelstunde später, also gegen 15 Uhr 30, startete die Maschine. Der Pilot zog sie steil empor in den tiefblauen Himmel. Natürlich war ich wieder nicht angeschnallt, und als die Maschine waagrecht flog und die BITTE-NICHT-RAUCHEN-Lichtschrift erloschen war, winkte ich einer Stewardeß und bat sie um einen dreifachen Whisky. Ich trank zuerst einen großen Schluck und dann sehr kleine. Und ich dachte, daß ich gerettet war und daß Andrea und ich zusammenbleiben würden und daß Jean Balmoral uns nichts mehr anhaben konnte.
Ich wartete eine Weile, dann bestellte ich noch einen Whisky, einen doppelten diesmal. Es war ein schöner Flug, ganz ruhig, und die Sonne schien durch die Fenster. In der Tiefe erblickte ich große Wälder, als ich einmal hinaussah. Die Wälder sahen wunderbar aus. Dann glänzte ein gewaltiger Strom. Wir überquerten den Rhein. Ich war wieder in Deutschland.

19

Andreas Vater lag im Nordwest-Krankenhaus, und dahin war es ein schönes Stück Weg mit dem Taxi. Wir fuhren über Schnellstraßen, vorbei an mächtigen Hochhäusern und großen Rasenflächen.
Das Nordwest-Krankenhaus war ein riesiges Gebäude, und ich fragte den Portier in seiner gläsernen Loge, wo Herr Rosner liege, und er erklärte es mir genau. Ich mußte mit einem Lift in den dritten Stock hinauffahren und dann Gänge entlanggehen, auf denen farbige Linien anzeigten, wohin man kam, wenn man einer von ihnen folgte. Eine blaue Linie brachte mich zur Station von Andreas Vater. Er lag in einem Zweibettzimmer, das zweite Bett war leer, und bei ihm saßen Andrea und ihre Mutter.
Andrea sprang auf und umarmte und küßte mich viele Male. Dann stellte sie mich ihren Eltern vor. Ich hatte gleich nach der Ankunft auf dem Flughafen einen Blumenstrauß gekauft, den ich jetzt Andreas Vater überreichte. Der läutete nach einer Schwester. Sie holte eine Vase mit Wasser und bewunderte die Blumen. Es war eine sehr freundliche Schwester.
»Ja, also das ist er«, sagte Andrea. »Schaut ihn euch an! Gefällt er euch?«
»Sehr«, sagte ihre Mutter, eine schlanke Frau mit grauem Haar und dunklen Augen. Ich dachte, daß Andrea ihr unglaublich ähnlich war und später ebenso aussehen würde. Die Mutter hatte etwa mein Alter. Der Vater sah sehr blaß aus, das machte die Krankheit. Er hatte schwarzes Haar, fröhliche Augen und Lachfalten um die Mundwinkel. Zunächst war die Konversation etwas schwierig, wie das immer ist, wenn man Menschen kennenlernt, und Andrea erzählte, auf welch ungewöhnliche Weise wir einander in Wien begegnet waren, obwohl die Eltern das bestimmt schon wußten. Dann erzählte sie von unserer Buchhandlung, und sie machte das wunderbar über die ersten beklommenen Minuten hinweg, bis wir uns alle ganz normal unterhielten. Wir sprachen darüber, daß Andreas Vater nun eine besondere Diät einhalten müsse und ein synthetisches Mittel zur Regulierung des Insulinhaushalts bekommen würde, und dann sprachen wir von dem Baby.
»Ich habe mir so gewünscht, daß Andrea eines bekommt«, sagte die Mutter. »Sie ist doch schon so alt.«

»Ja, neunundzwanzig, schrecklich alt«, sagte Andrea.
»Als ich so alt war, da warst du längst auf der Welt, mein Kind. Und ich war natürlich auch schon verheiratet.«
»Wir heiraten ja auch, Mutter«, sagte Andrea. »Dir zuliebe und weil Peter sagt, für eine Geschäftsfrau gehört es sich. Wie sieht denn das sonst aus?«
»Sie sind ein verständiger Mann, Herr Kent«, sagte die Mutter, und Andrea blinzelte mir zu.
»Warum eigentlich?« fragte der Vater. »In diesen Zeiten – wie viele Leute haben Kinder und sind unverheiratet? Das ist doch bloß eine dumme Angewohnheit.«
Er sagte es, um seine Frau zu necken, und auch er blinzelte mir zu, während Andreas Mutter ganz eifrig wurde bei der Aufzählung aller Vorteile, die eine Ehe mit sich brachte. Wir fanden schnell Kontakt miteinander. Der Vater war der ungezwungene, gesellige Typ; die Mutter nahm alles viel ernster.
Andrea und ich sagten, wir wollten nur abwarten, bis ihr Vater aus dem Krankenhaus entlassen wurde und wieder bei Kräften war, dann würde sofort geheiratet werden. Und als Andreas Mutter hörte, daß das Baby katholisch getauft werden sollte, war sie ganz glücklich.
Die Schwester brachte Tee und Gebäck, wollte aber unter keinen Umständen Geld dafür nehmen. Sie lachte viel. Man sah, daß sie den Vater gern hatte. Er war gewiß ein angenehmer Patient.
Aus dem Fenster des Zimmers blickte man auf eine ausgedehnte Wiese. Viele Schafe weideten dort. Dahinter kreuzten sich zwei Hochstraßen, und zwischen ihren Pfeilern waren auf eine große Betonfläche mit Spray folgende Worte geschrieben:

4,6 MILLIARDEN MENSCHEN WOLLEN SICH
VON 200 ALTEN MÄNNERN NICHT IN DEN
ATOMTOD JAGEN LASSEN!

Die schwarze Farbe glänzte in der Nachmittagssonne.

20

Wir nahmen die Abendmaschine der LUFTHANSA nach Hamburg und waren gegen elf Uhr daheim. Im Bett wurde es dann so aufregend wie beim erstenmal, und Andrea meinte, ein paar

Tage könnten wir uns ab und zu schon trennen, wenn das so wirke beim Wiedersehen. Weil wir dabei durstig wurden, ging ich in die Küche, holte zwei Flaschen Bier aus dem Kühlschrank und nahm zwei Gläser mit.

»Ah«, machte Andrea, nachdem sie getrunken hatte, und holte tief Luft. »Das war vielleicht gut. Herr Langenau sagt immer vom ersten Schluck Bier: ›Zischen muß es.‹«

»Die Tiroler sind auch die größten Biertrinker.«

»Ich will nicht mit dir streiten, gerade jetzt, Kater, doch du verwechselst da etwas. Es sind nicht die Tiroler, es sind die Bayern. Sepplhosen und Gamsbärte auf den Hüten haben sie beide, aber das schöne Hofbräuhaus steht in München.«

»Die Belgier trinken auch sehr viel Bier«, sagte ich.

»Und ist das nicht eine hinreißende Konversation!«

»Trink«, sagte ich, »denk an das Kind, Liebling.«

»Ja, das muß ich unbedingt«, sagte sie. »Doktor Kahler hat nicht nur gesagt, daß Bier gut ist. Es ist auch wichtig, daß du mich, bis ganz kurz bevor es soweit ist, liebst. Das macht die Geburt leichter für mich.«

»Sagt Doktor Kahler.«

»Sagt Doktor Kahler.«

»Da kann er ganz ohne Sorge sein.«

»Du wirst mich auch lieben, wenn ich rund bin wie eine Tonne?«

»Hab' mir schon immer gewünscht, eine Tonne zu lieben.«

»Du bist fabelhaft«, sagte sie. Etwas Bierschaum stand auf ihrer Oberlippe. Ich wischte ihn fort. »Und so charmant!« Andrea küßte mich. »Es ist wie bei Knoblauch. Wenn beide Bier trinken, können sie sich ruhig küssen. Du hast großen Eindruck auf meine Eltern gemacht, Kater, besonders auf Mutter. Die ist ganz verrückt mit dir.«

»Das freut mich.«

»Sie waren erstklassig, Baron, einfach erstklassig.«

»Sie aber auch, Gräfin.«

»Ich habe doch gar nichts getan.«

»Ich meine nicht in Frankfurt, ich meine hier, vorhin.«

»Ach, edler Herr, das ist eine Sache, von der kann man nicht genug kriegen, wie?« Sie sah mich an. »Woran denken der Herr?«

»Der Herr denken an das Baby«, sagte ich, »und an Doktor Kahler. Ich glaube, wir müssen noch Bier trinken.«

21

Anderntags stand es schon in der WELT.
Wir frühstückten wie immer in einer Nische der großen Küche, und es war gerade acht Uhr vorbei. Die Fenster gingen zum Garten und standen offen, so daß ich die Vögel singen hörte. Wir hatten die WELT abonniert. Sie lag jeden Morgen vor der Wohnungstür. Beim Frühstück nahm Andrea einen Teil und ich den andern, und dann wechselten wir. Wichtige oder komische Dinge lasen wir einander vor.
Dies las ich Andrea nicht vor:

> BEKANNTER ANWALT IN PARIS ERMORDET
>
> Paris (dpa) – Radfahrer entdeckten gestern nachmittag im Bois de Boulogne die Leiche des prominenten Patentanwalts Jean Balmoral (47). Sein Wagen war von einer Allee in einen parallel zur Straße verlaufenden Bach gestürzt. Neben dem Wagen lag der Tote, der offenbar beim Absturz herausgeschleudert wurde, im Wasser. Der Anwalt – er hinterläßt keine Angehörigen – war durch einen Pistolenschuß in die rechte Schläfe getötet worden. Wie die Polizei mitteilt, hatte Balmoral mit einem Unbekannten in dem Restaurant La Rotonde im Bois de Boulogne zu Mittag gegessen. Nach diesem Unbekannten wird gefahndet. Bisher gibt es keine Spur. Der Mord an dem bekannten Anwalt hat in Paris großes Aufsehen erregt.

Wenn schon in der WELT so viel darüber stand, dann mußten die Pariser Zeitungen dem Mord weit mehr Platz eingeräumt haben. Die Boulevardblätter hatten die Meldung gewiß als Aufmacher auf der ersten Seite gebracht. Es war unbedingt nötig, daß ich mich jetzt bis auf weiteres über alles informierte, was in den Pariser Zeitungen berichtet wurde. Aber Andrea durfte nichts davon erfahren. Da fiel mir Walter Hernin ein, und ich glaubte, einen Weg gefunden zu haben. Ich wußte nicht, ob es ein guter Weg war.
Ich konnte es nur hoffen.
In der Buchhandlung war es ruhig an diesem Mittwoch, und Patty hatte am Nachmittag wieder einmal eine ihrer nachdenklichen Stunden. Diesmal war Langenau an der Reihe.

»Onkel Conrad, kommen Löwen in den Himmel?«
»Nein, Patty.«
»Onkel Conrad, kommen Pfarrer in den Himmel?«
»Ja, natürlich, Patty.«
»Onkel Conrad, wenn nun aber der Löwe einen Pfarrer frißt?«
Ich weiß nicht, wie Langenau sich da herauswand, denn Andrea und ich flüchteten in Cat's Corner, wo wir laut lachten, aber ich hörte plötzlich auf zu lachen, weil ich an Jean Balmoral denken mußte.
Als Walter Hernin um halb sechs Uhr kam, war im Laden nichts los, und so sagte ich zu ihm, ich wolle ein bißchen auf die Straße gehen, frische Luft schnappen, und ob er nicht mitkommen wolle. Patty spielte mit Felix Pingpong.
Draußen gingen wir vor der Buchhandlung auf und ab, und ich sagte: »Walter, es ist etwas passiert.«
»Etwas Schlimmes?«
»Etwas sehr Schlimmes«, sagte ich. »Du bist der einzige, der es verstehen wird.«
Hernin sah mich lange an, dann fragte er: »Du weißt also Bescheid über mich?«
Ich nickte. Und dann erzählte ich ihm meine ganze Geschichte, alles, wirklich alles, von Anfang an . . .
Er ging mit ernstem Gesicht neben mir auf und ab, und wenn er mich ansah, stand viel Mitleid in seinem Gesicht. Als ich geendet hatte, sagte er: »Ich habe, wie du ja weißt, im Krieg auch einen Menschen töten müssen, Peter. Ich habe es genauso tun müssen wie du, damit ich nicht andere in Gefahr brachte.«
»Ja, aber bei dir war es unbedingte Todesgefahr für viele«, sagte ich. »Bei mir war es nur Angst um Andrea und mich und daß meine Existenz zerstört wurde.«
»Dieser Balmoral war ein Erpresser. Natürlich hast du recht: Bei mir ging es um Tod oder Leben für viele. Aber ich hätte an deiner Stelle genauso gehandelt und eine ganze Welt zerstört.«
»Was?«
»Wer einen Menschen tötet, zerstört eine ganze Welt, Peter. Darum kann ich nie vergessen, was ich getan habe. Du wirst es auch nie vergessen können . . .«
»O doch«, unterbrach ich ihn. »Ich bereue nichts. Ich werde es vergessen.«
»Das glaubst du«, sagte er. »Nie wirst du es vergessen. Wie kann ich dir helfen, Peter?«

»Ich muß jetzt unbedingt wissen, was in Paris geschieht und wie die Polizei vorankommt. Ich brauche Pariser Zeitungen, jeden Tag die neuen. Du kriegst sie am internationalen Zeitungskiosk im Hauptbahnhof. Ich kann sie nicht holen, das würde Andrea und Langenau auffallen. Darum bitte ich dich, jeden Tag diese Zeitungen zu kaufen, bevor du herkommst, um Patty abends abzuholen. Andrea hat mir erzählt, du sprichst fließend Französisch. Schau bitte gleich alles durch, damit du mir sagen kannst, was los ist und was ich lesen muß. Tust du mir diesen Gefallen, Walter?«
»Na klar doch«, sagte er. »Was für eine Frage! Hör mal, da brauchst du aber auch schon die Zeitungen von heute.«
»Ja, das wäre gut.«
»Soll ich sie dir heute noch bringen?«
»Genügt, wenn du sie mir morgen zusammen mit den neuen Ausgaben gibst.«
»Gut«, sagte Hernin, »dann fahre ich auf dem Nachhauseweg am Bahnhof vorbei und erzähle Patty irgendwas, und von morgen an hole ich die Zeitungen vorher. Aber wann willst du sie lesen? Und wo?«
In diesem Moment kam Andrea aus der Buchhandlung und lachte.
»Na, ihr zwei, habt ihr große Geheimnisse?«
»Ganz furchtbar große«, sagte ich. Sie verabschiedete sich von Hernin, gab mir einen Kuß und sagte: »Bis gleich, Kater!« Dann stieg sie in ihren alten, rostigen Volkswagen, fuhr ab und winkte noch, und wir winkten zurück.
»So geht das, siehst du, Walter«, sagte ich. »Andrea fährt immer schon zwanzig Minuten oder eine halbe Stunde vor sechs heim, um sich um das Essen zu kümmern. Mich bringt Langenau dann nach Hause. So habe ich Zeit zum Lesen. Sieh zu, daß du es immer schaffst, um halb sechs da zu sein. Falls du mir einmal die Zeitungen nicht unauffällig geben kannst, erzählst du mir, was darin gestanden hat. Das können wir übrigens auch dann machen, wenn es nur unwichtige Meldungen sind. Bring nie die ganzen Zeitungen, nur die Seiten, auf denen etwas über den Mord steht. Wir müssen vorsichtig sein, aber es wird ja nicht ewig dauern.« Ich blieb stehen, sah ihn an und sagte: »Es geht nicht anders. Die ganze Wahrheit, so wie ich sie dir eben erzählt habe, mit meinem zweiten Leben und den falschen Papieren, könnte ich Andrea jetzt auf keinen Fall mehr erzählen, nie. Es

würde sie völlig verstören. Denk daran, daß sie ein Kind kriegt!«
»Daran denke ich die ganze Zeit«, sagte er. »Man kann den Menschen immer nur einen ganz kleinen Teil von der Wahrheit erzählen, wenn man sie liebt.«
»Ja«, sagte ich, »das ist richtig.«
»Und wo wirst du die Zeitungen lesen?«
»Hier auf dem Klo oder zu Hause im Badezimmer«, sagte ich. »Es ist alles sehr widerlich, aber mir bleibt keine Wahl. Ich muß ja dann die Seiten auch verschwinden lassen.«
»Du gibst sie am besten mir zurück, wenn ich dir neue bringe. Hast du eine Aktentasche?«
»Ja.«
»Stell sie in Cat's Corner in eine Ecke oder neben die Couch. Jeder soll sie sehen. Wie in dieser Geschichte von Edgar Allan Poe, in der ein Schlüssel gesucht wird. Ich stecke die neuen Seiten rein, sobald es geht, und nehme die alten aus der Mappe. Andrea wird sie nie öffnen, und wenn doch, dann hat das eben ein Kunde hier vergessen. Runterspielen das Ganze, runterspielen! Und Peter . . .«
»Ja?«
»Ich bin sehr froh, daß du mir alles erzählt hast und ich dir helfen kann.«
»Jetzt verstehe ich, warum Langenau ein so guter Katholik ist«, sagte ich.
»Wie meinst du das?«
»Na, er kann beichten gehen. Wenn man gebeichtet hat, ist es nicht mehr so schlimm. In meinem Beruf früher war das auch so. Manche Verbrecher drängte es am Ende fast zu gestehen, und danach schliefen sie endlich wieder einmal ruhig und lange. Gescheite Leute, die Katholen, also wirklich.«

Am nächsten Nachmittag kam Hernin schon vor halb sechs und trug die Zeitungsausschnitte unter der Jacke. Ich trat etwas später in Cat's Corner, und da lagen sie in meiner Aktentasche. Unter dem Hemd nahm ich sie aufs Klo mit. Es waren Seiten aus LE MATIN, LE MONDE, dem FIGARO, dem QUOTIDIEN und dem Massenblatt FRANCE-SOIR. Hernin hatte zahlreiche Blätter herausgerissen, denn die Meldungen waren alle groß aufgemacht. Es gab auch Fotos von dem Ort, an dem man die Leiche gefunden hatte, und eines von Balmoral, wie er tot im Bach lag, und einmal nur sein Gesicht – ein Paßbild. Die Radfahrer, die den Toten und den über die Böschung gestürzten Wagen gefunden hatten, erzählten ihre Geschichten. Es waren zwei Mädchen und ein Mann, natürlich wurden ihre Namen genannt, und auch von ihnen gab es Fotos. Dann entdeckte ich ein Bild des Restaurants La Rotonde, und ein Pfeil wies auf den Tisch, an dem Balmoral und ich gesessen hatten. Von den beiden Kellnern, die uns dort bedienten, gab jeder eine völlig andere Personenbeschreibung von mir, wie das häufig zu sein pflegt. Ich hatte es als Anwalt oft erlebt. Der eine Kellner schilderte mich als untersetzten, etwa sechzig Jahre alten Mann, klein, mit dichtem, langem schwarzem Haar, rundem Gesicht und schmalen Lippen. Der andere erklärte, ich sei von normaler Größe gewesen, mit schütterem grauem Haar, vielleicht Anfang der Vierzig und mit schmalem Kopf. Ich hatte erfahren, wie oft die Polizei durch solche Angaben in die Irre geführt worden war. Die zwei Phantombilder, die nach den Angaben der Kellner hergestellt wurden, zeigten zwei vollkommen verschiedene Gesichter. Die Kellner sagten, ich hätte Französisch wie ein Pariser gesprochen und sei ganz gewiß aus Paris – genau wie Balmoral. Von meiner Brille sagten sie nichts, die hatte ich abgenommen. Hier drohte also keine Gefahr.

Ausführlich beschäftigte die Blätter Maître Pierre Leroy, der Mann, bei dem Balmoral diesen Brief abgegeben hatte mit der Aufforderung, ihn zu öffnen, falls ihm plötzlich etwas zustieß. Auch von Maître Leroy, einem feisten, älteren Herrn, gab es ein Foto ebenso wie von dem Boten, der den Brief in den Bois gebracht hatte. Der Bote sagte, er habe mich überhaupt nicht gesehen, was ja auch stimmte. Leroy sagte, den Brief habe Balmoral ihm am 15. September gegeben, mehr wisse er nicht, außer der Tatsache, daß Balmoral ihn am Vormittag des 22. September angerufen und gebeten habe, den Brief in den Bois de Boulogne zu schicken, zum Restaurant La Rotonde. Balmoral schien, der Stimme nach zu urteilen, in Eile gewesen zu sein, aber er wirkte überhaupt nicht ängstlich. Leroy sagte, er habe zur Sicherheit die Nummer des Anschlusses verlangt, von dem aus Balmoral gesprochen habe, und er habe zurückgerufen, und Balmoral sei tatsächlich am Apparat gewesen.

Aus dem Brief machten alle Zeitungen natürlich das große Rätsel, und alle tippten ganz richtig auf einen Rückversicherungsbrief, aber niemand hatte die geringste Ahnung, wer in dem Schreiben belastet wurde. Der Unbekannte? Aber warum

rief Balmoral seinen Brief dann ab? Er mußte sich vollkommen sicher gefühlt haben, meinten die Reporter, und manche vermuteten, daß der Unbekannte ein guter Bekannter oder gar ein Freund von Balmoral gewesen sei. Aber seit wann trachteten einem Freunde oder gute Bekannte nach dem Leben?
Die Zeitungen stellten die Hypothese von einem dritten Mann auf, was die Situation noch verworrener machte, aber mir nur recht sein konnte. Es war auch eine Walther Kaliber 7.35 mm abgebildet, und die Polizei fragte, wer eine solche Waffe gesehen oder verkauft habe. Die Typen von der Gare du Nord hatten sich daraufhin gewiß sofort gemeldet.
Erwähnt wurde noch, daß an den Vordertüren, dem Lenkrad, der Automatik und dem Armaturenbrett keine Fingerabdrücke gefunden worden waren, woraus die Polizei folgerte, der Mörder habe alle diese Teile abgewischt, denn ansonsten fanden sich massenweise Fingerabdrücke im und am Wagen.
Drei Zeitungen berichteten, daß Balmoral sehr zurückgezogen gelebt hatte und nur selten in der Gesellschaft gesehen worden war. Sein bester Freund, schrieben diese Blätter, sei Maître Charles Duhamel gewesen, der bekannte Staranwalt, der im Juni bei dem Terroranschlag auf die EURO-AIR-Maschine in Wien ums Leben gekommen war.
Ich steckte die Seiten wieder unter das Hemd, um sie in Cat's Corner in die Mappe zu legen. Nachdem ich die Spülung betätigt hatte, verließ ich das Klo. Andrea war schon vorausgefahren, viele Eltern holten eben ihre Kinder ab, und Langenau machte die Tagesabrechnung. Ich trat mit Hernin auf die Straße hinaus, und er meinte, daß ich mit diesen Zeitungsberichten von zwei Tagen sehr zufrieden sein könne, und das fand ich auch.
»Auf dich kommen die nie«, sagte Hernin.
»Toi, toi, toi.« Ich klopfte gegen meine Stirn.
»Im Ernst«, sagte er, »da müßte schon etwas absolut Unglaubliches geschehen.«
Nun, mein Herz, und etwas absolut Unglaubliches geschah dann auch.

22

Im großen Salon des kleinen Stadtpalais an der Allee Pilatre de Rozier, in dem ich so viele Jahre mit Yvonne gelebt hatte, drängten sich Fotografen und Kameraleute um meine Frau, die, ganz in weiße Seide gekleidet und mit Brillantschmuck behängt, auf einer Recamiere thronte. Es war sehr heiß im Salon, denn die Leute vom Fernsehen hatten starke Scheinwerfer mitgebracht. Auch etwa zwanzig Journalisten waren erschienen – von Pariser Blättern und anderen französischen Zeitungen, von den großen Magazinen und Illustrierten.
Gehorsam wie ein Fotomodell folgte Yvonne den Aufforderungen der Fotografen, sah in die Kameras, sah hierhin und dorthin, wies mit einem brillantbesetzten Finger auf eine Schlagzeile, die mit dem Mord an Balmoral zu tun hatte, und war sehr aufgeregt. Paul Perrier, im dunklen Anzug und häufig mit ihr zusammen fotografiert, hatte Yvonne schon zehn Milligramm Valium gegeben, aber sie betrug sich noch immer manisch.
Das war am 28. September 1981 um 15 Uhr.
Nachdem sich der erste Wirbel gelegt hatte, trat Ruhe ein im Salon. Die Fotografen wichen zurück und bezogen wie die Kameraleute feste Positionen. Die Wortreporter nahmen auf Stühlen Platz oder blieben stehen, die meisten mit Recordern in der Hand. Sie hatten einen Reporter von LE MATIN – er hieß Henri Arronge – zu ihrem Sprecher gewählt, weil er der Berufsälteste war und weil sie nicht alle durcheinandersprechen konnten. Arronge, mit tiefen Ringen unter den grauen Augen und dichtem eisengrauem Haar, saß Yvonne gegenüber. Paul Perrier stand jetzt hinter ihr. Er machte einen sehr ernsten Eindruck, und ihm war offensichtlich unbeschreiblich zu Mute.
Arronge begann: »Madame Duhamel, Sie haben uns eingeladen, weil Sie uns eine wichtige Mitteilung machen wollen – so jedenfalls haben wir es bei den Anrufen Monsieur Perriers verstanden.«
Yvonne antwortete: »Sie haben richtig verstanden. Ich danke Ihnen, daß Sie derart zahlreich erschienen sind, denn ich brauche Ihre Hilfe. Das letzte Mal, als ich Ihre Hilfe brauchte und um Gehör bat, war Ihrerseits allerdings kein Interesse vorhanden.«
So ging das gleich los, und die Kameraleute des Fernsehens bekamen von der Regie die Anweisung zu unterbrechen, und die

Scheinwerfer erloschen, während Yvonne sich weiter über das Betragen der Journalisten in der Vergangenheit beschwerte, als diese aus Solidarität mit ihren Kollegen von FRANCE-SOIR übereingekommen waren, sie zu boykottieren. Nun aber war Balmoral ermordet worden, und Paul Perrier hatte bei seinen Anrufen den Chefredakteuren der Zeitungen und des Fernsehens deutlich zu verstehen gegeben, daß Yvonne Sensationelles über den Mordfall zu enthüllen habe. Daraufhin waren die Reporter von ihren hohen Chefs losgeschickt worden. Hätten sie sich geweigert, sie wären hinausgeworfen worden und andere wären gekommen, das wußten sie. Also sprach Arronge von einem Mißverständnis und entschuldigte sich auch für alle Kollegen.
»Nun gut«, sagte Yvonne. »Ich bin nicht nachtragend. Ich nehme Ihre Entschuldigung an.«
Die Scheinwerfer flammten wieder auf, die Kameras surrten und Arronge begann noch einmal: »Madame Duhamel, Sie haben uns eingeladen, weil Sie eine wichtige Mitteilung machen wollen . . .«
Der Dialog, der nun aufgezeichnet und später ausgestrahlt und in den Zeitungen veröffentlicht wurde, lief folgendermaßen:
Y.: »Sehr richtig.«
A.: »Worum geht es, Madame?«
Y.: »Paris steht noch unter dem Schock, den die brutale Ermordung Maître Balmorals hervorgerufen hat. Er war der beste Freund meines Mannes. Er wurde von meinem Mann ermordet.«
Stimmengewirr, Kameraklicken.
A.: »Aber Ihr Mann, Madame Duhamel, ist doch tot, ein Opfer des Terroranschlages im Juni auf die EURO-AIR-Maschine in Wien!«
Y.: »Das glauben Sie. Er hat die Explosion überlebt, ohne eine Schramme.«
A.: »Pardon, Madame, aber ist das nicht ein wenig . . . phantastisch?«
Y.: »Es klingt phantastisch, ich gebe es zu. Ein hoher Beamter im Justizministerium wollte mir auch nicht glauben. Nun ist ein Mann erschossen worden. Ich frage: Glaubt er mir jetzt? Ich habe ihm prophezeit, daß mein Mann wiederkommen und Verbrechen begehen wird.«
A.: »Sie haben ihm die Ermordung Jean Balmorals prophezeit,

und er hat nichts unternommen? Wie heißt der Beamte, Madame?«
Y.: »Das tut nichts zur Sache. Ich habe auch nicht die Ermordung Balmorals vorhergesagt.«
A.: »Sondern?«
Y.: »Meine eigene.«
Große Unruhe. Wieder das Klicken der Fotoapparate. Die Kameras der Fernsehleute liefen ständig.
A.: »Ihre eigene?«
Y.: »Und die Monsieur Perriers.«
A.: »Das ist ungeheuerlich.«
Y.: »Das kann man wohl sagen.«
A.: »Aber warum ... Wie kommen Sie auf eine solche Vermutung?«
Y.: »Das ist keine Vermutung. Das ist meine feste Überzeugung. Mein Mann ist ein Ungeheuer, ein Monstrum. Niemand außer mir kennt sein wahres Gesicht ... Er ängstigt mich so sehr, daß ich kaum noch leben kann, und genau das will er. Wenn ich seelisch ganz am Ende bin, wird er auch mich töten – und Monsieur Perrier.«
A.: »Aber warum, Madame? Warum?«
Y.: »Um sich zu rächen. Er haßt mich. Hat mich immer gehaßt. Monsieur Perrier gab mir bisher die Kraft, weiterzuleben, auszuharren. Aber nun bin ich am Ende.« Ein Aufschrei. »*Ich kann nicht mehr!*«
A.: »Madame, seien Sie unseres Mitgefühls sicher – wenn es auch schwerfällt zu glauben, daß sich alles so verhält, wie Sie behaupten.«
Y.: »Nennen Sie mich eine Lügnerin?«
A.: »Durchaus nicht, Madame. Das würde ich mir nie erlauben.«
Y.: »Dann machen Sie nicht solche Andeutungen. Es ist genau so, wie ich es Ihnen sage. Mein Mann haßt mich. Seit vielen Jahren haßt er mich. Die Öffentlichkeit hat davon nichts erfahren, nichts bemerkt. Er durfte es sich nicht anmerken lassen in seiner Position. Aber wenn Sie auch nur ahnen könnten, was ich zu leiden hatte ... Dieser Mann ist nicht normal, er ist ganz und gar unnormal, das ist das Furchtbarste ... Nach diesem Flugzeugattentat, das er überlebt hat, beschloß er, mich zu töten ...«
A.: »Madame, ich bitte Sie!«
Y.: » ... zu töten, ja ... Nun ist er verschwunden ... nun kann er seinen Plan ausführen ... so denkt er in seinem kranken

Geist ... Sie sehen, in welchem Maß ich verzweifelt sein muß, um derartige Privatdinge der Öffentlichkeit bekanntzugeben ... Monsieur Perrier steht mir zur Seite ... Aus der Sympathie, die wir stets füreinander hegten, ist Liebe geworden, eine sehr große Liebe ... Mein Mann weiß das natürlich ...«
A.: »Wieso?«
Y.: »Er weiß alles. Er ist so schlau. Denken Sie an seine Prozesse! Kannte er da nicht alle Tricks, alle Schliche? ... Er beobachtet uns ... Er umkreist uns ... Und sein Haß wächst und wächst ... auch auf Monsieur Perrier natürlich ... Nun ist dieser Haß eines kranken Gehirns bereits so weit gediehen, daß ein Mord geschah. Mein Mann ermordete seinen besten Freund, um mich noch tiefer in Angst und Verzweiflung zu treiben. Mit diesem Mord wollte er mir sagen: Sieh, wozu ich fähig bin! Stell dir vor, wie ich mit dir verfahren werde ... Das ist Terror, nackter Terror, meine Herren.«
A.: »Madame, die Polizei teilt Ihre Ansicht nicht. Im Gegenteil, sie lehnt sie ab.«
Y.: »Diese Lumpen!«
A.: »Aber wo ist denn Ihr Mann, Madame?«
Y.: »In seinem Versteck natürlich. Er verläßt es nur, wenn er zuschlagen will ... wie jetzt, als er den armen Balmoral erschoß ... oder vor einiger Zeit, als er – Sie wissen es – nachts auf der Straße vor dem Tour d'Argent auftauchte und mich fast zu Tode erschreckte. Danach kam die Polizei, nahm mich mit aufs Kommissariat. Ich machte meine Aussage. Die Ärzte verlangten, daß ich mich einer Schlafkur unterzog. Einer Schlafkur! Sehen Sie mich an! Was bin ich? Ein Wrack. Ein Mensch am Ende. Die Polizei glaubt mir nicht, wie Sie ganz richtig sagen.« Wieder ein Aufschrei. »Wird mich dieser Satan erst ermorden müssen, bevor man mir glaubt?«
A.: »Ich bin sicher, Madame, daß man sich Ihrer anders annehmen wird, wenn erst die Artikel und die Fernsehaufnahmen dieses Gesprächs die Öffentlichkeit erreicht haben.«
Y.: »Da bin ich gar nicht so sicher. Was ich bei der Polizei und bei höchsten Beamten dieses Staates bisher an Zynismus, absichtlichem Nichtverstehen und Ablehnung erfahren habe ...«

23

»... übersteigt jede Vorstellung«, las ich, im Badezimmer eingeschlossen, im FRANCE-SOIR. Das war am 29. September. Schon eine Woche mußte ich, von Hernin täglich mit neuen Zeitungen versorgt, dieses Versteckspiel treiben, und eine Woche nach dem Mord an Jean Balmoral hatte die Polizei noch immer nicht die geringste Spur gefunden, wie ein Sprecher offen zugab. Die Berichte von der Affäre waren bereits von den ersten Seiten ins Innere der Blätter gewandert, aber nun, nach dem Interview mit Yvonne, auf die Titelseiten zurückgekehrt. Angeekelt von mir selbst, beunruhigt wegen des Interviews, las ich weiter ...
A.: »Wieso? Sie meinen, die Polizei wird noch immer nicht auf Sie hören und eine Fahndung nach Ihrem Mann einleiten?«
Y.: »Ich bin fast sicher, daß sie es nicht tut. Viel eher wird man jetzt versuchen, sich vor jeder Verantwortung zu drücken, indem man mich hysterisch nennt und Ärgeres. Hier herrschen Zustände, meine Herren, wie sie in der kleinsten Bananenrepublik ausgeschlossen wären. Demnächst wird man mich ermordet auffinden — und dann sagen, ich hätte mir aus Hysterie das Leben genommen. Das elende Bürokratengesindel denkt gar nicht daran, diesen Teufel zu suchen ... Angefleht, auf den Knien, habe ich jenen hohen Herrn ... Wenigstens Nachforschungen sollten sie anstellen, bevor es zu spät ist ... Sie tun es nicht ...« Ein neuerlicher Zusammenbruch, aber nur kurz. *»Nichts tun sie!«*
A.: »Wo hält sich, Ihrer Meinung nach, Ihr Mann versteckt, Madame?«
Y.: »Er kann überall sein, hier in Paris, irgendwo in Frankreich, irgendwo im Ausland, Berlin, Rom, Madrid, Düsseldorf, Hamburg ... Mit dem Jet erreicht er Paris von jedem Ort aus in kürzester Zeit. Natürlich trägt er einen anderen Namen. Und natürlich besitzt er gefälschte Papiere ... Geld genug hat er ... ein Nummernkonto in der Schweiz ... Ich beschuldige die Polizei und das Justizministerium der Lumperei und der Unfähigkeit!«
Das war das Ende des Interviews. Fünf Fotos von Yvonne hatte FRANCE-SOIR dazu abgebildet, zwei mit Paul Perrier, und ein altes Foto von mir.
Eingerahmt in einem Kasten, stand eine kurze Meldung auf der

gleichen Seite: Das Justizministerium und der Polizeipräsident von Paris lehnten zu dem Interview mit Madame Yvonne Duhamel jede Stellungnahme ab.
Ich dachte: Lehnen sie wirklich jede Stellungnahme ab? Ist das nicht nur ein Trick, ein Manöver? Und wenn die Behörden wirklich untätig bleiben – wie lange noch? Du hast eine gute Chance, trotz allem, dachte ich. Aber was, wenn über Zeitungen und Fernsehen mit diesem Interview nun die Neugier und das Interesse von Millionen geweckt werden? War ich in jedem nur denkbaren Fall geschützt? Ich hatte alle Spuren verwischt. Es war unmöglich, mich zu finden. War es wirklich unmöglich? Vielleicht wäre ich in Amerika *absolut* sicher gewesen. Aber ich war nicht in Amerika. Ich war in Hamburg. Andererseits: Die Behauptung Yvonnes, ich hätte Jean Balmoral umgebracht, mußte jedem, der die Wahrheit nicht kannte, völlig unsinnig erscheinen, als die Behauptung einer Verrückten. Nein, entschied ich, du kannst nach wie vor beruhigt sein. Aber ich wäre doch lieber in Amerika als in Europa gewesen.
Ich faltete die Zeitungsseiten zusammen, steckte sie mir unter das Hemd und ging in die Diele, wo meine Aktentasche lag, um die Blätter verschwinden zu lassen. Aus der Küche rief Andrea, daß das Abendessen fertig sei.
»Ich komme!«
Wir nahmen die Mahlzeiten immer in der Küche ein, in einer großen runden Eßnische. Man sah von hier in den alten Garten hinaus. Andrea hatte den Tisch sorgfältig gedeckt, wie immer schmückten ihn Blumen. In der großen Nische kam man sich vor wie auf der Brücke eines Schiffes oder in der Kanzel eines Flugzeugs. Andrea war eine phantastische Köchin. Alles ging ganz schnell und ohne sichtbare Anstrengung bei ihr. Mir machte es Spaß, nach dem Essen das Geschirr in die Maschine zu stellen und aufzuräumen. Eine Reinemachefrau sorgte dreimal in der Woche für Ordnung. Wanderer hieß sie. Sie war sehr zuverlässig und treu und kam schon seit Jahren zu Andrea.
Ich setzte mich in die Koje und bekam einen großen Teller voll Salat zu meinem Essen. Den gab es fast täglich. Andrea war verrückt nach Salaten. Sie nahm die bunte Küchenschürze ab, bevor sie zu essen begann, und sie freute sich wie ein Kind, als ich sagte, daß alles wieder ganz wunderbar schmecke. Ich finde, das sollte man einer Frau ruhig öfter sagen, die sich neben ihrer anderen Arbeit noch die Mühe macht, zu kochen. Frauen

bekommen so wenig Dank für ihre vielen häuslichen Arbeiten. Yvonne freilich hatte nicht ein einziges Mal während unserer langen Ehe ein Essen zubereitet.
»Du bist ein guter Kater«, sagte Andrea. »Für dich macht es Spaß, zu kochen. Du ißt gerne. Du trinkst gerne. Du spielst gerne. Du spielst so süß.«
»Nein, du bist es, die so süß spielt. Ein Mann kann immer nur so süß spielen wie die Frau.«
»Was wir nicht alles gemeinsam haben«, sagte sie. »Essen, Trinken, Spielen. Dieselben Bücher lieben wir und dieselben Bilder, und politisch sind wir einer Meinung – was kann uns eigentlich passieren? Wir spielen heute wieder, ja, Kater?«
»Natürlich. Wenn du so das Baby leichter bekommst . . .«
» . . . dann nimmst du das Opfer auf dich, ja?«
»Dann nehme ich das Opfer auf mich.«
»Du bist wirklich ein guter Kater, du kriegst auch noch ein zweites Stück Leber, das ist doch der Kater Lieblingsspeise.«
»*Du* brauchst jetzt viel Leber.«
»Denkst du, du bekommst alles? Ich nehme mir schon mein Stück.« Sie sah mich an. »Ach, Kater, wird es immer so sein mit uns wie jetzt?«
»Bestimmt.«
»Wir haben erst ein paar Monate hinter uns, da ist es kein Kunststück. Aber in zehn Jahren, wenn ich Falten habe und nicht mehr so aufregend für dich bin, was wird dann sein?«
»Dann wird es allerdings nicht mehr ganz so sein wie jetzt«, sagte ich. »Dann bin ich neunundfünfzig, habe eine Glatze, dritte Zähne und Rheumatismus und bin impotent.«
»Nein, das bist du nicht.«
»Doch, das bin ich doch.«
»Dann kriegst du Hormonspritzen. Impotent mit neunundfünfzig, daß ich nicht lache!« Sie wurde plötzlich ernst. »In zehn Jahren . . . lieber Gott, Kater, in zehn Jahren. Vielleicht fallen die Atombomben schon morgen – und da rede ich von zehn Jahren, ich Idiotenweib. Weißt du was, Kater?«
»Was?«
»Ich glaube, wir müssen jeden Tag so leben, als wäre es der letzte.«
»Na, das tun wir doch.«
»Ja«, sagte sie. »Noch. Nicht vergessen: Immer ist der Tag der letzte Tag. Großer Gott, in was für einer Zeit leben wir!«

»Das haben die Leute in anderen Zeiten auch gesagt.«
»Meinst du wirklich?«
»Ja.«
»Ich glaube es nicht. Ich habe abends schon Angst, den Kasten anzudrehen, wenn die Tagesschau kommt. Bei jeder Nachrichtensendung habe ich den Eindruck, daß uns nicht mehr viel Zeit bleibt.«
»Und der Salat war auch wieder erste Klasse«, sagte ich.
»Danke, lieber Kater«, sagte sie. »Du hast Glück bei den Frauen, ich kann es verstehen. Einer, der einer Frau sagt, daß die Leber gut ist und dann auch noch, daß der Salat erste Klasse war, so einen wollen sie alle, und wenn er dann auch noch so süß spielen kann wie du – aber ich bin ja dumm, ich sage dir viel zu viele schöne Sachen, du mußt ja größenwahnsinnig werden! Ach nein«, sagte sie, »ein so guter Kater wie du, der wird nicht größenwahnsinnig. Vergeßlich wird er, das ja, mit neunundvierzig schon verkalkt, reichlich früh. Hast du dich wenigstens gefreut?«
»Gefreut? Worüber? Ich meine, ich freue mich bei dir über alles, aber du scheinst etwas Besonderes im Auge zu haben.«
»Jetzt sage nur noch, daß du es nicht gesehen hast!«
»Gesehen – was?«
»O Gott, also wirklich nicht!« Sie sprang auf und lief aus der Küche. »Er hat es noch nicht gesehen! Ist denn so etwas möglich?« Sie kam zurück, die Aktentasche in den Händen.

24

Sie öffnete die Tasche, und weil sie etwas suchte, breitete sie alles, was in der Tasche war, vor sich auf dem Tisch aus: Abrechnungen der Buchhandlung, andere Papiere, einen Terminkalender – und alle französischen Zeitungsseiten. Die lagen zuoberst.
Dann hatte sie gefunden, was sie suchte. Es war quadratisch und sehr flach und in rotes Geschenkpapier eingeschlagen. Sie legte das Päckchen auf den Tisch.
»Das hast du wirklich nicht gesehen?«
»Nein«, sagte ich. »Wann hast du es denn in die Mappe gesteckt?«
»Gestern nachmittag.« Während sie sprach, räumte sie die ande-

ren Dinge wieder in die Aktentasche, die Rechnungen, die Papiere, den Terminkalender und alle französischen Zeitungsseiten. Sie sah sie einen Moment an, aber ohne Interesse. »Mach doch auf«, sagte sie. »Nun mach schon, Kater!«
Ich öffnete benommen das rote Päckchen. Eine alte achtundsiebziger Schallplatte in einer alten Hülle kam zum Vorschein. Ich las den Titel auf dem runden Goldetikett: THE MAN I LOVE.
»Mein gutes Hörnchen«, sagte ich, während sie die Aktentasche verschloß. Ihre Augen leuchteten.
»Freust du dich, Kater? ›The man I love.‹ Das Lied, an das ich immer denken muß. Dein Lied. Mein Lied. Unser Lied. Seit du in Hamburg bist, habe ich nach einer solchen Platte gesucht. Einer alten Schellackplatte mit achtundsiebzig Umdrehungen. Natürlich gibt es das Lied auf fünfundvierziger Singles und auf dreiunddreißiger Platten, von vielen Stars gesungen. Aber ich wollte die alte Aufnahme, mit der Musik von damals, mit Kratzern, mit der Atmosphäre von damals. Doris Day singt. Mit dieser sonderbar hohen Stimme, die alle haben auf den achtundsiebziger Platten. The man I love«, sagte sie, »da sitzt er.« Und sie küßte mich. »Come on, let's dance, Kater!«
Sie nahm mich an der Hand und lief mit mir ins Wohnzimmer, wo der Plattenspieler stand. Er war nicht mehr ganz neu und hatte auch eine Einstellung für achtundsiebzig Umdrehungen. Andrea legte die Platte auf den Teller und schaltete den Lautsprecher ein. Das Orchester erklang und dann Doris Days Stimme . . .
›When the mellow moon begins to beam, ev'ry night I dream a little dream . . .‹
Ich nahm Andrea in die Arme, und wir begannen langsam zu der sentimentalen Musik zu tanzen.
»Kater«, sagte sie, »ach, du mein Kater.«
Ich küßte sie.
› . . . someday he'll come along, the man I love . . .‹, sang Doris Day, und ihre Stimme und die Musik hatten einen vibrierenden metallischen Klang, der mich rührte und an eine alte, längst vergangene Zeit erinnerte, in der ich noch ein Kind gewesen und Andrea noch nicht geboren war, an jene Zeit vor einem grauenvollen Krieg mit fünfzig Millionen Toten, dem größten der Geschichte. Damals schon hatten Menschen zu diesem Lied getanzt, und damals war diese Platte gepreßt worden.
› . . . and he'll be big and strong, the man I love . . .‹

»Hörnchen«, sagte ich, »ich habe dich so lieb.« Und wir drehten uns langsam, ihre Wange an der meinen, und der Saphir auf der alten Platte schleifte und kratzte, und wie schon einige Male zuvor hatte ich jetzt plötzlich wieder das Gefühl, das alles bereits einmal erlebt zu haben, die zärtliche Musik, den Tanz. Ich hatte schon einmal so mit Andrea getanzt, glücklich und frei, im Kreis hatten wir uns gedreht, es war, als flögen wir, höher und höher, in einen strahlenden Himmel hinein. Wann war das gewesen, wann? Ich wußte es nicht mehr.

»Bin ich genau richtig für dich, Kater, ja?«

»Ganz genau.«

»Du mußt es mir sagen, wenn du mich anders willst, weißt du?«

›. . . and when he comes my way, I'll do my best to make him stay . . .‹ klang Doris Days Stimme von der alten Schellackscheibe aus einer anderen Zeit zu uns herüber.

»Ich will dich gar nicht anders. Ich will dich so, wie du bist«, sagte ich. »So wie du bist, ist es wunderbar. Du bist perfekt.«

›. . . he'll look at me and smile. I'll understand . . .‹

»Ach nein«, sagte sie. »Ich bin noch sehr dumm und unerfahren mit meinen paar Männern. Vielleicht hättest du mich manchmal gerne raffinierter oder lasterhafter.«

›. . . and in a little while he'll take my hand . . .‹

Sie drückte meine Hand und sagte: »Es gibt bestimmt ganz großartige lasterhafte Dinge, die du gerne hast und die ich nicht kenne.«

»Du kennst alle Dinge, die ich gerne habe«, sagte ich.

»Sind viele lasterhaft?«

»Ja«, sagte ich.

»Bin ich lasterhaft, Liebling?«

»Genauso wie ich.«

»Ach«, sagte sie an meiner Wange, »ist das Laster nicht etwas Fabelhaftes, Liebling?«

»Mit dir ist es fabelhaft«, sagte ich.

›. . . and though it seems absurd, I know we both won't say a word . . .‹ sang Doris Day.

»Mit anderen war es auch fabelhaft, Kater. Sag es mir! Sag die Wahrheit! Es ist wichtig.«

»Ich habe es vergessen. Ich habe keine Ahnung mehr.«

›. . . maybe I shall meet him Sunday, maybe Monday, maybe not – still I'm sure to meet him someday . . .‹

»Wirklich, Liebster?«

»Wirklich, Hörnchen.« Sie ergriff meine Hände und legte sie auf eine Brust.
›. . . maybe Thuesday will be my good-news-day . . .‹ sang Doris Day.
»Ja, laß deine Hände da liegen, Kater, fester, noch ein bißchen fester, bitte. So ist es schön, so ist es wunderbar.«
»Ich mag deine Brüste«, sagte ich.
›. . . he'll build a little home‹, sang Doris Day, ›just meant for two, from which I'll never roam – who would, would you? . . .‹
»Und meine Schenkel sind voll genug?«
»Herrlich voll! Und die Beine sind so lang und so aufregend.«
»Das tut gut«, sagte sie, »das tut gut, so etwas zu hören, geliebter Kater.«
›. . . and so all else above – I'm waiting for the man I love‹, erklang Doris Days Stimme. Laut setzte ein Saxophon ein. Und der Saphir holperte und schleifte über die Rillen der alten Platte, über die schon so viele Nadeln geglitten waren in all der langen Zeit. Und die Musik zitterte und bebte.
»Schau mich nicht so unverschämt an«, sagte Andrea. Sie lachte. »Doch, schau mich so unverschämt an, Kater. Wollen wir spielen?« Sie war plötzlich aufgeregt. »Wollen wir süß spielen?«
»Ja, Hörnchen.«
»Komm!«
»Ich stelle nur den Apparat ab . . .«
»Kannst du später machen. Können wir alles später machen. Nur spielen müssen wir jetzt gleich. Komm Kater, spiel mit mir!«

25

Wir heirateten am 6. Oktober in der Kirche, die Langenau immer besuchte. Auf dem Standesamt waren wir tags zuvor gewesen, es war ganz schnell gegangen, wie Patty prophezeit hatte.
»OMA!«
»OMO, meinst du wohl«, hatte Andrea gesagt.
»Nein, OMA: Ohne Musik und Ansprache«, hatte Patty erwidert. Langenau war sehr glücklich, daß wir in ›seiner‹ Kirche heirateten, und der junge Pfarrer freute sich auch. Eine solche Hochzeit hatte er gewiß noch nicht erlebt. Die Freunde und Freundinnen Andreas waren da. Außerdem aber hatten vierundzwanzig Kin-

der schulfrei erhalten und waren mit ihren Eltern gekommen. Da saßen sie nun – Deutsche, Türken, Griechen, Jugoslawen, Spanier und Italiener, alle in ihren besten Anzügen und Kleidern, und sie waren gewiß noch aufgeregter als Andrea und ich. Wir zwei waren ganz schön aufgeregt, als wir dann da vor dem Altar standen oder auf einer kleinen Bank knieten und der junge Pfarrer zu uns sprach. Hinter uns standen die Trauzeugen: Conrad Langenau für Andrea und Walter Hernin für mich, beide in dunkelblauen Anzügen wie ich. Meinen Anzug hatte der arme Herr Kratochwil in Wien gemacht. Ich trug ihn zur Feier des Tages, obwohl ich inzwischen auch Konfektionsanzüge und zusätzliche Wäsche besaß, denn meine Seekisten, die ich nie in Buenos Aires aufgegeben hatte, waren selbstverständlich auch nie in Hamburg angekommen. Auf den Rat von Eisenbeiß hin hatte ich noch bei einer beliebigen Speditionsfirma großen Krach geschlagen, aber natürlich nichts erreicht. So war auch das erledigt.
Die Schneiderin hatte wirklich das Modell aus der VOGUE nachgemacht, und Andrea sah so wunderschön aus wie noch nie. Es war ein Kostüm aus leichtem cremefarbenem Wollstoff, der Rock knöchellang, figurbetont und unten weit ausschwingend. Er erinnerte an eine dieser schmalen, wundervoll geformten Kristallvasen. Weil Andrea so lange Beine hatte, paßte ihr der lange Rock sehr gut. Dazu kam ein Jäckchen, an dessen Kragen man von der cremefarbenen Bluse nur eine Schleife sah. Die Jacke war asymmetrisch zu schließen, so daß die Knöpfe nicht in der Mitte saßen. Andrea hatte mir erklärt, warum das Kostüm so flauschig und weich aussah, in dem Stoff sei »ein bißchen Mohair«, hatte sie gesagt. Auf ihrem braunen Haar saß ein rundes Käppchen aus Marabufedern, und auch die kleine Handtasche aus cremefarbenem Stoff war mit Marabufedern verziert. Sie lag auf dem Brett der schmalen Bank, vor der wir knieten. Auch Andreas Schuhe waren cremefarben. Ich mußte Andrea immerfort ansehen, und ich dachte an einen Film. »Mayerling« hieß er, und er erzählte die Geschichte des unglücklichen österreichischen Kronprinzen Rudolf und seiner Geliebten Mary Vetsera – die hatte in diesem Film ein ganz ähnliches Kostüm getragen.
Weil von den Eltern unserer Kinder nur manche wohlhabend, viele aber arm waren, hatte Andrea gebeten, keine Geschenke zu machen oder Blumen zu kaufen. Wer trotzdem etwas tun wollte,

sollte Geld an das Heim für die Behinderten überweisen. Die Kinder hatten bunte Bilder gemalt oder Tiere und Schalen und Phantasiegebilde aus Ton geformt. Von manchen hatten wir Scherenschnitte und ganz kleine, aus einer halben Nußschale gebastelte Schiffchen oder Briefe und selbstverfertigte Gedichte erhalten. All das war am Tag der standesamtlichen Trauung im Keller der Buchhandlung festlich aufgebaut gewesen, und wir hatten uns sehr gefreut. Besonders gerührt waren wir darüber, daß so viele Kinder kurz vor den Herbstferien frei bekommen hatten, und auch die Vorgesetzten jener Erwachsenen, die kein Geschäft, keine Praxis oder eigene Kanzlei hatten, waren großzügig verfahren.

Da saßen sie nun alle, und der junge Pfarrer hatte vor sich eine seltsame Gemeinde: Katholiken und Protestanten, Juden, Mohammedaner und Konfessionslose, Sozialdemokraten, Christdemokraten, Freie Demokraten und ›Grüne‹ und Menschen mit viel und Menschen mit sehr wenig Geld. Das alles hatte er unter sein Kirchendach gelassen, er war wirklich ein fabelhafter Pfarrer.

In der ersten Reihe saßen Andreas Eltern und hielten sich an der Hand. Neben ihnen saßen der Azubi Robert Stark und Patty. Und es gab dröhnende und dann wieder ganz leise Orgelmusik, und als der Pfarrer mit der Zeremonie begann, mußte Andreas Mutter weinen, und ihr Mann streichelte sie. Rechts von uns stand versteckt ein Kaplan, der war für mich die wichtigste Person mit Ausnahme von Andrea, denn er zeigte mir durch diskrete Handbewegungen immer an, wann ich niederzuknien und wann ich aufzustehen hatte. Ich kannte mich nicht aus und Andrea zu meiner Freude auch nicht. Sie schaute gleichfalls immer wieder nach rechts zu dem kleinen, dicken Kaplan, der da Regie führte.

Also versprachen wir, einander gute Eheleute zu sein, einander zu lieben und zu achten, beizustehen in guten und bösen Zeiten, zu beschützen und zu ehren und nicht zu verlassen, bis daß der Tod uns schied. All diese Worte waren sehr ergreifend, und wir sahen uns in die Augen, Andrea und ich, und sie war so schön, so schön.

Nachdem wir die Ringe gewechselt und uns geküßt hatten, trat der junge Pfarrer vor und sagte: »Liebes Brautpaar, liebe Anwesende, erlauben Sie, daß ich noch ein paar Worte sage. Das ist zwar nicht üblich, aber gerade bei dieser Hochzeit, bei der so

viele Menschen aus verschiedenen Ländern und mit verschiedenen Religionen anwesend sind, möchte ich etwas hinzufügen. Die meisten von Ihnen werden genügend Deutsch sprechen, um es zu verstehen, und denen, die es nicht können, sollen es ihre Kinder bitte leise übersetzen.« Er machte eine Pause, dann sagte er: »Jeder von uns hat die Illusion, nur sein eigenes Leben zu leben. Aber in Wahrheit lebt er so viele Leben, wie es Menschen gibt, zu denen er in Beziehung tritt.« Und durch die Kirche klang ein Wispern von den Flüsterstimmen jener Gastarbeiterkinder, die für ihre Eltern übersetzten. »Jede Beziehung, die wir aufnehmen«, sagte der junge Pfarrer, »hinterläßt, sofern sie nicht völlig oberflächlich ist – und zwischen Menschen mit Intelligenz und Gefühl gibt es keine Oberflächlichkeiten –, im Geist des andern etwas von uns selbst und bewirkt, daß sein Leben unser Leben wird.« Er zog ein vergilbtes Blatt Papier hervor und sagte: »Mein Vater fiel im Zweiten Weltkrieg schon am dritten Tag in Polen. Nach seinem Tod erreichte uns noch ein Brief, den er an meine Mutter geschrieben hatte, unmittelbar bevor der Krieg begann. Ich bewahre diesen Brief wie ein Kleinod auf, und oft zeige ich ihn anderen Menschen, denn wir leben heute in einer Zeit, in der es jeden Tag einen neuen Krieg geben kann. Hören Sie bitte, was mein Vater meiner Mutter schrieb, knapp vor seinem Tod – und wenn es geht, dann beherzigen Sie seine Worte.«
Der junge Pfarrer hob den Brief näher an die Augen und las: »Der Augenblick ist gekommen, da wir der Liebe gedenken müssen. Haben wir genug geliebt? Haben wir jeden Tag Stunden darauf verwandt, über andere Menschen zu staunen, gemeinsam glücklich zu sein, den Wert des Kontaktes zu spüren, das Gewicht und die Bedeutung der Hände, der Augen und des Leibes zu erleben? Es ist an der Zeit, ganz und endgültig in der Liebe und der Freundschaft zu leben, bevor wir im Beben einer Welt ohne Hoffnung untergehen, denn nichts anderes gilt mehr. Schwören wir, an nichts anderes mehr zu denken als an das Lieben, an das Öffnen der Seelen und der Hände, an das Schauen aus dem Tiefsten unserer Augen, an das Umfassen dessen, was wir lieben, an ein Gehen ohne Furcht im Licht der Liebe . . .«
Der junge Pfarrer faltete das alte Blatt vorsichtig zusammen und steckte es ein. Ich fand die Worte seines Vater sehr schön, und Andrea hatte feuchte Augen. Ich sagte: »Siehst du, Hörnchen, auch damals haben die Menschen Angst gehabt«, und sie sagte: »Ja, und mit wie viel Recht«, und der junge Pfarrer wünschte uns

Glück und schüttelte unsere Hände. Dann umarmten und küßten uns Andreas Eltern, Langenau, Hernin, Robert Stark und Patty. Als wir die Kirche durch den Mittelgang verließen, standen alle auf und lächelten uns an, und manche weinten.
Dann, im Freien, ging es erst richtig los. Da gratulierten uns die Freunde Andreas und alle anderen Anwesenden, und viele Frauen schlugen ein Kreuz über Andreas und meiner Stirn und sagten etwas in einer fremden Sprache, und fremde Männer umarmten mich und küßten mich auf die Wangen. Der kleine Ali, der so gut Deutsch konnte, stellte uns seine Eltern vor und seine Großmutter, die auch in Deutschland lebte. Und die Großmutter, eine kleine Frau mit einem Kopftuch, überreichte uns mit zitternden Händen ein brüchiges und vergilbtes Seidentüchlein, kleiner als ein normales Taschentuch, und Ali sagte, dieses Tüchlein habe die Großmutter von ihrer besten Freundin zur Hochzeit erhalten und immer aufbewahrt. Nun sollten wir es haben, denn dieses Tüchlein beschütze vor Unglück. Und Andrea beugte sich vor und küßte die kleine, alte Frau, die wie eine Bäuerin gekleidet war und ein verrunzeltes Gesicht mit unendlich vielen Falten hatte.
Und dann führte ich Andrea um die Ecke, wo die Autos parkten, und alle gingen mit. Da stand ein fabrikneuer Mercedes, den ein Mechaniker hierher gebracht hatte, während wir getraut wurden. Papiere und Schlüssel trug ich in meiner Tasche und gab sie nun Andrea, denn das war mein Hochzeitsgeschenk für sie. Mit dem alten Volkswagen ging es einfach nicht mehr weiter. Und alle bewunderten den blauen Wagen, doch ich hatte ein bedrücktes Gefühl, weil doch viele der Anwesenden arm waren und niemals einen Mercedes besitzen würden. Aber da war keine Spur von Trauer und Neid, alle lachten und klatschten und freuten sich mit Andrea.
Der Pfarrer hatte sich umgezogen, er kam jetzt in Straßenkleidung, denn er war mit zum Essen eingeladen. Ich hatte einen Tisch im Elbschloß bestellt, und Andreas Eltern setzten sich zu uns in den neuen Mercedes. Der Pfarrer fuhr in Langenaus Wagen mit, in dem auch Robert Stark war, und Patty saß bei Walter Hernin im Auto. Als wir losfuhren, riefen alle durcheinander und winkten. Am lautesten war die Stimme von Herrn Rosen. Er brüllte: »Masseltoff! Masseltoff! Masseltoff!«
Andrea chauffierte und war sehr aufgeregt und glücklich. Sie probierte alle Tasten, Schalter und Knöpfe, und zuletzt drehte sie

das eingebaute Radio an. Da ertönte die »Unvollendete« von Schubert, und wir waren still und lauschten der Musik eines Genies.
Plötzlich brach die Musik ab, und ein Sprecher meldete: »Hier ist der Norddeutsche Rundfunk Hamburg. Meine Damen und Herren, soeben erreicht uns folgende Meldung: Bei einer Militärparade in Kairo wurde von islamischen Fanatikern in Soldatenuniformen ein Attentat auf den ägyptischen Ministerpräsidenten Anwar el Sadat verübt . . .«

26

An diesem Nachmittag fuhren Andrea, ihre Eltern und ich, nachdem wir uns umgezogen hatten, noch hinaus in die Lüneburger Heide zu einem schöngelegenen, alten Lokal. Wir saßen im Freien unter großen, schattigen Bäumen und tranken Kaffee. Es saßen viele Gäste an den Tischen, und ich hörte einen Mann sagen: »Gott sei Dank waren es wenigstens nicht die Juden . . .« Und eine Frau sagte zu einem Mann an einem anderen Tisch: »Trink nicht soviel, Kurt«, und Kurt antwortete: »Laß mich doch trinken. Ich muß dauernd an ihn denken, und an das, was jetzt da unten geschehen wird, und ich will nicht dauernd daran denken. Er war ein großer und guter Mann, und darum mußten sie ihn natürlich töten. Wenn er ein kleiner und böser Mann gewesen wäre, hätten sie ihn leben lassen.«
Auch wir dachten an Sadat, aber wir sprachen nicht über ihn. In der Nähe sahen wir eine Schafherde dahinziehen und in ihrer Mitte einen alten Mann. Andrea sagte mir, daß diese Schafe Heidschnucken hießen. Die Heidschnucken seien eine sehr alte, genügsame Schafrasse, die nur in der Lüneburger Heide lebe, sagte Andrea. Nein, über Sadat sprachen wir nicht.
Andreas Vater mußte am nächsten Tag wegen einer Nachuntersuchung in die Klinik, und so brachten wir die Eltern abends zum Flughafen. Als wir nach Hause fuhren, sagte Andrea: »Na, sind sie auszuhalten, Kater?«
»Sie sind großartig.«
»Ja, das sind sie«, sagte Andrea. »Wir sehen uns nur, wenn wirklich alle wollen. Solche Eltern mußt du dir erst einmal suchen.«

An unserer Wohnungstür lehnte ein großes, gelbes Kuvert. Wir gingen hinein und öffneten den Umschlag. Andrea entfaltete einen großen Bogen Papier und setzte ihre Brille auf und sagte: »Ach Gott.«
»Was ist, Hörnchen?«
»Hermi hat geschrieben. Die kleine Epileptikerin aus dem Heim, die immer den Sturzhelm tragen muß und eine so schöne Schrift hat.« Wir setzten uns, und Andrea las laut vor: »›Liebes Brautpaar! Zu Eurer Hochzeit wünschen wir Euch, daß Ihr immer sehr glücklich sein sollt. Ihr seid so lieb zu uns, und dafür bedanken wir uns sehr. Alle Kinder und alle Erwachsenen hier senden Euch die schönsten Grüße. Es unterschreiben auch alle. Eure Hermi.‹ Schau dir das an!« sagte Andrea.
Unter Hermis Unterschrift standen viele krakelige Schriftzüge und die Namen einiger Erwachsener, aber sonst war das ganze große Papier mit Finger- und Zehenabdrücken von Kindern bedeckt, die nur Prothesen hatten. Und dann fiel mir der Lippenstiftabdruck eines Mundes auf, und Andrea sagte: »Das ist Lilly.«
Lilly war ein kleines Mädchen, das weder Hände noch Füße hatte. Eine Ärztin mußte ihr die Lippen geschminkt haben, damit Lilly den Brief an uns auch unterschreiben konnte.
»Morgen gehen wir uns bedanken, Kater«, sagte Andrea.
»Ja«, sagte ich. »Und jetzt wollen wir noch . . . oder ist es dir zuviel heute?«
»Überhaupt nicht«, sagte sie. »Ach, Kater, du bist schon sehr geliebt!«
Sie ging voraus in das Zimmer, in dem der Schaukelstuhl stand, und setzte sich. Man konnte schon ein wenig ihren größer werdenden Bauch sehen. Wir hatten den Schaukelstuhl so gedreht, daß man das Memento-mori-Bild nicht anschauen mußte, wenn man in ihm saß. Neben dem Schaukelstuhl standen ein anderer Stuhl und ein Tisch. Aus dem Wohnzimmer hatten wir die Boxen der Stereoanlage herübergetragen, vor ein paar Wochen schon. Auf dem Tisch lagen sechs große Kunstbücher.
»Was möchtest du heute hören?« fragte ich.
»Vivaldi, bitte. Rachmaninow habe ich jetzt so viel gehört und Mozart auch. Nach dem Vivaldi hätte ich morgen oder übermorgen gerne Gershwin. Aber jetzt Vivaldi.«
»Was von Vivaldi?« fragte ich.
»Die ›Vier Jahreszeiten‹, bitte.«

Also ging ich in das Wohnzimmer mit dem Plattenschrank und dem Plattenspieler und legte »Le quattri stagioni« auf, das Concerto für Violine, Streicher und Basso continuo. Als die ersten Takte erklangen, ging ich zu Andrea zurück und fragte: »Und welche Madonna heute?« Sie sagte: »Zuerst die mit der Wildrose, bitte«, und so suchte ich in einem Bildband diese Madonna aus der Schule des Ghirlandaio, eine so kindliche, junge und rosige Madonna in einem roten Kleid mit dem grünen Umhang, die das Kind im Arm hält und vor der ein Glas mit Wildrosen auf einem bunten Tisch steht.
Die wunderbare Musik erklang, und ich zeigte Andrea die große Reproduktion der Madonna mit der Wildrose. Andrea saß ganz still und schaukelte nicht, sie hatte ihre Brille aufgesetzt, und man sah, wie sehr sie sich während des ersten Satzes auf die Betrachtung des Bildes konzentrierte.
Bei den folgenden Sätzen zeigte ich ihr andere Madonnenbilder in den Kunstbänden, die ich aus der Buchhandlung mit nach Hause gebracht hatte. Schwangeren Frauen, hatte Andreas Mutter gesagt, sollte man schöne Madonnen zum Ansehen geben, und man sollte sie schöne Musik hören lassen, dann würde auch das Kind schön. Zuletzt wollte Andrea noch die Mutter Gottes von einem Meister der Benediktbeurer Schule sehen. Das Bild war vor mehr als fünfhundert Jahren entstanden, aber es wirkte ganz modern, ein wenig wurde man an Chagall erinnert. Die Madonna war ganz in Blau. Sie hielt das nackte Kind in der linken Armbeuge, in der rechten Hand hielt sie einen Apfel, und sie blickte das Kind sehr nachdenklich an.
Dann wurde es still in der Wohnung, und wir saßen nebeneinander, hielten uns an den Händen und sahen in den dunklen Garten hinaus. Wann immer es möglich war, verbrachten wir täglich eine Stunde auf diese Weise, und dann gingen wir zu Bett und liebten uns. Das taten wir auch an diesem Abend.

27

»Geh in die Knie, wackle mit den Hüften, klatsch in die Hände, tanz den Mussolini, dreh dich nach rechts und mach den Adolf Hitler!«
Die Punker hatten das Podium gestürmt und sangen diesen Text

zu ihrem wirren Tanz. Einer war scheußlicher anzusehen als der andere: Jungen und Mädchen, grün, lila, weiß und grau geschminkt. Sie trugen Sicherheitsnadeln, die wie durch die Wangen gestochen wirkten, übermalte Zähne täuschten Zahnlücken vor, kunstvoll angebrachte Ausschläge und Triefaugen ergänzten ihr abstoßendes Aussehen. Jungen und Mädchen hatten das Kopfhaar stellenweise völlig abrasiert, und die kahlen Stellen mit widerlichen Symbolen bemalt. In Lumpen, Leder und Fetzen in schreienden Farben waren sie gekleidet. Schön ist häßlich, häßlich schön – wie die Hexen in ›Macbeth‹ singen. Ugliness is beautiful! Die Punker stampften, trampelten, wiegten die Körper. Die Musik hämmerte ohrenbetäubend.

›Mann, was 'n unheimlicher drive!‹ stöhnte der Junge neben mir«, erzählte Robert Stark, unser Azubi. Wir hatten ihn endlich eingeladen. Lächelnd und bescheiden wie immer war er erschienen, einen großen Blumenstrauß für Andrea in der Hand. Sie hatte ein großartiges Essen bereitet und viele Komplimente von uns dafür bekommen. Nachdem wir ihr beim Abräumen in der Küche geholfen hatten, saßen wir im Wohnzimmer. Stark und ich tranken Whisky, Andrea Orangensaft, und Stark erzählte von dem Punkkonzert, das er besucht hatte. Es war am 13. Oktober gewesen, genau an dem Tag, an dem Bundeskanzler Schmidt im Koblenzer Bundeswehrkrankenhaus einen Herzschrittmacher eingesetzt bekam. Kurz zuvor, am 10. Oktober, hatte es in Bonn die bisher größte Friedensdemonstration in der Geschichte der Bundesrepublik gegeben – rund dreihunderttausend Menschen waren zusammengekommen.

»Was Sie da erzählen, klingt ja schrecklich«, sagte ich. »Warum sind Sie überhaupt in dieses Konzert gegangen?«

»Man muß doch informiert sein«, sagte er. »Wir Jugendlichen – es gibt so viele verschiedene Arten von Jugend, daß sich keiner mehr auskennt. Namen und Begriffe fliegen nur so durcheinander: Süchtige, Drückebergerfluchtburgen für Aussteiger, Wochenendausflipper, Brutstätten eines neuartigen Terrorismus, Traumtänzertreffs. Psychogettos, Wohnkommunen, Sexkommunen, Politrocker, Spontis, und dann wieder stinknormale Jugendliche, die arbeiten und lernen und weiterkommen wollen. Was ist das eigentlich, die deutsche Jugend?«

»Ja, was?« fragte ich.

»Ich weiß es nicht, obwohl ich zu ihr gehöre«, sagte er. »Niemand weiß es. Was halten Sie davon: In Bonn, bei der großen Friedens-

demonstration, da waren Lederjackentypen dabei, die hatten auf den Rücken geschrieben: DEUTSCHLAND VERRECKE! Ja, aber in Dortmund bei der Fußballeuropameisterschaft der Junioren, als Belgien und Deutschland aufeinandertrafen und das Deutschlandlied gespielt wurde, da brach unter fünfzigtausend Schülern ein Jubel los, wie ihn niemand jemals irgendwo gehört hat. ›In einem Jahr singen die den Text mit‹, schrieb ein Reporter, ›und zwar die erste Strophe.‹« Robert Stark lächelte. »Die Jugend«, sagte er, »sie macht die große Mehrheit der Weltbevölkerung aus. Sechsunddreißig Prozent sind unter fünfzehn Jahre alt, fast sechzig Prozent unter dreißig. Aber die Jugend wird nicht gefragt, was sofort geschehen müßte, damit es noch eine Welt von morgen gibt. Auch bei uns nicht. Viele kluge Männer beklagen das. Schon aus Gründen der Demokratie und der Gerechtigkeit müßte die Jugend gehört werden.«
»Sie wird ja gehört«, sagte ich. »Wir hören sie ja.«
»Vielleicht ist sie nur so, weil sie eben niemand fragt«, sagte Stark. »Weil niemand ihrem Leben Sinn gibt. Nur Angst haben alle vor dieser Jugend – auch vor ihr.«
»Was heißt ›auch vor ihr‹?«
»Ach, liebe Frau Kent, wovor haben die Menschen heute keine Angst? Deutschland in der Krise. Die Arbeitslosigkeit wächst. Pleiten überall. Der Staat hoch verschuldet. Umweltzerstörung täglich katastrophaler. Nie, seit es die Bundesrepublik gibt, haben sich so viele Deutsche das Leben genommen. Jeder kennt einen, der nicht mehr kann.« Er schüttelte den Kopf. »Entschuldigen Sie, ich rede zuviel.«
»Nein«, sagte Andrea, »nein, bitte! Das alles, was Sie da sagen, das fühlen wir auch.«
»Das fühlen viele Millionen«, sagte Robert Stark. »Ich weiß ein wenig Bescheid – ein wenig. Ich arbeite seit langem nebenher für ein großes Meinungsumfrage-Institut.«
»Wann haben Sie denn Zeit dazu?« fragte ich.
»Ach, im Urlaub oder nach Geschäftsschluß.« Er wurde noch lebhafter. »In einigen Wochen kommt das Resultat unserer letzten großen Umfrage heraus. ›Aufrüstung und Pazifismus‹ war das Thema. Ein repräsentativer Querschnitt der wahlberechtigten Bürger wurde befragt. Ich habe schon bei zwei früheren Untersuchungen zu diesem Thema mitgeholfen, 1975 und 1978. Eine Frage lautete jedesmal: ›Wovor haben Sie manchmal Angst?‹«

»Und wovor haben die Deutschen am meisten Angst, heute?« fragte Andrea.
»Vor Krieg, Atomkrieg«, sagte Stark. »Mit Riesenabstand die größte Angst. Fünfunddreißig Prozent der Befragten. Fünfunddreißig Prozent! 1975 waren es siebzehn Prozent, 1978 nur zwölf. Die zweitgrößte Angst haben sie vor Krankheit – neunzehn Prozent. An dritter Stelle dagegen haben elf Prozent geantwortet: ›Habe keine Angst.‹ Schon vor zweihundert Jahren hat Hölderlin geschrieben: ›Ich kann mir kein Volk vorstellen, das zerrissener wäre als die Deutschen.‹«
»Und wovor haben wir noch Angst?« fragte Andrea.
»Inflation, Preissteigerung kommen als nächstes – zehn Prozent. Arbeitslosigkeit – acht Prozent. Unfälle – auch acht Prozent. Umweltverschmutzung fünf Prozent. Davor hatten 1975 und 1978 noch null Prozent Angst. Das steigt und steigt jetzt. Ich bin sicher, bei den nächsten Landtagswahlen kommen wir ›Grünen‹ – ich bin auch einer – in die Landesparlamente. Angst vor der Zukunft – sechs Prozent, die liegt noch vor der Umweltverschmutzung, Verzeihung. Tod und schlechtere Wirtschaftslage – drei Prozent. Alter, miese Zeiten, Kommunismus, Terror, Radikalismus – zusammen nur zwei Prozent. Und so geht das weiter.«
»Aber Krieg – fünfunddreißig Prozent«, sagte Andrea.
»Ja«, sagte Stark. »Davor haben sie panische Angst, die größte, die ärgste. Kein Wunder, wenn man an die ungeheuerlichen Waffensysteme denkt, die jetzt entwickelt werden. Im Zweiten Weltkrieg hatten die stärksten Bomben eine Sprengkraft von über zehn Tonnen TNT, also etwa zehn Tonnen Dynamit. Die Atombombe auf Hiroshima 1945 hatte bereits die Wirkung von dreizehntausend Tonnen Dynamit. Und heute gibt es Raketensprengköpfe, die fünfundzwanzig Millionen Tonnen Dynamit entsprechen. Fünfundzwanzig Millionen Tonnen! Weltweit liegen so viele Atomwaffen herum, daß es für jeden Menschen auf dieser Erde drei Tonnen Dynamit gibt. Und weiter und weiter wird gerüstet! Dafür geben alle Staaten zusammen pro Stunde fast eine Million Dollar aus. Amerika und Rußland, die beiden Supermächte: zwei kleine Jungen, die bis zu den Knien in Benzin stehen. Einer hat fünf Feuerzeuge, der andere hat zehn. Der mit den zehn ist selig: ›Ich fühle mich sicherer, weil ich zehn Feuerzeuge habe!‹ Und beide wollen auf Teufel komm raus immer noch mehr Feuerzeuge haben. Eine Million Dollar pro Stunde,

Tag und Nacht, Monat um Monat, Jahr um Jahr! Und jeder weiß: Wo Waffen herumliegen, da gehen sie auch los.«

28

Danach war es lange Zeit still.
Keiner von uns dreien sah den andern an. Jeder dachte dasselbe.
Endlich sagte Stark: »Es kommt da noch etwas hinzu, etwas sehr Wichtiges. Außer der Angst kennen wir ja auch noch die Furcht. Ein Riesenunterschied! Sie können in jedem Lexikon nachlesen: Furcht ist eine Empfindung, die aus einer *realen* Bedrohung oder Gefahr entsteht. Angst dagegen entsteht aus *unbestimmten* Bedrohungen und Gefahren. Wer sich fürchtet, kann sich wehren. Wer Angst hat, kann sich nicht wehren, denn er weiß ja nicht, wogegen und wie. Angst macht krank. Mit einer Angstneurose müssen Sie zum Psychiater. Was glauben Sie, wie überlastet die sind und alle Nervenkliniken dazu.«
»Ich weiß«, sagte Andrea. »Frau Gerlach, die Apothekerin – ihr kennt sie beide, ihr kleiner Stefan ist bei uns –, die hat mir gesagt: ›Es ist furchtbar. Die Leute geben sich die Klinke in die Hand. Beruhigungsmittel. Beruhigungsmittel. Lebensangst. Reine Lebensangst.‹«
»Und die Folgen der Angst?« fragte Robert Stark. »Tablettensucht, Alkoholismus. Was wird heute nicht alles behandelt, was auf Angst zurückzuführen ist! Herzinfarkte, Kreislaufstörungen, Bandscheibenschäden, Magengeschwüre, Migräne, Asthma, Ischias ... lauter Krankheiten, bei denen keiner das Gesicht verliert, wenn er seinen Job aufgibt.« Starks Wangen hatten sich gerötet, er sprach lauter: »Und jetzt kommt das Verrückteste! Wieso haben die Menschen da *Angst*, wo sie doch eigentlich *Furcht* haben müßten? Ich meine, es muß doch zum Beispiel Kriegs*furcht* heißen und nicht Kriegs*angst*. Der Krieg ist eine *reale* Bedrohung! Und all die anderen Gründe sind *auch* reale Bedrohungen. Warum flößen sie uns dann Angst ein und nicht Furcht? Warum ist sogar in den demoskopischen Befragungen die Rede von Angst und nicht von Furcht? Was ist da passiert?«
»Wissen Sie es?« fragte ich.
»Ich glaub' schon«, sagte er. »Wegen der Größe und der Vielfalt aller Gefahren haben wir einfach den Sinn für die Wirklichkeit

verloren. Zu schlimm ist das alles, zu unerträglich, zu unvorstellbar! Oder können Sie sich wirklich vorstellen, was nach der Explosion einer Wasserstoffbombe passiert? Nein, Sie können es nicht. Niemand kann es. Zwar ist so eine Explosion eine *reale* Bedrohung, aber weil sich keiner die Wirklichkeit dieser realen Bedrohung *vorstellen* kann, weil sie so irrwitzig, so grauenvoll, so ohne alle Maßen und jede Vergleichsmöglichkeit ist, wird aus unserer Furcht auf unheimliche Weise, ohne daß wir etwas dagegen tun können, die *Angst*. Und das nicht nur bei der Wasserstoffbombe, sondern bei allem, wovor wir Furcht empfinden sollten, aber Angst empfinden, weil wir uns heute seine Ausmaße nicht mehr vorstellen können. Ein Atomkraftwerk brennt durch. Was geschieht? Unsere Wirtschaft kracht zusammen. Was geschieht? Ein Atomkrieg bricht aus. Was geschieht, wenn fünfzig oder hundert oder fünfhundert Atombomben nacheinander explodieren? Kippt die Erde aus ihrer Achse? Niemand weiß es. Und so wird aus Furcht Angst.«
»Gegen die man nichts tun kann«, sagte ich.
»Die nur krank macht«, sagte Andrea.
Stark nickte. »Sehen Sie doch, was diese Angst hervorbringt – nicht nur bei uns. Heute reden die Menschen so viel von Krieg und Frieden wie seit Jahrzehnten nicht mehr. Angst zu bekennen ist Ehrensache, ›Friedenshetzer‹ ein Ehrentitel. Und die Angst um den Frieden ist zum erstenmal politisch wirksam geworden.«

29

Andrea legte ihre Hand auf die meine. Wir sahen einander an und versuchten ein Lächeln. Der Versuch mißlang.
»Natürlich«, sagte Stark, dieser junge Mann, den wir bislang kaum gekannt hatten, »sind da viele, die sagen, das alles hat der Osten, das alles haben die Kommunisten angerichtet. Die ganze Friedensbewegung ist kommunistisch gesteuert. Die ganze Angst ist kommunistisch geschürt. Kann das stimmen? Kann kommunistische Wühlarbeit dreihunderttausend Menschen nach Bonn bringen? Kann sie die höchste Selbstmordrate seit 1945 bewirken? Kann sie erreichen, daß fünfunddreißig Prozent der Deutschen Angst vor einem neuen Krieg an die erste Stelle ihrer Ängste setzen? Glauben Sie das?« Er schüttelte den Kopf.

»Man muß ja ein Idiot sein, wenn man keine Angst hat nach all dem, was Sie aufgezählt haben, Herr Stark«, sagte Andrea.
»Ja«, rief er, »aber nach unserer Umfrage haben eben elf Prozent *keine* Angst!«
»Kein Volk, das zerrissener wäre als das deutsche. Ein großer Mann war Hölderlin«, sagte Andrea.
»Die Politiker wissen nicht viel über ihr Volk«, sagte Stark. »Das Volk hält nicht mehr viel von ihrer Politik. Millionen fühlen sich alleingelassen und versinken in Depression und Melancholie.«
»Depression, Melancholie«, sagte Andrea. »Das ist nicht neu. Wörter wie Schwermut, Weltschmerz, Trübsal, Wehmut und Grübelei – Grass hat darauf hingewiesen – haben schon immer zu uns Deutschen gehört.«
»Ja«, sagte Stark, »aber jetzt ist etwas passiert. Wir waren so sicher, daß der Wohlstand bleibt, daß der Frieden bleibt. Damit ist Schluß. Aber gründlich. Und nicht die Furcht, nein, die *Angst* schießt hoch bei so vielen!«
Ich sagte: »Die, die keine Angst haben, kriegen Angst vor denen, die sie haben. Vor den Alternativen etwa, die neue Lebensformen ausprobieren wollen, vor allen, die uns dauernd sagen, wie gefährdet wir sind.«
»Und kann man das nicht verstehen?« sagte Stark. »Reden nicht viele Alternative von Freundlichkeit, von Gewaltlosigkeit und Menschlichkeit – und dann sieht jeder, wie sie Steine schmeißen und sich Straßenschlachten mit der Polizei liefern.« Er trank hastig. Er sprach hastig. »Wie soll das weitergehen? Überall dasselbe: Empörung, Angst, Unsicherheit, Sorge um die eigene Sicherheit und um den eigenen Besitz. Selbstanklage ist auch immer dabei: ›Das konnte ja nicht gutgehen, daß es uns so gut geht‹ und ›Es geht uns ja immer noch viel zu gut!‹ *Noch! Noch!* Dieses Wort ›noch‹! Noch krieg ich ja meine Rente! Noch kann ich ja verreisen! Noch nehmen mir die Ausländer nicht alles weg! Noch haben wir keinen Bürgerkrieg! Noch kommen die Russen ja nicht! Noch kann man das Wasser trinken! Dieses ›noch‹, wenn das nicht ein Zeichen von Angst ist! Alle fühlen sich betrogen und reingelegt von ›denen da oben‹. Die großen Wirtschaftsskandale! Die Bestechungsskandale! Die Wahlgelderskandale! Und da soll man noch Vertrauen haben zu ›denen da oben‹, zu ›denen in Bonn‹, zu ›denen in der Firmenleitung‹? Die ›können es ja machen mit unsereinem‹. Es ist viel Kafka in Deutschland, sehr viel Kafka. Und auch das macht Angst.«

»Leben Sie eigentlich bei Ihren Eltern?« fragte ich, denn plötzlich glaubte ich, diesen jungen Mann begriffen zu haben in seinem Ernst, in seiner Leidenschaftlichkeit.
»Meine Eltern sind tot«, sagte er. »Schon lange.«
Das hatte ich erwartet. »Und keine Verwandten?«
»Nein, ich lebe allein.«
»Aber doch eine Freundin«, sagte Andrea.
»Ach, Freundin«, sagte er. »Natürlich. Ab und zu muß man ja eine haben, nicht? Aber es dauert nie lange.«
»Warum nicht?«
»Hält keine aus mit mir«, sagte er. »Kommt ein Punkt jedesmal, da halten sie mich dann für einen ›grünen Spinner‹ mit meiner Ökologie. Aber ich bin kein Spinner, wahrhaftig nicht! Sehen Sie doch, wie die Umwelt zuschanden gemacht wird! Schauen Sie sich um! Soll einen da nicht Sorge vor dem Morgen überfallen? Unsere Flüsse sind vergiftet. Die Fische kann man nicht mehr essen. Unsere Wälder sterben. Jeden Tag ein neuer Skandal in der Zeitung. Gestern haben Kinder viele Hunderte von hochgiftigen Kapseln aus dem Zweiten Weltkrieg gefunden – auf einem Spielplatz! Das Gift, bei uns liegt es 'rum, es liegt in der Luft, ist in unseren Nahrungsmitteln. Das spanische Öl! Wie viele hundert Menschen sind schon daran gestorben? Essen Sie Kalbfleisch, da essen Sie Östrogene mit, kriegen Brüste als Mann, kriegen Sie vielleicht auch Krebs. Quecksilber in Obstkonserven! Große Aufregung: Gewöhnliche Milch für Babies ist besser als Muttermilch. Denn in der Muttermilch ist Hexachlorcyclohexan . . .«
»Was ist da drin?« Andrea war aufgeschreckt.
»Eine schwer giftige Chemikalie. Die Mutter hat überhaupt – wie jeder Mensch – schon so viele Giftstoffe im Körper, daß das Baby leicht Schäden fürs Leben davontragen kann, wenn die Mutter es stillt.«
»Das ist ja schrecklich«, sagte Andrea. »Wir werden ihm Kuhmilch geben müssen, Kater. Hoffentlich ist die dann noch ungefährlich.«
»Mit zweihundert Giften haben wir die Natur so gründlich verpestet«, fuhr Stark fort, »daß sie auch in hundert Jahren nicht mehr zu reinigen ist. Fast jede zweite Tierart stirbt aus. Ein Drittel aller Pflanzen. Bis zum Jahr 2000 – wenn wir bis dahin noch kommen – werden mindestens fünfhunderttausend Pflanzen- und Tierarten ausgerottet sein. Eine halbe Million! Können Sie sich das vorstellen?«

»Nein«, sagte ich.
»Niemand kann es sich vorstellen«, sagte er, »und darum macht auch das alles Angst – die Chemie- und Tankerunfälle, die Dürre- und Überschwemmungskatastrophen durch die systematische Rodung der Wälder, die Verseuchung des Bodens durch Pestizide. Wahnsinn, nicht? Und ist das etwa kein Wahnsinn: Unsere Steuergelder werden auch für das Zerstören von Lebensmitteln verwendet! Im letzten Jahr hat es die Europäische Gemeinschaft zweihundertfünfzig Millionen Mark gekostet, Obst und Gemüse zu vernichten – damit die hohen Preise stabil bleiben. Das alles ist schlimm. Das alles macht Angst. Darum bin ich ein ›Grüner‹. Es ist wahrhaftig nicht die Angst vor einem Krieg allein!« Er sah uns an. »Wo leben wir denn eigentlich? Und wie werden wir morgen leben, wenn wir alles, alles kaputtmachen?« Plötzlich erschrak er so, daß er aufstand. »Großer Gott, ich bitte um Entschuldigung! Da laden Sie mich ein und sind so freundlich zu mir, und das Essen war so gut – und ich rede und rede über solche Dinge...«

30

An dem Tag, an dem ich Walter Hernin bat, keine französischen Zeitungen mehr zu kaufen, und mich bei ihm bedankte, wurde dieser plötzlich sehr verlegen. »Gern geschehen«, sagte er, wobei er zur Seite sah. »Ich helfe dir doch, wo ich kann, Peter... würdest du... Ich meine, könnte ich...«
»Na!«
»Na ja«, sagte der weißhaarige Taxichauffeur, der einst Universitätsassistent für Geschichte des Altertums gewesen war, »ich werde immerhin fünfundsechzig. Ich meine, da kann mir doch einmal etwas zustoßen. Dann ist Patty ganz allein auf der Welt. Darf ich dich... euch... dich und Andrea bitten, daß ihr ein wenig auf Patty achtgebt, wenn ich nicht mehr bin? Sie soll euch nie lästigfallen, um Himmels willen! Sie wird in ein gutes Internat kommen, Geld ist da, sie erbt alles. Nur, daß ihr sie nicht vergeßt, daß ihr sie besucht und mit ihr mal ein Wochenende verbringt, damit sie sich nicht so verlassen fühlt... Würdest du das tun, Peter?« Seine Stimme war immer leiser geworden, zuletzt erklang nur noch ein Flüstern.

Ich umarmte ihn und sagte, er könne ganz beruhigt sein, wir würden uns immer um Patty wie um unser eigenes Kind kümmern. Und da sagte er noch: »Ach ja, und wegen dem Hinken, das ist ganz komisch. Sie hat mir doch immer gesagt, es wird weggehen, und du hast es auch gesagt, und weißt du, was?«
»Was?«
»Ich glaube, es wird wirklich besser. Ganz langsam nur, aber es wird besser, Peter. Ist das nicht wundervoll?«
»Da siehst du es«, sagte ich und dachte, was das ständige Wiederholen eines Satzes doch alles bewirken kann. Denn natürlich hinkte Patty genauso wie immer.
Bei der nächsten Gelegenheit erzählte ich ihr, was mir Hernin gesagt hatte, und ihr Gesicht leuchtete.
»Ach, ich danke dir, Onkel Peter!«
»Hör mal, Patty«, sagte ich. »Du hast doch jetzt bald Geburtstag. Was wünschst du dir denn von mir und Tante Andrea? Oder weißt du das noch nicht?«
»Ich wüßte es schon«, sagte sie.
»Na also, dann heraus damit!«
»Also, siehst du, Onkel Peter, du bist so groß und so stark und so freundlich – da muß ich immer an die freundlichen Bären im Zoo denken. Und deshalb hätte ich gerne einen Teddybären von dir ... so einen braunen, mit dem ich schlafen darf und den ich mit mir tragen und knuddeln kann. Es sollte schon ein größerer sein, so ein richtiger Teddy zum Liebhaben.«
»Wir werden sehen, was sich machen läßt«, sagte ich. »Ich will im Zoo sagen, daß du unbedingt einen Bären haben mußt, denn mich kannst du ja nicht mit ins Bett nehmen und mit dir herumtragen, und knuddeln kannst du mich auch schlecht. Wie sähe das denn aus?«
Und dann lachten wir beide sehr.

31

»Ach, Herr Kent«, sagte die ältere Schwester im weißen Kittel, »Ihre Frau ist schon beim Doktor. Gehen Sie ruhig hinein.«
Das war ein paar Tage später gegen halb sieben Uhr abends. So wie ich regelmäßig zu Doktor Salzer ging, der mein Herz kontrollierte, besuchte Andrea alle vier Wochen des Babys

wegen den Frauenarzt. Ich hatte an diesem Tag mit Langenau im Laden gearbeitet, und als wir schlossen, hatte mich Robert Stark, der nun Andreas alten Volkswagen fuhr, in die Bellealliancestraße gebracht. Hier wohnte und ordinierte Dr. Otto Kahler. Ich kannte den hochgewachsenen Mann mit dem gütigen Gesicht, denn ich war oft mit Andrea zu ihm gekommen, und ich wußte auch, daß seine dicke Ordinationsschwester Agnes hieß. An diesem Abend war Andrea die letzte Patientin.
Ich klopfte an die Tür zum Sprechzimmer und hörte die Stimme des Arztes: »Ja!«
Dr. Kahler und Andrea saßen einander am Schreibtisch gegenüber. Sie machten einen ernsten Eindruck, und ich war sofort erschrocken.
»Ist etwas los?« fragte ich, nachdem ich Andrea geküßt und Dr. Kahler die Hand geschüttelt hatte. »Ist etwas mit dem Baby nicht in Ordnung?«
»Ach, süßer Kater«, sagte Andrea.
»Mit dem Baby ist alles in Ordnung«, sagte Dr. Kahler. Er war Ende Sechzig und machte einen ständig überarbeiteten Eindruck. Seine Praxis war sehr überlaufen, die Frauen hatten großes Vertrauen zu diesem Arzt mit den hellen Augen und dem grauen Haar. »Das wird ein Prunk- und Prachtbaby, Herr Kent. Setzen Sie sich.«
»Herr Doktor Kahler und ich haben uns gerade unterhalten. Über die Weltlage und über Deutschland besonders«, sagte Andrea.
»Ach so«, sagte ich erleichtert. »Darum solche Gesichter.«
»Herr Doktor Kahler ist sehr pessimistisch«, sagte Andrea.
»Ja«, sagte der. »Das stimmt. Schauen Sie sich unser Land an, Herr Kent! Fast eineinhalb Millionen Arbeitslose. Sollen noch mehr werden. Erwartetes Wirtschaftswachstum: Null. Die Koalition: Wie lange hält sie noch? Die SPD: Heillos zerstritten und im Zerfall. Wie lange kann das noch so weitergehen? Und wenn es einen Regierungswechsel gibt, meinen Sie, dann wird es besser? Wie lange ist die Mark noch was wert? Wann kommt der große Krach? Er muß kommen, das wissen wir alle, nur wann, das wissen wir nicht. Ich habe Angst, Herr Kent.«
Also der auch, dachte ich in Erinnerung an unser Gespräch mit Robert Stark. Aber ein Arzt? Warum eigentlich ein Arzt nicht?
»Hören Sie, Herr Doktor«, sagte ich, »machen Sie allen Ihren Patientinnen auf diese Weise Mut?«

Er schüttelte den Kopf. »Natürlich nicht, Herr Kent. Ihre Frau und Sie sind mir besonders ans Herz gewachsen. Ich betrachte Sie als Freunde, ja, als gute Freunde. Und ich muß Ihrer Frau keine Angst machen – die ist viel zu klug, die weiß selber, was los ist. Heute war es etwas ruhiger hier. Da habe ich mir gedacht, jetzt ist es aber höchste Zeit, daß du es ihr sagst.«
»Was sagst?«
»Herr Doktor Kahler geht nach Amerika«, sagte Andrea.
Ich war verblüfft.
Er lächelte schwach. »Nein, nein! Ich bin kein Arzt, der seine Patienten im Stich läßt!«
Ich betrachtete ihn aufmerksam und bemerkte erschrocken, wie elend und erschöpft er aussah. Von einem Arzt erwarten alle, daß er stets gesund, ausgeruht und munter ist. Er hat es einfach zu sein. Wie viele Ärzte wohl schwer krank sind und es niemandem sagen? Niemandem sagen dürfen? Vielleicht war auch Kahler krank.
Er hatte weitergesprochen: »Das habe ich Ihnen wirklich nur im Vertrauen verraten und in der Gewißheit, daß Sie es keinem Menschen weitererzählen, Frau Kent.« Dann sah er mich an. »Sehen Sie, ich bin neunundsechzig. Mein Leben lang habe ich gearbeitet wie ein Verrückter. Was hat meine Frau von mir gehabt? Fast nichts. Manches Jahr hat es nicht einmal mit dem Urlaub geklappt. Wie lange lebt der Mensch? Helga, meine Frau, ist zehn Jahre jünger als ich. Also lebe ich hoffentlich noch eine Weile. Aber die will ich dann für sie und mich haben – ist das zu verstehen?«
Ich nickte.
»Sehen Sie. Und deshalb mache ich in einem Jahr Schluß. Mit siebzig soll man in meinem Beruf aufhören. Keinesfalls will ich miterleben, was hier noch alles geschehen wird. Darum habe ich mich schon seit einiger Zeit umgehört, umgesehen. Zusammen mit meiner Frau habe ich in Florida einen besonders schönen Platz gefunden. Da wird doch so viel gebaut jetzt, nicht wahr? Nun, wir haben uns in einer großen Wohnanlage eingekauft. An dieser glänzend konzipierten Anlage haben wir einen Anteil erworben, und gleichzeitig bekommen wir eine herrliche Wohnung mit Blick zum Palmenstrand. Wir waren drüben und haben uns alles angesehen. Wunderschön, wirklich, wunderschön. Ich habe Ihrer Frau gerade mächtig vorgeschwärmt.« Da saß er in seinem weißen Kittel, bleich, erschöpft und glücklich. Seine

Augen leuchteten. »Es ist schwer gewesen, etwas zurückzulegen fürs Alter – trotz der Rackerei. Bald nach dem Studium wurde ich eingezogen. 1944 ging alles, was wir von den Eltern hatten, in Trümmer. Bis dann die Praxis aufgebaut war ... Bis ich alle meine Apparaturen abbezahlt hatte ... Kommt doch immer etwas Neues, nicht wahr? Ich zahle noch jetzt für ein paar Geräte, die ich seit Jahren habe. Aber einiges ist natürlich doch übriggeblieben. Und das steckt jetzt in unserem Heim in Florida. Ich arbeite noch ein Jahr, und dann übersiedeln wir, Helga und ich. Ich bin sehr froh, daß ich das Geld so angelegt habe. Die Wohnanlage wird gerade gebaut, aber bezahlt ist unser Anteil schon. Mit Geld, das noch etwas wert war. Nun, sehen Sie, Herr Kent, und da habe ich zu Ihrer lieben Frau gesagt: ›Sie haben doch die Mittel dazu. Tun Sie dasselbe wie ich! Kaufen Sie etwas drüben in Amerika! Sie sind noch so jung. Sie können sich drüben leicht etwas aufbauen.‹ Gehen Sie weg aus diesem Land, Herr Kent! Glauben Sie mir, hier ist Schluß.«

»Ach, Herr Doktor«, sagte Andrea. »Aber unsere Buchhandlung. Alles, was wir uns geschaffen haben! Das müßten wir dann völlig aufgeben.«

Mein Herz schlug schon seit geraumer Zeit schneller. Nach Amerika gehen. Viele wollten das – wie dieser alte Arzt, aus Angst vor dem, was Deutschland, was Europa bevorstand. Drüben waren sie in Sicherheit, daran glaubten alle diese Leute wenigstens.

Ich tat es nicht.

Sicherheit – wo gab es die noch? Nein, nein, wenn ich nach Amerika wollte, dann hatte das einen anderen Grund. Nach dem, was ich in den französischen Zeitungen gelesen hatte, war ich doch in Sorge. In unbegründeter Sorge, sagte ich mir zwar immer wieder, denn wie sollte, wie konnte man mich finden, selbst wenn Yvonne erreichte, daß man nach mir fahndete? Es war sehr unwahrscheinlich, daß man mich fand. Unwahrscheinlich, nicht unmöglich. Nein, unmöglich war es nicht. Nicht, solange ich in Europa lebte. Aber in Amerika war es wirklich ausgeschlossen.

»Ich finde, Herr Doktor Kahler hat gar nicht so unrecht, Hörnchen«, sagte ich.

Sie sah mich erschrocken an.

»Aber Kater ...«

Das wird nicht leicht werden, dachte ich.

»Ich meine ja nicht, daß wir gleich hinübergehen müssen«, sagte ich. »Ich meine ja nur, daß wir dann jederzeit hinübergehen *könnten*, wenn es hier zu schlimm wird.«
»Sehen Sie, Frau Kent«, sagte Dr. Kahler. »Ich habe Ihnen ja gesagt, Ihr Mann wird auch dafür sein. Und wie er meint: nur zur Sicherheit, nur zur Beruhigung.«
»Denk daran, es kann Krieg geben, Hörnchen«, sagte ich. »Du selber hast doch gesagt, daß dann ganz gewiß Deutschland dran ist.«
»Ja, das stimmt«, sagte Andrea. »Das stimmt schon. Aber – ach, Kater! Hier alles aufgeben, könntest du das so leicht?«
»Von Aufgeben redet doch niemand«, sagte ich und hoffte, daß ich sie dennoch umstimmen könnte, langsam, behutsam. »Aber schaden kann das doch auf keinen Fall, wenn man sich etwas kauft in Amerika. Laß uns gelegentlich in Ruhe darüber reden. Wir wollen sehen, was es da für Möglichkeiten gibt.«
»So ist es richtig«, sagte Dr. Kahler. »Ich lasse Ihnen gern von meinem Makler Unterlagen schicken. Schauen Sie sich mal am Wochenende die Inserate an!«
»Was für Inserate?«
»Na, Immobilienangebote für Amerika. Haben Sie die noch nie gesehen?«
»Nein«, sagte Andrea.
»Sie werden staunen, wie viele Makler da inserieren, Frau Kent. Und glauben Sie Ihrem alten Arzt, der Sie ins Herz geschlossen hat: Es ist das einzig Vernünftige. Jetzt, wo das Kind kommt, ist es gut zu wissen, alles für seine und Ihre Sicherheit getan zu haben.« Er hatte sich über den Schreibtisch gelehnt und streichelte ihre Hand.
»Das Kind«, sagte Andrea. »Ja, natürlich, das Kind . . .«

32

Die größte Anzeige nahm eine halbe Seite ein, wahrhaftig. Sie zeigte die amerikanische Flagge, und die Überschrift schrie:

WIR SIND DIE IMMOBILIEN-EXPERTEN FÜR USA

Darunter erblickte ich die Zeichnung eines fabelhaften Gebäudes, das aussah wie ein Luxushotel. Es stand in einer fabelhaften

Landschaft mit Palmen, Strand und offenem Meer, und dann kam laufender Text:

Immobilienbeteiligungen in den USA sind der Renner auf dem internationalen Kapitalmarkt. Denn: Die politische Sicherheit und die wirtschaftliche Dynamik der Vereinigten Staaten garantieren Ihnen gute Renditen, langfristige Wertsteigerungen und *persönliche Sicherheit.*
Die EURAM-Grundbesitz-GmbH bietet deutschen Anlegern substanzstarke Beteiligungen an Shoppingcenters, Hotels, Bürogebäuden und Appartementhäusern.

Es war ein Sonntag Ende Oktober, aber noch sehr warm, und Andrea und ich saßen wie so oft draußen in Reinbek in unserer Kuhle. Am Dammtorbahnhof hatten wir die Wochenendausgaben der großen Tageszeitungen gekauft, und jeder von uns hielt einen Anzeigenteil über die Knie gebreitet und betrachtete die Riesenanzeigen. Ich hatte die SÜDDEUTSCHE ZEITUNG, und da waren so viele Inserate, daß ich sie nur der Größe nach überflog und bloß das Fettgedruckte las:

UNSICHERHEIT? ANGST VOR DER ZUKUNFT? SORGEN SIE VOR: KAUFEN SIE EINE WOHNUNG IN DEN USA! WOHNEINHEITEN IN WILMINGTON, DELAWARE, ZWISCHEN 28 UND 84 M^2. DURCH TREUHÄNDER GARANTIERTE RENDITEVERWALTUNG – RESTKAUFPREIS ALS HYPOTHEK!

Und:

SICHERHEIT – ZUKUNFT – KAPITALANLAGE IN DEN USA! WOHNANLAGEN, CLUBHÄUSER, APPARTEMENTS. GRUPPENFLÜGE ZUR BESICHTIGUNG!

Und:

TEXAS – HOUSTON: DIE NR. 1 IN USA – BAUGRUNDSTÜCKE 5 ACRES US-DOLLAR 47 000,–

Ich hatte solche Inserate schon öfter gelesen, aber das wollte ich Andrea nicht sagen. Ich mußte jetzt sehr vorsichtig sein, damit sie nicht mißtrauisch wurde und sich fragte, ob ich denn wirklich nur auf dieses kurze Gespräch mit einem alten Arzt hin alles hier im Stich lassen wollte.
»Heiliger Moses«, sagte ich und spielte den Überwältigten. »Schau dir das an, Hörnchen!«
»In der WELT ist es auch so gewaltig«, sagte sie leise und nickte

kummervoll, als sie die Inserate musterte, mit denen die Seiten bedeckt waren ...

HORSESHOE BAY IST EIN SYMBOL FÜR SICHERHEIT, GLÜCK UND FRIEDEN GEWORDEN!

Und:

FLORIDA: IHRE INVESTITION AB US-DOLLAR-, 42 600, – FILMVORFÜHRUNGEN UND DIA-SCHAU INFORMIEREN SIE UNVERBINDLICH – FLIEGEN SIE MIT UNS IN DIE USA – BEI KAUF WIRD FLUGPREIS RÜCKVERGÜTET

Und:

FLORIDA KEYS, MARATHON, USA – EIN LEBEN LANG WAR ES IHR TRAUM, IN SICHERHEIT UND SCHÖNHEIT ZU LEBEN – DER TRAUM KANN WIRKLICHKEIT WERDEN – KEINE FERTIGUNGS- UND FINANZIERUNGSRISIKEN!

Und immer wieder die amerikanische Flagge! Und so viele Zeitungsseiten zugepflastert mit Annoncen. Und alle boten sie das Paradies. Sicherheit vor Furcht, reichen Ertrag, ein Leben in Frieden und Schönheit, Rendite, Orangenhaine, ganze Hotels oder einzelne Etagen, Ölquellen, sogar ein Goldbergwerk, laut Experten garantiert voller Gold.

In französischen Zeitungen hatte ich so etwas auch schon gesehen und auch in italienischen, aber noch nie in diesem Ausmaß. Hier leben, dachte ich, die meisten Menschen, die Angst vor einem Atomkrieg haben, weil sie glauben: Deutschland kommt zuerst dran.

Amerika wurde ausverkauft. Amerikanisches Land, das wußte ich, ging weg wie warme Semmeln. Die USA, auch das wußte ich, waren das Land, in dem die Deutschen in den letzten zehn Jahren mit Abstand das meiste Geld für Grund und Boden angelegt hatten. Also auch das gab es: *das Geschäft mit der Angst!*

»O Kater«, sagte Andrea beklommen. »Das ist ja unheimlich. Daß ich das nicht früher gesehen habe! Ich schaue ja auch überhaupt nie in den Anzeigenteil. Was sollen wir bloß tun?«

Nur jetzt behutsam sein, sagte ich mir, nur jetzt nicht drängen oder gar fordern. *Sie* mußte am Ende ganz von sich aus hinüber wollen, nicht bloß mir zuliebe. Nur so erreichte ich mein Ziel, nach Amerika zu entkommen. Ich war kein romantischer Optimist. Ich konnte mir gut vorstellen, welche Summen damit verdient wurden, daß man den Menschen einredete, hier in

Deutschland seien sie in Gefahr, drüben aber in Sicherheit. Ich war mein Leben lang ein Skeptiker gewesen. Die einzige Sicherheit, die *ich* drüben finden konnte, war die, nicht entdeckt zu werden. Aber davon hing schließlich mein ganzes Leben ab.
»Weißt du«, sagte ich zögernd, »ich kenne diese Maklerinserate, Hörnchen. Ich habe sie schon in ausländischen Zeitungen gesehen. Man muß da sehr aufpassen, denn man kann gräßlich auf die Nase fallen, wenn man an einen Lumpen gerät. So ein Makler muß absolut seriös sein.«
»Wie weiß man das, bevor man auf die Nase gefallen ist?«
»Es gibt einen relativ sicheren Weg: Man darf sich nur an ein Büro wenden, das seit langen Jahren einen guten Namen hat, so lange wie möglich, so gut wie möglich. Ich habe hier in den Zeitungen Inserate eines wirklich seriösen Büros gesehen, das man sogar in Argentinien kennt.« (Ich konnte ja nicht gut Frankreich sagen.) »Es ist die Firma Langstrom. Ich weiß, daß sie Niederlassungen in vielen europäischen Ländern und in Übersee hat. Hier zum Beispiel, siehst du, das sind Langstrom-Inserate der Hamburger Filiale. Der Hauptsitz des Unternehmens, das älter sein muß als dieses Jahrhundert, ist in Berlin, glaube ich.«
Andrea drückte sich zusammengekauert an mich.
»Ich möchte ja gerne... jetzt mit dem Kind, weißt du... Aber unsere schöne Buchhandlung! Und wenn der Umsatz im Moment auch ein wenig zurückgeht – wir sind immer noch im Plus.«
»Immer *noch*«, sagte ich.
»Ja, ja.«
»Ich meine, so eine Buchhandlung mit einer Kinderabteilung könnten wir uns natürlich auch in Amerika aufbauen, wenn wir uns entschließen sollten, rüberzugehen.«
Nicht drängen, dachte ich dabei, um alles in der Welt nicht ungeduldig werden und drängen. Alles offenlassen. Andrea jetzt nur so weit bringen, daß sie mit zu einem Makler geht. Dann hinüberfliegen mit ihr. Vielleicht hat Langstrom sehr schöne Objekte anzubieten. Vielleicht entschließt sie sich dann drüben, etwas zu kaufen und aus Deutschland wegzuziehen. Ja, dachte ich, so wird das vermutlich sein. Wenn sie drüben etwas Wunderschönes sieht, kann ich auch stärker drängen. Aber nicht jetzt schon. Jetzt muß sie den Eindruck haben, daß ich ebenso zögere wie sie, daß es mir ebenso schwerfällt wie ihr.
»In diesen kombinierten Objekten – Supermarkt-Appartementhäuser – wohnen so viele Menschen am selben Platz, und

daneben gibt es ja noch eine Menge anderer Appartementhäuser. Richtige große Parksiedlungen sind das, steht in den Inseraten«, sagte sie. »Wahrscheinlich könnten wir wirklich wieder eine Buchhandlung aufmachen. Aber das alles hätte doch nur Sinn, wenn wir ganz und für immer hinübergingen, nicht wahr?«
»Ja«, sagte ich.
»Und unsere Osterkamp-Buchhandlung hier, die müßten wir verkaufen. Natürlich müßten wir sie verkaufen, wie?«
Jetzt aber ganz besonders vorsichtig sein, dachte ich.
»Na ja, natürlich, Hörnchen.«
Sie schwieg und biß sich auf die Lippen.
»Und auch unsere schöne Wohnung, Kater, alles müßten wir verkaufen. Wir hätten da drüben nur uns beide, keine Freunde, keine Bekannten, zunächst einmal gar nichts.«
»Das Kind«, sagte ich, »das Kind hätten wir, Hörnchen.«
Dann schwiegen wir beide lange Zeit.
Endlich fragte sie: »Möchtest du gerne rübergehen?«
Das mußte ich jetzt einfach riskieren, dachte ich und sagte: »Ja, Hörnchen. Wir haben auf die Dauer wirklich kein Leben mehr hier. Wir werden beide nur immer nervöser und ängstlicher, schließlich nehmen vielleicht auch wir Tabletten. Die Wirkung kennst du. Wir werden gereizt, es fällt ein böses Wort – und zum Schluß stehen wir da und streiten ganz laut, trotz unserer Liebe.«
»Das kann ich mir einfach nicht vorstellen, Kater.« Abrupt fügte sie hinzu: »Und meine Eltern? Die kriege ich *nie* aus Deutschland raus! Ich sehe sie zwar ganz selten, das stimmt, aber ich *kann* sie sehen, wann immer ich will. Ich bin sofort bei ihnen, wenn etwas passiert. Damit wäre es dann auch vorbei. Und Langenau? Und unser Azubi? Und meine Freunde?«
Verflucht, dachte ich, sie hat ja recht, sie hat ja recht mit allem! Wenn ich ihr nur die Wahrheit sagen könnte. Ich will ja nicht aus jenen Gründen hinüber, die in diesen Inseraten angeführt werden und von denen mindestens die Hälfte maßlos übertrieben sind, um ein freundliches Wort zu gebrauchen.
Ich sagte: »Das alles muß natürlich sehr sorgfältig und genau überlegt werden, dazu braucht man viel Zeit.«
Aber nicht zu viel, dachte ich, nicht zu viel Zeit, bitte.
»Ich meine«, sagte Andrea, »zu diesem Makler, diesem Langstrom, können wir natürlich ruhig einmal gehen, das ist klar.«
»Willst du denn wirklich . . .« Ich hätte vor Erleichterung fast laut gelacht.

»Ja, natürlich. Wir müssen uns doch über alles informieren, und dazu brauchen wir Langstrom. Was hast du denn, Kater?«
»Nichts«, sagte ich. »Nichts. Ich bin nur stolz, daß ich ein so kluges vernünftiges Hörnchen habe.« Der erste Schritt war getan, dachte ich. Der zweite sollte folgen. Und zuletzt würden wir in Amerika und in absoluter Sicherheit sein. *Ich* würde in absoluter Sicherheit sein.

33

Yvonne griff über dem Kleid mit Daumen und Zeigefingern an ihre Brustwarzen und machte eine Bewegung, als wolle sie sich selber melken. Dazu öffnete sie den Mund und streckte dem Kellner, der in der Nähe stand, ein paarmal die Zunge heraus. Paul Perrier wurde dunkelrot vor Verlegenheit. Die Menschen in ihrer Umgebung sahen Yvonne verblüfft an. Alle Tische des Restaurants auf der überdachten, mit großen Glasscheiben verschlossenen Zuschauertribüne des Rennplatzes von Auteuil waren besetzt. Die Tribüne stand an der Zielgeraden, entlang der sich viele Wetter drängten.
»Nun hab dich nicht so, Paul«, sagte Yvonne, die ein grellrotes Kostüm, eine Chinchillajacke über den Schultern und sehr viel Goldschmuck trug. »Der Kerl wäre nie gekommen, dieser Lump von Kellner. Jetzt weiß er, daß ich noch Champagner trinken will. Das versteht jeder Mensch. Mache ich doch mein ganzes Leben. Genierst du dich vielleicht mit mir? Mußt es nur sagen.« Schon war sie aggressiv. »Ich bin gerade in der richtigen Laune.«
»Aber ich bitte dich, Chérie...«, murmelte er. Oben an der Tribüne waren zwar Schalter, wo man wetten konnte, doch gingen auch zahlreiche Mädchen umher, die Bauchläden trugen. Sie nahmen die Nummern der Pferde entgegen, auf die man setzte, kassierten den Einsatz und kamen nach dem Rennen wieder, um die Gewinne auszubezahlen. Hohe Gewinnquoten mußte man aber oben bei den Schaltern abholen. Es war sehr laut auf der Tribüne. Fernsehmonitoren zeigten die Namen der Pferde und ihre Startnummern an und nach jedem Rennen, ein wie Vielfaches vom Mindesteinsatz der Gewinn betrug. Bei den Favoriten standen da auf den flimmernden Schirmen stets niedrige Quoten, und bei den Outsidern standen sehr hohe.

Yvonne hatte eines der freundlichen Mädchen herbeigewinkt, um ihre Dreiereinlaufwetten zu setzen. Sie nannte ihre Favoriten, und das Mädchen trug die Startnummern auf einem vorgedruckten Formular ein, gab Yvonne das Original und behielt einen Durchschlag. Auch das Geld nahm sie entgegen, das Yvonne zu zahlen hatte. Es war eine Menge Geld, denn es liefen neunzehn Pferde, und Yvonne hatte zehnmal drei Zahlen in anderer Reihenfolge diktiert. Es waren lauter verschiedene Kombinationen. Sie hoffte dem Glück nachhelfen zu können, wenn sie ihre Wetten weit streute.
Die Tische auf den Tribünen standen paarweise eng beisammen, dann kam jeweils eine breite Treppe. An Yvonnes Nebentisch saß ein älterer Herr mit einer jungen Frau, die sehr hübsch war. Sie machte Paul Perrier ganz nervös, denn während sie lächelnd dem älteren, graugesichtigen Mann zuhörte, trat sie mit ihrem rechten Schuh immer wieder auf den linken Schuh Perriers.
Der Kellner brachte eine neue halbe Flasche Champagner – es war die vierte, die Yvonne bestellt hatte, sie wollte nicht, daß man große Flaschen an ihrem Tisch sah –, und er öffnete die halbe Flasche und ließ Yvonne kosten. Trotz ihrer obszönen Bestellung blieb er unerschütterlich höflich. Als sie gnädig nickte und sagte, der Champagner sei in Ordnung, sagte er mit einer Verneigung übertrieben unterwürfig: »Ich danke tausendmal, Madame, das freut mich.« Paul Perrier schwitzte vor Verlegenheit, denn Yvonne, die keinen Sinn für Ironie besaß, lächelte dem Kellner huldvoll zu, und die blonde junge Frau zu Perriers Linken trat ihm auf den Schuh, wieder und wieder, wobei sie ihn von Zeit zu Zeit verächtlich ansah.
Das Rennen begann, und Yvonne sprang auf, um dem Feld mit einem Fernglas zu folgen. Auch der ältere Mann tat das, und seine Begleiterin legte unauffällig eine Hand auf Perriers Hand. Die junge Frau strich langsam über seine Finger, und dabei fragte sie ihren Begleiter, welches von den Pferden vorne sei. Die beiden sprachen deutsch miteinander, nur mit den Kellnern und den Wettmädchen sprachen sie französisch.
Perrier riskierte ein Lächeln, und die junge Frau ließ ihre Zunge über die Oberlippe gleiten. Sie war wirklich eine Schönheit. Jetzt kam das Feld zum zweitenmal in die Zielgerade, und alle Leute auf der Tribüne schrien durcheinander, denn die Fünf, ein absoluter Outsider, der eine riesige Gewinnquote brachte, wenn er gewann, ging als erster durchs Ziel. Nur zwei Menschen an

den Tischen saßen – Paul Perrier und die junge blonde Frau neben ihm. Sie sagte halblaut, mit ausdruckslosem Gesicht: »Ich möchte mit dir ficken!«

So viel Deutsch verstand Perrier, dem ganz anders wurde. Dann setzte sich der ältere Mann neben die junge Frau und redete auf sie ein, und Yvonne setzte sich auch und warf vor Aufregung die Champagnerflasche um. Sie sagte immerzu dasselbe: »Ich habe die Fünf, ich habe die Fünf als erste, die Fünf als erste und dann die Achtzehn und die Sieben . . .« Sie schob ihre Wettscheine hin und her und suchte den richtigen, fand ihn aber nicht, und die junge Deutsche trat auf Perriers Schuh herum, was ihn total verrückt machte. Dieses deutsche Paar sah nach einer Masse Geld aus. Der Mann muß eine Riesenfabrik besitzen oder eine Bank, dachte Perrier, den Yvonnes Stimme aus seinen Träumen riß . . .

»Jemand hat meinen Zettel gestohlen!«

Leute drehten sich um.

Paul kroch unter den Tisch und suchte nach dem Wettschein, der sich nicht finden ließ. Bei dieser Gelegenheit fuhr er seiner jungen Nachbarin mit einer Hand tief unter den Rock und fühlte, wie sie sofort die Schenkel öffnete. Mit hochrotem Kopf tauchte er wieder auf und sagte: »Da ist nichts, Chérie.«

Natürlich wurde Yvonne sofort hysterisch. Sie schrie und winkte nach dem Mädchen, bei dem sie ihre Zahlen abgegeben hatte, und das Mädchen kam, war sehr ruhig und bestimmt und sagte: »Madame, eine solche Dreiereinlaufwette haben Sie bei mir nicht notiert.«

»Was?« schrie Yvonne, »Sie wagen es, so etwas zu sagen? Sie Betrügerin!«

»Lassen Sie das, Madame«, sagte das Mädchen. »Ich habe hier auf meinem Block alle Ihre Scheine in Kopie. Fünf-achtzehn-sieben ist nicht darunter.«

»Aber ich habe Fünf-achtzehn-sieben angegeben!«

»Bedaure, Madame, das haben Sie nicht«, sagte das Mädchen.

»Sie kleine Nutte!« schrie Yvonne. »Das ist ja unerhört! Das ist ein Skandal! Rufen Sie mir den Direktor!«

»Bedaure, Madame«, sagte das Mädchen. »Wir haben hier nur einen Direktor des Restaurants. Der Direktor des Wettbüros kann die Schalter da oben jetzt nicht verlassen.«

»Dann werde ich zu ihm gehen!« schrie Yvonne, und sie war so aufgeregt, daß sie sogar Perrier vorübergehend vergaß. Sie

stolperte die breite Treppe hoch und redete dabei die ganze Zeit laut mit sich selber. Paul Perrier sagte zu dem Wettmädchen: »Bitte, entschuldigen Sie dieses Benehmen.« Und das Mädchen zuckte nur mit den Achseln und sagte: »Das ist hier alles inbegriffen«, und ging fort. Der ältere Mann vom Nebentisch war zu den Schaltern geeilt, um seinen Gewinn für eine richtige Platzwette zu kassieren. Paul und die junge Frau waren allein.
»Du Ficker«, sagte die junge Frau leise, ohne das Gesicht zu verziehen. »Du besorgst es doch nur der Alten da. Gott, ich wüßte schon, was ich mit dir anfangen würde! Mein Mann ist sechsundsechzig. Ich bin zweiunddreißig.« Sie sprach sehr gutes Französisch. »Da ist meine Visitenkarte«, sagte sie und schob das Kärtchen Paul auf der Sitzbank zu, griff ihm zwischen die Schenkel und stöhnte. »Wir wohnen in München, mein Mann ist dauernd auf Reisen. Er hätte nichts dagegen, wenn ich mit dir vögle. Er hat noch nie was dagegen gehabt. Er ist schwul, weißt du. Ich bin sein Aushängeschild, seine Sandgräfin, sagt man bei uns. Das heißt, er streut andern mit mir Sand in die Augen, damit sie nicht auf die Idee kommen, er könne schwul sein. Natürlich hat er seine jungen Freunde, aber er muß sehr achtgeben, denn seine Firma kriegt Rüstungsaufträge von der Regierung. Wirst du kommen? Ich verwöhne dich. Du kannst haben von mir, was du willst. Alles«, sagte sie und griff ihm wieder zwischen die Schenkel. »Ich bin verrückt nach dir. Komm, sobald du kannst. Laß die Alte sausen. Bei mir hast du es viel besser, und so hysterisch bin ich auch nicht. Nur geil nach dir, wahnsinnig geil nach dir bin ich. Wirst du kommen?«
Plötzlich sah Paul Perrier einen Lichtstreif am düsteren Horizont seiner Existenz, und er sagte, er werde kommen, es könne vielleicht eine Weile dauern, aber er werde kommen.
»Ich werde schon naß, wenn ich nur auf deine Hose schaue, du Ficker«, sagte die junge Deutsche. »Ich heiße Ilse. Und du?«
»Paul«, sagte er. »Paul Perrier.«
Im nächsten Moment hörte er einen Schrei.
»*Paul!*« Das war Yvonne.
»Also bis bald«, sagte die blonde Ilse. »Geh, du mußt zu der Alten.«
»Verzeihung . . .«. Perrier drängte sich durch die Menschen die Treppe empor. Auf der Tribüne herrschte Unruhe, viele Menschen waren unterwegs zu den Kassen oder kamen von dort zurück, andere brachen schon auf. Bei den Schaltern war das

Gedränge noch ärger. Paul Perrier brauchte Fäuste und Ellenbogen, um zu Yvonne zu kommen.

»Der Direktor hat mich hinausgeworfen!« schrie sie. »Das Schwein hat es gewagt zu sagen, daß ich eine Verrückte bin. Paul! Nun komm schon, Paul! Tu etwas, tu einmal im Leben etwas für mich!«

Er kam durch die Menge immer näher. Yvonne streckte schon die Arme nach ihm aus. Und dann fühlte sie, wie sich plötzlich eine Hand auf ihre Schulter legte. Sie fuhr herum. Hinter ihr stand ich. Ich neigte mich zu ihr herab und sagte ihr deutlich ins Ohr: »Jetzt dauert es nicht mehr lange, dann bist du dran, du elende Kreatur!«

Yvonne sackte zusammen. Menschen schrien auf. Ich machte, daß ich zu den Paternosteraufzügen kam. Als Paul Perrier Yvonne erreichte, war ich schon verschwunden.

Natürlich war ich es auch diesmal nicht, aber diesmal war der Mann, der aussah, wie ich früher ausgesehen hatte, mit langem Haar und Vollbart, bei Tageslicht aufgetaucht, und viele Menschen hatten ihn gesehen. Auch Paul Perrier, der kaum gehen konnte, so weich waren seine Knie.

Da lag Yvonne. Die Menschen um sie waren zurückgewichen. Sanitäter kamen angerannt. Paul schrie den Angestellten hinter dem nächsten Schalter an, er solle sofort die Polizei auf dem Gelände des Rennplatzes alarmieren, dieser Mann, der soeben verschwunden sei, werde von der Polizei gesucht, es sei der Rechtsanwalt Charles Duhamel. Als er diesen Namen nannte, wurden die Menschen noch aufgeregter und boten sich als Zeugen an, und der Angestellte hinter dem Schalter alarmierte die Polizei. An allen Ausgängen suchte man nach einem Mann, auf den die Beschreibung, die Paul Perrier gegeben hatte, paßte, aber dieser Mann war in der Menge untergetaucht. Er blieb verschwunden.

34

Riesig und ungemein solide eingerichtet war das Vorzimmer der Langstrom-Agentur, deren Büroräume sich an der Großen Bleichen befanden. Wir hätten auch mit einem der anderen Herren sprechen können, deren Namen an den Türen ringsum standen,

aber der Chef, Herr Schönhaus, wollte uns sehen. Wir waren für 17 Uhr 30 angemeldet.
Andrea rutschte in ihrem Lederfauteuil hin und her.
»Was ist denn, Hörnchen?«
»Ach, Kater, ich müßte noch mal ganz dringend. Hast du eine Ahnung, wo das hier ist . . .«
»Also, das ist doch immer dasselbe mit dir. Statt daß du noch im Geschäft . . .«
»Aber ich bin, Kater, ich bin! Das geht so oft jetzt . . .«
Also stand ich auf und sagte einem ganz himmlisch hübschen Mädchen, das hinter einer Barriere fast lautlos auf einer elektrischen Maschine schrieb, meine Frau wolle sich noch einmal die Hände waschen und wo das hier sei, bitte.
Das himmlische Wesen erklärte mir den Weg, den ich dann Andrea erklärte, und sie verschwand und kam bald zufrieden wieder.
»Alles gut abgelaufen?«
»Junge, die haben vielleicht feine Toiletten hier! Seriöse Firma, wie du sagst. Also, so was von seriös . . .«
Herr Schönhaus trat aus einer Tür, verabschiedete einen Besuch und wandte sich dann uns zu. Er war tadellos gekleidet und hatte ein rundes, rosiges Gesicht, einen kleinen, zugespitzten Mund, blaue Knopfaugen und goldgelbes Haar an den Schläfen, sonst war er kahl.
Er führte uns in sein Zimmer, in dem es ebenfalls sehr viel Leder und Chrom gab. Wir gingen über dicke Teppiche, und an einer Wandverkleidung aus Mahagoni hingen große Farbaufnahmen von wundervollen Villen in herrlichen Waldlandschaften oder am Wasser. Ich sah endlosen, weißen Strand, Palmen neigten sich im Wind, und blau war das Meer, dessen Wellen schaumgekrönt waren.
Herr Schönhaus bot uns zu rauchen und zu trinken an, aber wir lehnten ab, und ich erzählte, wer wir waren und was wir suchten.
»Meine verehrte gnädige Frau, lieber Herr Kent«, sagte Herr Schönhaus danach, »ich kann Sie zu Ihrem Entschluß nur beglückwünschen. Er zeigt, daß Sie bestens informiert sind und verantwortungsvoll im Hinblick auf das Kind, das da kommt, handeln.« Er strich sich über die Glatze. »Und wenn«, fuhr er fort, »ich mir vor Augen halte, was Sie suchen, dann glaube ich, gerade das Richtige für Sie zu haben.« Er holte aus einer Schreibtischlade viele Papiere, Pläne und bunte Prospekte. »Hier«, sagte er und

zeigte uns Farbfotos, nachdem er aufgestanden war und sich über den Schreibtisch geneigt hatte, »hier, so glaube ich, wäre der ideale Platz für Sie.« Wir sahen auf den Fotos enorm große Wohnblocks, Ladenstraßen und einen Supermarkt, alles gerade im Bau. Die Siedlung war von alten Palmen umgeben, und in einiger Entfernung erblickte man das Meer.
»Das ist Harrodsboro Park, fünfzig Kilometer von Miami entfernt, ein gesegnetes Stückchen Land mit besten Klima...« Er hielt inne, denn Andrea war aufgestanden. Sie sah sehr bleich aus, und ihre Augen waren riesengroß.
»Was hast du denn, Hörnchen?«
»Gnädige Frau, ist Ihnen nicht wohl? Soll ich...«
»Es ist schon alles in Ordnung, Herr Schönhaus. Ich muß Sie tausendmal um Entschuldigung bitten. Ich benehme mich unmöglich. Verzeihen Sie mir. Ich wollte nie hinüber – nur meinem Mann zuliebe habe ich gesagt: ›Schauen wir uns das einmal an, hören wir einmal zu!‹ – aber jetzt, wo ich hier bin, geht es einfach nicht mehr weiter.«
»Aber Andrea...«
»Laß uns gehen, bitte, Liebster, tu, was ich sage, es hat doch keinen Sinn...« Und als ich sie ansah, wußte ich, daß es wirklich keinen Sinn hatte, und ich stand auch auf und sprach stotternd davon, wie nervös meine Frau in der Schwangerschaft sei. Herr Schönhaus bewahrte Würde, obgleich es ihm offensichtlich schwerfiel, begleitete uns in das Vorzimmer und sagte, das alles könne doch vorkommen, das sei doch alles nur menschlich, und falls meine liebe Frau es sich noch anders überlege – jederzeit stehe er uns zu Diensten.
Dann saßen wir im Mercedes, ich hinter dem Steuer, und wir fuhren nach Hause. Während der ganzen Fahrt sprachen wir nicht miteinander, und wir sahen uns nicht einmal an. Das wurde zuletzt so unerträglich, daß ich Mühe hatte, den Wagen ruhig zu lenken. Zu Hause ging ich ins Wohnzimmer, setzte mich und versuchte, gelassen zu bleiben. Andrea kam mit Sodawasser und Eiswürfeln, mixte einen Whisky, hielt mir das Glas hin und sagte: »Ich will dir auch alles erklären.«
Jetzt sahen wir einander an, und ich nahm das Glas, und sie setzte sich mir gegenüber und begann zu sprechen: »Ich weiß, daß du furchtbar wütend auf mich bist...«
»Gar nicht«, sagte ich.
»Doch, du bist es. Du wolltest so gerne hinübergehen. Aber ich

kann nicht, Kater, ich kann nicht. Und ich will nicht. Und daran bist du schuld.«
»Ich?« sagte ich und trank einen großen Schluck.
»Ja, du. Du erinnerst dich doch noch daran, wie wir uns auf dem Schafberg in Wien begegnet sind?«
»Natürlich. Was hat das damit zu tun?«
»Warte, gleich! Und erinnerst du dich auch noch daran, daß du gesagt hast, wir *mußten* einander begegnen, weil es keinen Zufall gibt im Leben, weil alles vorherbestimmt ist, das Größte und das Kleinste? Erinnerst du dich?«
Ich nickte. Ich wußte, was nun noch kam. Gut, dachte ich, dann soll es eben nicht sein.
»Und als ich dir sagte, ich könne nicht verstehen, daß du gerade in ein Land wie Deutschland willst, ein Land, in dem die Menschen solche Angst vor einem neuen Krieg haben, da hast du gesagt, sterben kann man überall, es ist einem vorherbestimmt, der Ort, der Tag, die Stunde. Und ein anderes Mal, da hast du mir die Geschichte vom Tod in Samarra erzählt, weißt du noch?«
»Ja, Hörnchen«, sagte ich und war plötzlich müde. Leb wohl, Amerika.
»Da ist dieser reiche Mann in Bagdad, und der wird von einer Wahrsagerin gewarnt: Der Tod ist unterwegs, er wird den reichen Mann holen, diesen Abend noch . . .«
»Ich kenne die Geschichte, liebes Hörnchen.«
»Und der reiche Mann nimmt sein bestes Pferd und flieht – nach Samarra. Als er völlig erschöpft ankommt, sieht er den Tod. ›Ich habe schon auf dich gewartet‹, sagt der Tod. ›Du hast dich verspätet. Komm mit mir . . .‹ Das ist die Geschichte vom Tod in Samarra, die du mir erzählt hast, Kater, und dann hast du noch gesagt: ›Man kann nicht fliehen. Niemand. Nirgendwohin. Wenn dir die Stunde schlägt, wirst du sterben, wie es bestimmt ist.‹ Das sind deine Worte, Kater! Oder sind sie es nicht?«
»Sie sind es«, sagte ich und trank wieder und dachte, daß es eigentlich Eisenbeiß' Worte waren, ich hatte sie Andrea später nur wiederholt, aber was spielte das für eine Rolle?
»Und du glaubst an sie?«
»Ja, Hörnchen«, sagte ich. Also aus. Vorbei. Ein Gottesurteil. So mußte man das wohl auffassen, dachte ich – wie ein Gottesurteil.
»Diese Worte sind eine Art Glaubensbekenntnis von dir, Kater, ja?«

»Ja, Hörnchen.«
»Siehst du«, sagte sie und glitt auf den Teppich und stützte sich mit einem Arm auf meine Knie. »Sie sind aber auch mein Glaubensbekenntnis geworden, geliebter Kater. Ich war so glücklich, als du mir die Geschichte vom Tod in Samarra erzählt hast. So glücklich und ruhig. Ich habe vorher immerzu Angst gehabt in diesem Land, seither habe ich keine mehr. Ich habe mich abgefunden. Man kann nicht fliehen. Was geschehen soll, geschieht. Alles ist vorherbestimmt. Alles ist festgelegt seit Anbeginn der Welt – deine Worte.«
Ich nickte.
»Wenn das aber alles so ist – und ich glaube daran, Liebster –, dann würden wir uns doch selber untreu mit einer Flucht nach Amerika. Dann würden wir verraten, woran wir beide glauben, du noch viel länger als ich. Dann würden wir Bagdad verlassen, um nach Samarra zu fliehen. Ich meine, dann würde uns, wenn alles vorherbestimmt ist, in Amerika ein Unglück treffen, vielleicht der Tod – und hier wären wir am Leben geblieben. Wer kann wirklich sagen, ob es einen Atomkrieg gibt und wann und wo? Wir alle wohnen in Bagdad, alle Menschen. Denk an die vielen Millionen, die gar nicht nach Amerika gehen können, selbst wenn sie wollen, weil sie das Geld dazu nicht haben. Denk an ihr vorherbestimmtes Schicksal, an ihr Leben und an ihren Tod. Und denk an unser vorherbestimmtes Leben, an unseren vorherbestimmten Tod. Wenn ich aber meinem Schicksal schon nicht entfliehen kann, dann will ich hier bleiben, wo alle Dinge sind, die ich liebe, und meine Freunde und die Menschen, die meine Sprache sprechen. Das ist mein Land, was immer es sonst ist. Ich will es nicht verlassen, verstehst du mich, Kater?«
»Ja«, sagte ich und war nun ganz ruhig, »ich verstehe dich, Hörnchen. Aber warum hast du das nicht schon viel früher gesagt? Warum bist du mit zu Langstrom gegangen?«
»Weil ich dich liebe, Kater!« rief sie unglücklich. »Weil ich doch gesehen habe, wie gern du nach Amerika möchtest! Da habe ich gedacht, wenn ich mir alle Mühe gebe, dann überwinde ich mich eben und gehe mit dir wie eine gute Frau. Aber es hat nicht funktioniert, Kater. Es hat nicht funktioniert. In dem großartigen Büro von diesem Herrn Schönhaus, da war es plötzlich aus. Da habe ich keine Luft mehr zum Atmen bekommen. Da habe ich weg müssen, weg, nur weg. Verzeihst du mir? Bitte, bitte, verzeih mir!«

»Da ist doch nichts zu verzeihen, geliebtes Horn.« Ich stellte mein Glas fort und zog sie an mich und küßte sie.
»Und du bist nicht unglücklich, weil wir nicht nach Amerika gehen, sondern hierbleiben – jetzt, wo ich dir alles erklärt habe?«
»Nein, ich bin nicht unglücklich«, sagte ich.
»Bestimmt nicht?«
»Bestimmt nicht«, sagte ich, und da ich es sagte, war es die Wahrheit. Man konnte wirklich nicht fliehen. Und man sollte es auch nicht. Und wenn sie mich vielleicht noch so sehr suchten – finden würden sie mich nie, auch in Europa nie, dachte ich. Und ich umarmte Andrea wieder und küßte sie viele Male, und sie lachte und weinte in ihrer Aufregung und sagte immer wieder, wie glücklich sie nun sei. Dann ging sie in die Küche, um das Abendbrot zuzubereiten, und ich trank langsam weiter Whisky und dachte an gar nichts, so groß war der plötzliche Frieden in mir.

35

Jacques Leriot, der Vorgesetzte des Staatssekretärs im Justizministerium, Philippe Nardonne, war unwesentlich älter als dieser, von kleinem Wuchs und ebenso dezent gekleidet. Er saß Nardonne gegenüber.
»Hören Sie, Philippe«, sagte der Justizminister. »Es handelt sich um Madame Duhamel.« Nardonne machte ein angewidertes Gesicht. »Ja, es ist zum Kotzen. Sie wissen, daß sie gestern in Auteuil wieder von ihrem Mann bedroht worden ist?«
»Ich habe eine Meldung des Kommissariats bekommen, auf das man sie gebracht hat. Sie mußte natürlich auch in Auteuil wieder einmal in Ohnmacht fallen.«
»Mir ist die Geschichte so ekelhaft wie Ihnen, Philippe«, sagte Leriot. »Aber diesmal haben viele Menschen den Mann gesehen und sich als Zeugen bei der Polizei gemeldet. Madame Duhamel hat mich angerufen. Sie hat es tatsächlich fertiggebracht, bis zu mir vorzudringen, wenigstens am Telefon, und sie hat erklärt, sie würde nun eine Pressekonferenz für die Korrespondenten ausländischer Blätter hier in Paris geben. Ich wünsche, daß das verhindert wird.«
»Sie haben gut wünschen«, sagte Nardonne. Die Glocken der

nahen Kirche Notre-Dame läuteten die Mittagsstunde ein. »Sie kennen diese Person nicht, Jacques. Das ist eine Bestie.«
»Es geht nicht darum, ob sie Ihnen sympathisch ist oder nicht«, sagte Leriot. »Es geht darum, daß wir diese internationale Pressekonferenz unter allen Umständen verhindern müssen. Da gibt es nämlich eine Tatsache, die leider nicht aus der Welt zu schaffen ist: Der Leichnam Duhamels ist in Wien nicht identifiziert worden.«
»Sie glauben also auch, daß er lebt?« Nardonne sah den Minister, mit dem ihn eine Art Freundschaft verband, entgeistert an.
»Ich glaube es natürlich *nicht*. Aber rein logisch können wir es einfach nicht ausschließen. Sie wissen genau, Philippe, daß bei einer so großen Anzahl von Toten – über achtzig! – der eine oder andere Leichnam einfach nicht gefunden wird, wenn die Leichen derart verstümmelt sind.«
»Also gut, nehmen wir an, er lebt. Nur als Gedankenspielerei. Ist Duhamel dann so verrückt wie seine Frau? Was soll dieses Theater? Wie oft will er *noch* erscheinen und seine Frau bedrohen? Warum bringt er sie nicht endlich um?«
»Das könnte Ihnen so passen«, sagte Leriot. »Was ist, wenn ein zweiter Mann in der Maske Duhamels dieses Höllenweib wieder und wieder erschreckt, weil er sich rächen will für etwas, das sie ihm einmal angetan hat?«
»Ein zweiter Mann . . .?«
»Ja, ein zweiter Mann! Wir wissen nicht, was sich hier wirklich abspielt. Und darum muß jetzt Schluß sein. Es geht nicht mehr um diese Person. Es geht um unsere Verantwortlichkeit, unseren Ruf. Vergessen Sie nicht, daß wir auch keine Ahnung haben, wer der Mörder Balmorals ist. Die Duhamel sagt, ihr Mann sei es gewesen.«
»Lächerlich.«
»Sicherlich. Aber wer *hat* Balmoral ermordet? Wer *ist* dieser zweite Mann? Warum taucht er nun schon zum zweitenmal auf? Zu Beginn dieser Affäre sah alles anders aus. Denken Sie an die Öffentlichkeit, Philippe, denken Sie an das Ausland! Die Verrückte darf diese neue Pressekonferenz einfach nicht geben.«
»Und wie wollen Sie das verhindern?«
»Indem wir mit einer Untersuchung beginnen.«
»*Was?*«
»Und zwar nehmen wir dazu unseren besten Mann.«
»Unseren besten – Sie meinen Rolland?«

»Ich meine Rolland. Wir müssen die Sache klären. Wenn jemand sie klären kann, dann Rolland. Ich habe vorhin im Polizeipräsidium anrufen lassen und gebeten, ihm zu sagen, er möge hierherkommen. Vielleicht ist er schon da.«
Nardonne nahm einen Telefonhörer und erkundigte sich bei seiner Sekretärin. Er legte den Hörer auf.
»Eben eingetroffen. Er wartet draußen.«
Leriot ging zu einer hohen, weißen Tür mit Goldleisten. Er öffnete sie und breitete die Arme aus. »Kommissar Rolland, welche Freude, Sie wiederzusehen!«
Ein kleiner, zarter Mann trat ein. Er war etwa Mitte der Fünfzig und trug Konfektionskleidung, die zerdrückt und nicht besonders gepflegt aussah. Er hatte ein ovales Gesicht, einen großen Mund, eine hohe Stirn und Augen von unbestimmter Farbe, die stets einen geduldigen, nachdenklichen Eindruck machten. Das schwarze Haar trug der Kommissar kurzgeschnitten. Es waren schon viele graue Strähnen darin. Kein Mensch hätte vermutet, daß Rolland Kriminalkommissar war, und zwar jener Beamte der Pariser Kriminalpolizei, der immer dann eingesetzt wurde, wenn man vor unlösbar scheinenden Fällen stand, die diskret gelöst werden sollten.
Nardonne war aufgestanden und begrüßte Rolland voller Hochachtung, jener Hochachtung, die alle empfanden, die einmal mit diesem kleinen, scheu wirkenden Mann zu tun gehabt hatten. Rolland besaß einen legendären Ruf. In aussichtslosen und lebensgefährlichen Situationen hatte er sich ebenso bewährt wie in Fällen, die einem Labyrinth glichen. Kommissar Robert Rolland erhob nie die Stimme, wurde nie ungeduldig, zeigte weder Freude noch Sorge, war stets derselbe – hier im Justizministerium genauso wie vor einer bestialisch abgeschlachteten Frau draußen in Belleville, dem Elendsviertel von Paris. Er sprach wenig. Er blieb stets im Hintergrund. Mit den Zeitungen war man übereingekommen, daß sein Name nicht genannt und seine Fälle nicht geschildert wurden. Die Reporter hätten sich über den zweiten Punkt nicht hinwegsetzen können, denn nichts von dem, was Rolland tat, drang je an die Öffentlichkeit. Über seine Arbeit wußten ausschließlich seine Auftraggeber Bescheid.
Der Minister bat den kleinen Kommissar, Platz zu nehmen. Rolland setzte sich, faltete die Hände auf den Knien und hörte eine Stunde lang dem Bericht Leriots und Nardonnes zu. Nur

dreimal stellte er mit leiser Stimme Fragen. Sonst saß er fast reglos mit halbgeschlossenen Augen da.
Die Stunde war vorüber, die beiden Männer hatten Rolland alles mitgeteilt, was sie wußten und vermuteten.
»Haben Sie noch Fragen?« erkundigte sich Leriot.
»Nein«, sagte Kommissar Rolland sanft.
»Wann können Sie mit der Untersuchung beginnen?« fragte Leriot.
»Sofort«, sagte Rolland, der stets allein arbeitete, aber bei seiner Tätigkeit alle erdenkliche Hilfe bis zum polizeilichen Großeinsatz erwarten durfte. Es war freilich bislang nie soweit gekommen. Still und unscheinbar hatte Rolland alle seine Fälle gelöst – manchmal mit Hilfe der ausländischen Polizei oder von Interpol. Dieser Mann war durch keinen Erfolg zu erfreuen, durch keinen Mißerfolg zu bekümmern. Er hatte keine Frau, keine Angehörigen. Sofern er Zeit fand, was selten vorkam, spielte er gegen sich selbst Schach. Das war seine einzige Passion.
»Wenn sich dieser Fall als unlösbar erweisen sollte, dann haben wir wenigstens getan, was wir konnten«, sagte Leriot.
Ruhig antwortete der kleine Kommissar: »Es gibt keine unlösbaren Fälle, Monsieur le Ministre. Es gibt nur Fälle, über die man noch nicht genug Bescheid weiß. Der Fall hat gar nichts dagegen, daß man ihn löst.«
Nardonne fragte: »Wo werden Sie Ihre Untersuchungen anfangen?«
»Am Anfang«, erwiderte Robert Rolland still, »ganz am Anfang.«

Drittes Buch

I

Der Bär war halb so groß wie Patty.
Er hatte ein hellbraunes Plüschfell und eine dunkelbraune Schnauze und große schwarze Glasaugen. Es war ein vergnügter Bär. Und er fühlte sich so weich an, daß ihn alle Kinder immer wieder streichelten. Der Bär war der größte Erfolg bei Pattys Geburtstagsfest.
Sie hatte viele Geschenke von uns Erwachsenen bekommen, aber schon am Abend vorher und daheim, denn es gab arme Kinder, die vielleicht traurig gewesen wären, wenn sie die schönen Dinge gesehen hätten, die Patty erhielt, das sagte sie selber. Für ihren Geburtstagsnachmittag – den 6. November – waren alle Kinder, die in die Buchhandlung kamen, zu einem Fest eingeladen.
Wir Erwachsenen hatten das Tiefgeschoß nachts noch mit bunten Girlanden und Luftballons geschmückt. Es war das erste Mal, daß ein Kind zu einer Geburtstagsparty in die Buchhandlung einlud, und Walter Hernin hatte massenweise Kuchen und Lutschfische und Limonade herangeschafft, und auch aus dem Heim für behinderte Kinder waren drei kleine Gratulanten im Rollstuhl gekommen, welche die besten Wünsche ihrer kranken Freunde brachten. Fast alle Kinder hatten kleine Geschenke für Patty gebastelt oder Bilder gemalt, und alle waren so aufgeregt wie das Geburtstagskind. Zuerst hatten die Kinder gratuliert und ihre Geschenke überreicht, dann war sofort das große Kuchenessen mit Getränken losgegangen. Wer keine Limonade wollte, konnte auch Kakao bekommen, den wir auf der elektrischen Kochplatte in Cat's Corner zubereiteten.
Die Erwachsenen, die an diesem Tag in die Buchhandlung kamen, sahen staunend hinunter in den Keller voller glücklicher Kinder, und ein Ausdruck von Freude und Frieden trat in ihre Gesichter, in die häßlichen wie in die schönen.
Zwei von uns mußten immer oben im Laden sein, die anderen kümmerten sich um die Geburtstagsfeier. Ein Kind im Rollstuhl

hatte keine Arme, und Ali, der kleine Türke, fütterte es und ließ es trinken, ganz vorsichtig. Und Felix, der kleine Judenjunge, ging mit einer sehr einfachen Kamera umher und machte Bilder. Langenau tat das gleiche mit einer viel komplizierteren Kamera. Er fotografierte wie besessen. So aufgekratzt hatte ich ihn noch nie erlebt. Als ich ihm das sagte, sah er mich ernst an, nickte und fotografierte dann weiter, und ich wußte nicht, woran ich mit ihm war, denn er betrug sich schon seit ein paar Tagen mir gegenüber ein wenig seltsam. Andrea hatte es auch bemerkt, und ich hatte Langenau gefragt, ob ich ihn etwa unabsichtlich verärgert hätte, aber er hatte gesagt: »Verärgert? Ich bitte Sie, Herr Kent, wie denn?« Und er war weiter seltsam geblieben und hatte mich oft von der Seite angesehen, nicht unfreundlich, sondern eher so, als grüble er über einem Problem.

»Laß ihn in Ruhe«, hatte Andrea gesagt. »Ich kenne ihn schon so lange. Er ist ein Riesenkerl mit dem Herzen eines kleinen Vogels. Seine Frau starb vor dreizehn Jahren. Seither hat er, Gott behüte, zwei Freundinnen gehabt. Er ist ein großartiger Mensch, aber eben ein Sonderling.«

Beruhigt hatte sie mich mit diesen Worten nicht.

Langenau trug übrigens wieder einmal zwei große Heftpflaster im Gesicht: Er war mit ein paar jungen Türken und ihren Mädchen vor zwei Tagen nachts durch die Stadt gezogen und hatte versucht, seine Freunde mit in Diskotheken zu nehmen. Die Besitzer oder die Rausschmeißer aller Discos, die sie besuchten, waren sehr abweisend gewesen und hatten erklärt, Ausländer bekämen keinen Zutritt, der Laden sei nur für Mitglieder da, oder sie gebrauchten andere Ausreden. Und ein Rausschmeißer hatte einen jungen Türken, der unbedingt in so ein Krachlokal reinwollte, zweimal geschlagen – na ja, und so fing alles an, meine Lieben, wie es bei Kipling heißt, und so fing alles an.

Es war eine ziemlich große Schlägerei gewesen, ein paar Deutsche hatten Langenau beigestanden, denn die Türken weigerten sich, die Prügelei mitzumachen. Sie hatten Angst, daß es sonst hieß, sie hätten die anderen provoziert. Ich überlegte, ob Langenau vielleicht noch Schmerzen hatte und deshalb so schweigsam war, aber dann sah ich, wie er mit den Kindern herumalberte und lachte, und ich wußte weiterhin nicht, was mit ihm los war.

Da wir auch Platten verkauften, hatten wir einen einfachen Plattenspieler in der Buchhandlung, und als dann fröhliche Kinderlieder ertönten, sangen die Kinder kräftig mit; auch

Langenau, Robert Stark und Andrea, nur ich nicht, weil ich keinen richtigen Ton herausbringe. Und wieder sah ich einen vergnügten Langenau, der sofort ernst wurde, wenn er mich erblickte, und ich konnte mir nicht erklären, was er nur hatte. Sogar an die Kaninchen – jetzt waren es elf – und den Hamster hatte Patty gedacht. Sie bekamen besonders schöne Salatblätter und besonders feine Körner.
Als die erste große Aufregung sich gelegt hatte und die Kinder etwas erschöpft waren vom Herumlaufen und Singen und Essen und Trinken, da setzte sich Walter Hernin auf einen Sessel neben Patty und fragte: »Soll ich euch eine Geschichte erzählen?«
Alle wünschten sich eine Geschichte und Hernin sagte: »Also, dann hört zu.« Und er legte einen Arm um Pattys Schultern, die nun auf seinen Knien saß. Sie trug ein dunkelblaues Kleid mit weißem Kragen und weißem Gürtel und hielt den großen Teddybären an sich gepreßt. »Ich habe nämlich noch eine Geburtstagsüberraschung für dich, Pattylein.«
»Noch eine?« fragte sie überwältigt und sah ihn mit offenem Mund an. Vorne oben hatte sie eine Zahnlücke.
»Ja«, sagte Hernin. »Du und ich, wir werden zusammen eine große Reise machen.«
Nun waren die andern Kinder verstummt. Sie saßen auf dem Boden und staunten. Felix und Langenau fotografierten die ganze Zeit über weiter.
»Eine große Reise? Großvater, das ist prima! Wann denn?«
»Ich habe mit deinen Lehrern geredet«, sagte Hernin. »Weil du eine so gute Schülerin bist, darfst du schon ein paar Tage vor den Weihnachtsferien fahren, und nach den Weihnachtsferien hast du auch noch frei. Ich habe die Visa . . .«
»Die was?« fragte Ali.
»Die Erlaubnis, dieses Land zu besuchen«, sagte Hernin. »Es ist nämlich ein anderes Land, und da braucht man eine Erlaubnis. Ich habe sie schon für Patty und mich. Am zehnten Dezember fahren wir los.«
»Aber wohin, Großvater?«
Sein Gesicht wurde weich.
»Dorthin, wo ich herkomme«, sagte er. »Wo ich geboren wurde vor fünfundsechzig Jahren.«
»Ich weiß gar nicht, wo du geboren bist«, sagte Patty. Sie hatte inzwischen ganz vergessen, den Teddy zu streicheln, so aufgeregt war sie.

»Nein, das habe ich dir nie erzählt.« Hernins Stimme klang jetzt ein wenig wehmütig. »Ich bin in einem Ort geboren, Kinder, der ist so klein, daß ihr ihn auf keiner einzigen Landkarte finden könnt. So klein ist dieser Ort, stellt euch das einmal vor!«
»Wie heißt er denn?« fragte Felix.
»Er heißt Verlorenwasser«, sagte Walter Hernin.
»Wie im Märchen«, sagte Patty. »Traurig klingt das, Verlorenwasser, Großvater. Aber . . . alle wirklich schönen Märchen . . . sind sie nicht auch immer ein bißchen traurig, Onkel Peter?«
»Ja«, sagte ich.
Ich saß auf der breiten Treppe und trank langsam meinen Whisky. Andrea, die sich neben mich gesetzt hatte, legte eine Hand auf meine und lächelte mich an. Sie hielt ebenfalls ein Glas in der Hand, mit Orangensaft.
»Auch alle schönen wahren Geschichten sind ein wenig traurig«, sagte indessen Hernin. »Verlorenwasser, jawohl, Herrschaften, so heißt das Dorf. Es liegt in Schlesien, in den mittleren Sudeten, in der ehemaligen Grafschaft Glatz.«
»Glatz?« sagte Langenau. »Dann ist das jetzt ja Polen.«
»Deshalb brauche ich die Visa«, sagte Hernin. Alle Kinder waren wieder aufgeregt und redeten durcheinander, und manche fragten, ob das jenes Polen sei, in das sie ihre Pakete geschickt hätten, und Hernin sagte, genau dieses Polen sei es, und das war natürlich eine Sensation.
»Verlorenwasser«, sagte Hernin zu Langenau, »Sie haben den Namen auch noch nie gehört, wie?«
Langenau schüttelte den Kopf.
»Sehen Sie«, sagte Hernin. Er streichelte Patty und den Bären. »Ich habe meine Kindheit dort verbracht. In Verlorenwasser lebten und arbeiteten Flickschuster, Kristallschleifer und kleine Bauern – wie mein Vater einer war. Die Menschen in Verlorenwasser waren alle sehr freundlich, und alle waren arm. Und immer ist es mein Wunsch gewesen, noch einmal meine Heimat zu sehen. Nun, jetzt zu Weihnachten, geht dieser Wunsch in Erfüllung.«
»Au fein!« rief Patty.
»Das Dorf«, sagte Hernin, »liegt in einem Tal. Aber das ist kein gewöhnliches Tal, o nein! Wo man geht und steht, überall auf den Wiesen, da springen Quellen aus der Erde.«
»Quellen, was ist das?« fragte ein Kind, das in einem Rollstuhl saß und ein Stahlkorsett trug.

»Wasser kommt aus dem Boden, in einem dünnen Strahl, wie ein kleiner Springbrunnen. Du weißt doch, was ein Springbrunnen ist?«
»Na klar doch«, sagte das Kind mit dem Stahlkorsett.
»In Verlorenwasser«, sagte Hernin, »gibt es Tausende dieser kleinen Springbrunnen, immer neue, seit vielen hundert Jahren.«
»Tausende von Springbrunnen«, wiederholte das Kind ergriffen, »auf den Wiesen, auf den Wegen, einfach so?«
»Einfach so, ja«, sagte Hernin. »Es ist ein richtiges Wunder. Denn das Wasser, wißt ihr, ist ein ganz besonderes Wasser, die Leute nannten es ›Sauerbrunnen‹, und viele Krankheiten verschwinden, wenn man es trinkt. Es ist ein heilendes Wasser.«
»Hast du auch davon getrunken, Großvater?« fragte Patty.
»Jeden Tag, mein Schatz. Siehst du, in Verlorenwasser, da gehen die Kinder auch heute noch – ganz wie zu meiner Zeit – mit dem Schulranzen und mit klappernden Blechkannen herum, und wenn sie noch sehr klein sind, dann nur mit Blechkannen. Es gibt keinen anderen Ort auf der Welt, wo du so viele Kinder mit Blechkannen sehen kannst. In die Kannen lassen sie das Wasser der Quellen fließen und bringen es ihren Eltern. Alle Menschen dort trinken dieses Wasser. Da gibt es ein Lied, ich erinnere mich noch . . .« Und mit dünner, zittriger Stimme sang der alte Mann:
»»Und in dem Schneegebirge, da fließt ein Brünnlein kalt. Und wer des Brünnleins trinket, wird jung und nimmer alt!« Jetzt war es sehr still geworden in dem großen Raum. »Ja«, sagte Hernin. »Es ist so, wie es in der Bibel steht: ›Sie gehen dahin wie die Träumenden, und vor ihnen springen Brunnen auf.‹«
»Sie gehen dahin wie die Träumenden«, wiederholte Patty.
»Nun«, sagte Hernin, »seht ihr, Kinder, 1939 – vor langer Zeit, ihr wart alle noch nicht auf der Welt –, da hat Deutschland einen großen Krieg angefangen und andere Länder überfallen, und viele Millionen Menschen sind getötet worden.«
»Ich weiß«, sagte Patty. »Der Hitler, nicht? In der Schule habe ich etwas davon gehört. Der Herr Lehrer hat gesagt, wir sind in einen großen Krieg verwickelt worden, und zuerst haben wir viel gesiegt, aber dann sind die anderen stärker gewesen und haben Deutschland zerstört, und viele Menschen haben ihre Heimat verlassen müssen und sind vertrieben worden. Unser Herr Lehrer war damals auch noch nicht auf der Welt. Aber seine Eltern sind vertrieben worden von daheim, ich weiß nicht, wo das war. Bist du auch vertrieben worden, Großvater?«

»Nein, ich nicht«, sagte Hernin. »Ich habe Soldat werden müssen, sie haben mich von der Universität geholt, aber meine Eltern sind vertrieben worden 1945 und hierher nach Hamburg gekommen. Du hast meine Eltern nicht gekannt. Sie sind gestorben, bevor du auf der Welt warst.«

»Soldat bist du gewesen?« fragte Ali.

»Ja«, sagte Hernin kurz. »Jetzt paßt gut auf! Drei Jahre vor der Vertreibung, als mein Vater und meine Mutter und alle andern Menschen aus Verlorenwasser und Hunderttausende andere hinaus auf die Landstraßen mußten, da ist ein Mann aus Breslau gekommen. Das ist eine große und schöne Stadt, die damals noch zu Deutschland gehört hat. Dieser Mann war sehr berühmt, ein Maler, wißt ihr, er hat Bilder in Kirchen gemalt.«

»Habt ihr denn auch eine Kirche gehabt in Verlorenwasser?« fragte Patty.

»Sogar eine sehr schöne«, sagte Hernin. »Und an die Decke von dieser Kirche hat dieser berühmte Maler alle Menschen aus dem kleinen Dorf gemalt, und dazu ihre Hunde und Katzen, Kühe, Pferde und Schweine. Schaut mal, ich habe ein Bild von dem Gemälde.« Er nahm ein Farbfoto aus einem Umschlag, und als sich die Kinder nun um ihn drängten, sagte er: »Geduld, Geduld! Wir lassen das Bild herumwandern, damit es alle sehen können.«

Auf der Fotografie sah ich dann viele Menschen und viele Tiere. Die jungen Männer trugen Arbeitsschürzen und Stiefel, die Frauen Kopftücher, und neben älteren Menschen und Tieren sah man kleine Kinder. Dicht gedrängt und in mehreren Reihen standen alle am Rand einer blauen Fläche, die den Himmel darstellen sollte, was aus den weißen Wolken hervorging, und in der Mitte des Himmels, hoch oben und von Lichtstrahlen übergossen, erblickte man ein Kreuz.

»Oh«, sagte Patty, »das ist aber wirklich ein guter Maler gewesen, Großvater! Hat der das schön gemalt! Wie denn bloß? Ich meine – oben an der Decke? Da hat er doch auf einer Leiter stehen und den Kopf ganz verdrehen müssen. Daß er da nicht heruntergefallen ist!«

Das Foto war inzwischen weitergewandert, es ging von Kind zu Kind, und alle betrachteten es mit großem Ernst.

»Es war keine Leiter«, sagte Hernin, »es war ein Gerüst. Und der Maler hat fünf Wochen da oben auf dem Rücken gelegen, ganz nahe der Decke und den Kopf zurückgelehnt. So mußte er arbeiten, und darum hat ihm zum Schluß sein Kopf schon sehr

weh getan, und er hat nicht mehr auf dem Rücken schlafen können.«
»Schön sind die Tiere«, sagte ein Kind in meiner Nähe. »Die Tiere hat er noch schöner gemalt als die Menschen. Ich meine, die Menschen sind auch alle sehr gut, aber die Tiere sind noch besser, finde ich.«
»Was wart ihr denn alle? Evangelisch wie du und ich?« fragte Patty.
»Ja, wir waren alle evangelisch, Patty«, sagte Hernin.
»Die Hühner, die Pferde und die Kühe, die Hunde, die Katzen und die Schweine auch?« fragte Patty und lachte.
»Die alle auch, ja«, sagte Hernin. »Gebt mir mal einen Moment das Bild, bitte.« Er bekam es. »Seht ihr«, sagte er und deutete mit dem Finger darauf, »das da, das ist mein Vater, und die Frau daneben, das ist meine Mutter.«
Patty fing wieder an zu lachen.
»Ach«, rief sie, »hast du aber einen dicken Vater gehabt!«
Und da lachten auch andere Kinder.
»Damals«, sagte Hernin, »war er wirklich noch dick. Später dann, nach den großen Schneestürmen auf den Landstraßen und nach dem großen Hunger und der großen Kälte, da war er ganz dünn, und er ist nie wieder dick geworden. Meine Mutter hält unsere Katze im Arm.«
»Ja, eine rote«, sagte ein Kind. »Ist die aber schön!«
»Das ist die Minka. Sie war schon alt und ist gestorben, bevor meine Eltern wegmußten.«
»Es sind aber nur ganz junge und ganz alte Männer auf dem Bild«, sagte Ali kritisch. »Wo sind denn die richtigen?«
»Die waren doch alle Soldaten«, sagte Hernin. »So wie ich. Ich war in Rußland.«
»Waren die anderen richtigen Männer auch in Rußland?« frage ein Kind.
»Viele. Viele waren in anderen Ländern. Wir haben viele Länder überfallen.«
»Onkel Walter!« sagte Felix, der neben Hernin stand, leise und schüttelte den Kopf.
»Rußland ist sehr groß, nicht?« fragte ein kleines Mädchen.
»Ungeheuer groß«, sagte Hernin.
»Und warum sind deine Eltern vertrieben worden?« fragte ein Junge.
»Zuerst«, sagte Hernin, »haben wir andere vertrieben und uns

ihre Länder oder Teile davon einfach genommen. Dann war es umgekehrt. Was dein Lehrer auch sagt, Patty, ihr alle vergeßt nie, was ich euch jetzt sage, und denkt daran, daß ich immer die Wahrheit sage: Wir haben diesen großen Krieg angefangen und so viele Menschen unglücklich gemacht. Wir waren das, die Deutschen. Und später sind dann wir sehr unglücklich gewesen. Was ist denn, Felix?«
»Onkel Walter«, sagte Felix, »hör auf damit!«
»Womit?«
»Du weißt schon«, sagte Felix leise. »Red nicht darüber! Viele werden das ihren Eltern erzählen, und die werden böse sein.«
»Dann sollen sie böse sein«, sagte Hernin. »Es ist die Wahrheit.«
Patty fragte: »Woher hast du das Foto, Großvater?«
»Du weißt doch, daß ich immer an einen polnischen Freund schreibe, nicht? Na, und der hat mir dieses Foto geschickt. Er lebt in Verlorenwasser.«
»Dann werden wir ihn ja sehen.«
»Natürlich werden wir ihn sehen, Patty! Es ist ein sehr freundlicher Mensch und wohnt in dem Haus, in dem wir einmal gewohnt haben. Zum Glück versteht er Deutsch. Ich habe zuerst einfach nach Verlorenwasser geschrieben und um ein Foto von dem Bild in der Kirche gebeten, denn ich bin nach dem Krieg nie mehr in die alte Heimat gekommen und habe das Gemälde niemals in Wirklichkeit gesehen. Nun, und da hat sich der freundliche Mann gemeldet, der in unserem Haus wohnt mit seiner Familie, Korczak heißt er.«
»Sind jetzt lauter Polen in Verlorenwasser?« fragte ein Kind.
»Ja«, sagte Hernin.
»Geht es ihnen auch so schlecht wie den anderen Polen?«
»Ich fürchte schon.«
»Dann müßt ihr ihnen aber ganz viel zu essen mitbringen!« rief Ali.
»Das werden wir tun. Wir werden ein großes Paket vorausschicken, denn zum Tragen wäre es zu schwer.«
»Wie sind eigentlich die Polen?« fragte ein sehr kleines Kind.
»Es sind Menschen wie wir. Unser Land heißt Deutschland, und darum sind wir Deutsche, und ihr Land heißt Polen, und darum sind sie Polen.«
»Ich verstehe«, sagte das sehr kleine Kind.
»Dieses Land Polen haben wir zuerst überfallen und zerstört«, sagte Hernin.

»Onkel Walter«, sagte Felix, »*bitte* hör auf damit!«
»Sei ruhig! Polen grenzte an Deutschland, und ein Teil von Deutschland wurde polnisch, als wir den Krieg verloren haben. Man hat diese polnischen Menschen aus ihren Dörfern fortgeschickt und sie in ehemalige deutsche Dörfer gebracht, damit sie dort leben und arbeiten. Und der freundliche Herr Korczak hat mir geschrieben, daß nun polnische Menschen auf den Kirchbänken sitzen, auf denen einmal ich und mein Vater und meine Mutter und all ihre Freunde gesessen haben.«
»Na klar«, sagte Ali, »das ist ja jetzt ihre Kirche.«
»Die ersten Polen, die unter dem Gemälde saßen, schrieb der Herr Korczak, ein Bauer, wie mein Vater, die waren ganz ergriffen von den vielen lächelnden Gestalten da oben an der Decke, und sie haben sie für Heilige gehalten.«
Ein paar Kinder lachten.
»Ja, es ist komisch. Die Erklärung, wißt ihr, ist die, daß die Polen sehr fromme Menschen sind. Fromm und tapfer und arm.« Er sah sich um und sagte: »Ihr seid alle noch sehr jung und werdet das vielleicht nicht verstehen, aber immer, wenn ich dieses Bild anschaue, dann denke ich, daß die Menschen, alle Menschen, auf eine besondere und geheimnisvolle Weise miteinander verbunden sind – auch noch die Toten mit den Lebenden, denn viele Menschen auf dem Deckengemälde sind längst tot, wie mein Vater und meine Mutter. Und die meisten Polen, die 1945 nach Verlorenwasser kamen, sind auch schon tot. Ihre Kinder sitzen jetzt in der Kirche, und die Kinder ihrer Kinder gehen mit Blechkannen zur Schule und sammeln das Wasser aus den Quellen...«
»Die fließen immer noch?« fragte Patty.
»Immer noch, ja, Patty, so schreibt mein Freund. Wir glauben beide, die Quellen werden ewig fließen. Ja, seht ihr, so sind die Menschen aus Verlorenwasser miteinander verbunden, die auf dem Deckengemälde, vor sechsunddreißig Jahren vertrieben, in alle Winde zerstreut, verdorben oder gestorben, leben irgendwo auf der Welt, und die polnischen Menschen, die man damals aus ihrer Heimat gerissen hat und die ganz fremd ankamen in Verlorenwasser – verbunden sind sie alle, die Lebenden und die Toten.«
»Und du meinst«, sagte Patty, »wir sind mit allen Menschen auf der Welt so verbunden?«
»Ja, mein Schatz«, sagte er.

»Auch mit meinem Vati und meiner Mutti?«
»Auch mit deinem Vati und deiner Mutti, natürlich.«
»Wie viele Jahre ist das her, Großvater, daß sie mit dem Auto verunglückt sind? Ich kann es mir nie merken.«
»Vier Jahre, Patty. Du warst erst vier, und da war nur noch ich für dich da. Seit vier Jahren bist von unserer Familie nur du für mich da, und ich bin für dich da. Aber mit allen unseren Lieben, deinen Eltern, meiner Frau, meinen Eltern, die alle gestorben sind, sind wir verbunden und werden verbunden bleiben, solange nur noch einer von uns an den anderen denkt . . .«
»Ja«, sagte Langenau, »das glaube ich auch.«
»Wenn ich sterbe«, sagte Hernin, »wirst du an mich denken, Patty, und später einmal wirst du deinen Kindern von mir erzählen, und so, seht ihr, ist eigentlich niemand wirklich tot. Es bleibt von jedem Menschen etwas zurück auf der Erde. Die Gestalt eines Menschen verschwindet, aber alles, was gut an ihm ist, das Beste, das bleibt zurück auf der Welt. Und darum ist jeder Mensch eigentlich die ganze Welt.«
»Das verstehe ich nicht«, sagte Patty. »Aber ich glaube es dir, Großvater, und ich bin sehr froh darüber, daß auch alles Gute von meiner Mutti und meinem Vati zurückgeblieben ist bei mir auf der Erde.« Sie preßte sich an ihn und sah zu ihm auf. »Und am meisten bin ich froh, daß ich dich noch habe, Großvater, und daß wir bald zusammen auf diese Reise nach Verlorenwasser gehen.«
Im nächsten Moment ertönte ein Schrei.
»Hilfe! Herr Langenau! Hilfe!«
Erschrocken starrten alle die Treppe hinauf in den Laden, in den ein junger Mann gestürzt war. Er trug einen blauen Monteuranzug und blutete stark aus einer Wunde an der Stirn. Das Blut war über sein Gesicht geflossen und auf den Overall getropft. Der Junge keuchte. Er lehnte sich gegen ein Bücherregal. Dann trugen ihn seine Beine nicht mehr, und er sackte langsam zusammen.
Die Kinder schrien vor Schreck. Wir Erwachsenen waren aufgesprungen. Ich kannte diesen Jungen. Er arbeitete in einer nahen Tischlerei und war ein Freund Langenaus, der zu ihm hinaufrannte.
»Was ist passiert, Özkan?«
Der Junge hatte Schmerzen und stöhnte. Das Blut tropfte jetzt auf den Boden.
»Sie sind in die Werkstatt gekommen . . . Sie haben auf mich eingeschlagen . . . Helfen Sie mir . . . Die schlagen mich tot . . .«

Jetzt waren auch Stark, Hernin und ich die Treppe hinaufgeeilt.
»Aber warum?« fragte Hernin.
»Wir waren unterwegs vor ein paar Tagen ... wollten in eine Diskothek ... Sie haben uns überall rausgeschmissen ... Herr Langenau war dabei ... meine deutsche Freundin auch ... Das hat so ein Rausschmeißer ihnen erzählt ...«
»Wer ist ›ihnen‹?«
»Da gibt es so eine Vereinigung ...«
Die Tür flog auf. Zwei junge Männer in Bluejeans stürmten herein, Schlagstöcke in der Hand.
»Komm raus, du Schwein!«
»Du feige Sau!«
»Langenau – Türkensau!«
Mit einer Kraft, die ihm niemand zugetraut hätte, schlug Hernin dem ersten der beiden eine Faust ins Gesicht und die andere in den Bauch. Der Junge wurde grün und taumelte. Hernin schlug wieder zu, riß die Ladentür auf und gab dem Jungen einen Tritt, daß er auf die Straße hinausflog. Ehe ich mich noch nützlich machen konnte, hatte Langenau schon den zweiten zusammengeschlagen. Er flog hinter seinem Freund her.
Nun aber sah ich plötzlich mindestens ein Dutzend junge und ältere Männer vor der Buchhandlung stehen. Die meisten trugen Schlagstöcke. Sie schienen entschlossen, unseren Laden zu stürmen.
Sie brüllten und fluchten, und dann schrien sie alle nach dem jungen Türken Özkan, der sich still auf dem Fußboden übergab und dabei eine Hand gegen den Magen preßte. Offenbar hatte man ihn dorthin getreten.
»Özkan!«
»Özkan, du verfluchter Türkenarsch!«
»Komm raus, du Sau, ich mach dich kalt!«
»Moment mal«, sagte Hernin, und ehe ihn jemand daran hindern konnte, war er ins Freie gerannt. Die draußen waren so verblüfft, daß sie reglos zusahen, was er machte. Der weißhaarige ehemalige Universitätsassistent stürzte zu seinem Taxi, das er ein paar Meter neben dem Geschäft geparkt hatte, sprang hinein, startete den Motor und schlug den Rückwärtsgang ins Getriebe. Der Wagen schoß mit kreischenden Reifen über die Bordsteinkante und blieb direkt vor dem Laden stehen. Das ging alles viel schneller, als ich es hier aufschreiben kann. Hernin hätte, glaube ich, jeden über den Haufen gefahren, der ihm nicht Platz machte,

und ich mußte an die Zeit denken, in der er unter den Nazis zum Tode Verurteilte befreit hatte. Das war lange her, aber der Mann war noch immer derselbe. Keuchend kam er zurück. Er war über den Nebensitz zur anderen Wagenseite gerutscht und hatte den Schlag dort einen Spalt weit geöffnet. Weiter als einen Spalt ließ er sich nicht öffnen, derart dicht hatte Hernin das Taxi vor dem Geschäft gestoppt.
»So«, sagte er, »jetzt kann keiner da rein. Gibt ja sonst noch eine Panik hier. Die vielen Kinder!«
»Sie sind verrückt«, sagte Langenau. »Die hätten Sie erschlagen können.«
»Ja, aber sie haben es nicht getan«, sagte Hernin und grinste Langenau mit zusammengebissenen Zähnen an. Einige Kinder begannen jetzt zu weinen. Andrea versuchte, sie zu beruhigen. Ein Knall wie von einem Pistolenschuß ertönte. Danach brach die große Schaufensterscheibe in Stücke. Prasselnd fielen die dicken Glasscherben auf die Bücher. Ein schwerer Stein hatte die Scheibe gesprengt. Durch die Öffnung flog eine kurze brennende Fackel. Ihr folgte sofort eine Bierflasche. Als sie aufschlug, gab es eine Explosion. Flammen schossen hoch. Die Auslage brannte lichterloh. In der Bierflasche mußte Benzin gewesen sein, das nach allen Seiten spritzte. Auch im Laden fingen einige Bücher Feuer. Nun brach unter den Kindern doch noch Panik aus.
Robert Stark kam mit einem Feuerlöscher angerannt. Die Brandstellen im Laden schaffte er leicht. Das mächtige Feuer im Schaufenster schaffte er nicht. Wir hatten noch einen zweiten Schaumlöscher, der im Gang zu Cat's Corner hing. Ich lief, riß ihn aus seiner Verankerung und versuchte, Stark zu helfen, den Brand in der Auslage zu löschen. Es gab eine Menge Rauch, den der Wind in das Geschäft trieb, und es stank nach Benzin und Chemikalien. Meine Augen begannen zu tränen, und im Tiefgeschoß schrien die Kinder wild durcheinander.
Die Fenster des Taxis, das den Eingang blockierte, gingen unter einem Steinhagel zu Bruch. Wir hörten das Splittern und Krachen, und außerdem hörten wir Langenau in Cat's Corner schreiend mit der Polizei telefonieren. Der Junge, der Özkan hieß, war wieder auf die Beine gekommen und wischte mit einem nassen Lappen das Erbrochene fort. Ich sah, daß er einen Eimer und Wasser geholt hatte, aber er blutete noch immer alles voll. Mit dem zweiten Feuerlöscher hatten wir mehr Erfolg. Die

Flammen erstickten langsam, doch dieser elende ätzende Rauch machte uns alle halb blind. Ich rannte in Cat's Corner und holte aus einem Schrank einige Putztücher, die ich unter die Wasserleitung hielt. Die Männer rannten mit den nassen Lappen nach vorne, um den Brand ganz zu ersticken. Auch Özkan rannte, und mit seinem Blut hinterließ er eine scheußliche Spur.
Der Rauch war schlimm, denn er senkte sich ins Tiefgeschoß, und die Kinder dort bekamen krampfartigen Husten und wimmerten vor Angst. Ich reichte Andrea, die mir auf der Treppe entgegenkam, einen Eimer mit sauberem Wasser, damit die Kinder ihre Taschentücher eintauchen und vor den Mund halten konnten.
Qualm nahm mir die Sicht nach draußen. Ich hörte nur Geschrei und dauernd den rhythmischen Ruf »Langenau – Türkensau! Langenau – Türkensau!« Seine Feinde schienen sich vollständig versammelt zu haben da auf der Straße. Mir wurde schlecht, weil ich zuviel Rauch geschluckt hatte. Es würgte mich, und ich bekam zu wenig Luft und taumelte durch den Korridor nach hinten, um die Tür zum Hof aufzureißen. So bekommen wir wenigstens Durchzug, dachte ich. Im gleichen Augenblick, in dem ich die Tür aufschloß und sie öffnete, erhielt ich einen Tritt in den Unterleib, und gleich darauf entging ich knapp dem Schlag einer Holzlatte über meinen Schädel. Ich konnte nur schlecht sehen, aber das sah ich noch, daß eine Menge von diesen Kerlen jetzt im Hof standen und gerade dabei gewesen waren, die Tür aufzubrechen. Ich Idiot hatte ihnen diese Arbeit abgenommen. Während drei oder vier auf mich losgingen – nicht nur mit Fäusten, auch mit Eisenstangen, Schlagringen und Fahrradketten –, kamen Langenau und die anderen angerannt, und nun entwickelte sich im Hof eine mörderische Prügelei. An mir hingen drei Mann, die mich furchtbar bearbeiteten, und ich schlug zurück, so gut ich konnte, aber immer wieder stürzte ich, und dann trampelten sie auf mir herum und traten mich in die Seiten, auf den Kopf und auf den Rücken. Wenn ich in die Höhe kam, sah ich Langenau, Hernin, Robert Stark und diesen Jungen namens Özkan, der so stark blutete. Sie alle wehrten sich tapfer, aber wir hatten keine Chance gegen eine solche Übermacht. Ich sah, daß Hernin eine lange Latte erwischt hatte, und mit der hieb er wie rasend um sich im Kreis. Schon ein Kerl, mein Freund Walter Hernin.
Die Leute, die im Haus wohnten, waren alle an die zum Hof

gelegenen Fenster geeilt und schrien durcheinander. Es ging sehr laut und sehr blutig zu, und ich bekam endlich den Kerl in den Griff, der mir am meisten zugesetzt hatte. Ich schlug ihn nieder, war aber so wütend, daß ich auch noch weiter auf ihn eindrosch, als er schon auf dem dreckigen Boden lag. Dann erhielt ich einen Hieb über den Schädel. Es wurde dunkel um mich und sehr still, und ich wußte von nichts mehr.

2

Ich öffnete die Augen und schloß sie gleich wieder, denn alles um mich war weiß, blendend weiß, und das tat meinen Augen weh. Ich stöhnte.
»Kater«, hörte ich Andreas Stimme. »Mein armer Kater. Ist es sehr schlimm?«
Ich entdeckte, daß ich in einem Bett lag, und öffnete die Augen zum zweitenmal. Wieder tat es gemein weh, aber ich wollte Andrea sehen, und ich sah sie auch. Sie saß auf einem Stuhl an meinem Bett und wirkte sehr blaß und müde. Unter den Augen hatte sie dunkle Ringe.
»Hörnchen«, sagte ich. Das Sprechen fiel mir schwer. Meine Zunge war wie geschwollen und ganz trocken. Es roch nach Medikamenten. Alles war wirklich außerordentlich blendend weiß. Ich sah noch nicht richtig, nur durch Schlieren und Schleier, und mein Kopf schien mir groß wie ein Ballon zu sein und unter gewaltigem Druck zu stehen, doch ich hatte keine Schmerzen. Ich sagte: »Hörnchen, bin ich im Krankenhaus?« Das war vielleicht eine Frage. Aber ich konnte eben noch lange nicht klar denken.
»Ja«, sagte sie.
Jetzt sah ich sie richtig, und mir wurde gleich besser.
»Was ist los mit mir?«
»Platzwunden hast du«, sagte sie. »Eine auf der Stirn und eine auf der Schulter. Sie haben die Wunden nähen müssen. Der Azubi ist auch da. Zwei Zimmer weiter. Er hat schwere Blutergüsse, einige direkt unter den Augen. Und Özkan hat eine Gehirnerschütterung. Freunde sind bei ihm. Langenau liegt einen Stock tiefer. Er muß nur noch genau untersucht und geröntgt werden, ob er keine inneren Verletzungen hat, dann darf er nach Hause. Wenn

er keine hat, meine ich.« Sie streichelte meine Hand, neigte sich vor und küßte mich. Doch das tat höllisch weh, und ich stöhnte wieder, und sie erschrak und sagte: »Verzeih!«
»Küß mich noch mal!« sagte ich.
»Nein«, sagte sie. »Es tut dir zu weh.«
»Tut mir überhaupt nicht weh«, sagte ich. »Küß mich, Hörnchen! Nun komm schon!«
Sie küßte meine Hand.
»Nicht auf den Mund«, sagte sie. »Nicht auf den Mund, Kater. Deine Lippen sind ganz zerschlagen. Ich bin ein Idiotenweib, daran nicht zu denken!«
»Wie spät ist es?«
»Halb zwei.«
»Halb zwei was?«
»Halb zwei Uhr nachts. Sie haben mir erlaubt, daß ich bei dir bleibe und warte, bis du zu dir kommst.«
»Halb zwei Uhr nachts«, sagte ich. »So spät?«
»Es hat alles lange gedauert, bis die Ambulanzen da waren, bis ihr verarztet wart. Du und Robert Stark im OP. Ich habe davorgesessen und gebetet, daß alles gutgeht und du nichts Schlimmes hast. Ich habe ganz fest gebetet. Du hast nichts Schlimmes, Kater. Der Arzt hat gesagt, ihr habt alle unheimliches Glück gehabt, die hätten euch auch glatt die Schädel einschlagen und alle Knochen brechen können mit ihren Ketten und Stangen, von inneren Verletzungen gar nicht zu reden.«
»Was ist denn passiert mit diesen Schweinen?«
»Drei liegen auch hier.«
»Die haben wir hingekriegt, ja? Das freut mich. Das freut mich von Herzen«, sagte ich. »Diese Saubande. Warum nur drei? Warum nur drei, Hörnchen?«
»Es waren einfach zu viele für euch. Die drei hat Hernin krankenhausreif geschlagen. Denke doch, Kater, Hernin, der alte Mann.«
»Das ist kein alter Mann«, sagte ich. »Das ist ein Fighter, ein erstklassiger Fighter.«
»Ja, er war großartig«, sagte sie. »Ihr wart alle großartig. Wirklich, Kater, ich bin sehr stolz auf euch und auf dich natürlich besonders. Und vier von den Typen hat die Polizei festgenommen.«
»Das ist schön«, sagte ich. »Das hören Kater gerne. Diese Schweine. Warum haben sie nicht alle festgenommen?«

»Die andern sind ausgerissen, bevor die Polizei kam.«
»Na klar«, sagte ich. »Wie's der Brauch. Die vier werden sie auch gleich wieder freilassen, kannst mir glauben, ich kenne den Laden.«
»Sie werden sie freilassen, aber es wird einen Prozeß geben«, sagte Andrea. »Ich habe Anzeige erstattet – auch in eurem Namen. Hausfriedensbruch, Körperverletzung, Brandstiftung – eine ganze Menge.«
»Mein kluges Hörnchen. Die Kinder haben wohl sehr große Angst gehabt?«
»Ja, aber jetzt ist ja alles wieder gut.«
»Ich habe auch sehr große Angst gehabt«, sagte ich. »Ich habe Angst gehabt, daß mich dieser Kerl mit dem Schlagring totschlägt. Er hätte es gerne getan, das weiß ich.«
»Na, wenigstens der liegt im Krankenhaus«, sagte Andrea, »der Große da mit den Pickeln.«
»Woher weißt du das?«
»Eine Schwester hat es mir gesagt. Er hat starke Schmerzen.«
»Wundervoll! Ist das fabelhaft! Komm spielen, Hörnchen!«
»O Gott! Bist du verrückt geworden?«
»Bitte komm! Ich möchte es so gerne. Jetzt gleich.«
»Das ist unmöglich. Du bist gerade aufgewacht. Warte nur, bis die Schmerzen einsetzen.«
»Nein, eben nicht.«
»Was eben nicht?«
»Ich will eben nicht warten, bis die Schmerzen einsetzen. Ich will vorher spielen. Ich muß einfach. Bitte, Hörnchen!«
»Du hast den Verstand verloren, Kater.«
»Ja, ja, ja«, sagte ich. »Natürlich habe ich den Verstand verloren. Bei dir muß ja ein Mann den Verstand verlieren, süßes Hörnchen. Nun komm schon! Brauchst dich nicht auszuziehen, nur das Höschen. Und ich liege auf dem Rücken.«
»Das ist ein Krankenhaus. Da kann jeden Moment jemand ins Zimmer kommen, Kater. Sei doch vernünftig, bitte!«
»Halb zwei Uhr früh. Da kommt kein Mensch ins Zimmer«, sagte ich. »Wenn du mich liebst, dann kommst du spielen. Kommst du spielen?«
»Nein«, sagte sie.
»Du liebst mich nicht«, sagte ich. »Ich hab's immer gewußt.«
»Süßer Idiot.«
Dann war ich wieder weg, ganz plötzlich.

3

»Haben Sie einen – wenn auch noch so geringen – Anhaltspunkt dafür gefunden, daß sich Maître Duhamel unter den Opfern befand?« fragte der kleine Kommissar Robert Rolland. In einem zerdrückten, nicht ganz sauberen Konfektionsanzug hatte er gegenüber Dr. Ernst Englert vom Gerichtsmedizinischen Institut an der Sensengasse in Wien Platz genommen. Neben ihm saß ein bulliger, jüngerer Mann mit Brille. Inspektor Wallner vom Wiener Sicherheitsbüro hatte den Auftrag, dem stillen und scheuen Franzosen bei seinen Nachforschungen behilflich zu sein. Die beiden so gegensätzlichen Männer waren einander von Anfang an sympathisch gewesen.

Dr. Englert, ein schlanker, älterer Mann mit blauen Augen und grauem Haar, schüttelte den Kopf.

»Nein«, sagte er, »wir haben nicht den geringsten Anhaltspunkt gefunden, Herr Kommissar.«

Sie sprachen deutsch – Rolland mit leichtem Akzent.

»Ich meine mit Anhaltspunkten auch Gegenstände, die Maître Duhamel gehört haben könnten – Kugelschreiber, Notizbuch, Manschettenknöpfe . . .«

»Nichts. Alles, was sich noch an Gegenständen fand«, fügte Englert hinzu, »ist von anderen Angehörigen identifiziert worden.«

Draußen ratterten ohrenbetäubend Preßlufthämmer. Ein Trakt des Instituts wurde umgebaut. Hier wurde dauernd umgebaut. Das Institut war zu alt und zu klein. Viel Staub lag in der Luft, und milde Herbstsonne schien durch die großen Fenster und ließ unzählige Staubkörnchen aufleuchten.

»Madame Duhamel hat nicht versucht, ihren Mann unter den Opfern zu identifizieren?« Stets gleich, ohne Modulation sprach Rolland, ruhig und leise. Sein ovales Gesicht mit dem großen Mund und der hohen Stirn war ausdruckslos. Die Augen von unbestimmter Farbe hatten einen grenzenlos geduldigen Ausdruck.

»Nein, sie hat sich geweigert. Sie hat ihren Bekannten darum gebeten, diesen Monsieur . . .«

»Perrier.«

»Ja. Den jungen Herrn.«

»Vielleicht kannte der nicht alles, was Maître Duhamel gehörte.«

»Das ist möglich«, sagte Englert. »Aber es blieb nicht ein einziges Asservat übrig, das nicht von irgendeinem Angehörigen identifiziert worden wäre. Demnach gab es nichts, was Maître Duhamel gehörte.«
»Halten Sie es für möglich, daß etwas gestohlen wurde?«
Englert zuckte mit den Achseln. Er war keineswegs schockiert.
»Möglich ist so etwas immer. Allerdings hat die Polizei draußen am Flughafen sofort alles abgesperrt und die Menschen zurückgedrängt. Natürlich, in dem allgemeinen Durcheinander ... Halten *Sie* es für möglich?«
»Ich halte alles für möglich«, sagte Rolland.
»Alles, was den Opfern gehörte, wurde sichergestellt, Herr Kommissar«, sagte Englert. »Es müßte dann ausgerechnet etwas aus dem Besitz des einzigen Menschen gestohlen worden sein, von dem wir keine Spur finden konnten. Halten Sie das auch für möglich?«
»Ja«, sagte Rolland, »noch für möglich, aber schon für sehr unwahrscheinlich. Ich danke Ihnen, Herr Professor.«
»Draußen in Schwechat konnte man Ihnen auch nichts anderes sagen, wie?«
»Nein.« Rolland sah auf seine Schuhe. »Es gibt auch dort nicht den geringsten Anhaltspunkt.«
»Das heißt, daß Maître Duhamel noch lebt? Unter anderem Namen, mit verändertem Aussehen zweifellos, mit falschen Papieren irgendwo? Und es ist Ihre Aufgabe, ihn zu finden? Ich beneide Sie nicht. Er kann doch in der ganzen Welt leben, Herr Kommissar!«
»Natürlich, Herr Doktor«, sagte Rolland und lächelte. »Ich habe mit meinen Nachforschungen ja eben erst begonnen.«
»Ich bewundere Sie«, sagte Englert.
»Nein«, sagte Rolland, »bitte sprechen Sie nicht so! Das ist nur mein Beruf. Und wenn man genügend Geduld hat und einen Schritt nach dem anderen macht ...«
»Mein Gott«, sagte Englert, während die Preßlufthämmer tobten, »einen Schritt nach dem anderen ...«
Robert Rolland sah ihn an, und da war wieder das schwache Lächeln auf seinem Gesicht.
»Auch ein Weg von tausend Kilometern beginnt mit einem Schritt«, sagte er sanft.

4

»Das Schaufenster ist morgen schon wieder in Ordnung, geliebter Kater«, sagte Andrea. Es war am Abend des Tages nach dem Überfall. Mir tat der ganze Körper gemein weh, und ich fühlte mich sehr schwach. Ich lag ganz still im Bett, und Andrea streichelte meine Hand. »Sie haben sofort eine neue Scheibe eingesetzt. Innen wird heute nacht alles gemacht – von dieser Firma mit den Fertigelementen. Langenau ist im Laden. Sie haben ihn zu Mittag entlassen. Keine inneren Verletzungen. Gott sei Dank! Er ist nur furchtbar deprimiert. So habe ich ihn noch nie erlebt. Er spricht kaum, er ißt nichts. Ich habe dir doch gesagt, er hat die Seele eines kleinen Vogels. Und er ist so fromm. Ich glaube, er kann es einfach nicht fassen, daß es Leute gibt, die ihn derart hassen, bloß weil er den Türken hilft.«
»Er hätte ja raufkommen und mir guten Tag sagen können, nachdem er entlassen wurde«, sagte ich. »Wäre freundlich gewesen.«
»Ach, Kater«, sagte Andrea, »du darfst ihm das nicht übelnehmen. Dem ist so hundeelend zumute. Gerade, daß er nicht weint. Er nimmt sich schrecklich zusammen. War Polizei bei dir?«
»Zwei Kriminalbeamte. Sie haben ein Protokoll aufgenommen.«
»Ja, in der Buchhandlung ebenso. Sicher auch beim Azubi. Mein geliebter, armer Kater. Heute ist dir wohl nicht nach Spielen zumute, wie?«
»Nein, Hörnchen«, sagte ich. »Heute nicht. Hätte ich auch nie gedacht.«
»Was?«
»Daß mir einmal nicht nach Spielen zumute sein würde.« Ich fluchte. »Wie lange muß ich noch hierbleiben?«
»Du darfst jetzt nicht ungeduldig sein, Kater. Sie haben dich schlimm zugerichtet. Morgen geht es dir schon viel besser. Bestimmt. Dem armen Jungen, diesem Özkan, geht es am ärgsten. Aber auch Robert Stark ist noch lange nicht wieder taufrisch.« Sie lachte plötzlich.
»Was ist denn so komisch?«
»Ach, Kater, es ist etwas Ungeheuerliches passiert. Vielleicht heitert dich das ein wenig auf.«
»Was ist passiert?«
»Unser Azubi hat sich verliebt.«

»Nein«, sagte ich verblüfft.
»Doch«, sagte sie. »Bis über beide Ohren. So etwas hast du noch nicht gesehen, Kater!«
Ich mußte lachen, und das Lachen tat weh.
»Au«, sagte ich. »Unser schüchterner Meinungsforscher? Unser Angstspezialist? Unser kleiner Nostradamus? Ach, du heiliger Moses. Wie heißt sie denn?«
»Bernadette.«
»Schwester Bernadette?«
»Ja, die Nachtschwester. Bildhübsch.«
»Das walte Hugo«, sagte ich. »Schwarzes Haar, schwarze Augen, so eine Figur – könnte glatt zum Film gehen. Weiß der Teufel, was die in einem Krankenhaus macht.«
»Du kennst sie?«
»Klar«, sagte ich.
»Hör mal, woher . . .«, begann Andrea und brach ab. »Ach so, sie ist ja auch deine Nachtschwester. Du hast sie dir aber sehr genau angesehen.«
»Hätte ich gerne«, sagte ich. »Ging aber nicht.«
»Warum nicht?«
»Sie war in solcher Eile. Brachte mir nur die Medikamente für die Nacht, und husch, weg war sie. Jetzt weiß ich, warum sie nicht wiederkam, als ich nach ihr läutete.«
»Du hast nach ihr geläutet?« Andreas Augen verengten sich.
»Na ja, sag ich doch.«
»Warum hast du denn nach ihr geläutet, geliebter Kater?«
»Weil ich nicht schlafen konnte und ein Mittel haben wollte.«
»Nur deshalb?«
»Nur deshalb. Schau mich nicht so an, bitte! Das halte ich nicht aus. Ich liebe dich, mein süßes Horn. Wenn du mich nicht mehr liebst, bin ich verlorn. Was sagst du dazu?«
»Wozu?«
»Zu meinem Gedicht. Klasse, was?«
»Klasse, ja. Also, ihren Dienst hat sie sogar vernachlässigt, diese Bernadette. Das ist ja eine ganz Feine.«
»Sie hat gar nichts vernachlässigt . . .«
»Nimmst du sie auch noch in Schutz?«
» . . . sondern eine andere Nachtschwester ist gekommen und hat mir ein Mittel gebracht. Es sind nämlich zwei, weißt du. So hübsch die eine ist, so häßlich ist die andere. Und jetzt erzähl von unserem Azubi!«

»Na ja, ich war vorhin kurz bei ihm. Mit dem kannst du nicht reden. Der deliriert. Traurig, traurig, wohin ihr Männer zu bringen seid. Das große Glück, schwärmt er, daß sie ihn ordentlich zusammengeschlagen haben und er hier gelandet ist. Sonst wäre er doch Bernadette nie begegnet. Sehen müßtest du unseren Azubi, Kater. Schwere Hämatome unter den Augen. Alles zugeschwollen. Er kann die Augen nur zu Schlitzen öffnen.«
»Na, aber das scheint genügt zu haben.«
»Weiß Gott«, sagte Andrea. »Bernadette, Bernadette. Nicht ein einziger vernünftiger Satz ist aus ihm herauszubringen. Leicht erhöhte Temperatur hat er. Vor Aufregung natürlich.«
»Phantastisch. Wie ist denn das passiert? Ich meine, mit Ausnahme von mir sind doch alle Kerle, die auf diese Station kommen, hinter Bernadette her.«
»Mit Ausnahme von dir, ja, Kater. Es handelt sich nicht um etwas Oberflächliches, weißt du. Es ist eine hochgeistige Beziehung. Unser Azubi konnte ebenfalls nicht schlafen. Er klingelte – vor dir! –, und da hatte Bernadette ein wenig Zeit, und sie haben sich unterhalten. Und dabei ist es dann passiert. Um zwei Uhr vierunddreißig morgens, sagt der Azubi. Der Zeitpunkt ist ihm heilig. Da hat er nämlich erkannt, welch ein Zauberwesen Bernadette ist. Als sie ihm Bossuet vorlas.«
»*Wen?*«
»Jacques Bénigne Bossuet, französischer Klassiker«, begann Andrea herunterzuschnurren. »Theologe und großer Kanzelredner. Geboren in Dijon am 27. September 1627 . . .«
»Hör auf!«
» . . . gestorben in Paris am 12. April 1704.«
»Hörnchen!«
»Sag bloß, du kennst Bossuet nicht! Den berühmten französischen Klassiker Jacques Bénigne Bossuet. Sohn eines Advokaten beim Gerichtshof von Dijon, dessen großangelegte Deutung der Geschichte vom Standpunkt der christlichen Heilslehre und dessen Verteidigung des Absolutismus als Bewunderer Ludwigs XIV. . . .«
»Hörnchen!«
»Keine Ahnung, was?«
»Selbstverständlich weiß ich über Bossuet Bescheid. Das gehört ja zur Allgemeinbildung. Zum Glück gibt es noch Menschen mit einer solchen selben.«
»Und einem vierundzwanzigbändigen ›Großen Brockhaus‹«, sag-

te Andrea. »Ich weiß viel mehr als du. Soll ich dir mal erklären, warum Bossuets Briefwechsel mit Leibniz und dem Abt Molanus von Loccum über eine Kirchenunion erfolglos geblieben ist? Weil nämlich Bossuet . . .«
»Hörnchen?«
»Kater?«
»Gib Kuß auf Kater. Auf die Wange.«
Sie tat es.
»Und jetzt laß den Quatsch!«
»Weil nämlich Bossuet . . .«
»Hörnchen«, sagte ich, »noch *ein* Wort, und so wahr ich armer alter Kater zwei genähte Platzwunden habe, lege ich dich über das Bett und zieh dir das Höschen stramm.«
»Das würde dir schwerfallen, geliebter Kater. Ich habe nämlich gar keines an.«
»Du hast . . .?«
»Ja. Ich habe gedacht, du willst vielleicht heute spielen. Es sollte eine kleine Überraschung sein. Aber du fühlst dich ja so mies. Na schön, dann eben nicht. Also über diesen Bossuet haben unser Azubi und Bernadette sich um halb drei in der Nacht unterhalten, und dann hat Bernadette dem Azubi noch etwas aus Bossuets Schrift ›Sermon sur l'ambition‹ vorgelesen – jetzt gebe ich an, es war natürlich die deutsche Übersetzung ›Abhandlung, den Ehrgeiz betreffend‹ –, und danach waren sie einander verfallen. Ist das nicht wundervoll, Kater? Eine so große Liebe! Also, ich muß ja immer weinen, wenn ich von einer so großen Liebe höre. Nur habe ich kein Taschentuch bei mir. Du, ich habe gesagt, daß ich kein Taschentuch bei mir habe.«
»Hab's gehört«, sagte ich. »Ich auch nicht.«
»Was machst du?«
»Ich drücke auf die Klingel. Siehst du doch.«
»Ja, das sehe ich. Aber Bernadette teilt noch die Medikamente für die Nacht aus. Die andere Schwester auch.«
»Ich will keine Schwester. Ich will einen Arzt.«
»Warum?«
»Ich muß sofort zum Azubi. Einer von uns ist verrückt geworden. Ich muß herauskriegen, wer.«
»Und was soll der Arzt dabei?«
»Mir erlauben, den Azubi zu besuchen.«
»Du kannst doch noch nicht einmal laufen.«
»Was soll denn das heißen, ›noch nicht einmal‹, Horn?«

»Na ja, ich habe wirklich gedacht, wir können heute . . . später natürlich . . . Aber dir tut ja alles weh.«
»Ich will einen Rollstuhl«, sagte ich. »Weißt du auch ganz sicher, daß du hier bei mir bist, Hörnchen, und hast du mir auch ganz sicher die Geschichte von diesem alten französischen Pfaffen erzählt?«
»Ganz sicher, ja. Warum?«
»Ich weiß nicht, vielleicht habe *ich* den Verstand verloren. Könnte ja auch sein, oder?«

5

»Alles ist genauso, wie Ihre Frau es Ihnen erzählt hat, Herr Kent«, sagte Robert Stark. Unser Azubi lag im Bett und strahlte Andrea und mich an. Ich konnte ihn kaum ansehen. Seine Augen waren wirklich zu schmalen Schlitzen verschwollen, unter denen weiche, weiße Verbände befestigt waren. Sein Gesicht zeigte alle Regenbogenfarben, er sah unbeschreiblich aus nach dieser Prügelei. Er hat genau das Gesicht, in das sich eine so schöne, junge Frau wie Bernadette auf Anhieb verlieben muß, dachte ich, und dann dachte ich, du siehst sicherlich genauso aus wie er, wenn nicht noch schöner. Wir haben eben Glück bei den Frauen, wir zwei.
»Bernadette ist großartig«, sagte Stark leicht lallend. Das mußte von den schmerzstillenden Mitteln kommen, diese verwaschene Aussprache, ich hatte sie auch. »Ganz großartig. Sie werden es ja gleich erleben, sie bringt mir die Medikamente als letztem, da hat sie anschließend Zeit. Die ganze lange Nacht. Die andere Schwester ist prima. Sie springt für sie ein, und wir können reden. Mein Gott, Herr Kent, was für ein Massel, daß ich solche Dresche bezogen habe und hier gelandet bin! Eine Fügung. Sonst wären wir uns doch nie begegnet! Eine Fügung, man kann es nicht anders nennen. Ich habe ja nie an so etwas geglaubt, Bernadette auch nicht, aber man muß wohl, wie?« Und er grinste wieder, und so saßen wir zu dritt da und warteten auf Bernadette.
Sie kam etwa eine Viertelstunde später und war überhaupt nicht verlegen. Sie lachte, gab uns die Hand und sagte, ja, es stimme, sie würde sich einfach phantastisch mit Robert Stark verstehen, sie seien sehr glücklich, und sie würden noch viel glücklicher

werden, wenn er erst wieder gesund sei und sich bewegen könne. Ein modernes Mädchen. Ein modernes Mädchen, das Bossuet las. Ihr Vater, sagte sie, habe einen kleinen, aber feinen Verlag für geisteswissenschaftliche Literatur. Das erklärte natürlich alles...

»Ich liebe die französischen Philosophen«, sagte Bernadette. »Sie sind so klar und logisch, im Gegensatz zu den meisten deutschen. Lessing ausgenommen, den liebe ich auch.«

»Habe ich nicht gesagt, sie ist wundervoll, Herr Kent?« fragte Robert Stark mit schwerer Zunge. »Bernadette, bitte lesen Sie meinen Freunden die Stelle vor – Sie wissen schon, welche ich meine –, damit sie auch verstehen, warum wir beide Bossuet so verehren. Diese ›Ehrgeiz‹-Schrift habe ich nicht gekannt. Da sieht man erst, wie ungebildet man ist.«

»Gerne«, sagte Bernadette und warf ihr langes schwarzes Haar zurück. »Aber eigentlich müßte ich zuerst noch einmal durch die ganze Station gehen und nachschauen, ob alle ihre Medikamente genommen haben.«

»Das tut Elsie«, sagte Stark. »Ich habe sie darum gebeten. Sie tut überhaupt alles. Nur wenn es ganz dick kommt, dann ruft sie Sie, Bernadette.« Er holte aus der Schublade des Nachttisches ein Buch, das er Bernadette reichte. »Sie hat es tagsüber bei mir gelassen«, erklärte Stark. »Damit ich ganz beruhigt bin, daß sie mir weiter daraus vorlesen wird.«

Bernadette nahm das Buch und setzte sich auf einen Hocker. Ihr weißer Kittel öffnete sich ein Stück. Sie hatte sehr lange Beine. Natürlich war sie nicht so schön wie Andrea, aber fast so schön war sie schon.

»Passen Sie auf, Herr und Frau Kent«, sagte der Azubi. »Was Sie jetzt hören, hat ein Mann vor dreihundert Jahren geschrieben. Vor dreihundert Jahren! Bitte, liebe Bernadette.«

Die schwarzhaarige Schwester las: »Dieser edle Begriff von Macht ist sehr weit von dem entfernt, den sich die weltlichen Mächte von ihm machen. Denn wie es so in der menschlichen Natur liegt, für das Böse mehr als für das Gute empfänglich zu sein, so glauben auch die Großen, daß ihre Macht mehr in Ruinen als in Wohltaten zum Ausdruck kommt. Daher Kriege, daher Gemetzel, daher die stolzen Unternehmungen dieser Landräuber, die wir mit dem Namen ›Eroberer‹ belegen. Diese Helden, diese Sieger, mit allen ihren Verherrlichungen, sind auf der Erde nur dazu da, den Frieden der Welt durch ihren

maßlosen Ehrgeiz zu stören. So hat sie uns Gott in seinem Zorn gesandt. Ihre Siege verbreiten Trauer und Verzweiflung unter den Witwen und Waisen: Sie frohlocken über den Untergang von Völkern und die allgemeine Verwüstung – und so lassen sie ihre Macht über uns scheinen.«
Bernadette hob den Blick und sah Robert Stark an. Sie lächelte.
»Ist das nicht grandios?« fragte uns der Azubi. »Könnte das nicht einer heute geschrieben haben?«
»Ja«, sagte ich.
»Darum lese ich Bossuet«, sagte Bernadette, und ihre schwarzen Augen leuchteten.
»Und heute nacht lesen Sie weiter, ja?« fragte Stark.
Sie nickte, und in sein zerschlagenes Gesicht trat der Ausdruck absoluter Seligkeit.
Andrea ergriff meine Hand.
»Alles Glück der Welt wünschen wir euch beiden«, sagte sie.
»Was, Kater?«
»Ja«, sagte ich, »alles Glück der Welt.«

6

Der kleine, zarte Kommissar Robert Rolland sagte: »Gehe ich recht in der Annahme, daß Sie mir nicht mitteilen können, was Sie mit Maître Duhamel so dringend zu besprechen hatten?«
Der Dr. Daniel Mann war ein untersetzter Mensch Anfang der Fünfzig. Sein Arbeitszimmer in der großen Kanzlei am Graben im I. Wiener Bezirk war mit antiken Möbeln eingerichtet.
»Sie gehen recht in Ihrer Annahme, Herr Kommissar«, sagte Dr. Mann. Er rauchte eine Virginier, diese typisch österreichische Zigarre, die sehr lang und sehr dünn ist.
»Aber es stimmt, daß Sie ihn am Abend des sechzehnten Juni in Paris angerufen haben und ihm sagten, er müsse sofort nach Wien kommen. Auf Ihre dringende Bitte hin flog er dann mit der EURO-AIR zweiundzwanzig Uhr fünfundvierzig von Orly ab. Ich will damit sagen: Sie sind davon überzeugt, daß *Sie* der Anlaß für seinen Flug nach Wien waren.«
»Selbstverständlich.« Dr. Mann sog an seiner Virginier. »Ich meine, bisher war ich davon überzeugt. Theoretisch kann er noch andere Gründe gehabt haben. Natürlich. Aber das ist

schon wirklich nur noch eine sehr, sehr weit hergeholte Hypothese.«
»Gewiß«, sagte Rolland leise. »Ich zweifle nicht daran, daß *Sie* meinen, Maître Duhamel sei ausschließlich Ihretwegen und auf Ihren Anruf hin nach Wien geflogen. Es war sehr wahrscheinlich auch so. Ich muß aber leider mit jeder Hypothese rechnen, Herr Doktor Mann. Auch mit der unwahrscheinlichsten.«
»Der Herr Doktor versteht schon«, sagte Rollands ständiger Begleiter in Wien, der bullige Inspektor Wallner, und rückte seine Brille zurecht.
»Natürlich verstehe ich«, sagte der Anwalt. »Und um zusammenzufassen, lieber Herr Kommissar: Ich habe nach diesem Anruf nie wieder das Geringste von meinem Freund Duhamel gehört, geschweige denn ihn gesehen. Er ist nicht zu dem verabredeten nächtlichen Rendezvous hierher gekommen. Natürlich war ich sehr beunruhigt. Dann rief mich meine Frau am Morgen an – ich habe die Nacht durchgearbeitet – und sagte mir, die Maschine sei explodiert. Im Radio hörte ich die furchtbaren Nachrichten. Selbstverständlich telefonierte ich sofort mit der Polizei. Mein Freund war nicht unter den Verletzten. Bis heute, bis zu dieser Stunde habe ich mit der festen Überzeugung gelebt, mein armer Freund Charles Duhamel sei bei dem Attentat getötet und so verstümmelt worden, daß man ihn nicht identifizieren konnte. Ich ging zur Aussegnung der nicht Identifizierbaren – auch meine Frau. Wir waren sehr befreundet mit Charles, nicht mit seiner Frau. Ich halte diese Suche nach Charles für absurd – entschuldigen Sie, Herr Kommissar, ich wollte Sie nicht beleidigen.«
»Ich bin nicht beleidigt«, antwortete der kleine, schlecht gekleidete Kommissar ruhig und lächelte. »Diese Suche muß Ihnen absurd erscheinen, Herr Doktor. Aber sie ist nun einmal meine Aufgabe.«
»Sie glauben tatsächlich, daß Charles noch lebt?«
»Ich glaube gar nichts, Herr Doktor.« Was Rolland eben gesagt hatte, sagte er häufig. Es war jener Satz, den er am meisten benutzte. »Vielleicht ist Maître Duhamel nach dem Flugzeugabsturz gestorben. Ich weiß es nicht. Ich weiß nur, daß er weder unter den Verwundeten noch unter den Toten war. Auch nicht unter den nicht Identifizierbaren. So weit bin ich gekommen. Nun muß ich sehen, wie ich fortfahren soll. Jede Hilfe ist mir dabei willkommen. Wenn Sie mir als sein alter Freund nicht

helfen wollen, obwohl Sie es vielleicht können, würde ich das durchaus verstehen. Und ich wäre Ihnen nicht böse.« Rolland preßte die Spitzen seiner Finger gegeneinander und sah auf seine staubigen Schuhe.
»Wie sollte ich Ihnen helfen können?« fragte Dr. Mann. Der Raum hing voller bläulicher Zigarrenrauchschwaden.
»Nun, Sie könnten mir vielleicht sagen, ob Ihr Freund andere Bekannte in Wien gehabt hat«, sagte Rolland, und es klang fast demütig. Den Worten folgte eine Stille. »Schön«, sagte Rolland gleichmütig und lächelte wieder. »Dann muß ich versuchen, das auf andere Weise herauszufinden. Herausfinden werde ich es natürlich. Es ist nur eine Frage der Zeit. Und ich habe viel Zeit, unbegrenzt viel Zeit.«
»Eben«, sagte Dr. Mann. Er hatte die Virginier ausgehen lassen und machte ein Gesicht, als habe er einen schlechten Geschmack im Mund.
»Was meinen Sie mit ›eben‹, bitte?« fragte Rolland.
»Eben, Sie haben alle Zeit der Welt. Sie werden es herausfinden, auch wenn ich es Ihnen nicht sage. Sehr schnell sogar. Gerade ich als Anwalt muß es wissen. Sie würden dann meinen, daß ich Sie belogen habe, wenn ich jetzt sage, er hatte sonst keine Bekannten in Wien. Das will ich nicht. Ja, der arme Charles hatte hier einen guten alten Bekannten. Einen sehr guten sogar. Er hat ihn vor acht Jahren in Paris verteidigt und freibekommen wegen erwiesener Unschuld.«
»Ach du lieber Gott«, sagte Inspektor Wallner, »natürlich, *den!*«

7

»Am Dienstag werde ich entlassen, Hörnchen!«
Ich saß im Bett und lachte ihr entgegen, als sie auf mich zukam. Sie küßte mich.
»Hab's schon gehört, Kater.«
Irgend etwas war passiert, ich fühlte es sofort.
»Was ist los, Hörnchen?«
Sie setzte sich auf einen Stuhl neben dem Bett und sah mich hilflos an.
»Langenau geht fort«, sagte sie.
»*Was?*«

»Langenau geht fort«, wiederholte sie und strich sinnlos über das Bettlaken.

»Was heißt das, er geht fort? Wohin geht er?«

»Heim nach Tirol. Er hat es mir heute abend gesagt – vor einer Stunde vielleicht. Mir ist ganz schlecht, Kater.«

»Moment mal«, sagte ich. »Immer schön langsam! Und nicht aufregen, geliebtes Horn! So einfach ist das ja nun auch nicht. Langenau kann nicht einfach fortgehen. Er hat einen Vertrag mit dir. Er ist dein Angestellter. Vierundzwanzig Jahre hat er in dieser Buchhandlung gearbeitet. Und nun will er fortgehen, ganz plötzlich?«

»Er hat gesagt, er hat den Wunsch schon seit einiger Zeit, aber nun *muß* er einfach gehen. Es tut ihm sehr leid, und er wird natürlich für einen erstklassigen Ersatzmann sorgen, bevor er uns verläßt. Er hat da schon jemanden im Auge. Aber wenn uns dieser Ersatzmann zusagt, dann möchte Langenau so schnell wie möglich gehen und uns bitten, nicht auf der Einhaltung der Kündigungsfrist zu bestehen.«

»Ich begreife das nicht, Hörnchen. Er war doch immer zufrieden bei uns.«

»Das habe ich ihm auch gesagt. Ich habe gedacht, wir sind so etwas wie eine richtige kleine Familie. Wir haben den Laden zusammen aufgebaut. Wir haben immer zusammengehalten und einander geholfen. Das alles habe ich ihm gesagt, und er hat geantwortet, ja, das ist schon richtig, aber nun möchte er bitte gehen. Sein Freund kommt in den nächsten Tagen, um sich vorzustellen. Er hat in einer Münchner Buchhandlung gearbeitet, einer sehr großen. Die ist verkauft worden, und er versteht sich mit den neuen Besitzern nicht gut.«

»Aber *warum*, Hörnchen, *warum* will Langenau unbedingt weg von uns?«

»Er hat Heimweh.«

»Ach!« Ich wurde wütend. »Jahrzehnte lang ist er hier in Hamburg und hat hier seine Freunde, und auf einmal hat er Heimweh? Das ist doch lächerlich!«

Sie sah mich traurig an. »Du darfst nicht mit mir böse sein, weil Langenau weggehen will. Ich kann nichts dafür.«

Ich küßte sie. »Verzeih, Hörnchen. Ich bin nur so durcheinander und erschrocken. Was machen wir ohne Langenau? Er ist doch die Seele vom Geschäft, das heißt, *du* bist natürlich die Seele vom Geschäft, was ich meine, ist . . .«

»Ich weiß schon, was du meinst«, sagte sie leise. »Es ist eine Katastrophe, wenn Langenau weggeht. Und er geht weg, das steht fest. Es hätte gar keinen Zweck zu versuchen, ihn zu halten. Das hat er auch noch gesagt.«
»Ja, aber dann muß doch etwas geschehen sein, was er uns nicht sagt. Etwas Privates . . .«
»Weißt du, dieser Überfall auf die Buchhandlung und dieser neue Haßausbruch gegen ihn wegen seiner Türkenfreunde haben ihm, glaube ich, sehr zugesetzt.«
»Hat er das gesagt?«
»Nicht direkt. Er hat gesagt, es gefällt ihm hier nicht mehr, er möchte hier nicht weiter leben und arbeiten. Ich glaube, er hält diese Atmosphäre nicht mehr aus.«
»Auf einmal?« sagte ich. »Ein Kerl wie Langenau? Was hat der schon alles ausgehalten an Haß und darüber bloß mit den Achseln gezuckt und weiter für seine Freunde gekämpft. Nein, Hörnchen, das ist nicht der Typ, der das plötzlich nicht mehr aushält. Da muß etwas anderes dahinterstecken, etwas ganz anderes.«
»Aber was? Ich habe ja auch zu ihm gesagt, daß ich ihm das mit dem Heimweh nicht glaube. Doch da war nichts zu machen. Er bleibt dabei. So lange Zeit war er fort, und nun, wo er älter wird, sehnt er sich nach Innsbruck, immer mehr, hat er gesagt – er ist jetzt also fest entschlossen zurückzugehen. Es hat keinen Sinn, mit ihm zu debattieren, Kater, er sagt nur immer dasselbe: Er möchte uns – bitte – verlassen.«
»Am Dienstag komme ich hier raus«, sagte ich. »Dann rede ich mit ihm, Hörnchen. Und verlaß dich drauf, ich finde den wahren Grund. Und wenn ich den erst kenne, dann erreiche ich auch, daß Langenau nicht nach Innsbruck zurückgeht. Warum siehst du mich so an?«
»Er war doch in letzter Zeit so komisch zu dir, Kater«, sagte Andrea. »Du hast dich darüber gewundert und warst ganz unglücklich. Du hast ihn immer wieder gefragt, ob du ihn vielleicht, ohne Absicht natürlich, verletzt hast oder etwas ähnliches, und er hat immer wieder gesagt: ›Wo denken Sie hin, Herr Kent!‹«
»Ja«, sagte ich. »Daß mir das nicht gleich eingefallen ist! Ich muß doch ein paar mächtige Schläge auf den Schädel gekriegt haben. Hoffentlich ist da nichts kaputtgegangen. Du hast vollkommen recht, Hörnchen. Er war schon die ganze letzte Zeit über so

sonderbar. Aber ich habe ihm doch weiß Gott nichts getan! Wir haben uns immer prima verstanden – er *kann* mir nicht wegen irgend etwas böse sein.«
»Ich habe eigentlich überhaupt nicht davon reden wollen«, sagte sie. »Damit du nicht erschrickst oder glaubst, du bist schuld – bei deinem Zustand. Tut mir leid, wenn ich nun doch noch davon angefangen habe.«
»Das braucht dir nicht leid zu tun«, sagte ich. »Danke, daß du mich daran erinnert hast. Es gibt keinen Grund für Langenau, sich so zu benehmen, nur den einzigen, daß ich doch etwas getan oder gesagt habe – und wenn er hundertmal von Heimweh erzählt.«
»Ja, aber was sollen wir denn jetzt tun, Kater?«
»Ich werde mit ihm reden«, sagte ich. »Allein. Ich werde die Wahrheit herausbekommen.«

8

Das Wetter war plötzlich sehr schlecht geworden. Es regnete am Sonntag, dem 8. November, und es regnete am Montag. Im Krankenhaus heizten sie schon mächtig, draußen pfiff ein eisiger Sturm. Von meinem Fenster aus sah man einen Hof mit alten Bäumen. Sie hatten noch sehr viel buntes Laub getragen, als ich hierhergekommen war, doch in den letzten beiden Tagen hatte der Sturm fast alle Blätter abgerissen. Der Hof war dicht mit ihnen bedeckt, und der Sturm wirbelte sie wieder und wieder hoch. Es wurde nicht richtig hell an diesen Tagen, und überall brannte elektrisches Licht. Der bösartige Sturm kam in jähen, tückischen Böen und rüttelte an Fensterrahmen und Dachrinnen. Viele Patienten fühlten sich elend, und viele hatten plötzlich Husten, Schnupfen oder Grippe. Unter ihnen befand sich auch unser verliebter Azubi mit über neununddreißig Grad Fieber. Er war trotzdem blendender Laune, denn Schwester Bernadettes freie Tage fielen auf dieses Wochenende, und so konnte sie immer bei ihm sein und ihn pflegen. Sie saß viele Stunden lang an seinem Bett, gleich Andrea, die an meinem saß, und wir telefonierten miteinander. Wir gingen nicht zu Robert Stark hinüber. Wir hätten ihn nur in seinem Glück gestört, und anstecken wollten wir uns auch nicht.

Ich weiß nicht, warum man in Krankenhäusern immer über das Wochenende zurückgehalten und erst am Wochenanfang entlassen wird. Vielleicht haben sie Angst, daß der Patient einen Rückfall bekommt. Sie scheinen da Erfahrungen mit der Gefährlichkeit von Wochenenden zu haben.
Diese zwei grauen, stürmischen Tage waren schwer zu ertragen. Mich machten sie gräßlich nervös. Ich mußte dauernd an Langenau und sein seltsames Betragen denken. Andrea war sehr tapfer und erzählte Geschichten aus ihrem Leben, komische Geschichten, um mich aufzuheitern, und weil ich sie doch liebte, lachte ich laut. Aber ich war sehr beklommen und gar nicht fröhlich. Nicht einmal zum Spielen fühlte ich mich aufgelegt, und das zeigte, wie scheußlich mir zumute war. Bei diesem Wetter kamen nur wenige Besucher ins Krankenhaus, und auch von den Ärzten und Schwestern war bloß die Mindestbesetzung anwesend. Wir hätten uns ungestört lieben können am Abend, aber ich hatte Andrea mit meinen schwarzen Gedanken angesteckt, und auch sie war beklommen, als sie am Sonntag heimfuhr. Der Sturm heulte, und der Regen peitschte gegen die Fensterscheiben, und am Montag rief Robert Stark mich immer wieder in wilder Begeisterung und verliebter Leidenschaft an, denn Bernadette las ihm weiter aus Bossuets ›Abhandlung, den Ehrgeiz betreffend‹ vor. Immer wieder kam da eine ganz großartige Stelle, die mußte Bernadette unbedingt auch uns vorlesen, und Andrea, die wieder den ganzen Tag an meinem Bett saß, hielt ein Ohr an den Hörer. Die beiden da nebenan sprachen einander längst mit ›du‹ an, und ganz gewiß las Bernadette nicht die ganze Zeit aus der Schrift dieses großen französischen Kanzelpredigers und Philosophen vor.
Natürlich versicherten wir jedesmal, wie großartig die Stelle sei, die wir gerade gehört hatten, und das machte den Azubi über alle Maßen glücklich.
»Man kommt sich richtig wie ein uraltes Ehepaar vor, wenn man die zwei hört«, sagte Andrea einmal.
»Unsinn, Hörnchen«, sagte ich. »Wir sind noch genauso frisch wie die, das ist nur dieses Weltuntergangswetter, das sich auf unsere zarten Gemüter legt.«
»Nein«, sagte sie, »das ist Langenau, Kater, und du weißt es auch.«
»Ja«, sagte ich, »das ist nur Langenau.«
Es war wirklich eine scheußliche Zeit. Ich hatte einen Fernsehap-

parat im Zimmer, aber das Programm an diesem Wochenende war unerträglich. Wir schalteten bloß die Nachrichten ein, und die gaben uns den Rest. Der Sprecher berichtete nur von Krieg, Unglück und Naturkatastrophen. Nach einer solchen Nachrichtensendung am Montag abend läutete mein Telefon, und Stark war wieder am Apparat. Er hatte gerade erfahren, daß er noch ein paar Tage länger bleiben mußte, bis seine Blutergüsse ganz abgeschwollen waren, und das betrachtete er als enormes Glück.

»Bernadette hat mit einer anderen Schwester getauscht und macht wieder Nachtdienst. Sie bringt Bossuets große Grabreden mit und liest sie mir vor. Vielleicht kann aber ich schon ihr vorlesen. Also, die Grabreden kenne ich auch nicht, und dabei habe ich mich immer für einen gebildeten Menschen gehalten.«
»Ich habe von den großen Grabreden noch nie was gehört.«
»Meine Bernadette!« sagte er ergriffen. »Ist sie nicht wunderbar?«
»Ganz wunderbar«, sagte ich, und Andrea lächelte mich an. Jetzt trug wenigstens der Azubi zu unserer Erheiterung bei. »Sie ist ein großartiges Mädchen. Sagen Sie ihr das, Robert!«
»Sie hat's gehört«, sagte er. »Sie hat nämlich ein Ohr am Hörer. Ihre Frau auch, was?«
»Ja.«
»Ach«, sagte er, nachdem er tief Atem geholt hatte, »ist so ein Wetter nicht wunderbar für Leute wie uns?«
»Es könnte nicht schöner sein«, sagte ich.
»Und das Fieber macht einen so herrlich benommen«, sagte er. »Verflucht, ich war in meinem ganzen Leben noch nie so glücklich.« Danach begann er zu niesen. Nachdem er zum fünftenmal geniest hatte, legte ich den Hörer auf. Andrea und ich sahen uns an und lachten laut. Der Azubi hatte die Situation gerettet.
Andrea fragte den Stationsarzt, ob sie die Nacht über bei mir bleiben dürfe, und der Stationsarzt hatte nichts dagegen. Er war noch sehr jung, und wir waren sicher, daß seine Freundin ihn auch besuchte. Er ließ ein zweites Bett hereinrollen, aber das gebot ihm nur die gute Erziehung. Er wußte genau, wie unnötig es war. Nun besserte sich unsere Laune rasch, und wir lachten und alberten, da läutete das Telefon wieder, und der Azubi sagte:
»Wir haben soeben gehört, daß Ihre Frau über Nacht hierbleibt. Bernadette auch. Wie finden Sie denn das, Herr Kent?«
»Herzlichen Glückwunsch!«
»Und sie läßt sagen, sie hat mit der Nachtschwester gesprochen.

Die kommt jetzt gleich zu Ihnen und danach nur, wenn Sie läuten, sonst nicht.«
»Junge, Junge«, sagte ich, »das ist ja vielleicht ein Krankenhaus!«
»Wenn wir wieder mal zusammengeschlagen werden, nix wie hierher«, sagte Robert Stark und legte auf.
Die Nachtschwester – eine kleine Person mit einer Nickelbrille – klopfte tatsächlich gleich darauf. Sie war sehr ernst und würdevoll und wünschte eine gute Nacht. Na ja, und die hatten wir dann auch. Der Regen und der Sturm wurden immer ärger, doch nun war uns das egal, wir hörten es nur zwischendurch, wenn wir nebeneinander in meinem Bett lagen.
»Das ist schon die größte Erfindung von der Welt«, sagte Andrea.
»Ja, und das Tollste ist, daß jeder von ganz allein draufkommt«, sagte ich.
»Du hast dich sehr ausgeruht in diesen Tagen, Kater, ganz unheimlich ausgeruht.« Andrea preßte ihren Körper fest an meinen. »Ach Kater, Kater, Kater, ohne dich könnte ich nicht mehr leben, keine Stunde. Und nicht nur deswegen. Mein Gott, das ist tatsächlich ein großartiges Krankenhaus!«
Sie sprang plötzlich nackt aus meinem Bett in das andere und drehte und wälzte sich wild darin herum.
»Hörnchen!«
»Ja, ja, ich komme ja gleich zurück. Ich muß dieses Bett nur so zerdrücken, als hätte ich darin geschlafen. Morgen früh vergesse ich es, und was sollen dann die Schwestern denken.«
»Laß sie doch denken, was sie wollen. Du bist mit mir verheiratet. Du hast das souveräne Recht, mit mir in einem Bett zu schlafen.«
Sie ließ jäh ihre Wälzerei sein, setzte sich auf und sagte: »Da hast du vollkommen recht. Wie blöd, mir diese Arbeit zu machen!«
»Du hast süße Brüste«, sagte ich.
»Ich komme ja schon«, sagte sie. »Ich komme ja schon zurück, geliebter Kater!«
Später, als wir wieder nebeneinander lagen, sagte sie: »Glaubst du, Bernadette hat dem Azubi sehr viel aus den Grabreden vorgelesen?«
»Keine halbe Seite«, sagte ich. »Sie ist wirklich ein großartiges Mädchen, aber eine Spur zu intellektuell – findest du nicht?«
»Das ist *er* doch auch«, sagte Andrea. »Außerdem beruhige dich: Im Bett gibt sie sicher Ruhe mit ihren Grabreden. Da ist sie mehr für die Auferstehung und so normal wie du und ich.«

»Du meinst?«
»Kater!«
»Hm?«
»Schau mich nicht so verkommen an!«
»Mir ist auf einmal so furchtbar verkommen zumute.«
»Na, großartig«, sagte sie, »großartig, Kater, geliebter. Dann laß uns verkommen sein! Ganz maßlos verkommen.«

9

Am Dienstag, dem 10. November, regnete und stürmte es noch immer.
Gegen Mittag verließ ich das Krankenhaus, nachdem ich mich von unserem Azubi verabschiedet und versprochen hatte, ihn zu besuchen. Andrea war bei mir und versprach es auch. Sie fuhr mich nach Hause, und ich badete und zog mich um. Die Buchhandlung war wieder völlig in Ordnung gebracht worden, nichts erinnerte mehr an den Überfall, den Brand und die Schlägerei. Die Kinder begrüßten mich laut und fröhlich, und auch im Geschäft brannte tagsüber das Licht. Wegen des schlechten Wetters kamen nur wenige Kunden, und ich spielte mit den Kindern. Dann saß ich in Cat's Corner und trank ein wenig Whisky. Langenau war sehr höflich, aber er vermied es, mit mir zu sprechen. Schließlich fragte ich, ob ich ihn am Abend besuchen könne, um über alles zu sprechen.
Er sah mich wieder so seltsam an und sagte: »Natürlich, Herr Kent. Wann wollen Sie denn kommen?«
»Na, vielleicht so gegen neun, nach dem Abendessen.«
»Sehr schön«, sagte er, nahm einen Bücherstapel und ging damit nach hinten ins Lager.
Also fuhr ich an diesem Abend mit dem Mercedes zum Kaiser-Friedrich-Ufer am Isebekkanal, wo Langenau wohnte. Das Wetter war nun ganz grausig geworden. Böen heulten um den Wagen, und der Regen trommelte auf das Dach. Ich parkte nahe dem Haus und rannte dann über die Straße zu dem schon verschlossenen Haustor. Dreimal drückte ich auf den Klingelknopf, und aus der Sprechanlage ertönte Langenaus verzerrte Stimme: »Wer ist da?«
»Peter Kent.«

»Komme schon, Herr Kent.«
Ein paar Minuten später wurde das Tor von innen aufgesperrt, und der riesenhafte Tiroler stand vor mir. Er trug beigefarbene Cordsamthosen und einen blauen Pullover. Die Hand gab er mir nur ganz schnell und kurz. Auf dem Weg zum Lift – Langenau wohnte im dritten Stock – begegnete uns ein älterer Mann in einer grauen Uniform. Das war Herr Reining vom Wach- und Sicherheitsdienst, der dieses Bürohaus nachts kontrollierte. Andrea und ich waren ein paarmal bei Langenau zu Besuch gewesen und kannten Herrn Reining schon. Ich begrüßte ihn, und der magere Wachmann mit den roten Flecken auf den Backenknochen fluchte über den Sturm und den Regen, denn er hatte Rheumatismus, und dieses Wetter war schlimm für ihn.
»Ich spüre jeden Knochen«, sagte er erbittert. »Jeder Knochen tut mir weh, es ist zum Kotzen. Einen recht angenehmen Abend wünsche ich den Herren.«
Wir fuhren mit dem Lift zu Langenaus rustikal eingerichteter Wohnung hinauf. Die meisten Möbel waren aus schönem, gebeiztem Holz, und vor den Fenstern hingen kurze dunkelrote Leinenvorhänge, wie es sie in Bauernhäusern gibt. Ein Stück Heimat hatte sich Langenau hier geschaffen. Ich kannte die ganze Wohnung, weil er sie Andrea und mir beim ersten Besuch gezeigt hatte. In jedem Zimmer hing ein Kruzifix. Ein mächtiger alter Tisch im Wohnzimmer war mit Büchern und Papieren übersät, ein kleinerer, quadratischer Tisch stand in der Sitzecke. Auf den Bänken lagen flache Kissen, ebenfalls mit dunkelrotem Leinen überzogen, und über dem Tisch hing eine große Messinglampe. Sie hatte einen orangefarbenen Pergamentschirm.
Neben einer Bücherwand stand das Holzgestell mit Langenaus Gewehren. Als ich das erste Mal hier gewesen war, hatte ich einigermaßen erstaunt erfahren, daß Langenau alte Waffen sammelte. Er hatte mir, der ich wenig davon verstand, jedes einzelne Stück ausführlich erklärt. In diesem Gestell war nur eine Auswahl von einem Dutzend besonders wertvoller Gewehre, die anderen bewahrte er in einem zweiten Zimmer auf. Ein kleineres Regal diente zum Ausstellen zahlreicher alter und moderner Pistolen. Die Waffen glänzten im Licht, Langenau putzte und pflegte seine Schätze. Er hatte eine Steinschloßbüchse aus dem 17., ein Hinterladerradschloßgewehr aus dem 18. und einen Perkussionskarabiner aus dem 19. Jahrhundert unter seinen Sammelstücken.

Ich sah eine Standardpistole der Deutschen Wehrmacht, Modell 08, Kaliber neun Millimeter, ein mächtiges Ding.
»Nanu«, sagte ich und hob die 08 aus dem Regal. »Die hatten Sie aber das letzte Mal, als wir bei Ihnen waren, noch nicht.«
»Vorsicht«, sagte er. »Da ist ein volles Magazin drin. Sie ist geladen.«
»Aber gesichert«, sagte ich und wog die Waffe auf der flachen Hand. »Wo kommt denn die her?«
»Sie wissen doch, ich habe meinen Lieferanten.«
Von diesem Lieferanten, der in den verborgenen Tälern seiner Heimat stets besonders schöne alte Feuerwaffen suchte, hatte Langenau uns erzählt. Er war ein Jugendfreund, Chirurg von Beruf, arbeitete an der Innsbrucker Universitätsklinik und kam oft zu Tagungen oder Kongressen nach Norddeutschland. Dann besuchte er Langenau immer. Dieser Freund war ein großer Naturfreund und Bergsteiger, der Tirol wirklich kannte. Er wußte, wo Bauern noch Waffen aus vergangenen Jahrhunderten besaßen, und sammelte sie selber. Manchem Gewehr, mancher Büchse war er bis zu einem Jahr lang auf der Spur gewesen, und wenn er so einen Fund dem Bauern dann abgehandelt hatte, ließ er das seltene Stück reparieren und wieder völlig in Ordnung bringen. In Innsbruck und Umgebung gab es noch einige Büchsenmacher, die sich auf derlei verstanden, aber sie waren alle schon alt und sehr eigenwillig. Langenau hatte uns gesagt, daß es bald mit der ganzen Waffensammlerei vorbei sein werde.
»Die Kanone da hat Ihr Freund Ihnen mitgebracht?« fragte ich.
»Ja. Er hielt vor vier Wochen einen Vortrag hier. Eine Nullacht. Nichts Besonderes. Und doch etwas Besonderes, darum habe ich sie gekauft. Schauen Sie!« Er hatte in einer Lade ein Rohr gefunden, nahm mir die Pistole aus der Hand und schraubte das Rohr an den Lauf. »Ein Schalldämpfer«, sagte er. »So, jetzt sitzt er.« Er gab mir die Waffe zurück. »Gar nicht so viel schwerer, wie?«
»Schalldämpfer sind doch generell verboten«, sagte ich.
»Darum habe ich das Ding ja haben wollen. Sie bekommen so etwas ganz selten, eben weil Schalldämpfer verboten sind. Sieht das nicht schön aus?« Er lächelte – zum erstenmal seit Wochen lächelte er mich an, und ich dachte, daß er schon ein seltsamer Mensch war, dieser bärtige Riese mit seinen Gestellen voller Gewehren und Pistolen und dem großen Kruzifix darüber. Er sagte: »Kommen Sie, setzen wir uns.«

Wir setzten uns an den blankgescheuerten Tisch in der Ecke. Gläser und eine große Karaffe mit rotem Wein standen da, und ich sah wieder das Bord mit den langen alten Pfeifen. Die Pfeifen hatten mir gleich gefallen. Es waren wunderschöne Stücke darunter.

»Grauvernatsch«, sagte Langenau und hob die Karaffe. »Diesen Südtiroler trinken Sie doch so gerne, nicht wahr?« Er goß die Gläser voll, und wir prosteten einander zu. »Warm genug?« fragte Langenau.

»Genau richtig«, sagte ich, und dann sah ich ihm zu, wie er eine der langen Pfeifen umsichtig mit Tabak aus einem Lederbeutel vollstopfte und in Brand setzte. Er lehnte sich zurück, blies wohlriechenden Rauch in die Luft, und jetzt hörte ich draußen wieder das Toben des Sturms und das Prasseln des Regens. Sonst war es totenstill im Haus, in dem sich außer uns nur noch Herr Reining vom Wach- und Sicherheitsdienst befand, der seine Runde machte und das Wetter, seinen Rheumatismus und seine Schmerzen verfluchte. Die Kanzleien und Arztpraxen waren nachts verlassen.

»Ja«, sagte ich, »um also zur Sache zu kommen, Herr Langenau. Es gefällt Ihnen nicht mehr hier. Sie wollen weg. Sie wollen nach Hause.«

»So ist es«, sagte er.

»Wir sind darüber sehr unglücklich, das wissen Sie.«

Er antwortete nicht.

»Bitte, Herr Langenau, bleiben Sie!«

»Nein«, sagte er. »Es geht nicht.«

»Aber warum nicht? Sind es wirklich diese dreckigen Neonazis? Das kann ich nicht glauben. Was haben Sie sich mit den Lumpen in der Vergangenheit herumgeschlagen! Wie mutig waren Sie immer! Und jetzt? Wollen Sie jetzt auch Ihre ausländischen Freunde verlassen? Herr Langenau, ich muß Ihnen etwas sagen: Ich glaube nicht, daß diese Kerle der Grund für Ihren Entschluß sind.«

»Sie sind es auch nicht«, sagte er. Er legte die Pfeife fort und sah mich an. Seine Augen waren feucht. Seine Lippen zuckten. Dann sagte er: »Der wahre Grund ist, daß ich einfach nicht weiter mit einem Mörder, der nicht bereut, zusammenleben kann, Monsieur Duhamel.«

10

»Ich glaube, jetzt haben Sie alles gesehen, Herr Kommissar«, sagte Emanuel Eisenbeiß und zog den hölzernen Rolladen vor einem Schrank voller Formulare wieder hoch. Das Schloß schnappte ein. Alles glänzte weiß im Keller des Hauses am Utopiaweg auf dem Schafberg in Wien.
»Phantastisch«, sagte der kleine Kommissar Robert Rolland. »Einfach phantastisch!« Er sah Eisenbeiß an. »Ich bin ganz außerordentlich beeindruckt. Obwohl ich schon soviel von diesem Museum gehört habe, übertrifft die Wirklichkeit alles. Natürlich verfolgte ich seinerzeit Ihren Prozeß sehr aufmerksam – Sie sind seit Jahrzehnten eine legendäre Gestalt für mich. Nun habe ich das Glück, Ihnen gegenüberzustehen, mit Ihnen zu sprechen. Wir kennen einander erst seit ein paar Stunden, und Sie waren doch so liebenswürdig, mit Herrn Wallner und mir hierher zu fahren. Ich hatte Gelegenheit, Sie zu beobachten. Wie Sie sprechen. Wie Sie zuhören. Wie Sie lächeln. Was Sie sagen. Was Sie nicht sagen. Herr Eisenbeiß, ich habe in meinem Leben mit vielen außergewöhnlichen Menschen zu tun gehabt. Erlauben Sie mir die Feststellung, daß mich keine von all diesen Persönlichkeiten so beeindruckt hat wie Sie.«
»Um Gottes willen, hören Sie auf, Herr Kommissar!« sagte Eisenbeiß. Er war sehr verlegen geworden. »Wollen wir hinaufgehen?«
»Gerne«, sagte Rolland. Als er die Treppe emporstieg, sah Eisenbeiß, eine Nelke im Knopfloch, elegant gekleidet wie stets, daß die Schuhe des französischen Kommissars, der vor ihm ging, schiefgetretene Absätze hatten. Zwei Fäden hingen vom Saum eines Hosenbeins herab. In der Höhe der Schenkel glänzte der Stoff. Er war schon eine Type, dieser Kommissar Rolland!
Im Wohnzimmer der Jugendstilvilla gab es eine Bar.
»Trinken Sie Cognac? Ich habe einen großartigen alten Napoleon, Herr Kommissar.« Eisenbeiß lächelte.
»Herrlich«, sagte Rolland.
»Sie auch?«
»Ja, bitte«, sagte Wallner.
Eisenbeiß entnahm dem Barschrank große Schwenkgläser und einen kleinen Spiritusbrenner, dessen Docht er anzündete. Er wärmte die Gläser umsichtig, bevor er den Cognac in sie goß.

»Auf den Erfolg Ihrer Fahndung«, sagte er. Sie tranken. Regen trommelte gegen die Fensterscheiben, und Sturm pfiff ums Haus. Das Wetter war auch in Wien schlecht in dieser Nacht des 10. November. Eisenbeiß hatte gleich, als sie gekommen waren, die Ölheizung angestellt. Nun goß er Cognac nach. Der kleine Kommissar hielt die Hände über den Knien gefaltet.
»Meine Fahndung, ja...«, sagte er, als würde er sich schämen. »Ich weiß wohl, daß es wenig Sinn hat, Ihnen meine Fragen zu stellen, Herr Eisenbeiß, und ich würde es am liebsten lassen und mich mit Ihnen über Ihre Welt von einst unterhalten. Aber ich habe nun einmal meinen Auftrag, nicht wahr?«
»Sie brauchen sich doch nicht dafür zu entschuldigen, daß Sie mir Fragen nach Charles Duhamel stellen. Ich verstehe Ihre Gefühle dabei. Ich kann mich gut in Sie hineindenken, Herr Kommissar, wirklich. Ich konnte mich immer gut in die... andere Seite hineindenken.«
»Ja«, sagte Rolland, »das war der Grund all Ihrer Erfolge.«
»Ich glaube, wir sind uns sehr ähnlich«, sagte Eisenbeiß. »Ihre Erfolge kamen auf die gleiche Weise zustande, wie ich jetzt sehe, Herr Kommissar. Noch einen Schluck? Aber ja doch! Geben Sie mir Ihr Glas! Sie auch, Herr Inspektor.« Er wärmte die Gläser wieder an. Ein Hund heulte in der Nacht.
»Charles Duhamel. Er war ein sehr guter, verehrter und bewunderter Bekannter, Herr Kommissar.« Rolland nickte. »Sein schrecklicher Tod hat mich tief getroffen. Mehr, als ich zeigen will. Ich beherrsche mich sehr.«
»Das sehe ich, Herr Eisenbeiß«, sagte Rolland mit ausdruckslosem Gesicht. Auf seiner faserigen Krawatte waren zwei gelbe Flecken.
»Sie suchen den armen Charles, Herr Kommissar«, fuhr Eisenbeiß fort, in die kleine Zeremonie mit der Spiritusflamme und den Schwenkgläsern vertieft. »Sie vermuten, daß er noch lebt.« Rolland sah ihn stumm an.
»Sie gehen herum und fragen. So viele Fragen. Da ist dieser Eisenbeiß, dieser Fälscher. Eisenbeiß, haben Sie für Ihren alten Bekannten Charles Duhamel Papiere gefälscht? Sie müssen die Frage stellen, Herr Kommissar. Ich bitte sehr. Santé! Sie zögern, denn Sie sind ein hochintelligenter Mensch. Sie haben viel erlebt. Sie wissen, was dieser Eisenbeiß antworten wird, wenn Sie ihn fragen. Es ist Ihnen direkt peinlich, ihn zu – sagen wir – verhören.«

»Ja«, sagte Rolland. »Sehr peinlich.«
»Sie sind nicht nur überzeugt davon, daß Duhamel noch lebt, sondern daß Eisenbeiß sogar weiß, wo sein bewunderter Bekannter sich jetzt aufhält. Nach dem Bombenattentat auf die EURO-AIR-Maschine ist Duhamel zu Eisenbeiß gekommen, das ist Ihre Ansicht, Herr Kommissar.« Der große Mann lehnte sich in seinen Stuhl zurück. Er seufzte. »Eisenbeiß ist mit Duhamel hier gewesen. Unten im ›Museum‹ hat er schöne neue Papiere für ihn hergestellt, damit Charles Duhamel ein neues Leben beginnen konnte.« Er trank. »Das alles wird Eisenbeiß Ihnen nun erzählen, Herr Kommissar, und er wird Ihnen auch sagen, wie Duhamel jetzt heißt und wie er jetzt aussieht und wo er jetzt lebt, nicht wahr?«
»Herr Eisenbeiß wird das natürlich nie im Leben tun«, sagte Rolland leise wie immer. »Den verehrten Duhamel verraten. Den Menschen, der ihn so erfolgreich verteidigt hat. Den Menschen, dem er verdankt, daß er nicht ins Gefängnis gehen mußte. Ich stelle mir vor, ich wäre Herr Eisenbeiß, diese große, einmalige Persönlichkeit. Ich stelle mir vor, Charles Duhamel wäre mein alter Bekannter. Sie verstehen, Herr Eisenbeiß, daß ich traurig bin.«
»Und Sie verstehen meinen Schmerz, Herr Kommissar«, sagte Eisenbeiß. »Denn Sie irren sich. Duhamel lebt nicht mehr. Er hat mich nicht aufgesucht und um falsche Papiere gebeten. Der arme Charles ist tot. Lassen Sie uns trinken darauf, daß er glücklich ist, wo immer er sich befindet.« Eisenbeiß und Rolland tranken, Wallner nicht.
»So«, sagte er grob, »und jetzt hör ma auf mit dem Schmarrn, Eisenbeiß. Jetzt hamma gnua Theata gspült.«
»Herr Inspektor, wirklich, ich weiß nicht, wie ich diese Worte verstehen soll. Immerhin sind Sie hier mein Gast, und es geht um einen Toten.«
Wallner schüttelte den bulligen Schädel. »Es geht um kan Toten. Ihr oida Bekannter is sehr lebendig. Schaun S', Eisenbeiß: daß S' eahm an Paß und des ganze andere Glump gfälscht ham, des wißma eh. Darum geht's uns a gar net. Klar ham S' Eahnam Bekannten linke Papiere gmacht, wie er zu Eahna kumma is.«
»Es schmerzt mich, Sie so reden zu hören, Herr Inspektor.« Eisenbeiß schüttelte den Kopf. »Sie sollten das nicht tun, Sie versündigen sich an einem Toten.«
»Warum warn S' denn net bei der Aussegnung, Eisenbeiß? I war

da«, sagte Wallner. »I war sogar bei dem Gemeinschaftsbegräbnis. Dort warn S' aa net. Warum net, Eisenbeiß? Ihr verehrta oida Bekannta – und Sie erweisen eahm net amal die letzte Ehre?«
»Ich habe es nicht über mich gebracht, Herr Inspektor. Ich konnte einfach nicht. Es war stärker als ich.«
»Ja«, sagte Rolland, »das kann ich verstehen – wenn ich mich in Sie hineindenke, Herr Eisenbeiß.«
»Ich danke Ihnen, Herr Kommissar. Der Inspektor kann es nicht. Wie bedauerlich.«
»Se ham ka Zeit ghabt«, sagte Wallner ungerührt. »Geben S' mia noch an Schluck. Aba lassen 'S die Scheißerei mit'm Anwärmen. Se warn beschäftigt. Se ham die linken Papiere herstelln müßn, dem Charles hat's pressiert. Mir ham damals a Terroristenfahndung ghabt. Viele Kontrollen. Er hat de linken Papiere braucht, Ihr guada oida Bekannta.«
»Sie haben genaue Inventarlisten meines ›Museums‹, Herr Inspektor. Sehen Sie doch nach, ob ein Vordruck, ob ein Formular fehlt.«
»Und Se ham a Ersatzlaga, Eisenbeiß, des wißn mir aa. Se ham des, was gfehlt hat, natürlich glei wieder ergänzt. Des alles is uns klar. Is Eahna eigentlich klar, Eisenbeiß, daß mir imma sehr großmütig gwesen san gegen Se? Außerordentlich großmütig. Ma muaß scho sagn: fahrlässig großmütig! So a Zustand kann sich natürlich ändern. Wie nix kann der sich ändern.«
»Ich bin mir keiner strafbaren Handlung bewußt, Herr Inspektor. Und ich habe den besten Anwalt des Landes. Hat eine kleine Schwäche, der Gute: Er ist eitel. Die wichtigen Journalisten aller großen Zeitungen sind seine Freunde. Die Öffentlichkeit reagiert immer außerordentlich heftig, wenn die Polizei ihre Position mißbraucht, um einen Menschen ... sollen wir sagen: ungerechterweise anzuklagen, zu bedrohen, zu einer Aussage zwingen zu wollen, die falsch wäre, den – natürlich unsinnigen – Versuch zu machen, ihn ... sollen wir sagen: zu erpressen? Wie ist das bei Ihnen in Frankreich, Herr Kommissar? Reagiert die Öffentlichkeit da auch so gereizt?«
»Genauso«, sagte Rolland trübe.
»Wer redt denn von ana Erpressung?« fragte Wallner erstaunt. »Um a bißl a Mitarbeit bitten mir Se, Eisenbeiß, sonst nix. A bißl a Mitarbeit. Auf was für an Namen ham S' de Papiere ausgstellt?«

»O Gott«, sagte Eisenbeiß und sah Wallner fassungslos an. »Das nennen Sie ein bißchen Mitarbeit?« Er blickte zu Rolland. »Herr Kommissar!«
»Wirklich, Herr Inspektor«, sagte dieser. »Das war ungehörig. Verzeihen Sie meinem Kollegen, Herr Eisenbeiß, ich bitte Sie.«
»Also wollen wir ihm verzeihen«, sagte Eisenbeiß.
»Hörn S', Eisenbeiß«, brüllte Wallner plötzlich los, »wann Se glaum, Se könne Eahna über mi lustig machen, nacha ham S' Eahna gschnittn. Scheiß auf Eahnan prima Anwalt! Scheiß auf die Presse! Mit Eahna wern mir noch fertig, Eisenbeiß, aa mit Eahna, verlassen S' Eahna drauf!« Er verstummte, heftig atmend, und biß sich auf die Lippen.
»Jetzt haben Sie das winzige Stückchen Hoffnung zerstört, das ich immer noch hatte, Herr Inspektor«, sagte Robert Rolland.
»Tut mir laad«, sagte Wallner.
Niemand antwortete.
»Es tut mir leid, Herr Eisenbeiß«, sagte Wallner, bemüht hochdeutsch.
»Hab's gehört, Wallner«, sagte dieser.

II

»Herr Langenau ...«
»Monsieur Duhamel?«
»Sind Sie wahnsinnig geworden?«
»Es wäre mir fast lieber, ich wäre es«, sagte er.
Wir saßen einander gegenüber und flüsterten plötzlich beinahe. Der Regen schlug an die Scheiben, und der Sturm rüttelte an ihnen, aber in dem großen Haus war es still, so sehr still.
»Warum nennen Sie mich Monsieur Duhamel und einen Mörder, der nicht bereut?«
»Weil Sie ein Mann namens Charles Duhamel sind und einen Mord begangen haben, den Sie nicht bereuen.«
Danach sahen wir einander in die Augen. Er hielt es länger aus. Ich mußte den Blick abwenden. Ich fragte: »Was ist das für eine irrsinnige Geschichte?«
»Es ist die Wahrheit, Monsieur Duhamel«, sagte er, und er war den Tränen nahe. »Wollen Sie die Wahrheit hören? Meine Wahrheit?«

Ich nickte schwach. Mir war so elend, daß ich nicht hätte aufstehen und weggehen können. Ich wäre sofort umgefallen. Nun hielt ich mich an dem schweren Holztisch fest.
»Es tut mir alles sehr leid, das möchte ich zuerst betonen«, sagte er, immer leise.
»Tröstlich«, sagte ich. »Und jetzt erzählen Sie Ihre Wahrheit.«
»Erinnern Sie sich an den einundzwanzigsten September, Monsieur Duhamel?« Er fuhr sich über die Stirn. »Natürlich erinnern Sie sich. Am einundzwanzigsten September sagten Sie mir und dem Azubi, daß Sie am zweiundzwanzigsten September vormittags nach Frankfurt zu Ihrer Frau – damals noch Fräulein Rosner – fliegen und am Abend mit ihr zurückkommen wollten. So war das doch, oder?« Er legte die Pfeife fort, stand auf und begann, hin und her zu gehen.
»So war das«, sagte ich. »Und?«
»Und an diesem Abend hat einer von diesen Kerlen auf mich geschossen. Hier, am Isebekkanal. Ich war mit ein paar türkischen Freunden zusammengewesen. Gegen halb zehn kam ich heim. Die Straße ist nachts sehr einsam, das wissen Sie ja. Nun, als ich ausstieg, drückte der Kerl ab. Er verfehlte mich um ein paar Zentimeter. Die Kugel schlug in ein parkendes Auto ein.«
»Großer Gott«, sagte ich.
»Ich bekam einen Heidenschreck, hatte aber den guten Einfall, mich fallen zu lassen, als wäre ich getroffen. So blieb ich reglos liegen. Der Kerl kam heran, um nachzusehen, ob ich tot war, und als er sich über mich beugte, packte ich ihn und riß ihn zu Boden. Es gab eine große Prügelei, aber ich hatte Pech.«
»Was heißt das: Sie hatten Pech?« Ich hörte mich reden wie einen fremden Menschen. Es war alles so, als würde es einem anderen passieren, einem fremden Menschen, nicht mir.
»Das heißt, daß er entkam. Er trat mir mit voller Wucht in den Rücken, und das tat wahnsinnig weh. Ich fiel wieder auf die Straße, und er rannte fort. Ich lief in meine Wohnung und rief die Polizei an. Sie schickten eine Funkstreife her. Die zwei Beamten aus der Kneipe kamen, erinnern Sie sich an die?«
»Ja.«
»Großes Theater. Scheinwerfer und Fotografieren und Absperrungen der Straße. Es dauerte eine Weile, dann hatten sie das Einschlagloch der Kugel im Dach dieses Autos gefunden, und danach suchten sie über die große Kennzeichenkartei den Mann heraus, dem der Wagen gehörte, einen Mann hier in der Nähe.

Und sie holten ihn aus dem Bett. Er mußte seinen Wagen öffnen, weil sie doch die Kugel brauchten. Sie fanden sie im Armaturenbrett. Dort war sie steckengeblieben. Hatten ihren großen Auftritt, die Ballistiker. Das ging dann nur so los mit Einschlagwinkel und Entfernungen feststellen.«
»Was für Entfernungen?«
»Na, da auf der Kanalseite ist der Boden doch weich auf dem Gehsteig, nicht?«
»Ja.«
»Sie fanden Fußspuren über Fußspuren, natürlich, aber auch eine, die von hinter einem Laster bis dorthin führte, wo ich mich hatte fallen lassen, und von da wieder weg – in die Richtung, in die der Kerl geflüchtet war. Und sie gossen ein paar besonders schöne Schuhabdrücke mit Gips aus, sie hatten eine Menge zu tun. Endlich waren sie fertig und verschwanden. Herr Reining hat übrigens das meiste mitgekriegt. Ich habe ihn gebeten, nicht mit Ihnen darüber zu reden.«
»Herr Reining?«
»Der Mann vom Wach- und Sicherheitsdienst, den wir vorhin getroffen haben. Der mit dem Rheumatismus.«
»Ach so, natürlich, ja, der.« Ich hatte Herrn Reining ganz vergessen. »Warum haben Sie ihn gebeten, nicht mit mir darüber zu reden?«
»Lassen Sie mich weitererzählen, dann werden Sie es verstehen.« Hin und her ging er, hin und her. »Ich habe nicht geschlafen in dieser Nacht. Ich hatte einen leichten Schock, und dann war da die Geschichte mit Ihnen.«
»Wieso mit mir?«
»Gleich nachdem ich wieder in der Wohnung war, rief ich Sie an. Das war so gegen halb zwölf. Es meldete sich niemand. Ich versuchte es wieder und wieder. Nichts. Sie hoben nicht ab. Sie waren nicht zu Hause.«
»Woher wollen Sie das wissen?«
»Ich weiß es. Soll ich weitererzählen? Der Reihe nach?«
»Natürlich«, sagte ich. Dann fiel mir etwas ein. »Warum haben Sie überhaupt bei mir angerufen? Um mir zu erzählen, daß man auf Sie geschossen hat?«
»Nein.«
»Sondern?«
»Weil ich Angst um Sie hatte.«
»Angst um mich? Warum?«

»Der Kerl, mit dem ich mich prügelte, hatte gekeucht: ›Jetzt kriegt ihr zwei Hunde euer Fett.‹ Ich wollte Sie warnen. Ich hatte es gleich tun wollen, aber dann in der ersten Aufregung vergessen. Nun fiel es mir wieder ein. Vielleicht waren die Kerle in dieser Nacht unterwegs, um zu versuchen, auch Sie umzulegen. Das machte mich vollkommen verrückt. Vollkommen. Sie reagierten nicht auf das Klingeln des Telefons, also waren Sie nicht zu Hause, also konnte man Ihnen noch auf der Straße auflauern oder Sie in eine Falle locken. Vielleicht war Ihnen schon etwas passiert. Ich rief bei der Polizei an und fragte, ob noch ein Überfall gemeldet worden sei. Nein, sagten sie mir. Da rief ich wieder bei Ihnen an.«

»Ich habe es nicht gehört. Ich bin früh schlafen gegangen an diesem Abend. Und ich habe ein Mittel genommen, denn ich war sehr nervös wegen Andreas krankem Vater.«

»Das ist nicht wahr.« Er war vor mir stehengeblieben.

»Erlauben Sie . . .«

Er bewegte den Kopf von links nach rechts und von rechts nach links, unerbittlich wie ein Engel der Vergeltung. Und er sagte: »Sie waren nicht zu Hause. Das wissen Sie so gut, wie ich es weiß.«

»Und woher wollen Sie es so gut wissen?«

»Dazu komme ich gleich.« Er nahm seine Wanderung wieder auf. »Ich lag also wach im Bett und versuchte immer wieder, Sie anzurufen. Ich glaubte jetzt nicht mehr, daß Sie in eine Falle gelockt worden waren. Daß Sie so fest schliefen, glaubte ich sowieso nicht.«

»Also, was glaubten Sie?«

»Daß Sie mich angelogen hatten mit dem Flug nach Frankfurt.«

Meine Zähne taten plötzlich weh.

»Aber warum?« sagte ich. »Warum hätte ich Sie anlügen sollen, Herr Langenau?«

»Ja«, sagte er, »das habe ich mich auch gefragt. Warum hatten Sie mich angelogen? Was taten Sie in dieser Nacht? Das setzte sich als eine fixe Idee bei mir fest, Monsieur Duhamel. Ich sagte ja, ich stand unter Schock. Ich konnte nicht schlafen. Ich rief immer wieder bei Ihnen an. Jetzt, um zu kontrollieren, ob Sie da waren. Verzeihen Sie mir! Ich war völlig durcheinander. Daß sich niemand meldete, muß ich Ihnen nicht sagen. Am Morgen dann tat ich etwas noch Schlimmeres.«

»Was?«

»Ich fuhr zum Reisebüro in der Alsterdorfer Straße. Auf eine reine Vermutung hin. Sie wohnen in dieser Straße, das Büro ist nicht weit von Ihrem Haus entfernt. Ich sagte, daß Sie mein Freund seien und daß ich Sie suchte. Ich beschrieb, wie Sie aussehen. Ich fragte, für welche Maschine Sie einen Platz nach Frankfurt gebucht hätten. Eine junge Frau neben dem Herrn, den ich fragte, mischte sich ein und sagte, sie würde sich noch an Sie erinnern. Sie hätten aber bei ihr kein Flugticket nach Frankfurt gekauft, sondern eine Schlafwagenkarte für den Zug nach Paris, der um 21 Uhr 40 hier abfährt und um 7 Uhr 40 in Paris ankommt.« Er blieb wieder vor mir stehen und legte eine Hand auf meine Schulter. Seine Stimme vibrierte. »Das war infam von mir. Und es tut mir leid. Gott, tut es mir leid. Was habe ich damit angerichtet!«

»Wieso? Haben Sie der Polizei . . .«

Er nahm die Hand von meiner Schulter. »Nein, ich habe keinem Menschen etwas davon gesagt. Ich habe mich geschämt für meine Schnüffelei, sehr geschämt. Ich habe mir vorgenommen, besonders freundlich zu Ihnen zu sein, wenn ich Sie wiedersehe. Ich war besonders freundlich, erinnern Sie sich?«

»Ja, ich erinnere mich«, sagte ich, trank mein Glas aus und füllte es neu. Das volle Glas trank ich in einem Zug leer und füllte es wieder.

»Ich habe mir gesagt, Sie hatten einfach irgendeine private Angelegenheit in Paris zu erledigen, die niemanden etwas anging, mich schon gar nicht. Deshalb habe ich Ihnen auch nichts davon erzählt, daß auf mich geschossen worden ist. Um Sie nicht zu beunruhigen. Damit hätte die Geschichte zu Ende sein können. Sie war es aber nicht. Leider. Zwei Tage nachdem Sie zurückgekommen waren, sah ich, wie Hernin heimlich einen Pack Zeitungsseiten in Ihre Aktentasche steckte. Sie verschwanden mit den Seiten unterm Hemd auf dem Klo und blieben eine Weile dort. Dann schoben Sie die Seiten wieder unauffällig in die Aktentasche. Während der nächsten Tage paßte ich auf. Dasselbe geschah. Dann mußte ich etwas in der Stadt erledigen, vielleicht erinnern Sie sich. Ich hatte gesehen, daß es ausländische Zeitungen waren. Wo bekam man die? Am Bahnhof, beim Internationalen Zeitungskiosk. Denken Sie von mir, was Sie wollen, Monsieur Duhamel. Ich fuhr gegen Abend zum Bahnhof. Nach einer Weile kam Hernin. Ich sah deutlich, welche Pariser Blätter er kaufte. Als er gegangen war, kaufte ich die

gleichen. Ich sagte ja, denken Sie von mir, was Sie wollen. Ich mußte einfach die Wahrheit wissen. Ich hatte ein furchtbares Gefühl. Nun, als ich dann hier zu Hause die Zeitungen las, sah ich, daß mein furchtbares Gefühl richtig gewesen war.« Er blieb am Tisch stehen, und auch er trank jetzt sein Glas hastig aus, füllte es neuerlich und trank es wieder leer. Dann ging er weiter auf und ab. »Von da an bin ich, nach Geschäftsschluß und nachdem ich Sie heimgebracht hatte, jeden Tag noch zum Bahnhof gefahren und habe mir die französischen Zeitungen gekauft. Ich habe alles über den Mord an Jean Balmoral gelesen, auch das Interview mit Madame Duhamel, die davon überzeugt ist, daß ihr Mann noch lebt. Ihre Frau ist zurecht davon überzeugt, Monsieur Duhamel.«
»Nennen Sie mich nicht andauernd Monsieur Duhamel!« schrie ich. »Ich bin nicht Duhamel! Sie sind doch wahnsinnig!«
Er sah mich an, und wieder mußte ich den Blick abwenden.
»Ich weiß nicht, was Hernin mit dem Mord zu tun hat«, sagte Langenau und nahm seine Wanderung wieder auf. »Er ist Ihr Freund. Ich denke, Sie haben ihm die Wahrheit gesagt, und er hat Ihnen dann immer die Zeitungen besorgt, denn Sie konnten ja nicht gut zum Bahnhof fahren, Ihrer Frau wegen, unser aller wegen. Ein wirklicher Freund, dieser Hernin. Ich bin auch Ihr Freund, Monsieur Duhamel. Lachen Sie nicht! Aber ich kann nicht weiter in Ihrer Nähe leben.«
Ich hob mein Glas und stellte es wieder hin. Auf keinen Fall dich jetzt besaufen, dachte ich. Ich hatte schon zuviel getrunken. Ich war nahe daran, Langenau die ganze Wahrheit zu erzählen – ich meine das von der Wahrheit, was er noch nicht wußte. »Ein dreckiger Schuft war Balmoral«, sagte ich, schwer atmend.
»Er war ein *Mensch*«, sagte Langenau. Jetzt standen wir einander gegenüber, mitten im Zimmer, nahe dem Waffenregal. Vor uns hing das große Kruzifix an der Wand. »Niemand«, sagte Langenau, »hat das Recht, einen anderen Menschen zu töten. Warum gehen Sie nicht zur Polizei, Monsieur Duhamel? Ich habe darauf gewartet und gewartet – vergebens.«
»Zur Polizei?«
»Ja.«
»Ich denke nicht daran!«
»Oh, aber Sie müssen zur Polizei gehen.«
»Niemals!«
»Doch, doch!«

Mein Blick irrte von ihm fort durch den Raum, über das Waffenregal, erfaßte die große Wehrmachtspistole mit dem Schalldämpfer, setzte sich an ihr fest. Mehr und mehr geriet ich außer mich. Der Wein. Der viele Wein. Ich hätte nicht so viel trinken sollen.
Ich starrte noch immer die Pistole an, als er sagte: »Wollen Sie mich erschießen? Mich auch? Wie Balmoral? Die Gelegenheit ist günstig. Das Haus ist menschenleer. Wollen Sie mich erschießen, Monsieur Duhamel?«
Ich zitterte am ganzen Leib.
Ich stand reglos.
Da war die Pistole. Ihr Lauf glänzte im Licht, kalt und blau.
»Sie haben doch schon einen Menschen erschossen«, drang Langenaus Stimme an mein Ohr, von weit, weit her. »Einen Menschen, der Ihnen gefährlich wurde. Sie haben ihn einfach ermordet. Das ist natürlich auch eine Methode. Es scheint Ihre Methode zu sein, wenn Sie sich von einem Menschen bedroht fühlen. Wollen Sie einen zweiten Mord begehen, Monsieur Duhamel? Wollen Sie die Pistole nehmen und mich töten und beiseiteschaffen . . .«
»*Aufhören!*« schrie ich. »*Hören Sie auf!*« Ich taumelte nach rückwärts, fort von dem Waffenregal, sackte auf einem Sessel zusammen und bedeckte das Gesicht mit den Händen. Auch meine Hände zitterten. »Hören Sie auf!« flüsterte ich jetzt. »Hören Sie auf!«
»Ich kann nicht aufhören«, sagte er leise, fast freundlich. »Sie müssen zur Polizei gehen. Wenn der Ermordete wirklich ein schlechter Mensch gewesen ist, so wird man das gebührend in Betracht ziehen.«
Meine Hände fielen herab. Ich keuchte. Über meine Wangen rannen plötzlich Tränen.
»Bei einem Mord?« schrie ich. »Das glauben Sie doch selber nicht! Was verlangen Sie von mir? Wer sind Sie? Gott?«
»Sie müssen zur Polizei gehen, Herr Kent«, sagte er und kam nahe heran. *Kent* hatte er plötzlich gesagt!
»Und wenn ich nicht zur Polizei gehe? Und wenn ich nicht zur Polizei gehe? Dann gehen Sie zur Polizei, ja? Dann gehen Sie hin und sagen, Kent ist Duhamel, und Duhamel hat Balmoral erschossen. Das tun Sie dann, wie?«
Er sagte: »Sie wissen nicht, was Sie reden. Gott hat mich all dies erkennen lassen, damit ich Sie dazu bringe, sich zu stellen.« Und

immer neue Tränen strömten über mein Gesicht. Tränen der Ohnmacht. »Ich lasse Ihnen schon so lange Zeit damit«, sagte er mit diesem trockenen, kehligen Akzent, »denn ich habe Sie wirklich gern. Ich wäre gern Ihr Freund wie Hernin.«
Wieder irrte mein Blick zu der großen Pistole.
Wieder bemerkte er es.
Er trat zur Seite, als ich aufstand.
»Sie wollen also doch lieber wieder töten als sich stellen, Monsieur Duhamel?«
Ich wandte jäh den Blick ab. Warum hatte er seine verfluchten Waffen da ausgestellt? Warum?
»Nein . . .«, keuchte ich, »nein! Ich will nicht töten . . . Sprechen Sie nicht so . . . Was tun Sie mit mir, Langenau, was tun Sie mit mir?«
»Ich will Sie dazu bringen, zur Polizei zu gehen.«
»Niemals!« schrie ich. »Niemals im Leben gehe ich zur Polizei!«
»Ich bete darum, daß Sie gehen und ein Geständnis ablegen«, sagte er. »Ich bete schon so lange darum. Ich werde weiter darum beten. Und auch für Sie, Herr Kent.«
»Ich gehe nicht! Ich gehe nicht!«
»O doch«, sagte er. Dieser Mann. Dieser Mann. Ich starrte ihn an, diesen frommen, guten Mann. Er sagte: »Von mir haben Sie nichts zu befürchten. Ich werde Sie niemals verraten. Denn ich bin sicher, Sie werden alles gestehen.« Er trat vor und legte mir eine Hand auf die Schulter. »Aber Sie verstehen auch, daß ich von Ihnen fortgehen muß, nicht wahr? Jetzt verstehen Sie mich, Monsieur Duhamel.«
»Ja«, sagte ich. »Ja, Herr Langenau, jetzt verstehe ich Sie.«
»Fahren Sie nach Hause«, sagte er. »Ich bringe Sie hinunter.«
Ich folgte mechanisch. Im Treppenhaus war es totenstill. Die Kabine des Lifts kam, nachdem er auf den Knopf gedrückt hatte. Wir fuhren hinunter. Er sperrte die Tür auf. Er gab mir die Hand. »Verzeihen Sie mir, Herr Kent«, sagte er. »Ich kann nicht anders. Verstehen Sie mich?«
Und wieder sagte ich: »Ja, ich verstehe Sie.«
»Ich werde für Sie beten«, sagte er noch. Dann fiel das Haustor zu, und ich hörte, wie er von innen absperrte. Lange Zeit stand ich da, ohne mich zu rühren. Regen peitschte mir ins Gesicht, der Sturm zerrte an meinem Mantel. Ich fühlte nichts. Endlich ging ich langsam über die Straße zum Mercedes und setzte mich hinter das Steuer. Ich starrte in die Dunkelheit und dachte daran,

was Langenau zuletzt getan hatte. Zuletzt hatte er ein Kreuz über meiner Stirn geschlagen.

12

Ich konnte noch nicht nach Hause zu Andrea. Ich war viel zu erregt. So durfte sie mich nicht sehen. Niemand durfte mich so sehen.
Ich startete den Motor und fuhr los, ohne Ziel, nur um zu fahren. Ich hoffte, daß das Fahren helfen würde. Ich mußte mich dabei auf die Straße konzentrieren. Ich konnte nicht ununterbrochen an das Eine denken, an Langenaus Worte.
Die Straßen lagen verlassen. Der Sturm zerrte wild an den Verspannungen der Lampen, die Scheibenwischer bewegten sich schnell hin und her, auf dem Wagendach dröhnten Regenböen. Hauptbahnhof. Er hat gesagt, er wird mich nie anzeigen. Hat er die Wahrheit gesagt? Hat er gelogen? Hat er mich schon angezeigt? Ist das nur Teil eines Plans gewesen? Eines Plans der Polizei? Sind sie hinter mir her? Um zu sehen, was ich jetzt tue? Wie ich reagiere? Ich wollte nicht denken. Ich mußte aber denken. Adenauer-Allee. Borgfelder Straße. Weiter in Richtung Autobahn.
Und wenn er die Wahrheit gesagt hat und mich niemals anzeigt, niemals verrät? Dann bin ich sicher vor ihm. Bin ich sicher? Wenn er sehr krank wird, hohes Fieber hat, im Delirium redet, alles erzählt, ohne es zu wollen? Was geschieht dann? Kann ich sicher sein, solange Langenau lebt? Ja, kann ich? Der Sturm schüttelte den Wagen. Ich mußte das Lenkrad fester halten. Wo war ich? Horner Landstraße. Mechanisch fuhr ich weiter.
Was tat ich hier? Warum war ich hierher gefahren? Die Häuser wurden niedriger, die Laternen seltener. Weidenstrünke tauchten hinter den Straßengräben auf, verkrüppelt, schwarz, unheimlich. Durch ein paar kleine Orte fuhr ich. Gelb leuchteten die Namentafeln im Scheinwerferlicht durch Regenschleier. Richtungsweiser waren da: BILLSTEDT, MOORFLEET, OSTSTEINBEK. Auf einmal wußte ich, wohin ich fuhr. Nach Reinbek hinaus. Nach Reinbek, dem kleinen Ort, den Andrea und ich so liebten. Seit sie den neuen Wagen hatte, waren wir ein paarmal dagewesen – mit dem Mercedes, nicht mit der S-Bahn. Diese

Straße hatten wir genommen. Mein Unterbewußtsein. Wenn schon nicht zu Andrea, dann hinaus nach Reinbek, nach Reinbek. Der Sturm wütete jetzt, auf dem Wagendach machte der Regen einen Höllenlärm. Ich kurbelte das Seitenfenster einen Spalt herunter und roch sofort Brackwasser und Torf. Hier war Moorland. Und wenn ich nicht zur Polizei ging? Wenn ich mich nicht stellte? Ich bereute nichts. Ich würde nie etwas bereuen. Ich würde nie zur Polizei gehen und gestehen. Würde Langenau das zulassen? Wie groß war seine Geduld? Ein gnadenloser, unerbittlicher Gläubiger war er. Und wenn sein Gott ihm befahl zu tun, was ich nicht tat, nie tun würde? Hätte ich nicht doch die Gelegenheit ... dachte ich und fuhr danach entsetzt hoch. Besaß ich wirklich kein Gewissen mehr?
Zur Rechten sah ich plötzlich Ziegelhaufen, Betonsäcke, schwere Baumaschinen, riesenhafte Kräne, langgezogene Fassaden, fünf, sechs Stockwerke hoch, mit Gerüsten davor, Häuser im Rohbau. Wer war hier am Werk? Sozialer Wohnungsbau? Die Bundeswehr? Wurde das eine Schlafstadt? Wurden das Kasernen? Die große Baustelle glitt vorbei. Gleich darauf erreichte ich Reinbek.
Auch hier sah ich keinen Menschen. Alle Fenster waren dunkel. Nur im Bahnhof brannte noch Licht. Da war der große, schwarze Mühlenteich. Ich hielt. Ich konnte nicht immer weiter so herumfahren. Hier, hinter dem Bahnhof, hatten wir den Wagen immer geparkt und waren zu Fuß zu unserer Kuhle gegangen. Die war bei diesem Wetter gewiß überschwemmt. Ich legte den Kopf auf das Lenkrad. Was sollte ich tun? Mich auf Langenaus Worte verlassen? War es nicht eine Drohung gewesen, die er ausgesprochen hatte? Sie müssen sich stellen. Sie müssen sich stellen. Eine christliche Drohung.
Ich ließ den Motor wieder an.
Der Wagen bewegte sich nicht von der Stelle. Die Hinterräder drehten im nassen Sand neben dem Teich sausend durch. Ich fluchte. Ich versuchte, den Wagen, indem ich vor- und zurückschaltete, ins Schaukeln zu bringen. Der Versuch mißlang. Im Bahnhof war noch Licht. Ob mir jemand half? Gleich darauf verwarf ich diesen Gedanken wieder. Ich wollte in diesem Zustand von niemandem gesehen werden. Ich stieg aus. Regen und Sturm trafen mich mit solcher Wucht, daß ich gegen den Schlag zurückgeworfen wurde. Ich riß Äste von nahen Büschen, holte eine Fußmatte aus dem Wageninneren und eine alte Decke

aus dem Kofferraum und bettete das alles vor die Hinterräder. Längst war ich völlig durchnäßt und verdreckt. Dann saß ich wieder hinter dem Steuer. Lieber Gott, mach, daß der verfluchte Wagen fährt! Lieber Gott ... Das waren die Augenblicke, in denen ich betete. Oder wenn ich einen Anfall hatte, beispielsweise. Zum Kotzen. Ich war mir selbst zum Kotzen. Ich redete laut. Ich beschimpfte mich. Ich bemitleidete mich. Ich fluchte. Ich betete. Langsam, ganz vorsichtig gab ich Gas. Der Wagen ruckte ... ruckte ... und kam vorwärts.

Ich fuhr den weiten Weg zurück. Es wird schon gutgehen. Es wird schon gutgehen. Du darfst dich nicht verrückt machen. Bis jetzt ist alles gutgegangen. Ich sprach noch immer laut mit mir, aber ich war ruhiger geworden. Ruhiger und benommen. Das machte der Sturm. Schlafen. Ich wollte jetzt schlafen. Nein, zuerst mußte ich noch mit Andrea reden. Die wartete. Ich sah auf die Uhr am Armaturenbrett. Halb eins. Halb eins! Ich war seit Stunden weg. Gewiß machte sie sich Sorgen. Hatte sie Langenau schon angerufen und gefragt, wann ich fortgegangen war? Ich durfte ihr nichts von dieser Fahrt nach Reinbek sagen, sonst wurde sie mißtrauisch. Warum war ich nicht gleich nach Hause gekomen? Wieder einmal mußte ich sie belügen. Und ich mußte mich beeilen.

Ein Wagen mit aufgedrehtem Fernlicht kam mir entgegen, rasend schnell. Die Scheinwerfer blendeten mich. Der Kerl fuhr auf meiner Straßenseite! Ich riß das Steuer herum. Der Mercedes schleuderte nach links und krachte gegen ein Hindernis. Der andere Wagen brauste rechts so nahe an mir vorbei, daß ich das hagere, bleiche Gesicht des Fahrers sehen konnte. Was war das? Ein Verrückter? Ein Kerl, der mich umbringen wollte? In meiner Angst begann ich wieder zu fluchen. Ich stieg aus. Ich war in das Gerüst vor einer Hausfassade an der großen Baustelle hineingefahren. Der linke Kotflügel war eingedrückt, der linke Teil der Stoßstange zurückgebogen. Das fehlte noch! Ich kroch wieder hinter das Steuer. Tränen der Wut und der Schwäche füllten meine Augen. Ich legte den Rückwärtsgang ein und gab Gas. Im nächsten Moment brach vor mir ein Teil des Gerüsts zusammen. Stahlrohre und Holzbretter wirbelten herab. Ich wechselte den Gang und raste davon, so schnell ich konnte. Nur weg hier, weg, weg!

13

»Kater!«
Sie kam mir in der Diele entgegengeeilt. Ihr Gesicht war weiß. Sie umarmte mich wild.
»Entschuldige, Hörnchen ... Es hat so lange gedauert ... Und dann habe ich mich noch in der Stadt verfahren ...«
Unter mir bildete sich eine Pfütze. Die Schuhe, die Hosenbeine waren durchweicht und voller Sand und Schmutz.
»Wie siehst du aus!«
»So ein Saukerl ist mir auf meiner Spur entgegengekommen. Ich mußte den Wagen verreißen. Bei einer Baustelle. Dabei bin ich gegen ein Gerüst gefahren. Der Kotflügel hat was abgekriegt und die Stoßstange.«
»Zieh dich aus, Kater, schnell! Komm, ich helfe dir. Ein Betrunkener?«
»Ich weiß nicht. Vielleicht. Vielleicht ein Irrer.« Daß es Absicht gewesen sein könnte, sagte ich nicht.
»Wo?«
»In der Stadt. Ich habe mich doch verfahren ...«
»Ja, das hast du schon gesagt ... Ach, armer Kater ... Kannst mir alles später erzählen, nur raus aus den nassen Sachen ...«
Dann saß ich im dampfenden Wasser der Badewanne. Andrea hatte mir ein Glas mit heißem Whisky gebracht. Ich trank in kleinen Schlucken. Verrückt, mein Herz, verrückt: Ich war plötzlich glücklich, so glücklich. Und so optimistisch. Alles würde gutgehen, alles. Andrea saß auf einem Hocker neben der Wanne. Ich erzählte ihr, daß es mir nicht möglich gewesen war, Langenau umzustimmen.
»Stundenlang habe ich auf ihn eingeredet ... ihn angefleht ... angebettelt ... Nichts zu machen ... Er will weg, nach Hause, nach Innsbruck. Er hat genug von Deutschland, von diesen Faschisten, die hinter ihm her sind wegen seiner türkischen Freunde ... Weißt du, daß so ein Hund auf ihn geschossen hat?«
»Nein!« Andrea erschrak.
Ich erschrak auch. Was erzählte ich ihr da? In der Nacht, in der das geschehen war, hatte Langenau doch dauernd vergebens versucht, mich hier telefonisch zu erreichen. Am Morgen hatte er dann herausbekommen, daß ich nach Paris gefahren war. So hatte alles angefangen bei ihm. Wenn er das auch Andrea

erzählte . . . Nein, das erzählte er ihr nicht. Das erzählte er keinem Menschen. Das hatte er nur mir gesagt. Niemandem sonst würde er das sagen. Plötzlich war ich ganz sicher. Alle meine wüsten Gedanken da draußen im Moor – vergessen waren sie.
»Wann hat man auf ihn geschossen?«
»Vor einiger Zeit schon. Nachts, als er heimkam. Ich habe ihm versprechen müssen, daß ich dir nichts davon sage. Damit du keine Angst hast. Laß dir also nichts anmerken!«
»Nein, Kater, selbstverständlich nicht . . . Mein Gott, diese Verbrecher . . . Jetzt kann ich Langenau verstehen . . . Und dann auch noch der Überfall auf den Laden . . .«
»Er geht nicht aus Angst weg . . . Angst hat der keine . . . nie gehabt . . . Er geht weg aus Ekel . . . Das alles ekelt ihn zu sehr an, sagt er . . . Ich kann ihn auch verstehen, Hörnchen . . . Darum konnte ich ihn nicht umstimmen . . . Was für Gegenargumente hatte ich? Keine. Konnte ich ihm versprechen, daß es besser wird mit diesen Hunden? Nein. Schlimmer wird es werden, immer schlimmer. Und das wissen wir alle drei.«
»Ja«, sagte Andrea, »dieser Haß auf die Ausländer, er steigt und steigt, ich habe darüber gelesen. Sogar die SPD will jetzt einen härteren Kurs gegen Ausländer einschlagen, weil sie Angst hat, sonst Wähler zu verlieren. Auch eine Gemeinheit . . .«
»Ja, aber so ist es . . . So sieht es aus bei uns . . . Und Langenau mußte das fast mit dem Leben bezahlen. Er war sehr ernst . . .«
»Das kann ich mir denken . . . ein so feiner Mensch . . .«
»Und er hängt an uns . . .« Wie leicht ich log, wie mühelos, wie gewissenlos! »Ich habe Sie wirklich gern, hat er gesagt . . .« Das hatte er auch gesagt – aber in welchem Zusammenhang! »Zuletzt habe ich es aufgegeben. Wir können ihn nicht halten, Andrea. Er wird uns einen guten Nachfolger besorgen, wie er es dir versprochen hat.«
»Wer immer das ist, es wird nie Langenau sein.«
»Nein, natürlich nicht. Aber mehr bekommen wir nicht.«
»Willst du noch einen heißen Whisky?«
»Bitte, ja.«
Während sie fort war, überlegte ich mir etwas, und als sie mit dem vollen Glas zurückkam, sagte ich: »Danke, Hörnchen. Paß auf! Kleinigkeit, verglichen mit allem anderen. Aber trotzdem. Wir haben Wein getrunken, Langenau und ich. Der Wein und die Aufregung stiegen mir in den Kopf. Ich war betrunken, als ich

mich in der Stadt verfuhr. Darum habe ich auch nicht die Polizei gerufen, nachdem dieser Verrückte mich fast umgebracht hat. Die hätten sonst sofort eine Blutprobe veranlaßt und festgestellt, daß ich betrunken war. Ich war es so sehr, Hörnchen, daß ich nicht einmal mehr die Stelle finden könnte, wo es geschah.«
»O Gott, Kater, was stellst du bloß an! Mir wird ganz schlecht.«
»Ich war nach diesem Gespräch völlig durcheinander. Kannst du das nicht verstehen?«
»Natürlich kann ich es verstehen.«
»Es regnet so stark. Der Regen wäscht alles weg. Alle Spuren. Wenn man mich fragt, werde ich sagen, daß mir jemand in den Wagen gefahren ist. Während ich parkte. Während ich bei Langenau war. Ich habe es erst später gemerkt.«
»Du mußt es anzeigen, das ist Pflicht.«
Nun war ich betrunken. In diesem Zustand fand ich alles schön.
»Ja, es ist Pflicht«, sagte ich lachend. »Und seine Pflicht muß man tun. Es wird nicht das Geringste herauskommen dabei, aber ich zeige es an. Weil es Pflicht ist, geliebtes Horn.«
»Komm jetzt schlafen, Kater«, sagte Andrea und streichelte meine Schulter. »Ich sehe ja alles ein mit Langenau. Aber ich bin sehr traurig.«
Sie half mir aus der Wanne und beim Abtrocknen, und wir waren beide sehr müde und schliefen sehr fest.
Als wir am Morgen ins Geschäft kamen, war Langenau nicht da. Ich rief bei ihm an, aber er meldete sich nicht. Wir warteten bis zum frühen Nachmittag. Immer wieder rief ich bei Langenau an. Es meldete sich niemand. Und Langenau kam nicht. Er blieb verschwunden.

14

Um 14 Uhr 30 rief ich das Polizeirevier in der Sedanstraße an. Es lag in der Nähe von Langenaus Wohnung. Ich sagte, daß wir ihn nicht finden konnten und uns Sorgen machten.
Der Beamte am Apparat war sehr freundlich.
»Wann haben Sie Herrn Langenau zuletzt gesehen, Herr Kent?«
»Heute Nacht. Ich war bei ihm eingeladen.«
»Ach du lieber Gott, und da wollen Sie schon jetzt, nach ein paar Stunden, eine Vermißtenanzeige erstatten?«

»Ja.«
»Erst nach achtundvierzig Stunden, Herr Kent, erst nach achtundvierzig Stunden, nicht früher. Wo kämen wir denn da sonst hin?«
»Kennen Sie Herrn Langenau? Ich meine: Wissen Sie über ihn Bescheid? Wissen Sie, daß ein Mordanschlag auf ihn verübt wurde? Wissen Sie, daß wir beide erst vor kurzem zusammengeschlagen wurden und im Krankenhaus lagen?«
Ich telefonierte in Cat's Corner. Andrea war bei den Kindern unten im Tiefgeschoß, Robert Stark verkaufte.
»Ach so . . .« Die Stimme des Beamten wurde lauter. »Ja, natürlich weiß ich das alles. Sie haben recht, das ist in diesem Fall etwas anderes . . .«
»Außerdem ist mir heute nacht, als ich bei Herrn Langenau war, jemand in meinen parkenden Wagen gefahren. Wo kann ich das anzeigen?«
»Hier bei uns. Einen Moment . . .« Ich hörte ihn mit einem anderen Beamten sprechen. Dann: »Herr Kent?«
»Ja?«
»Würde es Ihnen etwas ausmachen, zu uns zu kommen? Jetzt gleich?«
»Ich komme.«
»Bringen Sie Ihren Wagen mit, damit wir ihn uns anschauen können.«
»Ist gut«, sagte ich.
Jetzt war ich wieder unruhig. Sehr unruhig. Wo war Langenau? Was war geschehen? Ich mußte vorsichtig sein und aufpassen. Sehr aufpassen. Etwas war passiert, das fühlte ich. Etwas Schlimmes.
Ich ging ins Tiefgeschoß und sagte Andrea, daß ich zur Polizei kommen sollte.
»Sie nehmen es ernst, ja?«
»Ja, Hörnchen. Ich melde auch gleich die Geschichte mit dem Wagen. Vergiß nicht, was ich dir gesagt habe.«
»Nein, Kater. O Gott, ich habe Angst . . .«
Während wir leise miteinander sprachen, waren die Kinder um uns herumgesprungen. Patty begleitete mich auf die Straße. Sie hinkte neben mir her zum Mercedes. Das Wetter war etwas besser geworden. Der schwere Regen der Nacht hatte den Sand vom Mühlenteich in Reinbek, wo ich steckengeblieben war, abgewaschen.

Ich setzte mich hinter das Steuer und umarmte Patty.
»So, nun geh zurück zu Tante Andrea, ja?«
»Ja.« Sie blieb stehen und sah mich an.
»Was ist denn noch?«
»Weißt du, was ich glaube?«
»Was glaubst du, Patty?«
»Ich glaube, der Onkel Conrad ist tot.«

15

Auf dem Revier arbeiteten mehrere Polizisten. Die beiden, die ich seit der Prügelei in der Kneipe kannte, warteten auf mich. Diesmal stellten sie sich vor. Der eine hieß Sattler, der andere Lentz.
»Wir haben auch die Ermittlungen geführt, als auf Herrn Langenau geschossen wurde in der Nacht zum zweiundzwanzigsten September«, sagte Sattler. »Kommen Sie, Herr Kent, hier nebenan ist ein Büro, da können wir uns unterhalten.«
Wir gingen in einen stillen Raum, in dem es nur einen großen Tisch und mehrere Stühle gab. Nachdem wir uns gesetzt hatten, begann Sattler: »Es war richtig von Ihnen, uns anzurufen, Herr Kent. Herr Langenau ist eine besonders gefährdete Person. Wir werden die Suche nach ihm sofort aufnehmen – nicht erst nach achtundvierzig Stunden. Sie waren vergangene Nacht bei ihm?«
»Ja. Wir mußten etwas besprechen – in Ruhe.«
»Darf ich fragen, was?«
»Herr Langenau wollte uns verlassen. Das hatte er meiner Frau gesagt, als ich noch im Krankenhaus lag. Sie wissen, wir . . .«
»Wir wissen«, sagte Lentz. »Warum wollte er Sie verlassen? Gab es ein Zerwürfnis, einen Streit? Sie waren doch miteinander befreundet, soviel ich weiß.«
»Das sind wir noch immer. Er wollte nicht nur uns verlassen, sondern Deutschland. Er wollte nach Innsbruck zurück.«
»Nach all den Jahren?«
»Nach all den Jahren. Meine Frau und ich vermuteten, daß er genug von diesen Nachstellungen der Neonazis hatte. Da wußten wir noch gar nichts von dem Mordanschlag. Das sagte er mir erst heute nacht bei unserem Gespräch.«
»Was? Davon hat er Ihnen vorher nichts erzählt?«

»Kein Wort.«
»Nicht zu glauben.«
»Na, Sie haben uns ja auch nichts erzählt, meine Herren!«
»Wir dachten natürlich, Sie wären informiert.«
»Und ich habe auch nichts in der Zeitung gelesen.«
»Das war Absicht. Nachrichtensperre. Auf Wunsch der Kripo. Die hielten das für besser«, sagte Sattler.
»Ja, jedenfalls erfuhr ich das erst heute nacht von Langenau. Die Vermutung, die meine Frau und ich gehabt hatten, war also richtig. Er hat genug, einfach genug, darum will er weg. Er hält diese Terroratmosphäre nicht mehr aus. Ich habe versucht, ihn von seinem Entschluß abzubringen, aber da war nichts zu machen. Wir redeten sehr lange miteinander. Sie können sich vorstellen, was ein Mann wie Langenau für uns bedeutet – ganz abgesehen von unserer Freundschaft.« Die beiden nickten. »Einen solchen Buchhändler finden wir nie wieder. Und jetzt ist er plötzlich verschwunden. Ich habe große Angst um ihn.«
Sattler sagte: »Wir müssen uns bei Ihnen entschuldigen. Damals im Sommer, in der Kneipe, da habe ich gesagt, diese Radaubrüder sind nur eine kleine, unbedeutende Minderheit. Inzwischen vergeht kaum ein Tag, ohne daß Ausländer angegriffen werden. Drei wurden ermordet seither, Geschäfte von Ausländern sind zerstört worden, die Schlägereien lassen sich kaum noch zählen. Eine Massenbewegung ist das geworden in der kurzen Zeit. Schlimm.«
»Wann sind Sie gestern zu Langenau gekommen?« fragte Lentz und zog ein Notizbuch hervor. »Wir brauchen ein paar Anhaltspunkte.«
»Gegen neun. Das Haustor war schon verschlossen. Ich läutete, und er kam herunter, um mir aufzumachen.«
»Haben Sie jemanden gesehen? Ich meine jemanden, der das beobachtete. Ich denke an Ihren Wagen.«
»Nein«, sagte ich. »Keinen Menschen. Es hat ja in Strömen geregnet, und dazu kam dieser Sturm, nicht wahr? Nein, ich habe keinen Menschen gesehen.« Da fiel mir etwas ein. »Genauer gesagt: auf der Straße. Im Haus haben wir dann den Mann vom Wach- und Sicherheitsdienst getroffen, diesen Herrn...«
»Reining«, sagte Lentz. »Otto Reining.«
»Sie kennen ihn?«
»Von dem Mordversuch her. Da hatte er Dienst, und wir verhörten ihn kurz. Routine. Den trafen Sie also?«

»Ja. Dann fuhren wir mit dem Lift zu Langenaus Wohnung hinauf, und da blieb ich – na ja, es war ein langes Gespräch – da blieb ich bis gegen Mitternacht. Knapp nach Mitternacht.«
»So lange?«
»Ich sagte doch, ich habe alles versucht, um ihn umzustimmen.«
»Ja, stimmt, Herr Kent, stimmt. Immerhin ... drei Stunden! Aber wir verstehen. Wir verstehen vollkommen. Haben Sie etwas getrunken während dieses langen Gesprächs?«
Vorsicht jetzt! Die ließen natürlich Langenaus Wohnung aufsperren, wenn sie nicht schon dort gewesen waren, und vielleicht standen Gläser und Karaffe noch auf dem Tisch. Sicher standen sie dort, wenn Langenau sie nicht fortgeräumt hatte.
»Rotwein«, sagte ich. »Langenau trank eine ganze Menge, er war sehr erregt ... Sie müssen verstehen, es fällt ihm wirklich nicht leicht, hier wegzuziehen. Auf der anderen Seite ist er schon völlig mit den Nerven fertig durch diese dauernden Angriffe.«
»Ein solcher Schrank von einem Mann«, sagte Lentz.
»Die sind oft besonders sensibel«, sagte sein Kollege. »Aber er war nicht betrunken, wie?«
»Keine Spur. Der verträgt etwas. Sie sagten ja selber: ein Schrank von einem Mann.«
»Er brachte Sie hinunter?«
»Natürlich. Er mußte die Tür aufsperren.«
»Haben Sie dabei zufällig wieder Herrn Reining gesehen?«
»Nein. Was soll das? Glauben Sie mir nicht?«
»Routine. Reine Routine. Und es war nicht die Rede davon, daß er überhaupt nicht mehr ins Geschäft kommen oder sofort verreisen wollte?«
»Keine Spur. Er wollte erst fortgehen, wenn er einen guten Nachfolger als Ersatz gefunden hatte.«
»Also ein ganz normaler Abschied bis zum Morgen.«
»Völlig normal.«
»Und dann entdeckten Sie, daß jemand in Ihren Wagen reingefahren war.«
»Nein«, sagte ich, »da noch nicht. Das Wetter war grauenhaft, ich machte, daß ich hinter das Steuer kam.«
»Klar«, sagte Lentz. »Und fuhren nach Hause.«
»Nicht gleich«, sagte ich. »Zuerst einmal saß ich längere Zeit im Wagen. Ich mußte immerzu daran denken, daß Langenau uns nun verließ. Ich habe ihn sehr gern. Meine Frau auch. Und er uns. Das beruht auf Gegenseitigkeit. Ich war so fest davon

überzeugt gewesen, daß ich ihn umstimmen könnte, und fühlte mich sehr deprimiert.«
»Kann man sich vorstellen«, sagte Lentz. »Aber schließlich sind Sie doch nach Hause gefahren, natürlich.«
»Ich ... ich war durcheinander, meine Herren. Schwer durcheinander. Ich weiß nicht, ob Sie sich das vorstellen können ...«
»Sicher, sicher«, sagte Lentz.
»Ich war wie vor den Kopf geschlagen. Ich fuhr noch ein wenig in der Stadt herum.«
»Um sich zu beruhigen«, sagte Lentz.
»Ja«, sagte ich.
»Wohin fuhren Sie denn?« fragte Sattler.
»Kreuz und quer. Zum Hauptbahnhof, Adenauer-Allee, Borgfelder Straße, ein weites Stück. Dann drehte ich um und fuhr direkt nach Hause.«
»Und als Sie ausstiegen, entdeckten Sie die Schäden an Ihrem Wagen.«
»Ja«, sagte ich. »Vor meinem Besuch bei Langenau war der Wagen noch heil, einen Zusammenstoß habe ich nicht gehabt, also muß es geschehen sein, während der Wagen vor Langenaus Haus parkte.«
»Das klingt logisch«, sagte Lentz. »Wo ist der Wagen jetzt?«
»Draußen«, sagte ich.
»Dann wollen wir ihn uns einmal anschauen«, sagte Lentz.
Wir gingen auf die Straße hinaus. Es regnete nicht mehr, aber ein kalter Wind wehte, und schwarze Wolken segelten tief. Die beiden Polizisten begutachteten die Schäden an dem Mercedes.
»Hören Sie, Herr Kent, haben da viele Wagen geparkt, heute nacht?«
»Nein, nur ein paar. Das ist doch ein Bürohaus. Die Leute, die dort arbeiten, fahren abends nach Hause.«
»Herr Kent, hätten Sie etwas dagegen, wenn wir die Rammstellen etwas genauer unter die Lupe nehmen?« fragte Lentz.
Mir wurde zusehends unbehaglicher.
»Nein«, sagte ich. »Natürlich nicht.«
»Vielleicht finden sich brauchbare Spuren. Wir haben ein sehr gutes Labor.« Na fein! Aber nun konnte ich nicht mehr zurück.
»Es geht auch ganz schnell. Morgen haben Sie den Wagen wieder. Und könnten Sie jetzt noch mit zum Kaiser-Friedrich-Ufer fahren und uns zeigen, wo Ihr Wagen gestanden hat?«
»Selbstverständlich.«

»Schön. Warten Sie bitte einen Moment, es geht sofort los. Ich muß bloß noch rasch Kommissar Hübner anrufen.«
»Wer ist denn das?«
»Kriminalpolizei. Die kommen natürlich gleich mit, wenn die Suche nach Herrn Langenau anfängt. Müssen sich die Wohnung anschauen, Spuren sichern, Zeugen befragen und so. Da sind wir nicht mehr zuständig. Da übernimmt die Kripo. Und die Kollegen vom Erkennungsdienst können sich gleich mal die Stelle ansehen, wo Ihr Wagen gestanden hat.«
»Bei dem Regen heute nacht . . .«
»Trotzdem. Alles wäscht auch ein solcher Regen nicht weg. Die finden sicher eine Menge.«

16

Hofrat Eugen Petermann arbeitete im Wiener Polizeikommissariat Hietzing. An den Wänden seines Büros hingen kolorierte Stiche seltener Fische. Die Bilder hatten alle dasselbe Format und dünne vergoldete Holzrahmen. Petermann, ein leidenschaftlicher Angler, war bei einem Antiquar auf sie gestoßen. Schlank, Ende Fünfzig, sah der Hofrat jünger aus, als er tatsächlich war. Er hatte sehr helle, scharfe Augen und ein schmales, kluges Gesicht.
»Wird ein paar Minuten dauern«, sagte er, legte den Telefonhörer auf und sah den kleineren seiner beiden Besucher an.
»Ich bin Ihnen wirklich ganz außerordentlich dankbar, Herr Hofrat«, sagte der zierliche Kommissar Rolland. Er trug einen blauen Anzug. Bisher hatte er, seit er in Wien war, einen braunen getragen. Der blaue sah nicht besser aus als der braune. »Sehen Sie«, fuhr Rolland fort, »wir waren bei Herrn Emanuel Eisenbeiß, einem großen Mann, wahrhaftig. Kein Wort aus ihm herauszubekommen. Was hat er wohl getan, nachdem wir weg waren? Seine alte Freundin, Madame Klosters, wird er angerufen haben. Herr Wallner erzählte mir von dieser Freundschaft und auch davon, daß Madame hier in der Maxingstraße ein Etablissement hat, in dem Herr Eisenbeiß gelegentlich Personen unterbringt, die . . . in . . . eh . . . Bedrängnis sind.«
»So ist es, Herr Kommissar«, sagte Petermann.
»Es wäre absolut unsinnig gewesen, Madame Klosters zu besu-

chen und sie zu fragen, ob sie während der Tage nach dem Flugzeugattentat in der Nacht zum sechzehnten Juni Maître Duhamel bei sich aufgenommen hat. Herr Wallner ist davon überzeugt, daß sie es getan hat. Er ist aber genauso davon überzeugt, daß sie es niemals zugeben würde. Ich hätte bei ihr nichts anderes zu erwarten als bei Herrn Eisenbeiß. Also habe ich mir erlaubt, Sie anzurufen. Eine winzige Chance, Herr Hofrat. Sie hatten doch damals diese Terroristenfahndung. Hotels, Pensionen und Absteigen wurden dabei überprüft – ich meine die Gäste. Vielleicht wurde auch das Etablissement von Madame Klosters überprüft, nicht wahr? Herr Wallner allerdings ist der Meinung, daß das eher nicht geschah. Ich verstehe nicht ganz, warum nicht.«

Petermann lächelte, nicht die Spur verlegen.

»Aber lieber Herr Kommissar! Das ist doch in jeder großen Stadt das gleiche.«

»Schöne Stiche haben Sie da an der Wand, Herr Hofrat. Was ist in jeder großen Stadt dasselbe?«

»Die Polizei braucht Hilfe. Die Polizei braucht Informanten.«

»Oh. Ach so. Madame Klosters ist also . . . hilfreich?«

»Sehr«, sagte Petermann. »Wir stehen uns gut miteinander.«

»Darum hab' ich erzählt, ich glaub' nicht, daß wir den Puff untersucht haben damals«, sagte Inspektor Wallner. »Jetzt verstehen Sie, Herr Kommissar, gelt? Ich hab' dem Herrn Hofrat nicht vorgreifen wollen.«

Das Telefon läutete.

Petermann, der einen eleganten Steireranzug trug, hob ab und lauschte längere Zeit einer Stimme, die schwach zu hören, aber nicht zu verstehen war. Er machte sich Notizen.

»Danke, Kalmar«, sagte er zuletzt und legte wieder auf. Er sah Rolland an. »Ja, also wir waren wirklich nicht nachschauen bei der Klosters.«

»Sehen Sie!« sagte Wallner.

»Man muß einfach alles versuchen, Herr Inspektor.« Rolland lächelte seinen österreichischen Kollegen freundlich und geduldig an.

»Warten Sie, ich bin noch nicht fertig«, sagte Petermann. »Das ist eine verrückte Geschichte. Die Leute auf der Wachstube haben da im Journalbuch eine Eintragung gefunden, die Klosters betreffend. Um einundzwanzig Uhr siebzehn am siebzehnten Juni hat da ein Arzt angerufen von ihrem Etablissement aus. Ein

gewisser Herr Doktor Mehl. Bei der Klosters hat ein Gast einen Herzanfall erlitten.«
»Herzanfall?« fragte Wallner aufgeregt.
»Was ist da so Besonderes daran?«
»Maître Duhamel ist herzkrank, Herr Hofrat«, sagte Rolland still. »Angina pectoris.«
»Ah, da schau her«, sagte der Hofrat. Seine Trachtenjacke hatte besonders schöne Hirschhornknöpfe. »Ja also, ein Gast hat einen Herzkasperl, einen ziemlich bösen gekriegt. So bös, daß die Klosters den Doktor Mehl gerufen hat. Jetzt kommt's: Der Gast – wer immer es war, vielleicht wirklich Ihr Maître Duhamel, Herr Kommissar –, also der Mann, der ist zwar ganz verwirrt gewesen und hat kaum noch schnaufen können, aber er hat dem Doktor Mehl verboten, ihn auch nur anzurühren. Sie wissen, in so einem Fall ist ein Arzt bei uns machtlos, Herr Kommissar.«
Robert Rolland nickte. Er hatte wieder die Hände auf den Knien gefaltet. Eine Gefühlsregung zeigte dieser Mann nie. »Der Doktor Mehl hat es mit der Angst gekriegt und hat die Wachstube hier angerufen. Er hat gesagt, das ist ein ganz kritischer Fall, der Mann ist außerdem noch schwer verwirrt, und er hat gebeten, daß sofort ein Polizeiarzt hinkommt. Der darf in einem solchen Fall jeden Kranken behandeln.«
»Bei uns«, sagte Rolland und bewunderte die Hirschhornknöpfe auf dem Steireranzug des Hofrats, »fahren dann immer zwei Kriminalbeamte mit.«
»Bei uns auch«, freute sich der Hofrat. »Also, die sind gleich mit einer Funkstreife los in die Maxingstraße . . .«
»Und als sie ankamen, war der Mann weg«, sagte Rolland.
»Woher wissen Sie das?«
»War er weg?«
»Ja. Aber wieso . . .«
»Ich habe mich in diesen Mann hineingedacht, Herr Hofrat. Entweder er gehörte zu den Terroristen – was ich nicht glaube –, oder es war Maître Duhamel. In beiden Fällen mußte er, und sollte es ihn das Leben kosten, verschwinden, bevor die Polizei kam.«
»Er war tatsächlich weg.« Petermann sah Rolland voller Respekt an. So ein kleiner, schlampiger Nebbich, stand auf seinem Gesicht, und ein so gescheiter Bursch. Diese Franzosen! Er sagte: »Im Journalbuch steht, die Beamten haben die Klosters gefragt, wo der Mann ist. Sie hat gesagt, er ist weggelaufen.«

»Natürlich«, sagte Rolland und sah auf seine wie üblich ungeputzten Schuhe.
»Nach dem Namen haben sie auch sofort gefragt. Aber die Klosters hat gesagt, sie kennt ihn nicht.«
»Natürlich«, sagte Rolland zum zweitenmal.
»Der Mann ist reingekommen, und, wumm, schon hat er seinen Anfall gehabt. Die Klosters hat ihn selbstverständlich nie vorher gesehen. Es hat ihr wahnsinnig leid getan, daß sie uns nicht hat helfen können.«
»Natürlich hat es ihr wahnsinnig leid getan«, sagte Rolland. »Es muß schrecklich für sie gewesen sein, Ihnen nicht helfen zu können. Sie war auch nicht in der Lage, den Mann ordentlich zu beschreiben. Sie war viel zu aufgeregt, nicht wahr?«
»Nein, also das hat sie sich doch nicht zu sagen getraut«, erwiderte Petermann. »Beschrieben hat sie ihn. Der Mann war sehr groß, große Nase, hohe Stirn, ganz kurz geschnittenes Haar, dunkle Hornbrille, leichter, blauer Anzug, blaue Krawatte, weißes Hemd.«
Petermann sah von seinen Notizen auf. »Sie haben mir Ihren Herrn Duhamel ganz anders beschrieben, und auf den Fotos, die Sie mir gezeigt haben, schaut er auch ganz anders aus – aber das spricht ja nur dafür, daß er es war. Er hat sich verändern müssen, so stark wie möglich. Bart weg, langes Haar weg, Brille aufsetzen ... Kleiner machen hat er sich nicht können, und große Nase bleibt große Nase, hohe Stirn auch. Herr Kommissar, das war er. Was glauben Sie?«
»Ich glaube gar nichts«, sagte Rolland. »Es gibt viele hochgewachsene Männer mit großer Nase und hoher Stirn.«
»Ja, aber daß er geflüchtet ist! Die Taxizentrale hat die Beschreibung per Funk durchgegeben. An alle Fahrer. Daraufhin hat sich sofort ein gewisser Rudi Pummerer gemeldet und gesagt, einen Mann, auf den die Beschreibung paßt und der auch sehr elend beisammen war, hat er in Hietzing, Am Platz vor der Kirche, aufgenommen und zum Westbahnhof gefahren.« Der Hofrat hatte wieder in seine Notizen gesehen. »Daraufhin haben wir am Westbahnhof Alarm ausgelöst – zwei Hundertschaften Polizei –, alles durchkämmt: die Halle, die Bahnsteige, die Restaurants, die Züge. In die Züge, die inzwischen abgefahren waren, haben wir Gendarmen einsteigen lassen bei den nächsten Stationen. Wir haben gedacht, endlich eine heiße Terroristenspur, gelt?«

Rolland nickte.
»Nix«, sagte der Hofrat. »Einen Dreck haben wir gefunden. Der Mann war wie vom Erdboden verschwunden.«
»Er wird ein zweites Taxi genommen und in eine andere Richtung weitergefahren sein«, sagte Rolland und betrachtete seine Fingernägel.
»Also, ich glaub' sicher, daß das unser Mann war«, sagte Inspektor Wallner. »Schwören könnte ich darauf. Scheißpech, was wir haben.«
»Man kann nicht immer Glück haben«, sagte der kleine Kommissar Robert Rolland.

17

Natürlich stand vor Langenaus Haus, dort, wo ich in der vergangenen Nacht geparkt hatte, ein Wagen, und Sattler und Lentz, die beiden Polizisten, mußten erst den Besitzer ausfindig machen (er war gerade bei einem Rechtsanwalt), um ihn zu bitten, den Wagen wegzufahren. Dann machten sich die Männer vom Erkennungsdienst an die Arbeit. Dieser Kommissar Hübner war auch da. Ich erzähle Dir jetzt ein bißchen viel von Polizisten und Polizeiarbeit, mein Herz, aber so lief die Geschichte eben ab, in Wien und in Hamburg und dann anderswo. Die Kriminalbeamten ließen Langenaus Wohnung öffnen, aber der Schlosser brauchte eine Weile, weil an der Tür ein Sicherheitsschloß war. Im Flur und im Wohnzimmer brannte Licht, und die kurzen roten Leinenvorhänge waren zugezogen wie in der Nacht. Auf dem Tisch standen noch die fast leere Weinkaraffe und die beiden Gläser, aus denen Langenau und ich getrunken hatten. Daneben lag die lange Pfeife. Einen Moment war es sehr still. Dann gab Hübner den Spezialisten durch eine Kopfbewegung zu verstehen, daß sie ihre Untersuchung beginnen sollten, und die Männer folgten uns mit Koffern und Kameras.
Hübner sagte:»Wir warten, bis die fertig sind, sonst versauen wir alle Spuren.« Er hatte ein breites, fleischiges Gesicht, das sehr sympathisch wirkte, und rotes Haar. Feuerrotes Haar hatte Hübner, und ich dachte, wo das ein Mädchen noch überall entdecken mußte, das zum erstenmal mit ihm ins Bett ging.
Die beiden Polizisten, Hübner und ich fuhren mit dem Lift

wieder hinunter und sahen den Männern vom Erkennungsdienst zu, die den nun freien Stellplatz absuchten – nach einem Splitter Farbe, nach einem winzigen Stückchen Blech. Wir blieben auf der Straße und warteten etwa eine Stunde, und die beiden Männer fanden nicht das kleinste Stäubchen, was ja auch nicht verwundern konnte, denn an dieser Stelle war meinem Wagen nicht das geringste passiert.
»Das gibt's doch nicht«, sagte Sattler. Sein Kollege Lentz öffnete den Mund, um etwas zu erwidern, überlegte es sich anders und schloß den Mund wieder.
»Ja, also hier ist nichts«, sagte einer der Männer vom Erkennungsdienst.
»Dann kümmert euch mal um den Wagen von Herrn Kent«, sagte Hübner, und die beiden fuhren ab.
Inzwischen waren längst Neugierige zusammengeströmt, denn die Kunde vom Verschwinden Langenaus hatte sich im Haus verbreitet. Wir nahmen wieder den Lift nach oben, wo die Spezialisten mit ihrer Arbeit fertig waren – vier Mann, die derartige Untersuchungen schon so lange machten, daß sie sie wohl im Schlaf hätten ausführen können.
»Also, was ist?« fragte Hübner einen von ihnen.
Der Mann nahm ihn beiseite, und sie sprachen leise. Ich verstand nichts. Nach einer Weile kam Hübner zurück und sagte mir, es gebe in der Wohnung die verschiedensten Fingerabdrücke sowie die Spuren von vier Paar nassen und schmutzigen Schuhen, darunter zwei Paar sehr großen.
»Wenn es nur *heute* nacht geregnet hätte!« sagte der rothaarige Kommissar. »Aber wir haben doch schon tagelang das schlimmste Sauwetter gehabt. Lauter Spuren von Männerschuhen. Hatte Herr Langenau keine Putzfrau?«
»Nein«, sagte ich. »Er machte immer selber sauber.«
»Das wissen Sie bestimmt?«
»Das weiß ich bestimmt.«
»Aber er hatte doch oft Besuch – von seinen türkischen Freunden.«
»Wenn es da Unordnung oder etwas zu säubern oder abzuwaschen gab, haben seine Freunde ihm geholfen. Das hat er mir einmal erzählt.«
»Warum?«
»Was ›warum‹?«
»Warum hat er Ihnen das erzählt?«

»Großer Gott, er hat mir eben erzählt, wie das so ist, wenn seine Freunde zu ihm kommen«, sagte ich. Die Spezialisten hatten die Vorhänge zurückgezogen und ein Fenster geöffnet, damit frische Luft hereinkam, und das Licht brannte nicht mehr.
»Sind das die Schuhe, die Sie heute nacht getragen haben?«
»Nein«, sagte ich. »Aber ein Paar der großen Abdrücke stammt bestimmt von mir und das andere Paar von Herrn Langenau. Er hat noch größere Füße als ich.«
»Die Schuhe, die Sie heute nacht getragen haben, können wir zum Vergleich bekommen«, sagte der Rotkopf Hübner. »Sie werden so freundlich sein, sie uns nachher zu geben. Aber Herr Langenau? Der trägt seine Schuhe noch. Oder auch nicht.«
»Wie meinen Sie das?« fragte ich.
»Schon gut«, sagte Hübner. Er war etwas seltsam. Ich dachte daran, daß ich die Schuhe, die ich nachts trug, heute früh sehr gründlich geputzt hatte. Es war viel Sand aus Reinbek an ihnen gewesen.
Die Spezialisten nahmen meine Fingerabdrücke ab und entschuldigten sich überhöflich. Danach sagte Hübner: »Schauen Sie sich einmal um, Herr Kent. Sie haben gesagt, Sie waren mit Langenau nur im Wohnzimmer. Schauen Sie sich im Wohnzimmer um. Fällt Ihnen etwas auf? Hat sich etwas verändert gegenüber heute nacht? Fehlt etwas?«
Ich hatte mich schon umgesehen, und ich hatte sehr intensiv darüber nachgedacht, was ich antworten sollte, wenn Hübner mir, wie zu erwarten, die Frage stellen würde.
Es blieb mir keine Wahl.
»Verändert hat sich nichts«, sagte ich. »Aber in dem Gestell fehlt eine Pistole.«
»Was war das für eine Pistole?«
Ich sagte ihm, um welche es sich gehandelt hatte, und er sagte: »Mit Schalldämpfer? Da wird Herr Langenau Unannehmlichkeiten kriegen. Nicht nur deshalb. Diese ganze Sammlung. Er wird . . .« Hübner unterbrach sich selbst. »Oder auch nicht.«
»Wie meinen Sie das?«
»Schon gut«, sagte er wieder. »Wieso haben Sie sofort bemerkt, daß die Nullacht fehlt, Herr Kent?«
Ich sagte ihm, weshalb.
»Also, wenn er sie Ihnen so genau vorgeführt hat, dann haben Sie sie sicher auch in der Hand gehabt.«
»Ja«, sagte ich.

Danach schwiegen wir. Die Beamten, die im Zimmer waren, auch.

»Natürlich sind meine Fingerabdrücke drauf«, sagte ich schließlich. Da niemand antwortete, sagte ich: »Ich meine, natürlich . . .«

»Ja, ja«, sagte Hübner. »Schon gut, Herr Kent.«

Dann suchten sie den Schalldämpfer. Sie fanden ihn nicht.

Die Beamten hatten sich in der ganzen Wohnung umgesehen. Einer kam zu Hübner und sagte: »Es fehlt nichts, soweit man das beurteilen kann. Ich meine, es fehlt nichts, was fehlen würde, wenn Herr Langenau zum Beispiel einen Koffer gepackt hätte, um zu verreisen. Kein Durcheinander in den Schränken. Ein blauer Trenchcoat hängt in der Diele. Er ist noch regennaß.«

»Hatte Langenau einen zweiten Regenmantel?« fragte mich Hübner.

»Ich weiß es nicht«, sagte ich. »Ich glaube nicht. Ich habe ihn immer nur in dem blauen gesehen. Er hat also nicht einmal einen Regenmantel angezogen, als er die Wohnung verließ, wenn der Trenchcoat da ist.«

»Und die Nullacht ist weg«, sagte Hübner.

»Nichts deutet darauf hin, daß er verreist ist«, sagte der Beamte. »In der Wohnung herrscht eine unglaubliche Ordnung. Prima Putzfrau muß der Mann haben.«

»Er hat gar keine«, sagte ich.

»Was?«

»Ich sage, er hat überhaupt keine. Er hat immer selber aufgeräumt. Das war sein Stolz: seine saubere Wohnung.«

»Schon toll«, sagte der Mann von der Spurensicherung. »Ein Einsiedlertyp?«

»Überhaupt nicht«, sagte ich. »Der hatte massenweise . . .«

» . . . türkische Freunde«, sagte Hübner und nickte trübe. »Wenn er so stolz auf seine saubere Wohnung war, dann hätte er doch ganz bestimmt keine dreckigen Schuhspuren auf dem Fußboden toleriert. Die hätte er doch ganz bestimmt gleich weggesaugt und aufgewischt, wie, Herr Kent?«

»Ganz bestimmt«, sagte ich.

»Das heißt also, die Spuren, die wir gefunden haben, stammen wahrscheinlich alle von der letzten Nacht«, sagte Hübner. »Hat offenbar noch mehr Besucher gehabt, der Herr Langenau.«

»Glauben Sie, daß vielleicht diese Neonazis . . . Aber wie sind die hereingekommen?« fragte ich.

»Können auch Türkenfreunde gewesen sein.«
»Ich war bis Mitternacht hier, Herr Kommissar. Halten Sie es für möglich, daß seine Freunde ihn noch *nach* mir besucht haben?«
»Die können auch *vor* Ihnen dagewesen sein.«
»Aber bis sechs war er im Geschäft. Er ist nicht vor halb sieben zu Hause gewesen.«
»Und wann sind Sie gekommen?«
»Gegen neun.«
»Na also, mindestens zweieinhalb Stunden Zeit dazwischen.«
»Aber er hat mit keinem Wort einen Besuch erwähnt.«
»Schon gut«, sagte Hübner.
Danach war es plötzlich sehr still. Keiner der Männer in der ordentlichen und sauberen Wohnung sprach.
Ich hatte Angst.

18

An diesem Abend war der rothaarige Kommissar Hübner bei uns zu Besuch, ein schwerblütiger, trauriger Mann. Wir saßen in dem Zimmer mit dem Schaukelstuhl und dem Memento-mori-Bild. Hübner war schon in der Buchhandlung gewesen, bevor wir schlossen, und er hatte sich auch dort umgesehen. Er war ein ungewöhnlicher Kriminalbeamter. Er hatte mit den Kindern Pingpong gespielt und ihnen eine Kurzgeschichte von Mark Twain vorgelesen. Danach betrachtete er lange die Tafel an der Treppe, auf welcher geschrieben stand:

BITTE LASST DIE BLUMEN LEBEN!

Abends, als die Eltern kamen, um ihre Kinder abzuholen, blieben Patty und Hernin noch zurück. Patty sagte zu mir: »Hast du es dem Herrn Kommissar gesagt?«
»Was?«
»Was ich dir am Nachmittag gesagt habe.«
»Nein.«
»Warum nicht?«
Ehe ich antworten konnte, fragte Hübner: »Was hast du denn gesagt?«
»Ich habe gesagt: ›Ich glaube, der Onkel Conrad ist tot.‹«
»Patty? Warum glaubst du denn so etwas?« fragte Hernin.

»Das möchte ich auch wissen«, sagte der Kommissar. »Na, Patty?«
»Vor ein paar Tagen ist ein Mann in die Buchhandlung gekommen. Ich habe Herrn Stark gerade geholfen, Bücher auszupakken. Als ich einen Moment allein war, da hat der Mann mir ein Kuvert gegeben und gesagt, ich soll es Herrn Langenau geben. Und das habe ich dann auch getan, und Onkel Conrad hat das Kuvert aufgemacht, und es war ein Blatt Papier drin, darauf war sein Name geschrieben, der Vorname und der Zuname, und darunter war ein Sarg gezeichnet.«
Plötzlich redeten wir alle durcheinander.
»Warum hast du mir das nicht erzählt, Patty?«
»Ja, und mir auch nicht?«
»Was hast du dir denn dabei gedacht?«
Patty antwortete: »Ich habe einen großen Schrecken gekriegt, aber Onkel Conrad hat gelacht und gesagt, da hat jemand einen blöden Witz gemacht. Und dann habe ich ihm mein Ehrenwort geben müssen, daß ich euch nichts davon erzähle, damit ihr nicht erschreckt, denn der Brief war ja nur Unsinn, hat Onkel Conrad gesagt.«
»Ich hätte dich für klüger gehalten, Patty«, sagte Hernin.
»Was heißt klüger, wenn ich mein Ehrenwort gegeben habe, Großvater? Ein Ehrenwort muß man doch halten – oder nicht?«
»Das stimmt. Entschuldige«, sagte Hernin.
»Was hat er denn mit dem Papier und dem Umschlag gemacht, der Onkel Conrad?« fragte Kommissar Hübner.
»Eingesteckt hat er beides«, sagte Patty. Sie war jetzt gekränkt. »Ich habe schon noch Angst gehabt, das könnt ihr mir glauben, aber mit niemandem darüber reden können. Und jetzt ist Onkel Conrad verschwunden. Und am Nachmittag, als Onkel Peter zur Polizei gefahren ist, da habe ich eben gesagt, ich glaube, der Onkel Conrad ist tot.«
»Und was hat Onkel Peter geantwortet?« fragte Hübner.
Patty sah mich unglücklich an und schwieg.
»Ich habe dich etwas gefragt«, sagte Hübner.
Patty schwieg weiter und sah mich an.
»Ich habe gar nicht geantwortet«, sagte ich. »Ich bin zur Polizei gefahren. Das wissen Sie, Herr Kommissar.«
»Warum haben Sie dem Kind keine Antwort gegeben?« fragte Hübner.
»Was hätte ich antworten sollen?« fragte ich. »Meine Frau und

ich haben seit dem Morgen auf Herrn Langenau gewartet. Ich habe immer wieder bei ihm angerufen. Dann habe ich die Polizei verständigt. Ich war sehr beunruhigt, Herr Kommissar. Meine Frau auch. Wir hatten ein schlimmes Gefühl . . .«
»Schon gut«, sagte er und fuhr sich mit einer Hand durchs brandrote Haar.
»Du hast mir nichts von diesem Brief erzählt, Patty«, sagte ich.
»Ich habe doch mein Ehrenwort gegeben, Onkel Peter. Aber jetzt gilt das nicht mehr, oder?«
»Nein, Patty«, sagte Hernin, »das gilt jetzt nicht mehr.« Er sah mich kurz an, und ich hätte sehr gerne mit ihm gesprochen, aber an diesem Abend war das unmöglich.
Dann waren wir mit dem Kommissar heimgefahren und hatten zusammen gegessen, und nun saßen wir in dem Zimmer mit dem Schaukelstuhl, und Hübner erzählte, daß er geschieden sei und allein lebe, wie es Langenau tue, und daß er Kinder gern habe und daß sein Lieblingsschriftsteller Simenon sei. Er mochte aber nur dessen psychologische Romane. Kriminalgeschichten konnte Hübner nicht leiden.
Er redete und redete und trank immer noch ein Glas Whisky mit mir. Andrea trank Saft, und ich überlegte, ob er mich wohl verdächtige, Langenau getötet zu haben, und mich betrunken machen wolle, damit er etwas aus mir herausbekam. Vielleicht war er auch nur ein sehr einsamer Mann, der es nicht ertrug, immer allein zu sein, wenn er nicht Dienst hatte. Er berichtete uns vom Fortgang der Untersuchung.
»Ihre Fingerabdrücke fanden sich auf dem Tisch, an einem Glas und der Karaffe und an vielen anderen Stellen im Wohnzimmer und an der Eingangstür. Sie haben allerhand angefaßt, Herr Kent, natürlich.«
»Natürlich.«
»Schon gut. Wir haben inzwischen alle Freunde von Herrn Langenau überprüft, und alle Fingerabdrücke, die wir ihnen abnahmen, finden sich auch irgendwo in der Wohnung. Und dann sind da noch seine eigenen – es müssen seine eigenen sein, denn sie finden sich einfach überall. Wissen Sie, was schlimm ist?«
»Was?«
»Daß wir alle Fingerabdrücke identifizieren konnten. Alle. Es gibt keinen Abdruck, von dem wir nicht wissen, zu wem er gehört. Mit den Schuhen ist das anders, da haben wir nicht alle

Abdrücke identifizieren können. Es hat doch so geregnet in der letzten Nacht, nicht wahr«, sagte er zu Andrea, »und die Abdruckspuren in der Wohnung sind alle dreckig.« Wieder sah er mich an. »Die Schuhe, die Sie uns zur Verfügung gestellt und die Sie heute nacht getragen haben, stimmen mit einem Paar Abdrücke überein. Die anderen sehr großen Abdrücke sind zweifellos von Langenau. Bleiben zwei Paar, zu denen wir keine passenden Schuhe unter seinen Freunden fanden. Es waren also zwei Männer bei ihm, die wir nicht kennen. Aber die hätten doch auch Fingerabdrücke hinterlassen müssen, die wir nicht identifizieren können, oder? Wir konnten aber alle identifizieren.«
»Wenn sie Handschuhe getragen haben ...«, begann ich.
»Ja«, sagte er. »Handschuhe. Eben. Und das ist schlimm.«
»Glauben Sie, daß ihn diese zwei Unbekannten überfallen haben?«
»Ich weiß es nicht. Ich habe mit Herrn Reining gesprochen, dem Mann vom Wach- und Sicherheitsdienst. Prost, Herr Kent.«
»Prost«, sagte ich, und wir tranken unsere Gläser leer.
»Wollen Sie noch einen kleinen?« fragte ich.
»Ich sage nie nein, Herr Kent, ich sage nie nein.«
Also goß ich die Gläser wieder voll. Wir tranken beide den Whisky pur, nur mit Eis.
»Auf Ihr Wohl, gnädige Frau. Ja also, dieser Herr Reining, der muß doch die ganze Nacht seine Runde machen und kommt immer wieder durch das Haus, nicht? Wir haben ihn gefragt. Sehr nachdrücklich gefragt. Nein, sagte Herr Reining, er hat niemand anderen zu Herrn Langenau kommen sehen. Nur Sie, Herr Kent. Er hat nicht gesehen, daß Herr Langenau jemand anderem das Haustor geöffnet hat. Er hat niemand anderen im Aufzug gesehen, niemand. Nur Sie.«
»Das Haus ist sehr groß«, sagte ich. »Wenn Reining seine Runde macht, ist er oft weit weg vom Eingang und vom Lift.«
»Das stimmt«, sagte Hübner.
»Er hat mich ja auch nicht fortgehen sehen – oder?«
»Schon gut«, sagte Hübner, »schon gut.«
»Was heißt hier ›schon gut‹?«
»Das heißt, daß Sie recht haben. Es können durchaus Leute ins Haus gekommen sein – sogar mit einem eigenen Schlüssel, ohne daß ihnen Langenau aufsperren mußte oder daß Herr Reining sie bemerkte. Vor oder nach Ihrem Besuch. War ja auch ein Zufall, daß Herr Reining gerade Sie sah. Sein Dienst beginnt um

acht. Da hätte Herr Langenau auch noch eineinhalb Stunden vorher Besuch kriegen können. Ab halb sieben war er doch daheim, sagen Sie.«
»Nehme ich an. Ich weiß es nicht.«
»Schon gut.« Hübner drehte das Glas in seinen Händen. »Er ist mindestens zweimal an der Wohnungstür von Herrn Langenau vorbeigekommen, der Herr Reining, und hat sehr laute Stimmen gehört. Eine Stimme hat richtig geschrien, sagt er. Ihre Stimme, Herr Kent. Haben Sie geschrien?«
»Ja.«
»Warum?«
»Herr Langenau will uns verlassen und nach Innsbruck zurückgehen, weil er . . .«
»Ja, ja, ja, schon gut. Das haben Sie uns erzählt.«
»Ich war sehr aufgeregt. Ich habe mit allen Mitteln versucht, ihn umzustimmen. Und dabei habe ich geschrien. Ich war so aufgeregt, daß ich geschrien habe.«
»Waren Sie betrunken?«
»Nein.«
»Na, so eine Zweiliterkaraffe. Und fast leer.«
»Ich vertrage eine Menge, Herr Kommissar.«
»Ja, das sehe ich.«
»Außerdem hat Langenau viel getrunken.«
»War er betrunken?«
»Keine Spur.«
»Er verträgt auch viel«, sagte Hübner. »Sie vertragen viel. Ich vertrage viel. Wir vertragen alle viel. Sie haben Langenau nicht umgebracht und weggeschafft, Herr Kent.«
»Sind Sie wahnsinnig geworden!« schrie ich.
»Also so schreien Sie. Kein Wunder, daß Herr Reining Sie gehört hat. Das war keine Frage. Das war eine Feststellung von mir. Sie werden doch nicht einen Mann umbringen, der Ihr Freund ist und den Sie unbedingt überreden wollen, nicht von Ihnen fortzugehen. Auch keine Frage. Auch eine Feststellung.«
»Herr Kommissar«, sagte Andrea, »glauben Sie, daß mein Mann und ich Ihnen etwas verheimlichen?«
»Schon gut«, sagte er, »schon gut.« Er sah das Bild an. »Gedenke des Todes«, sagte er. »Gedenken Sie oft des Todes, Herr Kent?«
»Nein.«
»Aber ich«, sagte Andrea. »Ich habe dieses Bild gekauft und sehe es oft an, Herr Kommissar.«

»Warum?«
»Damit ich nie vergesse, daß ich sterben muß«, sagte Andrea.
»Sie haben eine sehr kluge Frau, Herr Kent. Sehr schön und sehr klug.«
»Ich weiß.«
»Auf Ihr Wohl, Frau Kent.«
»Auf das Ihre, Herr Kommissar, auch wenn es nur Orangensaft ist.«
»Wollen wir noch ein Glas trinken?« fragte ich.
»Ich sage nie nein, Herr Kent.«
Wir tranken noch mehrere Gläser. Wir tranken die Flasche leer und eine zweite halb. Der rothaarige Kommissar erzählte von seiner geschiedenen Frau und daß er sie immer noch liebe, obwohl sie ihn dauernd betrogen hatte, und daß man einfach nicht heiraten dürfe, wenn man seinen Beruf habe. Dann stellte er mir wieder Fragen nach Langenau. Ich glaube, er war wirklich schrecklich einsam, und dies war eine Nacht, in der er einfach nicht allein sein konnte.

19

Kommissar Robert Rolland hatte ein Zimmer in einer kleinen Pension an der Alser Straße gemietet. Die Pension befand sich in einem alten Haus, und Rollands Zimmer war ungemütlich und mit billigen Möbeln eingerichtet. Alles, was er sehen konnte, war eine Feuermauer. Zimmer dieser Art liebte Rolland. Er hätte bei seinen Fahndungsaufträgen stets in guten Hotels wohnen können, aber er bevorzugte derartige Absteigen, wo es auf einer Etage nur zwei Klos und ein Badezimmer gab, ein Waschbecken im Zimmer – und wo das Frühstück in einem trostlosen, großen Gemeinschaftsraum serviert wurde.
Es war ein Spätnachmittag Mitte November. Rolland hatte die Stehlampe mit den schwachen Glühbirnen angeknipst, denn es war schon finster. Auf dem Tisch vor ihm stand ein kleines Reiseschachspiel. Rolland, in Hemdsärmeln, spielte seit zwei Stunden gegen sich selber und hatte gerade festgestellt, daß er Weiß in drei Zügen mattsetzen konnte, als er plötzlich aufstand, zu dem Bett mit der zerschlissenen Bettwäsche ging und den Hörer des alten Telefonapparats abhob, der auf dem Nachttisch

stand. Er wartete eine Weile, dann meldete sich eine mürrische Frauenstimme.
»Ja, was is?«
»Bitte, verbinden Sie mich mit . . .« Rolland nannte eine Telefonnummer.
»Bleiben S' dran!«
Er wartete wieder.
Dann hörte er eine Männerstimme.
»Sicherheitsbüro, guten Abend.«
»Guten Abend. Ist Herr Inspektor Wallner im Haus? Hier spricht Kommissar Rolland.«
»Einen Augenblick, Herr Kommissar.«
Rolland setzte sich auf das Bett.
Dann meldete sich Wallner.
»Ja, Herr Kommissar, was gibt's?«
»Herr Wallner, mir ist etwas eingefallen. Vielleicht hilft es uns weiter. In Paris haben wir in allen solchen Häusern, wie Frau Klosters eines besitzt, Mädchen, die für die Polizei arbeiten. Das muß doch in Wien genauso sein.«
Es folgte eine lange Stille.
»Herr Wallner!«
»Ja.«
»Was haben Sie denn?«
»Ich bin ein Idiot.«
»Wieso?«
»Weil ich daran nicht gedacht hab'. Natürlich ist das in Wien wie bei Ihnen. Wir haben in jedem von diesen Nobelpuffs unsere Spitzel. Ich bin ein Idiot, nein, wirklich!«
»Hören Sie auf! Versuchen Sie, mit dem Mädchen bei Frau Klosters Kontakt zu bekommen. Vielleicht können wir sie treffen – heute noch oder morgen. Ich bleibe auf meinem Zimmer. Rufen Sie mich sofort zurück, bitte.«
»Sofort, Herr Kommissar. Herrgott im Himmel, bin ich ein Idiot!«
Die Verbindung war unterbrochen.
Rolland blieb reglos auf dem Bettrand sitzen und sah die schwärzliche Feuermauer an. Etwa eine halbe Stunde später läutete sein Telefon, und die Frauenstimme raunzte: »Anruf für Sie!«
Es knackte in der Leitung. Dann meldete sich wieder Wallner.
»Ich habe sie gefunden, Herr Kommissar. Sie arbeitet nicht mehr

bei der Klosters. Cilly Zanderl heißt sie. Nennt sich Simone. Hat Krach mit der Klosters gekriegt, ist weggegangen. Arbeitet jetzt in Döbling. Peter-Jordan-Straße. Ein noch feineres Haus.«
»Ist sie noch immer Ihr Spitzel?«
»Ja.«
»Und wie steht es mit einem Rendezvous?«
»Schon alles geritzt. Ihr Dienst fängt erst um halb neun an. Jetzt ist es halb sieben. Sie wartet auf uns gegen sieben im Café Parsifal. Das ist ein altes Café im ersten Bezirk. Sie finden allein kaum hin. Nehmen Sie ein Taxi. Ich fahr' auch gleich los.«
»In Ordnung«, sagte Rolland. Er legte den Hörer auf die Gabel, zog Jacke und Mantel an und verließ sein trostloses Zimmer. Unten an der Ecke gab es einen Taxistand. Dreißig Minuten später traf Rolland im Café Parsifal ein. Es war ein Lokal nach seinem Geschmack: uralt, die großen Spiegel fast blind, die Platten der Marmortische voller Flecken und von Sprüngen durchzogen, die Beleuchtung schwach, die Luft schlecht. Alle Kellner trugen fleckige, glänzende Fracks. Ein paar Männer saßen in den Nischen und unterhielten sich, andere lasen Zeitung. Es war sehr ruhig im Café Parsifal. Rolland fand den bulligen Inspektor Wallner schnell. Der saß in einer abseits gelegenen Fensternische und winkte ihm zu. Wallner gegenüber saß eines der schönsten Mädchen, die Rolland jemals gesehen hatte. Ihr rotes, langes Haar leuchtete. Sie hatte grüne Augen, und die Farbe ihres Gesichts war sehr hell.
Wallner erhob sich und machte die beiden bekannt.
»Kommissar Rolland – Fräulein Simone.«
»Cilly Zanderl«, sagte Fräulein Simone. Ein schwarzer Nerzmantel hing hinter ihr über der Lehne des Sitzes. Rolland war Parfümspezialist. Cilly Zanderl benutzt »Opium«, konstatierte er, setzte sich und bestellte Kaffee.
»Ich hab dem Fräulein schon erzählt, worum es sich handelt«, sagte der dicke Wallner.
»Ja, ich hab den Mann gesehen, den Sie suchen, Herr Kommissar«, sagte Simone. »Ich erinnere mich noch genau an ihn. Da ist mir nämlich etwas Peinliches passiert. Ich hab damals einen Ständigen gehabt, einen Generalmajor, so einen alten Deppen. Wenn der gekommen ist, hab ich mir immer einen Tschako aufsetzen müssen und nackt die große Treppe heruntermarschieren und salutieren und singen: ›Wir sind vom k. und k. Infanterieregiment, Hoch- und Deutschmeister Numero vier.‹

Dann hat er ihm sofort gestanden. Verzeihung. Das hat ihn aufgeregt, meinte ich. Na also, es klingelt, und es ist seine Zeit, und ich glaub, er kommt. Ich nehm den Tschako, und runter mit dem Hoserl und dem BH, und ich marschier los und sing – und in der Halle steht ein wildfremder Mann. Also wirklich peinlich, net wahr?«

»Peinlich«, sagte Rolland geduldig. Er wußte, daß er Simone auf ihre Weise erzählen lassen mußte.

»Wie hat der ausgschaut?« fragte Wallner.

»Sehr groß. Große Nase. Na, ich hab gleich Bescheid gewußt. Hohe Stirn, ganz kurz geschnittene braune Haare, Brille mit einer dunklen Fassung. Intellektueller. Sehr sympathisch. Den hätt ich lieber als Freier gehabt als den alten Trottel. Na ja, Gschäft is Gschäft. So was, wie genau ich den noch vor mir seh! Zeichnen könnt ich ihn.«

»Das werden wir für Sie tun, Fräulein Simone«, sagte Rolland.

»Sind Sie wirklich von der Polizei?«

»Ja. Warum?«

»Sie schaun net so aus. Nicht bös gemeint. Sie schaun wirklich net so aus.«

»Ich weiß«, sagte Rolland lächelnd. »Sie sagen uns, wann Sie Zeit haben. Dann kommen Sie ins Sicherheitsbüro, und ein Techniker wird so lange an einem Phantombild arbeiten, bis Sie sagen, ja, so hat der Mann ausgesehen.«

»Ich kann jeden Tag bis um halb neun. Müssen S' mir nur sagen. Und natürlich muß mich einer in den Hof vom Sicherheitsbüro reinfahren und wieder rausbringen – wie immer.«

»Klar«, sagte Wallner.

»Ja, also die Alte, die Klosters, die hat das gesehen, wie ich die Treppen runtermarschiert bin, und sie schnauzt mich an, ich soll sofort verschwinden in mein Zimmer. Mit dem fremden Herrn redet sie kein Wort. Na, ich geh die Treppe wieder rauf zu meinem Zimmer, mach die Tür auf und hau sie laut zu – aber von außen. Und dann schleich ich mich hinter eine Säule, damit ich hör, was die Alte mit dem Fremden plauscht. Prompt spricht sie ihn mit seinem Namen an. Hat ihn sicher vorher noch nie gesehen und kennt ihn auch nicht. Na, und ich hör natürlich, wie sie seinen Namen nennt.«

»Und wie hieß er?« fragte Rolland freundlich.

»Peter Kent«, sagte Simone.

»Peter Kent?«

423

»Hundertprozentig. Brauchen S' mich gar nicht so anschaun, Herr Kommissar. Da leg ich meine Hand ins Feuer.«
»Wie kommt es, daß Sie sich den Namen so gut gemerkt haben, Fräulein Simone?« fragte Rolland.
»Ganz einfach. Ich rauch nur zwei Sorten Zigaretten. Peter Stuyvesant und Kent. Filter natürlich. Also *Peter* von Stuyvesant und *Kent* von Kent. Hab mir gleich gedacht, wie ich den Namen gehört hab, daß der leicht zu merken ist. Sie verstehen: Ich rauch nur zwei Sorten Zigaretten. Peter . . .«
»Wir haben verstanden, Fräulein Simone«, sagte Rolland geduldig.
»Und warum haben Sie uns das damals nicht sofort gemeldet?« fragte Wallner.
»Ich hab ja keine Ahnung gehabt, daß der Kerl einen Anfall gekriegt hat und ausgerissen ist und alles. Sonst hätt ich auf der Stell angerufen, Herr Inspektor. Sie kennen mich doch. Bin ich zuverlässig oder net?«
»Immer eins a zuverlässig.«
»Alsdern. Aber ich hab nix mitgekriegt von dem ganzen Wirbel. Inzwischen ist mein Generalmajor eingetroffen, und ich hab alle Hände voll zu tun gehabt mit dem alten Trottel. Bei dem ist es immer nur gegangen, wenn ich Militärmusik gespielt hab aufm Plattenspieler. Ein ganzes Album voll hab ich gehabt. Na, der Krach! Und wie lang der immer braucht hat. Ein älterer Herr. Wie ich wieder ausm Zimmer kommen bin, war längst alles vorbei, und die Alte muß den andern Mädeln gesagt haben, sie sollns Maul halten. Keine hat ein Wort erzählt. Heut hör ich zum erstenmal davon. Der Herr Inspektor hat's mir erzählt, während wir auf Sie gewartet ham, Herr Kommissar.«
»Peter Kent!« Wallner sah Rolland strahlend an. »Wir haben den Namen!«
Rolland nickte stumm. Ein Kellner im fleckigen Frack brachte den Kaffee.

20

»Er hat also alles gewußt«, sagte der weißhaarige Walter Hernin.
»Er hat es mir auf den Kopf zugesagt«, erwiderte ich. »Aber ich bin nicht schuld an seinem Verschwinden, Walter. Ich habe

nichts damit zu tun. Er hat mir noch erklärt, daß ich von ihm nichts zu befürchten hätte, er würde nie zur Polizei gehen und mich anzeigen. Das müßte ich allein tun. Er war überzeugt davon, daß ich es tun werde.«
»Aber er hat alles gewußt. Und deshalb wollte er weg von hier. Weil du ein Mörder bist, der nicht bereut. Erinnerst du dich? Ich habe dir einmal gesagt, du wirst nie vergessen können, was du getan hast. Du hast mir widersprochen. Ich habe dir gesagt, daß ich dich vollkommen verstehe, aber daß ein Mann, der einen andern tötet, eine ganze Welt zerstört. Und darum, habe ich gesagt, wirst du deine Tat nie vergessen können. Weißt du noch? Wir sind vor der Buchhandlung auf und ab gegangen.«
Bei diesem leisen Gespräch saßen Hernin und ich in Cat's Corner. Es war Viertel vor sechs Uhr abends, und die meisten Eltern holten gerade ihre Kinder ab. Andrea und Robert Stark sprachen mit Kunden, und in Cat's Corner war es ruhig. Ich hatte Hernin alles erzählt an diesem Abend des 16. November 1981.
»Er hat mich zuletzt noch mit dem Lift runtergebracht und das Haustor für mich aufgeschlossen«, sagte ich. »Und dann kam das Verrückteste. Er hat gesagt, er wird für mich beten, und er hat ein Kreuz über meine Stirn geschlagen. Kannst du verstehen, wie mir zumute war, Walter?«
»Ich kann alles verstehen«, sagte er. »Auch, daß du dann noch raus nach Reinbek gefahren bist – typisch, die Fahrt da raus, wo du so oft mit Andrea warst. Kann ich alles verstehen; natürlich auch, daß du ihr nichts von der Fahrt erzählt hast.«
Langenau war nun schon den sechsten Tag verschwunden. Es gab kein Lebenszeichen von ihm. Kommissar Hübner und seine Beamten hatten noch ein paarmal mit mir gesprochen, aber sie waren offensichtlich noch nicht auf die geringste Spur gestoßen. Der Mercedes war in der Werkstatt gewesen und wieder in Ordnung. Die Experten des Polizeilabors hatten es abgelehnt, daran zu glauben, daß ein anderer Wagen in meinen hineingefahren war.
»Es hat sich nicht die geringste Spur von fremdem Lack oder fremdem Metall finden lassen«, sagte Hübner, »weder am Mercedes noch auf dem Abstellplatz vor Langenaus Haus. So etwas ist einfach unmöglich.«
Ich sagte: »Denken Sie an den wahnsinnigen Regen!«
Er antwortete: »An den denken wir. Aber auch der wahnsinnigste Regen von der Welt hätte nicht *jede* Spur abwaschen können.

Dazu wären gerade Blech- und Lackteilchen bei einem Zusammenstoß viel zu fest mit den Aufprallstellen am Mercedes verbunden gewesen, hineingepreßt, verschmiert, was Sie wollen. Und auch auf dem Asphalt hätte sich irgend etwas finden müssen. Wissen Sie, was wir an ihrem Wagen entdeckt haben?«
»Was?«
»Die Experten haben Eisenteilchen gefunden.«
»Ich dachte, sie hätten *keine* gefunden?«
»Nicht Blechteilchen, die von einem Auto stammen.«
»Wovon sonst?«
»Von einem schweren Vorschlaghammer, zum Beispiel«, sagte Hübner.
»*Was?*«
»Ja, Herr Kent. Da hat jemand mit einem schweren Vorschlaghammer oder dergleichen auf die Stoßstange und den linken Kotflügel eingeschlagen – voll Wucht. Ein sehr kräftiger Mann muß das gewesen sein.«
»Das glauben Sie?«
»Wir halten es für wahrscheinlich. Ein anderer Wagen ist nicht in Ihren hineingefahren, das ist ausgeschlossen, wie ich schon sagte. Die Eisenteilchen könnten nach der Spektralanalyse wirklich von einem großen Hammer stammen.«
Als ich das jetzt in Cat's Corner Hernin erzählte, sagte er: »Kann dir egal sein, ob sie an einen Vorschlaghammer glauben, solangen sie dir abnehmen, daß der Mercedes dabei vor Langenaus Haus gestanden hat. Wenn es keine anderen Spuren gibt, werden die großen Theorien entwickelt, ich kenne das aus dem Krieg. Sollen sie ihre Theorien entwickeln. Die Hauptsache ist, sie lassen dich dabei aus dem Spiel. Die sollten sich lieber unter diesen rechtsradikalen Prügeltrupps umsehen. Ich fürchte, es ist etwas Schlimmes passiert mit Langenau. Ich fürchte, Patty hat recht.«
»Du meinst, sie haben ihn umgebracht?«
»Ja, das meine ich. Davon bin ich überzeugt.«
»Grauenhaft.«
»Versucht haben sie es ja schon. Und ihn bedroht noch und noch. Glaub mir, der arme Langenau ist tot. Erschossen, erschlagen, was weiß ich. Sie haben es verflucht clever angestellt, diese dreckigen Hunde. Hoffentlich nicht zu clever für die Polizei.«
»Was für ein Ende für einen solchen Mann!«
»Ich bin sicher, er hätte dich wirklich niemals verraten.«

»Bestimmt nicht. Er wäre nur weggegangen. Wir hätten ihn verloren.«
»Nun haben wir ihn verloren. Für immer.«
Andrea sah herein.
»Verzeiht, wenn ich störe. Aber der ganze Laden ist auf einmal voll Kundschaft. Peter, würdest du bitte kommen?«
»Sofort.« Ich nickte Hernin zu und ging verkaufen. Ein älterer Mann trat zu mir und sagte: »Ich möchte ›Wir sind nicht nur von dieser Welt‹.«
»Den neuen Ditfurth«, sagte ich. »Im Augenblick haben wir kein Exemplar da. Alles verkauft, aber schon nachbestellt. Wenn Sie morgen vorbeikommen würden?«
»Ich habe gesehen, daß ein Exemplar im Schaufenster steht«, sagte er.
»Nein.«
»Doch, kommen Sie mit! Ich zeige Ihnen, wo es steht.«
Schon ging er auf die Straße hinaus. Ich folgte ihm. Da trat er dicht neben mich und zeigte mit dem Finger auf ein Buch in der Auslage. »Eisenbeiß«, sagte der ältere Herr, der einen Homburg trug, »hat Sie während des Prozesses oft dadurch nervös gemacht, daß er leise summte. Stimmt's?«
»Ja . . .« Ich sah ihn fassungslos an.
»Viele Grüße von ihm. Französische Polizei sucht nach Ihnen. Ein Kommissar Rolland. Er war mit einem Wiener Kollegen bei Eisenbeiß. Zu Frau Klosters sind sie erst gar nicht gegangen. Wahrscheinlich haben sie vorher den Spitzel getroffen und gemerkt, daß der nichts weiß.«
»Was für einen Spitzel?«
»Unter den Mädchen bei Frau Klosters war ein Polizeispitzel«, sagte er.
»Verdammt!«
Passanten gingen an uns vorüber, stießen uns an.
»Ich sage Ihnen doch, der Spitzel von Frau Klosters hat nichts gewußt. Erinnern Sie sich an ein sehr schönes, rothaariges Mädchen, das splitternackt die Treppe heruntermarschiert kam, als Sie in der Halle standen?«
»Ja«, sagte ich. »Mit so einem Federhelm. Und sie sang.«
»Richtig. Simone nannte sie sich. Das war der Spitzel. Frau Klosters wußte es zum Glück. Sie jagte Simone in ihr Zimmer zurück. Erst nachdem das Mädchen verschwunden war, nannte sie Ihren Namen. Simone kann ihn nicht gehört haben.«

»Das stimmt«, sagte ich erleichtert. »Sie hat die Tür sehr laut hinter sich zugeschlagen, ich erinnere mich.«
»Sehen Sie. Und von dem, was später geschah, bekam Simone auch nichts mit. Nein, nein, die Fahndung nach Ihnen läuft sich in Wien tot. Sie können in Frieden leben, läßt Ihnen Herr Eisenbeiß sagen. Und noch etwas ... Frau Kratochwil, die Witwe dieses Schneiders ...«
»Ja?«
»Psychisch ist sie fast wiederhergestellt.«
»Nein!«
»Doch. Ein Wunder. Herr Eisenbeiß fand ein sehr gutes Heim für sie. Sie hat gelernt, viele Dinge selber zu tun.«
»Wie schön«, sagte ich. Guter, alter Eisenbeiß!
»Also, keine Angst! Die finden Sie nie.« Der Mann mit dem Homburg ging vor mir her in das Geschäft zurück. »Nun verkaufen Sie mir einen anderen Ditfurth, damit wir nicht auffallen.«

21

Paris, Mittwoch, den 18. November 1981.
Meine Villa an der Allee Pilatre de Rozier gegen 16 Uhr 30.
In Paul Perriers Zimmer läutete das Telefon. Yvonnes jugendlicher Freund mit den langen, seidigen schwarzen Wimpern, der gerade seine Nägel an einer kleinen Feile geschliffen hatte, hob den Hörer ab und vernahm die Stimme des Dieners: »Gespräch für Sie, Monsieur.«
Es klickte in der Verbindung.
»Hallo!« sagte Perrier gottergeben. »Schon fertig? Das ging aber schnell, Chérie. Ich fahre gleich los, Yvonne.«
»Sind Sie allein?« fragte eine Männerstimme.
»Ja. Was soll das? Wer sind Sie?«
»Kann dieses Gespräch abgehört werden?«
»Nein.«
»Sicher nicht?«
»Sicher nicht. Sagen Sie ...«
»Einen Moment, ich gebe weiter.«
Dann vernahm Perrier eine Frauenstimme: »Paul, hier ist Ilse.«
»Kenne keine Ilse.«

»In Auteuil. Auf dem Rennplatz. Wir haben nebeneinander gesessen.«
»Oh, Ilse!« Perriers Stimmung hob sich. »Wo sind Sie?«
»Orly. Flughafen. Mein Mann hat in Paris zu tun. Wir haben eine eigene Maschine. Learstar. Ich dachte, ich fliege mit und sehe mal, wo du bleibst. Nach dem Skandal da auf dem Rennplatz hat ja in allen Zeitungen gestanden, wie deine Alte heißt. Brauchte also bloß ein Telefonbuch. Das war einer unserer beiden Piloten, der da mit dir gesprochen hat. Ich wollte mich nicht gleich melden. Du bist also allein?«
»Ja.«
»Wo ist die Alte?«
»Beim Zahnarzt.« Perrier fluchte.
»Was hast du denn, Ficker?«
»Wie die mich behandelt. Zum Kotzen. Ihr Chauffeur bin ich. Erst habe ich sie zu einer Freundin bringen müssen, dann zum Zahnarzt, jetzt darf ich sie wieder vom Zahnarzt abholen. Das ist alles, was ich noch tue. Sie herumfahren und auf sie warten.«
»Und es ihr besorgen«, sagte Ilse.
Perrier fluchte wieder. »Ein Scheißleben, kann ich dir sagen.«
»Lieber Gott, da rufe ich ja gerade im richtigen Moment an! Warum bist du nicht längst zu mir gekommen? Ich habe gewartet und gewartet. Verflixt, ich bin schon wieder wahnsinnig scharf. Deine Stimme. Deine Stimme genügt. Also Schluß. Du kommst jetzt gleich mit uns.«
»*Was?*«
»Nach München. Mein Mann weiß Bescheid. Er hat nichts dagegen. Hatte er nie. Der wird ja hintenrum bedient. Wir werden eine kleine, glückliche Familie sein. Ach, Paul, ich brauche dich so. Ich werde verrückt, wenn ich mir deinen bloß vorstelle. Mein Mann hat ein großes Büro hier in der Stadt. Ein Chauffeur holt dich in zwanzig Minuten ab.«
»Ich kann mir doch ein Taxi nehmen.« Das ging zu schnell für Perrier. Er war verwirrt.
»Nein, nein, einer von unseren Chauffeuren kommt. Auf die ist Verlaß. Warte vor dem Haus. Vergiß deinen Paß nicht! Ich sitze am Flughafen in der blauen Bar.«
»Wirklich, Ilse, ich will hier weg . . . aber . . .«
»Aber was? Schiß vor der Alten? Angst, daß sie böse sein wird mit dem Bubi, wenn er sie nicht vom Zahnarzt abholt?«
Perrier schmiß die Nagelfeile an die Wand.

»Hör auf! Ich komme. So schnell ich kann.«
Plötzlich fühlte er sich wundervoll.
»Na prima! Aber fang jetzt nicht etwa an zu packen. Du brauchst nichts mitzunehmen, hörst du, überhaupt nichts. Wir kaufen alles in München für dich ein. Alles. *Ich* kaufe alles. Nach meinem Geschmack. So, wie dich die Alte angezogen hat, mußte ja jeder auf hundert Meter sehen, was mit dir los ist. Hast du verstanden? Du nimmst *nichts* mit!«
»Nein...«
»Nicht eine Zahnbürste. Wir haben ein sehr großes Haus in Grünwald bei München. Du wirst im Zimmer neben meinem wohnen. Alles schon besprochen. Dafür darf mein Mann mit Freddy machen, was er will. Freddy ist seine Neuerwerbung. Sie reisen noch heute abend nach Capri ab. Wir haben das Haus für uns allein. Weißt du, was ich mit dir tun werde?« Sie sagte es, und Perrier verspürte ein heftiges Rühren. »Na, wird dir das gefallen?« fragte Ilse. »Stimmt schon, was man von den deutschen Frauen sagt. Sie können's am besten. Also, du kommst nach Orly raus, sofort.«
»Merde«, sagte Perrier. »Scheiß auf alles. Ich komme, Ilse, ich komme.«
»Hast du eine Ahnung, *wie* du kommen wirst! Bis gleich, du Ficker.« Sie hängte ein. Perrier legte den Hörer auf und zog den Krawattenknoten hoch. Hilfe vom Himmel, dachte er. Gott, ich kann Yvonne nicht mehr sehen. Ich kann ihre Stimme nicht mehr hören. Ich bin knapp davor, einen Unlustmord zu begehen. Diese verfluchte hysterische Ziege. Jetzt hat sie auch noch angefangen zu saufen. Natürlich gehe ich einer Zukunft entgegen, die ich nicht kenne. Aber diese Ilse ist derart geil auf mich... Und eine Learstar... Verglichen damit herrschen hier ja ärmliche Verhältnisse. Mein Schwanz sagt: Tu's. Mein Schwanz hat immer schon mehr Intelligenz besessen als mein Kopf.
Wenige Minuten später trat Paul Perrier im Trenchcoat aus dem kleinen Palais in den Park. Emile Rachet, der schon so lange als Hausmeister, Gärtner und Handwerker hier arbeitete, sammelte mit dem Rechen welkes Laub. In einer Ecke des Parks verbrannte er es.
»Sie holen Madame ab, Monsieur?« Emile trug seinen blauen Arbeitsanzug.
»Nein.« Perrier räusperte sich. »Ich werde selber abgeholt. Habe noch etwas Dringendes zu erledigen.«

»Aber Madame . . .«
»Muß sich ein Taxi nehmen, tut mir leid. Ich habe dem Diener Bescheid gesagt.« Meinen Lamborghini bin ich auch los, dachte Perrier. Ach was, Ilse kauft mir einen neuen, verrückt, wie die nach mir ist. Das hat bei Yvonne auch nachgelassen. Darum nimmt sie sich so unverschämt viel heraus. Zeit, daß ich abhaue, wirklich.
Ein schwarzer Cadillac blieb vor dem Eingangstor stehen. Perrier nickte Rachet zu.
»Also, bis nachher, Emile!«
»Bis nachher, Monsieur.« Emile sah einen jungen Mann in blauem Anzug, weißem Hemd und blauer Krawatte aus dem Cadillac steigen. Er öffnete die hintere rechte Tür für Perrier, der noch einmal zurückwinkte. Auch Emile hob die Hand. Der junge Mann setzte sich wieder hinter das Steuer, und der Cadillac sprang fast geräuschlos an und war gleich darauf verschwunden. Emile kratzte sich am Nacken. Dann fuhr er fort, Laub zusammenzurechen.

22

Samstag, der 21. November 1981.
»Aus Wien? Sie kommen aus Wien?« Yvonnes Hände flatterten wie kleine Vögel. Sie trug einen weiten rotseidenen Hausmantel mit mächtigen Ärmeln. Ihre Füße steckten in roten Seidensandaletten. Sie hatte ihren gesamten Rubinschmuck angelegt: Collier, Ohrringe, Armband und Ringe, und sie war stark geschminkt. So lehnte sie im großen Salon in einem der schweren Lederfauteuils vor dem Kamin, in dem Holzscheite brannten.
»Direkt aus Wien, Madame«, sagte der kleine Kommissar Rolland. Er saß ihr gegenüber. »Der Staatssekretär Nardonne hat mich angerufen und gebeten, Sie sofort aufzusuchen, da Sie bei der Polizei neuerlich Anzeige gegen Ihren Mann erstattet und angegeben haben, Monsieur Perrier sei von ihm ermordet worden.«
»Das habe ich . . . das habe ich . . .« Die Hände flogen, der Schmuck blitzte, die Asche der Zigarette in der langen goldenen Spitze fiel auf den Teppich. Yvonne sprach mit seltsam verschmierter Stimme: »Nimmt man mich jetzt ernst, ja? Glaubt

man mir jetzt, wie? Mußte auch das noch geschehen, damit man mir endlich glaubt?«

»Madame, Sie wissen ganz genau, daß ich schon seit Wochen nach Ihrem Mann fahnde.«

Auf dem Tisch zwischen ihnen standen Gläser, eine Schale voll Eiswürfeln und eine Flasche Whisky.

»Ich nicht, danke«, sagte Rolland.

»Aber ich!« Sie goß ihr Glas voll, ließ Eiswürfel hineinfallen und trank hastig. Die Hände und die Lippen zitterten dabei, stellte Rolland fest. Hübscher Tremor, dachte er. Die Dame muß ordentlich trinken – schon seit geraumer Zeit. Außerdem nimmt sie, ihrer Aussprache nach zu schließen, bestimmt Valium oder etwas ähnliches.

»Ich bin Ihnen ja so dankbar, daß Sie jetzt eingegriffen haben. Der beste Mann im Land. Es gibt keinen besseren. Und endlich, endlich einer, der mir glaubt, wenn ich sage, Charles, dieser Teufel, lebt. Das glauben Sie doch auch, wie?«

»Ich neige dazu, Madame. Mit aller Vorsicht natürlich.«

»Sie suchen ihn. Sie verfolgen seine Spur. Sie setzen voraus, daß er lebt.«

»Sagen wir: Ich setze voraus, er könnte noch leben.« Der kleine Kommissar dachte: Wenn du wüßtest, du mit deinem Geld und deinem Suff, was ich weiß! Daß dein Mann wirklich lebt. Daß wir wissen, wie er jetzt heißt, wie er jetzt aussieht. Daß das französische Justizministerium sich an das Wiener Interpol-Zentralbüro gewandt hat mit der Bitte um eine Fahndung nach deinem Mann in Österreich. Daß Interpol Wien nach Prüfung des Falles Interpol Bern und das Bundeskriminalamt in Wiesbaden zur Mitarbeit aufgefordert hat, um den deutschsprachigen Raum abzudecken. Wenn du wüßtest, daß in jeder Polizeistation längst Fahndungsblätter nach deinem Mann aufliegen, überall in Deutschland, Österreich, Frankreich und der Schweiz. Wenn du wüßtest, daß in vier Ländern die Polizeibehörden nun Jagd auf deinen Mann machen, du widerliche, versoffene Angeberin. Wenn du das wüßtest! Einen Nervenzusammenbruch würdest du bekommen vor Glück, kreischend würdest du es in den versnobten Salons von Paris verkünden. Man weiß nicht, was du tun würdest in deinem Zustand. Man weiß nie, wozu Menschen fähig sind. Darum gebe ich auch nie jemandem Auskunft über den Stand meiner Ermittlungen – nur meinen Vorgesetzten.

Rolland hatte den Staatssekretär Nardonne telefonisch in

Kenntnis gesetzt, gleich nachdem ihm von dem Callgirl Cilly Zanderl, das sich Simone nannte, im Café Parsifal mein neuer Name und mein neues Aussehen verraten worden waren. Die Lobpreisungen Nardonnes hatte er unterbrochen: »Hören Sie auf, Monsieur! Ich habe nur Glück gehabt. Sie müssen jetzt schnellstens über das Interpol-Generalsekretariat an die Bundespolizeidirektion in Wien herantreten mit der Bitte um Fahndung. Ich bleibe hier, um zu sehen, wie das anläuft.«
Aber er war nicht in Wien geblieben. Am Morgen des 21. November hatte Nardonne in der schauderhaften kleinen Pension an der Alser Straße angerufen und Rolland gesagt, daß seit dem 18. November Paul Perrier verschwunden und bisher nicht aufgetaucht sei. Yvonne hatte sich wieder telefonisch an den Justizminister gewandt und eine große Szene geliefert. Der Justizminister hatte von Nardonne verlangt, daß dieser den Kommissar Rolland nach Paris zurückrief, um Madame Duhamel zu beruhigen, da sie schon wieder mit einer internationalen Pressekonferenz drohte. Nun also saß Rolland der betrunkenen Yvonne gegenüber und hörte sich geduldig ihre Geschichte an.
»Er hat mich noch zu meinem Zahnarzt gebracht, Monsieur le Commissaire. Doktor Pivat. Ein Genie. Absolutes Genie. Ich habe hier vorne oben Jacketkronen, man bemerkt es nicht, so erstklassig sind sie gemacht. An einer war etwas zu richten. Doktor Pivat hat begnadete Hände. Es ist, als würde man gestreichelt. Wenn nur die Möglichkeit besteht, daß es wehtun könnte, ein kleines bißchen weh, schon gibt er einem ein Anästhetikum.« Das Wort brachte sie fast um. »Wissen Sie, Monsieur, daß ich schon zweimal während einer Behandlung bei ihm eingeschlafen bin? Einen Drink jetzt? Nein?« Aber ihr Glas goß sie wieder voll. Es war ein großes Glas. Sie nahm einen mächtigen Schluck und zündete am Stummel ihrer Zigarette eine neue an. »Doktor Pivat hat . . .«
Rolland räusperte sich.
»Ach so, zur Sache. Es war abgemacht, daß mein kleiner Paul mich abholen würde, wenn ich fertig war. Er wollte auf meinen Anruf warten. Ich hasse Taxis. Nun, ich rief an, und der Diener sagte mir, Monsieur Perrier sei nicht da. Ich war verblüfft. Wo war er? Er habe einen Anruf bekommen und sei fortgefahren, sagte Victor. Das ist der Diener, Victor.« Rolland lauschte geduldig. »Fortgefahren. Mehr wußte Victor nicht. Er hatte Monsieur Perrier nicht weggehen sehen. Weggehen sehen hat

ihn nur Emile, der Gärtner, dieser Idiot. Er haßt mich, hat mich immer gehaßt, obwohl ich immer gut zu ihm war, obwohl er hier machen kann, was er will.« Mit Emile hatte Rolland schon gesprochen, gleich nachdem er angekommen war. Er wußte, was Emile zu berichten hatte. Er ließ es sich noch einmal von Yvonne berichten. Es gab wohl keinen Menschen, der langmütiger war als der kleine Kommissar Rolland. »Emile war im Garten. Er hat Monsieur Perrier noch gesehen und gefragt, ob er mich vom Zahnarzt abholen wolle.« Asche fiel auf den Teppich. Wieder ein großer Schluck. »Nein, sagte Monsieur Perrier. Er habe eine dringende Verabredung. Er wurde dann auch von einem schwarzen Cadillac abgeholt, der Fahrer öffnete ihm den Schlag, sagt Emile, das Schwein. Seither ist Paul verschwunden. Ich sage Ihnen, Monsieur le Commissaire, mein Mann, diese Bestie, hat Paul in eine Falle gelockt. Mein geliebter Paul lebt nicht mehr!« Den letzten Satz schrie sie. Dann trank sie wieder. Schmuck klirrte an den Handgelenken. Mit ihrem überschminkten Gesicht, dessen Farben aufzuweichen begannen, sah sie tragikomisch aus.
»Das sind alles Vermutungen, Madame«, sagte Rolland. »Gewiß«, fügte er schnell hinzu, »können Sie recht haben mit diesen Vermutungen, aber einen Beweis für eine Schuld Ihres Mannes haben wir nicht. Das ist uns doch beiden klar.«
»Er war es. Er war es«, sagte Yvonne.
»Beweise«, sagte Rolland. »Beweise.«
»Paul hat nichts mitgenommen. Nicht ein Hemd, nicht einen Manschettenknopf. Nichts. Ich meine, wenn er plötzlich hätte verreisen müssen, dann hätte er doch einen Koffer mit dem Nötigsten gebraucht, nicht wahr? Und er hätte mir eine Nachricht hinterlassen. Mich angerufen bei Doktor Pivat, den Angestellten etwas gesagt. Nichts, nichts, nichts. Im Regenmantel fuhr er fort, sagt Emile, dieser Idiot, der zu blöde war, sich die Nummer des Cadillacs zu merken.«
»Er sagte mir, die wäre dreckbespritzt und unleserlich gewesen.«
»Eine Ausrede. Oder Absicht.«
»Bitte?«
»Absichtlich dreckbespritzt.« Sie trank wieder und rülpste laut. »Damit man sie nicht lesen konnte.« Die Zigarette fiel aus der Spitze. Yvonne bemerkte es nicht. Rolland hob die Zigarette auf und warf sie in den Kamin.
»Mein Paul«, sagte Yvonne, »mein geliebter Paul ... tot ... das

nächste Opfer . . . Und jetzt hat Charles nur noch eines . . . mich . . .«
»Madame, wenden Sie sich doch an eine Detektei. Ein Mann zu Ihrem Schutz wird immer dasein, und Ihnen kann nichts geschehen. Was Monsieur Perrier angeht . . . Es fehlt kein Geld?«
»Paul hatte kein Geld.«
»Ich meine Ihr Geld, Madame.«
»Es fehlt nichts. Auch kein Schmuck, wenn Sie darauf hinauswollen. Das ist schmutzig, Monsieur le Commissaire. Paul liebte mich genauso wie ich ihn. Er war kein Gigolo. Außerdem habe ich Schmuck und Geld, alles, was sich an Wertsachen im Hause befindet, in einem Safe verwahrt. Einem Nummernsafe. Er kannte die Kombination natürlich nicht.«
»Wirklich eine große Liebe«, sagte Rolland und setzte hinzu: »Ich habe schon so viel darüber gelesen.«
Yvonne war immun gegenüber Ironie.
»Ah, was für eine Liebe, Monsieur!« Großer Schluck. »Was für eine wunderbare Liebe! Charles wußte das, dieser Satan. Darum hat er mir Paul genommen, das Liebste, was ich hatte. Er wollte zuerst Paul töten und dann mich, damit ich länger zu leiden habe . . . Detektei . . . Schutz . . . jetzt? Ich weiß nicht, ob ich überhaupt noch leben will. Es ist alles so sinnlos geworden. Wird der Mann, der mich bewacht, auch im Haus schlafen?«
»Sicher. Vermutlich werden es drei Männer sein, die sich im Turnus ablösen, Madame.«
»Junge Männer?«
»Junge Männer, ja.«
»Ich frage nur, weil ich eine so unglaubliche Wirkung auf junge Männer habe. Hoffentlich wird keiner zudringlich.«
»Seien Sie beruhigt. Die Leute riskieren nicht ihren Job.«
»Ich meine, ich könnte die Jungen ja verstehen. Schauen Sie Paul an! Wie von Sinnen war er nach mir . . . wie von Sinnen . . . Ich bin natürlich auch ungeheuer erotisch aufreizend, das weiß ich . . . Meinen Körper würde sich manches junge Mädchen wünschen . . . allein den Busen . . .« Ihre Stimme hob sich. »Wenn auch Madeleine, diese Drecksnutte, gewagt hat, zu behaupten, er sei nicht echt . . . Können Sie sich das vorstellen, Monsieur? Dieses Saustück – man hat es mir hinterbracht – sagte in Gesellschaft wörtlich: ›Die? Die hat doch Gummititten.‹« Blitzschnell sprang Yvonne auf, blitzschnell glitt sie aus

dem rotseidenen Morgenrock. Sie war vollkommen nackt darunter. Mit der Faust schlug sie fest auf ihre Brüste.
»Da«, sagte sie. »Das soll Gummi sein?«
Im nächsten Moment sackte sie auf dem Teppich zusammen und rollte zur Seite. Als Rolland sie aufhob, schnarchte sie bereits. Er trug sie in ihr Schlafzimmer, das sie ihm gezeigt hatte, als er gekommen war. Sie hatte ihm das ganze Palais gezeigt.
Rolland legte Yvonne auf das Bett und deckte sie zu. Sie schlief fest. Ihr Atem stank nach Whisky und Tabak.
Rolland ging in den großen Salon zurück und läutete. Ein Diener erschien.
»Monsieur?«
»Sind Sie Victor?«
»Ja, Monsieur.«
»Madame fühlte sich nicht wohl.« Er bemerkte den Blick, mit dem der Diener die Whiskyflasche musterte. Madame schien sich häufig nicht wohl zu fühlen. »Sie ist zu Bett gegangen und schläft. Bitte sorgen Sie dafür, daß sie nicht gestört wird.«
»In Ordnung, Monsieur.«
»Ich möchte gerne noch einmal mit dem Gärtner sprechen.«
»Ich werde ihn rufen, Monsieur.«
»Nicht nötig, ich gehe zu ihm. Er wohnt doch in der Mansarde über dem Garagenhaus?«
»Ja. Monsieur.«
»Sagen Sie, Victor: Trinkt Madame schon lange soviel?«
»Nein, Monsieur. Erst seit der Geschichte auf dem Rennplatz von Auteuil. Als dieser Mann ihr auf die Schulter klopfte und sagte: ›Ich kriege dich schon noch‹ oder so etwas ähnliches. Sie trinkt aus Angst, daß ihr Mann noch lebt und ihr nach dem Leben trachtet. An manchen Tagen weint sie stundenlang. Natürlich kommt ein Arzt. Er verschreibt Beruhigungsmittel. Aber Beruhigungsmittel und Alkohol? Ich brauche nicht weiterzusprechen. Monsieur le Commissaire, bitte, verzeihen Sie die Ungehörigkeit meiner Frage: Glauben Sie, daß Maître Duhamel wirklich noch lebt und jetzt Monsieur Perrier getötet hat?«
»Ich glaube gar nichts«, sagte der kleine Kommissar Robert Rolland.

23

Er ging langsam durch den herbstlichen, dämmrigen Park. Er sah die sorgsam geharkten Beete, den sauberen Rasen. Er blieb stehen, um tief die von Laubfeuern rauchige, würzige Abendluft einzuatmen. Rolland erreichte das Garagenhaus. Eine Blechtreppe führte außen zu der Mansardenwohnung Emile Rachets empor. Der Kommissar stieg die steilen Stufen hinauf. An der Tür oben klopfte er. Gleich darauf ertönte eine Stimme: »Wer ist da?«
»Kommissar Rolland. Kann ich Sie noch einmal sprechen, Monsieur Rachet?«
Die Tür öffnete sich.
Der hochgewachsene Gärtner stand leicht vorgeneigt da. Er trug Pantoffeln und eine blaue Hausjacke. Eine große, bernsteinfarbene Katze saß auf seinem Arm. Die Katze blickte Rolland mit zusammengekniffenen Augen an.
»Kommen Sie herein, Monsieur«, sagte Emile freundlich lächelnd. Er trat zur Seite, und Rolland betrachtete die alten Möbel, mit denen Emile die Mansarde im Stil der Jahrhundertwende eingerichtet hatte. Es gab viel Plüsch und gehäkelte Deckchen auf kleinen Tischen. Die Mansarde bestand aus einem Wohnzimmer, einem Schlafzimmer, einer Küche und einem Bad. In der Küche hingen Pfannen an den gekachelten Wänden. Im Badezimmer hing ein großer Warmwasserboiler. Alles sah altmodisch, aber sehr sauber aus. Ein kleines Wandregal war voller Bücher. Rolland las einige Titel. Es waren fast ausschließlich Bücher über den Gemüseanbau. Neben einem großen Ohrensessel lag auf einem Tischchen aufgeschlagen ein Buch, in dem Emile offenbar gerade gelesen hatte. ANLAGE UND PFLEGE VON CHAMPIGNONKULTUREN stand auf dem Umschlag.
»Nehmen Sie Platz, Monsieur«, sagte Emile und ließ die Katze auf ein Sofa gleiten. »Bitte da, unter der Lampe.« Es war eine Stehlampe mit einem großen, glockenförmigen Schirm aus dunkelrotem Stoff. Rolland setzte sich in einen bequemen Sessel in der Nähe des Fensters. Durch den Park sah er die Lichter des Palais und der Straße.
»Schön haben Sie es hier, Monsieur Rachet.«
»Ja, nicht wahr, Monsieur? Ich bin auch sehr gerne hier. Es ist, wie es bei uns zu Hause war, einem Dorf in der Nähe von

Angoulême. Das sind alles noch Möbel von meinen Eltern. Etwas zu trinken?«
»Nein, danke.«
»Nur einen Kleinen?«
»Nein, wirklich nicht. Setzen Sie sich zu mir, Monsieur Rachet.«
»Nicht Rachet. Emile. Der alte Emile.«
»Na schön. Sie sind schon lange hier, Emile, wie?«
»O ja, Monsieur. Seit achtzehn, fast schon neunzehn Jahren. So lange. Der gute Maître Duhamel hat mich angestellt. Sie haben ihn nicht gekannt. Er war ein wunderbarer Mensch. Emile, hat er gesagt, Sie arbeiten so, wie Sie es sich einteilen. Ich habe Vertrauen zu Ihnen. Und Sie bleiben so lange bei mir, wie Sie wollen. Wenn Sie einmal alt sind oder die Arbeit nicht mehr schaffen, dann hören Sie auf. Aber erst, wenn *Sie* wollen. Niemand hat Ihnen etwas zu sagen, verstehen Sie? Auch nicht meine Frau. Die hat mich gehaßt von Anfang an.«
»Warum, Emile?«
»Weil mich der gnädige Herr so gern hatte. Weil wir uns so gut verstanden haben. Das konnte sie nicht ertragen. Sie konnte auch nicht ertragen, daß er Freunde hatte. Die hat sie ihm alle weggeekelt. Zuletzt war er ganz allein. Bis auf den armen Maître Balmoral. Ein so feiner Mensch, mein guter Herr, und ganz allein. Oft hat er sich mit mir unterhalten. Ich habe ihn verehrt, Monsieur, wie einen Heiligen.«
»Sie glauben, daß er tot ist?«
»Tot? Mein Gott, natürlich ist er tot.«
»Madame beharrt darauf, daß er noch lebt.«
Emiles freundliches Gesicht verzerrte sich zu einer Fratze des Hasses. »Madame, diese . . .« Er biß sich auf die Lippe.
»Was wollten Sie sagen, Emile?«
»Nichts, Monsieur le Commissaire, entschuldigen Sie.«
Die bernsteinfarbene Katze sprang Rolland auf den Schoß und schnurrte, als er sie zu streicheln begann.
»Hatten Sie nach dem Verschwinden von Maître Duhamel Auseinandersetzungen mit Madame?«
»Ich habe Auseinandersetzungen mit Madame, seit ich hier bin. Nach dem Tod von Monsieur versuchte sie natürlich, mich besonders zu schikanieren. Sie ist ein böser Mensch.«
Stille folgte. Nur die Katze schnurrte.
Ja, dachte Rolland, dieser einfache Mann hatte es richtig ausgedrückt: Sie ist ein böser Mensch.

»Ich wäre fortgegangen damals, als das mit meinem kleinen Garten passierte. Ich wäre fortgegangen, wahrhaftig, Monsieur, wenn ich den Park und die Bäume und die Blumen nicht so lieben würde. Und mein Zuhause hier oben.«
»Was war das für eine Geschichte mit Ihrem kleinen Garten?«
»Als ich hier anfing, da hat mir der gute Monsieur hinten, am Ende des Parks, ein Fleckchen Erde geschenkt. Er hat gesagt: ›Emile, du kommst vom Land, du brauchst ein bißchen Erde. Die da gehört dir. Du kannst damit machen, was du willst.‹« Wieder Stille. Die Katze schnurrte laut. Draußen zwischen den Bäumen blinkten viele Lichter. »Also, zuerst habe ich Bohnen angepflanzt, Monsieur«, sagte Emile, und ein kleines, glückliches Lächeln der Erinnerung glitt über sein zerfurchtes Gesicht, »dann Gemüse, Salate, Tomaten – für die Küche und für mich. Ich koche selber. Von allem, was ich liebe, habe ich dieses Stückchen Erde am meisten geliebt.« Er sah auf seine großen, abgearbeiteten Hände.
»Und was geschah?«
»Als Monsieur tot war, hat die alte Hexe – entschuldigen Sie, wenn ich so rede, Monsieur le Commissaire, aber das ist eine ganz infame, elende Hexe –, da hat sie mir immer wieder gesagt, ich muß mein Fleckchen Erde einebnen und Gras ansäen. Ich habe es nicht getan, bis sie mir eines Tages mit dem Anwalt gedroht hat. Das von dem kleinen Stück Erde stand nämlich nicht in dem Vertrag, den ich mit dem guten Monsieur hatte. Sie sagte, wenn ich meinen Garten bis zum Abend nicht eingeebnet habe, würde sie zum Anwalt gehen. Und dann würde ich wahrscheinlich überhaupt hier weg müssen.« Emile seufzte tief. »Also habe ich in meiner Angst das ganze Gemüse und die Gewächse herausgerissen und alles umgegraben und Gras gesät. Seither habe ich kein Fleckchen Erde mehr, das mir gehört.« Er sah Rolland an. »Das ist schlimm für mich, Monsieur. Können Sie das verstehen?«
Rolland nickte stumm.
»Ich kenne niemanden in Paris, Monsieur«, sagte Emile. »Ich habe hier keine Verwandten und Freunde. Ich bin immer ein Bauer geblieben. Das Stück Erde, das war für mich immer unser Dorf bei Angoulême, meine Heimat. Sie verstehen das?«
Wieder nickte Rolland stumm.
»Ich habe alles zerstört aus Angst, daß der Anwalt mich hier wegjagt. Ich habe große Angst vor Anwälten.«

»Vor Maître Duhamel hatten Sie keine.«
Emile strahlte. »Ihn habe ich geliebt . . . Mein Gott, wie habe ich Monsieur geliebt!«
»Und Madame gehaßt.«
»Und Madame gehaßt.«
»Sie haben ihr alles Böse gewünscht, nicht wahr? Krankheit, Tod, alles.«
»Alles, Monsieur, alles. Sie war so . . . so gemein zu mir. Und ich konnte mich nicht wehren.«
»Dachten Sie . . .«, sagte Rolland.
»Dachte ich«, sagte Emile, arglos und harmlos wie ein Kind.
»Bis Ihnen dann die Idee gekommen ist.«
»Die Idee, ja. Eine gute Idee.«
»Wie Sie sich rächen können für all die Gemeinheit. Einmal, als Madame und Monsieur Perrier nicht da waren, sind Sie ins Palais hinübergegangen und haben einen Anzug von Maître Duhamel geholt. Sie sind so groß wie er. Auch Hemden, Schuhe, Socken und Krawatten haben Sie genommen.«
»Nur eine«, sagte Emile. »Und auch nur zwei Hemden, Monsieur le Commissaire. Es war auch schon ein sehr getragener Anzug. Und ich brauchte ihn doch.«
»Ich mache Ihnen keine Vorwürfe, Emile. In der Stadt haben Sie dann eine braune Perücke mit langem Haar gekauft und einen Vollbart zum Ankleben. Und so haben Sie sich in Maître Duhamel verwandelt, nicht wahr?«
»Ja. Um die alte Hexe zu erschrecken. Zu Tode erschrecken wollte ich sie. Ich habe so schöne Tomaten gezüchtet.«
»Sie waren es, der sich vor dem Tour d'Argent an Madame Duhamel gedrängt und gesagt hat: ›Ich kriege dich schon, meine Liebe, ich kriege dich schon‹, nicht wahr?«
»Ja, das war ich. Ich wußte, daß sie mit ihrem Kerl nach dem Theater ins Tour d'Argent geht. Ich mußte nur warten.«
»Und da draußen in Auteuil, auf dem Rennplatz, oben bei den Wettschaltern in dem großen Gedränge, das waren auch Sie, nicht wahr, Emile?«
»Das war auch ich, ja, Monsieur le Commissaire. Das erste Mal ist sie nicht zu Tode erschrocken. Ich habe gedacht, vielleicht habe ich das zweite Mal mehr Glück. Aber ich habe kein Glück, Monsieur, ich habe kein Glück. Sagen Sie selbst. Man muß doch sehr böse sein, um einen Bauernsohn zu zwingen, sein Fleckchen Erde zu zerstören, wie?«

Rolland nickte.
»Sie war auch zu Maître Duhamel sehr böse, furchtbar böse manchmal. Man hat sie oft schreien und toben gehört.« Rolland dachte an die Frau, die drüben in der Villa sinnlos betrunken schlief. »Und als Monsieur nach Wien flog an jenem Abend, als er in den Tod flog, da sprach ich noch mit ihm, während er auf das Taxi wartete. Er hatte wieder eine Szene mit seiner Frau hinter sich, und er hat geweint, richtig geweint. Dann, als ich hörte, daß er tot war, habe ich mich vollkommen verlassen gefühlt, und ich habe angefangen, die Hexe immer mehr zu hassen. Ein so guter Mensch mußte sterben, und ein so schlechter Mensch lebt? Das ist nicht richtig, Monsieur. Ist das etwa richtig? Ich frage Sie.«
»Emile«, sagte Rolland leise, »wo haben Sie die Sachen versteckt?«
»Ich habe sie gar nicht versteckt. Es ist alles in der alten Truhe da drüben.«
»Kann ich es sehen?«
»Sicher, Monsieur.« Emile stand auf, ging mit Rolland zu einer alten Bauerntruhe und öffnete sie. Der Kommissar sah einen Anzug, Schuhe, Wäsche und in einem Pappkarton eine Perücke mit langem, braunem Haar sowie einen Bart und ein Stück knetbare, hautfarbene Masse.
»Was ist das, Emile?«
»Plastik, Monsieur, um meine Nase größer zu machen. Der arme Maître Duhamel hat doch eine so große Nase gehabt.«
Rolland sah lange Zeit in die Truhe.
»Das muß natürlich verschwinden, Emile«, sagte er zuletzt. »Schnellstens. Vergraben Sie es! Verbrennen Sie es! Schmeißen Sie es ins Wasser mit einem schweren Stein. Weit weg von hier.«
Emile sagte: »Sie zeigen mich nicht an?«
»Nein.«
»Aber . . . Sie müssen doch . . .«
»Sie anzeigen? Warum? Ich hatte einen Verdacht. Er hat sich als falsch erwiesen. Also wieso anzeigen?« Rolland wandte das Gesicht ab. »Meine Eltern waren auch Bauern. Wir lebten in einem Dorf bei Limoges. Und als ich ein kleiner Junge war, da hatte ich hinter dem Haus mein Stück Erde. Was habe ich da nicht alles angebaut, Erdbeeren und Erbsen, Salat und Radieschen.« Seine Stimme war fast unhörbar geworden, so leise sprach er, als er hinzufügte: »Das war die schönste Zeit in meinem Leben.«

24

Als Langenau zwei Wochen verschwunden war und es immer noch keine Spur von ihm gab, saßen Andrea, der Azubi und ich eines Abends nach Geschäftsschluß in Cat's Corner, und Andrea sagte: »Es hilft nichts. Wir müssen ein Inserat im BÖRSENBLATT aufgeben und einen ersten Sortimenter oder zumindest eine Aushilfe suchen. Wir schaffen es nicht länger allein, und jetzt kommt auch noch Weihnachten.«

Wir fühlten uns sehr bedrückt, als wir das Inserat dann entwarfen, und nachdem es erschienen war, bekamen wir mehrere Zuschriften. Einige Bewerber schrieben, daß sie zur Zeit arbeitslos seien, zwei schrieben, daß sie ihre Stellen verloren hatten, weil die Buchhandlungen, in denen sie arbeiteten, verkauft worden waren.

Die Arbeitslosen erwiesen sich als ältere Männer und Frauen, freundlich, aber für unsere besondere Buchhandlung nicht geeignet, weil sie nicht mit Kindern umgehen konnten. Es tat uns leid, daß wir ihnen absagen mußten.

Schließlich blieben zwei Bewerber übrig: Hans Crohn und Clemens Raven. Beide waren Anfang der Vierzig, beide machten einen überaus günstigen Eindruck und hatten glänzende Zeugnisse. Besonders von Raven waren wir sofort sehr angetan. Er war ein schlanker Mann mit lustigem Gesicht und ewig wirrem schwarzem Haar. Er lachte gern und spielte gleich mit den Kindern. Crohn war etwas zurückhaltender, aber auch sehr nett. Der rothaarige Kommissar Hübner, unser ständiger Gast, kam oft stundenlang ins Geschäft. Er sah den Kindern zu oder saß in Cat's Corner, trank meinen Whisky und dachte nach. Ab und zu stellte er mir eine Frage wegen Langenau. Er war wirklich ein sehr trauriger, einsamer Mann. Im Laufe der Wochen freundeten wir uns richtig miteinander an, er, Andrea und ich. Er saß auch an jenem Nachmittag da, an dem Raven zum erstenmal mit den Kindern spielte. Es gab viel Gelächter und Geschrei im Tiefgeschoß. Als ich dann in Cat's Corner kam, um eine Mappe zu holen, sagte Hübner zu mir: »Clemens Raven heißt er?«

»Ja«, sagte ich.

»Und die Buchhandlung, in der er arbeitete, war neben einem Südfrüchtegeschäft an einer Autobusendstation?« Er nannte die Nummer der Linie.

»Ja«, sagte ich. »Warum? Kennen Sie ihn?«
Hübner lachte. »Schon gut. Ich kenne alle Leute. Auch Raven. Wir hatten mal mit ihm zu tun. Nicht ich, die Kollegen vom dortigen Revier.«
»Hat er was ausgefressen?«
»Ja«, sagte Hübner. »Sein Chef mußte eine Wahnsinnsmiete zahlen in dieser Traumlage. Endhaltestelle! Die Leute fielen einfach rein in den Laden. Aber das war noch immer nicht genug. Ich habe mich später mal für die Geschichte interessiert. Der Umsatz in Ihrer Branche geht doch zurück, nicht wahr? Nicht aber bei Südfrüchten, den ganz feinen, teuren. Die werden gefressen wie früher. Und dieses Geschäft wollte sich vergrößern. Der Besitzer wollte die Fläche der Buchhandlung dazu. Er machte jede Mieterhöhung der Hausverwaltung mit, ja er trieb selber die Preise in die Höhe. Ganz skrupellos. Bis er den Buchhändler ausgetrickst hatte.«
»Und dann hat Raven dem Südfrüchtemann eins in die Fresse gehauen«, sagte ich.
»Nicht doch«, sagte Hübner. Aus dem Tiefgeschoß drang das Jauchzen der Kinder. Raven schien eine komplette Theatervorstellung zu geben. »Was haben Sie immer für gewalttätige Gedanken, Herr Kent! Und was für einen vorzüglichen Whisky.« Er goß sein Glas wieder voll.
»Chivas«, sagte ich, »solange es nichts Besseres gibt.« Ich machte mir ebenfalls einen Drink.
»Nein, keine Gewalttätigkeit, Herr Kent. In diese Buchhandlung kamen auch viele Kinder, auf dem Weg in die Schule, auf dem Weg nach Hause. Da ist so eine riesengroße Siedlung in der Nähe, wissen Sie. Mit eigenen Geschäften und einem Kino und einem Spielplatz für Kinder.« Er seufzte. »Spielplatz für Kinder.«
»Ja, ja«, sagte ich. »Zum Wohl!«
»Zum Wohl!« sagte Hübner. »Nun ist ein Spielplatz für Kinder ja eigentlich dazu da, daß Kinder auf ihm spielen, nicht wahr? Aber dort war das anders.«
»Wieso?«
»Dort wohnten haufenweise ältere Leute und kleine Beamte und alleinstehende Frauen, und das oberste Gesetz in dieser Siedlung hieß *Ruhe*. Sie wollten alle ihre Ruhe haben. Mitten in der Großstadt. Wenn ein Hund dreimal bellte, ging im Revier schon eine Anzeige ein. Und nun denken Sie an die armen Kinder, die natürlich auf dem Spielplatz spielen wollten. Es gab nicht viele

junge Ehepaare in der Siedlung, aber die hatten Kinder. Na ja, und so bekam das Revier eine Anzeige nach der anderen wegen Lärmbelästigung. Es war schon zum Kotzen. Kinder müssen doch spielen dürfen. Und es waren lauter nette Kinder. Sie machten keinen Heidenkrach. Sie waren eben lustig, so wie jetzt Ihre Kinder unten im Tiefgeschoß. Das genügte schon. Dauernd gab es Streit in dieser Siedlung. Oft bekamen Kinder von erbosten Mietern Ohrfeigen, und die Eltern kriegten dann wieder Krach mit denen, die ihre Kinder geschlagen hatten. Eines Tages, kann ich mich erinnern, machten die Kinder einen Demonstrationszug. Sie trugen Papptafeln an Stangen, und auf die Tafeln hatten sie geschrieben: WIR SIND KINDER – WIR WOLLEN SPIELEN!« Hübner seufzte und trank. »Hat ihnen das geholfen? Einen Dreck hat ihnen das geholfen.«
»Wieso wissen Sie eigentlich so genau Bescheid?« fragte ich.
»Damit war doch das dortige Revier beschäftigt.«
»Schon gut, schon gut«, sagte er. »Diese Geschichte machte im Kollegenkreis die Runde und kam sehr vielen von uns zu Ohren.«
»Und wie ging's weiter?«
»Na ja, eines Tages erschienen ein paar Kinder bei Herrn Raven in der Buchhandlung und fragten ihn, ob er ihnen nicht helfen könne. Sie hatten uneingeschränktes Vertrauen zu Herrn Raven. Er hat ihnen auch geholfen.«
»Wie?«
»Darf ich heute nach dem Abendessen zu Ihnen kommen? Ich habe wieder mal dienstfrei. Dann erzähle ich weiter. Ich muß mir dazu etwas besorgen«, sagte Hübner und fuhr sich durch das feuerrote Haar.
Abends saß er wieder in dem Zimmer mit dem Memento-mori-Bild, das ihm so gefiel. Ich hatte Andrea alles berichtet, was er mir bislang erzählt hatte, und nun zog er ein Blatt Papier aus der Tasche und entfaltete es, während er sagte: »Herr Raven dachte eine Weile nach, als die Kinder gegangen waren, und dann setzte er sich hin und schrieb auf einer alten Schreibmaschine diese Geschichte.« Hübner lehnte sich zurück, räusperte sich und begann: »Den ganzen Nachmittag hatten sie gespielt. Es hatte viel Ärger gegeben. Die Alten bestanden darauf, ihre Ruhe zu haben – die Kinder wollten spielen. Um sieben Uhr abends war es auf dem Spielplatz wieder so still wie an den langen Vormittagen, wenn die Kinder in der Schule waren. Eine stille Welt ohne Kinder. Langsam senkte sich die Nacht auf die Dächer und

hüllte alle Häuser in sanften Nebel. Ein Fenster nach dem andern wurde dunkel, kein Stern war am Himmel, zwei Hunde unterhielten sich bellend.
Und plötzlich hörten die Leute in ihren Betten ein Wispern und Geraschel, ein Trippeln von Kinderfüßen. Dann sprachen sehr viele, sehr junge Stimmen, und man konnte verstehen, was sie sagten.« Hübner, vor dem wieder ein Whiskyglas stand, trank ausgiebig. »Und das sagten sie: ›Wir sind die Kinder, die nicht spielen dürfen. Krieg, Bomben, Flucht, Vertreibung und Krankheit haben uns getötet. Wir sind die Kinder, die nicht geboren wurden. Wir schlafen ohne ein Bett, wir weinen ohne einen Laut, wir sind stille Kinder. Wir stehen hinter den lachenden Kindern und möchten mit ihnen spielen. Wenn wir nachts durch die Straßen ziehen, kann niemand uns zählen, so viele sind wir . . .‹«
»Ach Gott.« Andrea drückte sich an mich.
»Die Menschen in den Häusern«, las der Kommissar weiter, »schauderten. Sie zogen die Bettdecken höher und waren erleichtert, als die Kinderschritte verhallten. Die toten Kinder waren endlich vorübergezogen.
Am nächsten Morgen standen die Menschen auf und lauschten. Als es Mittag war, traten sie vor die Tür, und als die Kinder aus der Schule kamen, um Aufgaben zu machen und zu spielen, da waren sie sehr froh, daß das richtige, lebendige Kinder waren, die in der vergangenen Nacht fest geschlafen hatten und nichts von dem gespenstischen Kinderzug wußten.
Die Menschen dachten an ihr eigenes Leben, an alles, was sie hatten ertragen und erleiden müssen, und an alles, was auch diese spielenden Kinder eines Tages auf ihre Schultern würden nehmen müssen. Und sie sahen die Kinder an, und sie lächelten.«
Der Kommissar ließ das Blatt sinken.
»Das hat Herr Raven geschrieben?« fragte Andrea leise.
»Ja. Und dann hat er viele Kopien davon gemacht, und ganz früh am Morgen, als die Haustüren schon offen waren, ist er in der Siedlung von Wohnung zu Wohnung gegangen und hat in jeden Briefschlitz so eine Kopie geworfen.« Hübner trank wieder.
»Und weiter?« fragte ich.
»Weiter«, sagte er. »Alles war gut von da an. Keine Anzeigen mehr, keine Ohrfeigen. Die Kinder durften auf dem Spielplatz spielen, und niemand hat sich darüber aufgeregt, denn alle hatten die kleine Geschichte von Herrn Raven gelesen. Ist ja auch eine schöne Geschichte, nicht?«

»Eine wunderschöne«, sagte Andrea.
»Schon gut. Den Polizisten auf dem Revier wurde es nach einer Weile richtig unheimlich, daß keine Anzeigen mehr kamen, und einer ging in die Siedlung und fragte, was denn los sei. Da zeigten sie ihm die Kopien mit Ravens Geschichte, und der Polizist fragte, ob er eine zur Erinnerung haben dürfe, und sie gaben ihm eine, und das ist sie. Ich habe doch gesagt, daß ich mir noch etwas besorgen muß, um die Geschichte zu Ende zu erzählen. Ich habe mir die Kopie ausgeliehen.«
»Kater?«
»Hörnchen?«
»Du hast die Bewerbung von Herrn Raven. Da steht seine Telefonnummer drauf.«
»Was, du willst ihn jetzt noch anrufen? So spät in der Nacht?«
»Ich will ihm sagen, daß er die Stelle bekommt – wenn es dir recht ist. Ich glaube, einen besseren Mann finden wir nicht. Was findet ihr?«
Wir fanden, daß sie recht hatte, und so wählte sie seine Nummer und wartete eine ganze Weile, bis er sich meldete. Dann sagte sie: »Ich habe Sie aufgeweckt, Herr Raven, verzeihen Sie. Hier spricht Andrea Kent. Ich wollte Ihnen nur sagen: Wir haben uns für Sie entschieden. Wann können Sie anfangen? . . . Gleich? Wunderbar! Also, dann bis morgen. Und schlafen Sie gut weiter!« Sie legte den Hörer auf. »Kein Langenau, natürlich kein Langenau, aber schon fast ein Langenau. Fast. Wie ist das hier eigentlich? Bekommt eine arme durstige Frau vielleicht noch ein Fläschchen Bier, oder seid ihr entschlossen, ganz allein euren Whisky zu saufen?«

25

Es ist Dir, mein Herz, gewiß schon seit längerem ein Umstand sehr rätselhaft erschienen. Dem kleinen Kommissar Robert Rolland war es gelungen, mir auf die Spur zu kommen. Er kannte den falschen Namen, den ich nun trug, er kannte mein verändertes Aussehen. In Frankreich, der Schweiz, Österreich und Deutschland war ich zur Fahndung ausgeschrieben. Natürlich gab es auch in der Dienststelle des Kommissars Hübner so ein Fahndungsblatt. Er mußte es kennen. Er kannte mich.

Warum unternahm er nichts? Wenige Minuten nach Erhalt des Fahndungsersuchens hätte er mich verhaften müssen. Inzwischen waren Tage, waren Wochen verstrichen. Kommissar Hübner unternahm nichts. Auch kein anderer Beamter unternahm etwas. Die Fahndung nach mir, die längst hätte abgeschlossen sein können, lief immer noch, als wäre der Hamburger Polizei nicht die Adresse bekannt gewesen, unter der ich nun lebte, als hätte mich Hübner nicht wieder und wieder besucht, sich mit mir unterhalten und meinen Whisky getrunken. Das, mein Herz, muß Dir in der Tat sehr rätselhaft vorkommen. Eine unwahrscheinliche, eine phantastische Situation, und sie wird um so phantastischer, um so unwahrscheinlicher, je länger man über sie nachdenkt.
Ich muß Dich daran erinnern, daß ich von dieser Fahndung nach mir zu jenem Zeitpunkt und noch lange danach nicht das geringste ahnte. Im Gegenteil: Jener Vertraute von Eisenbeiß, der in die Buchhandlung gekommen war und das neue Buch von Ditfurth verlangt hatte, sagte mir doch, daß die französische Polizei zwar in Wien die Suche nach mir aufgenommen habe, mich indessen niemals finden würde und ich deshalb in Ruhe und Frieden leben könne. Und auf Eisenbeiß war Verlaß. Ich lebte also ruhig und in Frieden – abgesehen von meinen schlimmen Befürchtungen im Hinblick auf Langenaus Schicksal.
Ich habe es Dir schon erzählt, mein Herz: Von vielen Ereignissen, deren Zeuge ich nicht war, unterrichteten mich später andere. Später, mein Herz, später. Aus diesem Grund war ich eben auch zu jenem Zeitpunkt, da ich eigentlich in Panik flüchten oder mich angesichts der Hoffnungslosigkeit meiner Lage hätte stellen müssen, völlig ahnungslos. Das Rätsel, warum man mich nicht längst als Charles Duhamel festgenommen hatte, präsentiert sich nur Dir, der ich meine Geschichte der Reihe nach erzähle. Heute, nachdem ich alles weiß, was vorgefallen ist, scheint es mir durchaus kein Rätsel, daß Kommissar Hübner mich nicht verhaftet hat, mich, den Mann, nach dem in vier Ländern gefahndet wurde, den Mann, der ein neues Leben unter dem Namen Peter Kent begonnen hatte. Es scheint mir sogar vollkommen selbstverständlich und logisch, daß die Polizei nichts tat, was mich hätte beunruhigen oder verstören können. Es verbot sich von selbst. Es wäre gegen den gesunden Menschenverstand gewesen.
Und wenn die Zeit gekommen ist, darüber zu berichten, warum

447

ich damals ungeschoren blieb, wirst auch Du alles begreifen, mein Herz.
Geduld, bitte. Geduld.

26

»So, jetzt kommt aber eine schwerere Frage, meine Lieben«, sagte Clemens Raven. Er saß auf einem roten Hocker. Die Kinder saßen um ihn herum und waren atemlos vor Aufregung über das neue Spiel, das der so jung wirkende Raven mit ihnen spielte. »Wir bleiben noch beim ›Doppelten Lottchen‹. Also, im ›Doppelten Lottchen‹ ist von zwei ›astrologischen Zwillingen‹ die Rede. Zunächst mal: Wer kann mir sagen, was ›astrologische Zwillinge‹ sind?«
Felix Rosens Hand fuhr hoch. Gleich darauf ein stählerner Greifer von Marili, dem Kind, das keine Hände hatte.
»Tut mir leid, Marili«, sagte Raven. Sein wirres schwarzes Haar glänzte im Licht der Deckenlampen. »Wer zuerst die Hand hebt, darf spielen. Das ist die Regel, und die kennst du.«
»Ja, natürlich«, sagte Marili und war doch etwas betrübt.
»Darf man sein Spielrecht auch weitergeben, Onkel Clemens?« fragte Felix.
»Das ist erlaubt, ja«, sagte unser neuer erster Sortimenter. Andrea, der Azubi und ich standen oben im Laden und sahen zu. Man schrieb Montag, den 7. Dezember 1981. Wir waren alle von Raven begeistert. Die Kinder liebten ihn, er war ein hervorragender Verkäufer, und er hatte den Laden in kürzester Zeit völlig in den Griff bekommen.
»Wenn es erlaubt ist«, sagte Felix, »dann gebe ich mein Recht an Marili weiter.«
Die Kinder klatschten, und Felix verneigte sich.
»Es ist mir ein Vergnügen«, sagte er. »Und außerdem habe ich schon eine Menge Knöpfe.«
Wie alle Kinder hielt er eine Pappschachtel auf den Knien, und darin lagen verschiedene Knöpfe, vielleicht ein Dutzend. Eine große Schachtel mit sehr vielen Knöpfen hatte Raven neben sich stehen. Wer nach einer Frage zuerst die Hand hob und eine richtige Antwort wußte, erhielt einen Knopf. Und wer am Ende des Spiels die meisten Knöpfe hatte, durfte sich ein Buch aussu-

chen. Es gab auch noch einen zweiten Preis, ein Taschenbuch, und einen Trostpreis. Raven hatte angekündigt, daß dieses Spiel einmal im Monat stattfinden sollte.

»So, Marili«, sagte er nun, »was sind also ›astrologische Zwillinge‹?«

Ernst antwortete das kleine Mädchen: »Es soll Menschen geben, die einander völlig gleich sind. Von Verwandtschaft ist keine Rede. Sie sind aber im Bruchteil einer Sekunde gleichzeitig auf die Welt gekommen.«

»Bravo«, sagte Raven. »Richtig, Marili.«

Die Kinder klatschten wieder, und wir klatschten auch. Marili strahlte.

»Es wird schwerer und schwerer«, sagte Raven und schüttelte seine große Schachtel voller Knöpfe. »Wie heißt die Person im ›Doppelten Lottchen‹, die von astrologischen Zwillingen spricht – na?«

Diesmal war Marili den anderen mit ihrer Antwort zuvorgekommen.

»Frau Muthesius. Sie ist die Leiterin vom Ferienheim Seebühl am Bühlsee«, sagte sie und bekam vor Aufregung dunkelrote Wangen.

Neuer Beifall.

»Sehr gut, Marili!« Raven lachte. Dann wurde er wieder ernst. »So, und nun die Haupt- und Staatsfrage. Frau Muthesius erzählt von zwei solchen astrologischen Zwillingen. Aber was?«

Wieder war es Marilis Greifer, der als erster hochschnellte.

»Sie erzählt, daß der Londoner Herrenschneider König Eduard der Siebente . . .« Marili merkte, daß sie sich verheddert hatte, und schwieg.

»Noch mal, Marili«, ermunterte sie Raven. »Laß dir Zeit! Es kommt nicht auf die Schnelligkeit an, sondern auf die Richtigkeit. Dafür gibt's einen Knopf.«

»Ja, Onkel Clemens«, sagte Marili. »Sie erzählt, daß ein Londoner Herrenschneider und der englische König Eduard der Siebente solche astrologische Zwillinge gewesen sind.«

»Hurra!« schrie Felix, und die Kinder klatschten wie wild.

»Besser und besser wirst du, Marili«, sagte Raven. »Der Knopf gehört dir schon fast. Ihr seht, wie wichtig es ist, Bücher aufmerksam zu lesen. Der Schneider und der König, die haben sich also zum Verwechseln ähnlich gesehen. Und warum besonders, Marili?«

»Besonders, weil sie beide einen Spitzbart getragen haben. Da hat der König den Schneider in den Palast rufen lassen und sich lange mit ihm unterhalten. Und dabei haben sie festgestellt, daß sie tatsächlich in der gleichen Sekunde zur Welt gekommen sind.«
»Und wie ging die Geschichte weiter?«
»Der Herrenschneider hat sich seinen Spitzbart abrasieren lassen müssen, auf Wunsch des Königs«, sagte Marili, wieder atemlos. Allgemeiner Jubel brach aus, als Raven Marili nun feierlich einen Knopf in ihre stählerne Greifhand gleiten ließ. Marili legte ihn zu den anderen in ihren Karton. Sie war selig.
»Ist dieser Raven nicht großartig?« fragte Andrea.
»Bernadette meint, so einen wie den könnten sie sofort in der Kinderabteilung des Krankenhauses anstellen«, sagte der verliebte Azubi. Sooft es ihre Dienstzeit zuließ, kam die schöne Bernadette in die Buchhandlung, um Robert abzuholen. Daher kannte sie Raven, mit dem wir sie auch schon eingeladen hatten. Ich sah auf die Uhr. Um halb zehn war Andrea zu ihrem monatlichen Besuch bei Dr. Kahler angemeldet.
»Komm«, sagte ich, »wir müssen gehen, Hörnchen.«
»Schafft ihr's zu zweit?« fragte Andrea.
»Klar, Frau Kent«, sagte Robert Stark.
Wir winkten Raven und den Kindern zu und verabschiedeten uns. Es war ein sehr kalter Tag. Ich fuhr jetzt immer besonders vorsichtig, wenn Andrea im Wagen saß. Obwohl sie am Beginn des sechsten Monats ihrer Schwangerschaft stand, war ihr Körper noch schlank wie immer. Das Baby bewegte sich seit zwei Wochen manchmal, und Andrea wurde dann stets ganz blaß vor Aufregung und sagte: »Kater, es klopft.« Sie hatte nun immer Hunger, und sie wünschte sich saure Gurken und Schlagsahne oder Heringe und Schokolade. Einmal wachte ich auf – es war halb vier Uhr früh –, und Andrea stand mitten im Zimmer und hielt ein Glas mit Oliven in der Hand. Sie aß ganz schnell eine nach der anderen und spuckte die Kerne in den Deckel des Glases. Ihr Gesicht war noch schöner geworden, und der Azubi erzählte, Bernadette habe gesagt, das mache das Baby, daß Andreas Gesicht noch schöner geworden sei.
Wir parkten in der Bellealliancestraße, in der Dr. Kahler wohnte.
»Sieh doch, Kater«, sagte Andrea. »Die vielen Menschen da vorn. Da ist etwas passiert.«
»Ja, scheint so.«

»O Gott«, sagte sie. »Das ist ja Doktor Kahlers Haus. *Kater!*«
»Sei ganz ruhig, Hörnchen, bitte, reg dich nicht auf.«
Wir stiegen aus und gingen das letzte Stück zu Fuß. Vor dem Haus, in dem Kahler wohnte und seine Praxis hatte, standen nicht nur viele Neugierige, sondern auch zwei Funkstreifenwagen der Polizei, ein schwarzer Mercedes und ein großer geschlossener Wagen. Die Menschen waren ganz still. Als wir eintrafen, kamen gerade zwei Männer in grauen Kitteln aus dem Haustor. Sie trugen eine flache, abgedeckte Blechwanne, die sie in den großen Wagen hoben. Zwei andere Männer brachten eine zweite Blechwanne und stellten sie neben die erste. Der große geschlossene Wagen fuhr ab. Ich sah einen Polizisten, der auf die Menschen einredete.
»Gehen Sie weiter! . . . Hier gibt es nichts mehr zu sehen . . . Bitte, gehen Sie weiter! . . . Seien Sie doch vernünftig, bitte! . . . Sie auch, meine Dame . . ., mein Herr.« Das hatte er zu Andrea und mir gesagt.
Ich sagte: »Wir sind hier verabredet.«
»Mit wem?«
»Mit Doktor Kahler.«
Der Polizist schüttelte den Kopf.
»Was ist?« fragte ich.
»Der Doktor hat sich das Leben genommen«, sagte der Polizist.

27

»Ich bin Punkt acht Uhr hier gewesen«, sagte die dicke Ordinationsschwester Agnes, die immer so freundlich zu uns gewesen war. »Ich habe die Wohnungsschlüssel. Ich komme immer um acht und bereite alles vor. Um halb neun beginnt die Ordination. Die Putzfrau kommt erst um neun in die Wohnung, die hat mit der Praxis nichts zu tun, da macht eine andere sauber am Abend, wenn Schluß ist.« Sie wischte sich mit einem Taschentuch über die geröteten, geschwollenen Augen. Ich sah, daß sie am ganzen Körper zitterte.
Wir saßen allein mit ihr im leeren Wartezimmer. Es war inzwischen fast elf Uhr geworden, und die Polizeibeamten waren endlich gegangen. Gegangen waren auch die anderen Frauen, die Dr. Kahler für diesen Vormittag bestellt hatte. Jetzt hing drau-

ßen an der Tür ein Zettel, auf dem stand: WEGEN TODESFALLS IST DIE PRAXIS GESCHLOSSEN. Schwester Agnes hatte die Glocke abgestellt und das Telefon auf Auftragsdienst geschaltet.
Es war dämmrig in dem großen Wartezimmer, und Schwester Agnes hatte starken Kaffee gekocht und sehr viel davon getrunken. Aber sie zitterte nicht deswegen. Schwester Agnes hatte fünfzehn Jahre lang für Doktor Kahler gearbeitet, das war der Grund. Zuerst hatte sie gar nicht zusammenhängend reden können, und wir wollten sie in diesem Zustand unter keinen Umständen allein lassen. Nach dem Kaffee hatte sich ihr Zustand gebessert, und nun redete sie einigermaßen fließend.
». . . und der Herr Doktor ist immer schon auf und in seinem Sprechzimmer, wenn ich komme. Aber heute war das Sprechzimmer leer, und in der Wohnung war es totenstill. Ich habe sofort ein unheimliches Gefühl gehabt, mein Gott, diese Stille, verstehen Sie, diese schreckliche Stille.«
Sie trank wieder Kaffee und verschüttete ein wenig davon, weil ihre Hand so zitterte. Sie stützte sie mit der anderen, aber das hatte wenig Sinn. Sie verschüttete noch mehr Kaffee, der auf ihren weißen Kittel tropfte.
»Ich habe laut nach dem Herrn Doktor gerufen. Keine Antwort. Da bin ich in sein Schlafzimmer hineingegangen, und da hat er im Bett gelegen – tot. Ich bin ins Zimmer daneben gerannt, das Schlafzimmer seiner Frau – und sie hat auch tot im Bett gelegen. Ich bin so furchtbar erschrocken, ich habe gedacht, ich werde ohnmächtig.«
»Arme Schwester Agnes«, sagte Andrea.
»Dann ist mir eingefallen, daß ich auf dem Nachttisch vom Herrn Doktor ein großes Kuvert gesehen habe, und ich bin in sein Zimmer zurückgelaufen und habe den Umschlag, der gegen die Nachttischlampe gelehnt war, aufgerissen. Eine Menge Dokumente und Aufstellungen waren darin und ein Brief, mit der Hand geschrieben, in seiner schönen, gleichmäßigen Handschrift. Ach du lieber Gott . . .«
Erst nach einer Weile konnte sie wieder sprechen.
»Ich erinnere mich noch genau daran, was in dem Brief gestanden hat. Nicht wörtlich, aber dem Sinn nach. Es war ein Brief ohne Anrede. Ich, Doktor Otto Kahler, so hat er begonnen, der Brief, habe mich entschlossen, mit meiner Frau Helga aus dem Leben zu scheiden. Meine Frau ahnt nichts davon. Ich werde ein sehr starkes, rasch wirkendes Gift verwenden. Meine Frau wird

nicht leiden müssen und ich auch nicht. Es gibt keinen anderen Weg mehr für mich. Und ich kann meine geliebte Frau nicht allein auf dieser elenden Welt zurücklassen.«
»Aber warum?« fragte Andrea. »Warum, Schwester Agnes? Er hatte doch so große Pläne, der Herr Doktor. Er wollte doch mit seiner Frau nach Amerika und dort noch viele schöne Jahre verleben. Er hat meinem Mann und mir von der Wohnung in Florida erzählt, die sie sich ausgesucht haben. Auch wir, meinte er, sollten nach Amerika gehen. Er war so begeistert von Florida.«
»Ja, von Florida«, sagte Schwester Agnes und holte Atem. »Damit hängt ja alles zusammen, Frau Kent.«
»Wieso?«
»Warten Sie, ich erzähle es Ihnen. Die Polizeibeamten konnten an Hand der ganzen Unterlagen, die sie nun mitgenommen haben, die Vorgeschichte rekonstruieren, und weil sie mich immer fragen mußten, habe ich das Ganze gut begriffen.«
Schwester Agnes trocknete ihre Augen und begann zu erzählen.
»Ja, also, hat der Herr Doktor geschrieben, damit Klarheit herrscht und keine falschen Vermutungen aufkommen, will er auch sagen, warum er nicht mehr leben kann. Er ist davon überzeugt, hat er geschrieben, daß hier bei uns in Deutschland alles zusammenbrechen wird, und da wollte er vorher fort. Er ist also mit seiner Frau zu so einem großen Immobilienbüro gegangen, das in der Zeitung inseriert hat, und dort haben sie ihm ganz wunderbare Sachen in Amerika gezeigt. Mit einer Gruppe von anderen Interessenten hat man sie dann auch nach Miami hinübergeflogen, damit sie sich an Ort und Stelle alles anschauen konnten. Weil er gewußt hat, daß es bei diesen Amerikageschäften so viele Schwindler gibt, hat er sich ein besonders seriöses Büro ausgesucht, eines, das schon seit fast hundert Jahren einen guten Namen hat, nämlich . . .«
». . . die Firma Langstrom an der Großen Bleichen«, sagte ich, und jetzt zitterten *meine* Hände.
»Ja«, sagte Schwester Agnes erstaunt, »die Agentur Langstrom. Woher wissen Sie das, Herr Kent?«
»Und bei Langstrom hat ihn ein Herr Schönhaus betreut«, sagte ich.
»Schönhaus, ja, genau!«
»O Gott, Kater«, sagte Andrea.
»Ich verstehe überhaupt nichts mehr«, sagte Schwester Agnes.

»Woher wissen Sie denn von Herrn Schönhaus, von Langstrom und allem?«
»Wir waren auch dort, weil uns der Herr Doktor so vorgeschwärmt hat von Florida«, sagte Andrea. »Und wir haben mit Herrn Schönhaus gesprochen, Schwester Agnes. Darum hat mein Mann das vermutet. Die Firma Langstrom ist eine der ältesten und solidesten, die es gibt.«
»Ja, das hat der arme Herr Doktor auch geglaubt.«
»Wieso? Ist sie nicht seriös?«
»Nun laß Schwester Agnes doch weitererzählen!« sagte ich.
»Nicht seriös?« sagte Schwester Agnes. »Nicht seriös? Verbrecher sind das! Mörder sind das! Die haben den Doktor und seine Frau auf dem Gewissen!« Die letzten Worte hatte Schwester Agnes laut geschrien.
»Hat er das in seinem Brief geschrieben?« fragte Andrea.
»Nein. Das sage *ich*. Weil es stimmt. Und die Polizei wird das auch feststellen. Nachdem sie also in Miami gewesen sind und sich alles angeschaut haben, die Gegend und die Pläne, da waren sie ganz beruhigt und haben mit dem Herrn Schönhaus einen Vertrag gemacht und ihm die Anzahlung gegeben, damit er sie der amerikanischen Baufirma überweist. Und das hat er auch getan. Und der Herr Doktor und seine Frau waren sehr glücklich. Es hat viel Geld gekostet, das ging aus den Unterlagen hervor, sicher alles, was der Herr Doktor sich erspart hatte. Aber er hat ja eine gute Altersversorgung gehabt, und so hätten sie drüben prima leben können.«
»Und was ist passiert?«
»Zunächst ein paar Monate lang gar nichts«, sagte Schwester Agnes. »Dann ist ein Brief vom Herrn Schönhaus gekommen, der Herr Doktor soll ihn aufsuchen. Und als er hingekommen ist, hat der Herr Schönhaus gesagt, es tut ihm wahnsinnig leid, aber er hat schlechte Nachrichten. Das ganze Projekt, haben die Polizisten festgestellt, sollte zu vierzig Prozent mit eigenem Geld der Anleger und zu sechzig Prozent mit einer Hypothek von einer amerikanischen Bank gebaut werden. Durch die wahnsinnige Inflation in Amerika, die die Baukosten in die Höhe schnellen ließ, und die verrückt hohen Zinsen für die Hypothek hat die ursprüngliche Kalkulation überhaupt nicht mehr gestimmt. Die Einzahlungen der Anleger haben nicht mehr gereicht, und die amerikanischen Banken waren nicht bereit, das Hypothekendarlehen zu erhöhen.«

»Kater«, sagte Andrea. »Hörst du das, Kater?«
Ich sagte nichts. Ich fühlte ungeheuren Zorn in mir aufsteigen. Meine Hände zitterten noch immer. Ich ballte sie zu Fäusten.
»Herr Schönhaus hat gesagt, daß nun zwanzig Prozent der Finanzierung fehlen. Die müssen von den Anlegern nachgeschossen werden, hat er gesagt, sonst ist das ganze Projekt in Gefahr. Bei der Gelegenheit hat der Herr Schönhaus dem Herrn Doktor auch klargemacht, daß ihn keine Schuld trifft. Für die Teuerung kann ihn niemand verantwortlich machen. Für die hohen Zinsen auch nicht. Man kann Herrn Schönhaus überhaupt für *nichts* verantwortlich machen. In dem Vertrag mit ihm steht nur, daß er das Geld treuhänderisch an die amerikanische Baufirma überweist, sonst nichts.«
»Dieser Scheißkerl«, sagte ich.
»Aber Langstrom, Kater! *Langstrom*!« Andrea schüttelte den Kopf. »Eine so seriöse Firma. Wie ist das möglich?«
»Das verstehe ich auch nicht«, sagte ich.
»Was hat die Polizei weiter herausgefunden, Schwester Agnes?«
»Der Herr Doktor und die anderen Anleger haben die fehlenden zwanzig Prozent zusammengekratzt und dem Herrn Schönhaus wieder Geld gegeben. Es ist dem Herrn Doktor sehr schwer gefallen. Er hat ein Darlehen auf die Praxis aufnehmen müssen.«
»Das kann nur kurz vor dem Abend gewesen sein, an dem er uns so sorgenvoll schien und doch von seinem zukünftigen Leben in Amerika und Florida vorgeschwärmt hat«, sagte ich. »Weiter, Schwester Agnes!«
»Weiter, ja . . .« Sie fuhr sich mit einer Hand wieder über die roten, verschwollenen Augen. »Eine Weile war anscheinend Ruhe. Dann war da ein Brief, den hat der Herr Schönhaus vor zwei Wochen geschrieben. Der Herr Doktor soll zu ihm kommen. Er war völlig verzweifelt, der Herr Schönhaus, denn . . .«
». . . die Kalkulation hat schon wieder nicht gestimmt«, sagte ich.
»Ja, genauso war es. Durch die Inflation und durch nachträgliche Bauauflagen ist alles so teuer geworden, daß noch einmal unbedingt zehn Prozent nachgeschossen werden mußten. Sonst wäre einfach alles zusammengebrochen, weil die Bank in Amerika wieder Geld verlangte. Sonst hätte sie die Hypothekzusage widerrufen. Der arme Herr Doktor! Er hat kein Geld mehr nachschießen können. Er hat keines mehr gehabt. Und so hat der Herr Schönhaus ihm vor drei Tagen mitgeteilt, daß er die Wohnung nicht kriegt, obwohl sie schon in Bau war. Der Herr

Doktor hat gesehen, daß das Geld, das er einbezahlt hat, verloren ist. Es tat dem Herrn Schönhaus sehr leid. Da hat der Herr Doktor die Nerven verloren. Sein ganzes Denken war doch nur noch Florida, Florida, Sicherheit, Frieden und die Wohnung gewesen. Und jetzt sollte Schluß damit sein? Vorbei der Traum? Schulden hat er gehabt, all sein Erspartes war weg. Neunundsechzig Jahre war er, abgerackert und müde, und niemals mehr würde er mit seiner Frau nach Amerika kommen. Diesen Gedanken hat er nicht ausgehalten, und seine arme Frau auch nicht. Sie waren vollkommen verzweifelt. Sie haben sich furchtbar zusammengenommen, niemand hat gemerkt, wie schlimm es um die beiden stand, nicht einmal ich«, sagte die dicke Schwester Agnes. »In seinem Brief hat der Herr Doktor alle seine Patienten um Verzeihung gebeten, weil er sie im Stich läßt. Er hat geschrieben, er kann einfach nicht mehr weiter. Und er hat den Namen und die Adresse von einem Kollegen angegeben, einem sehr guten Arzt. Ich kenne ihn, Doktor Wegner heißt er, und der Herr Doktor hat gebeten, daß man diesem Kollegen das Vertrauen schenkt, das man ihm geschenkt hat . . .« Agnes sah auf. »Der liebe Herr Doktor und seine liebe Frau! Zwei so gute Menschen. Ein so schweres Leben, und so ein Ende. Es gibt keine Gerechtigkeit mehr auf der Welt, Frau Kent. Es gibt keine Gerechtigkeit mehr.«
Wieder begann sie zu weinen.

28

»Ach, du allmächtiger Vater im Himmel!« sagte Kommissar Hübner. »Bei Langstrom ist Ihrem Arzt das passiert? Bei Langstrom?«
Er war wie so häufig abends zu Gast. Diesmal saßen wir im Wohnzimmer. Vor Hübner und mir standen volle Whiskygläser. Andrea trank Bier. Es hatte sich eingebürgert, daß der Kommissar sich bei uns vollaufen ließ. Es war wirklich eine seltsame Beziehung, die wir zueinander hatten.
»Ja«, sagte ich, »bei Langstrom. Soweit ich informiert bin, ist das eine der seriösesten Firmen, die es überhaupt gibt.«
»War«, sagte Hübner.
»Was soll das heißen?« fragte Andrea.

»Das soll heißen, liebe gnädige Frau, daß die Langstrom-Erben vor eineinhalb Jahren verkauft haben – die Firma mit allen Niederlassungen und den guten alten Namen dazu.«
»Kater!« rief Andrea erschrocken.
»An wen verkauft?« fragte ich verstört.
»An eine wenig seriöse Makler-Gruppe. Schon gut. Warum schauen Sie mich so an?«
»Weil wir um ein Haar ebenfalls bei Langstrom etwas in Amerika gekauft hätten.«
»Zum Glück haben Sie das nicht getan«, sagte Hübner. »Sonst wäre es Ihnen sehr wahrscheinlich ähnlich ergangen wie dem armen Doktor Kahler. Gott hab ihn selig. Langstrom macht – mit den neuen Besitzern und dem guten alten Namen – ständig solche Geschäfte, weil man meint, sich auf den Namen verlassen zu können. Sie hatten ja auch Vertrauen, nicht wahr?«
»Und ob«, sagte ich und drückte Andreas Hand. Sie sah mich stumm an und nickte.
»Das ist ein verfluchtes Gewerbe«, sagte der Kommissar. »Die Versuchung zu betrügen ist sehr groß. Und das Betrügen wird den Leuten zu leicht gemacht. Durch ihre Position und die Art ihrer Abmachungen mit den Kunden sind sie nie haftbar, nie greifbar – ein herrlicher Job, dieses Geschäft mit der Angst!«
»Das Geschäft mit der Angst«, wiederholte ich. »Klar, man kann mit der Angst auch Geschäfte machen. Riesengeschäfte mit der Riesenangst.«
»Schon gut.«
»Ja, aber zu wem soll man denn da noch Vertrauen haben«, fragte Andrea, »wenn Langstrom schon nicht mehr Langstrom ist?«
»Oh, es gibt natürlich auch haufenweise anständige Makler. Man muß sich eben beim Maklerverband erkundigen. Haben Sie das getan, Herr Kent? Sie haben es nicht getan. Langstrom war ein magischer Name. Er hat Ihnen genügt. Er genügt leider vielen. Es wird nicht ewig so weitergehen. Aber bis sich herumgesprochen hat, was die neuen Besitzer von Langstrom für dubiose Geschäfte machen, verlieren noch sehr viele Menschen ihr Geld.« Er sah zur Whiskyflasche. »Noch was drin?«
Ich goß sein Glas voll. Schon eine Type, dieser Kommissar Hübner!
»Ich erkläre Ihnen mal ganz kurz, wie die unseriösen unter diesen Kerlen bescheißen«, sagte er. »Okay? Schon gut. Zunächst einmal

nimmt so ein Kerl Ihnen bis zu zehn Prozent des Kaufpreises an Provision ab, wenn Sie sich zum Kauf entschlossen haben. Das ist sein erster Schnitt. Ganz wichtig: In Amerika gibt es keine Grundbucheintragungen. Er geht Ihnen gegenüber also nur die Verpflichtung ein, ein Grundstück, ein Haus, eine Farm, einen Orangenhain, einen Anteil an einer Ölquelle – ja, ja, ja, das gibt es alles – für Sie in Amerika zu erwerben. Bei einem so großen Vorhaben wie einer kombinierten Wohnanlage mit Supermarkt bekommt er natürlich nicht das ganze Geld bar zusammen. Dann arbeitet er wie im Falle des Doktor Kahler: Vierzig Prozent der benötigten Summe stammen von deutschen Anlegern, sechzig Prozent gibt eine amerikanische Bank als Hypothek.«
»Auf seine blauen Augen hin?« fragte ich.
»Schon gut. Natürlich nicht. Der Bau bringt eine Wertsteigerung des Geländes. Der Supermarkt und die Wohnungen, die nicht verkauft, sondern nur vermietet werden – vielleicht die Hälfte aller Wohnungen – bringen Einnahmen. Damit wird die Hypothek zurückbezahlt. Das ist doch ganz plausibel, oder?«
»Ja«, sagte ich.
Er trank und wischte sich die Lippen trocken.
»Jetzt kommt der nächste Beschiß. Jemand muß dieses Riesending ja bauen, nicht wahr? Eine amerikanische Gesellschaft, schon gut, ja. Aber wenn *Sie* sich da um den Bau kümmern müßten, von Europa aus, hätten Sie für nichts anderes mehr Zeit. Infolgedessen sagt Ihr deutscher Makler Ihnen, es gebe da eine alteingesessene, sehr große und gute Firma, die ist spezialisiert auf die Baubetreuung solcher kombinierter Anlagen. Am besten, Sie schließen einen Vertrag mit dieser Gesellschaft. Gegen eine Provision übernimmt sie die Garantie, daß alles glatt abläuft und Sie sich um *nichts* kümmern müssen! Provision, haben Sie gehört? Das ist dann schon die zweite Provision, die Sie zahlen, also der zweite Schnitt, den ein cleverer Makler macht.«
»Wieso?« fragte ich.
»Na, weil diese alteingesessene amerikanische Firma auch ihm gehört, oder weil er zumindest an ihr beteiligt ist«, sagte Andrea.
»Hut ab, gnädige Frau!« Hübner freute sich. »Sie hätten Kriminalbeamtin werden sollen.«
»Da hörst du es, Kater!«
Hübner sagte: »Der Makler hat auch die Baubetreuung in der Tasche und damit schon zwei Provisionen. Nun kommt aber erst

der ganz große Schnitt. Die Hypothek muß doch zurückgezahlt werden . . .«
»Mit den Mieten«, sagte ich.
»Schon gut, ja. Aber wer garantiert, daß da auch alles vermietet sein wird, daß da Mieten eingehen werden und nicht *Sie* für die Hypothek haftbar sind? Na, wer wohl?«
»Wieder eine alteingesessene, auf dergleichen spezialisierte Firma«, sagte Andrea, »die auch ihm gehört oder an der er zumindest beteiligt ist.«
»Bravo«, sagte Hübner. »Ihr Wohl, gnädige Frau! Ins Schwarze getroffen. Gegen eine Provision natürlich – irgendwie muß sie ja auch an der Sache verdienen, nicht wahr? – garantiert Ihnen diese Firma *drei* Jahre lang, daß die Mieten zur Rückzahlung der Hypothek hereinfließen werden. Was sagen Sie jetzt? Ist das nicht wunderbar? Zahlt man da nicht gerne eine weitere Provision, damit man ruhig schlafen kann? Denn auch wenn es der Firma nicht gelingen sollte, alles zu vermieten: Das geht *Sie* nichts an. Sie haben für drei Jahre Ihre Garantie.«
»Aber das ist doch eine Sauerei!«
»Schon gut. Natürlich ist das eine Sauerei. Besonders wenn dann die drei Jahre um sind und Wohnungen leer stehen und der Zins weiterbezahlt, die Hypothek zurückbezahlt werden soll. Dann muß halt jeder einzelne blechen, bis er pleite ist. Was sind bei einer so hohen Hypothekenbelastung überhaupt drei Jahre? Ein Klacks. Nichts. Schon gut. Noch einen, aber bitte ohne Eis. Danke sehr! Wirklich der beste Whisky, Chivas. Das waren nur ein paar der schmutzigen Tricks, die immer angewendet werden bei den Brüdern, die nicht koscher sind. Es gibt noch so viele andere Tricks. Zum Beispiel die Geschichte mit den steigenden Baukosten und den in die Höhe schießenden Hypothekenzinsen und dem Geld, das Sie nachzahlen müssen, damit Sie nicht alles verlieren, was Sie schon geblecht haben. Dem Doktor Kahler ist es so gegangen. Er konnte beim zweitenmal kein Geld mehr auftreiben – und damit war er draußen. Keine Bange. Seine Wohnung wird trotzdem bezogen werden – von jemand anderem halt. In dem Moment, in dem Kahler und die vielen anderen, die nicht mehr mitkonnten, raus waren, wurden die Wohnungen natürlich anderen Interessenten angeboten. Und das Karussell dreht sich weiter. Wie gesagt: Die große Mehrheit der Immobilienhändler ist anständig. Aber es gibt gerade bei dem heutigen Angstboom auch viele Gangster in diesem Gewerbe.«

»Verflucht«, sagte ich, »und diese Leute laufen frei herum und man kann ihnen nichts anhaben!«
»Schon gut«, sagte Kommissar Hübner. Er trank, sah sein Glas an und fügte leise hinzu: »Die Angst, sie ist die Wurzel aller bösen Mächte.«

29

Dr. Klaus Wegner hatte seine Praxis und seine Wohnung in der Werderstraße, nahe dem Funkhaus des Norddeutschen Rundfunks. Wenige Tage nach dem Selbstmord Dr. Kahlers begleitete ich Andrea zum ersten Mal zu jenem Arzt, den Kahler in seinem Abschiedsbrief als Nachfolger empfohlen hatte.
Dr. Wegner war ein Mann von etwa fünfzig Jahren, und er zeichnete sich durch jene ruhige, freundliche, stets optimistische Wesensart aus, die man bei so vielen Frauenärzten findet. Er war groß und hatte blondes Haar, graue Augen, ein schmales Gesicht mit hoher Stirn, volle Lippen und schlanke, aber sehr kräftige Hände. Mit Kahler war er befreundet gewesen.
»Wenn meine Frau und ich eine Ahnung gehabt hätten, in welcher schlimmen Lage Otto steckte ... Vielleicht hätte ich ihm helfen können ... Aber er ließ sich nicht das geringste anmerken ... auch seinen Patienten gegenüber, nicht wahr?«
»Das stimmt«, sagte Andrea. »Mir ist niemals etwas aufgefallen.«
»Er hat seine ganze Verzweiflung in sich hineingefressen«, sagte Dr. Wegner. »Schlimm. Ein so wunderbarer Arzt. Ein so wunderbarer Mensch. Es ehrt mich sehr, daß er mich empfohlen hat, aber es ist auch eine große Verantwortung. Ich muß stets so gut sein, wie ich nur kann, damit ich ein würdiger Nachfolger bin. Auch für Sie ist es nicht leicht, plötzlich einem neuen Arzt vertrauen zu müssen, gnädige Frau.«
»Aber nein ...«, begann Andrea, und er unterbrach sie.
»Doch, doch, es ist nicht leicht, und ich weiß es. Für Sie und für alle anderen Patientinnen meines verehrten Freundes. Ihn haben Sie alle so gut gekannt. Nun jedoch, von einem Tag zum anderen, ist ein fremder Mensch an seine Stelle getreten, mit dem Sie über Ihre privatesten und intimsten Dinge sprechen sollen.« Er seufzte. »Die meisten Patientinnen Doktor Kahlers sind zunächst zu mir gekommen ... Ihre Zweifel, ihre Bedenken waren mehr als

deutlich zu erkennen. Viele werden wohl nicht wiederkommen . . .«
»Ich komme wieder zu Ihnen, Herr Doktor«, sagte Andrea. »Ich vertraue Ihnen. Ich habe Ihnen schon vertraut, da kannte ich Sie noch gar nicht. Doktor Kahler hätte doch niemals einen andern Arzt empfohlen als den besten, den er kannte.«
Dr. Wegner wurde rot im Gesicht vor Verlegenheit und Freude. Ich war sehr stolz auf Andrea.
»Sie dürfen jetzt nicht ungeduldig werden«, sagte sie. »Manche von Doktor Kahlers Patientinnen kannten ihn seit vielen Jahren. Natürlich sind sie nun unruhig oder gehemmt. Aber Sie werden ihr volles Vertrauen gewinnen, genauso wie Doktor Kahler es hatte, wenn Sie nur Geduld haben, wenn Sie sich nur in all diese Frauen hineindenken können.«
»Gnädige Frau«, sagte Dr. Wegner, »ich danke Ihnen. Sie wissen nicht, wie sehr Sie mir mit Ihren Worten helfen. Ich hoffe, Sie nicht zu enttäuschen. Die Untersuchung hat gezeigt, daß alles in bester Ordnung ist. Nun werde ich anstelle von Doktor Kahler helfen, Ihr Baby zur Welt zu bringen. Das wird ein Bilderbuchbaby mit einer Bilderbuchgeburt.«
»Wir tun alles, damit es leicht geht«, sagte ich.
»Das kann ich mir denken«, sagte Dr. Wegner.
»Wir sind hier zur Untersuchung, Kater, nicht, um uns zu berühmen.«
»Wer berühmt sich denn, Hörnchen? Für mich ist das eine immer neue Freude.«
»Sie sind das netteste Paar, das ich kenne«, sagte Dr. Wegner.
»Sie sind auch ganz großartig«, sagte Andrea.
Dr. Wegner errötete wieder heftig. Er errötete leicht. Das machte viel von seinem Charme aus. Er sah mich an. »Immer noch keine Spur von Herrn Langenau?« fragte er.
»Nein«, sagte ich. »Wieso? Kennen Sie ihn?«
Dr. Wegner nickte. »Wir sind befreundet.«
»Sie sind . . .«
»Befreundet, ja.«
»Davon wissen wir ja gar nichts«, sagte Andrea. »Und ich habe gedacht, wir kennen Langenau wirklich.«
»Vielleicht wollte er Ihnen nicht unnötig angst machen«, sagte Dr. Wegner.
»Unnötig angst? Was soll das heißen?« fragte ich.
»Er kam vor drei Jahren . . . dreieinhalb Jahren einmal mit einer

461

jungen Frau zu mir ... seiner Freundin ... wegen einer Kleinigkeit. Wirklich einer Kleinigkeit ... Na ja, die beiden kamen wieder, und wir freundeten uns an. Ein feiner Kerl. Das Mädchen war auch sehr nett. Sie trennten sich dann bald. Ich glaube, seine Frauenbekanntschaften dauerten nie lange.«
»Das stimmt«, sagte Andrea. »Aber Sie blieben befreundet mit ihm?«
»Ja. Er sammelt doch alte Waffen, nicht wahr? Na, das tue ich auch. Damit begann die Freundschaft. Richtig tief wurde sie durch unseren gemeinsamen Haß auf diese verfluchten Neonazis. Voriges Jahr hatte Conrad in München zu tun. Er war beim Attentat auf dem Oktoberfest dabei.«
»Großer Gott«, sagte Andrea. »Davon wissen wir auch nichts.«
»Ich sage ja, er wollte Ihnen keine Angst machen«, sagte der Arzt. »Mitten drin in der ganzen grausigen Schweinerei ist Conrad gewesen.«
Am 26. September 1980, um 22 Uhr 18, explodierte auf der Theresienwiese in München, auf der sich zu dieser Zeit etwa zweihunderttausend Menschen aufhielten, eine Bombe, die ein gräßliches Blutbad anrichtete. Dreizehn Menschen wurden in Stücke gerissen und zweihundertdreizehn verletzt. Auf weitem Gebiet verstreut lagen Gliedmaßen – Köpfe, Arme und Beine. Durch eine Falscheinstellung des Uhrwerks explodierte die Höllenmaschine zu früh und tötete auch den Attentäter, den erst einundzwanzigjährigen Gundolf Wilfried Köhler. Seine engen Beziehungen zu ultrarechten neonazistischen Verbindungen konnten einwandfrei nachgewiesen werden.
Im Gegensatz zu linksradikalen Gruppen war skandalöserweise keine dieser faschistischen Organisationen, die sich auf internationaler Ebene gerade netzartig auszubreiten begannen, verboten. Anders als bei linken Terroranschlägen wurde die Untersuchung dieses Attentats von rechts in allen Massenmedien sehr bald schon nicht einmal mehr erwähnt, so daß der Anschein entstehen mußte, hier werde absichtlich etwas vertuscht. Bis zu dem Tag im Dezember 1981, an dem ich mit Andrea und Dr. Wegner über den grauenvollen Mordanschlag sprach, war er jedenfalls nicht aufgeklärt.
Wegner fuhr fort: »Sie haben sich gewiß wie viele andere auch darüber aufgeregt, daß dieses Verbrechen von den Behörden scheinbar unter den Teppich gekehrt worden ist.«
»Ja«, sagte Andrea.

»Zu Unrecht«, sagte der Arzt. »An der Aufklärung des Attentats wird von der ersten Minute an fieberhaft gearbeitet. Aus bestimmten Gründen sehr diskret und ohne die Öffentlichkeit vor der Lösung zu verständigen. Ich weiß das von Conrad.«
»Er hat es Ihnen gesagt?«
»Ja.«
»Aber woher wußte er . . .«
»Sie kannten ihn, Herr Kent. Sie kannten seine Einstellung. Er war ein erbitterter Antifaschist, also war er auch gegen jeden Rassismus. Daher seine Türkenfreundschaften. Zweifellos lebt er nicht mehr. Ganz gewiß wurde er ermordet. Ich sage das mit großer Bitterkeit. Aber er wurde nicht ermordet, weil er sich so für die Ausländer einsetzte, sondern weil er und seine Freunde der Polizei von Anfang an behilflich waren, Licht in das Dunkel um das Attentat, dieses Verbrechen auf der Theresienwiese, zu bringen. Durch seine vielen Verbindungen war Conrad einer der wichtigsten Außenseiter, die an der Aufklärung des Verbrechens mitarbeiteten. Er scheint auf eine heiße Spur gekommen zu sein, und deshalb mußte er sterben. Davon bin ich überzeugt . . .«

30

»Davon bin ich auch überzeugt, jetzt, wo du mir das erzählt hast«, sagte Walter Hernin. Er saß mit mir in Cat's Corner. »Ein Mord mit allen seinen Risiken bloß wegen Langenaus Sympathien für Ausländer? Ich hatte da immer meine Zweifel. Aber wenn er wirklich etwas herausgefunden hat, was das Verbrechen auf dem Oktoberfest aufklärt oder klären hilft, dann war er eine tödliche Bedrohung für diese rechtsradikalen Verbrecher. Armer Langenau . . .« Hernin starrte ins Leere.
Eine Viertelstunde zuvor war er mit Patty gekommen, um sich von uns zu verabschieden. Am späten Nachmittag dieses Dezembertages, an dem es in Hamburg heftig schneite, ging der Schnellzug, der Hernin und Patty nach West-Berlin bringen sollte. Dort wollten sie übernachten und am nächsten Morgen vom Ostberliner Flugplatz Schönefeld aus nach Breslau fliegen. Dann kam wieder die Bahn. Sie mußten noch zweimal umsteigen, bevor sie in Verlorenwasser, diesem Dorf, das so klein war, daß es auf keiner Landkarte stand, eintrafen.

Patty war unten im Tiefgeschoß und sagte den Kindern Lebewohl. Wir hörten sie aufgeregt rufen und lachen. Auch die Kinder waren sehr lebhaft, denn Hernins Geschichte von diesem wundersamen Ort Verlorenwasser, wo Quellen wie Brunnen aus Wiesen und Wegen, aus Feldern und Äckern sprangen, hatte auf alle mächtigen Eindruck gemacht.
»Ich bin so aufgeregt wie Patty«, sagte mein Freund Hernin. »Es ist ein großer Augenblick in meinem Leben. So lange habe ich mich danach gesehnt, diese Reise zu machen. Nun ist es soweit. Ich glaube, alles, was man sich sehr wünscht, geht in Erfüllung, man muß nur viel Geduld haben und den rechten Zeitpunkt erwarten können.«
»Wir werden euch sehr vermissen«, sagte ich.
»Wir euch auch, Peter.« Er fuhr sich über die Augen. »Im Januar sind wir wieder da. Was werden wir zu erzählen haben, mein Gott! Und natürlich schreiben wir sofort. Vielleicht kann man sogar telefonieren. Ich will jedenfalls alles versuchen.«
Patty und Andrea kamen in den Raum. Patty machte einen glückseligen Eindruck. Sie trug den großen Bären unter dem Arm, den ich ihr zum Geburtstag geschenkt hatte. Der Bär reiste mit nach Verlorenwasser.
»Schau, Großvater, das hat mir Felix gegeben.«
Ein dünnes Kettchen hing um ihren Hals mit einem grünemaillierten vierblättrigen Kleeblatt daran, sehr klein. »Das soll uns beide beschützen und uns Glück bringen, hat Felix gesagt.«
Vor der Buchhandlung stand eines von Hernins Taxis, in dem das Gepäck untergebracht war. Der Fahrer wartete. Patty und Hernin waren in dicker Winterkleidung gekommen, denn in Verlorenwasser, so hatte Hernins Freund, der polnische Bauer Korczak, geschrieben, war es sehr kalt.
»Müssen wir schon los, Großvater?«
»Wir haben noch ein wenig Zeit«, sagte Hernin. »Setzt euch, bitte. Es gibt eine alte und schöne Sitte in Rußland. Ich war doch im Krieg dort als Soldat. Die Bauern auf dem Land nennen es ›die Minute‹.« Oh, dachte ich, also nicht nur Eisenbeiß mit seiner russischen Mutter kennt dieses Ritual.
»Wir wollen nicht sprechen«, erklärte Hernin, »sondern nur eine Minute lang füreinander beten oder aneinander denken und, so fest wir können, wünschen, daß den Reisenden und den Zurückbleibenden, daß uns allen nichts Böses widerfährt und daß wir uns gesund und glücklich wiedersehen.«

Danach wurde es still. Patty hatte die kleinen Hände um den großen Bären gefaltet und bewegte lautlos die Lippen. Und Hernin hielt die Augen geschlossen. Aus dem Tiefgeschoß konnten wir Kinder lachen hören, und vorne im Laden sprachen Kunden mit Raven und dem Azubi. Dann öffnete Hernin die Augen wieder. Sie waren feucht, und wir umarmten und küßten einander alle, und Hernin und Patty zogen ihre warmen Mäntel an. Nachdem sie sich auch von Robert Stark und Clemens Raven verabschiedet hatten, verließen uns der alte Mann und das Kind. Wir konnten nicht mit auf die Straße hinausgehen, denn draußen hatte ein Schneesturm eingesetzt und trieb die Flocken in dichten Wirbeln hoch. So standen Andrea und ich hinter der Eingangstür und sahen durch das Glas Hernin und Patty nach, die zum Taxi gingen. Patty hinkte wie immer, und ich dachte daran, was Hernin mir zuletzt noch ins Ohr geflüstert hatte: »Sieh doch, das Hinken ist fast ganz verschwunden. Sie kann wieder normal gehen, ist das nicht wunderbar?«
Beim Taxi drehten der alte Mann und das Kind sich noch einmal um, hoben die Arme und winkten, und wir winkten zurück. Nachdem die beiden eingestiegen waren, startete der Fahrer den Motor und schaltete die Scheinwerfer auf Abblendlicht ein. Der Mercedes glitt weg und war sofort im wirbelnden Schnee und im Spätnachmittagsverkehr verschwunden.
Wir gingen zurück in Cat's Corner, weil Andrea dort ihre Brille vergessen hatte. Auf dem Tisch lag ein Blatt Papier. Ein paar Zeilen in Pattys Kinderschrift standen darauf.
»Das hat sie im letzten Moment hingelegt«, sagte Andrea.
Patty hatte auf das Papier den Ruf des kleinen Tim aus der Weihnachtsgeschichte von Charles Dickens geschrieben.
GOTT SEGNE UNS ALLE UND JEDEN BESONDERS! stand da.
Das war am Nachmittag des 11. Dezember 1981, einem Freitag.
Am Sonntag, dem 13. Dezember 1981, um 3 Uhr morgens, ließen der Ministerpräsident und Chef der polnischen Streitkräfte, General Jaruzelski, und seine Kollegen eine sorgfältig geplante Nacht-und-Nebel-Aktion mit dem Decknamen ›Kanarienvogel‹ anlaufen: Das Militär übernahm die Macht im Land.

31

Die USA waren von den Sowjets über den bevorstehenden Coup rechtzeitig ins Bild gesetzt worden, wie man in Bonn wenig später erfuhr. US-Außenminister Haig zeigte sich durch die fadenscheinige Zusicherung polnischer Offiziere, Polens Reformen würden fortgeführt, sogar »ermutigt«. Die Komplizenschaft der beiden Supermächte funktionierte. Sie hatte auch schon zuvor funktioniert – beim Bau der Berliner Mauer zum Beispiel, bei Afghanistan, beim Einmarsch der Truppen des Warschauer Pakts in die Tschechoslowakei.
Das Kriegsrecht war über Polen verhängt.
Die »Solidarität« zu zerschlagen galt als erstes Ziel, Lech Walesa und alle führenden Männer wurden verhaftet, dazu Tausende von Mitgliedern. Die Soldaten holten die meisten von ihnen aus den Betten. Es schien unbegreiflich, daß die Führer der »Solidarität« derart ahnungslos waren, denn in den letzten Wochen hatte sich der Konflikt mit der Partei, von der nun das Militär zu Hilfe gerufen worden war, immer mehr verschärft.
Eine Ausgangssperre wurde verhängt. Soldaten in Felduniform und Fellmützen zogen an allen wichtigen Straßen, Plätzen und öffentlichen Gebäuden auf. Vor dem Parlament in Warschau, dem Funkhaus, dem Flughafen, selbst an den Weichselbrücken gingen Panzer in Stellung. Fernschreib-, Telefon- und Telegrammverbindungen mit dem Ausland und im Inland wurden unterbrochen, die Grenze gesperrt. Schwedische Reisende brachten erste Nachrichten aus dem isolierten Land.
Danach hatte die Miliz angeblich rund vierzigtausend Menschen in Lager verschleppt. Warschau war von Panzern abgeriegelt. Trotz Androhung der Todesstrafe für Streikende kam es zu Massenstreiks in der Hauptstadt, in Kattowitz, in Danzig, in Oberschlesien und an vielen anderen Orten. Die Miliz schoß. Die ersten Arbeiter starben. Hunderte von Verletzten kamen in Krankenhäuser. Die Streiks gingen weiter.
Mit aufgepflanztem Bajonett oder umgehängter Maschinenpistole überwachten Soldaten die nächtliche Ausgangssperre. Offiziere zogen in die Büros der Spitzenfunktionäre der Versorgungswerke und der Schlüsselindustrien ein. Offiziere zensierten die beiden einzigen Zeitungen, die noch erscheinen durften – die der Partei und die des Militärs. Schulen und Universitäten

mußten schließen, die Sprecher des staatlichen Fernsehens Uniformen anlegen.
Dazu kam: Die Wirtschaftslage Polens war seit langem in einem katastrophalen Zustand. Nun brach die Versorgung vollkommen zusammen. Die Menschen hungerten. Die Menschen froren. Es war eisig kalt, und es schneite Tag und Nacht – auch in vielen anderen Ländern, auch in Deutschland.
Europa war wieder einmal in Angst versetzt. Wie lange würden, konnten, durften die Sowjets diesem Drama zusehen? Wann fielen russische Truppen in Polen ein, weil General Jaruzelskis Militär es nicht schaffte, für Ruhe, für Friedhofsruhe im Lande zu sorgen? Gab es dann den großen Krieg? Angst senkte sich wie der Schnee über ganz Europa.
Der amerikanische Präsident erging sich Moskau gegenüber in den schlimmsten Drohungen und forderte Wirtschaftssanktionen gegen Polen – als würden damit nicht lediglich hungernde und frierende Menschen unter einer Militärdiktatur bestraft. (Reagan sperrte Polen die Nahrungsmittellieferungen, verkaufte andererseits jedoch dreiundzwanzig Millionen Tonnen Getreide an die Sowjets, um seine Farmer nicht zu verärgern.)
»Unser Vaterland befindet sich am Rande des Abgrunds«, hatte der General-Premier Jaruzelski am ersten Tag nach der Verkündung des Kriegsrechts im Fernsehen gesagt, und er rechtfertigte den Ausnahmezustand als das letzte friedliche Mittel, um der geplagten, zerrissenen Nation die Möglichkeit zu geben, wenigstens einen Teil der Reformen zu retten, ohne den Sowjets eine Handhabe zum Eingreifen zu bieten. Indessen war dieser Rettungsversuch längst in Gestapo-Aktionen ausgeartet, in massenweise Niederknüppelung und eine »Normalisierung« nach stalinistischem Schnittmuster.
Primas Glemp, der höchste kirchliche Würdenträger des Landes, machte kein Hehl daraus, daß die Regierung aufgehört hatte, ein Gesprächspartner für die Bürger zu sein, er sagte aber auch: »Ich ersuche darum – und wenn es auf Knien und barfuß sein müßte –, daß kein Pole gegen einen andern Polen kämpft. Arbeiter, meine Brüder, gebt nicht eure Köpfe hin, denn abgeschnittene Köpfe sind nicht viel wert. Jeder Kopf, jede Hand wird jedoch für den Wiederaufbau kostbar sein, der dem Ausnahmezustand folgen wird.«
Primas Glemp flehte vergeblich. Die Arbeiter streikten weiter. Die Soldaten schossen weiter. Polen töteten weiter Polen.

Der General schaffte es nicht, das Land zu befrieden.
Ich schreibe diese Zeilen am Dienstag, dem 5. Oktober 1982.
Viel ist geschehen nach dem, was damals, im Dezember 1981, in Polen geschah. Argentinien und Großbritannien lieferten sich einen Krieg um die Falkland-Inseln, die von der argentinischen Militärjunta plötzlich und völlig widerrechtlich zum nationalen Eigentum erklärt und von argentinischen Soldaten besetzt worden waren. In Amerika erschienen über dreihundert sogenannte Fear-Books, Angstbücher. Unter der Leitung von Edward Kennedy und vielen anderen berühmten Persönlichkeiten entstand eine amerikanische Friedensbewegung, die gegen die Politik der Regierung protestierte und alles zwergenhaft erscheinen ließ, was sich bis dahin in Europa hatte vernehmen lassen. Im Libanon tobte ein grauenvoller Krieg zwischen Israelis und Palästinensern. Die Leidtragenden waren zumeist Zivilisten, alte Männer, Frauen und Kinder. Beirut wurde von den Israelis durch massivste Luftangriffe zerstört. Tausende kamen ums Leben. In den palästinensischen Flüchtlingslagern Sabra und Chatilla, die sich im Westen der Stadt befanden, richteten die sogenannten christlichen Milizen ein bestialisches Massaker an, dem mehr als eintausendfünfhundert wehrlose Menschen zum Opfer fielen. Am Persischen Golf brach der Krieg zwischen dem Irak und dem Iran mit neuer Heftigkeit aus. Zehntausende wurden getötet. Und die Bundesrepublik bekam vor wenigen Tagen, am 1. Oktober 1982, eine neue Regierung.
›Der Mensch‹, hat der berühmte Psychologe Bruno Bettelheim gesagt, ›kann sich zur gleichen Zeit nicht wegen zu vieler Sachen Sorgen machen, und so ersetzt eine Angst leicht die andere.‹
Das könnte fast zynisch klingen. Die Großen und Mächtigen unserer Welt *sind* zynisch. Zynisch und menschenverachtend. Wer denkt noch an Afghanistan, an El Salvador?
Was taten wir Europäer damals in jenem Polen-Winter, in dem es so heftig schneite? Viele europäische Staaten stundeten dem wirtschaftlich völlig zerrütteten und zerstörten Polen weiter Milliardenkredite. Hilfsorganisationen schickten riesige Mengen von Lebens- und Arzneimitteln und Kohle ins Land. Überall in Europa kamen Hunderttausende zusammen, die für Polen und gegen die Gewalt dort protestierten. Damit war unser Gewissen weitgehend beruhigt. Wir hatten getan, was wir konnten. Und die Russen, so sagten viele von uns in ihrem Wunschdenken, waren in einer sehr schwierigen Situation. Ein Eingrei-

fen wie seinerzeit in Ungarn oder in der Tschechoslowakei oder gar in Afghanistan konnten die Sowjets sich angesichts der amerikanischen Haltung nicht mehr leisten. Auch hätten sie damit endgültig jede Sympathie beim letzten europäischen Kommunisten verloren. So gewöhnten wir uns sehr schnell daran, mit der neuen Angst zu leben.
Menschen gewöhnen sich an alles, ja doch, an alles. Das wissen die Großen und Mächtigen dieser Welt. Man muß nur immer ein wenig warten, bis die Menschen sich mit einer neuen Angst vertraut gemacht oder in eine neue Situation des Schreckens ergeben haben. Manchmal dauert das ein Weilchen, dann kann man nach diesem System fortfahren. Es ist eine reine Frage der Zeit. Auf diese Weise werden die Menschen sich zuletzt sogar vollkommen mit dem Gedanken abfinden, daß ein atomarer Krieg ausbrechen muß, leider, leider, aber es gibt nun keine andere Lösung für all die riesigen Konflikte mehr. So denken die Großen und Mächtigen dieser Erde.

32

In der Vorweihnachtszeit arbeiteten wir den ganzen Tag schwer, und abends waren wir alle todmüde. Wenn wir endlich geschlossen hatten, saßen Andrea, Robert Stark und seine große Liebe, die wunderschöne Schwester Bernadette, die ihn vor oder nach dem Dienst immer abholte, unser so großartiger neuer erster Sortimenter Clemens Raven und ich, noch in Cat's Corner, um uns von den Strapazen des Tages zu erholen. Wir tranken ein Glas, wir rauchten eine Zigarette, wir freuten uns über den guten Umsatz, und wir hörten die letzten Nachrichten.
Es war am Montag, dem 21. Dezember 1981, als wir aus dem Radio erfuhren, daß der Widerstand gegen das Militärregime in Polen härter und härter wurde. Im Bergwerk Zemovit bei Kattowitz hatten sich eintausenddreihundert Kumpel verschanzt, nachdem sie den Förderturm in die Luft gesprengt hatten. Der zweite Zugang zur Grube war vermint. Die Arbeiter drohten, ihn ebenfalls zu sprengen, falls Militär eingriff. Anhaltender Widerstand wurde auch von der polnischen Ostseeküste gemeldet. Die Zahl der Toten war auf über zweihundert gestiegen, die der Verwundeten auf weit über eintausend.

Ich schaltete den Apparat ab, denn ich bemerkte, daß Andrea bleich im Gesicht war. Ihr ging das alles furchtbar nahe, und sie sah sehr elend aus in diesen Tagen. Immer wieder mußte sie an Hernin und Patty denken, die jetzt in Polen waren und von denen wir nichts wußten.
An diesem Abend sagte Clemens Raven dann: »Frau Kent, Sie haben jeden Tag bis zum Umfallen geschuftet ...«
»Das haben wir doch alle«, unterbrach ihn Andrea. Sie trug die große Brille, und unter ihren Augen zeichneten sich dunkle Ringe der Erschöpfung und des Kummers ab. Wenn ich auch geschrieben habe, daß die Menschen sich an alles gewöhnen, so gehörte Andrea zu jener Sorte, bei der das nur sehr langsam oder gar nicht funktionierte. Sie hatte sich mit dem, was in Polen geschah, nicht abgefunden. Ich dachte, während ich sie ansah, daß sie es nie tun würde, und das machte mich glücklich und besorgt zugleich.
»Ja, gewiß«, sagte der Azubi. »Wir alle haben geschuftet. Aber wir kriegen auch nicht das Baby. Das Baby kriegen Sie, Frau Kent. Und deshalb haben wir uns eine Weihnachtsüberraschung für Sie ausgedacht.«
»Eine Weihnachtsüberraschung? Für mich?«
»Und für Ihren Mann. Sie gehören zusammen«, sagte Raven. »Nach den Feiertagen ist das Geschäft sehr flau, das geht bis Mitte Januar so. Und die Inventur können Herr Stark und ich leicht allein schaffen. Na ja, und so haben wir dann alles vorbereitet.« Raven strahlte Andrea an.
»Was haben Sie vorbereitet?«
»Da gibt es in Graubünden in der Schweiz ein wunderbares Hotel«, sagte Raven. »In Valbella bei Lenzerheide. Das liegt in der Nähe von Chur. Bekannte von mir waren vor einem Jahr dort. Also, dieses Hotel ist wirklich fabelhaft: Schwimmhalle, Sauna, Solarium, einfach alles, was Sie sich denken können. Liegt in einem Tal zwischen hohen Bergen. Großartiges Essen. Zimmer mit allem Komfort. Sehr freundliche Besitzer, sehr freundliche Angestellte. Rundherum nur Frieden und Wald und Schnee, Schnee, Schnee. Ebene Wege zum Spazierengehen; Sie sollen viel spazierengehen, Frau Kent. Die Luft ist herrlich. Sie werden so gut schlafen wie noch nie im Leben. Sie werden sich so gut erholen wie noch nie im Leben. Posthotel Valbella heißt das Ding. Wir haben uns erlaubt, für Sie und Ihren Mann ein besonders schönes Doppelzimmer mit Bad zu bestellen, für die

Zeit vom vierundzwanzigsten Dezember bis zum zehnten Januar. Die Flugkarten haben wir auch schon. In Zürich erwartet Sie ein Mietwagen, der bringt Sie nach Valbella hinauf – sind nur hundertdreißig Kilometer.«

»Es ist alles schon arrangiert«, sagte der Azubi.

»Die Hotelbesitzer sind ein Ehepaar, sie heißen Walter und Miriam Trösch. Ganz junge Leute«, sagte Raven. »Walter ist erst einunddreißig. Sie haben ein Baby, das wird jetzt ein Jahr alt. Es wurde knapp nach Silvester geboren, als meine Bekannten oben waren. Frau Miriam wird Ihnen viel über Babies erzählen können, Frau Kent. Sie werden sie und ihren Mann lieb gewinnen, es sind nette Menschen. In Valbella sind alle Menschen nett. Valbella – das liegt wie in einer anderen Welt, sagen meine Bekannten. Aber wenn Sie vom Hotel über die Straße gehen, können Sie die neuesten Zeitungen aus aller Welt kaufen. Und wenn Sie fernsehen wollen, haben Sie sechs verschiedene Programme, auch zwei deutsche. Sie sind so abgearbeitet, und diese Polen-Geschichte hat Sie so mitgenommen, Frau Kent – da oben, das ist das Paradies. Sie *müssen* hingehen, schon wegen des Babys.«

»Ich finde die Idee wunderbar. Meine Frau hat wirklich Erholung nötig«, sagte ich. »Wir gehen nach Valbella. Wir danken euch, daß ihr daran gedacht habt, Herr Raven, Bernadette, Robert.«

Andrea brauchte noch eine Weile, dann war auch sie einverstanden.

»Ich gebe Ihnen unsere Wohnungsschlüssel, Herr Raven«, sagte sie. »Und Sie sind so lieb und schauen nach der Post und nach den Blumen, ja? Und wir werden täglich anrufen, damit ich beruhigt sein kann, daß hier alles gutgeht.«

»Alles wird gutgehen, Frau Kent«, sagte Raven. »Im Posthotel haben sie einen großen, gutmütigen Bernhardiner, der heißt Peru und läßt einfach alles mit sich anfangen. Und wenn Sie Hunger auf irgend etwas haben, es kann das Ausgefallenste sein, der Küchenchef macht es Ihnen.«

Andrea lachte plötzlich und sah glücklich aus. Auch sie bedankte sich dafür, daß alle an sie gedacht hatten, und sie sagte, wie sehr sie sich freue. Der Schnee sank weiter auf unsere Stadt und unser Land – und auf Polen.

33

»Herr Kommissar Rolland?«
»Ja?«
»Hier spricht Kommissar Hübner aus Hamburg.«
»Oh, guten Tag, Herr Kommissar. Ich freue mich, Ihre Stimme zu hören.«
»Schon gut.«
»Was kann ich für Sie tun?«
»Es handelt sich um Maître Charles Duhamel, alias Peter Kent.«
»Ist es soweit?«
»Noch nicht. Die Interpol-Zentralbüros in Wiesbaden, Paris, Wien und Bern kennen die Entscheidung, die wir getroffen haben.«
»Natürlich. Sie wurde ja damals allgemein gebilligt.«
»Schon gut. Interpol hat auch alle Polizeistellen in den vier Ländern von dieser Entscheidung benachrichtigt und entsprechende Anweisungen gegeben.«
»Aber ich bitte Sie, Herr Kommissar, alle Polizeistellen sind natürlich verständigt.«
»Kennen Sie den Interpol-Kollegen in Bern?«
»Das ist ein alter Freund von mir.«
»So etwas habe ich gehört. Darum rufe ich an, Herr Kommissar. Setzen Sie sich mit Ihrem Freund in Verbindung. Wir müssen absolut sicher sein, daß auch der kleinste Polizeiposten in der Schweiz von unserer Entscheidung genaue Kenntnis hat. Ich bin lange genug bei diesem Verein. Wie schnell gerät da etwas in Vergessenheit, wird verschlampt. Nun *darf* einfach nichts mehr passieren, hören Sie, Herr Kommissar? Nun darf einfach nichts mehr passieren, sonst war alles Bisherige umsonst, und wir kommen nie ans Ziel.«
»Ich werde mit meinem Freund in Bern sprechen. Wie kommen Sie auf die Schweiz?«
»Weil Maître Duhamel mir erzählt hat, daß er vom vierundzwanzigsten Dezember bis zum zehnten Januar mit seiner Frau in die Schweiz fährt, Urlaub machen.«
»Aha.«
»Und zwar in Valbella bei Lenzerheide, im Posthotel.«
»Posthotel Valbella bei Lenzerheide, ich habe es notiert.«
»Auch der letzte Schweizer Polizist muß an den Beschluß erin-

nert werden. Der Posten in Lenzerheide. Der Dorfpolizist in Valbella. Alle Beamten an der Grenze. Ich habe hier in Deutschland auch noch einmal Alarm gegeben. Sonst wird Maître Duhamel am Ende noch beim Grenzübertritt festgenommen. Das darf unter keinen Umständen geschehen.«
»Natürlich nicht. Maître Duhamel muß absolut unbehelligt bleiben, das ist klar. Ich rufe sofort in Bern an. Sie können beruhigt sein.«
»Ich danke Ihnen, Herr Kommissar Rolland.«
»Nichts zu danken. Ein frohes Fest, Herr Kommissar Hübner.«
»Wie? Ach so. Schon gut. Gesegnete Weihnachten auch Ihnen, Herr Kollege!«

34

In der ersten Nacht im Posthotel Valbella träumte ich meinen alten Traum von den Elefanten. Ich lag auf einem breiten Sandweg wie immer, und aus dem dichten Gebüsch kamen die großen Elefanten und legten sich neben mich in die Sonne. Sie waren so friedlich und freundlich, wirklich, es waren besonders freundliche Elefanten.
Als ich erwachte, war es neun Uhr vorbei, und Andrea schlief noch an meiner Seite. Ich lag auf dem Rücken, und in dem großen Zimmer war es dämmrig, denn die Vorhänge waren zugezogen. Ich bewegte mich nicht, um Andrea nicht zu wecken, und dachte daran, was für eine gute Idee es gewesen war, uns hierherzuschicken. Ich fühlte mich glücklich.
Nachts war es sehr kalt geworden, und die Fenster hinter den Vorhängen standen nur einen Spalt weit offen. Von draußen hörte man viele Stimmen. Die Skifahrer waren längst wach und brachen zu ihren Touren auf. Andere Gäste gingen wohl bereits spazieren und unterhielten sich. Mein Herz hatte mir tags zuvor ein wenig zu schaffen gemacht, obwohl Valbella nur eintausendfünfhundert Meter hoch liegt, aber an diesem Morgen tat mir nichts mehr weh, und die Luft, die durch den Fensterspalt hinter den Vorhängen ins Zimmer kam, war wundervoll rein, würzig und prickelnd, und wieder mußte ich daran denken, wie glücklich ich war.
Etwa eine Viertelstunde später wachte Andrea auf und dehnte

und streckte sich. Sie holte tief Atem, schnurrte wie eine Katze und ächzte vor Wohlbefinden. Dann küßte sie mich und sagte: »Fröhliche Weihnachten, geliebter Kater!«
»Fröhliche Weihnachten, geliebtes Horn!«
Ich telefonierte mit dem Etagenservice, und ein junger spanischer Kellner brachte uns das Frühstück auf zwei Tabletts. Wir nahmen sie auf unsere Knie und tranken im Bett den starken Kaffee und den Orangensaft, und wir aßen die frischen Brötchen, die Eier im Glas, den Käse und den Schinken. Die Vorhänge hatte der spanische Kellner zurückgezogen, so daß sehr helles Licht in das holzgetäfelte Zimmer fiel. Wir sahen den Schnee auf den Wiesen und Pisten und über den Abhängen und Gipfeln einen dunkelblauen, wolkenlosen Himmel. Unten begrenzte ein breiter Streifen pechschwarzer Wald den Ausblick. Es gab viele Seilbahnen, Sessellifte und viele buntgekleidete Skifahrer. In einer Mulde konnte man einen zugefrorenen See erblicken. Alle Dinge hatten harte, scharfe Umrisse, und der Blick reichte sehr weit.
Dann läutete das Telefon auf dem Nachttisch. Ich hob ab, und eine Männerstimme sagte: »Hier spricht Walter Trösch.« Das war der junge Hotelbesitzer. Er hatte uns mit seiner Frau am Vorabend willkommen geheißen und auf das Zimmer geführt.
»Haben Sie gut geschlafen?«
»Wunderbar.«
»Da ist ein Radio in Ihrem Nachttisch, Herr Kent«, sagte er mit Schweizer Akzent. »Jeder Knopf bringt Ihnen eine andere Station. Auf Knopf eins übertragen wir den ganzen Tag Musik vom Band. Drücken Sie ihn doch bitte einmal! Und die schönsten Grüße von allen in Hamburg soll ich ausrichten.«
Ich drückte den ersten Knopf, und aus dem Lautsprecher erklang Gershwins »The man I love«, nur die Musik, kein Gesang.
»O Kater«, sagte Andrea.
»Ja«, sagte ich, »das sind wirklich sehr aufmerksame Leute hier.« Und unser Lieblingslied tönte fort, und vom Dach stäubte ein wenig Schnee am Fenster vorbei. Sie hatten uns ein besonders ruhiges, besonders schönes Zimmer im obersten Stock gegeben.

35

Nachdem wir fertig gefrühstückt und gebadet hatten, zogen wir uns warme Wintersportsachen an und gingen hinunter in die große Halle, wo die Gäste englisch und italienisch, deutsch und französisch sprachen. Vor der Reception lag Peru, der Bernhardiner. Er war wirklich ungemein groß und gutmütig, und er trottete eine Weile mit uns in den Schnee hinaus, dann machte er kehrt und trottete zum Hotel zurück.
Der Weg war prächtig ausgeschaufelt, zu beiden Seiten türmten sich wahre Schneegebirge. Zuerst gingen wir durch den Wald mit seinen alten Bäumen, und ich glitt zweimal aus und fiel hin. Unsere Wintersportsachen hatten wir noch in Hamburg gekauft, sie waren ganz neu, und ich bewegte mich nicht sehr geschickt in ihnen, denn ich hatte in meinem ganzen Leben derlei noch nie am Leib gehabt. Ich hatte auch noch nie Urlaub im Schnee gemacht.
Ich saß auf dem hartgetretenen Schnee und fluchte, und Andrea mußte so lachen, daß ihr die Tränen kamen. »Filmreif hast du das gemacht, Kater«, sagte sie, »also wirklich! Warum gehst du nicht zum Film? Da könntest du eine ganz große Karriere machen mit diesen Tricks.«
»Das sind keine Tricks«, sagte ich. »Ich bin ganz echt auf den Hintern gefallen.«
Sie hatte eine Minox-Kamera und ein paar Filme mitgenommen, und sie fotografierte mich, wie ich da im Schnee saß.
»Steh auf, sonst erfrierst du dir noch dein kostbarstes Gut, Liebster«, sagte Andrea. Sie lachte und lachte und lehnte sich, schwach vor Lachen, gegen einen Baumstamm. Durch die Erschütterung löste sich oben im Geäst eine gewaltige Ladung Schnee und kam heruntergesaust, direkt auf meinen Kopf. Ich war halb eingegraben, und Andrea lachte noch immer und fotografierte weiter. Als ich mich freigebuddelt hatte und aufstand, kam eine neue Ladung herunter, und ich verschwand im nächsten Schneeberg. Während ich mich aus dem herausarbeitete, fühlte ich Schweiß am ganzen Körper, denn ich war körperliche Anstrengung überhaupt nicht gewöhnt. Andrea knipste wie wild, und mir war zum Fluchen zu heiß, und ich mußte ganz idiotisch dagestanden haben, da tauchten aus dem Nichts zwei junge Männer mit großen Holzschaufeln auf und fragten, ob ich

mich verletzt hätte. Ich sagte nein, und da wünschten sie uns gesegnete Weihnachten und machten den Weg wieder frei. Ich ging ganz langsam und vorsichtig hinter Andrea her, und als ich mich einmal umsah, erblickte ich nicht nur die beiden jungen Männer, die den Weg freischaufelten, sondern auf der Straße vor dem Wald auch einen kleinen roten Schneepflug, der vorbeiratterte.

»Ist die Schweiz nicht ein fabelhaftes Land?« fragte Andrea. »So ordentlich und modern, und alle Menschen so freundlich. Das sind die schönsten Weihnachten meines Lebens. Für dich auch?«

»Ja, Hörnchen«, sagte ich, und schon rutschte ich aus und fiel wieder hin, und diesmal lachten wir beide. »Wirklich ein fabelhaftes Land, die Schweiz«, sagte ich. »Schau mal, die zwei jungen Männer kommen schon wieder, um nachzusehen, ob mir etwas passiert ist.«

Das taten sie wirklich, und ich sagte, alles wäre in Ordnung, ich würde absichtlich hinfallen, um meine kleine Frau zu erheitern, und einer der beiden sagte: »Ah, Sie sind ein Komiker, mein Herr. Woher kommen Sie?«

»Aus Hamburg.«

»Er ist ein deutscher Komiker«, sagte der junge Mann zu dem anderen. »Viele Deutsche sind Komiker. Viele Engländer auch. Hol einen Stock für den Herrn, Markus. Es liegen welche im Jeep.«

Und der Junge, der Markus hieß, eilte zur Straße, wo ich einen Jeep stehen sah. Er brachte einen Spazierstock, und ich bedankte mich und fragte, wem ich den Stock zurückgeben solle, und Markus antwortete: »Sie behalten ihn, solange Sie wollen. Dann geben Sie ihn dem Concierge vom Posthotel.«

»Sind Sie vom Posthotel?« fragte Andrea.

»Ja, Madame. Wir fahren hier herum und sehen zu, daß alle Wege frei sind und daß nichts passiert bei den Sesselliften und auf dem Eislaufplatz.«

Ich wollte ihnen Geld geben, aber sie nahmen es nicht an.

»Das kommt gar nicht in Frage«, sagte Markus. »Einen schönen Tag noch, meine Herrschaften.«

»Danke«, sagte Andrea.

Mit dem Stock konnte ich gut gehen, doch hatte ich nun Angst, daß Andrea stürzen würde. Als ich ihr das sagte, schüttelte sie den Kopf und erklärte, sie würde niemals stürzen. Im Wald war es kühl und dämmrig, und als wir dann ins Freie hinaus und in

das Sonnenlicht der Ebene rund um den großen See traten, blendete die Sonne derart, daß ich die Augen zukneifen mußte. Plötzlich sah ich die Landschaft in allen Regenbogenfarben: die anderen Hotels und eine kleine Kirche, die vielen Langläufer und die Autos, die hin und her fuhren, und die Berge, die ganz in unserer Nähe steil anstiegen, riesenhaft hoch. Über ihnen wölbte sich ein regenbogenbunter Himmel. Das Licht hier war so stark, daß man es kaum ertragen konnte. Andrea hatte aus der Tasche ihres Pelzmantels zwei Sonnenbrillen gezogen und reichte mir eine. Ich tauschte sie mit meiner Fensterglasbrille aus und sagte: »Gute Hörnchen denken an alles«, und sie sagte: »Was würden Kater ohne gute Hörnchen tun?«, und ich sagte: »Wären verloren, glatt verloren.« Wir küßten uns, und ein paar kleine Jungen auf Skiern sahen uns neugierig zu dabei. Drei pfiffen laut auf zwei Fingern.
Nun führte der Weg gerade zum See. Obwohl es zunächst so ausgesehen hatte, als liege der See ganz nah, schien er sich nun immer weiter vor uns zurückzuziehen, und ich fühlte ein paar schwache Stiche im Herzen. Aber ich wußte gleich, daß sie ohne Bedeutung waren, und ich atmete, so tief ich konnte, die wunderbare Luft ein. Da hörten die Schmerzen wieder auf.
Endlich kehrten wir um und gingen zum Posthotel zurück. Das war ein mächtiges Stück Weg. Wir sahen das Gebäude wie zuvor den See ganz nah, aber es war, als würde es immer wieder vor uns zurückweichen, und als wir es endlich erreichten, waren wir sehr hungrig.
Das Posthotel hatte drei verschiedene Speisesäle, einen eleganten und zwei rustikale, holzgetäfelte, mit roten Tischtüchern. Das rustikale Bündnerstübli gefiel uns sofort, und so aßen wir hier zu Mittag. Die Kellnerin, die uns im Dirndl bediente, war ein hübsches junges Mädchen namens Gaby, und wir unterhielten uns mit ihr. Gaby erzählte, sie sei verlobt und werde nun bald heiraten. Sie hatte ein feines Gesicht, und sie war so freundlich wie alle Menschen in diesem Hotel.
Nach dem Essen waren wir plötzlich sehr müde. Ich ging noch schnell über die Straße zu einem kleinen Laden, wo ich Schweizer, deutsche und französische Zeitungen kaufte. Dann legten wir uns ins Bett. Bevor ich noch eine Seite gelesen hatte, war ich eingeschlafen, Andrea noch früher.
Als ich aufwachte, war es fünf Uhr vorbei. Andrea schlief noch, und so las ich in den Zeitungen, was in Polen geschah. ›Wegen

Mißachtung seiner Pflicht‹ war ein junger Soldat hingerichtet worden, der sich geweigert hatte, auf Streikende in den Warschauer Ursus-Traktorenwerken zu schießen. Die Soldaten, welche die besetzte Lenin-Werft in Danzig belagerten, hatten sich dagegen mit den Arbeitern angefreundet und reichten den Streikenden Kohle zum Heizen durch die Gittertore und auch Brote. Im ganzen Land gingen die Streiks weiter, und man zählte schon weit über dreihundert Tote, erschossen von polnischer Miliz, und vom Eislaufplatz herüber ertönten Walzermusik und fröhliche Stimmen.
Dann wachte Andrea auf, und wir bestellten Tee, den uns der spanische Kellner brachte. Vom großen Fenster aus sahen wir zu, wie es draußen langsam dunkel wurde und der Schnee mit jeder Minute eine andere Farbe annahm. Von den Bergen kehrten die Skifahrer heim, und in den Fenstern der Bungalows und der anderen Hotels flammten die ersten Lichter auf.
»Geht es uns nicht gut?« fragte Andrea. »Ach, Liebster, geht es uns nicht wundervoll?«
»Ganz wundervoll«, sagte ich und mußte an den jungen Soldaten denken, der hingerichtet worden war, weil er sich geweigert hatte, auf seine Landsleute zu schießen. Wahrscheinlich war auch er ein Arbeiter gewesen, dachte ich. Aber ich erzählte Andrea nichts von der Geschichte, und wir zogen uns an. Andrea sagte: »Bitte, dreh dich um, Kater!« Das sagte sie jetzt immer, wenn sie sich aus- oder anzog. Sie hatte nun schon einen größeren Bauch, aber er war nur etwas größer, und das sagte ich ihr immer wieder. Aber sie erwiderte stets: »Du bist bloß höflich. Ich will nicht, daß du mich so siehst. Ich werde noch eine richtige Tonne, und das wird dir dann nicht mehr gefallen, und deshalb sollst du dich umdrehen. Wenn das Baby da ist, bin ich wieder schlank wie vorher. Dann darfst du mich wieder anschauen.«
Wir zogen leichtere Kleidung und weiche Schuhe an und fuhren mit dem Lift nach unten in die Halle. Dort fragten uns Herr und Frau Trösch, ob wir zufrieden seien oder noch Wünsche hätten, und Peru, der alte Bernhardiner, lag mitten in der Halle und ließ sich von Kindern, die mit ihm spielten, alles gefallen. Herr Trösch hatte große Pläne. Er wollte das Hotel noch ausbauen, weil man hier auch im Sommer herrlich Urlaub machen konnte, und er gab sich große Mühe, den Gästen abends abwechslungsreiche Unterhaltung zu bieten. Eine Pelzmodenschau und ein berühmter Zauberer waren bereits angesagt.

Frau Miriam zog sich mit Andrea zurück, um das Baby anzusehen und ein Gespräch unter Frauen zu führen. Ich setzte mich in die kleine Bar, deren Wände ebenfalls mit Holz verkleidet waren. Zu dieser Zeit herrschte hier noch kein Betrieb, nur die Barfrau und ein Musiker waren da. Ich lud beide zu einem Drink ein, und dann begann ich, ein wenig Whisky zu trinken. Der junge Musiker spielte auf der Hammondorgel Melodien von Cole Porter und Gershwin, um die ich ihn gebeten hatte, und ich hielt mein Glas in der Hand, und die Eisstücke darin knackten, während sie zergingen. Ich hatte mich in eine Ecke gesetzt, trank noch ein paar Gläser und dachte an viele Dinge.

36

Am Abend dieses 25. Dezember gab es das große Weihnachts-Galadiner. Die Gäste trugen Abendkleidung, und der große Speisesaal war festlich geschmückt. Der Oberkellner hieß Heinz Riezler, und er sagte, daß er schon seit zwölf Jahren im Posthotel arbeite. Er empfahl mir einen vorzüglichen Wein, und Andrea trank Malzbier zum Festessen, das viele Gänge hatte. Auf allen Tischen brannten Kerzen, und Herr und Frau Trösch gingen durch den Saal und wünschten ihren Gästen einen guten Appetit. Die Hammondorgel stand jetzt hier, und der Musiker spielte während des Diners.
Ich schaffte das ganze Weihnachtsessen nicht, doch Andrea schaffte es, und sie schaffte sogar noch eine zweite Portion Eis. Danach bat sie um ein paar saure Gurken. Wir hatten einen Fenstertisch, nur für uns zwei, und Andrea erzählte mir, daß das Baby Trösch mit dem Vornamen Luzia heiße und wie schön es sei und was ihr Frau Miriam für gute Ratschläge gegeben habe. Und sie zeigte mir ein kleines Notizbuch, in das sie all die guten Ratschläge von Frau Trösch geschrieben hatte.
»Ach, Kater, geliebter Kater«, fragte sie, »glaubst du, es würde sehr unangenehm auffallen, wenn ich noch einen kleinen Teller mit Perlzwiebeln verlange?«
Nach dem Essen gingen wir auf unser Zimmer. Die Betten waren für die Nacht bereitet, und auf dem Tisch stand ein großer Teller mit verschiedenen Nüssen und Weihnachtsgebäck. Die Vorhänge waren zugezogen. Ich öffnete sie, und wir sahen hinaus.

Unendlich viele Lichter leuchteten jetzt in dem breiten Tal bis hoch hinauf in die Hänge.
Der spanische Kellner kam und brachte eine Flasche Whisky, Mineralwasser, Eiswürfel und drei Flaschen dunkles Bier und Gläser. Er sagte: »Mit den besten Grüßen von Herrn und Frau Trösch.«
»Das ist aber sehr liebenswürdig«, sagte Andrea. »Wir danken herzlich!«
»Sie haben noch immer Dienst?« fragte ich. »Von heute früh an?«
»Nachmittag habe ich frei gehabt«, sagte er, »zwischen elf und halb fünf.«
»Aber ist das nicht zu viel Arbeit?«
»Viel Arbeit gut«, sagte er. »Viel Arbeit, viel verdienen. Beste Zeit jetzt für uns Kellner und alle, auch Herrn Trösch.«
Ich gab ihm zehn Franken, und er bedankte sich höflich und sagte, er werde am Morgen noch eine besondere Marmelade aus seiner Heimat zum Frühstück bringen. Dann sagte er: »Wünsche gute Nacht, Frau, gute Nacht, Herr, gute Nacht, Baby« und verschwand.
Ich zog Smokingjacke und Schuhe aus und legte mich mit dem Rücken gegen die Kissen auf das Bett. Aus der Zeitung las ich Andrea vor, was es im Fernsehen gab. Hier konnte man wirklich sechs Programme empfangen, wie Raven gesagt hatte, und wir entschieden uns für einen Film mit Yves Montand und Romy Schneider im ZDF. Da er erst vierzig Minuten später anfing, hatten wir noch Zeit, uns auszuziehen und ein Bad zu nehmen. Ich mußte warten, bis Andrea aus dem Badezimmer kam, und wieder wegschauen, als sie ihr Nachthemd anzog. Dann ging ich in die Wanne, und danach holte ich ein Tischchen ans Bett, darauf stellte ich alle Flaschen und die Gläser. Während wir uns den Film ansahen, trank Andrea dunkles Bier, und ich trank Whisky. Der Whisky schmeckte wundervoll, und es war ein sehr guter Film, lustig und traurig und beides zugleich wie alle guten Filme. Wir waren begeistert, und Andrea sagte: »Was für eine große Schauspielerin die Romy ist! Und noch so jung. Wie viele schöne Filme wird die noch drehen! Liebst du sie auch so, Kater?«
»Ich liebe dich«, sagte ich.
Nach dem Film war ich ein wenig betrunken, und wir waren beide sehr verliebt. Wir spielten natürlich, aber Andrea bestand darauf, daß ich zuvor das Licht ausmachte. Wir spielten lange, und zuletzt schliefen wir eng umschlungen ein, Brust an Brust,

und so wachten wir um halb neun Uhr morgens auf, Arm in Arm, ganz dicht beieinander.
»Wir waren sehr müde von der Höhenluft und dem langen Spaziergang«, sagte Andrea.
»Und vom Spielen«, sagte ich.
»Ja, aber das ist notwendig. Du weißt: Soviel Bewegung wie möglich, bis zuletzt. Das muß einfach sein, Kater.«
»Ich sehe es ja ein, Hörnchen«, sagte ich. »Möchtest du vielleicht ein paar Essiggurken zum Frühstück?«
Sie strahlte. »Ach, du bist so gut zu mir, Kater.«
Ich nahm den Telefonhörer und bestellte das Frühstück und einen Teller voll Essiggurken, und dann öffnete ich die schweren Vorhänge, die ich zugezogen hatte, bevor der Film anfing. Die Sonne schien wieder am tiefblauen Himmel über den weißen Bergspitzen, und im Tal sah ich die kleinen roten Schneeräummaschinen hin und her fahren. Der spanische Kellner brachte das Frühstück, die Gurken und die spanische Marmelade. Seine Mutter hatte ihm ein großes Glas geschickt. Er stammte aus der Nähe von Barcelona und hieß Miguel. Für die Marmelade wollte er kein Geld nehmen.
»Dann für die Gurken«, sagte ich.
»Für die Gurken, ja«, sagte Miguel. »Gurken sind nicht von Mama. Muchas gracias, Señor.«

37

An diesem Vormittag gingen wir nach Lenzerheide. Der zwei Kilometer lange Weg führte durch den Wald. Lenzerheide war eine winzige Stadt mit sehr vielen Hotels und Geschäften und einem Kino, Valbella dagegen war nur ein Dorf. Wir hatten telefonisch in Lenzerheide einen Schlitten bestellt, und er stand schon, mit einem Pferd davor gespannt, neben einer Reihe von Pferdeställen auf der Straße. Der Kutscher wartete bereits, und Andrea fotografierte wieder. Der Kutscher war eine schöne junge Frau, die wie ein Mann gekleidet war. Sie trug eine Mütze verwegen schief auf dem kurzgeschnittenen, blonden Haar. Luft und Sonne hatten ihre Haut tief gebräunt, und der Schlitten war alt und aus Schmiedeeisen und Holz. Die junge Frau wartete, bis wir nebeneinander saßen – der Platz reichte gerade für zwei

Personen –, dann legte sie zuerst weiche und dann härtere und schwere Lederdecken über uns und packte uns ein. Sie war sehr kräftig, und eine Zigarette hing ihr im Mundwinkel. Sie setzte sich auf den Kutschbock, und wir fuhren los, ein Stück durch Lenzerheide, dann bogen wir von der Hauptstraße ab. Das Pferd trabte zuerst rasch dahin, während seine Glöckchen bimmelten und Andrea fotografierte. Plötzlich wurde der Weg steiler, die letzten Häuser blieben zurück, und wir fuhren bergan, durch einen Waldgürtel und dann in den strahlenden Schnee. Auch hier war mit Fräsen ein Weg gebahnt. Andrea drückte sich fest an mich, und das Pferd ging nun langsamer, weil der Weg immer steiler wurde. Schon sahen wir Lenzerheide und Valbella unter uns liegen. Wenn uns ein Schlitten entgegenkam, fuhren wir in ausgeschaufelte Buchten. Autos gab es so hoch oben keine mehr. Der Ort, zu dem wir fuhren, heiße Scharmoin, sagte uns die schöne junge Frau, und der Weg war inzwischen so steil, daß das Pferd im Schritt ging. Unser Kutscher sprang vom Bock, damit der Schlitten leichter wurde, und marschierte neben uns her. Das Pferd begann zu schwitzen, und sein Rücken leuchtete naß in der grellen Sonne. Andrea hatte die Minox der jungen Frau gegeben, die uns einige Male fotografierte. Wir trugen nun wieder unsere dunklen Sonnenbrillen.

Hier oben gab es nur noch den Schnee. Uns und den Schnee, und die Berge rundum waren ungeheuer hoch. Ich kam mir plötzlich ganz sinn- und wertlos vor. Das klingt vielleicht dumm, mein Herz, aber so kam ich mir vor. Eine Weile hatten wir die Sonne direkt vor uns, und wieder bestand die Welt nur aus Regenbogenfarben. Da die Luft dünner wurde, dachte ich, wie gut es gewesen war, daß ich in Lenzerheide mein Nitropräparat geschluckt hatte. So blieb alles in Ordnung, und je überwältigender die Aussicht wurde, um so klarer wurde mir, daß man alle Menschen verstehen müsse, die an Gott glaubten. Wir sprachen jetzt nicht mehr und sahen einander nur oft an, und das Pferd keuchte jetzt, so steil war der Weg geworden. Schließlich erreichten wir Scharmoin. Das sei die Mittelstation auf dem Weg zum Rothorn, sagte die junge Frau, und soweit ich sehen konnte, bestand der Ort nur aus einem halben Dutzend Häusern. Die junge Frau schälte uns aus den Decken, und als wir ausstiegen, waren Andrea und ich sehr schwindlig, aber unser Kutscher sagte, das gehe gleich vorüber. Die Frau trocknete das Pferd ab, schirrte es aus und legte ihm eine Decke über. In einem Stall

bekam das Pferd zu trinken und zu fressen. Uns brachte die junge Frau in ein Blockhaus, das aus einem einzigen großen Raum bestand, und hier erhielten wir eine herrliche Erbsensuppe mit Wurst und Speck darin. Dazu gab es Bier, und Bier durfte Andrea trinken, natürlich nicht zuviel, damit das Baby kein Alkoholiker wurde. Die junge Frau setzte sich an unseren Tisch und aß auch Erbsensuppe mit Wurst und Speck. Dann fotografierte sie uns wieder. Es waren nur wenige Menschen da, die alle Dialekt sprachen, weshalb wir sie nicht verstehen konnten. Aus einem Radio kam Musik, und als es zwölf Uhr mittag war, verlas ein Sprecher Nachrichten. So hörten wir auch hier, hoch oben in Graubünden in dem winzigen und friedlichen Ort Scharmoin, daß die Streiks in Polen nicht aufhörten und daß es schon wieder Tote gab. Es gab keine Weihnachtsbäume oder Weihnachtsgeschenke oder die traditionelle Weihnachtsgans oder den Karpfen. Davon konnten die hungernden Menschen nur träumen. Es gab auch keine Kerzen und keine Streichhölzer, mit denen man die Kerzen hätte anzünden können, wenn es Kerzen gegeben hätte. Mittlerweile, sagte der Sprecher, wurden auch Sündenböcke für die Militäraktion gesucht. Es waren – wie schon bei den Studentenunruhen 1969 – wieder die Juden. Vor dem Eingang des Jüdischen Theaters in Warschau hatten Unbekannte auf die Mauer einen Galgen gemalt, an dem ein Davidstern hing. Wir luden die junge Frau ein, unser Gast zu sein, und sie trank mit mir einen klaren Schnaps, der mir den Atem verschlug und Tränen in die Augen trieb. Dann holte sie das Pferd aus dem Stall, spannte es an, hüllte uns wieder in die dicken Decken, und die Fahrt talwärts begann. Die junge Frau mußte die Bremse ganz anziehen und vorsichtig lenken, aber sie sagte, das Pferd wisse schon, wie es zu gehen habe, es mache dem Tier Spaß, Schlitten zu ziehen. Sie hatte noch vier andere Pferde, die mit anderen Schlitten und Kutschern unterwegs waren. Sie war die Besitzerin dieses Schlittenunternehmens, und nun hatten sie gerade alle sehr viel zu tun.
Die junge Frau fuhr uns bis zum Posthotel, denn sie meinte, wir würden, nachdem wir in so großer Höhe gewesen waren, zu müde sein, um die zwei Kilometer zu Fuß zu gehen, und das stimmte auch. Sie wollte unter keinen Umständen ein Trinkgeld nehmen, nur den vereinbarten Preis, und fuhr zurück nach Lenzerheide. Wir gingen in das Bündnerstübli zu Gaby, weil wir trotz der Erbsensuppe sehr hungrig waren. Nach dem Essen

fielen wir ins Bett, und diesmal schliefen wir bis halb sechs. Dann ging Andrea zu Frau Miriam, um sich Tips für Babypflege zu holen, und ich schwamm im Hallenbad ein paar Runden. Das Becken war im Keller, und ich sah durch die Fenster die Lichter der durch die eiskalte Nacht fahrenden Autos. Hier drinnen im Wasser war es ganz warm. Ich trocknete mich ab, zog Hosen und Pullover an und ging in die Halle, wo in einem großen Kamin ein mächtiges Feuer brannte. Bei der Saaltochter bestellte ich Whisky, und die hübsche Barfrau brachte persönlich eine Flasche. Sie stellte sie mit Eis und Soda vor mich hin und sagte: »Ich mache einen Strich auf dem Etikett, dann sehen wir, was Sie getrunken haben.«
Nachdem ich mir einen großen Drink gemixt hatte, legte ich die Füße auf den Tisch. Ich war ganz allein in der Halle. Von fern hörte ich Musik und Stimmen, es war ein sehr großes Hotel. Ich sah in die Flammen, und während ich den kalten Whisky trank, hatte ich plötzlich das Gefühl, daß ich nie sterben würde.

38

So vergingen die Tage.
Das Wetter blieb schön, und wir waren jeden Vormittag unterwegs auf immer neuen Wegen. Unser Leben hatte nun einen gleichmäßigen Rhythmus gefunden. Wir besuchten weder die Pelzmodenschau noch die Vorstellung des großen Zauberers. Nach dem Abendessen gingen wir stets auf unser Zimmer, um fernzusehen, und danach liebten wir einander. Täglich telefonierten wir mit Hamburg. Herr Raven oder der Azubi erzählten uns, daß kaum jemand ins Geschäft kam, weil über Hamburg schwere Schneestürme tobten und alle Straßen verweht waren. Auch die Kinder kamen nicht. Es sei sehr still in der Buchhandlung, sagten Herr Raven und der Azubi. Andrea telefonierte auch zweimal mit ihren Eltern.
Am letzten Abend des Jahres gab es im Posthotel wieder ein Galadiner, und danach spielten vier Kapellen, drei im Haus verteilt und eine unten im Jazzkeller. Es wurde getrunken, getanzt und gelacht. Wir sahen eine Weile zu, dann gingen wir auf das Zimmer und legten uns auf das breite Bett. Andrea erzählte Geschichten aus der Zeit, in der sie noch ein Kind war,

einer sehr glücklichen Zeit. Ab halb zwölf Uhr sahen wir draußen viele Laternen aufleuchten. Vermummte Menschen trugen sie und gingen durch den Schnee zur nahen Kirche. Die Glocken hatten zu läuten begonnen. Wir löschten das Licht im Zimmer, öffneten die Vorhänge weit und sahen dieser Prozession von schwankenden Silhouetten und Laternen zu, die sich der kleinen, hell angestrahlten Kirche näherte. Wir zogen unsere warmen Mäntel an und gingen auf den Balkon. Da hörten wir auch die Orgel aus der Kirche, die viel zu klein war für all die Menschen. Viele blieben vor dem Portal im Schnee stehen. Dann schlug eine helle Glocke zwölfmal, und das alte Jahr war zu Ende. Die Menschen vor der Kirche umarmten einander, und wir umarmten uns auch. Nun begann es auf allen Bergrücken zu blitzen, Raketen stiegen auf, und Donnerschläge ertönten.
Als das Feuerwerk vorüber war, sangen die Menschen in und vor der Kirche, und wir hörten wieder die Orgel und dann die Stimme des Pfarrers. Aber wir konnten nicht verstehen, was er predigte, und Andrea sagte: »Beschütze uns, bitte, lieber Gott, und mach, daß es ein gesundes Kind wird! Erhalte uns den Frieden, und beschütze auch die armen Polen und alle armen Menschen auf der ganzen Welt! Amen.«
Wir standen noch lange auf dem Balkon im unruhigen Schein der Laternen. Es war ganz windstill in dieser Neujahrsnacht, und der Himmel war ungeheuer groß und hoch und voller Sterne.
Auch diesmal schliefen wir wieder eng umschlungen, so eng, als wären wir ein einziger Körper, ein einziger Mensch.

39

Am Montag, dem 11. Januar 1982, waren wir wieder in Hamburg, tief braungebrannt und bestens erholt. Es schneite sehr, und starker Wind wehte. Nicht einmal die Hälfte unserer Kinder war im Laden.
»Es war sehr schön, aber wir sind auch sehr froh, wieder hierzusein«, sagte Andrea.
»Wir sind auch sehr froh«, sagte der kleine Felix Rosen.
Noch immer gab es wenig zu tun, und wir hatten viel Zeit, um mit den Kindern zu spielen. Robert Stark konnte manchmal früher mit Bernadette fortgehen, wenn sie ihn am Abend abhol-

te. Die vielen Filme mit den Urlaubsbildern hatten wir in ein Fotogeschäft an der Alsterdorfer Straße gebracht, um sie entwickeln und Abzüge machen zu lassen. Das Geschäft lag schräg gegenüber von unserer Wohnung. Am folgenden Montag rief der Besitzer des Ladens in der Buchhandlung an und sagte, die Bilder seien jetzt fertig. Andrea war am Apparat.
»Ich komme sie gleich holen«, sagte sie und legte auf. Sie lachte vergnügt. »Unsere ganzen Bilder, Kater! Bitte, gib mir die Wagenschlüssel! Hier ist doch nichts los, ich fahre schnell hin.«
Ich sah durch das Glas der Eingangstür noch, wie der Mercedes in Schneewirbeln verschwand. Das war gegen zehn Uhr vormittag. Um elf Uhr war Andrea noch nicht zurückgekommen. Um halb zwölf wurde ich unruhig. Es schneite immer heftiger. Hoffentlich hat Andrea keinen Unfall gehabt, dachte ich. Ach nein, dachte ich dann, sie ist eine gute und vorsichtige Fahrerin. Aber die Zeit verging, und sie kam nicht zurück. Zwölf Uhr. Viertel nach zwölf, halb eins. Fünf Minuten später läutete das Telefon. Ich rannte in Cat's Corner und hob ab.
»Kent.«
»Hier ist Hübner«, erklang die tiefe Stimme des rothaarigen Kommissars.
»Guten Tag, Herr Kommissar.« Jetzt war ich sehr aufgeregt. »Was ist los? Ist etwas passiert?«
»Ich fürchte ja, Herr Kent.« Seine Stimme klang bedrückt. »Ich habe es eben erfahren. Ihre Frau . . .«
»Nun reden Sie schon!« schrie ich.
»Ihre Frau hat einen Unfall gehabt. Einen schweren Unfall. Sie haben sie ins Heidberg-Krankenhaus gebracht. Sie . . . sie muß operiert werden.«
Mir war plötzlich eiskalt.
»Was heißt operiert werden . . . Was ist passiert?«
»Sie ist überfahren worden . . . auf einem Zebrastreifen . . . Ich habe das nicht mitgekriegt im Funk . . . nur daß die Ambulanz sie ins Heidberg-Krankenhaus gebracht hat und daß . . .« Da hatte ich schon aufgelegt. Ich wählte die Nummer der Funktaxizentrale und bat um einen Wagen, so schnell wie möglich.
»Wird ein paar Minuten dauern, mein Herr«, sagte das Mädchen am Telefon. »Bei dem Wetter können die Wagen nicht schnell fahren. Und alle sind im Einsatz.«
»Es ist ein Notfall!« schrie ich. »Meine Frau ist schwer verletzt! Sie wird operiert! Ich *muß* zu ihr!«

»Wir tun, was wir können«, sagte das Mädchen.
Ich war auf einem Stuhl zusammengesunken. In der Tür stand Raven. Er hatte das Gespräch mit angehört.
»Das ist ja furchtbar«, sagte er. Seine Stimme drang von sehr weit her zu mir. Ich saß erstarrt. Ich hatte das Gefühl, mich nicht bewegen zu können. Denken konnte ich auch nicht. Nur das eine: Andrea wird operiert. Andrea wird operiert. Raven hatte mir ein Glas Whisky hingestellt. Ich trank ihn pur auf einen Schluck aus.
»Heidberg-Krankenhaus«, sagte ich. »Das ist mit dem Wagen eine Viertelstunde von unserer Wohnung. Dort hätte Andrea das Baby bekommen sollen.« Dann fiel mir etwas ein. Doktor Wegner! Ich wählte seine Nummer. Eine Sprechstundenhilfe meldete sich und sagte, der Doktor sei wegen eines Notfalls fortgefahren.
»Notfall . . . Ins Heidberg-Krankenhaus?«
»Ja, ins Heidberg-Krankenhaus . . . Mit wem spreche ich denn?«
»Mit Peter Kent. Er ist zu meiner Frau gefahren, ja?«
»Ja, Herr Kent.«
»Was ist mit ihr? Was für ein Unfall war das?«
»Ich weiß es nicht. Aus dem Krankenhaus haben sie angerufen. Darauf ist er sofort los.«
»Also ist es schlimm?«
»Ich weiß es wirklich nicht, Herr Kent . . . Ja, ich fürchte, es ist schlimm . . . Bitte, verlieren Sie jetzt nicht die Nerven . . . Der Doktor muß schon bei Ihrer Frau sein . . .«
Ich ließ den Hörer fallen.
»Noch einen Whisky«, sagte ich.
Raven goß das Glas halb voll.
»Sie dürfen jetzt nicht betrunken sein«, sagte er.
Der Azubi kam in den Raum gestürzt. »Das Taxi ist da!«
Ich rannte durch den Laden ins Freie. Raven rannte hinter mir her. Ich sprang schon in den Fond des Taxis, da warf er mir noch schnell meinen Mantel zu.
»Heidberg-Krankenhaus«, sagte ich zu dem jungen Chauffeur. »Bitte, fahren Sie schnell! . . . Meine Frau liegt dort . . . Sie hat einen Unfall gehabt . . .«
Er fuhr los.
»Schneller, bitte!«
Er fuhr schneller.
»Geht es nicht noch schneller?« Ich begann zu schwitzen.

»Noch schneller geht es nicht, mein Herr. Ich sehe ja nichts. Sonst haben wir auch gleich einen Unfall. Ich fahre, so schnell ich überhaupt kann ...«
»Danke«, sagte ich. »Danke.«
Dann fing ich an zu beten.

40

Das Heidberg-Krankenhaus war im Dritten Reich eine Kaserne gewesen. Man sah der Anlage an, daß die Nazis sie gebaut hatten. Man sah es an den glatten Fassaden und dem riesenhaften, protzigen Einfahrtstor. Ich bezahlte den Fahrer und rannte zur Pförtnerloge. Dabei zog ich meinen Mantel an, denn nun fror ich wieder.
Der Pförtner war erkältet und heiser. Er krächzte: »Chirurgie. Dritter Stock. Saal fünf.«
Ich rannte durch den Schneesturm zum Chirurgiebau und fuhr mit einem Lift in den dritten Stock hinauf. Hier irrte ich durch ein Labyrinth von Gängen, bis ich Saal fünf gefunden hatte. Vor der hohen und breiten weißen Tür standen zwei Funkstreifenbeamte, und neben der Tür blinkte eine rote Leuchtschrift:

OPERATION!
EINTRITT VERBOTEN!

Ich rannte auf die beiden Beamten in ihren Lederjacken zu.
»Herr Kent?«
»Ja. Meine Frau ...«
»Ist da drinnen.«
»Ihr Arzt heißt Doktor Wegner ...«
»Ist auch da drinnen ... Er operiert ... Kam vor einer halben Stunde.«
Da stand eine Bank. Ich sank darauf.
»Ist es schlimm?«
Die beiden sahen mich betreten an.
»Ist es schlimm?« schrie ich.
»Nicht. Sie dürfen hier nicht schreien, Herr Kent.«
»Ist es schlimm?« flüsterte ich.
»Es hat schlimm ausgesehen«, sagte der erste Polizist.

488

»Sehr schlimm«, sagte der zweite. »Hat keinen Sinn, daß wir Ihnen was vormachen, Herr Kent.«
Der lange Gang war leer. Vor den Fenstern wirbelte der Schnee, der Sturm pfiff.
». . . Achtgeben, bitte schön . . . auf der Straße . . . im Verkehr . . .«
Plötzlich hörte ich eine Stimme. Sehr leise. Wer war das? Wer hatte das gesagt? Wann? Wo? Vor langer Zeit hatte ein Mann das zu Andrea gesagt, das wußte ich. Aber ich wußte nicht mehr, wer das gewesen war, und es fiel mir auch nicht ein.
»Wie ist es passiert?« fragte ich.
»Vor dem Fotoladen in der Alsterdorfer Straße gibt es doch einen Zebrastreifen, nicht?« sagte der erste Polizist.
»Nein. Ja. Ich weiß nicht. Und?«
»Und über den ist Ihre Frau gegangen, Herr Kent. Hat sie gehen wollen. Bei dem Scheißwetter hat man natürlich nicht viel gesehen von dem Zebrastreifen, ein wenig doch . . . Wir haben Zeugen . . . Die haben gesehen, wie es passiert ist . . . Rokker . . .«
»Was, Rocker?«
»So eine ganze Bande, ein halbes Dutzend vielleicht . . . mit ihren schweren Maschinen . . . Sie sind die Straße heruntergekommen und haben vor dem Zebrastreifen gehalten . . . Nicht ganz . . . Sie haben dieses verfluchte Theater gemacht mit anfahren und wieder stoppen und Gas geben und wieder wegnehmen . . . Ihre Frau war schon mitten auf der Fahrbahn . . . Sie hat Angst gekriegt . . . Sie hat sich nicht weiter getraut . . . Sie hat ein paar Schritte zurück gemacht . . . Die Rocker haben noch gewartet . . . Da hat sie wieder ein paar Schritte vorwärts gemacht . . . und gleichzeitig sind die Rocker losgefahren . . . Eine Maschine hat Ihre Frau umgerissen . . . eine andere ist über sie gefahren, als sie schon auf der Erde lag . . .«
»Die verfluchten Rowdies«, sagte der zweite Polizist.
Ich sagte nichts.
Ich sah das rote Blinklicht. Hinter dieser Tür lag Andrea. Lag Andrea. Lag Andrea.
»Die Drecksäcke sind abgehauen, sagen die Zeugen. Kein Zeuge hat sich auch nur ein einziges Kennzeichen gemerkt.«
»War doch der wahnsinnige Schneesturm, so wie jetzt. Die haben einfach keines erkannt.«
Der zweite Polizist gab mir Andreas Handtasche und ein großes

gelbes Kuvert. Tasche und Umschlag waren schmutzig und blutig. In dem Kuvert befanden sich die Filmstreifen und die Fotos.
»Wir brauchen noch ein paar Daten und Angaben«, sagte der zweite Polizist.
Ich saß da und starrte die blutige Handtasche und den blutigen Umschlag an. Der zweite Polizist wiederholte seinen Satz.
Ich antwortete wieder nicht.
Und wenn Andrea nun starb?
Der zweite Polizist stieß mich an.
Ich schrak auf.
Er sagte, daß er die Daten für seinen Bericht brauche.
»Ja«, sagte ich. »Ja. Fragen Sie!« Meine Hände waren voll Blut von der Handtasche und dem Umschlag.
Also fragten sie. Sie mußten eine Menge wissen für ihren Bericht. Wo wir wohnten und wann Andrea geboren war und viele solche Fragen. Ich beantwortete alle. Das Rotlicht vor dem Operationssaal blinkte. Der Schneesturm rüttelte an den großen Gangfenstern.
Als die Polizisten mit ihren Fragen fertig waren, schüttelten sie mir die Hand, wünschten Andrea und mir alles Gute und gingen fort. Ihre Schritte hallten auf dem leeren Flur. Dann wurden sie leiser. Dann hörte ich keine Schritte mehr, nur das Heulen des Sturms.
Lieber Gott, hilf! Mach, daß sie nicht stirbt. Wenn das Baby tot ist, laß wenigstens sie leben. Laß sie leben! Mach, daß sie wieder gesund wird. Laß es nicht zu schlimm sein. Wenn sie wieder gesund wird, kann sie ein anderes Baby haben. Vielleicht nicht. Vielleicht nie mehr. Wie du willst, Gott. Nur sie soll wieder gesund werden. Bitte, bitte, laß sie nicht sterben oder zum Krüppel werden, ich flehe dich an. Und wenn sie zum Krüppel wird, laß sie leben. Ich bitte dich. Bitte! Bitte! Ich tue alles, was du willst, aber laß sie leben! Bitte, laß sie wenigstens leben. Und wenn es geht, laß sie nicht zum Krüppel werden! Vielleicht kann sie noch ein anderes Baby haben . . .
Ich betete immer weiter, und der Sturm heulte immer ärger.
Neben der großen weißen Tür blinkte die rote Leuchtschrift.
Ich saß zweieinhalb Stunden vor dieser Tür, und während der ganzen Zeit kam niemand vorbei.

41

Nach zweieinhalb Stunden erlosch die Leuchtschrift.
Die große Tür wurde geöffnet. Zwei Männer in Weiß rollten eine Bahre heraus. Andrea lag darauf. Sie war bis über die Nase zugedeckt. Ich sah nur die kreideweiße Stirn und das wirre braune Haar. Neben der Bahre schoben die beiden ein Infusionsgestell mit, von dem ein Plastikschlauch unter die Decke führte.
»Andrea!«
Ich war aufgesprungen und lief neben der Bahre her.
»Nicht«, sagte der eine Mann.
»Was ist mit ihr? Wie geht es ihr?«
»Sagt Ihnen der Arzt. Warten Sie einen Moment! Er kommt gleich.«
»Andrea . . .« Ich versuchte, das weiße Tuch von ihrem Gesicht zu ziehen.
»Lassen Sie das!« sagte der andere böse. »Sind Sie verrückt geworden?«
»Ist sie tot?«
»Nein.«
»Wohin bringen Sie meine Frau?«
»Intensivstation . . .«
»Da können Sie nicht mit . . .«
»Wird sie sterben?«
»Bitte, seien Sie vernünftig. Ihre Frau ist soeben operiert worden. Sie ist noch nicht bei Bewußtsein. Sie können nicht mit, habe ich gesagt. Bitte, Herr Kent!«
Ich blieb stehen und sah den beiden Männern nach, wie sie die Bahre den Gang entlangrollten und um eine Biegung verschwanden. Ich ging zu der Bank zurück, und da lagen die Handtasche und das gelbe Kuvert. Drei Ärzte und zwei Schwestern kamen aus dem Operationssaal und eilten den Gang hinunter, in dem Andrea verschwunden war. Nach vielleicht zehn Minuten ging die Tür wieder auf und Dr. Wegner trat heraus. Er trug einen dunkelblauen Anzug und keine Krawatte. Das weiße Hemd stand am Kragen offen. Unter den Augen zeichneten sich schwere schwarze Ringe ab, sein Gesicht war grau. Er wirkte völlig erschöpft. Als er mich sah, nickte er nur.
»Was ist mit meiner Frau, Herr Doktor?«
Er sagte heiser: »Ein Kollege und ich haben operiert.«

»Ist es sehr schlimm?«

Er nickte wieder.

»Leberriß mit starken Blutungen. Einen großen Teil der Leber mußten wir resezieren.«

»Was heißt resezieren?«

»Die zertrümmerten Teile herausnehmen.«

»Aber ohne Leber . . .« Ich konnte nicht weitersprechen.

»Das Baby war tot. Wir mußten es entfernen. Kaiserschnitt«, sagte er. »Sonst läßt man das Baby auch bei schweren Unfällen im Mutterleib. Wenn es lebt. Aber da es doch tot war. Wir mußten es entfernen.«

»Wird meine Frau sterben?«

»Es ist sehr ernst, Herr Kent. Ich muß Ihnen die Wahrheit sagen. Es ist mehr als sehr ernst. Wir versuchen alles auf der Intensivstation.«

»Da kann ich sie nicht sehen, wie?«

»Nein. Jedenfalls vorerst nicht. Sie ist ja gar nicht bei Besinnung. Wirklich, es tut mir schrecklich leid. Hat keinen Sinn, daß Sie hier warten. Gehen Sie nach Hause. Sie wohnen in der Nähe. Wenn sich der Zustand bessert oder verschlechtert, rufen wir Sie sofort an. Mit dem Wagen sind Sie in fünfzehn Minuten hier.«

»Ich will nicht nach Hause. Ich will hierbleiben.«

»Das kann viele Stunden dauern, die ganze Nacht, den ganzen morgigen Tag, bis sie wieder bei Bewußtsein ist. Bitte, gehen Sie heim, Herr Kent! Sie halten das hier nicht durch.«

»Doch.«

»Nein. Ich bleibe hier. Ich verspreche Ihnen, daß ich sofort anrufe, wenn Sie mit Ihrer Frau sprechen können.«

»In der Intensivstation? Da läßt man mich doch nie hinein.«

»Man läßt Sie hinein. Sie müssen nur vorschriftsmäßig angezogen sein. Ich verspreche Ihnen, daß man Sie in die Intensivstation läßt, sobald Ihre Frau ansprechbar ist und sprechen kann. Haben Sie kein Vertrauen zu mir, Herr Kent?«

»Doch, Herr Doktor.«

»Dann gehen Sie jetzt, bitte«, sagte er. Die Ringe unter seinen Augen waren noch schwärzer geworden, und er sah noch grauer aus. Ich gab ihm die Hand und ging zum Aufzug.

42

Der Schneesturm tobte weiter.
Zu Hause angekommen, legte ich mich aufs Bett, aber das hielt ich nicht lange aus, und ich stand wieder auf und setzte mich ins Wohnzimmer. Aber auch da hielt ich es nicht aus, und so zog ich von einem Raum in den andern, auch in die Küche, und überall blieb ich nur kurze Zeit. Zuletzt saß ich in dem Zimmer mit dem Schaukelstuhl.
Vor dem Fenster wurden die Äste der schönen alten Bäume, die Andrea so liebte, vom Sturm hin und her gerissen. Sie waren kahl und schwarz, und sie glänzten.
Ich betrachtete das Bild mit dem Totenschädel, dem zerfallenen Buch, der niedergebrannten Kerze, der abgelaufenen Sanduhr und den anderen Zeichen der Vergänglichkeit, dessen Original Adriaen van Utrecht im 17. Jahrhundert gemalt hatte, dieses Bild, das Andrea so oft angesehen hatte, um niemals zu vergessen, daß sie sterben mußte. Hier hielt ich es aus, hier blieb ich sitzen.
Meine Glieder waren schwer, und ich konnte weder richtig denken noch richtig fühlen. So ähnlich mußte einem Boxer zumute sein, der soeben endgültig zusammengeschlagen worden war. Ich saß da und sah das Bild an, aber eigentlich sah ich das Bild gar nicht. Es war, als würde ich überhaupt nicht existieren und dabei doch leben und atmen. Dann fiel mir ein, daß ich keinen Telefonanruf versäumen durfte, denn es konnte ja immer Dr. Wegner sein. Ich holte den Apparat und steckte die Buchse in den Anschluß neben dem Schaukelstuhl. Nach einer Stunde läutete es. Jemand hatte die falsche Nummer gewählt und entschuldigte sich.
Ich blieb still sitzen und dachte daran, daß Andrea nun sterben würde. Sie hatte keine Chance mehr. Mit einer solchen Verletzung der Leber hat man keine Chance, kein Mensch auf der Welt. Und ich dachte daran, daß ich heute nacht noch mit ihr geschlafen und morgens mit ihr gefrühstückt hatte, um dann mit ihr in die Buchhandlung zu fahren. Und nun würde sie sterben. Vielleicht jetzt gleich, vielleicht erst morgen oder übermorgen, aber gesund werden und weiterleben würde sie unter keinen Umständen. Ohne Leber kann der Mensch nicht leben.
Ich versuchte zu beten. Ich wollte gar nicht mehr darum beten,

daß Gott Andrea leben ließ. Ich wußte, das war unmöglich. Ich wollte nur beten, daß Gott Andrea Schmerzen ersparte. Aber ich konnte noch immer nicht zusammenhängend denken, und so wurde es nichts mit dem Beten. Und der Sturm tobte weiter, und sehr oft sah man die alten Bäume im Garten kaum noch hinter den wüsten Schneewirbeln.
Gegen fünf Uhr läutete das Telefon wieder.
Es war Kommissar Hübner. Er wußte schon, daß Andrea auf der Intensivstation lag. Er hatte mit Dr. Wegner gesprochen.
»Ich rufe nur an, um Ihnen zu sagen, wie leid mir das alles tut, Herr Kent.«
»Ja«, sagte ich, »danke, Herr Kommissar.«
»Kann ich irgendwas für Sie tun?«
»Nein.«
»Soll ich zu Ihnen kommen?«
»Nein, bitte nicht. Ich bin lieber allein. Ich sitze hier und warte, daß sie mich ins Krankenhaus rufen. Aber das kann noch lange dauern.«
»O ja«, sagte er. »Ich fürchte, das kann noch lange dauern.«
»Ich warte.«
»Von diesen Rockern haben wir nicht die geringste Spur.«
»So.«
»Wir suchen fieberhaft.«
»Ja.«
»Aber bei diesem Wetter haben sie alle Chancen, und wir haben kaum eine.«
»Nein.«
»Es ist ganz furchtbar. Ich habe Ihre Frau so gerne, richtig ins Herz geschlossen, wissen Sie.«
»Sie hat Sie ja auch sehr gerne, Herr Kommissar.«
»Und da ist wirklich nichts, was ich für Sie tun kann?«
»Nein, Herr Kommissar«, sagte ich und legte den Hörer auf.
Als es dämmrig wurde, erschien Raven.
»Ich wäre schon früher gekommen«, sagte er, »aber ich habe gedacht, zuerst lasse ich Sie besser allein, und anrufen wollte ich auch nicht. Der Azubi war meiner Meinung. Er ist im Geschäft – bei diesem Wetter schafft er leicht alles allein. Die wenigen Kinder, die da waren, sind schon abgeholt worden. Darf ich hereinkommen?«
»Natürlich«, sagte ich. »Warum nicht?«
Er zog seinen Mantel aus, hängte ihn an einen Haken und sagte:

»Ich mache Kaffee.«
Er ging in die Küche, und ich folgte ihm und sah zu, wie er Kaffee machte. Wir tranken ihn im Wohnzimmer. Dort hatte ich Andreas Handtasche und den gelben Umschlag mit den Fotos hingelegt. Das Blut war eingetrocknet. Als wir den Kaffee tranken, zeigte ich Raven die vielen Bilder. Da war ich im Wald, als ich gerade ausgerutscht war. Ich saß in einem großen Schneehaufen und hatte eine Masse Schnee auf dem Kopf und auf den Schultern und lachte. Da waren Andrea und ich im Schlitten auf der Straße nach Scharmoin, und da war das Haus in Scharmoin, in dem wir die gute Erbsensuppe mit Wurst und Speck gegessen hatten. Da war Andrea mit dem Pferd, sie streichelte es. Und ich zeigte Raven Bilder von Andrea am See und vor dem Eislaufplatz und mit Peru, dem Bernhardiner, und andere Fotos von Andrea, zusammen mit Frau und Herrn Trösch, und allein vor dem Zeitungsladen, und im Abendkleid bei dem Essen am ersten Weihnachtsfeiertag, und voller Konfetti am Silvesterabend. Dann zeigte ich Raven Fotos von den hohen Bergen und von dem breiten Tal und vom Hotel und dann wieder Fotos von Andrea, und auf allen Fotos lachte Andrea. Es gab auch Fotos, auf denen sie die kleine Luzia Trösch im Arm hielt, und sie lachten beide, Andrea und das Baby.
Das Blut war durch den Umschlag gesickert, so daß viele Bilder blutige Flecken oder Streifen hatten. Es war Andreas Blut, und ich sagte: »Sie wird jetzt sterben, Herr Raven.«
Und er antwortete nicht. Ich sammelte alle Fotos wieder ein und steckte sie in den gelben Umschlag. »Es ist eine solche Gemeinheit«, sagte ich. Dann saßen wir da und schwiegen, und es wurde ganz dunkel, aber wir schalteten das Licht nicht an, wir blieben im Dunkeln sitzen. Der Sturm tobte um das Haus, und keiner von uns sprach. Ich versuchte, das Telefon zu hypnotisieren, damit es läutete, aber es gelang mir nicht. Um acht Uhr abends hielt ich es nicht mehr aus und rief im Heidberg-Krankenhaus an. Ich verlangte Dr. Wegner, und er meldete sich sofort.
»Hier ist Kent«, sagte ich.
»Noch zu früh, Herr Kent«, sagte er. »Sie ist noch immer ohne Bewußtsein. Das kann noch lange dauern. Bitte, glauben Sie mir doch: In dem Moment, in dem es möglich ist, mit ihr zu sprechen, rufe ich Sie an. Ich bleibe die Nacht über hier.«
»Und wenn sie gar nicht mehr zu sich kommt, sondern gleich stirbt?«

»Das wird sie nicht.«
»Ja, ja, ja«, sagte ich, »und wenn sie doch . . .«
»Dann rufe ich auch sofort an, und Sie können herkommen. Sind Sie allein?«
»Nein. Herr Raven ist da, ein Freund aus der Buchhandlung.«
»Das ist gut. Kann ich ihn sprechen?«
»Einen Moment.« Ich gab Raven den Hörer. Er sagte guten Tag, hörte eine Weile zu und sagte dreimal ja. Danach legte er den Hörer auf.
»Ja, was?« fragte ich.
»Ja, ich werde heute nacht hierbleiben«, sagte er.
»Das ist nicht nötig.«
»Doch, das ist nötig. Und es ist auch nötig, daß Sie etwas essen. Sie haben seit heute früh nichts gegessen. Ich mache Bratkartoffeln.« Schon ging er in die Küche. Später aß ich ein wenig, und dann saßen wir wieder im Wohnzimmer und schwiegen. Einmal, gegen Mitternacht, sagte ich: »Ich habe Ihnen noch gar nicht dafür gedankt, daß Sie sich um Andreas Blumen gekümmert haben, Herr Raven.«
»Hören Sie auf!« sagte er. »Es war mir eine Freude. Sie hat so schöne Blumen. Jeden zweiten Tag bin ich dagewesen. Ich habe Blumen gerne.«
Dann schwiegen wir wieder. Keiner von uns schlief in dieser Nacht, und der Sturm tobte immer weiter. Wir hörten zweimal das Kratzen der großen Schaufeln von Schneeräumfahrzeugen, und sehr oft hörten wir das Heulen von Sirenen. Raven kochte Kaffee, als es endlich hell wurde, und wir saßen in der Küchennische, die so sehr an die Kommandobrücke einer Yacht erinnerte. Raven hatte frische Brötchen besorgt und die Zeitung von draußen vor der Tür mit hereingebracht. Ich aß ein halbes Brötchen, mehr brachte ich nicht hinunter. Die Schlagzeile der Zeitung lautete: POLEN: »SOLIDARITÄT« RUFT WIEDER ZUM GENERALSTREIK AUF. Als ich meine Tasse zum zweitenmal füllte, läutete das Telefon, und Dr. Wegner war am Apparat.
»Können Sie gleich kommen, Herr Kent?«
»Ja. Ist sie bei sich?«
»Halbwegs. Kommen Sie sofort.«
Ich sagte Raven, daß Andrea das Bewußtsein erlangt habe, und er sagte, er werde hier auf mich warten. Die Autoschlüssel fand ich mit den Autopapieren in Andreas Handtasche, aber als ich dann auf die Straße kam, sah ich, daß der Mercedes, den Andrea,

ehe sie zum Fotogeschäft gelaufen war, hier geparkt hatte, vollkommen eingeschneit war. Ich rannte in die Wohnung zurück und telefonierte nach einem Taxi, doch ich mußte eine halbe Stunde warten, bis eines kam. Der Fahrer sagte, die Zentrale und alle Taxifahrer wären enorm überlastet, weil die wenigsten Leute bei diesem irrsinnigen Wetter mit dem eigenen Wagen fuhren. Es wurde nicht richtig hell an diesem Tag, und im Heidberg-Krankenhaus brannte überall Licht.

Dr. Wegner wartete beim Portier auf mich. Zusammen gingen wir zum Chirurgiebau und fuhren mit dem Lift in den dritten Stock, wo mich Dr. Wegner bis zur Intensivstation brachte. Wir sprachen keine zehn Wörter miteinander. In einem Vorraum der Intensivstation mußte ich in weiße Schuhe schlüpfen. Dann zogen sie mir meine Jacke aus und einen grünen Kittel an. Auch mußte ich eine grüne Kappe auf mein Haar setzen und einen Mundschutz umbinden. So durfte ich schließlich das Zimmer betreten, in dem Andrea lag. Den Raum trennte neben dem Bett eine Glaswand, und hinter der Glaswand saß eine junge Schwester, die Andrea und viele Apparate in stählern blinkenden Gehäusen beobachtete. Manche standen über und neben Andreas Bett, andere standen jenseits der Scheibe vor der Schwester.

Andrea lag auf dem Rücken, und über ihre nackten Brüste hatte man ein Tuch gebreitet. Ich sah, daß viele bunte, dünne Schläuche an ihrem Oberkörper befestigt waren. Die Schläuche liefen zu den Apparaten, mit denen man das Herz, den Kreislauf, die Atmung, den Blutdruck und viele andere Funktionen kontrollieren konnte. Ein dickerer Schlauch war am Ende mit einer Nadel versehen, und die Nadel steckte unterhalb von Andreas rechter Schulter in einer Vene. Dieser Schlauch führte zu einer Infusionsflasche, die in einem Gestell neben dem Bett hing. Andreas Gesicht war sehr klein und ganz weiß, und ihre Augen waren riesengroß. Die Lippen waren aufgesprungen, und man sah die Zähne, auch wenn sie nicht sprach. Neben dem Bett stand ein Hocker, und ich setzte mich auf ihn und sagte: »Guten Morgen, Liebste.«

»Guten Morgen, Liebster«, sagte sie, und ihre Stimme klang erstaunlich stark. Ich hatte gedacht, sie würde nur flüstern können. ›Halbwegs‹ sei sie bei sich, hatte Dr. Wegner gesagt, und das traf genau zu. Sie redete laut mit mir, sie sah mich die ganze Zeit über unverwandt an, aber sie war erst auf halbem Weg bei

mir. Da blieb eine milchige Starre in ihrem Blick, und sie schien fest und tief eingemauert im Gefängnis ihrer Gedanken. Trotz der Kraft ihrer Stimme war sie noch schwer benommen nach der langen Bewußtlosigkeit. »Ich muß sterben«, sagte sie.
»Hörnchen! Was ist das für ein Unsinn! Wie kannst du so etwas sagen!« rief ich.
»Ich muß sterben«, sagte sie noch einmal. »Ich hasse es so sehr, daß ich sterben muß, denn ich hätte so gerne noch viele Jahre mit dir gelebt.«
»Das wirst du auch«, sagte ich. »Viele, viele Jahre wirst du mit mir leben, uralt werden wir beide werden, und auch ein Baby werden wir haben, wenn du erst wieder ganz gesund bist.«
»Wir werden kein Baby haben. Und ich werde keinen Kater mehr haben. Das ist schlimm. Aber ich bin dann tot. Du, du wirst keine Andrea mehr haben.« Sie schloß die Augen, und ich sah erschrocken zu der Schwester hinter der Glasscheibe, doch die schüttelte beruhigend den Kopf.
»Hast du Schmerzen?«
Andrea öffnete die Augen wieder.
»Ich habe gar keine Schmerzen, geliebter Kater«, sagte sie. »Es ist nur so schlimm, daß ich weggehen muß von dir.«
»Du gehst nicht weg, Liebste.«
»Doch«, sagte sie. »Doch, Kater, bald. Darum habe ich die Augen geschlossen. Weil das so schlimm ist. Warum ist das passiert? Wir haben doch nichts Böses getan.« Und ich dachte daran, daß ich einen Menschen getötet hatte. »Es ist so ungerecht«, sagte sie. »Niederträchtig und ungerecht ist es. Ach, Kater, wenn ich doch bleiben könnte!«
»Du bleibst. Du bleibst. Du wirst wieder ganz gesund. Du bist noch sehr schwach, das war eine große Operation. Du bist jetzt erschöpft und mutlos, darum hast du solche Gedanken. Aber warte zwei, drei Tage ab, wie du dich dann anders fühlen wirst.«
Ich bemerkte, daß Dr. Wegner ins Zimmer gekommen und neben die Schwester getreten war.
»Ich kann keine zwei, drei Tage mehr warten«, sagte Andrea. »Wir haben nur wenig Zeit. Darum laß mich reden, Liebster. Ich muß dir noch etwas sagen. Laß mich reden, ja?«
»Ja, natürlich.«
»Du wirst eine andere Frau haben nach mir . . .«
»Ich will keine andere Frau.«
»Nicht gleich. Später. Du mußt eine andere Frau haben. Du

kannst nicht allein leben. Versprich mir, daß du eine andere Frau haben wirst, Kater!«
»Es gibt keine andere Frau für mich«, sagte ich.
»Nein, eine Andrea wird es nicht sein«, sagte sie. »Aber eine andere Frau, die du liebst und die dich liebt. Und da habe ich eine Bitte.«
»Ja, Hörnchen?«
»Du sollst sie nicht Hörnchen nennen und sie dich nicht Kater. Versprichst du mir das?«
»Natürlich verspreche ich das. Aber . . .«
»Laß mich reden. Du sollst ihr überhaupt keinen Tiernamen geben. Und sie dir auch nicht. Keinen Tiernamen, nein?«
»Nein.«
»Bestimmt nicht?«
»Bestimmt nicht. Hör mal, Hörnchen . . .«
»Und sie wird dir bestimmt auch keinen geben, nein?«
»Nein. Ich . . .«
»Und bitte, Kater, geh nie mit ihr nach Reinbek. Du weißt schon, wohin. Nein, da wirst du nicht hingehen, wie?«
»Niemals, Hörnchen. Aber nun laß mich doch einmal . . .«
»Und bitte, Kater, spiele nicht so mit ihr, wie du mit mir gespielt hast. Du weißt schon, was ich meine. Unsere Spiele. Du sollst mit keiner Frau unsere Spiele spielen. Versprichst du mir das, Kater?«
»Natürlich verspreche ich es dir«, sagte ich. »Aber ich höre mir das alles nur an, weil du so schwach bist, sonst würde ich dir etwas erzählen. Ein Riesenunfug ist das. Was glaubst du, wie herrlich wir noch miteinander spielen werden, Hörnchen!«
»Und die Buchhandlung«, sagte sie. »In der Buchhandlung muß alles weitergehen, schon wegen der Kinder. Du darfst die Buchhandlung nicht zumachen, versprich mir das auch.«
»Ich werde die Buchhandlung weiterführen«, sagte ich. »Aber wirklich, Hörnchen . . .«
»Du hast es versprochen«, sagte sie. »Du hast es versprochen. Alles.« Ihr Gesicht sah unendlich müde aus. »Würdest du mich bitte küssen? Aber nur, wenn es dir nicht unangenehm ist. Sie haben mir etwas auf die Lippen gestrichen, das schmeckt so bitter.«
Ich stand auf und küßte sie sanft auf die Lippen, und da war wirklich ein sehr bitterer Geschmack.
»Danke«, sagte Andrea. »Du warst immer wundervoll und so sehr geliebt. Aber würdest du jetzt bitte gehen?«

Ich sah durch die Glasscheibe fragend Dr. Wegner an, und er bewegte zustimmend den Kopf.
»Gut«, sagte ich. »Ich gehe jetzt, Liebste, aber ich komme bald wieder. Dann wird es dir schon viel besser gehen, und du wirst nicht mehr so reden.«
»Leb wohl, Kater«, sagte sie.
»Leb wohl, geliebtes Hörnchen«, sagte ich.
An der Tür drehte ich mich noch einmal um, aber sie sah starr zur Decke empor und bemerkte mich nicht mehr. Ich verließ das Zimmer. Im Vorraum streifte ich den grünen Kittel, die weißen Schuhe, die Kappe und den Mundschutz ab und zog wieder Jacke und Mantel an. Da kam aus der anderen Tür Dr. Wegner.
»Gut, daß Sie abgebrochen haben«, sagte er.
»Sie hat mich weggeschickt«, sagte ich.
Wir gingen zusammen einen langen Gang hinunter.
»Darf ich wiederkommen?«
»Ja«, sagte er. »Aber erst, wenn ich Sie rufe.«
»Heute noch?«
»Das weiß ich nicht. Vielleicht gegen Abend.«
»Doktor«, sagte ich, »sie muß wirklich sterben, ja?«
»Ja«, sagte er.
»Gibt es überhaupt keine Chance?«
»Es geschehen keine Wunder, Herr Kent«, sagte er und legte eine Hand auf meine Schulter.
Plötzlich hörten wir, wie sein Name gerufen wurde. Wir drehten uns um, und auf dem Gang rannte uns die junge Schwester entgegen, die hinter der Glasscheibe gesessen und die Apparate beobachtet hatte. Im Laufen rief sie: »Doktor Wegner, kommen Sie! Kommen Sie schnell!«
»Was ist?« fragte ich.
»Ihre Frau hat das Bewußtsein verloren«, sagte die Schwester. Dann lief sie mit Dr. Wegner zur Intensivstation zurück.

43

Drei Tage später, am Freitag, dem 22. Januar, war die Trauerfeier im Krematorium auf dem tiefverschneiten Ohlsdorfer Friedhof. Andrea hatte sich gewünscht, verbrannt zu werden, was seit einiger Zeit auch bei Katholiken möglich war. Der

Sturm hatte aufgehört, aber der Schnee fiel unaufhörlich. Das Land versank in ihm. Flug- und Zugverbindungen waren unterbrochen, ganze Gegenden von der Umwelt abgeschnitten.
Die große Halle des Krematoriums war überfüllt mit Menschen, besonders mit Kindern. Alle Kinder, die Andrea gekannt hatten, waren gekommen. Sie hatten ihre Eltern mitgebracht, wie damals, als wir heirateten. Ich konnte gar nicht glauben, daß es so viele Kinder waren, die bei uns die ganze Zeit über gelesen und gespielt hatten. Und wieder waren es Kinder der verschiedensten Nationen, Religionen und Rassen. Die Freunde und Bekannten Andreas waren ebenfalls erschienen, natürlich auch Dr. Wegner und der Kommissar Hübner. Ich saß in der ersten Reihe neben Andreas Eltern. Außerdem saßen Raven, Stark und Bernadette in der ersten Reihe, und nur ein einziges Kind fehlte – Patty. Von ihr und ihrem Großvater hatten wir keine Nachricht. Sie waren in Polen und damit für uns unerreichbar. Die Buchhandlung blieb an diesem Tag geschlossen. Es waren so viele Kinder und Erwachsene gekommen, daß die Sitzplätze nicht ausreichten.
Der Sarg ruhte auf einem Podest. Kränze mit Schleifen und große Gebinde lagen dort, dazwischen auch ganz kleine und einfache Sträuße von den Eltern jener Kinder, die arm waren. In dem Blumenmeer war der Sarg kaum noch zu sehen.
In einem Nebenraum spielte ein Mitglied der Meisterklasse der Musikhochschule, und die Musik kam über Lautsprecher in den großen Raum. Der junge Mann war auch ein Freund Andreas, und er spielte ein Stück, das sie über alle Maßen geliebt hatte: den langsamen Satz, nur für Streicher, aus der Orchestersuite in D-Dur von Johann Sebastian Bach, betitelt ›Air‹. Und diesen feierlichen Satz spielte der Student nun allein auf seiner Geige. Die Schönheit der Melodie schien nicht mehr von dieser Welt zu sein, und alle, die sie hörten, verharrten reglos.
Danach sprach der junge Pfarrer, der Andrea und mich getraut hatte. Er sprach sehr herzlich und einfach, und viele Menschen weinten, besonders Andreas Mutter. Dann stand zu meiner Überraschung Robert Stark, der Azubi, auf und ging in seinem dunklen Anzug nach vorn, wo er, halb dem Sarg, halb uns zugewandt, zu reden begann. Wie schon damals in der Kirche, als wir heirateten, konnte man ein beständiges Flüstern hören – das waren die vielen leisen und hohen Kinderstimmen, die den Eltern, welche nur schlecht oder gar nicht Deutsch verstanden, übersetzten, was Robert Stark sagte.

»Liebe Andrea«, sagte Robert Stark, »heute sind wir nun zum letztenmal beisammen. Wir sind zu dir gekommen, um dich an die Schwelle zu geleiten und um dir noch etwas nachzuschauen, bevor du uns Lebende verläßt. Wir sehen dir nach, wie du mit deinem schönen Gang und mit deinen stets wachen, großen Augen, die neugierig forschend nach links und rechts schauen, zu neuer Arbeit eilst, zu deinen alten Freunden, die schon so lange auf dich warten: zu Erich Kästner und Emil mit allen Detektiven, zu Hans Christian Andersen und dem Mädchen mit den Schwefelhölzern, zu Mark Twain und Tom Sawyer und Huckleberry Finn, zu Selma Lagerlöf und dem kleinen Nils Holgersson mit seinen Wildgänsen, zu Lewis Caroll und seiner Alice im Wunderland und zu all den anderen Autoren, die Bücher für die Jugend geschrieben haben, und zu ihren Geschöpfen. Es ist seit langer Zeit der größte Wunsch dieser Schriftsteller, mit dir eine Buchhandlung für Kinder zu eröffnen. Die Bücher sind alle schon da, und eine Buchhandlung haben sie auch gefunden, aber die muß nun erst für Kinder eingerichtet werden. Dazu brauchen sie jedoch dich, denn wie man das macht, das weißt nur du, und darum warten deine Freunde schon mit so großer Ungeduld auf dich. Du willst sie nicht noch länger warten lassen, das verstehen wir.
Wir verstehen deine Eile, aber halte doch noch bitte etwas ein. Bleib stehen, dreh dich um und hör uns einige Minuten zu!
Wer soll denn von nun an die Seele der irdischen Buchhandlung sein, die du zurückläßt? Wer soll von nun an hier unten stets genau wissen, welches Buch für welches Kind das richtige ist, weil er die Herzen und die Gehirne der vielen Kinder, die er hier zu Freunden hatte, so gut kennt, wie du das getan hast? Wer soll von nun an für Frieden und Freundschaft zwischen den verschiedenen Kindern sorgen, die die Großen von morgen sein werden, zwischen den Armen und den Reichen, den Juden, Christen und Mohammedanern, zwischen Türken, Jugoslawen, Spaniern, Italienern, Griechen und Deutschen? Keiner von uns hat deinen Gerechtigkeitssinn, hat deine Liebe, die alle Menschen auf dieser Erde umfaßt, dein phänomenales Gedächtnis, deine Arbeitskraft, deine Unermüdbarkeit, deine Fröhlichkeit, deinen hellen, heiteren Geist.
Wir hören dich: ›Nun laßt mich doch gehen, Kinder! Da sind noch so viele andere, die brauchen mich. Und euch habe ich doch schon so oft geraten und geholfen.‹

Wir werden uns damit abfinden müssen, haben es eigentlich schon längst gewußt: Du, die gütige Freundin der Menschen und besonders der Kinder, bist zu wichtig, um von uns zurück-, gar festgehalten zu werden. Du gehörst nicht uns allein. Ja, so weise und wichtig und notwendig bist du, daß du nicht einmal bei deinen nächsten Angehörigen, die dich über alles lieben, bleiben kannst. Dein Geist und dein Wesen machen dich unentbehrlich für die ganze Welt – und damit meine ich wirklich die ganze, diese hier und die andere, in der nun deine Freunde warten und so viele Kinder, damit du auch ihnen Frohsinn und Gerechtigkeit und Klugheit bringst.

Geh also, liebe Andrea, zu deinen Freunden, den Schriftstellern, die wie du die Kinder und die Wahrheit und alles, was gut ist im Menschen, geliebt haben, und richte mit ihnen die neue Buchhandlung ein, die wunderbare, ungeheuer große!

Du bist eine geworden, die ein Büchermeer getrunken hat und dennoch immer wissensdurstig geblieben ist; eine, der aus dem Wissen Leben erwuchs und die darüber nicht trübe wurde, sondern heiter geblieben ist; eine, ihren Freunden zugetan, ihre Liebsten liebend, ihren Pflichten ergeben, aber im Innersten frei. So hast du wohl mit dem von dir verehrten Gotthold Ephraim Lessing deine Existenz verstanden: Rechtfertigung nur vor Gott, keines Menschen Herr, keines Menschen Knecht, doch Schwester, helfende Schwester uns allen.

Nun leb denn wohl! Grüß alle die Kinder und die Schriftsteller, die für Kinder geschrieben haben, von uns, den alten Milne und seinen Pu den Bären, Robert Louis Stevenson und seine Schatzinsel, Jonathan Swift und seinen Gulliver, Daniel Defoe und seinen Robinson und Karl May und seinen Winnetou, alle, die den Weg schon vor dir gegangen sind. Sag ihnen: Ein Weilchen noch – und wir kommen dann auch.«

44

Andreas Eltern wollten sich um mich kümmern, auch ihre Freunde, der Azubi mit Bernadette und Raven, sogar Kommissar Hübner, aber ich bat sie alle, mich allein zu lassen, und zuletzt flüchtete ich und fand ein Taxi, das mich nach Hause brachte in die große, schöne Wohnung. Nun, da kein Sturm tobte, war es

sehr still in ihr. Ich legte mich auf unser Bett und schlief ein, denn ich hatte am Morgen starke Beruhigungsmittel genommen, und als ich aufwachte, war es dunkel und drei Uhr früh. Da begann ich zu trinken, und als ich betrunken war, suchte ich im Plattenschrank nach Bachs Orchestersuite in D-Dur mit dem langsamen Streichersatz, dem Air. Als ich die Aufnahme fand und sie auf den Teller des Plattenspielers legen wollte, sah ich, daß da schon eine Platte lag. Es war »The man I love«, und ich nahm diese alte achtundsiebziger Platte und zerbrach sie. Dabei schnitt ich mich in die Hand, und die Wunde blutete sehr. Ich wickelte eine Menge Verbandszeug darum, und dann legte ich die Bach-Platte auf, setzte mich in einen tiefen Sessel, trank weiter und wartete auf den langsamen Satz, den anders als im Krematorium nicht nur eine Sologeige, sondern ein ganzes Streichorchester spielte. Diesen feierlichen Satz hörte ich wieder und wieder. Ich setzte die Nadel ständig von neuem an der Rille an, wo er begann, und ich wurde immer betrunkener. Auf dem Tisch vor mir lag das gelbe, blutige Kuvert mit den vielen Fotos aus Valbella, und ich sah alle Fotos an. Aber nach einer Weile hielt ich das nicht mehr aus. Ich nahm die Aufnahmen, ging ins Badezimmer, zerriß alle Bilder und ließ die Stücke in die Wanne fallen. Dort zündete ich den ganzen Haufen an. Da er sehr schlecht brannte, schüttete ich reinen Alkohol aus der kleinen Wandapotheke darauf, und da brannte er gut, aber es gab viel Rauch, und ich bekam keine Luft und konnte gerade noch das Fenster öffnen, bevor ich umfiel. Eine Zeitlang muß ich bewußtlos auf der Erde gelegen haben. Doch das war keine Rauchvergiftung, sondern die durch die Beruhigungsmittel gesteigerte Wirkung des Whiskys, und als ich wieder zu mir kam, fror ich sehr, weil es in das Badezimmer hereingeschneit hatte. Ich schloß das Fenster, ging in die Wohnung und trank weiter. Ich trank so lange, bis ich wieder einschlief. Ich träumte von Valbella. Wir fuhren mit dem Schlitten nach Scharmoin hinauf. Doch dann fiel mir in meinem Traum ein, daß Andrea tot war, und ich erwachte. An meinem Bett saß Clemens Raven. Es war dämmrig im Zimmer, und ich fühlte mich grauenhaft.
»Wie spät ist es?« fragte ich.
»Halb acht«, sagte er. »Ich mache gleich Frühstück.«
»Ich will kein Frühstück«, sagte ich.
»Sie müssen etwas essen und etwas trinken.«
»Ich werde gleich etwas trinken«, sagte ich.

»Ja, Tee«, sagte Raven.
»Nein, Whisky«, sagte ich.
»Jetzt ist Schluß mit der Whiskytrinkerei!«
»Wie kommen Sie überhaupt in die Wohnung?«
»Ich hatte noch den Schlüssel, den mir Ihre Frau gegeben hat – vor dem Urlaub.«
»Gehen Sie«, sagte ich.
»Was?«
»Gehen Sie!«
»Ich bleibe hier.«
»Bitte, gehen Sie!«
»Ich bleibe hier«, wiederholte er ruhig.
»Sie barmherziger Samariter«, sagte ich, »dann muß ich Sie also hinauswerfen.« Ich erhob mich im Bett, und da fühlte ich einen starken Stich in der linken Brustseite und fiel stöhnend zurück.
»Na fein«, sagte Raven.
Ich lag still, atmete ganz flach und hoffte, keinen Anfall zu bekommen.
»Schmerzen?« fragte er.
Ich antwortete nicht.
»Wenn Sie Schmerzen haben, muß ich sofort Doktor Salzer anrufen. Sagen Sie mir die Wahrheit!«
»Wer ist Doktor Salzer?« fragte ich. Der Stich blieb aus.
»Ihr Arzt. Wissen Sie nicht, wie Ihr Arzt heißt?«
»Natürlich weiß ich das. Aber woher wissen Sie es?«
»Ihre Frau hat es mir gesagt, gleich als ich bei Ihnen zu arbeiten angefangen habe. Die Adresse und die Telefonnummer hat sie mir auch gegeben. Gott sei Dank! Sonst hätten wir gestern nachmittag schön dagestanden.«
»Wieso? Was war gestern nachmittag?«
»Wissen Sie es nicht?«
»Nein.«
»Wirklich nicht?«
»Nein, verflucht. Was war gestern nachmittag?«
»Großer Gott, müssen Sie betrunken gewesen sein!«
»Also, wollen Sie mir nun sagen, was gestern nachmittag war?«
Na, er sagte es mir.
Er war gegen drei Uhr gekommen, und da hatte er mich auf dem Lehnstuhl gefunden, violett im Gesicht und eine Hand an die Brust gepreßt. Der Plattenspieler war eingeschaltet, aber die Platte abgelaufen. Raven dachte zuerst, ich könne wegen eines

Anfalls nur lallen, dann wurde ihm klar, daß ich nicht reden konnte, weil ich so betrunken war. Und ich hatte auch keinen Anfall, nur sehr starke Herzschmerzen. In seiner Angst rief Raven Dr. Salzer an, und der kam sofort, gab mir eine Injektion und blieb eine Stunde. Sie brachten mich gemeinsam ins Bett, und Raven versprach, bei mir zu bleiben. Wenn ich wieder Schmerzen verspürte, sollte er sofort den Arzt rufen. Ich hatte lange und sehr tief geschlafen.

»Um zehn kommt der Doktor vorbei«, sagte Raven. »Sie bleiben liegen. Kaffee dürfen Sie heute nicht trinken. Ich mache uns Tee.«

Er ging in die Küche.

Ich stand auf und taumelte wieder ins Bett.

Fluchend kam er zurück.

»Ich habe Ihnen doch gesagt, Sie sollen liegenbleiben!«

»Ich muß aufs Klo.«

Er führte mich hin, wartete und führte mich zurück, und nun war ich sehr dankbar für seine Anwesenheit. Allein hätte ich es nie geschafft. Ich trank dann auch Tee, aß sogar ein Brötchen mit Butter und Marmelade, und um zehn Uhr kam tatsächlich Dr. Salzer und untersuchte mich. »Ich gebe Ihnen noch eine Injektion«, sagte er, »auf alle Fälle. Obwohl Sie heute viel besser beisammen sind als gestern. Sie müssen weiter liegen. Herr Raven . . .«

»Ich bleibe hier.«

»Das ist gut«, sagte Dr. Salzer.

»Aber die Buchhandlung . . .«, sagte ich leise.

»Der Azubi ist da und ein Freund von mir, ein pensionierter Sortimenter. Er hilft aus. Machen Sie sich keine Sorgen um die Buchhandlung!« sagte Raven.

»Andrea wäre es nicht recht, wenn sie geschlossen ist«, sagte ich.

»Hat sie das gesagt?« fragte der Arzt.

»Ja.«

»Wann?«

»Ein paar Minuten vor ihrem Tod hat sie gesagt, daß ich die Buchhandlung nicht schließen darf«, sagte ich.

»Machen Sie einen Arm frei!« Der Arzt öffnete seine schwarze Tasche und bereitete eine Injektion vor. »Heute abend schaue ich wieder vorbei«, sagte er, während er einen Gummischlauch nahm, um den Arm abzubinden. »Jetzt machen Sie eine Faust! Pumpen Sie ein wenig. Auf, zu. Sie haben miese Venen. Da ist eine.« Er rieb die Haut mit einem in Alkohol getränkten Wattebausch ab, dann gab er mir die Injektion, und gleich darauf schlief ich wieder. Ich träumte von den Elefanten.

45

Gegen Abend erwachte ich, kurz bevor der Arzt kam.
Er untersuchte mich und machte ein EKG. Einen Apparat hatte er mitgebracht.
»Alles in Ordnung«, sagte er. »Morgen können Sie aufstehen. Alkohol ist verboten. Nicht total, nur diese Sauferei. Und Sie müssen regelmäßig essen.«
»Heute abend gibt es Steak und Salat«, sagte Raven. Er war unrasiert, und zu mir sagte er: »Während Sie geschlafen haben, war ich einkaufen.«
»Danke«, sagte ich.
»Wofür?« fragte er.
»Für alles«, sagte ich. »Sie wissen schon.«
»Ach Scheiße.«
Nachdem der Arzt gegangen war, stand ich auf, zog einen Morgenmantel an und sah in der Küche Raven zu, wie er das Abendbrot bereitete. Wir aßen in der Nische, und ich mußte an Andrea denken. Das war sehr schmerzhaft, aber ich aß mein Steak und auch den Salat. Und Raven saß mir gegenüber, dort, wo stets Andrea gesessen hatte.
»Jetzt können Sie aber nach Hause gehen«, sagte ich. »Ich verspreche Ihnen, ich trinke nicht.«
»Ich bleibe noch«, sagte er.
»Herrgott, aber irgendwann müssen Sie doch schlafen!«
»Im Gästebett«, sagte er. »War das Steak richtig?«
»Es war prima.«
»Nicht zu sehr durch?«
»Genau richtig. Medium. Sie können prima kochen.«
»Mein Hobby«, sagte er. »Gibt einen französischen Kriminalfilm im Fernsehen heute. Mit Alain Delon und Lino Ventura. Müssen wir unbedingt sehen. Sie bekommen auch ein Glas Whisky. Der Doktor hat's erlaubt.«
»Sie sind ein feiner Kerl, Raven.«
»Ja, ich weiß.«

»Nein, wirklich.«
»Ich weiß es ja auch wirklich. Nehmen Sie noch Salat.«
Wir räumten gemeinsam die Küche auf, und dann schauten wir den Krimi an. Später gab ich Raven ein Pyjama, und wir gingen nacheinander ins Badezimmer. Ich bemerkte, daß er die verbrannten Fotos entfernt und die Wanne gereinigt hatte. Als ich schon im Bett lag, kam er noch einmal in mein Zimmer und wünschte mir eine gute Nacht. Ich sagte: »Das war eine schöne Rede, die der Azubi gehalten hat, nicht?«
»Sehr schön«, sagte er, »wirklich.«
In dieser Nacht hatte ich keine Träume, und am nächsten Tag fuhr ich mit Raven in die Buchhandlung. Es schneite noch immer. Am Nachmittag kamen die Kinder und gaben mir die Hand. Sie sahen alle sehr ernst aus. Sie hatten »Pu der Bär«, »Die Schatzinsel«, »Robinson Crusoe« und alle Bücher, die in der Rede Robert Starks erwähnt worden waren, herausgesucht, und der kleine Ali, Felix und andere Kinder, die gut lesen konnten, wollten den anderen die schönsten Stellen aus diesen Büchern vorlesen. Das sei das Programm für die nächste Zeit, erklärte mir Marili. An diesem Tag hatten sie Selma Lagerlöfs »Wunderbare Reise des kleinen Nils Holgersson mit den Wildgänsen« gewählt. Ali las, und die Kinder lauschten aufmerksam.
Ravens Freund, der pensionierte Sortimenter, machte noch einen sehr rüstigen Eindruck. Er hieß Schneider, Thomas Schneider, und er sagte, er sei ganz glücklich darüber, wieder in einer Buchhandlung zu sein, und er würde gerne so lange bleiben, wie wir ihn brauchten. Ich solle mich in Ruhe nach einem Jüngeren umsehen.
Ich ging zu den Kindern hinunter und hörte eine Weile Ali beim Vorlesen zu. Dann ging ich wieder hinauf in den Laden und verkaufte Bücher, wie ich es früher getan hatte, als Andrea noch lebte. Ich tat es sehr aufmerksam und freundlich, aber natürlich dachte ich immerzu nur an sie. Ab und zu ging ich in Cat's Corner, um ein Glas zu trinken, niemals zuviel, und zu Mittag holte der Azubi Sandwiches aus dem Delikatessengeschäft nebenan, so wie das immer gewesen war. Am Abend gingen Raven, der Azubi und Bernadette, die tagsüber Dienst gehabt hatte, mit mir in ein kleines italienisches Lokal. Ich hatte großen Hunger und trank auch ein paar Gläser Chianti, und ich war ganz ruhig, obwohl ich immer nur an Andrea dachte, die ganze Zeit über, gleich, was ich tat.

Raven wollte wieder zu mir kommen, aber ich sagte ihm, daß das nicht nötig sei, und er bestand nicht darauf. Allein in der Wohnung, ging ich durch alle Zimmer und sah die vielen Dinge, die Andrea gehört hatten: Kämme und Bürsten, Lippenstifte und Cremetiegel auf ihrem Schminktisch. Ich hielt es aus und öffnete sogar die Schränke, um ihre Kleider und Mäntel und ihre Wäsche anzusehen. Zuletzt betrachtete ich das Memento-mori-Bild, und ich nahm mir vor, es von nun an so oft anzusehen, wie sie es getan hatte. Natürlich glaubte ich nicht, daß wir uns nach meinem Tod wiedersehen würden, und all diesen Unsinn.

So verstrichen die nächsten Tage. Ich tat meine Arbeit und beschäftigte mich mit den Kindern, und abends ging ich mit Raven und den anderen in das italienische Restaurant. Dann fuhr ich nach Hause und lag bald im Bett. Ich schlief gut und hatte keine Träume, und wenn ich aufwachte, dachte ich stets sofort wieder an Andrea und an alles, was wir miteinander erlebt hatten, ganz von Anfang an. Es waren lauter wunderbare Erinnerungen, und ich wollte mich nun auch nicht mehr umbringen, wie ich das zuerst vorgehabt hatte, denn wenn ich mich umgebracht hätte, wäre niemand dagewesen, der sich an alles hätte erinnern können.

Als ich am Donnerstag, dem 28. Januar, abends nach Hause kam, fand ich unter der Post, die der Briefträger durch den Türschlitz geworfen hatte, einen Brief des Jugendamtes, das zum Bezirksamt Hamburg-Nord gehörte. In dem Vordruck darin, der nur an einigen Stellen mit der Hand ausgefüllt war, stand, ich solle mich so bald wie möglich nach Erhalt des Schreibens in der Kümmelstraße 7, dem Sitz des Bezirksamts, dritter Stock, Zimmer 36, einfinden, zwischen acht und zwölf Uhr, ausgenommen Samstag. Ich rief Raven an und erzählte ihm von diesem Brief, und er konnte sich ebensowenig wie ich vorstellen, was die Beamten von mir wollten. So fuhr ich bereits am nächsten Vormittag zur Kümmelstraße 7 und ging in den dritten Stock, Zimmer 36.

46

Reinhold Ferber hieß der Mann im Zimmer 36, und er war Oberamtmann. Das stand auf einer kleinen Karte draußen an seiner Tür. Eigentlich war dieses Zimmer 36 das Zimmer einer

Sekretärin. Sein Büro befand sich nebenan, und die Sekretärin, eine ältere, grauhaarige Frau, führte mich sofort zu ihm. Er schüttelte meine Hand und bat mich, Platz zu nehmen. Die Möbel in diesem Raum waren aus hellem Holz, und es roch nach einem Desinfektionsmittel. Oberamtmann Reinhold Ferber war ein Mann in meinem Alter. Er hatte ein sehr sensibles Gesicht mit schönen blauen Augen, und auch seine Zähne waren schön. Ferber trug ein wunderschönes künstliches Gebiß.
»Leider habe ich eine traurige Nachricht für Sie, Herr Kent.« Er schlug eine schmale Akte auf, die er aus seinem Schreibtisch genommen hatte, und sah mich mit seinen schönen blauen Augen ernst an. »Sie waren befreundet mit Herrn Walter Hernin, nicht wahr? Das hat er jedenfalls im Krankenhaus gesagt – den Ärzten und den Beamten. Sehr befreundet, wie?«
»Ja, sehr«, sagte ich. »Wieso Krankenhaus? Wann? Wo?«
»In Glatz, Herr Kent«, sagte Ferber und fuhr sich über das blonde Haar, das er sehr kurzgeschnitten trug. »Herr Hernin erkrankte in Verlorenwasser an Lungenentzündung und wurde, als sein Zustand sich verschlechterte, in das Städtische Krankenhaus Glatz eingeliefert. Am achtzehnten Dezember.«
»Am achtzehnten Dezember!« Ich hob den Kopf. »Heute haben wir den neunundzwanzigsten Januar.«
»Sie dürfen nicht vergessen, was in Polen los ist«, sagte Ferber. »Herr Hernin ist dann am einundzwanzigsten Dezember in diesem Krankenhaus gestorben.«
»Hernin ist tot . . .« Ich starrte Ferber an. »Und was ist mit dem Kind?«
»Dazu komme ich gleich. Dem Kind geht es gut. Es tut mir wirklich leid, daß Herr Hernin . . .«, begann Ferber, aber ich unterbrach ihn.
»Ja«, sagte ich, »danke für Ihre freundlichen Worte. Ich bin natürlich sehr erschrocken. Am elften Dezember ist mein Freund mit seiner Enkelin hier abgefahren. Und am dreizehnten ist das Kriegsrecht . . .«
»Er ist schon krank angekommen in Verlorenwasser, schreiben sie uns. Er hatte eine Erkältung und leichtes Fieber. Aber er wollte unter keinen Umständen ins Bett. Obwohl ein gewisser Herr Korczak sich sehr bemüht hat, ihm einen Arzt zu besorgen. Er hat es ihm verboten. Erst als er schon hohes Fieber hatte, ließ er einen Arzt holen. Er hat mit seiner Enkelin bei diesem Herrn Korczak gewohnt, steht hier. Das ist ein Bauer, der in dem Haus

lebt, in dem früher einmal Herrn Hernins Eltern gelebt haben und in dem er geboren worden ist.«
»Herr Korczak und Hernin waren Freunde geworden – durch einen Briefwechsel«, sagte ich und sah aus dem Fenster. Vor dem Fenster fiel Schnee, und es schien, als wollte es in diesem Jahr überhaupt nicht mehr aufhören zu schneien. Andrea und Hernin: tot. Beide. Und es schneit weiter, dachte ich.
»Ihr Freund ist in das Krankenhaus von Glatz gebracht worden. Das liegt am nächsten. Vor der Ambulanz mußte ein Schneepflug herfahren, schreibt der Direktor des Krankenhauses. So schlimm sieht es dort aus. Sie haben getan, was sie konnten, aber Herr Hernin hat zu lange gewartet, er war schon sehr geschwächt. Er ist im Schlaf gestorben.« Ferber blätterte in Papieren. »Der Brief stammt vom dreiundzwanzigsten Dezember. Durch die DDR-Zensur ist er auch noch gegangen. Ein Wunder, daß wir den Akt überhaupt bekommen haben.«
»Wieso Sie?« fragte ich und fühlte mich ein bißchen schwindlig.
»Ich meine: Wieso gerade das Jugendamt?«
»Weil Herr Hernin in Uhlenhorst gewohnt hat. Am Hofweg. Da ist unser Bezirksamt zuständig. Für Barmbek-Uhlenhorst. Herr Hernin hatte eine Haushälterin, der er Urlaub bis zu seiner Rückkehr gegeben hat. Sie ist zu Verwandten ins Allgäu gefahren. Sie heißt Franziska Schulz, aber wir haben sie nur an Hand des Namens nicht finden können. Frau Schulz wird sicher schon angerufen oder an die Adresse von Herrn Hernin geschrieben haben, weil sie sich Sorgen macht. Wir wissen es nicht. Alle Post wurde durch den Türschlitz in die Wohnung geworfen.«
»Ja«, sagte ich. »Und weiter?«
»Das kleine Mädchen, diese Patricia, hat nicht gewußt, wohin, und ist zuerst bei dem Bauern Korczak geblieben. Herr Hernin hat so inständig gebeten, in Verlorenwasser begraben zu werden, daß die Behörden seinem Wunsch stattgegeben haben. Immerhin ist er dort ja auch geboren worden.« Ferber nahm ein anderes Blatt. »So hat man ihn also in Verlorenwasser beigesetzt am siebenundzwanzigsten Dezember vorigen Jahres, schreibt der Pfarrer. Auf dem Friedhof bei der Kirche. Der Pfarrer schreibt, sie haben sogar einen Preßluftbohrer gebraucht, so hartgefroren war der Boden. Alle diese Schriftstücke sind in polnischer Sprache abgefaßt, natürlich. Aber überall liegen deutsche Übersetzungen bei. Die wurden in Breslau angefertigt. Sehr anständig, nicht wahr?«

»Ja«, sagte ich. »Sehr anständig, wirklich.«
»Dieser Herr Korczak wollte Patricia bei sich behalten, aber das ging nicht. Sie haben sie ihm weggenommen und in das Waisenhaus von Glatz gesteckt.«
»In ein Waisenhaus? Wann?«
»Am achtundzwanzigsten Dezember. Gleich nach dem Begräbnis. Die Leute haben ihre Vorschriften, Herr Kent, genauso wie wir unsere Vorschriften haben.«
»Und da ist Patty noch immer?«
»Wer?«
»Patricia. Wir nennen sie Patty.«
»Ach so. Ja, da ist Patricia noch immer. Aber nicht mehr lange. Gar nicht mehr lange. Das wäre auch gegen die Vorschriften. Darum haben wir Ihnen geschrieben, Herr Kent.«
»Warum?«
»Patricia hat immer wieder von Ihnen und Ihrer Frau gesprochen. Sie kannte auch die Adresse – Ihre private und die von der Buchhandlung. Sie weiß natürlich nicht, daß Ihre Frau tot ist, pardon, Herr Kent. Aber wir wissen es, wir haben uns bei Ihrem Bezirksamt erkundigt, bevor wir Ihnen schrieben. Sehen Sie, wir suchten zunächst jemanden, den Patricia gut kennt. Die Haushälterin fanden wir nicht. Patricia bat sofort, Sie und Ihre Frau zu benachrichtigen. Sie wollte weg. So schnell wie möglich raus aus dem Waisenhaus. Man kann es verstehen, nicht wahr? Lauter Kinder, die nur Polnisch sprechen. Ein fremdes Land. Fremde Menschen ...«
»Ja, ja, ja«, sagte ich. »Jetzt bin ich ja da. Was geschieht jetzt?«
»Zunächst einmal verlangen die Behörden in Glatz, daß Patricia in die Bundesrepublik zurückkehrt. Sie kann nicht in Polen bleiben.«
»Natürlich nicht.«
»Natürlich nicht. Patricia wird am Montag, dem ersten Februar, von Glatz an die DDR-Grenze gebracht und einer DDR-Fürsorgerin übergeben. Mit allen nötigen Papieren. Die DDR-Fürsorgerin bringt sie nach Ost-Berlin zum Übergang Heinrich-Heine-Straße. Dort wird sie am dritten Februar gegen drei Uhr nachmittag dann einer Westberliner Fürsorgebeamtin übergeben, und die bringt sie mit dem Flugzeug nach Hamburg. Und hier kommt sie wieder in ein Waisenhaus.«
»Nein«, sagte ich. »Das will ich nicht.«
Er nickte.

»Wir haben uns gedacht, daß Sie das nicht wollen, Herr Kent. Darum haben wir Ihnen geschrieben. Sehen Sie, Herr Hernin hat lange vor seinem Tode alles geordnet. Die Wohnung, das Taxiunternehmen, Bargeld, einfach alles erbt das Mädchen. Der Mann, der das Unternehmen weiterleiten wird, ist auch bestimmt. Nur daran, daß Patricia noch so klein ist – acht, neun Jahre erst, nicht? – und einen Vormund braucht, daran hat Herr Hernin nicht gedacht.« Mir wurde plötzlich heiß. »Als er noch lebte, war er der Vormund. Aber jetzt? Jetzt müßten wir einen Amtsvormund bestimmen.«
»Ich ... ich hänge sehr an Patty«, sagte ich. »So ein Amtsvormund, das wäre ein völlig fremder Mensch für sie, nicht wahr?« Er nickte und lächelte, und sein so schönes falsches Gebiß blitzte. »Haben wir doch das Richtige getan.«
»Was meinen Sie, Herr Ferber?«
»Sie sagen, Sie hängen so an dem kleinen Mädchen. Das kleine Mädchen hat in Polen immer wieder von Ihnen und Ihrer Frau gesprochen.«
»Na eben! Könnte ich denn da nicht ihr Vormund werden?«
»Darauf will ich hinaus, Herr Kent. Zwei Vorschläge: Es bleibt bei der Amtsvormundschaft – eine reine Formsache –, und Sie übernehmen Patricia als Pflegekind. Allerdings müßte, wenn Patricia bei Ihnen leben soll, noch eine ältere Haushälterin in der Wohnung sein. Ich habe da an die Haushälterin von Herrn Hernin gedacht, diese Frau Schulz, weil Patricia sie kennt. In diesem Fall haben wir vom Jugendamt – auch eine reine Formsache – die Möglichkeit, alle halben Jahre nach dem Rechten zu sehen.«
»Und der zweite Vorschlag?«
»Der zweite Vorschlag«, sagte Ferber, »wäre der: Sie bekommen die Vormundschaft *selbst* zugesprochen, aber dann muß das Kind in ein Internat, und Sie müssen sich verpflichten, an den Wochenenden und in den Ferien für Patricia dazusein – so, wie es Eltern von Internatskindern eben sind. Die Kosten können aus dem geerbten Vermögen des Kindes bestritten werden.«
Und wenn es Gott *doch* gibt und er es so eingerichtet hat, daß zuletzt Patty und ich zusammenleben dürfen, nachdem ihr liebster Mensch gestorben ist und mein liebster Mensch gestorben ist? dachte ich und sagte: »Ich möchte Patty als Pflegekind zu mir nehmen und die Haushälterin dazu. Die Wohnung am Hofweg kann Patty verkaufen oder vermieten.«

»Beziehungsweise der Amtsvormund kann das tun«, verbesserte mich der blonde Herr Ferber milde.
»Oder der, natürlich. Das Taxiunternehmen läuft weiter, und Patty und ich sind immer beisammen. Wir brauchen kein Internat, nur eine gute Schule, die gibt es haufenweise, und Patty ist nicht allein, und ich bin nicht allein . . .« Ich unterbrach mich verlegen. »Entschuldigen Sie.«
»Nichts zu entschuldigen, ich bitte Sie, Herr Kent«, sagte Ferber. »Ich freue mich mit Ihnen darüber, daß wir eine so gute Lösung gefunden haben. Natürlich wird es eine Weile dauern, bis alles offiziell geregelt ist. Aber wenn Patricia erst wieder da ist, gehen wir in Herrn Hernins Wohnung, und da können wir nachsehen, wo die Haushälterin lebt, und sie herrufen. In der Zwischenzeit, bis Sie alle Papiere von uns und vom Vormundschaftsgericht haben, kann Patricia mit der Haushälterin natürlich schon bei Ihnen wohnen.« Er stand auf, und nachdem ich auch aufgestanden war, schüttelte er mir fest die Hand. »Also, am Mittwoch nachmittag bringt eine Westberliner Fürsorgebeamtin das Kind mit dem Flugzeug nach Hamburg. Hier wird Ihnen dann Patricia übergeben.«
»Kann ich Patty schon in Berlin abholen?«
»Selbstverständlich. Wenn Sie deshalb hinfliegen wollen.«
»Und ob ich will!« sagte ich.

47

»Da ist sie«, sagte ich.
Es war 16 Uhr 35 am 3. Februar 1982, als Patty aus der Betonschleuse in der Mauer am Übergang Heinrich-Heine-Straße trat. Die Westberliner Fürsorgebeamtin, eine junge Frau, die so lange mit ihrer ostdeutschen Kollegin auf der anderen Seite des Checkpoints zu verhandeln gehabt hatte, folgte ihr.
»Na endlich«, sagte Raven. Er war mit mir nach Berlin geflogen, da er unbedingt dabeisein wollte, wenn Patty und ich einander wiedersahen.
Wir hatten nahe der Mauer gewartet. In Berlin war es wärmer. Hier taute der Schnee, und alle Straßen und Plätze waren schmutzig.
»Onkel Peter!« schrie Patty. Sie hatte mich erkannt. Es warteten

nur wenige Menschen. In ihrem dicken Wintermantel, den großen Bären unter dem Arm, kam sie auf mich zugehinkt. Ich eilte ihr entgegen und sank vor ihr auf ein Knie. Patty ließ den Teddy fallen, umarmte mich wild, preßte sich an mich und bedeckte mein Gesicht mit Küssen. Sie weinte und lachte, war ganz außer sich und sagte immer wieder: »Daß du da bist, Onkel Peter ... daß du da bist ... Ich habe so gehofft, daß du dasein wirst, aber ich habe es nicht gewußt, niemand hat es gewußt ...«
Und wieder preßte sie sich an mich. Dann sah sie Clemens Raven und hinkte zu ihm. Sie gab ihm die Hand und sagte: »Und auch der Herr Raven! Sie sind auch da! Ach, seid ihr beide lieb.«
Die junge Westberliner Fürsorgebeamtin kam mit Pattys Koffer aus der Betonschleuse. Sie hob den in den Schneematsch gefallenen Bären auf, putzte ihn ab und reichte ihn Patty. Ich sah, daß die Fürsorgebeamtin zahlreiche Papiere in einer Plastikmappe trug. »Puh«, sagte sie, »ich habe gedacht, das nimmt überhaupt kein Ende mehr. Aber natürlich, die drüben hatten bis jetzt die Verantwortung für Patty, die müssen ganz sicher sein, daß sie diese Verantwortung jetzt los sind.«
»Was geschieht mit all den Papieren?« fragte ich.
»Die schicken wir an das Jugendamt in Hamburg«, sagte sie. »Mir müssen Sie jetzt nur noch bestätigen, daß ich Ihnen Patricia gesund und heil übergeben habe.« Sie zog ein Dokument aus ihrer Umhängetasche und zeigte mir, wo ich unterschreiben sollte. Danach reichte die junge Frau uns allen die Hand, und Patty küßte sie auf die Wange. Sie wünschte uns alles Gute, und dann ging sie zu ihrem alten Volkswagen, der am Straßenrand vor dem Taxi, mit dem Raven und ich hierher gekommen waren, parkte. Sie setzte sich hinter das Steuer, winkte noch einmal und fuhr fort.
Wir gingen zu dem Taxi und stiegen ein. Raven sagte dem Chauffeur: »Nach Tegel, zum Flughafen, bitte.«
»Flughafen Tegel. Ist gut, mein Herr«, sagte der Chauffeur und startete den Wagen. Patty saß, den großen Bären auf dem Schoß, zwischen Raven und mir im Fond. Lange Zeit sprach niemand von uns, dann sagte das Kind: »In Polen waren alle Menschen sehr freundlich zu mir, auch die Kinder im Waisenhaus, aber es war trotzdem schrecklich. Ihr könnt euch das vorstellen, nicht?«
»Gut sogar«, sagte Raven. »So ganz allein in einem fremden Land. Arme Patty.«
»Großvater hat ein sehr schönes Grab bekommen«, sagte Patty.

»Direkt an der Kirchenmauer, und Onkel Josef und seine Frau haben versprochen, daß sie immer schöne Blumen auf das Grab pflanzen werden, wenn der Winter vorbei ist. Das sind ganz liebe Menschen, die Korczaks, und es war prima in Verlorenwasser, aber leider ist Großvater gleich krank geworden.« Das Taxi fuhr durch die Straßen Berlins mit ihrem schmutzigen Schnee, und Patty schwieg lange, dann sagte sie: »Natürlich habe ich keine Brunnen aus der Erde kommen sehen, es war viel zu kalt, und es hat viel zuviel geschneit. Aber das große Bild an der Kirchendecke habe ich gesehen. Also, das ist noch viele Male schöner als auf dem Foto. Ihr könnt euch nicht vorstellen, wie schön es ist.« Wieder schwieg sie lange, dann sagte sie: »Die Dame aus dem anderen Deutschland hat gesagt, sie hat gehört, ich komme jetzt in kein Waisenhaus mehr, sondern zu euch, Onkel Peter. Stimmt das?«
»Ja, das stimmt«, sagte ich.
»Gott sei Dank!« sagte Patty. »Gott sei Dank, kein Waisenhaus. Davor habe ich die größte Angst gehabt. Vor einem Waisenhaus. Bei euch, da wird es schön sein. Ihr habt Großvater gekannt, und ich werde mit euch immer über ihn reden können, und wenn ich weinen muß, weil er tot ist, werdet ihr das verstehen. Ich muß sehr oft weinen. Ich habe ihn doch so liebgehabt. Ihr ihn auch, nicht? Ach, bin ich froh, daß ich jetzt zu euch komme, Onkel Peter! Aber . . . werde ich auch ganz gewiß nicht stören?«
»Gewiß nicht«, sagte ich.
»Ich meine, jetzt, wo doch das Baby kommt und alles«, sagte Patty.
»Nein, du wirst ganz bestimmt nicht stören«, sagte ich.
»Ich freue mich auch schon so auf Tante Andrea«, sagte Patty. »Es gibt viel zu tun in der Buchhandlung, nicht? Darum hat sie nicht auch noch mitkommen können, was?«
»Patty«, sagte ich und legte einen Arm um ihre Schultern, »Tante Andrea ist tot.«
Sie sah zu mir auf.
»Tot?«
Ich nickte. Ich konnte nicht sprechen.
»Aberaberaber . . .«, begann Patty und brach ab. Sie versuchte es von neuem. »Aber . . . was ist denn passiert?«
Ich erzählte ihr, was passiert war.
»Überfahren?« sagte Patty.
»Ja«, sagte ich.

»Und tot? Das Baby ist auch tot?«
»Ja.«
»Sie sind beide tot«, sagte Patty, »Tante Andrea und das Baby. Und mein Großvater auch.« Dann begann sie zu weinen. Sie weinte schluchzend, der kleine Körper wurde heftig geschüttelt, sie weinte laut und völlig verzweifelt.
»Ach Gott«, sagte der Taxichauffeur. »Ach du liebes Gottchen.« Er schüttelte den Kopf. »Schlimm«, sagte er. »Schlimm. Mein aufrichtiges Beileid, Herr.«
»Danke«, sagte ich.
Und Patty weinte. Sie war nicht zu beruhigen. Sie weinte, als wir in Tegel ankamen, und sie weinte im Flughafenrestaurant, während wir auf den Abflug der nächsten Maschine nach Hamburg warteten. Alle Leute sahen das kleine Mädchen mitleidig an, und Raven und ich versuchten immer wieder, Patty zu beruhigen, doch es gelang uns nicht. Sie hörte erst auf zu weinen, als unser Flug aufgerufen wurde und wir zur Maschine gingen. Nach dem Start sagte sie zu dem großen Teddybären: »Jetzt sind auch noch Tante Andrea und das Baby tot«, und dann begann sie wieder zu weinen. Die Stewardessen kamen erschrocken herbeigeeilt und fragten, was denn geschehen sei, und ich erzählte es ihnen, und sie bemühten sich um Patty, aber sie hatten keinen Erfolg, obwohl sie es mit Schokolade, Fruchteis und Kaugummi versuchten. Nach langer Zeit sagte Patty zu mir: »Ich kann nicht mehr, Onkel Peter. Ich möchte immer weiter weinen, aber es geht nicht. Ich habe keine Tränen mehr.«
»Ja, Patty«, sagte ich. »Ich kann dich gut verstehen.«
Sie saß zwischen mir und Raven, der die ganze Zeit aus dem Fenster sah. Uns sah er nicht an.
»Jetzt sind nur noch wir zwei da von unseren Familien, nicht?«
»Andreas Vater und ihre Mutter leben noch«, sagte ich.
»Ja, aber die haben nicht so mit ihr gelebt wie du, oder wie ich mit Großvater gelebt habe. Das habe ich gemeint.«
»Ich verstehe schon, was du gemeint hast, Patty«, sagte ich.
»Und werden jetzt wir zwei zusammenleben?«
»Ja«, sagte ich. »Mit eurer Haushälterin.«
»Mit Franziska?«
»Ja. Du und ich und Franziska.«
»Franziska ist sehr lieb, weißt du?«
»Das ist schön«, sagte ich. »Wir werden gut miteinander auskommen.«

»Aber sie gehört nicht direkt zur Familie«, sagte Patty, »nicht zu deiner und nicht zu meiner.« Sie ergriff meine Hand. »Ich meine, nicht so wie ich zu Großvater oder du zu Tante Andrea. So, wie ich es meine, sind wir die beiden einzigen Hintengebliebenen.«
»Hinterbliebenen«, sagte ich.
»Ja«, erwiderte Patty, »das habe ich doch gesagt.«
»Meine Damen und Herren«, kam die Stimme einer Stewardeß über die Lautsprecher, »in wenigen Minuten werden wir in Hamburg-Fuhlsbüttel landen. Wir bitten Sie, sich anzuschnallen und das Rauchen einzustellen.«
Als wir dann aus dem Flughafengebäude ins Freie traten und mit Raven in ein Taxi stiegen, sagte Patty: »Das erste Mal, als du nach Hamburg gekommen bist, hat dich Großvater hier abgeholt, Onkel Peter.«
»Ja«, sagte ich, »das stimmt, Patty.«
»Im Sommer, nicht? Es war sehr heiß.«
»Ja«, sagte ich, »ganz furchtbar heiß war es.«
»Wohin soll's gehen?« fragte der Taxichauffeur.
»Alsterdorfer Straße«, sagte ich und nannte die Hausnummer. Dann fiel mir etwas ein. Ich sagte: »Moment!« und zu Raven: »Entschuldigen Sie. Ich bin völlig durcheinander. Wo sollen wir Sie absetzen?«
»Ich fahre gerne mit zu Ihnen und bleibe noch ein Stündchen«, sagte er. »Da können wir noch ein wenig plaudern. Patty hat uns sicher viel zu erzählen. Natürlich nur, wenn ich nicht störe.«
»Was für ein Unsinn, Sie und stören!« Und zum Chauffeur sagte ich: »Also, Alsterdorfer Straße, bitte.«
Als ich unsere Wohnungstür aufschloß, hörte ich drinnen das Telefon läuten. Ich lief voraus und hob den Hörer ab.
Kommissar Hübner war am Apparat.
»Na, endlich heimgekehrt? Ich rufe schon seit Stunden an bei Ihnen.«
»Tut mir leid. Beim Übergang an der Mauer hat es länger gedauert. Wir haben erst eine spätere Maschine erwischt. Was gibt es denn?«
»Ist Herr Raven bei Ihnen?«
»Ja.«
»Dürfte ich ihn einmal sprechen?«
»Natürlich«, sagte ich überrascht und gab Raven den Hörer. »Für Sie. Kommissar Hübner.«
»Danke«, sagte Raven und meldete sich. Er hörte zu und sagte

von Zeit zu Zeit »ja«, sonst nichts. Ich ging mit Patty in die Küche, denn sie hatte Durst. Aus dem Eisschrank holte ich eine Flasche Limonade und goß ein Glas für sie voll. Als sie zu trinken begann, trat Raven in die Küche. Er sagte: »Es tut mir leid, Herr Kent, aber Patty kann nicht hierbleiben. Eine Fürsorgerin kommt und bringt sie in ein Heim. Sie ist schon unterwegs. In einer halben Stunde spätestens müßte sie hier sein.«
»Heim? Ich will in kein Heim! Warum soll ich in ein Heim?« rief Patty erregt.
»Was ist hier eigentlich los?« fragte ich.
»Kommen Sie bitte mit mir«, sagte Raven und drängte mich in den Flur hinaus. Er schloß die Tür hinter sich. »Herr Kent«, sagte er, »ich bin Beamter des Verfassungsschutzes. Ich wurde als Buchhändler bei Ihnen eingeschleust, als die Polizei mit dem Fall Langenau nicht weiterkam. Wir glaubten an ein politisches Verbrechen, einen von Rechtsradikalen verübten Mord. Nun erfahre ich, daß die Polizei seit heute mittag auf Sie wartet. Sie stehen unter dem dringenden Verdacht, Conrad Langenau ermordet zu haben.«

48

»Ich habe Langenau nicht ermordet«, sagte ich.
Eine Fürsorgebeamtin hatte die weinende Patty abgeholt. Auf Anraten Ravens hatte ich einen Koffer mit Wäsche und Waschzeug gefüllt, und dann waren er und ich zu Hübner gefahren. Wir saßen zu dritt im Büro des rothaarigen Kommissars.
»Herr Kent«, sagte Hübner hinter seinem Schreibtisch, »wir haben so viele Beweise, daß der Untersuchungsrichter bereits einen Haftbefehl ausgestellt hat.«
Nun erschrak ich doch. Bisher hatte ich alles wie in einem wüsten Traum erlebt. Es war ein Irrtum, vielleicht ein Trick, hatte ich gedacht. Ein mieser Trick, na schön. Doch nun . . .
»Haftbefehl?«
»Ja, Herr Kent.«
»Wann?«
»Was wann?«
»Wann hat der Untersuchungsrichter den Haftbefehl ausgestellt?«

Raven und Hübner sahen sich an.
»Gestern nachmittag, als endlich alle Laborbefunde vorlagen.«
»Was für Laborbefunde?«
»Das wird Ihnen der Richter erzählen. Sie bleiben nicht bei uns. Wir müssen Sie ins Untersuchungsgefängnis überstellen«, sagte Hübner.
»Wann?«
»Heute noch.«
»Es ist doch schon Abend.«
»Das macht nichts. Wir müssen hier nur noch einige Papiere ausfertigen.«
»Wenn der Haftbefehl schon gestern nachmittag vorlag, warum haben Sie mich dann nicht schon gestern nachmittag verhaftet?« fragte ich. »Warum haben Sie mich erst noch nach Berlin fliegen lassen?«
Wieder sahen sich die beiden Männer an. Sie waren verlegen.
»Na?« fragte ich.
»Wir wollten . . .«
»Wir dachten . . .«
Sie begannen gleichzeitig zu sprechen, und sie brachen gleichzeitig wieder ab.
»Also was?« sagte ich.
»Wir wollten, daß Sie das Kind noch abholen«, sagte Hübner und senkte den Kopf. »Der Untersuchungsrichter war einverstanden, vorausgesetzt . . .«
»Daß Raven mitflog«, sagte ich. »Sie sind also mitgeflogen, damit ich nicht etwa in den Osten abhaue, so war es doch, wie?«
Raven schwieg.
»So war es doch!« schrie ich. »Sie sind nicht etwa aus Anteilnahme mitgeflogen oder um den Moment mitzuerleben, in dem das Kind mich wiedersah, sondern um auf mich aufzupassen. Antworten Sie, Herr Raven! So war es doch!«
»Ja, Herr Kent«, sagte er und wandte den Kopf zur Seite. »So war es. Wir wollten, daß Sie Patty wenigstens noch einmal sehen, bevor wir Sie verhaften.«
»Das war aber äußerst aufmerksam von Ihnen, meine Herren«, sagte ich. »Nehmen Sie meinen innigen Dank entgegen.«
»Schon gut«, sagte Hübner. »Sprechen Sie nicht so, Herr Kent. Wir müssen unsere Pflicht tun.«
»Mit allen Mitteln«, sagte ich. »Auch, indem Sie mir einen Mann vom Verfassungsschutz als Buchhändler andrehen.«

»Ich war einmal Buchhändler«, sagte Raven.
»Wann?«
»Früher, bevor ich zum Verfassungsschutz kam.«
»Also nicht in dem Laden da an der Endhaltestelle. Dem Laden neben dem Südfrüchtegeschäft.«
»Nein, da natürlich nicht.«
»Und Sie haben auch nicht die rührende Geschichte über den Zug der toten Kinder geschrieben und in alle Briefkästen dieser Siedlung geworfen?«
»Nein«, sagte Raven.
»Doch«, sagte Hübner.
»Also was?«
»Ich habe die Geschichte geschrieben, aber ich habe sie nicht in die Briefkästen geworfen.«
»Wann haben Sie die Geschichte geschrieben?«
»Nachdem ich mich um die Stelle bei Ihnen beworben habe.«
»Fein«, sagte ich. Mir war furchtbar elend zumute, und deshalb war ich so aggressiv. »Wirklich superfeine Methoden haben Sie.«
»Herr Kent, ich mußte doch unter allen Umständen den Posten bekommen und Ihr Vertrauen und Ihre Sympathie und das Vertrauen Ihrer Frau gewinnen«, sagte Raven. Es klang fast flehend.
»Na, das ist Ihnen gelungen. Und wie Ihnen das gelungen ist!« Mir fiel etwas ein. »*Sie* haben uns in Urlaub geschickt! Das war natürlich auch Absicht.«
»Natürlich«, sagte er trübe.
»Meine Frau hat Ihnen unsere Wohnungsschlüssel gegeben, damit Sie sich um die Post und die Blumen kümmern. Sie haben sich um die ganze Wohnung gekümmert, was? In aller Ruhe! Wir waren ja weit weg. Haben Sie sich um die Wohnung auch wirklich gründlich gekümmert, Herr Raven?«
»Außerordentlich gründlich, Herr Kent.« Jetzt wurde *er* aggressiv. »Und es war sehr wichtig, was ich gefunden habe. Hier geht es um Mord, Herr Kent.«
»Wann kamen Sie denn zu der Überzeugung, ich hätte Langenau ermordet?«
»Oh, schon sehr früh«, sagte Hübner.
»Und warum haben Sie mich nicht schon sehr früh verhaftet?«
»Wir hatten noch nicht genügend Beweise.«
»Die hatten Sie dann später?«
»Ja.«

»Und warum haben Sie mich da nicht verhaftet?«
»Schon gut«, sagte Hübner.
»Die Leiche, Herr Kent«, sagte Raven, und es klang sanft mahnend. »Die Leiche von Herrn Langenau.«
»Was ist mit der?«
»Die hatten wir nicht. Die suchten wir noch.«
»Und solange Sie die Leiche nicht hatten, konnten Sie mich nicht verhaften?«
»Hätten Sie den Mord zugegeben, wenn es keine Leiche gegeben hätte?«
»Nein.«
»Sehen Sie.«
»Ich kann ihn auch jetzt nicht zugeben. Ich habe Langenau nicht ermordet.«
»Herr Kent . . .«
»Ich habe Langenau nicht ermordet!« schrie ich.
»Sie haben es getan. Alle Beweise sprechen dafür. Das war auch ein Grund, warum wir Sie nicht früher verhaften konnten. Wir mußten die Leiche haben, um im Labor Beweise verifizieren zu können.«
»Wo haben Sie die Leiche gefunden?«
»Im Mühlenteich bei Reinbek«, sagte Kriminalkommissar Hübner und sah mich zum erstenmal an. »Mit Stricken umwunden und mit Kanteisen beschwert. Wir mußten das Eis aufhacken und Taucher runterlassen. Der Mühlenteich, Herr Kent. Sie kennen doch Reinbek.«
Jetzt war ich es, der nicht antwortete.
Reinbek.
Mühlenteich.
Da war ich gewesen in jener Nacht.
Sie wußten es sicher. Das waren ihre »Beweise«, zumindest einige. Ich hatte Langenau nicht umgebracht. Aber sie hatten ihn aus dem Teich geholt. Ich fing an zu begreifen, daß ich mich in einer sehr bösen Lage befand.
»Zwei Schüsse aus seiner Nullacht in der Brust«, sagte Hübner. »Aus der mit dem Schalldämpfer, Kaliber neun Millimeter. Sie kennen sie ja. Schon gut. Wir haben die ballistischen Gutachten: Erschossen aus nächster Nähe. Sie haben ihn erschossen und die Leiche im Mühlenteich versenkt.«
Das war alles noch viel schlimmer, als ich zunächst gedacht hatte. Aber ich war unschuldig. Ich war unschuldig. Ich hatte

Langenau doch nicht getötet. Wer hatte mich in diese verfluchte Lage gebracht? Wer? Blöde Frage. Der Mörder natürlich. Oder die Mörder. Was wußte denn ich?
»Kein Wort, das Sie sagen, ist wahr«, sagte ich.
»Das können Sie alles dem Untersuchungsrichter erzählen«, sagte Raven. Er wirkte noch immer beschämt. Hübner war der Robustere. Ihn störte es nicht, daß er immer wieder unser Gast gewesen war, daß er bei uns gegessen und meinen Whisky gesoffen hatte.
»Alles wäre viel schneller gegangen, wenn der Bahnhofsvorstand nicht zu seinen Enkelkindern geflogen wäre«, sagte Hübner.
Ich dachte, daß ich vielleicht verrückt geworden war. Ich kam mir vor wie ein Trinker, der in den Tunnel seiner Sucht hineintaumelt, und es wurde immer dunkler um mich. Da war kein Licht am Ende des Tunnels.
»Was für ein Bahnhofsvorstand?« fragte ich.
»Der von Reinbek natürlich.« Hübner wurde gesprächig. »Wir wußten nicht, wohin Sie die Leiche gebracht hatten. Spuren, ja. Eine Menge. Auch Anhaltspunkte. Aber die führten zu nichts. Immer wieder suchten wir umsonst. Dieser Bahnhofsvorstand hat Enkelkinder in Houston in Texas. Wie's der Teufel will, ist er, zwei Tage nachdem Sie Langenau erschossen . . .«
»Ich habe ihn nicht erschossen!« brüllte ich.
»Schon gut – ist der Bahnhofsvorstand also, zwei Tage nachdem Sie Langenau erschossen und im Mühlenteich versenkt haben, nach Amerika geflogen. Vor sechs Tagen kam er endlich zurück, mit seiner Frau. Als er erfuhr, daß ein Mann in der Nacht vom zehnten auf den elften November vorigen Jahres verschwunden und sehr wahrscheinlich ermordet worden war, erinnerte sich der Bahnhofsvorstand, daß er genau in dieser Nacht nach zwölf Uhr einen Wagen direkt am Mühlenteich gesehen hatte. Einen Mercedes. Er konnte sich so genau erinnern, weil ihm der Mercedes bei diesem Wetter gleich verdächtig vorkam. Sie haben einen Mercedes, Herr Kent. Seine Zulassungsnummer hat uns der Bahnhofsvorstand genannt. Sie waren draußen in Reinbek in dieser Nacht und sind mit einem Kahn rausgerudert auf den Teich und haben die Leiche reingeschmissen, mit Stricken verschnürt und mit Kanteisen beschwert.«
Ich wollte losschreien, aber ich beherrschte mich und sagte: »Das ist natürlich alles nicht wahr. Will der Bahnhofsvorstand das alles gesehen haben? Den Herrn möchte ich mal kennenlernen.«

523

»Werden Sie, Herr Kent, werden Sie«, sagte Hübner. »Nein, er hat nicht gesehen, wie Sie die Leiche versenkt haben. Er hat nur gesehen, wie Sie ausgestiegen sind und den Kofferraum aufgemacht haben.«

»Und warum hat er nicht weiter zugeschaut?«

»Ein Telefon im anderen Zimmer hat geläutet. Die S-Bahn-Zentrale. Da hat es einen Unfall gegeben auf seiner Strecke. Das Gespräch hat lange gedauert. Als er endlich aufgelegt hatte, waren Sie verschwunden.«

»Scheiße«, sagte ich. »Das ist ja der prächtigste Belastungszeuge, den es je gegeben hat.«

»Uns genügt er, Herr Kent. Er hat ja nicht gesagt, daß Sie die Leiche im Teich versenkt haben. Das hat er nicht gesagt. Er hat nur gesagt, daß er den Mercedes, Ihren Mercedes, gesehen hat und einen Mann, der ausstieg und den Kofferraum öffnete. Und wir haben daraufhin die Leiche im Mühlenteich gefunden. Uns genügt der Mann als Zeuge. Uns genügt er.«

»Der ist nach Texas geflogen und hat sich vom zehnten November bis heute meine Wagennummer gemerkt? Machen Sie sich nicht lächerlich!«

»Er hat sie sich aufgeschrieben.«

»Warum?«

»Für den Fall, daß er sie braucht, daß man ihn danach fragt. Er hat ja nicht wissen können, daß Sie einen Toten versenken wollen im Teich. Es ist ihm nur einigermaßen ungewöhnlich vorgekommen, bei diesem Wetter nach Mitternacht jemanden zu sehen, der da mit dem Wagen am Mühlenteich steht. Darum hat er die Nummer Ihres Wagens notiert. Auf sein Telefonbuch. Zum Glück. So hat er sie jetzt gleich gewußt, als er uns anrief.«

Ich mußte die ganze Zeit daran denken, daß in jener Nacht in einem Fenster auf der Rückseite des Bahnhofs Licht brannte, während ich versucht hatte, mit Ästen und einer alten Decke meinen in den Sand gesunkenen Wagen freizubekommen. Und in dem erleuchteten Fenster hatte ich die Silhouette eines Mannes gesehen. Das war also der Bahnhofsvorstand gewesen. Nein, es stand nicht schön um mich.

»Warum hat er das denn nicht gleich gemeldet, daß da ein Mann mit einem Mercedes am Wasser steht?« fragte ich.

»Er sagt, er hat gedacht, vielleicht hat sich der Mann im Sand festgefahren und will nur eine alte Decke oder so was aus dem Kofferraum holen und sie unter die Hinterräder legen, um zu

versuchen freizukommen. Er hat das genaue Datum und die Nummer nur für alle Fälle aufgeschrieben. Als er aus Amerika zurückkam, hatte er die Sache natürlich längst vergessen. Bis er hörte, daß ein Mann verschwunden war und gesucht wurde. Ein Mann, verschwunden in jener Nacht vom zehnten auf den elften November. Da rief er dann im Präsidium an, und die verwiesen ihn an uns. Wir fuhren zu ihm hinaus, und er erzählte uns alles. Und dann konnte das Labor die restlichen Spuren verifizieren.«
»Was waren das denn für Spuren?«
»Zahlreiche.«
»Nennen Sie mir eine.«
Raven sagte traurig: »Der Sand.«
»Was für Sand?«
»Da draußen am Mühlenteich ist Sandboden. Ganz besonderer Sand. An Ihren Hosenbeinen, an den Hosen, die Sie in jener Nacht trugen, habe ich Sand gefunden.«
»Als wir in Valbella waren.«
»Ja«, sagte er.
»Sie hatten ja genügend Zeit nach dem Blumengießen«, sagte ich.
»Schon gut. Das Labor sagt, es ist derselbe Sand«, sagte Hübner.
»Durchaus möglich«, sagte ich. »Ich war oft draußen in Reinbek. Mit meiner Frau. Haben Sie auch ihre hellen Sommerhosen untersucht?«
»Nein.«
»Dann tun Sie das mal. Da wird auch eine Menge Sand aus Reinbek dran sein. Auch an Sommerhosen von mir.«
»Es fanden sich weiter Sandspuren an den Reifen des Mercedes, Herr Kent.«
»Wir sind oft mit dem Wagen nach Reinbek gefahren.«
»So dicht an den Mühlenteich heran?«
»Nein. Und in dieser Nacht waren wir überhaupt nicht draußen, weder meine Frau noch ich.«
»Von Ihrer Frau haben wir nichts gesagt.«
»Das ist doch alles Wahnsinn! Neonazis haben Langenau ermordet«, sagte ich. »Er war 1980 bei dem Attentat auf dem Oktoberfest. Er wird einen wichtigen Hinweis gefunden haben. Und darum mußte er sterben.«
»Woher wissen Sie, daß Langenau auf dem Oktoberfest war?«
»Vom Arzt meiner Frau. Doktor Wegner. Der hat mir auch erzählt, daß Langenau die Polizei unterstützt hat. Sie wissen das natürlich ganz genau.«

»Natürlich wissen wir es ganz genau«, sagte Hübner. »So genau wie Sie. Sie haben da eine herrliche Gelegenheit gesehen, Langenau zu ermorden, ohne daß Verdacht auf Sie fiel.«
»Und warum fiel dann Verdacht auf mich?« fragte ich. »Warum fiel dann ›sehr früh‹ Verdacht auf mich, wie Sie sagten, Herr Kommissar?«
»Otto Reining«, sagte er.
»Was?«
»Der Mann vom Wach- und Sicherheitsdienst in Herrn Langenaus Haus.«
Ich erinnerte mich an den mageren Mann mit den roten Flecken auf den Wangen, der an Rheumatismus litt und dem wir begegnet waren, als ich Langenau an jenem Abend des 10. November 1981 besuchte.
»Was ist mit dem?«
»Der hat ausgesagt, daß Sie Streit mit Herrn Langenau hatten. Sie haben geschrien.«
»Ja, das haben Sie mir schon einmal erzählt. Wir hatten keinen Streit. Ich habe nur laut geredet, weil ich so aufgeregt gewesen bin.«
»Und warum waren Sie so aufgeregt?«
»Weil Langenau uns unter allen Umständen verlassen wollte, das wissen Sie doch!«
Hübner schüttelte den Kopf.
»Nicht deshalb, Herr Kent, nicht deshalb waren Sie so aufgeregt.«
»Sondern weshalb?«
»Weil Herr Langenau Ihnen auf den Kopf zugesagt hat, daß Sie Ihren besten Freund Jean Balmoral umgebracht haben«, sagte Hübner.
»Das hat dieser Reining gehört?«
»Das hat dieser Reining gehört.« Hübner stand auf und ging zu einer Tür, die er öffnete. Er sagte etwas, das ich nicht verstand. Gleich darauf trat ein Mann in den Türrahmen. Der Mann war erstaunlich klein und zierlich, etwa Mitte der Fünfzig, und er trug einen zerdrückten grauen Konfektionsanzug. Er hatte ein ovales Gesicht, einen großen Mund, eine hohe Stirn und Augen von unbestimmter Farbe, die einen geduldigen, nachdenklichen Eindruck machten. Das schwarze Haar trug er kurzgeschnitten. Es waren schon viele graue Strähnen darin.
Hübner sagte: »Das ist Kommissar Rolland aus Paris.«

Ich stand auf.
Der kleine Mann kam auf mich zu und gab mir die Hand.
»Guten Abend, Maître Duhamel«, sagte er sanft.

49

Ich konnte kein Glied regen. Ich konnte kaum atmen. Aus, dachte ich. Aus. Aus. Aus. Aber wieso? Wie war das möglich? Eisenbeiß hatte mir doch sagen lassen, daß die Fahndung dieses Kommissars Rolland, der jetzt vor mir stand, erfolglos in Wien geendet hatte. Was war geschehen?
»Setzen Sie sich doch wieder, Maître«, sagte Rolland.
Ich blieb stehen.
»Bitte, setzen Sie sich!«
Ich setzte mich. Die andern setzten sich auch.
Rolland sagte ruhig: »Da in dem Blumentopf steckt ein Mikrofon. Ich habe nebenan Ihre Unterhaltung mit angehört. Ja, Maître, wir glauben, daß Sie Ihren besten Freund, den Patentanwalt Jean Balmoral, erschossen haben. Es gibt Beweise dafür. Ich habe Sie lange gesucht. In Wien kam ich dann darauf, wie Sie sich nun nennen, wie Sie nun aussehen.«
»Wie kamen Sie darauf?«
»Das tut nichts zur Sache. Sie sind Maître Duhamel, nicht wahr?«
Ich überlegte.
»Ja«, sagte ich dann.
»Gut«, sagte der zierliche Kommissar, der fließend Deutsch sprach, nur mit einem kleinen Akzent. »Weil wir Beweise hatten, daß Sie der Täter waren, wandten sich die französischen Stellen an Interpol Wien mit der Bitte um Fahndung. Interpol Wien hat die Fahndung nach Prüfung der Unterlagen auf den gesamten deutschsprachigen Raum ausdehnen lassen, also auch auf Deutschland und die Schweiz. Am selben Tag, an dem die Fahndung in der Bundesrepublik aufgenommen wurde, meldete sich Kommissar Hübner . . .« Rolland machte eine kleine Verneigung im Sitzen » . . . bei Interpol Wiesbaden und sagte, man habe den gesuchten Charles Duhamel alias Peter Kent bereits identifiziert, hier in Hamburg. Das geschah, nachdem Langenau verschwunden war. Herr Hübner kannte Sie gut. Er war oft mit Ihnen zusammen.«

»Und warum haben Sie mich dann nicht sofort verhaftet?« fragte ich den Rothaarigen.
»Weil wir eben die Leiche Langenaus noch nicht hatten«, sagte er.
»Sie haben ihn erschossen, weil er wußte, daß Sie Balmoral ermordet haben.«
»Sagt Otto Reining.«
»O nein, Maître«, sagte der kleine Kommissar Rolland. »Sie werden auch noch auf andere Weise belastet – sonst hätte Sie Interpol nicht zur Fahndung ausgeschrieben.«
»Aber ohne Leiche konnte Ihnen niemand den Mord an Langenau nachweisen«, sagte Hübner. »Und erst recht nicht den Mord an Balmoral. Deshalb hat die deutsche Kripo Interpol ersucht, Sie wegen der Sache Balmoral erst verhaften zu dürfen, wenn der Mord an Langenau geklärt war. Schon gut. Alle waren sehr verständnisvoll und entgegenkommend, hier in Hamburg, in ganz Deutschland, in Frankreich, in Österreich und in der Schweiz. Man hat beschlossen, Sie völlig ungeschoren zu lassen. Natürlich befanden Sie sich ständig unter Beobachtung. Sie hätten niemals flüchten können.«
»Allen Polizeidienststellen gingen die entsprechenden Informationen und Weisungen zu«, sagte der kleine Franzose. »Ich habe noch dafür gesorgt, daß die Schweizer Polizei Sie um Himmels willen nicht aus Versehen verhaftete, als Sie nach Valbella fuhren mit Ihrer Frau.«
»Das wissen Sie auch?«
»Natürlich weiß ich das auch, Maître. Herr Raven hat doch den Urlaub vorbereitet, und Kommissar Hübner hat mich angerufen. Die Polizei von vier Ländern arbeitete in Ihrem Fall zusammen, Maître. Nun ist es soweit. Nun wurde die Leiche gefunden. Nun passen alle Beweisstücke zusammen. Nun konnte man Sie verhaften. Sie verstehen, nicht wahr?«
Ich nickte.
»Reining hat ausgesagt, Langenau habe über Ihren Mord an Balmoral Bescheid gewußt«, sagte Hübner. »Wie, das hat Reining nicht gehört. Er konnte nicht ewig vor der Tür stehen und lauschen. Aber er hat mitbekommen, wie Langenau gesagt hat, er weiß mit Bestimmtheit, daß Sie Balmoral getötet haben, und er verläßt Sie, weil er nicht mit einem Mörder zusammenleben kann, der nicht bereut. Herr Langenau war sehr fromm.«
»Das alles hat dieser Reining gehört?«
»Das alles, ja. Und auch, daß Langenau Sie angefleht hat, zur

Polizei zu gehen und sich zu stellen. Und daß Sie das wütend abgelehnt haben.«
»Na, wunderbar«, sagte ich. »Na, ganz großartig. Und dann hat dieser Reining gehört, wie ich Langenau erschossen habe.«
»Nein, das hat er nicht gehört«, sagte Hübner. »Schon gut. Ich glaube, was er gehört hat, genügt, um anzunehmen, daß Sie einen sehr guten Grund hatten, Langenau zu töten.«
»Nämlich welchen?«
»Nämlich den, daß er Sie sonst angezeigt hätte«, sagte Raven.
Das war alles sinnlos.
Wenn ich jemals aus dieser Sache herauskommen wollte, mußte ich mir ab sofort jedes Wort überlegen.
»Haben Sie Dank für Ihre freundlichen Auskünfte und Erklärungen, meine Herren«, sagte ich deshalb. »Ich glaube, wir beenden die Unterhaltung jetzt, und Sie bringen mich ins Untersuchungsgefängnis. Das alles ist ein bißchen viel. Langenau. Balmoral. Ich habe also zwei Morde begangen, wie ich von Ihnen erfahre.«
»Vielleicht drei«, sagte Rolland.
»Was?«
»Vielleicht haben Sie drei Morde begangen, Maître. Paul Perrier, der Geliebte Ihrer Frau, ist seit dem achtzehnten November spurlos verschwunden.«

50

Das Untersuchungsgefängnis befindet sich in Hamburg in einer Straße mit dem seltsamen Namen Holstenglacis. Holstenglacis 3.
Sie brachten mich noch am Abend hin, und ein dicker Wachtmeister führte mich in eine Zelle. Sie war sehr häßlich und unterschied sich kaum von einer Zelle in einer Strafvollzugsanstalt. Ein Spind für meine Sachen stand darin. Das Waschbecken war verdreckt, und aus dem Klosett stank es.
Ich war sehr müde, aber als ich dann auf dem Bett lag, konnte ich nicht schlafen. Die Stunden vergingen, und ich wälzte mich von einer Seite auf die andere und dachte, wie geschickt die Neonazis, die Langenau zweifellos auf dem Gewissen hatten, es doch angefangen hatten, selbst so gescheite Leute wie Raven und

Hübner an meine Schuld glauben zu lassen. Und dann dachte ich über die beiden nach, wie sich Hübner mit Andrea und mir angefreundet und wie phantastisch sich Raven benommen hatte, in der Buchhandlung, beim Tod Andreas und nachher, als er auf mich achtgab und mich pflegte. Ich sagte mir, das kann doch nicht alles Taktik gewesen sein – oder doch?

Als ich lange genug über die beiden nachgedacht hatte, fiel mir natürlich Patty ein, die in irgendeinem Heim lag und gewiß ebenfalls vor Aufregung nicht schlafen konnte. Dieser Gedanke verursachte mir körperliche Schmerzen, und ich stand auf und sah aus dem vergitterten Fenster in einen dunklen Hof, in dem ich viele andere vergitterte Fenster erkennen konnte. Ich setzte mich auf den einzigen Stuhl und versuchte, ruhiger zu werden. Ich sagte mir, daß ich jetzt alles tun mußte, um aus dieser Misere wieder herauszukommen, und daß ich dazu in der Frühe ausgeruht und frisch sein mußte. Aber das alles half nichts. Ich schlief vielleicht zwei Stunden in dieser Nacht, und als mir ein Wärter das Frühstück brachte, trank ich nur heißen Kaffee und bat um eine zweite Portion. Essen konnte ich nichts. Kurz vor zehn Uhr kam dann ein anderer Beamter und sagte, ich solle meine Jacke anziehen und ihm folgen. Wir gingen durch lange Gänge und viele Gittertüren in einen anderen Trakt des großen Gebäudes. Dort lieferte mich der Beamte im Büro des Untersuchungsrichters ab.

Das war ein großes Zimmer, und mein Untersuchungsrichter war ein großer Mann. Er hatte graues Haar und graue Augen, auch die Haut seiner Hände und seines Gesichts war grau, und er machte einen kranken Eindruck. Er hieß Dr. Hans Oelschlegel und las mir zuerst den Bericht der Kriminalpolizei vor, der zum Haftbefehl geführt hatte. Dann begannen wir über den Fall Langenau zu reden, aber dabei kam er immer wieder auf Balmoral, und ich fragte zuletzt sehr höflich, ob wir uns nicht zuerst über diesen Fall unterhalten sollten. Er war einverstanden.

Draußen schneite es wieder, und ich sah vor den Fenstern große Flocken fallen. Die Fenster gingen zur Straße hinaus, und aus der Tiefe drang der Lärm von Autos und Motorrädern. Hier war es nicht so still wie in meiner Zelle. Als wir anfingen, über Balmoral zu reden, war ich auf einmal völlig unkonzentriert. Ich mußte wieder an Patty denken und daran, was sie jetzt machte, und ob sie sehr verzweifelt war. Plötzlich war auch ich sehr verzweifelt, aber dann nahm ich mich zusammen, und ich sagte mir, daß es um meine Zukunft ging. Wenn ich Patty wiedersehen wollte, mußte ich verflucht clever sein, denn so unsinnig die andere Anklage auch war – Balmoral hatte ich wirklich ermordet.

»Warum?« fragte ich, »warum, Herr Richter, soll ich meinen besten Freund ermordet haben? Können Sie mir das erklären?«

»Er hat Sie erpreßt«, sagte Oelschlegel, und mir wurde kühl, denn das stimmte ja genau. »Er hat Sie erpreßt, und damit Sie ihm nichts tun konnten, hatte er einen Brief bei einem Kollegen in Paris deponiert, in dem stand, falls er schnell und unerwartet stirbt, sind Sie sein Mörder. Und er gab auch Ihren neuen Namen, Ihr neues Aussehen und Ihre Adresse hier in Hamburg an.«

»Moment, Moment!« sagte ich. »Woher wollen Sie das wissen?«

»Von Kommissar Rolland. Ich habe seinen Bericht hier liegen. Danach steht fest, daß Balmoral am zweiundzwanzigsten September 1981 mittags den Anwalt Pierre Leroy anrief und ihn ersuchte, einen bei ihm hinterlegten Brief durch Boten sofort in das Restaurant La Rotonde im Bois de Boulogne bringen zu lassen. Leroy war zwar sehr erstaunt, aber er tat, was Balmoral verlangte. Im Bois gab ihm der Bote dann den Brief. Balmoral saß mit einem zweiten Mann im Restaurant, das steht auch fest. Kellner haben es bezeugt. Dieser zweite Mann waren Sie, Herr Duhamel. Ich sage Ihnen jetzt einmal, was Kommissar Rolland und die Pariser Kripo denken, ja? Gut. Also, Sie hatten Balmoral klargemacht, daß Sie keine Minute in Frieden leben können, solange es den Brief gibt. Ihrem besten Freund konnte ja ein Unglück widerfahren, nicht wahr, und wenn er dann tot war, wurde der Brief geöffnet, in dem Balmoral Sie als seinen Mörder bezeichnete. Also haben Sie Balmoral eine große Summe dafür geboten, daß er Ihnen diesen Brief aushändigte. Balmoral war stets in Geldnöten und akzeptierte das Angebot. Sie gaben ihm vermutlich einen Scheck, er gab Ihnen den Brief. Das war etwa um halb zwei. Dann fuhren Sie zusammen durch den Bois, und nach der Kurve neben dem Bach erschossen Sie ihn, nahmen den Scheck wieder an sich und ließen den Wagen ins Wasser stürzen.«

Oelschlegel stand auf und ging zu einem großen Gummibaum, der in einer Ecke des Zimmers stand. Er nahm ein rotes Plastikkännchen und begann vorsichtig, den Baum ein wenig zu gießen. Er liebte diesen Baum, das sah man sofort. Vielleicht hatte er

sonst nichts zum Lieben. Und irgend etwas zum Lieben muß jeder Mensch haben. Der Untersuchungsrichter Dr. Hans Oelschlegel liebte einen Gummibaum. Vielleicht liebte er auch noch Menschen oder Dinge, aber sicher nicht so sehr wie diesen Gummibaum. Solch große Liebe konnte er kein zweites Mal aufbringen, das sah man, wenn man ihm zusah, wie er den Baum goß. Ein Lächeln lag auf seinem grauen Gesicht.
»Haben Sie gesehen?« fragte er.
»Was?«
Er wies mit der Hand nach oben.
»Da – ein neues Blatt.«
Zartgrün und noch halb zusammengerollt, sproß tatsächlich ein neues Blatt aus der Spitze des Baumes.
»Wunderbar, nicht?« fragte Oelschlegel.
»Wunderbar«, sagte ich. »Was Sie mir da erzählt haben, das ist also die Ansicht Kommissar Rollands und der Pariser Polizei.«
»Ich glaube, jetzt hat er genug. Man darf ihm nie zuviel Wasser geben.« Er stellte das rote Kännchen hin und kam zum Schreibtisch zurück. »Ja, das ist deren Ansicht.« Donnernd nieste er und sagte: »Eiweh!«
»Bitte?«
»Ich habe geniest.«
»Ja, das habe ich gehört«, sagte ich.
»Wenn ich so niese, muß ich zehnmal nacheinander niesen. Das geht seit vielen Jahren so. Balmoral war in Hamburg. Ich habe hier ...« er suchte und fand ein Papier » ... die Auskunft des Hotels EDEN, eines sehr kleinen Hotels, daß ein Anwalt Jean Balmoral am Mittag des sechzehnten September, einem Mittwoch, dort eingetroffen ist und ein Zimmer genommen hat. Am siebzehnten September, kurz nach Mittag, ist er wieder abgereist. Zuvor war Balmoral in Ihrer Wohnung.«
Er nieste wieder.
»Zum Wohlsein! Das schreibt das Hotel EDEN?«
»Danke. Nein, das schreibt Doktor Hellweg.«
»Wer ist Doktor Hellweg?«
Er nieste zum drittenmal.
»Zum Wohlsein«, sagte ich.
»Danke. Doktor Hellweg wurde am Vormittag des siebzehnten September mit einem Notarztwagen zur Hansa-Bank am Jungfernstieg gerufen, weil Sie im Schalterraum einen schweren Herzanfall erlitten hatten.«

Er nieste zum viertenmal.
»Wohlsein!«
»Nicht doch«, sagte er. »Sie können nicht zehnmal Wohlsein sagen. Erinnern Sie sich an diesen Arzt?«
Ich überlegte, was ich sagen mußte.
»Ja«, sagte ich. Es blieb mir nichts anderes übrig. »Ich habe nicht gewußt, daß er Hellweg heißt.«
»Aber Sie hatten in der Bank einen schweren Herzanfall?«
Zum fünftenmal.
»Ja«, sagte ich. »Ich leide an Angina pectoris.«
»Sie haben Doktor Hellweg verboten, Sie auch nur anzurühren, stimmt das?«
Zum sechstenmal. Er hatte bereits Tränen in den Augen und wischte sie mit einem Taschentuch fort.
»Das stimmt«, sagte ich.
»Warum haben Sie es verboten?«
»Es ging mir schon viel besser. Ich wollte kein noch größeres Aufsehen erregen.«
Zum siebtenmal.
»Es ging Ihnen noch so elend, daß Sie nicht allein hätten nach Hause fahren können. Darum nahmen Sie das Angebot des Arztes an, Sie wenigstens im Notarztwagen heimzubringen. Zwei Sanitäter trugen Sie die Treppe hinauf. So elend ging es Ihnen noch. Sie wollten sich nicht behandeln lassen, weil Sie ganz schnell wieder zu Hause sein mußten mit den vierhunderttausend Mark, um die Ihr bester Freund Jean Balmoral – der wußte, daß Sie bei dem Wiener Flugzeugabsturz davongekommen waren und unter einem anderen Namen in Hamburg lebten –, um die Ihr bester Freund Jean Balmoral Sie erpreßt hatte.« Zum achtenmal. »Jetzt ist es gleich vorbei«, sagte der Untersuchungsrichter. »Sie mußten ganz schnell zu Hause sein, weil Balmoral Ihnen eine knappe Frist gesetzt hatte, ihm das Geld zu bringen. Wenn Sie nicht rechtzeitig zurück waren, wollte er zur Polizei gehen und Ihre wahre Identität verraten.«
Zum neuntenmal.
»Sagt wer?«
»Vermutet Kommissar Rolland. Vermute auch ich. Nein, ich bin überzeugt davon. Kommissar Rolland hat natürlich mit unseren Leuten zusammengearbeitet. Am Morgen jenes Tages haben Sie in der Hansa-Bank angerufen und um vierhunderttausend Mark in Tausendscheinen gebeten. Sie sind mit einem Koffer bei

Ihrem Kontenführer Herrn Vormweg erschienen, und er hat Ihnen das Geld in einer Kabine in den Koffer gelegt. Dann bekamen Sie den Herzanfall. Doktor Hellweg hat den Koffer bis in Ihre Wohnung gebracht, wo Ihr bester Freund wartete.«
Zum zehntenmal.
Er putzte jetzt seine Nase, blickte das Taschentuch lange an und schien nicht zufrieden zu sein mit dem, was er erblickte. »Herr Doktor Hellweg hat Balmoral gesehen. Er machte die Tür auf.«
»Doktor Hellweg kann nicht behaupten, daß er Balmoral gesehen hat«, sagte ich.
»Das tut er auch nicht. Das behaupte ich. Und Kommissar Rolland. Doktor Hellweg sagt nur aus, daß ein Mann die Tür geöffnet hat, den Sie mit Jean angeredet haben. Jean ist Balmorals Vorname, und dieser Jean sagte dem Arzt, er sei zu Besuch und ein Freund von Ihnen, solche Anfälle hätten Sie öfter und er würde sich nun um Sie kümmern. Sie haben dann noch die Kosten für den Transport in bar bezahlt.« Er hob wieder einen Zettel hoch. »Hier. Sobald der Arzt und die Sanitäter verschwunden waren, hat Balmoral Ihnen den Koffer mit den vierhunderttausend abgenommen und ist gegangen.«
»Er hat mich nicht um Geld erpreßt«, sagte ich. »Er hat mich darum gebeten, ihm zu helfen und ihm Geld zu *leihen.*«
»Vierhunderttausend Mark. In Tausendern.«
»Warum nicht? Er war mein bester Freund.«
Oelschlegel stand wieder auf, ging zu seinem Gummibaum und strich zart über ein dunkelgrünes Blatt.
»Übrigens hervorragende Papiere, die Ihnen Eisenbeiß da gemacht hat.«
»Wer?«
»Ihr alter Bekannter Eisenbeiß in Wien. Sagen Sie bloß, daß er Ihnen nicht falsche Papiere gemacht hat, Herr Duhamel!«
»Ich habe einmal einen Mann namens Eisenbeiß verteidigt«, sagte ich. »Vor vielen Jahren. Ich habe ihn danach nie wiedergesehen. Auf keinen Fall hat er mir neue Papiere gemacht.«
»Selbstverständlich hat er.«
»Können Sie es beweisen?«
»Nein.«
»Dann dürfen Sie es auch nicht behaupten.«
»Wer hat Ihnen die falschen Papiere gemacht?«
»Herr Richter, bitte«, sagte ich.
Er kam vom Gummibaum zurück und sah beschämt aus.

»Sie haben recht, das war eine dumme Frage.« Er setzte sich. »Wozu hat Ihr bester Freund Balmoral die vierhunderttausend gebraucht? In deutschem Geld. Und in Hamburg. Und in bar, in einem Koffer?«
»Er war in Schwierigkeiten.«
»Was für Schwierigkeiten?«
»Das hat er mir nicht gesagt.«
»Und Sie haben ihn nicht gefragt?«
»Nein. Er wollte nicht darüber reden. Eine sehr private Angelegenheit offenbar. Selbstverständlich hätte er mir den Betrag bald zurücküberwiesen – wenn er nicht ermordet worden wäre.«
»Und der Schutzbrief bei dem Anwalt Leroy?« fragte er.
»Da kann ich Ihnen nicht weiterhelfen, Herr Richter. Weiß Gott, was für ein Brief das war. Ich habe keine Ahnung, wer Jean erschossen hat – vielleicht wirklich dieses Briefes wegen. Aber der brillante Kommissar Rolland geht fehl in der Annahme, daß das ein Brief war, den mein Freund hinterlegt hatte, um vor *mir* sicher zu sein. Der Ausgangspunkt der ganzen Ermittlung ist falsch. Kann man seinem besten Freund, wenn er in einer schlimmen Lage ist, nicht helfen, ohne daß gleich der Eindruck entsteht, er habe einen erpreßt und man man habe ihn daraufhin ermordet?« Ich schüttelte den Kopf. »Sie halten nicht viel von Freundschaft, Herr Richter, wie?«
Darauf entgegnete er: »Und was halten Sie davon, daß Herr Reining in der Nacht, in der Sie bei Herrn Langenau zu Besuch waren, laute Stimmen aus der Wohnung hörte und Herrn Langenaus Worte, Sie hätten Balmoral ermordet und sollten sich der Polizei stellen, ihm sei es unmöglich, weiter mit einem Menschen zusammenzuleben, der einen Mord begangen hat und nicht bereut?«
Ich hatte mir etwas überlegt, gleich nachdem ich verhaftet worden war. Jetzt schien der rechte Zeitpunkt gekommen, es anzubringen.
»Herr Richter«, sagte ich, »Langenau war der einzige Mensch, dem ich mich anvertraut hatte, der wußte, wer ich wirklich war. Ich mußte es einem Menschen sagen. Ich hielt den Druck nicht aus, den ungeheuren Druck. Mit meiner Frau Andrea konnte ich keinesfalls darüber reden, mit keinem anderen Menschen. Aber ich mußte mit einem Menschen reden, ich mußte einen Vertrauten haben. Allein war das alles zu schlimm für mich. Ich hatte oft Angst, daß ich gesucht wurde, daß sie hinter mir her waren . . .«

535

Ich log sehr überzeugend, ich sprach gehemmt, als fiele mir jedes Wort schwer. »Da sagte ich Langenau dann die Wahrheit und warum ich aus meinem alten Leben ausgestiegen bin. Er verstand mich.« Ich redete immer weiter. »Und ich habe über unser letztes Gespräch nachgedacht heute nacht. Ganz genau. Was wir gesagt haben. Was dieser Reining gehört haben kann. Und da ist mir etwas eingefallen.«

»Ja«, sagte Oelschlegel bloß.

»Als ich Langenau immer wieder bat, doch bei uns zu bleiben, sagte er, und das waren genau seine Worte, ich erinnere mich sehr gut: ›Herr Duhamel, bitte, glauben Sie mir doch: Ich muß fort. Ich halte es hier nicht mehr aus. Sie haben es auch in Paris nicht mehr ausgehalten und sind untergetaucht nach diesem Flugzeugunglück in Wien, weil Sie das, was um Sie her geschah, nicht mehr ertragen haben. Geradeso geht es mir, Herr Duhamel. *Sie* müssen mich doch verstehen. Ich ertrage den Haß nicht mehr, all diese Gemeinheit, so glauben Sie mir doch!‹ Das hat Langenau gesagt. Er hat mich sonst niemals mit meinem richtigen Namen angeredet, nur in dieser Nacht. Das zeigt doch, wie verzweifelt er sich bemühte, mir klarzumachen, daß er uns verlassen mußte. Meinen richtigen Namen kann dieser Reining also gehört haben, das ist gut möglich.«

»Und wenn ihm der Name nichts sagte?«

»Dann muß ihm wenigstens aufgefallen sein, daß Langenau mich Duhamel und nicht Kent nannte. Das muß ihn stutzig gemacht haben. Vielleicht hat er mit Freunden darüber gesprochen. Und die Freunde haben gewußt, wer dieser Duhamel war, der nach dem Flugzeugunglück in Wien verschwand.«

»Sie meinen, Reining hat sich seine Aussage auf diese Art zurechtgelegt?«

»Ja.«

»Mit dieser ungeheuerlichen Beschuldigung?«

»Ja.«

»Aber warum, Herr Duhamel, warum?«

»Das weiß ich nicht, Herr Richter. Ich weiß nicht, aus welchen Motiven Reining handelt. Ich bitte, den Herrn vorzuladen und ihn mir gegenüberzustellen, damit ich ihm ein paar Fragen stellen kann.«

»Das ist nicht möglich«, sagte Oelschlegel.

»Herr Richter«, sagte ich, »wie Sie wissen, war ich Anwalt. Ich kenne die Gesetze. Auch die deutschen. Natürlich ist es möglich,

mir Herrn Reining gegenüberzustellen. Ich habe sogar ein Recht auf eine solche Gegenüberstellung, das wissen Sie genau.«
»Also schön«, sagte er mißmutig.
»Warum sind Sie voreingenommen gegen mich?«
»Ich bin überhaupt nicht voreingenommen, Herr Duhamel.«
»Und ob Sie es sind! Was sollte die falsche Auskunft im Hinblick auf Herrn Reining? Herr Richter, Sie und ich, wir sind hier zum Zwecke der Wahrheitsfindung. Zum Zwecke der Wahrheitsfindung ist jedes gesetzlich zugelassene Mittel erlaubt. Eine Gegenüberstellung, wie ich sie verlange, ist durchaus gesetzlich gestattet. Aber Sie wollten sie mir verweigern.«
Ich sah mit Freude, daß Schweißtropfen auf seine Stirn traten. Er wischte sie mit dem Taschentuch, das er noch immer in der Hand hielt, fort.
»Entschuldigen Sie. Ein Fehler meinerseits. Ein Versprecher. Nicht böse gemeint. Ich bitte um Entschuldigung. Ich werde dafür sorgen, daß Herr Reining vorgeladen wird. So bald wie möglich.«
»Danke«, sagte ich.
»Sie finden also nicht, daß wir – ganz abgesehen von der Aussage des Herrn Reining – genügend Beweise haben, um annehmen zu dürfen, daß Sie Balmoral ermordet haben? Interpol findet es.«
»Ich nicht«, sagte ich. Jetzt fühlte ich mich besser. Von nun an hatte ich die feineren Karten. »Ich durchaus nicht. Wie soll ich Jean ermordet haben – rein technisch gesprochen? Was die Zeit angeht. Am einundzwanzigsten September war ich noch in Hamburg, in der Nacht zum zweiundzwanzigsten auch, am Vormittag des zweiundzwanzigsten immer noch. Dann bin ich nach Frankfurt geflogen und mit einem Taxi ins Nordwest-Krankenhaus gefahren, um den Vater meiner Frau Andrea zu besuchen, der dort lag. Irgendwann in den Mittagsstunden ist Balmoral in Paris ermordet worden. Da war ich gerade zwischen Hamburg und Frankfurt unterwegs, in einer LUFTHANSA-Maschine. Wie soll ich von dort aus Jean erschossen haben? Mir scheint, ich habe ein wasserdichtes Alibi.«
»Nicht unbedingt«, sagte Oelschlegel. Der Schnee fiel nun wieder heftig.
»Was heißt ›nicht unbedingt‹?«
»Da gibt es zum Beispiel einen Zug mit Schlafwagen, der verläßt Hamburg täglich um einundzwanzig Uhr vierzig und kommt am andern Tag um sieben Uhr vierzig in Paris an. Sie hätten ein

Schlafwagenabteil nehmen können in diesem Zug. Dann wären Sie noch vor acht Uhr früh in Paris gewesen an diesem zweiundzwanzigsten September. Wann waren Sie beim Vater Ihrer verstorbenen Frau im Nordwest-Krankenhaus?«
Jetzt mußte ich wieder sehr genau aufpassen. Die Abflugzeiten der Mittagsmaschinen von Hamburg nach Frankfurt kannte ich auswendig. Ich sagte: »Auf die Minute genau vermag ich das nicht zu sagen. Ich habe ja nicht gewußt, daß es noch einmal eine solche Rolle spielen wird. Aber ich würde meinen, ich kam so gegen halb drei, drei an.«
»Welche Maschine haben Sie genommen?«
»Die um zwölf Uhr dreißig«, log ich. »Die war um dreizehn Uhr dreißig in Frankfurt. Von da ist es noch ein schönes Ende bis zum Nordwest-Krankenhaus.«
In Wahrheit, mein Herz, war ich, wie ich Dir schon erzählt habe, gegen 15 Uhr 30 mit der verspäteten Maschine vom Flughafen Charles de Gaulle nach Frankfurt geflogen und erst gegen 17 Uhr 30 im Krankenhaus gewesen. Aber da vertraute ich auf meine Berufserfahrung. Nichts bringen Zeugen so sehr durcheinander wie Zeitangaben. Ich dachte daran, daß Andreas Mutter nach deren Tod gesagt hatte: »Wie schnell war eure glückliche Zeit vorbei, mein armer Junge. Ich erinnere mich noch so gut an den Tag, an dem du in Vaters Krankenzimmer kamst mit deinen Blumen. Es war ganz früh am Nachmittag, nicht wahr?«
Siehst Du, mein Herz, da erinnerte sie sich schon nicht mehr richtig. Und ich unterstützte das natürlich sofort.
»Ja«, hatte ich geantwortet, »so gegen halb drei, drei kam ich. Wir haben zusammen Tee getrunken, das weiß ich noch ganz genau.«
»Heute vormittag«, sagte der Untersuchungsrichter Oelschlegel, »fragen Kriminalbeamte in Frankfurt Ihre Schwiegereltern und die Krankenschwestern danach, wann Sie ihrer Erinnerung nach eingetroffen sind, Herr Duhamel.«
Etwas Glück braucht natürlich jeder Mensch, dachte ich.
»Wenn Sie nicht die Wahrheit sagen und doch den Schlafwagen nach Paris genommen haben«, fuhr er fort, »hätten Sie leicht von Paris aus nach Frankfurt fliegen können.«
»Moment«, sagte ich. »Moment, Herr Richter, ja? Wenn ich den Schlafwagen genommen hätte, dann wüßte das der großartige Kommissar Rolland doch längst.«
»Wieso?«

»Aber Herr Richter! Sie dürfen mich nicht für einen Kretin halten«, sagte ich vorwurfsvoll. »Auf jedem Schlafwagenticket steht der Name des Käufers. Bei der Abreise gibt er Ticket und Paß dem Schlafwagenschaffner, und an der Grenze werden Paß und Ticket miteinander verglichen, ob sie übereinstimmen. Sie hätten also Ihre Beamten nur zum Hamburger Hauptbahnhof und in alle Reisebüros schicken und fragen lassen müssen, ob in der Nacht vom einundzwanzigsten zum zweiundzwanzigsten September ein Peter Kent mit dem Schlafwagen von Hamburg nach Paris gefahren ist. Ganz gewiß haben Sie oder Kommissar Rolland das auch längst veranlaßt.«
»Keinesfalls«, sagte er.
»Warum nicht? Ich denke, Sie wollen mich eines Mordes überführen.«
»Aber nicht so. So geht das nicht.«
»Wieso geht das nicht so?«
»Weil alles, was Sie da sagen, nicht stimmt.«
»Was stimmt nicht?« fragte ich.
»Es stimmt nicht, daß auf dem Schlafwagenticket Ihr Name stehen muß. In den Unterlagen wird nur angekreuzt, ob es ein weiblicher oder männlicher Fahrgast ist. An der Grenze kontrolliert man zwar Ihren Paß, aber mit dem Ticket vergleicht ihn niemand. Die Beamten müßten sonst bei jedem Menschen im Zug den Paß mit der Fahrkarte vergleichen, auf der dann auch der Name des Reisenden zu stehen hätte. Damit würde der gesamte Bahnverkehr zusammenbrechen.«
»Da wird nichts verglichen?« fragte ich verblüfft. Nicht zu sehr verblüfft, aber doch verblüfft. Ich spielte eben den Idioten.
»Nein.«
»Warum muß man dann Ticket und Paß abgeben?«
»Das Ticket für den Zugschaffner, den Paß für die Grenzpolizei und den Zoll.«
»Tatsächlich?« Ich schüttelte den Kopf.
»Nur, damit Sie nicht geweckt werden an der Grenze, geben Sie Ihren Paß ab, Herr Duhamel. Das wäre dies. Das andere: Wenn Sie im Reisebüro sofort zahlen, und am Bahnschalter müssen Sie das sowieso immer, fragt Sie kein Mensch nach Ihrem Namen. Es gibt also keine Namensangaben für einen Schlafwagenplatz.«
»Dann hätte es ja gar keinen Sinn, am Hauptbahnhof oder bei allen Reisebüros zu fragen«, sagte ich und sah ihn mit großen Augen an.

»Deshalb hat das ja auch kein Mensch getan«, sagte er böse, und ich dachte, daß sich in dem Reisebüro an der Alsterdorfer Straße ohnedies kein Mensch mehr an mich erinnerte. Die junge Frau, die mir das Ticket verkauft hatte, war längst verheiratet und arbeitete nicht mehr. »Sie hätten übrigens auch einen normalen Platz am Bahnhof lösen und die Nacht durch sitzen können. Wäre gleichfalls niemals nachzuweisen.«
»Warum erzählen Sie mir das aber dann alles, Herr Richter?«
»Warten Sie ab! Warten Sie ab! Wir können es Ihnen nicht beweisen, doch wir nehmen einmal an, Sie *haben* den Nachtzug genommen. Dann hätten Sie von Paris nach Frankfurt fliegen können«, sagte er.
»*Wann* hätte ich das tun können, Herr Richter? Zu Mittag hat Balmoral noch gelebt. Um halb zwei hat er in Begleitung dieses zweiten Mannes das Restaurant verlassen, das haben Sie mir vorhin selbst erzählt. Wissen Sie, wie weit es vom Bois de Boulogne zum Flughafen Charles de Gaulle ist? Welche Maschine hätte ich denn nehmen sollen?«
»Es geht täglich eine AIR-FRANCE-Maschine um vierzehn Uhr dreißig.«
»Die hätte ich nie mehr erreicht, das müssen Sie zugeben.«
»Ich gebe es zu. Aber an diesem Tag, am zweiundzwanzigsten September 1981, flog sie verspätet ab. Kleiner Schaden, der behoben werden mußte. Sie startete erst um fünfzehn Uhr dreißig.«
»Dann wäre ich aber erst gegen halb sechs, sechs beim Vater meiner Frau Andrea eingetroffen.«
»Wir werden ja hören, was die Eltern Ihrer Frau und die Krankenschwestern sagen.«
Ich schlug mir mit der Hand gegen die Stirn.
»Aber ein Flugzeug zu nehmen wäre doch völlig idiotisch gewesen, Herr Richter, nein, also wirklich!« rief ich. »Sie wissen genau, daß man bei Auslandsflügen vor dem Abflug durch die Sperre der Polizei muß, ehe man gefilzt wird. Und dem Polizisten, der da sitzt, müssen Sie Ihr Ticket *und* Ihren Paß zeigen. In einem *Flug*ticket aber steht Ihr richtiger Name, also das weiß ich bestimmt! Der Polizist sieht nach, ob in Ihrem Paß derselbe Name steht.«
»Das ist richtig. Wenn sehr viel zu tun oder große Eile ist, dann geht das schon mal sehr oberflächlich. Die Maschine, an die wir denken, flog wegen des Maschinenschadens stark verspätet ab.

Also waren alle in Eile, also wurde bestimmt nur sehr oberflächlich geprüft, also ...«
»Und wenn!« hetzte ich. »Und wenn überhaupt nicht geprüft wurde! Den Durchschlag eines *jeden* Flugscheins schicken die Fluggesellschaften an ihre zentrale Verrechnungsstelle, wo er mikrofotografiert und aufgehoben wird. Lange Zeit, ich weiß nicht, wie lange. Falls Reklamationen kommen. Oder Regreßansprüche. Oder falls die Polizei wissen will, ob an dem und dem Tag der und der Mensch um die und die Zeit mit der und der Maschine geflogen ist. Stimmt das alles, oder stimmt das jetzt wieder nicht?«
»Das stimmt jetzt alles, Herr Duhamel.«
»Also«, hetzte ich weiter, schneller jetzt, lauter jetzt: »Also mußte Kommissar Rolland doch nur dort, wo die Mikrofilme der AIR-FRANCE-Flugscheine lagern, nachfragen. Und wenn ich mit der Maschine geflogen wäre, dann hätte er es in ein paar Minuten gewußt. Genau gewußt. Ganz bestimmt hat er auch bei dieser Stelle nachgefragt, wie?«
»Ja«, sagte Oelschlegel.
»Und?«
»Einen Flugschein auf den Namen Peter Kent für diese AIR-FRANCE-Maschine gibt es nicht.«
»Kann es ja nicht geben!« rief ich erregt. »Ich bin mit dieser Maschine nicht geflogen. Ich bin mit der LUFTHANSA um zwölf Uhr dreißig von Hamburg nach Frankfurt geflogen. Von meinem Ticket muß ein Durchschlag an die zentrale Verrechnungsstelle der LUFTHANSA geschickt und registriert worden sein. Wo ist diese zentrale Verrechnungsstelle?«
»Hier in Hamburg«, sagte er.
»Natürlich haben Sie sich dort erkundigt.«
»Natürlich«, sagte er.
»Und was haben Sie erfahren?«
»Wir haben erfahren, daß dort ein Flugschein auf den Namen Peter Kent für den LUFTHANSA-Flug sieben-null-fünf um zwölf Uhr dreißig von Hamburg nach Frankfurt am zweiundzwanzigsten September 1981 registriert ist«, sagte er.
Du bist verblüfft, mein Herz. Du kannst nicht verstehen, wie das möglich war. Oh, es war ganz leicht möglich.
Am 20. September 1981 hatte ich meinen ergebenen Freund Eisenbeiß in Wien angerufen und um einen Gefallen gebeten.
»Eisenbeiß, können Sie heute, morgen oder spätestens am zwei-

undzwanzigsten September zeitig früh von Wien nach Hamburg fliegen? Es ist sehr wichtig.«

»Natürlich kann ich das«, hatte er geantwortet. Wir sprachen beide nicht von unseren Anschlüssen aus. »Was soll ich denn da tun?«

»Sie sollen einen Flugschein auf den Namen Peter Kent für den LUFTHANSA-Flug sieben-null-fünf ab Hamburg zwölf Uhr dreißig nach Frankfurt kaufen. Für den zweiundzwanzigsten September. Innerhalb Deutschlands gibt es keine Paßkontrollen. Unter dem Namen Peter Kent fliegen Sie also von Hamburg nach Frankfurt. Dann fliegen Sie unter Ihrem Namen wieder heim nach Wien. Würden Sie das für mich tun?«

»Sie wissen doch, ich tue alles für Sie«, hatte er geantwortet. So einfach war das gewesen, mein Herz.

Nun rief ich: »Was wollen Sie eigentlich von mir, Herr Richter? Ich bin weder von Hamburg nach Paris mit der Bahn gefahren, noch habe ich von Paris nach Frankfurt ein Flugzeug genommen! Das kann Kommissar Rolland bestätigen. Ich bin mit dem Flugzeug von Hamburg nach Frankfurt geflogen. Das hat die deutsche Kripo festgestellt. Ich frage Sie: *Was wollen Sie noch?*«

Das Telefon läutete.

Oelschlegel meldete sich und lauschte eine Weile. Er sagte sehr wenig. Endlich legte er wieder auf.

»Das war Frankfurt«, sagte er. »Die Beamten, die Ihre Schwiegereltern und die Krankenschwestern befragt haben.«

»Ja, und? Was sagen sie?«

»Die Schwestern können sich überhaupt nicht mehr an Sie erinnern«, sagte er.

»Klar«, erwiderte ich. »Hätte ich Ihnen gleich sagen können. Bei einem solchen Riesenkrankenhaus. Bei einem solchen Betrieb. Aber meine Schwiegereltern?«

»Die sagen, daß Sie so gegen halb drei, drei Uhr gekommen sind.«

»Das heißt, sie sagen dasselbe wie ich.«

»Herr Duhamel«, sagte er und preßte die Hände gegen die Schläfen.

»Das heißt, ich habe ein wasserdichtes Alibi.«

Er schwieg.

»Jetzt ist es aber genug«, sagte ich heftig. »Ihre ganze Theorie – oder die des Kommissars Rolland – ist zusammengebrochen. Geben Sie es endlich zu! Ich frage Sie noch einmal: *Habe ich ein wasserdichtes Alibi?*«

»Ja«, sagte er gequält. »Wir unterbrechen jetzt, Herr Duhamel. Mir ist ... nicht ganz gut im Moment. Ich lasse Sie wieder rufen. Dann können wir endlich über den Mord an Herrn Langenau sprechen.«
»Ich habe Herrn Langenau nicht ermordet. Auch wenn es den Anschein hat. Es hat auch den Anschein gehabt, als hätte ich Jean Balmoral ermordet, nicht wahr?«
Er nickte nur und drückte auf eine Klingel.
»Ich habe noch eine große Bitte, Herr Richter«, sagte ich.
»Und die wäre?«
»Der Name Patricia Hernin ist Ihnen ein Begriff? Es handelt sich um das kleine Mädchen, das ich gestern aus Berlin abgeholt habe und das nun mit mir leben soll.«
Er nickte wieder.
»Könnten Sie herausfinden, wohin man sie gebracht hat und was mit ihr geschehen soll?«
»Ich werde mich bemühen.«
»Danke sehr.«
Es klopfte, und ein Justizwachtmeister trat ein.
»Herr Richter?«
»Bitte, bringen Sie Herrn Duhamel in seine Zelle zurück.«

51

Der Mann mit der rechten Unterarmprothese sagte: »Guten Tag, Herr Duhamel.« Er stand neben dem Untersuchungsrichter Oelschlegel, und beide sahen mich an, als ich von dem Wachtmeister hereingeführt wurde. Das war am nächsten Vormittag, dem 5. Februar, einem Freitag.
»Guten Tag, meine Herren«, sagte ich.
Oelschlegel sagte: »Das ist Herr Kriminalrat Niemann vom Bundeskriminalamt Wiesbaden. Er hat in Hamburg zu tun. Ich habe ihn gebeten, herzukommen – Ihretwegen.«
»Meinetwegen?«
»Ja«, sagte Niemann. An der Stirn hatte er eine lange Narbe. Wenn er sprach, pochte das Blut in ihr. Ich dachte, daß die Narbe und die Prothese Folgen des letzten Weltkriegs waren. Alt genug, um ihn mitgemacht zu haben, schien mir Niemann. »Herr Duhamel, weil ich sicher sein will, daß die Untersuchung Ihres

Falles auf kein falsches Geleise kommt und auch nicht auf ein falsches Geleise gebracht werden kann, teile ich Ihnen mit, daß Herr Langenau tatsächlich mit uns an der Klärung des Verbrechens auf dem Oktoberfest zusammengearbeitet hat. Ich betone jedoch ausdrücklich: Er ist bei seinen Recherchen auf keine heiße Spur gestoßen. Alle seine Bemühungen sind bis zu seinem gewaltsamen Tod ergebnislos geblieben. Ich bin überzeugt, Sie verstehen, was ich damit sagen will. Guten Tag, Herr Duhamel.«
Er verneigte sich, wobei er die Haken zusammennahm. Nun war ich ganz sicher, daß er sich seine Verletzungen im letzten Krieg geholt hatte. Er sah aus wie ein deutscher Offizier in französischen Filmen, in Antikriegsfilmen. Ein guter deutscher Offizier.
Die Tür schloß sich hinter ihm.
»Setzen Sie sich!« sagte der Untersuchungsrichter.
Wir setzten uns beide.
»Sie haben es gehört«, sagte der Mann mit dem grauen Gesicht. »In all der Zeit hat Langenau keinen Hinweis gefunden, der für diese rechtsradikalen Gruppen gefährlich gewesen wäre.«
»Das habe ich gehört.«
»Sie bestehen immer noch darauf, daß es Neonazis waren, die ihn umgebracht haben?«
»Ich bestehe darauf, daß ich ihn nicht umgebracht habe«, sagte ich. Mich fror, dann wurde mir wieder heiß. Aber das war nicht die Vorstufe einer Grippe. Ich fühlte mich einfach schlecht an diesem Morgen. Ich hatte ein übles Gefühl. Ich fürchtete, daß das kein guter Tag für mich werden würde.
Oelschlegel blätterte in Papieren.
»Ach, übrigens, ein Herr Robert Stark hat für Sie angerufen.«
»Ja?«
»Ja. Er läßt grüßen und fragen, ob er im BÖRSENBLATT ein Inserat aufgeben soll, um für die Buchhandlung einen ersten Sortimenter zu suchen. Er ruft nachmittags wieder an. Ich werde hier sein, obwohl heute Freitag ist. Ich habe Akten aufzuarbeiten. Was soll ich ihm sagen?«
»Viele Grüße gleichfalls, und er möchte natürlich schnellstens ein Inserat aufgeben. Ich werde ja über das Wochenende noch hierbleiben müssen und erst am Montag oder Dienstag freikommen.«
Er sah mich trübe an.
»Herr Duhamel«, sagte er. »Herr Duhamel.«

»Ich muß am Montag oder Dienstag freikommen«, sagte ich. »Ich habe Langenau nicht ermordet. Daß ich meinen Freund Jean Balmoral nicht ermordet habe, konnte ich Ihnen gestern beweisen. Also!«
»Es wird Ihnen nicht so leicht fallen, Ihre Unschuld am Tod Langenaus nachzuweisen«, sagte er. Das Gefühl hatte ich auch, deswegen war mir so flau im Magen.
»Was ist mit diesem Mann vom Wach- und Sicherheitsdienst?« fragte ich. »Diesem Reining? Sie haben mir doch versprochen . . .«
»Montag«, sagte er. »Bis Montag müssen Sie noch warten. Das Wochenende kommt uns dazwischen. Montag wird Herr Reining dasein. Er ist schon verständigt.«
»Danke.«
»Nichts zu danken.« Er sah mich an. »Über die Beweise und Verdachtsgründe im Fall Langenau haben Sie sich bereits auf dem Kommissariat mit Herrn Hübner und Herrn Raven unterhalten, habe ich gehört.«
»Und mit Kommissar Rolland, ja. Teilweise. Nicht ausführlich.«
»Sie wissen, daß wir die Leiche erst jetzt gefunden haben und warum.«
Ich nickte. »Der Bahnhofsvorstand von Reinbek und seine Amerikareise.«
»Die Leiche war in eine große Plastikfolie eingerollt und verpackt, das wissen Sie auch.«
»Nein, das weiß ich nicht.«
»Auch nichts von dem festen Verband um die schwere Kopfverletzung?«
»Was für eine schwere Kopfverletzung?«
»Wissen Sie natürlich auch nicht«, sagte er. »Klar, können Sie nicht wissen. Sie wissen überhaupt nichts.«
»Ich weiß das, was man mir auf dem Kommissariat erzählt hat. Von einem Kopfverband und der Plastikverpackung hat man mir nichts erzählt. Von Stricken und Kanteisen, mit denen die Leiche beschwert war. Und von zwei Schüssen mit einer Pistole Nullacht, Kaliber neun Millimeter, in die Brust . . .«
»Langenaus Pistole, Herr Duhamel. Die mit dem Schalldämpfer. Wir haben sie gefunden. Die Kugeln stammen aus ihr. Auf der Waffe sind Fingerabdrücke. Ihre Fingerabdrücke.«
»Natürlich. Ich hatte die Waffe ja in der Hand, als ich Langenau besuchte. Das habe ich seinerzeit sofort angegeben. Wer immer

ihn ermordet hat, trug Handschuhe. Wenn ich ihn mit dieser Pistole erschossen hätte – halten Sie mich für so idiotisch, daß ich Fingerabdrücke hinterlassen hätte?«
Er seufzte. »Sie haben die Tat in außerordentlich großer Erregung begangen.«
»Ich habe die Tat überhaupt nicht begangen!«
»Wollen wir mal – in Ruhe, Sie müssen nicht so schreien, Herr Duhamel –, wollen wir mal am Anfang anfangen, ja?« Er stand auf, ging zu dem Gummibaum und streichelte ein Blatt. »Sie besuchten Langenau am Abend des zehnten November. Sie kamen gegen neun Uhr, haben Sie angegeben. Stimmt das so?«
»Ja.«
»Sie wollten ihn bewegen, bei Ihnen zu bleiben.«
»Richtig.«
»Aber es gelang Ihnen nicht?«
»Nein, Herr Richter, es gelang mir nicht.«
»Obwohl Sie es stundenlang versuchten. Wie viele Stunden lang, Herr Duhamel?«
Das hatte ich mir mittlerweile genau überlegt. Es war sinnlos zu lügen. Sie wußten, daß ich in Reinbek gewesen war. Sie kannten die Zeit. Die Fahrt nach Reinbek konnte ich nicht abstreiten. Also mußte ich die Wahrheit sagen. Es war verrückt. Balmoral hatte ich tatsächlich getötet. Gestern hatte ich gelogen, und Oelschlegel hatte mir glauben müssen. Langenau hatte ich nicht getötet. Heute würde ich die Wahrheit sagen, höchstens lügen, damit der Balmoral-Mord nicht doch noch an mir hängenblieb. Aber heute würde Oelschlegel mir nicht glauben müssen, nein, durchaus nicht.
Ich antwortete: »Drei Stunden fast. Beinahe bis Mitternacht, Herr Richter.«
»Und es war alles vergeblich?«
»Ja. Langenau hatte von Deutschland, den Rechtsextremisten und der ganzen Atmosphäre genug. Er wollte heim nach Tirol. Unter allen Umständen.«
»Der Mann vom Wach- und Sicherheitsdienst, Herr Reining, gab allerdings zu Protokoll, daß da eine ganz andere Konversation stattgefunden hat.«
»Was dieser Reining zu Protokoll gibt, ist erlogen.«
»Sein Wort steht gegen das Ihre, Herr Duhamel.«
»Ich denke, wir sind uns gestern klar darüber geworden, daß ich Balmoral nicht habe ermorden können, Herr Richter.«

»Wir sind uns gestern klar darüber geworden, daß man Ihnen den Mord an Balmoral nicht nachweisen kann. Nicht, daß Sie ihn nicht begangen haben.«
Mein schlechtes Gefühl gleich zu Beginn hatte mich also nicht getäuscht.
»Man kann mir den Mord nicht nachweisen, aus einem sehr einfachen Grund – weil ich ihn nicht begangen *habe!*«
»Sie dürfen hier nicht schreien, Herr Duhamel.«
»Verzeihung. Aber ich muß mich so aufregen. Dieser Kriminalrat aus Wiesbaden hat mir deutlich zu verstehen gegeben, daß ich nicht Langenaus Verhältnis zu Rechtsradikalen benützen darf, um diesen Mord von einer privaten auf eine politische Ebene zu schieben, mit der er nichts zu tun hat. Herr Reining, dieser feine Herr, darf den Fall Balmoral, mit dem ich – und das wissen Sie nun ganz genau, Herr Richter, auch wenn Sie sich noch so drehen und winden –, mit dem ich, sage ich, nicht das geringste zu tun habe, dazu benützen, um den Mord an Langenau von der politischen auf eine private Ebene zu schieben und mich schwer zu belasten. Ihm glaubt man. Mir glaubt man nicht. Sein Wort steht gegen das meine, haben Sie gesagt. In Wahrheit bauen Sie Ihre Anklage auf seinem Wort auf und halten mich für einen Lügner und Mörder. Was hat Herr Reining mir voraus, das ihn so unfaßbar glaubwürdiger macht als mich, Herr Richter?«
»Herr Reining hat nicht seinen Namen gewechselt und als ein anderer Mensch gelebt.«
»Das ist alles, was ihn vor mir auszeichnet? Bißchen wenig, finden Sie nicht? Ich hatte durchaus handfeste private Gründe, meine Identität zu ändern. *Deshalb* wäre ich *nie* von Interpol gesucht worden. Ich wurde von Interpol gesucht, weil die Pariser Polizei – nicht zuletzt durch das Gehetze meiner verrückten Frau Yvonne – schließlich glaubte, ich könnte Balmoral doch getötet haben.« Das würde ein böser Freitag für mich werden. Zu denken, daß ich Langenau wirklich nicht getötet hatte. Man durfte nicht daran denken. Balmoral ja, Langenau nein. Balmoral Freispruch, Langenau Schuldspruch.
»Warum sind Sie denn so aufgeregt, Herr Duhamel?«
»Weil Sie mich eines Mordes bezichtigen, mit dem ich nicht das geringste zu tun habe.«
»Gestern habe ich Sie auch eines Mordes bezichtigt, mit dem Sie angeblich nicht das geringste zu tun haben. Da waren Sie überhaupt nicht aufgeregt.«

Ich durfte diesen Oelschlegel keinesfalls unterschätzen. Ich sagte: »Montag. Montag werde ich mir diesen Reining vornehmen. Dann werden wir sehen, wer zuletzt aufgeregt ist.«
»Welchen Grund sollte Reining haben, Sie so schwer zu belasten?«
»Das weiß ich nicht.«
»Wie erklären Sie, daß er behauptet, nur Dinge gehört zu haben, die wirklich zur Debatte stehen: Ihren richtigen Namen, den Namen Balmoral, daß Sie Balmorals Mörder sind? Woher soll Reining das alles haben, wenn er es nicht tatsächlich gehört hat?«
»Herr Richter«, sagte ich, »ich erinnere Sie daran, daß der arme Langenau mein Vertrauter war. Daß er als einziger wußte, wer ich wirklich bin, wie ich wirklich heiße. Daß er mich in seiner Verzweiflung ausnahmsweise einmal mit ›Herr Duhamel‹ ansprach. Herr Duhamel – das hat Reining gehört.«
»Nur Ihren richtigen Namen?«
»Nur meinen richtigen Namen.«
»Aber er behauptet doch, daß da noch anderes besprochen wurde.«
»Montag«, sagte ich. »Montag. Warten Sie es ab, Herr Richter. Am Montag werden wir es wissen.« Ich glaubte ganz fest daran, es jetzt schon zu wissen, warum Reining mich so schwer belastete, indem er die reine Wahrheit sagte. Er erfüllte nicht nur seine Pflicht als Staatsbürger, wenn er aussagte, was er gehört hatte, er besaß noch einen verflucht gewichtigen anderen Grund, davon war ich überzeugt. Am Montag würde ich versuchen, diesen Grund klarzulegen. Am Montag. Heute war Freitag. Ein schwarzer Freitag für mich.
»Also gehen wir weiter«, sagte Oelschlegel, der die ganze Zeit über das Blatt des Gummibaumes gestreichelt hatte. »Sie blieben fast bis Mitternacht, ohne Langenau von seinem Vorsatz abbringen zu können. Was war dann?«
»Dann fuhren wir im Lift hinunter, und er sperrte mir das Haustor auf.«
»Und Sie hatten die Pistole mit dem Schalldämpfer heimlich mitgenommen und schlugen ihm den Griff über den Schädel, worauf er bewußtlos zusammenbrach.«
»Keine Spur«, sagte ich.
»Er hatte eine schwere Kopfverletzung, das sagte ich Ihnen schon. Die Gerichtsmediziner haben festgestellt, daß die Mordwaffe seine Pistole war. Der Griff paßte genau in die Wundstelle.

Es waren auch noch Blut und Haare an ihm, als wir die Pistole fanden. Langenaus Haare. Langenaus Blut. Gruppe AB. Steht alles nach der gerichtsmedizinischen Untersuchung fest.«
»Ich habe Langenau nicht angerührt«, sagte ich.
»Ich erzähle Ihnen wieder einmal, wie die Polizei sich den Tatvorgang denkt.«
»Bitte.«
»Angenommen also«, sagte er, »Sie schlagen Langenau gegen Mitternacht des zehnten November unter dem Haustor mit dem Pistolengriff über den Schädel. In der Tasche haben Sie eine große Rolle Verbandstoff, den Sie um die blutende Wunde und den halben Kopf wickeln. Mehrere Lagen. Damit kein Blut durchsickert. Habe ich Ihnen gesagt, daß die Leiche einen festen Kopfverband trug?«
»Ja.«
»Natürlich fließt trotzdem Blut auf den Steinboden beim Haustor, bevor Sie den Verband angelegt haben. Sie entfernen alle sichtbaren Spuren mit einem Tuch. Sehr sorgfältig. Nicht sorgfältig genug. Es wurde nämlich Blut der Gruppe AB beim Hauseingang zwischen den Fliesen gefunden. Nun schleppen Sie den bewußtlosen Langenau zum Wagen und verstauen ihn im Kofferraum. Es ist zu dieser Zeit und bei diesem Wetter kein Mensch auf der Straße. Haben Sie etwas gesagt?«
»Nein, Herr Richter.«
»Sie befinden sich in höchster Erregung, Sie haben getrunken. Alles kann noch passieren. Sie können einen Unfall haben, außer sich, wie Sie sind. Warum? Sie haben doch einen Verletzten, einen Bewußtlosen im Wagen. Nach allem, was er Ihnen heute abend gesagt hat, muß er sterben. Nur dann sind Sie in Sicherheit. Aber wie ihn töten? Wo? Wo ihn verschwinden lassen? Ihr Gehirn arbeitet fieberhaft. Die Zeit jagt Sie. Wo sollen Sie Langenau umbringen? Bei diesem Wahnsinnswetter, bei diesem Regensturm. Reinbek! Da werden neue Häuser gebaut am Rand der Horner Landstraße, knapp vor Reinbek, fällt Ihnen ein. Eine ganze Reihe von Häusern soll da entstehen. Sie haben die Baumaschinen gesehen, die Betonsäcke, die Kräne, die Ziegel, die ersten Mauern, die Kanteisen und die Stricke.«
»Wann soll ich das gesehen haben, Herr Richter?«
»Jedesmal, wenn Sie mit Ihrer Frau in letzter Zeit nach Reinbek hinausgefahren sind. Das war doch Ihr Lieblingsausflugsort!«
»Ja, im Sommer«, sagte ich.

»Im Spätsommer haben sie mit dem Bauen angefangen. Das müssen Sie doch gesehen haben! Der Herbst war sehr schön. Sie waren sicher auch noch im Herbst draußen in Reinbek!«
»Einmal«, sagte ich.
»Bitte. Also hin zu der Baustelle! Da ist jetzt kein Mensch. Da steht jetzt alles still. Da geht die Arbeit erst im Frühjahr weiter. Schlechtes Wetter. Winter. Kann man nicht bauen. Sie fahren Ihren Wagen dicht an eine der Rohbaufassaden. Sie holen den immer noch bewußtlosen Langenau aus dem Kofferraum. Schleifen ihn in ein Zimmer zur ebenen Erde. Da liegen Ziegel, Kanteisen, Stricke, da sind Betonsäcke mit Plastikfolien gegen das schlechte Wetter geschützt. Sie reißen so eine Folie herunter, breiten sie aus, zerren Langenau darauf, nehmen die Pistole und schießen ihm zweimal durch die Brust. Sie . . .«
»Warum lege ich ihn auf eine Plastik . . . Ach so, wegen dem Blut.«
»Kein Theater, bitte. Natürlich wegen dem Blut. Jetzt kommt eine Menge aus der Brustwunde. Aber alles bleibt auf der Plastikfolie, fast alles. Etwas haben die Leute bei der Ermittlung noch gefunden. Muß herausgeronnen sein, als Sie den Toten dann in die Folie einrollten, als Sie ihn zu einem Paket verschnürten mit den Stricken, die da lagen, als Sie ihn beschwerten mit den Kanteisen, die da lagen. Sie haben den idealen Ort gefunden. Früher hätten Sie Langenau ja nicht erschießen können – in der Wohnung zum Beispiel. Unmöglich wäre das gewesen. Das viele Blut. Außerdem – wie den Toten runterbringen im Lift, so einen großen, schweren Mann? Selbst wenn Sie es geschafft hätten, Sie hätten das ganze Treppenhaus mit seinem Blut versaut und Ihren Kofferraum.«
»Da haben Sie recht, Herr Richter. In meinem Kofferraum hat sich kein Blut gefunden.«
»Nein.«
»Kein winziges bißchen?«
»Herr Duhamel!«
»Das ist aber sehr sonderbar, finden Sie nicht?«
Oelschlegel antwortete nicht.
»Also er ist wirklich da draußen erschossen worden in einem von den Rohbauräumen?«
»Da drin haben unsere Leute Blut und andere Spuren sowie die beiden Patronenhülsen gefunden. Und in einem Sandhaufen die Waffe. Dort haben Sie sie verbuddelt.«

»Ziemlich idiotisch von mir – verzeihen Sie, Herr Richter.«
»Sie sind nach der Tat noch mehr erregt, der Alkohol wirkt noch stärker. Sie haben nur eine Idee: Langenau muß weg! Sie arbeiten in Panik. Sie schleifen das Paket, das einmal ein Mensch war, zurück zum Wagen, wuchten es in den Kofferraum, kriechen hinter das Steuer. Ihre Hände zittern. Sie keuchen. Sie sind fast am Ende. Da passiert es.«
»Was?«
»Sie rammen einen Träger des Eisengerüsts vor der Fassade. Der linke Kotflügel ist eingedrückt, die vordere Stoßstange links zurückgebogen. Sie machen, daß Sie wegkommen. Hinter Ihnen bricht ein Teil des Gerüsts zusammen. Aber das hört kein Mensch. Der Polizei werden Sie später erzählen, daß ein anderer Wagen in den Ihren reingefahren ist, während Sie ihn vor Langenaus Haus parkten, während Sie bei ihm oben waren. Die Polizei wird Ihren Wagen untersuchen und sofort feststellen, daß das nicht stimmt. Da ist kein anderer Wagen reingefahren. Kommissar Hübner wird Ihnen sagen, jemand muß das mit einem Vorschlaghammer und in voller Absicht getan haben, weil Eisenpartikel an den Aufprallstellen gefunden worden sind. Sind sie auch. Und zwar kamen sie von der Gerüststange, die Sie gerammt haben. Das haben unsere Laborleute festgestellt, nachdem wir die Leiche hatten. Da wurde nämlich die ganze Umgebung abgesucht: Nach der Mordstelle, nach der Tatwaffe. Wäre völlig umsonst gewesen. Wir hätten die Stelle und die Waffe nie gefunden, wenn Sie Langenau nicht an dieser geschützten Stelle erschossen hätten ... weil Sie keinen anderen Ort kannten in dieser Nacht ... bei diesem Wetter ...«
»Das alles ist sehr dumm von mir gewesen – verzeihen Sie noch einmal, Herr Richter. Ich habe mich ja direkt ans Messer geliefert.«
»Das würde ich nicht sagen. Wenn der Bahnhofsvorstand Sie nicht gesehen hätte ... Wir wären *nie* auf Reinbek und den Mühlenteich gekommen. Wir hätten nie die Gerüststange untersucht. Dort liegt alles noch genau so, wie es in jener Nacht hingefallen ist. Das eingestürzte Gerüst, dachte man, hat der Sturm umgeworfen. Nein, es war schon alles sehr gut überlegt von Ihnen. Hut ab! Aber der Bahnhofsvorstand war Ihr Pech. Es gibt kein perfektes Verbrechen, Herr Duhamel. So stellt sich also die Polizei alles vor. Sie sind dann schnellstens nach Hause gefahren. Ihrer Frau haben Sie wohl nichts von dem Mord

erzählt, denn sie hat ja auch nichts von Balmoral gewußt und ganz gewiß nicht, daß Sie in Wirklichkeit gar nicht Peter Kent heißen, sondern ein Franzose sind, ein Aussteiger, ein Bigamist, dessen Kind sie unter dem Herzen ...«

»Hören Sie auf!« schrie ich. »Meine Frau ist tot! Wie taktlos können Sie eigentlich noch sein?«

Er entschuldigte sich tatsächlich.

»Ja, ja, ja«, sagte ich, »schon gut. Sie haben im Moment nicht daran gedacht.«

»Aber irgendwas müssen Sie Ihrer Frau doch erzählt haben... Ich meine, weil es doch so spät war ... Und dann Ihr Wagen ... Was haben Sie Ihrer Frau erzählt?«

»Daß mir ein Besoffener reingefahren ist und daß ich selber mit Langenau einiges getrunken hatte. Und nun würde die Polizei das langmächtig untersuchen. Und ich war doch so betrunken, so betrunken und durcheinander gewesen, sagte ich meiner Frau, daß ich nicht einmal mehr hätte sagen können, *wo* der Kerl mir reingefahren war. Ich meine, auf welcher Straße. Ich habe ihr erzählt, daß ich mich in der Stadt verfahren hätte ...«

»In der Stadt! Nicht auf dem Weg nach Reinbek?«

»Nein, natürlich nicht.«

»Was heißt: Natürlich nicht? Warum natürlich nicht?«

»Weil ... Ach, Herr Richter, das hat keinen Sinn. Das kann ich nicht erklären. Ich kann ja nicht einmal erklären, warum ich überhaupt nach Reinbek hinausgefahren bin.«

»Um Langenau im Mühlenteich zu versenken«, sagte er.

»Nun lassen wir das einen Moment, ja, bitte?« sagte ich, mühsam beherrscht. Dieser Tag. Dieser Tag. Ich hatte gewußt, daß das ein ganz schlimmer Tag für mich werden würde. »Lassen wir einen Moment die Theorie der Polizei. Ich war betrunken. Nicht sinnlos, aber stark. Und wahnsinnig deprimiert darüber, daß Langenau uns wegen dieser verfluchten Neonazis verlassen wollte. Sie haben ihn nicht gekannt. Er war der beste Sortimenter, den es gab. Und er war unser Freund. Er war ein guter Mensch. Mein *Vertrauter,* Herr Richter! Ich konnte nicht gleich nach Hause fahren, als ich ihn verlassen hatte. Ich war zu aufgewühlt. Sie schauen mich skeptisch an. Sie können sich nicht vorstellen, wie ich sinnlos in der Stadt herumfuhr und plötzlich bemerkte, daß ich auf dem Weg nach Reinbek war, und dann auch noch bis zum Mühlenteich fuhr. Ich bin dort tatsächlich im Sand steckengeblieben, wie der Bahnhofsvorstand angenommen

hat. Und ich bin ausgestiegen, um den Wagen wieder flottzukriegen. Dabei hat der Bahnhofsvorstand mich gesehen. Ich meine, er hat gerade gesehen, wie ich den Kofferraum aufmachte, um eine alte Decke herauszuholen, die ich unter die Räder legen konnte. Und auf dem *Rückweg,* Herr Richter, auf dem *Rückweg* erst bin ich in dieses Gerüst hineingefahren, weil mir ein Wahnsinniger auf der falschen Fahrspur – meiner – entgegengerast kam mit aufgeblendeten Scheinwerfern. Ich habe in das Gerüst hineinfahren *müssen,* um diesem Irren auszuweichen. Sie glauben mir nicht.«
»Nein«, sagte er. »Vielleicht würde ich Ihnen glauben, daß Sie eben nur mal so nach Reinbek und zum Mühlenteich gefahren sind, tief in Gedanken, geistesabwesend – wenn wir im Mühlenteich nicht die Leiche Langenaus gefunden hätten.«
»Ja«, sagte ich, »das hat etwas für sich.«
»Und die Lüge, ein anderer wäre in Ihren Wagen hineingefahren, haben Sie auftischen müssen, damit bei genauerer Untersuchung nicht herauskommt, daß Sie da vor Reinbek ein Gerüst gerammt haben. Denn das Gerüst steht verdammt nahe beim Teich, in dem Sie Langenau versenkt haben. Aber die Laborleute haben Kommissar Hübner gleich gesagt, daß Sie lügen, daß kein anderer Wagen in Ihren hineingefahren sein konnte.«
»Also spielte er Theater, als er mir die Geschichte von dem Vorschlaghammer erzählte, mit dem jemand den Mercedes beschädigt hatte!«
»Ja, Herr Duhamel. Damals hatte er nämlich schon seine anfängliche Überzeugung aufgegeben, Rechtsradikale hätten Langenau auf dem Gewissen. Damals begann er schon, Sie zu verdächtigen.«
»Wir haben ihn und Raven für wirkliche Freunde gehalten, meine Frau und ich.«
»Die beiden haben Sie auch sehr gerne gehabt, Herr Duhamel«, sagte er leise. »Wirklich. Ihre arme Frau haben sie verehrt.«
»Hören Sie auf, bitte!«
»Es ist wahr.«
»Trotzdem. Hören Sie auf!« Mir fiel etwas ein. »Was ist mit den Schuhabdrücken?«
»Was für Schuhabdrücken?«
»Gleich zu Beginn der Fahndung entdeckten die Leute Hübners in Langenaus Wohnung vier Paar schmutzige Schuhsohlenabdrücke. Ein besonders großes Paar stammte von ihm, das andere

von mir. Aber die andern zwei? Langenau war ein so ordentlicher Mensch. Seine Wohnung mußte immer tipptopp sein. Er hatte keine Putzfrau. Er machte alles selber sauber. Die dreckigen Abdrücke hätte er nie auf dem Teppich gelassen. Kommissar Hübner probierte es damals mit sämtlichen Schuhen aller Freunde Langenaus. Sie paßten aber nicht in die Abdrücke. Also müssen nach mir noch zwei Männer zu Langenau gekommen sein. Zwei Männer nach Mitternacht!«
»Oder vor neun Uhr, bevor Sie eintrafen.«
»Oder das, ja.«
»Es sind zwei gekommen. Langenaus Fernsehapparat ist kaputt gewesen. Und zwei Mann aus der Reparaturwerkstatt brachten den Apparat an diesem Tag um sieben Uhr abends zurück. Sie haben sich beide damals gleich bei Hübner gemeldet. Den Fernseher hatten Sie in eine Decke geschlagen, weil es doch so regnete.«
»Aha«, sagte ich.
»Sie stellten ihn in der Wohnung ab und nahmen die Decke fort. Sie rührten nichts an, und daher fanden wir keine Fingerabdrücke von Ihnen.«
»Aha«, sagte ich zum zweitenmal.
Ich hatte ja gewußt, daß das ein Unglückstag für mich sein würde, dieser gottverfluchte Freitag.

52

Bad Oldesloe, 5. Februar 1982

Lieber Onkel Peter!
Ein Herr Lehrer, der morgen nach Hamburg fährt, hat mir versprochen, das er disen Brief für dich mitnimmt. So hast du in am Samstag. Lieber Onkel Peter, warum hat dich der Herr Raven mitgenommen? Du hast doch nichts Böses getan. Die nette Frau Fürsorgerin, die mich abgeholt hat, hat mich zuerst über Nacht zu sich nach Hause mitgenommen, und am nächsten Tag waren wir auf einem großen Amt, und da war auch die Franziska, unsere Haushälterin. Sie haben sie aus ihrem Urlaub geholt. Sie hat geweint und gesagt, es ist schrecklich, aber sie kann nicht die Verantwortung für mich übernehmen, dazu ist sie zu alt und nicht gesund genuk und hat zu schlechte Nerven. Sie

will wieder zu sich nach Hause gehen in den Allgoi. Da hat die nette Frau Fürsorgerin gesagt, jetzt wird sie sich um mich kümmern, und ich muß in ein Internat, wo für mich gesorgt wird, und in ganz Hamburg gibt es kein Internat für Mädchen wie mich. Also sind wir in ir Auto gestigen und einen weiten Weg gefaren in eine ser schöne Stadt, die heißt Bad Oldesloe. Und in Bad Oldesloe gibt es ein Internat, Kerns Internatschule heißt es, und es ist auch sehr schön, nur muß ich immer weinen, weil du nicht bei mir bist und Großvater tot ist und Tante Andrea auch. Die nett Frau Fürsorgerin hat in Kerns Internatschule mit dem Herrn Direktor geredet und ales erledigt, und jetzt bin ich also eine Schülerin hir und wohne hir. Manchmal denke ich, wenn ich auch tot wäre wie Großvater oder Tante Andrea, das were das beste. Der Herr Direktor hat gesagt, normalerweise nemen sie nur Kinder die schon zen Jare sind, aber er hat bei mir eine Ausnahme gemacht. Ich muß immer in einem Internat sein, denn ich habe niemanden, der sich immer um mich kümmert. Ich habe doch noch dich, habe ich gesagt, und da hat der Herr Direktor keine Antwort gegeben. Warum hat er keine Antwort gegeben, lieber Onkel Peter? Er hat gesagt, die Wohnung am Hofweg gehört mir und der Taxibetrieb vom Großvater wird weitergeführt von Herrn Steiner, das ist ein Chauffeur von uns, und ich habe genug Geld geerbt, daß ich in den besten Internaten sein kann. Aber ich will nicht in den besten Internaten sein, ich will bei dir sein. Bitte, bitte, lieber Onkel Peter, mach, daß wir ganz schnell wider zusammen sind.

Deine Patty

Ich bin ser unglüklich.

53

Montag, 8. Februar 1982.
»Wie geht's? Was macht der Rheumatismus?« fragte ich und schüttelte Otto Reining die Hand. Er hatte schon im Zimmer des Untersuchungsrichters Oelschlegel gewartet, als ich knapp nach zehn Uhr hereingebracht wurde. Oelschlegel, hinter seinem Schreibtisch, hatte mir zugenickt.
Reining, dieser ältere Mann mit dem mageren Körper und den roten Flecken auf den Backenknochen, fluchte. »Immer gleich«,

sagte er bitter. »Immer gleich. Es ist die Hölle, Herr Kent – ah, Herr Duhamel. Ich spüre jeden Knochen bei dem Wetter. Es ist zum Kotzen. Verzeihung, Herr Richter.«
»Bitte setzen Sie sich doch beide«, sagte Oelschlegel. Und zu Reining: »Herr Duhamel möchte Ihnen ein paar Fragen stellen.«
»Sie sind böse auf mich, Herr Duhamel«, sagte Reining klagend.
»Warum sollte ich böse sein?«
»Wegen dem, was ich ausgesagt habe. Das war nicht gut für Sie. Aber ich habe doch die Wahrheit sagen müssen, Herr Duhamel.«
»Natürlich mußten Sie die Wahrheit sagen. Herr Reining, es gibt mehrere Wach- und Sicherheitsdienste in Hamburg, nicht wahr?«
»Ja, sicherlich. Ich bin bei der Sekuritas. Immer bei der Sekuritas gewesen. Nie woanders.«
»Wie lange schon?«
»Zweiundzwanzig Jahre, Herr Duhamel.«
»Und wie alt sind Sie?«
»Achtundfünfzig. Bevor ich zur Sekuritas gegangen bin, war ich Oberkellner. Mit neunundzwanzig schon Oberkellner.«
»Wo?«
»In Paris.« Er nannte ein erstklassiges Hotel mit einem berühmten Restaurant.
»In Paris haben Sie gearbeitet?«
»Ja. Insgesamt siebzehn Jahre, Herr Duhamel. Meine schönste Zeit. Ich liebe Paris. Ich liebe Frankreich. Ich habe immer dort bleiben wollen.«
»Warum sind Sie nicht geblieben?«
»Warum?« Er hob kraftlos die Schultern und ließ sie wieder sinken. »Warum? Das gottverdammte Rheuma. Hat angefangen, als ich vierunddreißig war. Zwei Jahre später habe ich meinen Beruf aufgeben müssen. Ein Oberkellner mit Rheumatismus? Ausgeschlossen. Ging einfach nicht. Lange habe ich die Zähne zusammengebissen. Aber dann ... ein richtiger Zusammenbruch. Körperlich und mit den Nerven. Und die Schmerzen, die furchtbaren Schmerzen. Ich habe alles versucht. Ich war bei x Ärzten. Kuren, Spritzen, Bestrahlungen. Nichts. Ein Kellner muß auf den Beinen sein, immer in Bewegung, den ganzen Tag, die halbe Nacht. Damit war es vorbei, Herr Duhamel. Damit war es endgültig vorbei.« Er schwieg und sah auf den Boden. Dann sagte er: »Bin ich zurück nach Deutschland. Hierher, nach Hamburg. Von hier stamme ich. Hier habe ich einen Arzt

gefunden, der hat mich zwei Jahre lang behandelt. Zwei Jahre lang. Dann war es tatsächlich besser. Nicht gut, Gott bewahre, aber viel besser. Ich habe mich wenigstens wieder richtig bewegen können. Kellner war natürlich ausgeschlossen. Ich brauchte einen Beruf, wo ich mich setzen konnte von Zeit zu Zeit, einen Moment hinlegen, wo es nicht darauf ankam, ob ich schwungvoll ging oder schief und krumm. Einen Nachtberuf am besten. In der Zeit, in der ich die wahnsinnigen Schmerzen gehabt habe, konnte ich nachts nie schlafen. Nachts ist es immer am schlimmsten, wenn man krank ist, nicht? Egal, was man hat. Da habe ich dann so am Tag gedöst, wenn ich erschöpft war. Trotz der Schmerzen. Nachtberuf. Na ja, so bin ich eben zur Sekuritas gekommen. Arbeiten mußte ich, Geld verdienen, essen, leben. Wachmann in Hamburg. Und Oberkellner in Paris, in einem der besten Hotels. Wachmann mit achtundfünfzig. Auch eine Karriere.« Er schwieg und sah in das Schneetreiben hinaus.
Eine Pause trat ein.
Dann nieste Untersuchungsrichter Oelschlegel plötzlich heftig. Verdammt, dachte ich, gerade jetzt geht das los.
»Gesundheit«, sagte Reining.
»Danke. Tut mir leid. Herr Duhamel kennt das schon. Ich werde jetzt noch neunmal niesen müssen.«
»Neunmal?« fragte Reining.
»Ja, wenn ich niese, dann immer zehnmal. Tut mir wirklich leid.«
Oelschlegel nieste zum zweitenmal. »Kümmern Sie sich nicht darum!«
Ich sagte: »Dann sprechen Sie ja fließend Französisch, Herr Reining.«
»Natürlich, Herr Duhamel! Schönste Sprache der Welt. Musik! Ich bin auf eine französische Zeitung abonniert und auf eine Illustrierte, und dann bin ich im Club du Livre. Und den französischen Rundfunk höre ich immer, wenn ich zu Hause bin. Mein einziger Luxus, aber den leiste ich mir: meine französischen Bücher, meine französischen Zeitungen.« Oelschlegel nieste zum drittenmal. »Zeit zum Lesen habe ich genug«, sagte Reining. »Und dann ist es manchmal so, als ob ich noch in Paris wäre, in meiner glücklichen Zeit . . .«
Ich sagte: »Und im Krieg?«
»Was ›und im Krieg‹, Herr Duhamel?«
»Wo waren Sie im Krieg, Herr Reining?«
Oelschlegel nieste.

557

»Auch in Paris.« Reining lachte, als würde ihn die Erinnerung belustigen. »Auch schon in meinem Beruf. Da habe ich sozusagen meinen ersten Schliff gekriegt.«
»Sie meinen, als Kellner?«
»Ja, Herr Duhamel.«
»Wieso waren Sie nicht Soldat?«
»Ich war Soldat *und* Kellner.« Er lachte wieder.
Oelschlegel nieste wieder, zum fünftenmal.
»Wo war das?« fragte ich, und es schien mir, als empfände ich einen leichten Windhauch – wie ein Epileptiker vor seinem Anfall etwa.
»Im Casino Aurore«, sagte Reining.
Wieder ein Windhauch.
Ich richtete mich auf.
»Sie waren im Casino Aurore?«
»Sage ich doch.«
»Das war doch das Lokal, in dem der SD am liebsten verkehrte!«
»Richtig, Herr Duhamel. Sie wissen das?«
»Das hat wohl noch kein Pariser vergessen, Herr Reining. Genausowenig wie kein Franzose den deutschen Sicherheitsdienst.«
»Wie alt sind Sie, Herr Duhamel?«
»Fünfzig.«
»Also acht Jahre jünger als ich. Sie haben ja überhaupt keine Ahnung, was damals los war in Frankreich!« Reining sah mich aufgebracht an. »Sie waren nie Soldat!«
»Nein, nie.«
»Fünfzig Jahre ... zweiunddreißig geboren ... In die Schule gegangen sind Sie im Krieg noch!«
»Das stimmt. Ich weiß trotzdem eine Menge, Herr Reining.« Einen Funken Hoffnung sah ich plötzlich wie ein wenig Licht am Ende eines Tunnels. Einen Funken nur, aber einen Funken. Meine Stimme wurde aggressiv, ich sprach nun schnell: »Ich habe genug gehört, genug gelesen über das, was der SD in Frankreich verbrochen hat. Sie müssen ein sehr zuverlässiger Mann gewesen sein, Herr Reining, wenn man Sie im Casino Aurore für die besoffenen SD-Mörder und ihre Huren arbeiten ließ.«
Oelschlegel nieste zum sechstenmal und sagte: »Nicht diesen Ton, Herr Duhamel, nicht diesen Ton!«
Reining sprach fast gleichzeitig, sein Gesicht hatte sich gerötet.
»Mörder, sagten Sie?«

»Mörder alle miteinander«, hetzte ich. Der Funke Hoffnung ...
»Wenn Sie schon so viel vom SD gehört und gelesen haben, dann wissen Sie bestimmt auch von der Resistance, der französischen Widerstandsbewegung.«
»Vom Maquis, ja. Diese Leute haben gegen die Besetzung durch die Deutschen gekämpft. Es waren auch Frauen darunter. Jeder einzelne hat Kopf und Kragen riskiert und Folter und Tod im Kampf gegen die deutsche Besetzung.« Immer schneller, immer aggressiver wurde meine Stimme.
Oelschlegel nieste zum siebentenmal.
»Gegen die deutsche Besetzung!« Reining war jetzt sehr erregt. Er lachte böse.
»Na, gegen wen denn?« jagte ich ihn.
»Das will ich Ihnen sagen, Herr Duhamel, das will ich Ihnen sagen! Gegen hilflose Verwundete! Gegen arme Landserschweine! Gegen junge Mädchen! Gegen Frauen! Gegen *Kinder!*«
»Na, na, na!«
»Nichts na, na, na! Was hat denn der Maquis gemacht? Urlauberzüge in die Luft gesprengt! Verwundetentransporte in die Luft gesprengt! Bomben in Fronttheater und in Kinos gelegt! Da waren auch Frauen und Mädchen drin! *Französische* Frauen und Mädchen sehr oft! Bomben in Hotels und Quartiere! Da saßen die Blitzmädel, die Telefonistinnen, die Luftwaffenhelferinnen! Da wohnten die kleinen Söhne und Töchter von Offizieren, die Besuch aus der Heimat hatten!«
»SS-Schweine waren das! Ganz hohe! Ganz wichtige! Wer hatte denn sonst schon ›Besuch aus der Heimat‹?«
»Und die Kinder, waren die auch SS-Schweine, ja? Und die Blitzmädel, die Luftwaffenhelferinnen, ja? Die auch?«
»Wer hat denn Frankreich überfallen, Herr Reining?«
»Das ist doch scheißegal! Unschuldige Menschen hat der Maquis auf dem Gewissen gehabt! Dieselben Methoden wie später die OAS in Algerien! Frauen und Kinder! Terror, nackter Terror – das war Ihr Maquis! Eine Verbrecherbande! Und *uns* haben Sie Mörder genannt ...«
»Nicht Sie. Sie waren ja nur Kellner beim SD ...«
Er schien mich nicht gehört zu haben, seine Stimme überschlug sich.
»Jetzt wissen Sie von einem, der dabei war, wer die Mörder waren, die dreckigen Mörder! Diese Schweine von der Widerstandsbewegung waren das! Die Hunde vom Maquis! Der SD hat

eingesetzt werden *müssen,* sonst wäre das ganze Land im Chaos versunken. Feine, anständige Kerle, die vom SD. Ich habe sie doch gekannt, ich habe doch mit ihnen gelebt! Glauben Sie, denen hat es Spaß gemacht, das Drecksgesindel zu verfolgen, zu stellen und zu fassen?«
»Und zu foltern, zu vergewaltigen und langsam, ganz langsam zu Tode zu quälen!« Meine Stimme war nun auch laut.
»Ach, Scheiße! Hören Sie doch auf mit dem Gefasel! Hätten sie die Schweine auch noch mit Schokolade übergießen sollen, was? Diese Sauhunde! Glauben Sie, unsere Leute haben ihren schweren Dienst mit Begeisterung getan, zu ihrem Vergnügen?«
»Das glaube ich, ja!« Jetzt schrie ich. »Sadisten waren das. Alle miteinander blutgierige Sadisten!«
»Halten Sie den Mund!« Nun schrie auch Reining. »Was wagen Sie? Ausgerechnet Sie? Sadisten ... Gute Deutsche waren das, die an unsere Sache geglaubt und dafür ihr Leben eingesetzt haben, Tag für Tag, Nacht für Nacht! Mehr, viel mehr als ihre Pflicht haben unsere SD-Leute getan! Wie viele sind elendiglich verreckt dabei!«
Oelschlegel nieste zweimal hintereinander.
Ich mußte es einfach riskieren, Reinings Atem kam jetzt stoßweise.
»So wie Wilfried Köhler«, sagte ich.
»Jawohl!« schrie Reining. »Genauso wie Wilfried Köhler! Der hat auch nur seine Pflicht getan und für unsere Sache gekämpft, und das Leben verloren dabei!«
Danach war es totenstill im Raum.
Reinings Gesicht wurde plötzlich weiß wie der Schnee, der draußen fiel. Sein Mund stand offen. Speichel tropfte aus ihm. Er saß erstarrt da und stierte mich an.
Oelschlegel nieste zum zehntenmal.
Auch er sah mich an. Fassungslos.
Ich fühlte, wie mir plötzlich Schweiß über den ganzen Körper rann. Ich hatte es geschafft. Ein ungeheures Glücksgefühl überkam mich. Ich sagte zum Untersuchungsrichter: »Gundolf Wilfried Köhler hieß, falls Sie es nicht wissen, der erst einundzwanzigjährige Neonazi, der am 26. September 1980 eine Bombe in einen Abfallkorb auf der Münchner Theresienwiese steckte, auf der sich zu dieser Zeit rund zweihunderttausend Menschen befanden. Köhler richtete ein grauenvolles Blutbad an und kam durch ein Versehen selbst um ...«

»Ich weiß«, sagte Oelschlegel klanglos, den Blick auf Reining gerichtet. »Ich weiß, Herr Duhamel.«
Reining saß noch immer da, ohne sich zu bewegen.
Ich stand auf. »Herr Richter, ich habe Sie einmal gefragt, was Herr Reining mir voraus hat, das ihn so unfaßbar glaubwürdiger macht als mich . . .«
»Ich weiß«, sagte Oelschlegel gequält.
»Und Sie haben geantwortet, daß er nicht seinen Namen gewechselt hat und kein anderer Mensch geworden ist. Bißchen wenig, finden Sie nicht – nach dem, was Herr Reining da soeben über diesen Köhler, über Köhlers Pflicht und die gemeinsame Sache gesagt hat, wie?«
Ich sah, daß Oelschlegel auf den Klingenknopf drückte. Gleich darauf klopfte es, und der Wachtmeister, der mich aus meiner Zelle hierher gebracht hatte, trat ein.
»Herr Richter?«
»Bitte, bringen Sie Herrn Duhamel in seine Zelle zurück.« Zu Reining sagte Oelschlegel: »Sie sind vorläufig festgenommen unter dem dringenden Verdacht der Täter- beziehungsweise Mittäterschaft an dem Mord an Langenau. Ich beginne sofort mit Ihrem Verhör.«
»Du Sau!« schrie Reining plötzlich mit sich überschlagender Stimme. »Du Hurensau, verfluchte!« Er stürzte sich auf mich. Ich riß ein Knie hoch und traf ihn in den Unterleib. Wieder schrie er. Der bullige Wachtmeister packte ihn am Kragen und setzte ihn auf den Stuhl, auf dem noch vor wenigen Sekunden ich gesessen hatte. Reining zitterte jetzt am ganzen Leib.
»Niemals!« schrie er den Untersuchungsrichter an. »Hören Sie, niemals bekommen Sie ein einziges Wort aus mir heraus!«
Drei Stunden später hatte er bereits ein volles Geständnis abgelegt, und drei weitere Männer waren nach seinen Angaben verhaftet worden.

54

Zwei Tage saß ich in meiner Zelle und wartete darauf, wieder zu Oelschlegel geholt zu werden. Niemand holte mich. Die zwei Tage waren lang wie zwanzig Jahre. Ich konnte nicht essen. Ich konnte nicht schlafen. Es schneite weiter.

Am Mittwoch, dem 10. Februar, gegen neun Uhr, brachte mich dann ein Wachtmeister in das Büro des Untersuchungsrichters. Oelschlegel nickte mir schwach zu, und seine Haut schien noch ein wenig grauer geworden zu sein. Das neue Blatt am Gummibaum war ganz aufgegangen.
»Die drei Männer, die die Polizei verhaftet hat, heißen Franz Biebernach, Hans Klar und Thomas Kette«, sagte Oelschlegel. »Die Namen sagen Ihnen natürlich nichts. Sie sind Mitglieder der Volkssozialistischen Bewegung Deutschlands. Das ist eine neonazistische Organisation, eine von vielen, die es jetzt gibt. Sagt Ihnen natürlich auch nichts.«
»O doch«, sagte ich. »Ich habe mal ein Flugblatt von dieser Partei gesehen – mit einem Hetzgedicht gegen Gastarbeiter. In einer Kneipe. Da saßen ein paar solche Brüder, und einer las es laut vor. Langenau und ich haben uns dann mit ihnen geprügelt.«
Oelschlegel suchte in seinen Papieren.
»Ach ja«, sagte er, »hier ist der Polizeibericht von damals. Diese Gruppen hängen natürlich alle zusammen. Inzwischen haben sie sich international ausgebreitet. Wir wissen nicht, von wem sie gesteuert werden, wo die Zentrale ist. Langenau war auf dem besten Weg, das herauszufinden. Er hätte es erfahren – in ein, zwei Wochen. Darum haben sie ihn umbringen müssen, sagen die vier.«
»Wieso vier?«
»Reining hat auch gestanden. Er ist ebenfalls Mitglied dieser Partei. Der Mordplan war längst ausgearbeitet. Da hatte Reining dann die Idee mit Ihnen, und sie warfen alles um und töteten Langenau noch in der gleichen Nacht. Wir haben drei voneinander unabhängige, übereinstimmende Geständnisse.«
»Warum hat dann dieser Kriminalrat Niemann vom Bundeskriminalamt in Wiesbaden gesagt, daß Langenau niemals auf eine heiße Spur gestoßen ist? Eine Falle für mich, ja?« fragte ich.
»Nein, wirklich nicht. Langenau hatte der Polizei von seinem Verdacht noch nichts gesagt. Nur diese Neonazis wußten natürlich, daß er knapp davor stand, herauszukriegen, wer alle die Gruppen leitet, wer den Befehl zum Terroranschlag auf dem Oktoberfest gegeben und wer die Bombe wo hergestellt hat. Diese Faschisten wußten, daß Langenau auf der richtigen Spur war – die Polizei nicht.« Er hob den müden Blick. »Woher wußten Sie davon?«
»Ich wußte zunächst gar nichts davon. Ich wußte nur: Ich habe

Langenau nicht umgebracht, also haben ihn höchstwahrscheinlich Rechtsradikale umgebracht. Und als ich hörte, daß er eine heiße Spur verfolgte, war ich mir sicher. Sie sehen, die Annahme erwies sich als richtig.«

Meine Stirn war feucht, aber ich wischte sie nicht trocken. Ich fühlte mich zu schwach. Aber das würde vorübergehen, dachte ich, das würde vorübergehen.

»Wie haben sie Langenau umgebracht?« fragte ich.

»Reining sagte aus, er habe Ihr Gespräch mit Langenau belauscht, nicht wahr?«

»Ja, und?«

»Er hat alles das gehört, was er schon immer angab.«

»Ja, und?«

»Und dabei, sagt er, kam ihm die Idee, daß das ein Geschenk des Himmels war – Sie bei Langenau! Wenn schon Langenau unbedingt verschwinden mußte, dann konnte man ihn sofort töten. Er, Reining, brauchte dann nur seine Aussage zu machen, und Sie waren dran.« Oelschlegel hustete. »Also«, fuhr er fort, »rannte Reining schnellstens in sein Büro und rief einen Komplizen, diesen Franz Biebernach, an und erzählte ihm, daß Sie allein bei Langenau seien und alles, was er gehört hatte, und daß der Biebernach, der Klar und der Kette sofort herkommen sollten.«

»Was haben sie dann gemacht?«

»Sie machten den Plan am Telefon. Die Killer kamen mit zwei Autos und parkten etwas abseits vom Haus. Sie sahen, wie Langenau Sie zum Haustor brachte und sich verabschiedete. Sie, Herr Duhamel, stiegen in Ihren Wagen. Nach einer Weile fuhren Sie dann los. Der, der Klar heißt, fuhr Ihnen nach.«

»Warum?«

»Um zu sehen, was Sie machten, wohin Sie fuhren.«

»Ich habe nichts bemerkt.«

»Er hat es auch schlau angefangen. Größtenteils fuhr er ohne Licht.«

»Bis nach Reinbek?« fragte ich ungläubig.

»Bis nach Reinbek. Er sah Sie dann am Mühlenteich, als Ihr Wagen in den Sand eingesunken war. Er sah auch die neuen Häuser, die da gebaut wurden. Er raste in die Stadt zurück zu einer Garage am Mittelweg.«

»Warum dorthin?«

»Dort warteten die anderen beiden – Reining nicht. Der war natürlich im Haus geblieben. Etwa zehn Minuten nachdem Sie

endlich am Kaiser-Friedrich-Ufer abgefahren waren, läutete Reining an der Wohnungstür von Langenau. Seine eigene Aussage. Langenau öffnete im Pyjama, er wollte eben ins Bett gehen. Reining sagte zu ihm, Sie hätten einen Unfall gehabt, ein paar hundert Meter vom Haus entfernt. Es sei auf Sie geschossen worden, er habe es gehört und die Polizei verständigt. Also ein Anschlag wie seinerzeit auf Langenau. Der rannte ins Schlafzimmer, um sich wieder anzuziehen und mit Reining hinunterzufahren. Reining nahm inzwischen die Pistole mit dem Schalldämpfer an sich und verbarg sie unter der Jacke. Von ihm hat die Polizei keine Schuhabdrücke gefunden, seine Schuhe waren ja sauber, er hielt sich schon lange im Haus auf. Sie fuhren also mit dem Lift hinunter, und während Langenau das Tor aufsperrte, schlug ihm Reining den Pistolengriff über den Schädel.«
»*Reining* war das?«
»Ja, Reining. Nach eigenem Geständnis. Die zwei anderen Männer – Hans Klar war ja hinter Ihnen her – warteten vor dem Tor. Sie kamen herein und verbanden Langenaus blutende Wunde mit einer breiten, langen Binde – wie es die Polizei von Ihnen angenommen hat. Dann schleppten sie den Bewußtlosen zum zweiten Wagen, verstauten ihn im Kofferraum und fuhren zu dieser Garage. Dort warteten sie auf Klar. Sie wollten ja jeden Verdacht auf Sie lenken, nicht?«
»Ja«, sagte ich.
»Reining wischte inzwischen das Blut beim Hauseingang weg. Nicht gründlich genug. Wir fanden Spuren, wie gesagt. Als Klar aus Reinbek zurückkam, fuhren alle drei mit Langenau im Kofferraum da hinaus. Sie brachten Langenau in dem Neubau genauso um und versenkten die Leiche genauso im Teich, wie das die Polizei von Ihnen vermutet hat. Der Bahnhofsvorstand schlief da freilich schon.« Er sah mich wieder todmüde an. »Wie ein erstklassiger Anwalt haben Sie sich rausgezogen aus der Misere.«
»Ich war einmal ein ganz guter«, sagte ich.
Vom Gang her ertönten Stimmen. Dann wurde die Tür aufgerissen. Der Wachtmeister, der mich hergebracht hatte, versuchte vergebens, einen Mann daran zu hindern, in das Büro einzudringen.
»Sie können hier nicht einfach so herein!«
»Ich muß«, schrie der Mann französisch. »Ich muß!«
Ich stand auf.

Die Stimme kannte ich.
Dann sah ich auch schon den Mann, der ins Zimmer gestolpert kam. Er trug einen Kamelhaarmantel, auf seinem schwarzen Haar lagen Schneeflocken, und in seinen schwarzen Augen mit den langen, seidigen Wimpern stand ein Ausdruck von Glückseligkeit. »Dieu merci«, rief er, »da sind Sie ja, Maître!«
»Wer ist das?« fragte Oelschlegel.
»Das«, sagte ich auf französisch, »ist der verschollene Paul Perrier, von dem Sie und die Polizei annehmen, ich hätte ihn auch ermordet.«
Paul schüttelte Oelschlegel die Hand. »Sie verstehen Französisch? Wunderbar! Ich lebe in München. Ich habe in der Zeitung den Namen Duhamel gelesen. Ilse, eine Bekannte, bei der ich wohne, hat mir den Artikel übersetzt, Maître. Auch daß Sie als mein Mörder gelten. Alles. Daraufhin bin ich sofort hierhergefahren.« Schon reichte er Oelschlegel seinen Paß.
»Wieso bist du in München?« fragte ich.
»Ich . . . ich habe mich mit Madame Duhamel nicht mehr so gut verstanden«, sagte Perrier, Liebling der Damen. »Da bin ich zu Freunden nach München gezogen.«
»Wohl zu einer Freun*din*«, sagte ich.
»O nein«, sagte Perrier, »ihr Mann ist auch mein Freund. Wir verstehen uns alle drei sehr gut, wirklich, ganz ausgezeichnet.«
Danach verging eine halbe Stunde damit, daß Oelschlegel herumtelefonierte, um sich Perriers Angaben bestätigen zu lassen. Ich bedankte mich bei Paul.
»Ist doch selbstverständlich«, sagte er. »Sie waren immer so gut zu mir, Maître. Und wir sind doch auch . . . Freunde. Darf ich das sagen?«
»Meinetwegen. Wie bist du hergekommen? Mit dem Flugzeug?«
»Mit meinem Wagen.«
»Bei *dem* Schnee?«
»In einem Rutsch«, sagte er stolz. »Mit einem Lamborghini ist das ein Katzensprung, auch bei schlechtem Wetter.«
»Du hast deinen Lamborghini aus Paris mitgenommen?«
»Nein, das ging nicht. Da bin ich ja ganz schnell abgehauen. Ilse hat mir einen neuen gekauft. Völlig verrückt nach mir, diese Ilse.«
»Alle Frauen sind verrückt nach dir«, sagte ich.
»Ja«, sagte er ernst, »das stimmt. Ach, ich habe Ihnen ja so viel zu erzählen!«

Oelschlegel sah auf.
»Also, Dank für Ihren Besuch, Monsieur . . .«
»Perrier, Paul Perrier.«
»Monsieur Perrier.« Oelschlegel sah mich wieder an. Er machte den Eindruck, als könne er jeden Moment sterben. »Das wäre es dann«, sagte er.
»Wäre was?«
»Ihr Fall. Langenau haben Sie nicht ermordet. Balmoral können Sie nicht ermordet haben, ich vermag es jedenfalls nicht nachzuweisen. Monsieur Perrier steht vor uns. Ich hebe den Haftbefehl auf. Sie sind frei.« Er gab mir seine lasche, feuchte Hand. »Alles Gute!«
»Danke, Herr Richter.«
»Sie können gehen. Ich lasse Ihre Sachen aus der Zelle holen.« Er drückte auf den Klingelknopf, und der Wachtmeister erschien.
»Wenn ich mir eine Bemerkung erlauben darf«, sagte Perrier. »Draußen wimmelt es von Journalisten.« Zu mir sagte er: »Sie haben sicher keine Zeitungen zu sehen bekommen, aber Ihr Name steht überall in den Schlagzeilen. Vielleicht sind Sie nicht in der Verfassung, Interviews zu geben.«
»Weiß Gott nicht.«
»Kann man Maître Duhamel nicht ein wenig helfen?« fragte Paul den Richter.
Und sie halfen mir.
Eine Viertelstunde später, während ich mit meinem Koffer in einem zugigen, kalten Gang wartete, kamen drei Funkstreifenwagen und hielten im Gefängnishof. Die Tore wurden hinter ihnen geschlossen. Etwas später wurden sie wieder geöffnet, und die drei Polizeiwagen fuhren mit aufgeblendeten Scheinwerfern aus dem Hof heraus und jagten davon. Mittlerweile hatte der Pförtner den Journalisten gesagt, daß ich freigelassen werde. Die Reporter rannten zu ihren Wagen, sprangen hinein und verfolgten die Streifenwagen.
»Sie können jetzt nicht gleich nach Hause oder in die Buchhandlung«, sagte Oelschlegel, der mit Perrier bei mir stand. »Dort kommen diese Kerle ja auch hin.«
»Was soll ich tun?«
»Zunächst mal in ein Hotel ziehen«, sagte Oelschlegel.
»ATLANTIC«, sagte ich.
»Gut«, sagte er. »Ich rufe an und veranlasse, daß niemand etwas von Ihrer Ankunft erfährt.«

»Sie sind ja plötzlich so freundlich«, sagte ich. »Warum?«
»Warum nicht?« fragte er traurig.
Perrier fuhr mich ins ATLANTIC. So ein Lamborghini ist wirklich ein toller Wagen.

55

»Patty!«
»Onkel Peter!« Ich hörte, wie sie zu weinen begann. Unmittelbar nach meiner Ankunft im ATLANTIC hatte ich Kerns Internatschule in Oldesloe angerufen.
»Nicht weinen, Patty, nicht weinen!«
»Ach, Onkel Peter, es ist alles so schrecklich. Daß sie dich eingesperrt haben und . . .«
»Sie haben mich freigelassen, Patty. Ich bin frei.«
Stille.
»Hast du mich nicht verstanden?«
»Doch.« Ich hörte sie schlucken. »Ist das auch wirklich wahr?«
»Ehrenwort, Patty.«
Sie fing wieder an zu weinen.
»Patty!«
»Aber jetzt nur vor Glück, Onkel Peter, jetzt nur vor Glück.«
»Alles ist gut, Patty. Alles ist gut.«
»Kommst du mich holen?«
»Ja, natürlich. Vielleicht nicht mehr heute, aber morgen bestimmt.«
»Und wir können zusammenleben?«
»Ja, Patty, ja.«
»Oh, ist das wunderbar! Bin ich froh, Onkel Peter!«
»Und ich erst! Ich wollte dich gleich anrufen, damit du die gute Nachricht schnell erfährst. Jetzt muß ich noch mit den Reportern fertig werden, aber dann komme ich sofort.«
»Ich habe ja gewußt, es ist alles ein Irrtum. Du hast doch keinen Menschen umgebracht, Onkel Peter.«
»Natürlich nicht«, sagte ich. »Es war ein Irrtum, du hast ganz recht.«
»Ich freu' mich so, ich freu' mich so!«
»Bis sehr bald, Patty. Auf Wiedersehen!«
»Auf Wiedersehen, Onkel Peter«, sagte sie.

Ich legte den Hörer auf. Und plötzlich, nach langer Zeit, mußte ich wieder an Shakespeares Richard III. denken, diesen König, der auf mich von allen Gestalten des Dichters den größten Eindruck gemacht hatte. Der Schluß des Stückes kam mir in den Sinn, die beiden letzten Zeilen: ›Getilgt ist Zwist, gestreut des Friedens Samen: Daß er hier lange blühe, Gott, sprich Amen!‹

56

An diesem Tag, mein Herz, an dem ich Paul Perrier nach so langer Zeit wiedersah, erzählte er mir dann im ATLANTIC alles, was er mit Yvonne erlebt hatte. Er schilderte mir jene Vorfälle, deren Zeuge ich nicht gewesen war. Jetzt verstehst Du, warum ich auch diese Szenen schildern konnte. Nicht alle freilich, denn es kam noch jemand, der mir berichtete, was Perrier nicht miterlebt hatte. Dieser Jemand rief mich gegen Mittag des 10. Februar an. Es war der kleine französische Kriminalkommissar Robert Rolland.
»Ich wollte Ihnen meine Glückwünsche aussprechen, Maître«, sagte er.
»Danke.«
»Da werden jetzt nur noch zwei Punkte zu behandeln sein: die Tatsache, daß Sie mit falschen Papieren unter falschem Namen Bigamie begingen, und die Frage, woher das Geld kam, von dem Sie die Buchhandlung kauften und lebten. Wenn es sich um Ihr Geld handelte, ist das nicht weiter schlimm. Deutschland kennt keine Devisenbestimmungen. Vielleicht bekommen Sie aber die französische Steuer auf den Hals.« Er lachte. Ich lachte auch.
»Monsieur Perrier ist bei Ihnen?«
»Ja. Er hat mir viel zu erzählen.«
»Das hätte ich auch«, sagte Rolland. »Aber ich will nicht stören.«
»Sie stören nicht!« rief ich. »Monsieur Perrier will am Nachmittag nach München zurückfahren. Natürlich möchte ich auch von Ihnen alles erfahren, was ich noch nicht weiß, was sich abgespielt hat, wie Sie auf meine Spur gekommen sind.«
»Nun ja«, sagte er, »könnte ich vielleicht zum Tee kommen?«
»Das wäre großartig. Sagen wir um fünf?«
»Um fünf, Maître. Und noch einmal meinen Glückwunsch«, sagte der Kommissar Robert Rolland.

Ich aß mit Perrier auf dem Zimmer noch zu Mittag.
»Ich darf Ilse nicht zu lange allein lassen«, sagte er dann. »Sie machen sich keine Vorstellung, wie diese Frau mich liebt.« Er zeigte mir ein Nacktfoto von ihr. »Fabelhafter Körper, wie?«
»Die Brüste«, sagte ich.
»Nicht wahr? Ihre Frau, Maître, ist auch sehr aufregend gebaut, Sie wissen es. Aber verglichen mit Ilse – man kann das gar nicht vergleichen, wie?«
»Nein«, sagte ich. »Man kann das gar nicht vergleichen. Alles Gute, Paul, und unbekannterweise meine besten Empfehlungen an Madame Ilse.«
»Danke. Alles, alles Gute auch für Sie, Maître«, sagte er. »Erlauben Sie, daß ich Sie umarme?«
Wir umarmten uns, und er gab mir zwei angedeutete Küsse, auf jede Wange einen. Dann verließ er mich.
Ich schlief eine Stunde tief und traumlos, und als ich erwachte, war es schon dunkel. Rolland kam pünktlich um fünf Uhr. Seinen alten, abgeschabten Mantel und seinen zerdrückten Hut hängte er in die Garderobe. Ich bestellte Tee, und dann saß er mir in einem großen, geblümten Fauteuil gegenüber: Kommissar Rolland in seinem billigen Anzug, mit dem geschmacklosen Schlips und seinen alten Schuhen. Er erzählte ausführlich und so genau, daß ich seinen Beitrag zu dieser Geschichte lückenlos habe aufschreiben können. Du hast ihn gelesen, mein Herz. Er war sehr taktvoll, dieser kleine, seltsame Kommissar, er erwähnte zum Beispiel Eisenbeiß und berichtete von seiner ergebnislosen Unterhaltung mit ihm, aber er vermied, mich zu fragen, ob Eisenbeiß mir nicht doch die falschen Papiere gemacht habe. Er setzte es voraus, wollte aber keine Bestätigung. Er wollte nicht, daß mein guter alter Bekannter vor Gericht kam. Mehr und mehr gefiel mir dieser Mann, der immer leise, immer freundlich, immer höflich blieb. Ich fragte ihn, ob er ein Glas mit mir trinken wolle, und er sagte, gerne, und so ging ich zum Telefon und bestellte beim Zimmerservice Armagnac, zwei doppelte, nachdem ich ihn gefragt hatte, was ihm am liebsten sei.
Ein Kellner brachte die Gläser auf einem Tablett und verschwand wieder. Wir prosteten einander zu und tranken.
»Nun ja«, sagte Rolland, »so war das alles, Maître. Und natürlich haben Sie Jean Balmoral ermordet.«
Ich lachte.
»Sie müssen immer Ihre Witze machen, Monsieur le Commis-

saire! Natürlich habe ich Balmoral nicht ermordet, das wissen Sie genau. Und der Untersuchungsrichter Oelschlegel weiß es auch genau, sonst hätte er den Haftbefehl nicht aufgehoben, und ich säße nicht hier mit Ihnen und würde Armagnac trinken. Ich kann Balmoral gar nicht ermordet haben, selbst wenn ich es jemals vorgehabt hätte. Da sehen Sie nun endlich, was für eine grauenvolle Hysterikerin meine Frau Yvonne ist.«
»Tja, Ihre Frau Yvonne«, sagte er leise und drehte das Glas in den Händen. »Ziemlich schlecht geht es ihr. Als ich sie das letzte Mal sah, verlor sie die Besinnung, so betrunken war sie, und ich mußte sie zu Bett bringen.«
»Früher hat sie nie getrunken.«
»Nun, jetzt tut sie es. Im Übermaß. Ihre Frau, Maître, ist eine Alkoholikerin geworden und zudem medikamentensüchtig. Beruhigungsmittel aller Art.« Seine Stimme wurde noch sanfter. »Sehen Sie, ich habe mir so meine Gedanken gemacht.«
»Worüber?«
»Über Ihre Zukunft.«
»Meine Zukunft . . .«
»Sie sieht nicht sehr schön aus, Ihre Zukunft, Maître Duhamel«, unterbrach er mich, und es klang ehrlich betrübt. »Auch das Leben nicht, das Sie nun führen werden. Führen können.«
»Wie meinen Sie das?«
»Man hat Sie auf freien Fuß gesetzt«, sagte er behutsam. »Nun gut. Allein: Was sind Sie noch auf freiem Fuß, Maître?«
»Was ich bin?«
»Ich will es Ihnen sagen. Ein Mann ohne eine einzige Chance sind Sie.« Er sah mich traurig an. »Die Frau, die Sie über alles geliebt haben, ist tot. Auch das Kind, das Sie sich so sehr gewünscht haben, ist tot. Sie haben unter einem falschen Namen gelebt. Nun müssen Sie natürlich wieder Ihren richtigen annehmen . . .«
»Ich muß . . .«
»Nun, freilich, Maître. Sie sind wieder Charles Duhamel. Meinen Sie, man wird Sie noch Ihren früheren Beruf ausüben lassen? Ausgeschlossen, ganz ausgeschlossen. Ich sage ja, ein Mann ohne eine einzige Chance sind Sie. Wegen dieses falschen Namens, und weil Sie unter ihm als ein anderer gelebt und eine zweite Frau geheiratet haben, wird man Sie natürlich vor Gericht stellen und verurteilen. Gewiß zu keiner hohen Strafe. Aber Sie werden vorbestraft sein, Maître Duhamel.«
Plötzlich begann sich seine Traurigkeit auf mich zu übertragen.

Rolland fuhr fort: »Vorbestraft, ja . . . Das bedeutet natürlich, daß man Ihnen niemals die Vormundschaft für Ihre kleine Freundin Patty geben wird . . .« Verzweiflung schoß in mir hoch und verdrängte die Traurigkeit. Nein, daran hatte ich nun wirklich nicht gedacht. »Weder eine persönliche Vormundschaft«, sagte Rolland, immer in dem leisen, traurigen Tonfall, »noch die Erlaubnis, unter einer formellen Amtsvormundschaft mit dem Kind zusammenzuleben. Das schon gar nicht. Es tut mir sehr leid, Maître, daß ich es bin, der Ihnen das offenbar zum erstenmal klarmacht. Patty ist für Sie verloren, ganz und gar. Niemals wird man Ihnen das Kind anvertrauen. Ein Mann ohne Chance, habe ich gesagt. Ich korrigiere mich. Doch, eine Chance haben Sie noch. Sie können zu Ihrer tablettensüchtigen, alkoholkranken, bösen Frau nach Paris zurückkehren. Würde Ihnen das gefallen? Sie sind herzkrank. Meinen Sie, Sie werden, wenn überhaupt, an der Seite Ihrer Frau ein ruhiges Leben führen können? Ihr altes Leben . . . Sie hielten dieses alte Leben nicht mehr aus und wollten ein neues, ganz anderes beginnen. Damit ist es jetzt vorbei, armer Monsieur Duhamel.« Er neigte sich vor und legte eine Hand auf meine. Sein Blick war voller Mitleid, seine Stimme voller Sympathie. »Sie haben Balmoral ermordet, nicht wahr?«

Ich sah ihn lange an. Ich trank einen Schluck, stand auf und begann hin und her zu gehen. Dann blieb ich vor ihm stehen. Mit einem leichten Seufzen sagte ich: »Ein Jammer. Sie sind mir sympathisch, wirklich sympathisch. Sie sind klug. Ich habe kluge Menschen gern. So schwer haben Sie gearbeitet. Nun soll Ihre ganze schwere Arbeit umsonst sein . . .«

»Wieso umsonst?« fragte er.

»Sie wollen ein Ja auf Ihre Frage«, sagte ich. »Sie wollen, daß ich, noch dazu unter vier Augen, sage: ›Ja, ich habe Balmoral ermordet‹, nicht wahr?« Ich zuckte mit den Schultern. »Und wenn ich das sage? Was haben Sie davon? Nichts. Nicht das geringste. Und warum nicht, lieber Monsieur le Commissaire?«

»Weil ich es Ihnen niemals beweisen kann«, sagte er leise.

»Richtig«, sagte ich und nahm, das Glas in der Hand, meine Wanderung durch den Hotelsalon wieder auf. »Sehen Sie, alles, was Sie da eben gesagt haben, klang sehr beeindruckend – aber es stimmt nicht. Es stimmt einfach nicht, und Sie wissen es. Daß ich nie wieder meinen Beruf werde ausüben können! Welch ein Unsinn! Natürlich werde ich es nicht gleich können, nein, nicht

gleich. Man wird mich vor ein Ehrengericht stellen. Monsieur le Commissaire, die größten und besten Richter und Anwälte Frankreichs kennen mich, achten mich, haben mit mir zusammengearbeitet. Ich werde zwar Berufsverbot bekommen, aber wie lange? Ein Jahr? Zwei Jahre? Drei? Mehr als drei Jahre auf keinen Fall. Was habe ich getan? Ich habe unter einem falschen Namen gelebt, voilà. Und dann, nach den drei Jahren? Dann«, fuhr ich, immer weiter wandernd fort, »werde ich meine Kanzlei wieder eröffnen, werde ich wieder als Anwalt arbeiten dürfen. Was für eine Sensation wird das sein! Wie werden sich Klienten um mich drängen, um mich, den Superanwalt! Welche Honorare werden mir dann geboten werden! Mein Gott, diese ganze Geschichte wird mich noch zum Millionär machen . . .«
Ich trank einen Schluck und blieb vor ihm stehen.
Er erwiderte meinen Blick ausdruckslos.
»Ferner«, sagte ich, »wer zwingt mich, ausgerechnet mit meiner versoffenen, drogensüchtigen Frau zusammenzuleben? Wer *kann* mich dazu zwingen? Kein Mensch. Ich werde allein leben, die Scheidung betreiben. Doch, doch, seien Sie sicher . . . Und nach Jahren, nach vielen Jahren vielleicht erst, werde ich auch noch die Vormundschaft für Patty erhalten, wenn ich erst wieder Anwalt bin. Es gibt da Gesetze, Ausnahmen, Amnestien, Verjährungsfristen . . . Und dann, Monsieur le Commissaire? Und dann? Dann wird alles so sein, wie ich es mir wünsche.«
Immer noch saß er reglos da und sagte kein Wort.
»Und doch«, sagte ich, »wird es nie so sein.«
Er hob müde den Blick.
»Und warum wird es nie so sein?« fuhr ich fort. »Sehen Sie, ich bin das, was man einen Aussteiger nennt. Ich bin aus meinem alten Leben ausgestiegen, weil ich es nicht mehr ertragen konnte. Ich habe ein neues Leben begonnen. Dieses neue Leben war so wunderbar, so unendlich schön, daß ich niemals, *niemals* zurückkehren will in das andere, alte. Charles Duhamel, der mit dem Flugzeug abstürzte, ist wirklich tot, Monsieur le Commissaire. *Er* hätte in *seinem* Leben mit *seinen* Methoden all das durchgesetzt und all das erreicht, was ich eben erwähnt habe. Ich, der Mann mit dem zweiten Leben, der jetzt Peter Kent heißt und ein ganz anderer Mensch ist, Monsieur le Commissaire, ich kann in *meinem* Leben die Methoden des Charles Duhamel nicht anwenden. Nein, das ist ganz und gar unmöglich. Ich bin ein Aussteiger, und ich will ein Aussteiger bleiben. In meinem alten

Leben wäre es mir gleichgültig gewesen – in meinem neuen Leben ist es für mich unfaßbar, auch nur zu *denken,* daß ein unschuldiges Mädchen mit einer Lüge, daß ein unschuldiges Mädchen an der Seite eines Mannes heranwächst, der ein Mörder ist.« Ich trank mein Glas leer und stellte es fort. »Und so«, sagte ich, »ist Ihre schwere Arbeit doch nicht vergebens gewesen, Monsieur le Commissaire. Ich hätte die Schachpartie gewonnen, aber ich gebe sie auf. Ich habe Jean Balmoral ermordet. Wer einen Menschen tötet, der zerstört eine ganze Welt. Rufen Sie den Untersuchungsrichter Oelschlegel an. Ich komme zurück. Ich werde alle Beweise für meine Tat liefern. Ich werde die ganze Wahrheit erzählen.«

57

Das war am Abend des 10. Februar 1982, vor zehn Monaten. Heute, da ich diese Zeilen schreibe, haben wir den 12. November. Ich sitze noch immer in Untersuchungshaft und warte auf meinen Prozeß. Allerdings bin ich nicht mehr in Hamburg, sondern längst in Paris. Als Franzose habe ich in Frankreich einen Franzosen getötet. Die Justizbehörden der Bundesrepublik haben dem Auslieferungsersuchen stattgegeben. Es hat allerdings ziemlich lange gedauert, wenn auch nicht so lange wie mein Aufenthalt hier in französischer Untersuchungshaft. Dies ist ein Land, in dem man oft sehr, sehr lange auf seinen Prozeß warten muß. Mein juge d'instruction, mein französischer Untersuchungsrichter, heißt Alexandre Lafontaine.
In Hamburg, im Februar – wie lange ist das schon her? – habe ich bereits ein volles Geständnis abgelegt. Lafontaine hatte sehr wenig Arbeit mit mir. Und ich saß in meiner Zelle, wartete und wartete, und mußte an Dich denken, mein Herz, immerzu an Dich, meine arme, geliebte Patty!
Am 10. Februar hatte ich Dir am Telefon versprochen, nach Oldesloe in Kerns Internatschule zu kommen, hatte ich Dir versprochen, daß wir nun zusammenleben würden. Am Abend dieses Tages war ich bereits wieder in Untersuchungshaft. Ich bin nie nach Oldesloe gekommen.
Man hat Dir gesagt, was sich ereignet hat, was ich getan habe. Wir haben einander in all den Monaten viele Briefe geschrieben.

Das wird sich leider ändern, wenn mein Prozeß vorüber ist und ich in einer Strafanstalt sitze. Dann darf ich nicht mehr so oft schreiben wie in der Untersuchungshaft.
Deine Briefe sind immer trauriger geworden, und ich habe gleich nach meiner Überstellung in das Pariser Untersuchungsgefängnis darum gebeten, Dir einen Besuch zu gestatten. Ich habe immer wieder darum gebeten, immer wieder vergebens.
Da ist mir der Einfall gekommen, alles, was sich ereignet hat, in einem Bericht für Dich aufzuschreiben, damit zu verstehst, wie alles geschehen ist. Du mußt die Wahrheit wissen, die ganze wunderbare, schauderhafte Wahrheit. Ich habe den Untersuchungsrichter um Erlaubnis gebeten, und er hat sie erteilt. Noch bist du zu jung, um das alles zu verstehen. Ich habe darum Anweisung gegeben, daß Dir dieses Manuskript erst ausgehändigt wird, wenn Du achtzehn Jahre alt bist. Dann wirst Du erwachsen und erfahren genug sein, um alles zu begreifen. Deshalb habe ich mir auch erlaubt, ganz frei zu berichten.
Vielleicht warst Du bei der Lektüre erstaunt darüber, daß ich Dich wie jede andere Gestalt behandelt und von Dir in der dritten Person erzählt habe. Das hatte seinen Grund: Nur so konnte ich ohne Übertreibung oder Peinlichkeit mit der Objektivität eines Chronisten berichten, wie meine innige Beziehung zu Dir, geliebtes Herz, entstanden ist, wo sie ihren Ursprung fand und wie sie wuchs und wuchs.
Aber wie schlimm wurde trotz aller Briefe, trotz der ständigen Beschäftigung mit Deiner Person auf dem Papier immer wieder der Wunsch, Dich zu sehen! Wenn ich Dich während der Niederschrift hätte sehen können, mein Herz, eine Minute nur! Aber sobald ich davon anfing, winkten sie ab. Kommt nicht in Frage, Monsieur Duhamel. Später, ja, später gewiß. Sie müssen warten. Sie müssen geduldig sein. Schreiben Sie, seien Sie fleißig, Sie müssen aufschreiben, was geschehen ist!
Siehst Du, mein Herz, auch sie sagten, daß ich es tun mußte.
Und so habe ich denn weitergeschrieben, langsam, stetig, Satz um Satz. Ich wußte, es würde lange dauern, aber nicht ewig. Nichts dauert ewig. Nichts dauert auch nur einigermaßen lange, das habe ich erfahren.
Was sich in den vergangenen Monaten noch ereignet hat, Du weißt es aus meinen Briefen. Die Buchhandlung haben Andreas Eltern schon im April verkauft. Sie war nicht mehr das, was sie gewesen ist, als Tante Andrea noch lebte. Ihre guter Geist hat

nun gefehlt. Alle spürten das, zuerst die Kinder, Deine kleinen Freunde und Freundinnen. Mehr und mehr sind fortgeblieben, haben die Buchhandlung nicht mehr besucht. Jetzt ist dort ein großes Eisenwarengeschäft. Auch Tante Andreas schöne Wohnung wurde verkauft. Fremde Menschen leben darin. Alle Möbel sind dort geblieben. Nur das kleine Bild, das die abgelaufene Sanduhr, die herabgebrannte Kerze, das zerfallene Buch und die anderen vergänglichen Dinge zeigt, habe ich behalten. Es hängt hier in der Zelle an der Wand, und ich sehe dieses Bild oft an.
Ach ja, natürlich, und die schöne Bernadette und der Azubi haben geheiratet, vorigen Monat! Wir beide haben ihnen Glückwunschbriefe geschrieben, und sie haben mir geantwortet – Dir sicher auch –, sich bedankt und erklärt, daß Dein Glückwunschbrief der wunderbarste Brief war, den sie jemals erhalten haben.

Diese Worte schreibe ich in großer Erregung.
Soeben komme ich vom Untersuchungsrichter Maître Lafontaine zurück. Er hat mich rufen lassen und mir eine ganz große Freude bereitet. Nach all den vergeblichen Bitten ist heute meinem jüngsten Gesuch entsprochen worden. Wegen guter Führung und weil genügend Zeit verstrichen ist, hat man gestattet, daß Du mich besuchst. Nächsten Dienstagnachmittag um 15 Uhr werde ich Dich endlich, endlich wiedersehen, mein geliebtes Herz.
Du wirst mit dem Flugzeug kommen. Dein Vormund – inzwischen hast Du ja längst einen vom Jugendamt erhalten – wird Dich begleiten.
Dienstag um 15 Uhr.
Heute ist Donnerstag.
Fünf Tage muß ich noch warten.
Ob Du es auch schon weißt?
Du hast gehört, mein Herz, was ich getan habe. Kann ich Dir, einem inzwischen neunjährigen Kind, erklären, wie es zu dieser Tat gekommen ist? Nein, das ist unmöglich. Ich glaube, ich werde nur sagen, daß es für mich keine andere Wahl gegeben hat. Auch das wirst du nicht verstehen, aber vielleicht glaubst Du mir trotzdem. Ich hoffe es sehr.
Fünf Tage noch.
Für den Mord an Balmoral muß ich mit einem Urteil rechnen, das lebenslänglich lautet, aber es ist üblich, Häftlinge in solchen Fällen, wenn sie sich sehr gut führen, nach fünfzehn Jahren zu

entlassen. Ich werde mich so gut führen wie bisher. Mit viel Glück wird man mich nach fünfzehn Jahren begnadigen. Dann wirst du vierundzwanzig Jahre alt sein, und ich werde fünfundsechzig Jahre erreicht haben. Vielleicht darf ich noch eine Weile an Deinem Leben teilnehmen. Ich werde Dir niemals im Wege sein. Wenn es nicht anders geht, will ich Dein Leben aus der Entfernung verfolgen. Aber ich bin sicher, daß wir einander ganz eng verbunden bleiben werden bis zum Schluß.
Fünf Tage noch. Und fünf Nächte.
Dann ist es soweit.
Um 15 Uhr werden sie mich aus meiner Zelle holen und in das Sprechzimmer bringen, und da wirst Du stehen, und wir werden einander umarmen und küssen. Ob Du den großen Bären mitbringst?
Dein Fürsorger wird gewiß hinausgehen und draußen warten, und vielleicht auch der Beamte. Du bist doch alles, was ich noch habe, das weiß man hier. Und ich bin alles, was Du noch hast, das weiß man auch. Wir sind die ›Hintengebliebenen‹, wie Du einmal gesagt hast. Vielleicht haben sie ein Einsehen, und der Beamte läßt uns allein.
Du wirst von Dir erzählen, und ich werde von mir erzählen, aber am meisten, ganz gewiß, werden wir von den beiden Menschen sprechen, die wir geliebt haben und die wir weiter lieben werden, bis wir sterben, von Deinem Großvater und von Andrea und von der Zeit, in der wir alle zusammen und so sehr glücklich gewesen sind. An wie vieles werden wir uns erinnern, an wie vieles, denn was, mein Herz, ist Liebe anderes als Erinnerung?

ANMERKUNG:
Unmittelbar nach diesen Worten der Niederschrift erlitt der Untersuchungsgefangene Charles Duhamel einen schweren Herzanfall. Trotz sofort einsetzender intensiver ärztlicher Behandlung starb Maître Charles Duhamel am 12. November 1982 um 11 Uhr 45.
Das vorliegende Manuskript erhält der Vormund der Patricia Hernin mit den entsprechenden Weisungen.
Die Akten werden geschlossen.

Paris, den 16. November 1982
Alexandre Lafontaine
Untersuchungsrichter